사람아 아, 사람아!

人啊, 人!

사람아 아, 사람아!

다섯수레

❖ **일러두기** ─────────────────────────────

본문에서 괄호 안의 주는 옮긴이 주이다. 개정판에서는 소설 배경에 대한 이해를 돕기 위해
각주가 추가되었다.

제 1 장

저마다의 진실

자오전환

역사란 실로 만만치 않은 상대이다.
언제나 밤의 어둠을 틈타 습격을 해 온다. 내 머리는 이미 백발이다.

도도히 흘러가는 홍수 속을 나는 부지런히 헤엄쳐 나가고 있었다. 도 대체 내가 어디에서 헤엄쳐 와서 어디로 헤엄쳐 가고 있는지 알 수 없었다. 얼마만큼이나 헤엄쳐 왔는지 또 얼마나 더 헤엄을 쳐 가야 하는지도 알 수 없다. 목표는 오직 저만치서 물 위를 사뿐사뿐 달려가고 있는 소녀를 따라잡는 것이다. 소녀의 가녀린 팔이 흔들리고 짧고 굵게 땋은 쌍갈래 머리가 춤추고 있다. 처음 발견했을 때부터 그녀는 줄곧 이런 모습이었다. 얼굴이 보이지 않지만 나는 알 수 있다. 너무나 잘 알고 있다. 아니, 사랑하고 있다.

그녀를 따라잡아 내 마음을 전하지 않으면 안 된다.

지금까지 이처럼 훌륭하게 헤엄쳐 본 일은 없다. 정확한 평영, 팔다리의 균형도 완벽하다. 조금도 힘들이지 않고 마치 물 위를 미끄러져 가는 것 같다. 그것도 빠른 속도로.

하지만 소녀는 아직 저렇게 멀기만 하다.

나는 포기하지 않고 계속 헤엄쳐 나갔다.

상류에서 갑자기 물에 빠져 죽은 소 한 마리가 내 머리를 향해서 떠

내려왔다. 나는 소스라쳐 오른쪽으로 몸을 피하는데 무엇이 발에 걸렸다. 순간 힘이 쭉 빠지고 말았다. 더 헤엄칠 수가 없다. 소녀는 점점 더 멀어져 간다.

나는 참다못해 소리를 질렀다. 오랫동안 입에 담아 본 일이 없었던 말. 오직 그녀와 나만이 나눌 수 있는 그리운 언어. 그녀가 드디어 이쪽을 돌아보았다. 엷게 홍조를 띤 희고 갸름한 얼굴, 가녀린 어깨에 긴 눈, 얇은 입술과 도톰한 뺨, 틀림없이 그녀다!

나는 웃고 싶었다. 아니 울고 싶었다. 나는 그녀를 향해서 팔을 벌렸다. 그러나 그 순간 무슨 등나무 덩굴 같은 것이 목을 잡아당겼다. 소녀는 점점 멀어져 간다. 나는 등나무 덩굴을 힘껏 뿌리치며 몸부림을 쳤다. 그럴수록 등나무 덩굴은 점점 더 조여든다. 이미 소녀의 모습은 없다.

나는 소리 내어 울었다. 그녀를 잃어버려서는 안 되는 것이다!

"또 슬픈 꿈을 꾸었군요." 귓가에서 여자 목소리가 들렸다.

내게 하는 말인가? 꿈을 꾸었다고? 말도 안 돼! 이렇게도 선명한 꿈이 있단 말인가. 이 방정맞은 여자는 도대체 누구인가. 왜 이렇게 가까이 있는가. 어? 눈앞이 완전히 흐려져 버렸다. 여자의 얼굴이 내 어깨 위에 있다. 표정은 잘 보이지 않지만 달콤하게 웃는 얼굴이 종이처럼 눈앞을 막고 있다. 진저리날 것 같은 웃음, 그것이 조건 반사를 일으켰다.

제1신호계에 통각이 생기고, 제2신호계에 하나의 개념이 떠올랐다. 아내. 그렇다. 아내인 평란상이다. 이 여자의 팔이 목을 감고 있었던 것이다. 얼마나 진저리나는 등나무 덩굴인가! 나는 버럭 화를 내며 등나무 덩굴을 떼어 내면서 그녀를 힐책했다.

"왜 돌아왔지?"

"돌아오다니요? 아직 꿈에서 깨어나지 못했나요?" 란상은 화 반 조소 반인 투로 대꾸하며 내 코를 쥐었다.

겨우 주위가 또렷해졌다. 분명 꿈을 꾸고 있었던 것이다.

"누구 꿈을 꾸었어요? 아직 울고 있군요." 란샹이 손을 놓았다. 왜 손을 놓아 버리지? 차라리 질식시켜 주지 그래. 꿈조차 마지막까지 꾸지 못 하게 하는 주제에. 나는 얼굴을 돌려 이불을 머리까지 뒤집어썼다. 하지만 그녀는 사정없이 이불을 잡아당겼다.

"도대체 무슨 고민이 있어요? 밤마다 꿈에 시달리며 울고 고함지르고, 그러면서도 왜 나한테는 단 한마디도 해 주지 않죠? 나는 이제 타인이나 마찬가지라는 거죠?" 란샹의 목소리에는 원망과 울분이 가득했다.

나는 측은한 생각이 들어서 그녀에게로 얼굴을 돌렸다. 아, 또 저 진저리나는 웃음. 그러잖아도 고운 눈썹을 가늘게 만드느라고 아마 반은 뽑았지. 웃으려면 그냥 자연스레 웃지 왜 일부러 눈썹을 올려 가며 교태를 부리지. 속마음인즉 또다시 얼굴을 돌려 버리고 싶었지만 꾹 참고 그녀를 위로하려고 했다. 그러나 갑자기 적당한 말을 찾지 못해 웃음으로 얼버무리는 수밖에 없었다.

"도대체 누구 꿈을 꾼 거예요?"

그래. 정말 누구 꿈이었을까. 그 소녀는 도대체 누구였을까. 왜 지금은 전혀 알지 못하는 소녀 같은 느낌이 드는 것일까.

"꿈을 꾸긴? 그저 머리가 아프고 가슴이 답답해서 그랬던 거겠지." 나는 거짓말을 했다. 다른 사람을 위로하기 위한 것이라면 거짓말도 나쁘다고 할 수는 없다.

그러자 그녀는 웃으면서 말했다. "어제는 너무 과음했나 봐요. 당신은 그러고도 또 마시려고 했어요. 하지만 무리도 아니죠. 생일 축하 자리였으니까."

생일 축하? 아. 이제 기억이 난다. 어제는 나, A성일보 기자 자오전환의 44회 생일이었다. 순풍에 돛단 44세. 고향에서는 4는 운수가 좋은 숫자라고 한다. 동료이자 친구인 뚱뚱보 왕이 성대하게 축하를 해야 한다고 말했다. 이유는 세 가지. 첫째로, 저 10년간의 참화 속에서 나는 보기 드문 행운아여서 털끝만큼의 손해도 보지 않았다. 자기 같은 조반파* 우두머리는 이제야 겨우 심사가 끝났을 뿐 아직 일자리도 얻지 못하고 있는데 나는 그렇지 않다. 둘째로, 내게는 흠잡을 데라곤 없는 가정이 있다. 아내인 펑란샹은 소문난 미인에다가 상냥하고 남을 배려할 줄도 안다. 딸인 환이는 영리할 뿐 아니라 무용의 천재로 알려져 있다. 게다가 방 두 개짜리의 훌륭한 거처도 있다. 셋째로, 나는 지금 신문사에서 성공 가도를 달리고 있다. 편집국장은 나의 빠른 글솜씨를 마음에 들어 하며 최근 급료를 한 등급 올려 주었다.

근사한 오사모(옛날 고관이 쓰던 비단 모자로서 관직의 상징)가 지금 내 머리 위에서 맴돌고 있다가 금방이라도 이 백발의 머리 위에 씌워지려고 하고 있다. 그야말로 순풍에 돛단 44세가 아닌가. 란샹은 뚱뚱보 왕의 제안에 쌍수를 들어 찬성했다. 그녀는 자기의 코트를 살 돈을 털어서 나를 위해 술자리를 준비했다. 나는 안다. 그들은 내 비위를 맞춰 주려고 했던 것이다. 뚱뚱보 왕은 내가 편집국장에게 부탁해서 취재부로 돌아올 수 있도록 해 주길 원하는 것이다. 란샹은 란샹대로 내가 그녀를 버린다거나 다른 여자 꿈을 꿀까 봐 두려운 것이다. 비위를 맞출 필요가 있다는 것은 아직 뭔가 가치가 있다는 증거이다. 쥐나 개도 비위를

---

* **조반파** 중국의 '문화대혁명'(29쪽 각주 참고) 시기에 '주자파'(61쪽 각주 참고)를 몰아내자는 구호 아래 생겨난 군중 조직. 조반은 중국에서 모반을 이르는 말로, 조반파는 당대 기득권 세력이었던 당 관료들까지도 주자파로 몰아 가차 없이 공격하였다.

맞춰 주면 기뻐하는 법이다. 나 역시 탈속한 사람은 못 된다. 뚱뚱보 왕과 란상이 비위를 맞춰 주는 것이 싫지는 않았다. 그래서 나는 동의했던 것이다. "즐기자, 모두 같이 즐기자. 자, 모두 같이 축하해 주지 않으려는가, 순풍에 돛단 44세를!" 하고.

나는 지금까지 자신의 생일을 이런 식으로 축하해 본 일이 없었다. 다시 생각해 봐도 눈이 휘둥그레진다.

방 안 가득한 친구들. 테이블 가득한 술과 요리.

술을 마시고 손가락 놀이를 했다.

"인생이란 세상에 있을 동안 모름지기 즐길지어다. 황금 술잔을 들고 덧없이 달만 바라보지 말지어다." 자아, 오라고! "2면 어때!" 나는 멋대로 상대를 골라서는 손가락 둘을 내밀었다. 이기는 일은 아주 드물다. "그건 6이야!", "4에 오라고!", "9에 왔지!", "10에 가자니까!"

여자들은 호랑이-몽둥이 놀이를 했다. 놀이의 규칙은 호랑이가 닭을 잡아먹고, 닭이 벌레를 잡아먹고, 벌레가 몽둥이를 갉아먹고, 몽둥이가 호랑이를 때려잡는 것이다. 단순 그 자체이지만 변증법으로 가득차 있다. 강자와 약자, 패배와 승리, 모든 것이 상대적이다.

음악에 댄스에, 지금 유행하는 오락이다. 환이가 자작 발레를 추었다. 발꿈치를 붙인 채로 추는 춤이었지만 모두로부터 갈채를 받았다. 란상이 나를 끌고 한바탕 춤을 추었다. 무슨 댄스인지도 모르는 춤이다. 대학 시절 나는 주말 댄스파티에 나가는 것을 무엇보다 좋아했다. 파트너는 항상 그녀, 내 쪽에서 헤어져 버린 그 사람이었다. 두 사람이 처음으로 손을 잡고 춤추었던 노래는 "찾아라 찾아라, 친구들이여. 악수를 나누자, 웃음을 나누자." 하는 것이었다. 그녀는 그 한 절을 부를 때마다 웃었다. 나도 같이 웃으면서 손을 힘껏 그녀의 손과 맞대었다.

돈다. 사람들이 돈다. 테이블이 돌아 사각이 원으로 된다. 방이 돈다. 지구가 돈다.

나는 돌고 웃으면서 또다시 잔을 들었다. "자, 오라구! 하늘이 재능을 주심은 어디엔가 쓸모 있게 하기 위함이요, 천금은 쓰고 나면 영원히 오지 않으리니."(이백의 시 〈장진주〉의 한 구절로 원문은 "천금은 쓰고 나면 다시 돌아오리니.")

"하하하. 자오, 취했어. 잘못 읊었다구." 뚱뚱보 왕이 요란스럽게 말했다.

"벌주다!" 나는 솔직하게 시인하고 술잔을 단숨에 비운 다음 다시 병에 손을 뻗었다. 그때 누군가가 술잔을 뺏고 나를 침대로 쓰러뜨렸다.

흔들린다. 침대가 흔들린다. 마치 작은 배에 누워 있는 것 같다. 눈이 떠지지 않는다. 그렇다. 아버지에게도 이런 일이 있었지. 취해서 침대에 누운 채 나를 향해서 "어, 부끄럽군." 하고 말했었다.

그때 나는 몇 살이었더라. 여덟 살이던가. 아버지는 글방의 교사였다. 나는 아버지처럼 '시대에 뒤떨어진' 사람이 아니니까 내 딸에게 그런 흉내는 내지 않는다. 환이는 침대 옆에 서서 작은 손으로 내 눈을 억지로 뜨게 하면서 말했다.

"아빠, 생일 축하해요."

나는 몽롱한 눈으로 딸의 자그마한 몸이 침대 앞에 꿇어앉는 것을 보았다. 그렇다. 나는 딸에게 아빠가 어렸을 때는 어른들에게 흔히 머리 조아려 절하곤 했었다는 말을 들려준 일이 있었다. 정월, 단오, 칠석, 생일 축하. 얼마나 영리하고 애교 있는 아이인가.

"하하하!" 란샹, 뚱뚱보 왕, 모두가 일제히 웃으면서 딸을 부추기고 있다. "엎드려 마흔네 번 절하는 거다. 아직 네 번밖에 안 했잖니. 자, 머리를 대고 다시 한번!"

내가 세 살 때 할아버지가 돌아가셨다. 나는 할아버지를 싫어했다. 위패를 모신 사당에 가고 싶지 않았다. 하지만 아버지는 내 머리를 누르면서 외쳤다.

"할아버지 위패에 엎드려 절해야 한다. 머리를 바닥에 대라. 다시!"

나는 갑자기 울고 싶어졌다. 딸을 껴안고 아무도 없는 곳으로 도망쳐서 마음껏 울고 싶다! 그러나 내게는 전혀 힘이 없었다. 딸에게 손을 흔들며 이렇게 말할 수 있을 뿐이었다.

"됐다, 그냥 가렴. 그건 아빠가 죽은 다음에……"

눈물 한 방울이 눈꼬리에서 흘러내렸다. 나는 당황해서 얼굴을 베개에 묻었다.

그러고 나서? 그러고 나서 홍수 속에 있었던 것이다.

란샹은 내가 멍하니 그녀를 보고 있었기 때문에 점점 더 진저리 날 것 같은 달콤한 웃음을 지으면서 몸을 가까이 기대어 왔다. 나는 구토증이 나서 그녀를 밀쳤다. 그녀는 획 벽 쪽을 향하더니 그뿐 뒤도 돌아보지 않았다. 나도 상대하지 않았다. 얼마나 지났을까. 그녀가 어깨를 들썩이며 울기 시작했다. 나는 나쁜 짓을 했다는 생각이 들었다. 뭐니 뭐니 해도 그녀는 내 아내이고 내 딸의 엄마다. 우리들은 화목해야만 하는 것이다. 나는 손을 뻗어서 그녀의 어깨를 쓰다듬으려고 했다. 하지만 황급히 그 손을 다시 거두어들이고 말았다. 왜 내가 그녀를 위로해야 하는가. 나는 도대체 누가 위로해 준단 말인가. 하물며 그녀만 없었더라면 쑨웨를 잃지는 않았을 텐데…….

나는 문득 깨달았다. 아까 꿈속에서 뒤쫓았던 것은 쑨웨였던 것이다. 물론 지금의 쑨웨가 아니라 소녀 시절의 쑨웨다. 지금은 우리들의 딸도 그만큼 자랐을 것이다.

나는 꿈의 세계를 반추했다. 신기하다. 어제는 하루 종일 정신없이 바쁘게 보냈다. 피곤해서 쑨웨 생각은 전혀 하지 않았는데도 밤에 그런 꿈을 꾸었다. 꿈속의 광경은 옛날에 있었던 일과 조금도 다르지 않았다.

그것은 두 사람이 중학교를 졸업할 무렵이었다. 고교 입시가 끝나고 함께 집으로 돌아가다가 홍수를 만났다. 우리들은 마을까지 배로 돌아가는 수밖에 없었다. 쑨웨는 기분이 들떠서 뱃전에 다리를 내밀어 물에 담그고는 계속 내게 물보라를 보냈다.

"강에 빠져도 구해 주지 않을 거야!" 나는 겁을 주었다.

"어머, 설마 그러려구?" 그녀는 웃으면서 대답했다.

고의였는지, 그 말과 동시에 그녀는 정말로 강에 빠져 버렸다. 나는 깜짝 놀라 뒤를 쫓아 뛰어들었다. 그녀는 헤엄을 칠 줄 모른다! 내가 붙잡았을 때 그녀는 물을 잔뜩 먹고 있었는데도 소리 내어 웃었다. 나는 그녀를 배로 밀어 올렸지만 나 자신은 이미 올라갈 마음이 들지 않았다. 어차피 물에 빠진 생쥐다. 계속 배에 붙어서 헤엄쳐 가자. 헤엄치는 동안 두 사람은 계속 서로 미소를 나누었다. 나는 그녀의 미소에 이끌려 그대로 5킬로미터나 헤엄을 치고 말았다. 집에 돌아갔더니 할머니가, 너한테 귀신이 씌인 모양이라고 말했다. 쑨웨는 얼굴을 붉히고 서 있었다. 그 사건 이후 나는 그녀에게 특별한 감정을 품게 되었다. 둘은 같은 고교에 붙었고 같은 대학으로 진학했다. 그리고 결국 부부가 되었다. 우리들은 친구들 사이에서 선망의 대상이었다. 특히 나는 얼마나 많은 남학생들로부터 질투를 받았던가!

그랬던 두 사람이 5년 후에 이혼하리라고 누가 상상이나 할 수 있었겠는가. 그것도 내 쪽에서 말을 꺼내서 이혼하게 되리라고는.

우리들은 대학 졸업과 동시에 결혼했다. 제안을 한 것은 그녀였지만 그것은 순전히 나를 위해서였다. 나는 C대학에서 5백여 킬로미터나 떨어진 A성에 배속되었고 그녀는 대학에 남게 되었다. 나는 C대학를 떠나는 것은 아무렇지도 않았지만 쑨웨와 헤어지는 것이 두려웠다. 그녀와 같이 있기 위해서 그곳에 남도록 해 달라는 요구를 하려고 생각했다.

"우리는 당에 대해서 어떤 개인적인 요구도 해서는 안 돼요. 나는 영원히 당신 것이에요. 같이 귀향해서 곧 결혼하기로 해요."

그녀가 그렇게 말해 주었을 때는 뛰어오를 듯이 기뻤다. 그러나 걱정거리가 산더미 같았다. 아버지는 병으로 누워 있었고, 집에는 형제자매가 7, 8명이나 되었으며 살림은 지독히도 가난했다. 일용품을 사기도 빠듯했으니! 쑨웨는 가난 같은 것은 전혀 개의치 않았다. 귀향하자 그녀는 곧 우리 집으로 들어왔다. 어머니는 채단도 받지 않고 와 준 며느리를 좋아했다. 점심 식사 때면 날마다 삶은 계란 하나를 쑨웨의 우동 그릇에 넣어 주었다. 그럴 때마다 쑨웨는 그것을 여동생에게 양보했다.

손잡고 자라던 소꿉동무,
10년 사랑 익어서 부부로 영글었네.
천 리 길 머나먼 별거도,
지척처럼 이어 주던 뜨거운 편지.
나란히 날던 날개 부러져
비로소 알았네, 세상의 무상함을.
비로소 알았네, 상처를 핥는 아픔을.
고개 떨군 내 귀에 다정히 들려오는 어머니의 목소리
"네게도 돌아올 곳 있단다."

이것은 내가 이혼 신청서를 쑨웨에게 보냈을 때 그녀가 써 보낸 시다. 그것을 나는 란샹 앞에서 조각조각 찢어 버렸다. 이 시구만은 가슴속에 파고들어 와 지금도 내 마음을 찌른다!

그 모든 것을 어떻게 설명해야 좋을까.

어머니가 이혼 소식을 듣고 이유를 물으러 A성까지 달려왔을 때 나는 이렇게 고집을 부렸다. "그 여자는 너무 훌륭해요. 내게는 아까운 사람이지요."

어머니는 나를 부끄러움도 모르는 천스메이(극의 주인공으로 출세를 위해서 정숙한 아내를 버리고 공주와 재혼해 불성실한 남편의 대명사로 쓰임)라고 비웃었다. 그리고 "두 번 다시 고향에는 돌아오지 말아라, 너 같은 인간은 내 자식이 아니다."라고 내뱉고는 돌아가 버렸다. 우리 모자는 그날부터 재작년 어머니가 돌아가실 때까지 결국 서로 얼굴을 마주 대하는 일이 없었다.

란샹이 드디어 기다리다 지쳐서 먼저 얼굴을 돌리더니 가련하게 몸을 기대왔다. "당신, 후회하고 있죠?" 나는 모르는 척했다.

"후회할 일이 뭐가 있어."

"나와 결혼한 것 말예요!" 그녀의 두 눈이 나를 가만히 응시하면서 움직이지 않았다.

나는 명랑하게 웃었다. 그리고 그녀의 머리를 쓰다듬으며 말했다.

"지금까지 내가 후회한 적이 있었어? 도대체 무엇 때문에 후회 따위를 한단 말야? 왜 그래, 당신은 우리들이 행복하게 살고 있다고 생각하지 않는 거야? 당신과 결혼하고 나서 나는 항상 산뜻하고 멋진 옷차림을 하고 있을 수 있었어. 그것이야말로 미남이라는 이름에 부끄럽지 않은 거지. 그런데 쑨웨는 어땠지? 언제 내 시중을 들어준 적이 있었나?

자기 이상을 좇는 일밖에는 머릿속에 없었지, 흥!"

"그럼 물어봅시다. 당신 머리는 왜 그렇게 하얗게 되었죠? 아직 마흔 넷인데 거의 백발에 가깝잖아요. 잘 모르는 사람들은 내가 잘해 주지 않아서 그런다고 생각한다고요." 란샹은 사랑스럽다는 듯이, 또는 원망 스럽다는 듯이 내 머리를 쓰다듬었다.

내 마음은 다시 침울해졌고 무거운 한숨이 새어 나왔다. 어머니는 이 백발을 보고 나를 용서해 주었던 것이다. "자업자득이다. 자오전환, 행복했던 가정이 너 때문에 엉망진창이 되고 말았다. 쑨웨의 친정에 가서 부모님에게 잘못을 빌어라. 그러지 않으면 나는 죽어도 눈을 감 을 수 없다……."

그렇게 말하고 나서 어머니는 숨이 끊어졌다. 하지만 나는 쑨웨의 친정에는 가지 않은 채 장례식이 끝나자마자 곧 돌아왔다. 모든 기억 을 매장하고 싶었다. 쑨웨가 이 새하얀 머리에 대해 알게 된다면…….

"그 무렵에는 노동자가 각광을 받을 때였으니까 당신도 나를 인정해 주었지만 지금은 당신네 인텔리가 각광을 받고 있어요. 그래서 당신은 당연히 다시 쑨웨 쪽이 더 좋아지게 된 거라고요." 란샹은 반은 나에 게 반은 자기 자신에게 말하는 것 같았다.

정말 진저리가 난다. "그렇게 생각하고 싶으면 그렇게 해. 나는 잘 테 니까." 나는 전등의 스위치를 탁 끄고는 눈을 감았다. 그녀가 뒤척거리 고 한숨을 쉬고 흐느껴 우는 것에도 상관하지 않았다.

내가 무정한 것일까. 그럴는지도 모른다. 하지만 나를 조금도 이해하 지 않는 그녀에게 어떻게 애정을 가질 수 있을 것인가. 그녀는 왜 내 아내가 되었단 말인가? 이것은 하나의 악몽이다! 사내에서 누구 하나 모르는 사람이 없을 만큼 주색에 능하며, 혁명위원회의 노동자위원이며 결혼은 늦었지만 일찍이 중절 경험까지 있는 그런 여자를 내가 어떻게 좋아할 수 있겠는가. 그러나 다름 아닌 바로 그 여자가 나의 아내가 되었던 것이다!

그것은 엄청나게 혼란스럽고 허망한 세월이었다. 조반! 조반파! 모든 것이 뒤집어지고 엉망진창이 되었다. 쑨웨는 그때까지만 해도 편지를 일주일에 한 통씩 보내왔지만 그 이후로는 차츰차츰 뜸해지기 시작했다. 때로는 몇 달에 전보가 한 통, 그것도 '무사함'이라는 한마디뿐일 때도 있었다. 그것은, 그녀, 내 아내가 아직도 생존해 있음을 나타내 주고 있을 뿐이었다. 그녀는 운동이 시작되자마자 곧 보황파*로 혹독한 규탄을 받았다. 그 후 죄목이 점점 화려해지고 점점 더러워지더니 마지막에는 'C대학 당위원회 서기의 첩'까지 되었다. 나는 그녀를 잘 알고 있기 때문에 그런 모욕 따위는 믿지 않았다. 그러나 그녀가 목에 '첩'이라는 표를 걸고 대중 앞에서 규탄당하는 광경을 상상할 때마다 견딜 수 없는 심정이 되었다. 나는 정치에 적극적인 그녀를 원망하기 시작했고, 그녀가 내 옆에 없는 것은 사실상 아내의 역할을 포기한 것이라고 느끼기 시작했다. 그리고 왠지 갑자기 혼자 사는 생활이 견딜 수 없었다. 바로 그럴 때 뚱뚱보 왕이 나를 란샹의 활동권 내로 끌어들였고 얼마 안 가서 두 사람만의 만남이 시작되었던 것이다.

"여자 중에는 남편과 생이별한 과부라는 것이 있지만 남자 중에도 그런 사람이 있네요?" 이것이 우리 집에 처음 왔을 때 란샹이 한 말이었다. 그녀는 질투를 통째로 드러내며 벽에 걸린 나와 쑨웨의 결혼 사진을 보았다. 쑨웨는 행복한 듯이 내 어깨에 기대고 있고 나의 머리와

---

* **보황파** '황제(당시 기득권 세력이었던 당 관료들을 의미)를 보호하는 무리'라는 의미.

그녀의 머리가 서로 닿아 있는 사진이었다.

"질투하고 있군." 나는 그런 말로 대답했다. 그때 거울을 보지는 않았지만 내 얼굴이 그 어떤 파렴치한에게도 지지 않았을 것임을 나는 알고 있었다. 내가 어떻게 이런 식으로 될 수 있단 말인가?

드디어 나는 벽에서 결혼사진을 떼어 냈고, 란샹의 사진을 내 지갑에 넣고 다니게 되었다. 그리고 란샹 앞에서 쑨웨를 나쁘게 말하는 것이 점점 유쾌해졌다.

아직 두 달도 되지 않았는데도 스스로 커다란 변화가 일어나고 있음을 느꼈다. 본능이 점점 이성을 압박하더니 급기야는 거의 짓눌러 버리고 말았다. 그리고 이성을 되찾지 않으면 안 되겠다고 느꼈을 때 란샹은 임신 중이었다.

한 번 실수는 천추의 한을 이루고도 남는다! 이런 말을 내뱉었던 사람은 나와 비슷한 경험을 했었음이 분명하다.

란샹과 쑨웨는 비교도 되지 않는다. 물론 외모는 둘 다 미인에 속한다. 하지만 쑨웨의 아름다움은 자연스러운 것이지만 란샹의 그것은 지나치게 작위적이어서 부자연스럽다. 쑨웨는 명실공히 '아내'였지만 란샹은 '여자'에 불과하다. 쑨웨와의 생활은 결코 길지 않았음에도 불구하고 무한한 추억으로 가득 차 있는 것 같은 느낌이 든다. 그러나 란샹과의 관계는 너무나 단조로워서 작년과 올해, 어제와 오늘이 구별되지 않는다. 이런 부부가 어떻게 백년해로를 할 수 있을 것인가.

하지만 다시 한번 이혼을 할 수 있을까. 딸은 또 어떻게 하나. 쑨웨는 어떻게 생각할까. 또 나를 용서해 줄 것인가. 그런 상념이 여러 번 뇌리를 스쳐갔다. 무슨 무서운 생각을! 망상을 떨쳐 버리기 위해서 나는 일을 도맡아 했고 되도록이면 동료들과 어울려서 지냈다. 날마다 친구들을 집으로 불러서는 먹고 마셨으며 우리의 가정생활을 칭찬하게 하기도 했다. 그러나 모든 것이 다 소용없었다. 역사란 실로 만만치 않은 상대이다. 언제나 밤의 어둠을 틈타 습격을 가해 온다. 내 머리는 이미 백발이다. 아아, 쑨웨와 우리의 딸을 만나고 싶다. 만나서 두 사람에게 용서를 빌고 싶다!

"이제 와서 후회해 봐야 늦었어요. 쑨웨가 재혼하지 않았으리라고 생각할 수 있어요? 지금은 그 사람의 시대예요. 더 이상 당신 같은 사람은 안중에도 없을 거라고요. 그 사람, 딸 이름까지 바꿔 버렸잖아요."

란샹은 아직 자지 않았던가. 하지만 상대하고 싶은 마음도 없다. 나는 쑨웨가 아직 재혼하지 않았다는 것을 알고 있다. 그러나 내 후회는 확실히 늦은 것이다. 그렇다. 이제는 너무 늦었다.

쑨웨

나에게 역사는 결코 과거가 될 수 없어.
역사와 현실이 하나의 배를 공유하고 있어서 어느 누구도 떼어 낼 수가 없어.

당위원회 서기인 시류 동지가 집에 한번 들러 달라고 했다. 나는 그 집에 가는 것이 정말로 두렵다. 부인인 천위리를 만나게 되면 싫어도 그 굴욕과 고통의 나날들을 기억하게 되기 때문이다.

천위리는 집에 있었다. 그녀는 그 이름처럼 옥같이 우아하고 아름다운 모습을 하고 있다. 벌써 50세인데도 희고 둥근 얼굴에는 주름 하나 없고 목소리에서도 나이가 느껴지지 않는다. 나는 불쾌함을 누르고 그들에게 인사를 했다. 천위리가 곧 차와 과자를 내왔지만 보기도 싫다. 시류가 잡지 한 권을 꺼내 와서 좀 보라며 내게 내밀었다. 목차를 보니 내가 속한 학부의 교수 쉬헝중이 쓴 〈사인방의 문예 노선 비판〉이 실려 있다. 그리고 대학 당위원회 사무국 주임인 유뤄수이가 쓴 〈살아 남은 자의 기록〉이라는 것도 실려 있다. 쉬헝중의 것은 본인으로부터 들어서 알고 있긴 했지만 아직 읽지는 않았으며 이번에도 읽고 싶은 기분이 들지 않았다. 나는 오히려 유뤄수이의 문장에 흥미가 끌렸다. 도대체, 무엇을 썼을까. 설마 자기 스스로를 '살아 남은 자'라고 하진 않았겠지? 어디 좀 읽어 보자.

"쉬헝중이 글을 내놓은 것을 자네도 알고 있었나?" 시류가 말했다.

"네, 그에게서 들어서 알고 있었는데요."

"그럼 당신들이 허가를 했단 말인가?" 시류는 불쾌한 것 같았다.

"총지부에서는 문제 삼지 않았습니다. 그럴 필요가 있는 걸까요?" 나는 유뤄수이의 글에서 눈을 떼지 않았다. 정말로 재미있다.

"뜨락의 반은 이끼로 덮였고, 복숭아꽃 다하고 유채꽃 피었도다. 복숭아꽃 심던 도사는 어디로 갔나, 여기 난봉꾼이 다시 돌아왔건만." 류위시(당나라의 시인)의 시 〈다시 쉬안더우관에서 노닐며〉이다. 그가 이 시로 사인방(문화대혁명의 실권파로 마우쩌둥의 사망 후 실각한 장칭, 장춘차오, 왕훙원, 야오원위안을 가리킴) 분쇄 후의 자기의 심정을 형용하다니 참으로 고심했군. 류위시는 좌천당한 지 14년 만에 옛땅을 다시 찾아와서 그렇게 읊었었다. 정치적인 압력에 굴하지 않는 결의와 용기를 나타내며 지난날에 받았던 박해에 대한 분노와 조소를 표현했던 것이다. 하지만 유뤄수이는 도대체 무엇을 말하고 싶은 것인가. 자기가 류위시와 같다고?

"학부의 총지부 서기인 자네는 무엇을 하고 있는 건가? 이런 것도 체크하지 못하나?"

시류의 말을 듣고 나는 할 수 없이 유뤄수이의 글을 내려놓고 그의 얼굴을 보았다. 그는 화가 나면 얼굴이 한층 더 엄숙해지고 딱딱해진다. 나는 잠자코 있었다.

"쉬헝중에게 사인방을 비판할 자격이 있어? 자기야말로 사인방의 앞잡이였던 주제에!" 시류는 토해 내듯이 말했다.

문득 당시의 정경이 되살아났다. 말라 비틀어져서 당장이라도 쓰러져 버릴 것 같은 시류가 단상에 허리를 굽히고 서서 호된 비판을 받고 있다. 발언하고 있는 것은 학부의 조반파 교수 쉬헝중이다. 나와 천위리는 둘 다 '시류의 첩'이라는 표를 걸고 나란히 세워져 있고 우리들 옆에는 시류의 병약한 아내도 서 있다. 하지만 같은 위원회의 유뢰수이는 '반대파에 붙는 일격'을 가함으로써 조반파 쪽으로 돌아서 학내 최초의 고참 간부가 되었던 것이다. 그는 대학 당위원회 부서기이며 중문학부 총지부 서기도 겸하고 있었다. 그리고 그때부터 중문학부 혁명위원회에 '밀착'되어 부주임이 되었고 그다음에도 '반대파에 붙는 일격'을 계속 가했다.

"우리들은 그 사람에게 호되게 당했어요! 덕택에 가족과 이별하는 지경에까지 이르렀었고, 고참 간부에 대한 그 사람의 원한은 골수에 차 있다고요. 지주 출신이니까." 천위리가 끼어들었다.

얼마나 맑은 목소리인가. 바로 그녀의 입에서 나왔으리라고는 믿어지지 않을 정도이다. 비판을 받을 당시는 이렇지 않았었다. 그녀는 항상 떨고 있어서 입을 열지도 못했었다. 그래, 그 비판 투쟁 대회에서는 단상에서 일어서지도 못했었지. 그것은 대형 폭탄의 폭발이었다. 쉬형중이 대중 앞에서 그녀 앞으로 보낸 시류의 연애 편지를 읽었던 것이다. 게다가 그날 그녀의 남편과 아들은 나란히 바로 앞에 앉아 있었다. 그들은 그녀가 지독한 누명을 뒤집어쓰고 있다고 믿고 계속 그녀를 지지해 왔던 것이다.

그렇다 치더라도 지독한 연애 편지였다! "가능하다면 나는 개가 되어서……."

아아, 나는 듣고 있을 수가 없었다. 머리가 터져 버릴 것 같았다. 나까지 시류의 손에 의해 개로 변해서 인격을 완전히 상실해 버린 것 같은 느낌이었다. 만일 시류가 대중 앞에서 자기가 쓴 것임을 인정하지 않았더라면 나는 계속 사기나 중상이라고 생각했을 것임에 분명하다.

내가 알고 있는 시류는 고난을 잘 견디는, 진실하고 품행 방정한 인격자였다. 얼굴은 성실 그 자체이고 걸을 때도 등을 꼿꼿이 펴고 있는 것 같은 느낌을 주는 사람이었다. 그는 여러 번 내게 이렇게 충고했었다.

"쑨, 세계관을 완전히 개조하지 않으면 안 되네. 자네에겐 18, 19세기의 부르주아 문학의 영향이 아주 강하고 쁘띠 부르주아적 정서가 넘치고 있어. 그것은 계급 투쟁 속에서는 위험한 것이지."

그의 교육이 있었기 때문에 나는 내 뇌리에 깃든 갖가지 부르주아적 사상에 대해서 엄한 자기비판을 가할 수 있었던 것이다. 나는 전체학부의 학생 대회에서 스스로의 체험을 들어 18, 19세기 외국 문학의 해독에 대해 이야기했다. 계급 투쟁에 있어서 확고하지 못했던 것은 휴머니즘과 인간성론의 영향이었다. 그 때문에 자칫 우파 분자와 사랑에 빠질 뻔했다고 자기비판을 했다. 시류는 나의 자기비판을 듣고 모든 사람들 앞에서 칭찬해 주었었다.

"쑨웨는 원래 남자처럼 용감하고 사물에 대하여 낙관적이었다. 그러나 부르주아 계급의 소설을 읽음으로써 마음이 약해져 버리고 말았다. 그러나 오늘의 자기비판은 훌륭했다. 그녀는 이제부터 좀 더 의지가 강한 프롤레타리아 전사가 될 것이라고 믿는다!"

나는 그 말을 듣고 눈물을 억제할 수 없었다. 얼마나 훌륭한 지도자인가 하고. 그런데 그런 사람이 이런 편지를 쓰고 있었다니! 이것은 도대체 어떤 계급적 정서인가? 그 비판 대회 후 나는 곧 자오전환에게 편지를 써서 두 번 다시 시류 편에 서지 않겠다고 말했다. 나는 처음부터 목에 걸린 '시류의 첩'이라는 표 따위는 무섭지 않았다. 언젠가 틀림없이 은총의 비가 내려서, 내가 뒤집어쓴 더러운 물을 씻어 줄 것이라고 믿고 있었다. 하지만 그날부터 완전히 자신을 잃고 말았다. 더러운 물에 기름까지 섞여 있었다니!

그 비판 대회 다음에 천위리의 남편은 그녀와 이혼했고 시류의 아내는 죽었다. 이것 역시 가족 이별임은 분명하다! 그러나…….

"모두가 다 쉬헝중의 책임이라고요?" 나는 나도 모르게 말을 입 밖에 내고 말았다.

갑자기 시류의 안색이 달라졌다. 얼마나 추한 얼굴인가. 그의 양 눈은 원래 상당히 튀어나와 있었지만 지금은 당장이라도 튀어나올 것 같았다. 그는 한마디 한마디에 힘을 주어 말했다.

"자네는 역사를 잊어버렸나. 저 역사는 절대로 잊어서는 안 돼. 잊어버리면 우리들은 다시 한번 모든 것을 잃게 되는 거야!"

나는 나도 모르게 반론했다.

"잊어버리지는 않았어요. 잊어버릴 리도 없죠. 단지 역사에 대한 당신들의 태도에는 찬성할 수 없을 뿐입니다. 당신들은 불공평합니다. 유뤄수이는 몇 년 전에는 쉬헝중보다 훨씬 커다란 권력을 쥐고 있었고 한 짓도 훨씬 악질이었어요. 대중들은 그에 대해서 대단히 불만을 갖고 있었습니다. 그런데 어째서 그에게는 자기비판도 시키지 않고 당위원회 사무국 주임을 맡겼죠? 그가 고참 간부라는 단지 그 이유 때문인가요? 게다가 당신들은 당신 자신에 대해서도 스스로에게 유리한 역사만을 기억하고 있을 뿐 불리한 역사는 말살하고 왜곡하려고 하고 있습니다. 시류 동지, 당신 역시 타인의 가족을 이별하게 하신 일이 있지 않습니까. 그때 당신의 권력은 쉬헝중보다 훨씬 대단했었지요!"

나는 단숨에 이렇게 말하고는 나 자신도 놀랐다.

"도대체 무슨 말이야?" 시류가 엄하게 반문했다. 천위리도 똑같은 말을 되풀이했다.

내 가슴에 순식간에 몇 사람의 인물들이 떠올랐다. 한 사람은 같은 반이었던 셰. 귀국 화교였다. 어머니가 외국에서 자그마한 가게를 하고 있다는 단지 그 이유만으로 시류는 그의 일시 출국을 허용하지 않았다. 백가쟁명(마르크스주의는 다른 사상과 경쟁하는 가운데서 지도적인 위치를 차지해야 하는 것이지 처음부터 유일 절대적인 사상으로 강제해서는 안 된다고 주장한 획기적인 사회주의 문화 정책으로, 1956년 중국 공산당이 공표한 슬로건이며 문화대혁명 때는 이 정책이 비판을 받았지만 사인방 체포 후에는 문예, 학술 면에서 장려되었음) 운동 속에서 그는 시류에게 불복하였다 하여 우파로 단죄당했으며 그 후 오랫동안 노동 개조를 당했었다. 그동안 그는 진상을 어머니에게 계속 숨기고 있었다. 억울한 누명이 벗겨지자 그는 비로소 어머니에게 모든 것을 밝혔다. 그러나 연로한 어머니는 충격 때문에 정신이 돌아 버리고 말았고 아직도 외국의 병원에 입원 중이다. 출국을 배웅하러 나갔을 때 그는 몹시 흐느껴 울었다! 그리고 허징푸는 이 동급생을 위해서 이의를 제기했다가 역시 우파로 몰려 퇴교 처분을 당했었다. 생각할 때마다 나 자신마저 범죄자가 된 것 같은 생각이 드는데 시류는 어떻게 태연할 수 있단 말인가. 하지만 나는 이 이상 아무것도 말하고 싶지 않다. 한시라도 빨리 여기를 떠나고 싶을 뿐이다. 나는 시류에게 말했다.

"그 밖의 용건은요?"

"앞으로는 똑똑히 체크하도록. 쉬형중에게는 앞으로 글을 발표할 땐 총지부에 보고하라고 말해 줘요. 그리고 신문 잡지의 편집부에는 그의 글은 당분간 발표하지 않도록 하라고 전해요."

"그것은 당의 정책이나 헌법과 모순되는 것인데요?"

"자네는 사상이 완전히 변해 버렸군. 왜 그런지 잘 생각해 봐야 할 거야. 자네는 우리들의 기대에 어긋나고 있어. 나는 복직이 되자마자 곧 자네를 중학교에서 되돌아오게 해서 한 학부를 맡겼어. 그런데……."

시류는 침통한 나머지 말이 막힌다는 듯한 모습이었다.

그때 천위리가 다시 끼어들었다. "쑨웨, 우리들은 환난을 같이 한 사이이니까 한 가지 주의를 해 두겠는데, 당신에 대해서 이러쿵저러쿵 말하는 사람이 있어요. 쉬헝중과는 역시 일정한 거리를 두는 편이 좋아요. 아내가 죽은 지도 얼마 되지 않았고……."

"위리!" 시류가 엄한 목소리로 제지했다.

나는 그것을 기회로 자리를 떴다. 퇴근 시간까지는 아직 얼마간 시간이 남아 있었지만 학부로 돌아가기보다는 집으로 가고 싶었다. 나는 교직원 숙소의 정문을 나섰다. 그때 쉬헝중과 딱 마주쳤다. 운이 나빴다. 그는 어른과 아이의 찢어진 신발을 들고 있었다.

"오늘은 일찍 돌아가는군." 그가 먼저 말을 걸어왔다.

"외출?" 나는 할 수 없이 멈춰 섰다.

"신발이 전부 터져 버렸어. 살 돈이 없어서 고쳐 달라고 갖고 가는 길이지." 그는 찢어진 신발을 내 앞에 내보이며 희고 잘생긴 얼굴에 희미한 미소를 띠었다. 쓴웃음 같기도 하고 자신을 비웃는 것 같기도 했다.

나는 순간 마음이 아팠다. 그와 그의 죽은 아내는 둘 다 나와 동급생이어서 5년 동안 함께 공부했고 졸업 후에도 동료로서 같이 일해 온 사이이다. 그의 아내는 임종 무렵에 그를 보내서 나를 불렀었다. 그녀는 자기와 아들 쉬쿤을 봐서 남편이 문화대혁명* 중에 내게 행한 모든 짓을 용서해 달라고 간청했다. 나는 승낙하고 쉬쿤을 가능한 한 돌보아 주겠다고 약속했다. 지금도 그녀의 애절한 말이 들리는 것 같았다.

"과거의 일은 모두 잊어 줘, 쑨웨."

나는 기분을 가라앉히고 내 말을 기다리고 있는 쉬형중에게 말했다.

"나, 지금 쉬쿤의 신발을 만들고 있는 중이야. 금방 다 될 거야."

그의 눈에 순간적으로 빛이 깃들다가 사라지는 것이 보였다. 그때 천 위리의 '주의'가 귓전에 울렸다. 나는 곧 쉬형중과 헤어져 빠른 걸음으로 집으로 향했다.

나는 천으로 된 신발창을 끄집어냈다. 두 달이나 걸렸는데도 아직 한 짝의 절반밖에 바느질이 되어 있지 않았다. 쉬쿤의 신발은 발가락 부분이 닳아서 구멍이 뚫려 있다. 두 부자가 한 달에 60위안이면 살아갈 수 있을 터이건만 쉬형중은 장례식을 치른 직후인데다가 장인을 보살펴 주지 않으면 안 되는 처지이기도 하다.

싯…… 싯…….

실이 신발창을 통과하는 소리는 단조로우면서도 리듬이 있다. 마치 손가락으로 살짝 거문고 줄을 튕기고 있는 것처럼 사람의 마음을 쓸쓸하고 초조하게 만든다.

더러운 물, 더러운 물. 어딜 가나 더러운 물을 뒤집어쓰게 된다. 특히 여자는 더욱 그렇다. 특히 나 같은 여자는.

'앗!' 손가락을 찔리고 말았다. 그것도 깊이. 찔린 부분이 하얗게 되더니 검붉어지고 피가 배어 나왔다. 작고, 새빨간 핏방울이 손가락 끝에 돋았다. 인체의 어떤 부분에나 피가 있고 신경이 있어서 상처를 받으면 피가 흐르고 아프기 시작한다. 피는 흐름을 멈추지 않고 아픔은 가라앉는 일이 없다. 죽을 때까지 계속.

---

* **문화대혁명** 1960년대 중국에서 자본주의를 일부 채용한 류사오치 등의 정책이 실효를 거두면서, 정치적 입지가 불안해진 덩샤오핑이 일으킨 반우파 운동. 마오쩌둥은 학생들을 부추겨 우파를 적으로 돌리고 자신에 반대되는 세력을 모두 숙청하였다.

나는 손가락을 입에 넣고 빨았다. 피를 다른 사람에게 보여서는 안 된다. 개중에는 피를 무척 좋아하는 사람도 있어서, 오로지 타인의 상처에서 피를 받아 '과학 실험'을 하고 싶어한다. 인간의 피를 어떻게 하면 더러운 물로 바꾸어 땅에 뿌리는가 하는 연구를…….

나는 C대학으로 돌아오지 말아야 했다. 중학교에서 가르치는 것도 나쁘지는 않았다. 그랬는데도 역시 돌아오고 말았다. 나는 저 몇 년 동안의 교훈에 의해서 시류가 변했으리라고 믿어 의심치 않았었다. 하지만 역사는 그 사람에게 세 구절의 말을 남겼을 뿐이었다. 과거의 공로, 10년의 고통, 현재의 권력. 이것은 그가 입 밖에 낸 말은 아니지만 그의 언동 하나하나가 그렇게 생각하고 있음을 말해 주고 있다. 내가 그 비판 대회에서 그에게 실망했다고 하지만 지금의 실망은 훨씬 더 크고 훨씬 더 깊다. 그 사람 본래의 장점인 뛰어난 지혜와 능력, 대중 속으로 들어가는 자세 등은 완전히 자취를 감춰 버리고 말았다. 과거의 그는 교사나 학생들의 생활에 관심을 보였고 대학 식당의 운영 같은 것은 누구나가 다 칭찬을 했었다. 하지만 지금은 자기의 권력밖에 관심이 없다. 지위는 회복되었지만 인간으로서는 절반만 회복했을 뿐이다. 저속한 절반만, 사람들이 싫어하는 절반만.

나는 정말로 중학교로 되돌아가고 싶다. 천진한 아이들 속으로 돌아가고 싶다.

싯…… 싯……. 이 단조로운 소리가 내 마음을 천 갈래 만 갈래로 찢어 놓는다. 바늘이 부러져서 나는 신발창을 내려놓았다.

나는 본래 이렇게 예민한 사람은 아니었다. 나는 확실히 변했다. 이 변화가 좋은 것인지 나쁜 것인지, 복인지 화인지, 생각해 본 일이 없다. 또 생각해 본들 무슨 소용인가. 변해 버린 사람이 원래대로 돌아가는 일은 있을 수 없는 것이다. 하지만 이런 상태로 당의 총지부 서기 일을 할 수 있을 것인가.

"쑨웨, 있어?"

목소리만으로도 리이닝임을 알 수 있다. 그녀는 한 줄기 봄바람처럼 내 방에 생기를 몰고 왔다. 그녀의 통통하고 둥근 얼굴에는 언제나 어린아이의 미소가 떠올라 있다. 웃으면 귀여운 보조개가 두 개. 이미 마흔인데도 화려한 색의 옷을 좋아해서 오늘은 새빨간 울 코트를 입고 있다. 하지만 그녀가 입으면 그것이 조금도 천박해 보이지 않는다. 이닝은 들어오자마자 내 어깨를 껴안고 헤헤헤 웃으면서 말했다. "오늘은 무엇 하러 왔는지 맞춰 봐."

나는 잠자코 있었다. 그러자 그녀는 문을 닫고 물었다. "한이는?"

"아마 친구와 놀러 갔겠지. 그 애는 집이 쓸쓸하니까 늘 식사 때나 돌아와."

"그런 생활은 변화시켜야 해. 그 아이도 너무 가엾잖아." 이닝은 그렇게 말하고는 눈꼬리를 붉혔다. 마치 어린아이 같다.

"나, 오늘은 그 때문에 왔어."

저 봐, 벌써 웃고 있잖아. 나는 웃음을 터뜨렸다.

그녀는 개의치 않고 나에게 바로 그 상대를 소개하기 시작했다. 어디어디의 이름 있는 작가로서 58세, 결혼 경력은 없다. 지금은 나이도 나이고 해서 결혼 상대로 대학교수를 찾고 있다. 거주지가 다른 것은 상관없다. 결혼과 동시에 전근이 가능하다.

그녀는 이야기를 끝내고는 귀여운 눈으로 나를 바라보았다.

"흠! 어느 작가의 주부 모집이란 말이로군. 모집 대상, 대학교수인 독신 여성. 대우, 전근은 원하는 대로. 너는 지금 나보고 응모해 보라는 거지?" 나는 장난스럽게 말했다. 마음속은 장난할 기분은커녕 괴로워서 견딜 수 없는데도.

이닝의 눈이 한층 더 커졌다.

"네 입에 걸려 들면 모든 것이 다 맛이 달라진다니까. 모처럼의 멋진 이야기가 당장 한 푼어치 값도 없는 것이 되고 말았잖아."

나는 그녀를 화나지 않게 하기 위해서 이번에는 진지하게 말했다.

"내가 지금까지 다른 사람의 소개를 받아들이지 않았다는 것은 너역시 잘 알고 있잖아. 그건 자기를 상품화해서 사람들에게 고르게 하는 것이나 다름없는 일이기 때문이야."

"네가 고르는 것도 안 되는 거야?"

"안 돼. 나는 구매자가 되고 싶은 마음도 없어. 애정이라고 하는 것은 서로가 끌어당기는 것이 아니면 안 돼. 눈곱만큼이라도 사고파는 요소가 있어서는 안 되는 거야."

"그런 애정은 현실적으로 존재하지 않아. 나, 내기를 해도 좋아. 100쌍의 부부 중에 95쌍은 서로 적응하면서 사는 거야."

"그래, 서로 적응하며 사는 것이 합리적이고 행복한 것이라고 생각되기도 해. 하지만 이상적인 애정은 역시 존재해. 너 역시 5퍼센트는 남겨두었잖아."

"그렇다면 네 이상을 말해 봐. 네가 사랑하는 사람이 어디에 있는지말해 주기만 하면 설령 하늘 끝이라도 내가 가서 데리고 올게. 네가 행복해지기만 한다면……."

이닝의 눈꼬리가 다시 빨개졌다. 그녀의 성격은 중학교 정치과 교사따위로는 어울리지 않는다. 나는 '해방'되고 나서 C대학에 머물기를 원치 않았기 때문에 이닝의 학교에 국어 교사로 배속되었다. 우리들은 금방 친해졌다. 그 무렵 나는 고민의 밑바닥에 빠져서 늘 혼자 집에 틀어박혀 있었다. 그녀는 어떻게 해서든 나를 밖으로 이끌어 내려고 했다. 그녀의 존재가 내게 적지 않은 위로를 주었던 것은 확실하다. 하지만 나는 도저히 그녀처럼 쾌활해질 수는 없었다. 그녀에게는 안온하고도 만족스러운 가정이 있기 때문이라고 나는 생각했다. 그러나 그녀는 그에 동의하지 않고 이렇게 말했었다.

"그건 내가, 풍파도 없지만 재미도 멋도 없는 생활에 안주할 줄 알고, 실현성이 없는 꿈은 꾸지 않기로 작정하고 있기 때문이야. 너, 내 마음이 돌 같다고 생각해? 그야 나 역시 태양은 뜨겁고 얼음이나 눈은 차다는 것, 꽃은 아름답고 새는 하늘을 나는 것이라는 것쯤 알고 있어. 하지만 나는 그런 것에 대한 나 자신의 감도를 최저까지 낮출 수 있는 거야."

"아무리 낮춘다 한들 너는 정치과 교사야. 아무런 정치 정세의 변화도 느끼지 않는다고 할 수 있어?"

그러자 그녀는 웃으며 말했다.

"정치과 교과서 같은 것은 《뜨개질하는 법》이라든가 《대중요리법》이나 똑같은 거야. 모두 다 실용적인 책이야. 그 때문에 일일이 기분이 달라질 필요는 없어. 너 정말로 바보구나!"

나는 자신이 바보라는 것을 인정한다. 그녀가 좋기도 하고 부럽기도 하다. 하지만 도저히 그녀의 흉내를 낼 수는 없다.

"어때? 진심을 털어놓는 게?" 그녀가 싱긋 웃으면서 재촉했다.

지금 마음속으로 생각하고 있는 것을 있는 그대로 고백할까. 아니, 말해서는 안 된다. 이닝이 나를 비웃으리라고는 생각되지 않지만 그녀는 입이 가볍다. 만일 소문이라도 나면 다시 더러운 물을 뒤집어쓰지 말라는 법도 없다. 이 몇 년 동안의 경험이, 가장 깨끗한 감정은 마음속에 접어 두는 것이 좋다고 가르쳐 주었다. 일단 뒤집혀진 것은 여간해서는 본래의 모습으로 되돌아가지 않는 법이며 일단 지저분하게 뒤섞인 것은 한동안은 구분이 불가능하다. 하물며 스스로의 이상을 분명히 표현한다는 것은 내게는 전혀 자신이 없다. 이 몇 년 동안 나는 훨훨 바람에 떠도는 깃털 같았다. 안착할 장소를 찾고 있지만 그것은 어디서도 찾을 수 없다. 나는 어느 날인가 크고 힘센 손 하나가 갑자기 나를 붙들어서 "네가 있을 곳은 이곳이다. 이제는 흔들리지 말아라." 하고 명령해 주기를 기다려 마지 않는다. 꿈속에서 그 커다란 손을 만난 일이 있다. 하지만 그것은 얼마나 허망한 것이었던가! 웬일인지 나는 낯선 곳에 와 있었다. 들판은 황폐하기 그지없었고 질펴거렸다. 그곳에는 온갖 사람들이 밀치고 웅성거리면서 검문소를 통과할 순서를 기다리고 있었다. 그 검문소도 느낌으로만 느껴질 뿐 눈에는 보이지 않는다. 나는 다른 사람들과는 달라 동료도 없이 혼자였기 때문에 이리저리 밀려나면서 어떻게 해야 할지 몰랐다. 그때 멀리서 말 발자국 소리가 가까이 다가왔다. 어떤 커다란 남자가 말을 타고 눈 깜짝할 사이에 스쳐 지나갔다. 나는 모래 먼지 속에 묻혔다. 갑자기 누군가가 그 커다란 남자를 향해서 외쳤다.

"××, 쑨웨는 여기 있다!"

그 외침은 순식간에 내 마음을 가라앉히고 일종의 안도감을 안겨주었다. 그때 문득 정신이 들었다. 저 사람은 이 검문소에서 내가 길동무가 되기를 기다리고 있었던 거야. 나는 저 사람의 가슴속으로 뛰어들어가야 해. 하지만 도대체 누구지? 확실히 듣질 못했어! 잠시 정신을 차리고 생각하면 생각할수록 그것은 점점 더 허망할 뿐이었다. 실제로, 내가 무엇을 바라고 있는 것인지, 도대체 무엇을 기다리고 있는 것인지

나 스스로도 알 수 없었다.

이런 이야기를 이닝에게 해 본들 무슨 소용이 있을 것인가. 신경쇠약이라고 생각하기 십상이다. 나는 잠시 머뭇거리다가 머리를 옆으로 흔들면서 말했다. "생각해 본 일도 없어."

이닝의 얼굴에 그림자가 스쳐 갔다. 그리고 그녀는 한숨을 쉬며 말했다. "너는 언제나, 내가 경박하고 너를 이해하지 못한다고 생각하고 있어. 하지만 사실은 이해하고 있다고. 너에게 필요한 것은 마음을 기댈 곳, 강력한 애인이야. 애인이 너를 부축해 주고 너의 손을 이끌고 어떠한 진창길도 건네주기를 너는 바라고 있어. 오랫동안 왜곡당하고 억제당해 온 천성을 그 사람 앞에서 마음껏 꽃피워 보기를 바라고 있어. 나는 알고 있어. 너는 사랑을 이해하는 사람이고 사랑을 위해서 자기를 희생할 수 있는 사람이야. 하지만 현실적으로 네가 희생할 만한 가치가 있는 상대를 발견할 수는 없어. 쑨웨, 난 정말로 너 때문에 울고 싶어질 때가 있어!"

나는 나도 모르게 이닝을 껴안았다. 얼마나 좋은 친구인가!

"그럼 기다리게 해 줘, 응? 기다린다는 것은 실망하는 것보다는 좋은 일이잖아." 나는 간청했다.

"기다린다는 건 실망이나 마찬가지야. 영원히 기다린다는 것이 바로 절망이라구."

둘 다 그 이상은 말이 이어지지 않았다. 화제를 바꾸려고 생각했다. 오랜 침묵 끝에 그녀는 내가 바느질하고 있던 신발창을 집어 들면서 말했다. "너, 쓸데없는 걱정을 하고 있는 거 아냐? 잘못되었다가는 다른 사람들의 소문거리가 된다구."

"소문이라면 이미 나 버렸어." 나는 그녀의 손에서 신발을 집어 들었다. 싯…… 싯……. 이 소리로 불쾌감을 털어 버리자고 생각했다. 얼마쯤 있다가 나는 참지 못해 말했다.

"내가 이런 뒷바라지까지 하리라고는 생각도 하지 못했어. 하지만 그의 부인이 내 동급생이었고 임종 때는 내게 아이를 부탁한다고 했거든. 그런 말을 듣고 모른 척할 수 있겠어? 게다가 나 역시 몇 년 동안 정치 문제로 따돌림을 당해 왔었잖아. 친척들도 친구들도 찾아오지 않고 아는 사람을 만나도 상대해 주지 않았어. 정말로 괴로웠지! 내가 다른 사람에게 그런 태도를 취할 수는 없어. 그래 가지고는 적과 분명한 선을 그을 수가 없다고 말하는 사람도 있지만, 이닝, 너는 철학을 하고 있지? 가르쳐 줘. 인간과 인간 사이에 어떤 경계선을 그어야 한다는 거지? 우리들은 과오를 범한 동지와는 꼭 선을 긋고 자기의 혁명성을 나타내야만 하는 거야? 우리들은 전체 인류를 해방하려 한 게 아니었어? 우선 쉬형중의 과오는 유뤄수이의 그것과 비교하면 별것 아니야. 어째서 한쪽은 계속 간부로 있을 수 있고 또 한쪽은 글을 발표할 권리조차 얻지 못하는 거지? 그러고도 공평하다고 할 수 있는 거야?"

"이제 와서 새삼스럽게 그게 어떻다는 거야. 지금까지도 쭉 그래 왔잖아. 그런 일에 불평을 말하고 싶어 하는 사람은 너뿐이야. 나라면 그런 일에 일일이 신경 쓰지 않겠어. 그건 그렇고, 이야기를 듣고 있다 보니 너, 쉬형중에게 마음이 있는 것 같은데, 안 그래?"

그녀는 그렇게 말하며 장난스럽게 눈썹을 꿈틀꿈틀했다.

나는 신발창을 집어 들고 그녀의 통통한 뺨을 탁 때렸다.

"그런 이상한 생각 두 번 다시 용서 안 할 거야. 아까는 작가를 팔더니 이번에는 쉬형중을 권하다니. 그에게 애정을 가질 수 있다면 네 손은 빌리지도 않아."

그녀는 천진스럽게 웃었다.

"별로 딴 생각이 있었던 것은 아니야. 나는 네가 과거의 불행과 고통을 완전히 잊고 처음부터 다시 시작할 수만 있다면, 그것으로 충분해."

이닝의 말은 진지했다.

"하지만 나에게 역사는 결코 과거가 될 수 없어. 역사와 현실이 하나의 배를 공유하고 있어서 어느 누구도 떼어 낼 수가 없어. 그리고 그 배는 나의 미래까지도 삼켜 버리고 있는 거야. 이닝, 난 분명히 설명하고 싶지만 어떻게 말해야 좋을지 모르겠어. 난 이제 정말 진저리가 나!"

저녁 식사 후, 머리가 깨질 것처럼 아파서 그냥 잠자리에 들었다. 그리고 잠이 막 들려고 했을 때 딸이 나를 흔들어 깨웠다.

"남자 손님이야. 처음 보는 분." 나는 하는 수 없이 옷을 갈아 입었다.

설마 허징푸가 찾아올 줄이야. 나는 이 반평생 동안 어떤 사사로운 적도 만들지 않았지만 허징푸에게만은 원한을 사고 경멸당할 만한 까닭이 있다. 나는 한이에게 말했다.

"친구 집에 가서 텔레비전이라도 보고 오렴."

한이는 나갔다. 허징푸는 눈이 새빨개져서 왔다. 지금까지 울고 있었던 모양이다. 설마하니 그가 울 리가 없지. 어디서 오는 길일까. 도대체 무슨 일이 있었단 말인가.

그는 한이의 뒷모습을 바라보면서 감탄하듯이 말했다.

"많이 컸군." 그리고는 내게 손을 내밀었다.

"놀랐어?"

"응." 나는 솔직하게 고개를 끄덕였다.

"사실은 날마다 오고 싶다, 오고 싶다 하면서도 올 수가 없었어. 오늘은 도저히 참을 수 없었어. 장위안위안 동지가 돌아가셨어. 지금까지 추도회에 있다가 오는 길이야."

그는 그렇게 말하며 손수 의자를 끌어당겨 앉아서는 담뱃대를 꺼냈다. 그가 잎담배를 피우다니. 나는 가슴이 찢어지는 것 같은 느낌이었다. 그는 이 담뱃대로 경고하고 있는 것 같았다.

'우리들은 이제 서로 다른 사람이야. 나를 저 긴 고통의 길로 쫓아낸 자들 속에 너도 들어 있어.' 하고.

나는 습관적으로 재떨이를 내밀었지만 그는 그것을 밀어 놓았다.

그의 얼굴은 슬픔으로 가득했다. 장위안위안이 돌아가시다니, 무리도 아니다.

장위안위안은 우리들이 재학 당시 중문학부 총지부 서기로서 우파 학생을 비호했기 때문에 중학교로 전임되었었다. 그녀의 뒤를 이어 그 자리에 앉은 것이 유뤄수이다. 장위안위안이 비호한 '우파 학생' 가운데 허징푸는 가장 뛰어난 존재였다. 시류가 지명하여 그를 우파 분자라고 단죄했을 때 장위안위안은 마지막까지 동의하지 않았다. 그 이유는 극히 간단한 것이었다.

"내가 그들을 백가쟁명 운동에 동원했었습니다. 그런 내가 그들을 단죄한다는 것은 그들을 올가미에 거는 것이 되지 않겠습니까. 그리고 그들은 모두 아직 어린애들입니다."

시류는 장위안위안과의 의견 차이를 당내에 공표하고 토론에 부쳤다. 토론의 결과는 말할 것도 없이 장위안위안의 패배였다. 그녀는 '달걀을 품은 암탉', 즉 우파를 부화시키고 비호하는 자로 낙인 찍혔다. 그리고 당내의 엄중한 경고 처분을 받고 부속 중학교의 부교장으로 좌천되었던 것이다. 그녀는 몇 년 전에 병으로 퇴직해 있었다. 허징푸에 대한 장위안위안의 배려는 자식에 대한 어머니의 그것에 뒤지지 않았다.

허징푸는 장위안위안의 어깨를 붙들고 통곡했다. 호된 비판을 받았을 때도 눈물을 보이지 않았었던 그가.

나는 허징푸를 위로하고 싶었다. 하지만 어찌 내게 그를 위로할 방법이 있겠는가. 나는 잠자코 있을 수밖에 없는 것이다.

"당신은 내가 장위안위안 동지의 죽음을 특별히 슬퍼하는 것이 그분이 나를 감싸주셨기 때문이라고만 생각해?" 그가 내게 물었다.

조금이라도 그런 눈치를 보였던 것일까. 하지만 나는 반론할 생각이 없었다.

"그렇지 않아. 나는 우리 당을 위해서 애석해하는 거야. 얼마나 훌륭한 간부였어! 그분의 가치는 시류의 몇 배나 되는지 알 수 없어. 유감스럽게도 모두가 그렇게 생각하지는 않았지. 그래서 시류는 원래의 지위로 되돌아 갔고 그분은 그렇게 되지 못했어. 그야말로 '오랜 세월에 걸친 공로와 잘못, 그 누가 평가할 수 있을 것인가?'(마오쩌둥 어록에서)라는 식이었지."

그는 왜 일부러 내게 찾아와서 시류와 장위안위안의 가치를 비교하는 것인가. 내가 보해파(보황파에 빗대어 시류(奚流)를 보호하는 무리라는 뜻으로 '해'는 '시(奚)'의 한국식 한자음)이기 때문에? 나는 그에게 한마디 해주었다. "시류에게는 시류의 가치가 있어."

그가 구두 바닥에 담뱃대를 털었고 재가 바닥에 떨어졌다. 그는 내가 눈살을 찌푸리는 것을 보고 빗자루를 찾으러 일어섰다. 나는 빗자루를 꺼내서 바닥을 청소했다. 그는 미안한 듯이 웃으면서 이야기를 계속했다.

"확실히 시류도 과거에는 가치 있는 사람이었어. 전쟁 때 그는 용감했지. 그리고 추접스러운 일면, 가식적인 일면이 있었다고는 하더라도 50~60년대에는 훌륭한 간부였다고 해도 좋을 거야. 하지만 지금 그의 가치는 공산당원이 어떤 식으로 비열한 인간으로, 사상이 경직화된 인간으로, 도량 좁은 인간으로 타락할 수 있는가 그 실례를 사람들에게 보여 주고 있는 것에 불과해."

"그 사람이 겪은 고통만은 당신도 부정할 수 없겠지?" 나는 반문했다. 시류를 위해서가 아니라 나를 위해서.

"겪은 고통이 인간의 가치를 재는 척도가 되지는 못해. 고통은 인간을 고상하게 만들기도 하지만 비열하게도 만드니까." 그렇게 말하고 그는 한동안 이상한 눈빛으로 나를 바라보고 있었다. 그리고 계속했다.

"설마 지금도 시류를 옛날처럼 믿고 있는 것은 아니겠지?"

그는 분명히 나의 묵은 상처를 건드린 것이다. 그 눈은 당혹스러움과 초조함으로 가득했지만, 나는 얼굴이 달아올랐다. 그리고 큰소리로 대답했다.

"믿고 있어. 만일 시류가 지옥으로 떨어져야 한다면 나도 같이 떨어지겠어. 당신도 나를 향해서 콰이반(일종의 민간 예능)을 노래했었잖아? '대나무 박자를 이렇게 맞춰서 시류의 조사를 노래합시다.' 하고."

그는 아연해서 한동안 아무 말도 하지 않았다. 그는 모르는 것이다. 이 몇 년 동안 내가 매일같이 놀림을 받으며 나의 출세를 위해서 시류를 지지했다는 말을 들어왔다는 것을. 나는 얼굴을 돌려 그의 눈길을 피했다. 나는 그를 이런 식으로 대해서는 안 된다. 이런 식으로 대하고 싶은 생각은 추호도 없었다.

"내가 와서는 안 되는 곳을 온 모양이야. 그럼, 안녕."

그의 발소리를 들으면서 나는 배웅하러 일어서지 않았다.

오늘 밤은 도저히 눈물이 멎지 않는다. 과거의 정경이 주마등처럼 떠올라 나를 책망한다.

허징푸

역사를 소중히 간직하는 까닭은 그것을 미래로 건네주기 위해서이다.
나는 지금 자신이 미래를 향해서 걷고 있는 것을 느낀다.

찾아가는 것이 아니었다. 지금까지 참아 오지 않았었던가. 보라, 그녀의 냉담함을! 이건 내쫓긴 것이나 마찬가지이다.

그렇다 하더라도 나는 무엇 때문에 찾아갔던 것인가. 그녀와 장위안위안이나 시류에 대해 이야기하고 싶어서? 그녀와 토론을 벌이고 냉대받기 위해서?

아니다. 모든 것은 이 국화꽃 때문이었다.

나는 오늘과 같은 추도회에는 처음 출석했다. 친밀할 뿐만 아니라 경애하는 분을 추모하기 위해서였다. 고인의 남편은 한 송이 작은 국화꽃을 주었다. 남편의 거무스레한 얼굴에는 한 줄기 눈물의 흔적도 보이지 않았다. 하지만 그것이 흘러넘치는 눈물보다 더 사람들을 견딜 수 없는 심정으로 만들었다. 그 얼굴에서 나는 고독을, 노년기의 고독을, 반려자를 잃은 사람의 고독을 보았다.

나는 받아든 국화꽃을 깃에 달았다. 갑자기 눈물이 쏟아져 내렸다. 회장에 걸린 사진 속 장위안위안은 얼마나 상냥하고 얼마나 활기에 차 있는가! 20여 년 전 그녀가 내 어깨를 잡고 울어 주던 정경이 되살아났다. 지금은 그 모든 것이 이 세상 일이 아닌 것이다. 눈에 보이고 피부로 느낄 수 있는 것은 이 작은 국화꽃뿐이다. 게다가 이것은 종이꽃, 생명은 느껴지지 않고 죽음과 고독만을 느끼게 하는 종이꽃이었다.

내가 죽을 땐 이런 꽃을 받는 것은 사양하겠다. 흔적을 남기지 않는다면 슬픔도 남기지 않을 수 있다. 하지만 도대체 누가 나를 위해서 국화꽃 같은 것을 만들 생각을 하겠는가. 나는 외톨이인 것이다.

원래 친한 사람이 적었는데 또 한 사람이 줄어들고 말았다. 장위안위안처럼 나를 이해해 주고 신경 써 주고 소중하게 여겨 준 사람이 또 있을 것인가.

웬만한 일에는 사람들 앞에서 눈물을 흘리지 않는데 오늘은 도저히 자신을 억제할 수가 없었다. 내가 슬퍼한 대상은 장위안위안이라기보다는 나 자신이었던 것 같다. 과거의 슬픔과 고통, 그리고 현재의 고독 때문에 소리 높여 울었던 것이다. 나는 내 눈물을 닦아 줄 손과 내 영혼을 위로해 줄 마음을 원했다. 내 말에 귀를 기울여 주고 내게 마음을 가까이 해 주고 슬픔을 함께 나누어 줄 사람이 필요했다…….

가슴의 국화꽃이 애처로웠다. 그것은 살아 있는 자의 죽은 자에 대한 애도의 마음을 의탁하는 것이었으며, 살아 있는 자의 마음속을 차지하는 죽은 자의 가치와 무게를 나타내는 것이었다. 추도회가 끝나자 나는 그것을 정성껏 떼어 내어 주머니 속에 넣었다.

다름 아닌 작은 국화꽃이 나를 쑨웨의 집까지 끌고 갔던 것이다. 나는 그녀와 이 국화꽃에 대해서 말하고 싶었다. 그런데도 완전히 잊어버리고 있었다. 보라, 그 국화꽃은 아직도 주머니에 그대로 들어 있다.

설령 국화꽃에 대해서 잊어버리고 있었다 하더라도, 쑨웨, 너는 내게 그런 식으로 대해서는 안 된다. 이 세상에서 너만이 내 마음속에 가장 가까이 있다는 것을 네가 모를 리 없다.

우리들은 마음을 털어놓고 이야기를 한 적도 없고 서로 선물을 나눈 적도 없다. 하지만 나의 일생에서 차지하는 네 위치는 이렇게 무거운 것이다. 나는 영원히 너를 잊을 수가 없다.

만일 그녀를 만나자마자 국화꽃을 보여 주고 내가 죽으면 이런 국화꽃을 만들어서 가슴에 달아 주겠는지 물었다면 어떻게 되었을까. 그녀는 분명 좀 달랐을 것이다.

아마 겉으로는 그렇게 냉담했어도 사실은 날 진심으로 사랑하고 있었다고 속마음을 말해 주지 않았을까. 그런데도 나는 기껏 장위안위안과 시류의 가치에 대한 말이나 하다니! 그녀는 분명히 내가 자기를 비난하러 왔다고 오해했음이 틀림없다.

하지만 쏜웨, 네가 나를 그렇게도 이해하지 못할 리가 없다. 내가 어떻게 너를 비난할 수가 있단 말인가. 학생 시절 너를 사랑하고 너에게 구혼했다가 거절당했기 때문에? 그럴 리가 있는가. 사실, 이루지 못한 너와의 연애는 내 연애사의 첫 페이지이자 유일한 페이지였다. 그 첫 페이지를 나는 내내 마음속 깊이 소중하게 간직해 왔던 것이다. 이 몇 권의 일기에 너에 대한 내 마음이 기록되어 있다. 물론 원망도 포함되어 있다. 그러나 너는 언제쯤이나 이 일기를 읽어 줄 것인가.

나는 국화꽃을 일기장 사이에 끼웠다.

만일 다른 사람이 내 일기에 대해 알게 되거나 읽거나 한다면 틀림없이 이렇게 말할 것이다. "이것은 일종의 연애 심리이다. 한 떠돌이 남자가 자기를 결코 사랑하지 않고 이미 다른 남자와 결혼한 여자를 사랑하고 있다. 게다가 여자는 그의 사랑을 알고 있을 리가 없다. 그는 이것을 누구에게 읽히려고 쓰는가. 그것은 자기 자신에게이다. 자기가 자기에게 사랑을 고백하고, 자기가 자기의 애인 역을 하고 있는 것이다."

프로이트라면 내 일기를 기꺼이 예로 들며 자기의 잠재의식에 관한 이론의 증거로 내세울 것이다. 그런 것쯤 아무래도 상관없다. 정상적인 형태가 정상적인 형태로서 표현될 수 없다면 변태적인 형태로 나타나는 것은 당연한 일이다. 타고난 천성이 억압당한다면 마음 깊숙이 숨어서 '잠재의식'이 되는 수밖에 없지 않겠는가. 게다가 '잠재의식'이 꼭 저급한 것은 아니다. '잠재의식'을 문학화하면 위대한 문학 작품이 되지 말라는 법도 없다. 유감스럽게도 나는 명사는 아니지만 만일 내가 명사였다면 이 일기 역시 '명저'가 될는지도 모르는 것이다. 중국인은 항상 명사에게만 명언을 발하게 하고, 명저란 대단한 것이 아니라는 오랜 가르침을 지키고 있다. 낭만적인 것과 퇴폐적인 것은 대개의 경우 실질적으로 같은 것이며 다른 점이라고는 그것이 어떤 사람의 것이냐 하는 차이에 불과할 뿐이다.

지금으로서는 이 일기에 주어질 수 있는 포상은 한 송이의 작은 국화꽃뿐이다. 그것도 종이꽃, 그리고 그것을 바칠 곳은 나 자신이다.

쑨웨가 언젠가는 여기에 빨간 리본을 묶어 줄 것인가.

나는 미남은 아니다. 어디를 보더라도 여자에게 호감을 살 만한 데가 전혀 없다. 그러나 나는 내 용모 때문에 고민하지는 않았다. 애당초 어떤 여자에게서 호감을 사고 싶다는 생각을 한 적이 없기 때문이다. '애정'이라는 단어의 의미를 이해하기 시작했을 때부터 내 마음은 애정으로 넘치고 있었지만 그것은 현실적으로는 대상이 없는 사랑, 돈키호테적인 사랑이었다. 나는 늘 스스로의 환상에 취했고 마음속에 나자신의 둘시네아의 이미지를 만들고 있었다. 하지만 어떤 이미지를 만들건 그것은 어차피 영혼일 뿐 육체를 갖지 않는다. 나는 그런 연애로 만족하고 있었다.

내 마음이 평정을 잃었던 것은 쑨웨를 만난 날부터였다.

나는 신입생 환영식 때에 쑨웨를 알았다. 그때 나는 학부 학생회의 생활 위원이었다. 그녀는 자오전환과 한 대의 삼륜 자전거를 함께 타고 C대학의 신입생 환영장에 나타났다. 두 사람의 복장과 짐은 그들이 시골 태생임을 나타내고 있었다. 그런 셈치고는 둘 다 얼굴이 깨끗하고 건강해 보였기 때문에 금방 나의 시선을 끌었다. 게다가 두 사람은 얼굴이 꼭 닮았다. 다른 점이라면 오히려 자오전환 쪽이 선이 부드러워 다소 여성적이었다는 것뿐이었다. 나는 틀림없이 쌍둥이 남매라고 생각했다.

나는 그들을 스쿨버스로 안내하며 말했다. "여긴 처음이야?"

"물론. 합격 통지서를 받았을 때 나는 울어 버렸어. 이런 곳에는 오고 싶지 않았으니까. 이곳은 인심이 좋지 않은 곳이잖아."

"누가 그래?" 나는 재미있어 하며 물었다.

"소설을 읽으면 알 수 있잖아!" 그녀는 말할 필요도 없다는 식으로 대답했다.

"소설에 씌어 있는 것은 모두 해방 전의 일이야. 지금은 달라졌어."

"달라졌다구? 천만에! 아까 삼륜 자전거로 다리를 건넜을 때 말인데 몇 사람이 다가와서 자전거를 밀어 주었지. 난 참으로 인심이 좋은 곳이구나 하고 생각했어. 하지만 다리를 건너자마자 손을 내밀고는 돈을 달라고 하더군. 망신도 이만저만이 아니야. 우린 주머니 속에 있던 돈을 모두 털리고 말았다구. 한 번은 속아 넘어갔지만 다음에는 두고 보라지. 절대로 용서하지 않을 테니까!"

그녀는 아직도 화가 풀리지 않는다는 듯이 마지막에는 내 앞에서 주먹을 흔들기까지 했다. 마치 내가 자전거를 밀어 준 사람이기라도 한 것처럼.

나는, 아직 어린애로군, 하는 생각이 들어서 놀려 주었다. "그럼 왜 이곳 대학에 시험을 치렀지? 북경으로 갔으면 좋았을 것을."

그녀는 얼굴을 붉히고 잠깐 머뭇거리다가 자오전환을 가리키며 말했다. "이 사람이 오자고 했어. 난 이 사람이 말하는 것이면 무엇이건 다 듣게 되고 말거든. 나는 얼마나 북경으로 가고 싶었는지 몰라. 북경이라면 난 일주일에 한 번은 만리장성으로 놀러 갈 텐데!"

나는 자오전환을 보았다. 그는 그저 웃으며 그녀를 보면서 그녀의 이야기를 듣고 있었다. 그 웃는 얼굴은 행복한 것처럼 보였다.

그들에게 침대를 배당할 때가 되었을 때 그들이 모기장을 갖고 있지 않다는 것을 알았다. 이미 밤이었으므로 학교 것을 빌릴 수는 없었다. 그래서 나는 자오전환에게는 귀향 중인 동급생의 침대를 빌려 주고 쑨웨에게는 내 모기장을 건넸다.

"누구 모기장? 혹시 네 것 아냐? 난 필요 없어." 그리고 그녀는 이렇게 말했다. "하룻밤쯤 모기에 물려 주겠어. 내 피는 쓰니까. 맛있는 즙을 그냥 빨게 놔두지는 않을 거야."

나는, 모기장은 내 것이 아니라 귀향 중인 동급생의 것이라고 말했다. 그제서야 그녀는 받아들였다. 그녀는 고맙다는 인사는 하지 않고 그저 살짝 웃었다. 자연스럽고 친근감이 느껴지는 웃음이었다. 그날 밤 나는 모기에게 뜯기느라 잠들지 못한 채 마음속으로 중얼거리고 있었다.

'내 피 역시 쓰다. 쑨웨, 모기가 아무리 맛있는 즙을 빨고 싶어하더라도 그냥 놔두지는 않겠어.'

신기한 일이다. 쑨웨의 언동을 기억해 내고 있노라면 내 마음은 왜 이렇게 맑게 개는 것일까. 쑨웨에게 끌리게 된 것은 그때부터였다.

나는 자주 중문학부의 도서 열람실에서 그녀를 발견했다. 그녀는 무엇보다도 외국의 문학 작품을 좋아했는데 읽는 속도와 열중해서 읽는 모습이 내 흥미를 끌었다. 이상했던 것은 그녀가 때때로 책을 읽으면서 눈물을 훔치고 있었던 것이다. 《제인 에어》를 읽고 있을 때는 열람실이 복잡해서 서가 앞에서 서서 읽고 있었는데 사람들의 눈을 꺼리지도 않고 울고 있었다. 언젠가 나는 놀려 주었다.

"쑨웨, 책에 눈물을 떨어뜨리지 마. 더러워지면 곤란하니까."

그러자 그녀는 책에서 눈을 들어 눈물을 손등으로 닦기만 했을 뿐 내게는 눈길도 주지 않는 것이었다.

1학기 때부터 쑨웨는 다방면에 걸쳐서 재능을 발휘했다. 성적이 우수한데다가 학내의 신문, 잡지에 끊임없이 산문이나 시를 발표했다. 또 그녀는 주말에 열리는 댄스 파티의 열성파이기도 했다. 물론 자오전환 이외의 파트너의 신청을 받아들이는 법은 없었다. 그 밖에 대학의 체조 팀, 학부의 극단 멤버이기도 했다. 각 학년 남학생들은 그녀를 동경했고 그녀의 숙소 입구에서는 늘 남학생들의 노랫소리를 들을 수 있었다. 나는 학부의 극단에 들어가기로 마음먹고 연출자에게 신청했다.

"저를 넣어 주십시오. 무대 역시 현실 세계와 똑같이 여러 사람이 필요합니다. 현실에 제가 존재할 곳이 있는 것과 마찬가지로 무대에도 역시 있을 겁니다."

연출자인 4학년 선배는 이 말이 재미있어서 나를 극단에 넣어 주었다. 바로 '12·9(중국에서 1935년 12월 9일에 시작된 항일 운동) 기념 행사'를 맞아서 〈네 채찍을 버려라〉의 연습에 들어가려고 하던 무렵이었다. 걸인 소녀 역은 쑨웨가 맡게 되었다. 나는 소녀의 아버지 역을 맡겠다고 나섰다. 그러자 내 성격이 작중 인물의 성격과 비슷하다면서 연출자가 이에 동의해 주었다.

다행스럽게도 연출자는 리허설 결과에도 만족했다. 하지만 나는 막상 공연 당일에 문제를 일으키고 말았다. 쑨웨가 화장을 하고 눈앞에 서자마자 머리가 멍해지고 말았다. 무대에 올라서도 대사를 기억할 수 없었다. 다행히 프롬프터(무대 위에서 대사를 읽어 주는 사람)가 있었기 때문에 고비를 넘길 수는 있었지만 빨리 끝나 주기를 기도하는 심정이었다. 딸이 모든 사람들을 향해서 "아버지를 책하지 말아 주세요. 배가 고팠던 것이니까요!"하고 외치면서 엎드려 우는 장면이었다. 그녀는 정말로 울고 있었고 그것이 연기라고는 도저히 생각되지 않았다. 나는 몸도 마음도 떨렸다. 그리고 연극을 하는 도중이라는 것마저 잊어버리고는 떨리는 두 손으로 그녀의 머리를 일으켰다. 머리를 받치고 가만히 응시하며 낮게 "쑨웨!" 하고 외쳤다. 생각지도 못했던 내 행동에 놀랐음이 분명했다. 쑨웨는 아연해서 입을 벌리고는 더 이상 '아버지'라는 말을 하지 못하게 되고 말았다.

그다음에 어떻게 무대에서 내려왔는지 전혀 기억이 나지 않는다. 연출자는 우리들이 화장을 지우는 것도 기다리지 않고 준엄하게 외쳤다. "너희들은 도대체 무엇을 하고 있었던 거야. 무대 위에서 아이 러브유, 하는 거야?" 쑨웨는 몸을 날려서 도망쳐 버렸다. 그때 나를 뒤돌아보며 차가운 눈으로 노려보았던 것을 기억하고 있다. 하지만 나는 기뻤다. 나는 나 자신을 연기한 것이다. 나는 나의 둘시네아를 찾은 것이다!

그때부터 쑨웨에게 편지를 쓰기 시작했다. 하루에 한 통씩. 그러나 아무리 써 보내도 함흥차사였다. 마주칠 때마다 그녀는 차가운 눈으로 나를 노려보았다. 나를 싫어하고 있는 것 같았다. 그러나 왜 나를 싫어하는지 알 수 없었다. 그래서 그녀를 만나서 직접 물어보기로 했다. 나는 보내는 사람의 이름을 감추고 필적도 바꾸어서 편지를 보냈다. 내용은 단 한 줄.

　　하고 싶은 말이 있음. 토요일 저녁 7시, 공원 입구에서 만나고 싶음.

"나는 애인이 있어."
"알고 있어. 하지만 나는 네가 좋아."
"그건 부도덕한 일이잖아?"
"그런 건…… 생각해 본 적이 없어."
　실제로는 생각해 본 일이 있었다. 그리고 그렇게 하는 것이 도덕적으로 어긋난다고는 생각지 않았던 것이다. 그녀에 대한 나의 사랑은 순수하다. 그녀에게 내 사랑을 알리고 싶었다. 나는 자오전환에게 상처를 주고 있지는 않으며 자오전환의 존재에 의해 내가 상처를 입고 있는 것도 아니다.
　"그럼 잘 생각해 봐. 앞으로는 봉투를 뜯지 않고 전부 돌려보낼 테니까."
　그녀는 땋아 늘인 머리를 획 돌리면서 뛰어가기 시작했다. 나는 뒤쫓아갔다. "바래다 줄게!"
　그러나 그녀는 뒤돌아보려고도 하지 않았다. "동행이 있어!"
　그 말대로 멀지 않은 곳에서 자오전환이 나타났고 그녀는 그의 팔을 잡고 사라져 버렸다.
　나는 슬펐다. 그때부터 나는 두 번 다시 편지를 쓰지 않았다. 그녀의 선택을 존중하고 자오전환을 부러워했을 뿐이었다. 그러나 나의 애정을 버릴 방법을 알지 못했기 때문에 그것을 일기에 토해 냈다. 날마다 일기에 그녀에 대한 내 생각을 적었다. 그것은 1957년 일기가 폭로될 때까지 계속되었다.

그녀는 지금 1957년의 일을 어떻게 생각하고 있는 것일까. 어쩌면 내게 미안한 짓을 했기 때문에 내가 자기를 원망하고 있다고 생각하고 있을는지도 모른다. 어떻게 그런 일이 있을 수 있겠는가. 내가 아무리 어리석다 하더라도 역사의 무거운 짐을 한 천진한 소녀에게 넘기는 짓을 하지는 않는다.

1957년 봄, 나는 한 장의 대자보를 내붙였다. "시류 동지에게 조그마한 인간다움을 기대한다"는 제목으로 화교 학생 셰 군의 출국 귀향 요구에 대한 시류의 잘못된 처사를 비판했던 것이다. 바로 백가쟁명 운동이 시작되던 때였다. 셰 군의 어머니가 병석에 누워서 셰 군에게 만나고 싶으니 귀향해 달라고 했다. 하지만 시류는 백가쟁명에 참가하는 일이 모든 것에 우선하는 정치적 임무라는 이유로 셰 군의 출국을 인정하지 않았고, 게다가 부르주아 계급인 어머니와의 사이에 선을 그으라고 경고했던 것이다. 셰 군은 납득할 수 없어서 시류와의 대화 내용을 대자보로 공개했고 학생들 사이에 센세이션을 일으켰다. 나는 셰 군을 동정해서 시류가 셰 군의 어머니를 적으로 몰아세우고 인간으로서의 당연한 감정을 조금도 고려하지 않는 것은 잘못이라고 대자보를 써서 비판했다. 나는 이렇게 썼던 것이다. "가령 적이라 할지라도 혁명에 위해를 미칠 염려가 없는 한에서는 혁명적 휴머니즘을 실행하는 법이다. 하물며 일반 근로자 부인이 아닌가. 시류가 곧 잘못을 시정해서 셰 군의 출국을 인정하도록 희망한다."라고.

나의 대자보는 교사, 학생들 사이에 커다란 반향을 불러일으켰다. 그리고 천 명이 넘는 사람들이 대자보에 연서를 해 주었던 것이다. 나는 그것을 하나하나 열심히 보고 있었다. 그리고 눈에 띄지 않는 곳에서 그녀, 쑨웨의 이름을 발견했다! 자오전환의 이름은 발견되지 않았다. 나는 우쭐해졌다. 이것으로서 자오전환보다 내가 그녀 쪽으로 더 접근하기라도 한 것처럼.

만일 쉬헝중이 쓴 "허징푸를 반박한다"는 제목의 대자보가 학내 운동의 국면을 반전시켜 나를 '일제 공격의 목표'로 만들지 않았더라면 내가 언제까지 우쭐해 있었을는지 알 수 없는 일이다.

나에 대한 반론 대자보가 우르르 나붙기 시작했다. 한 장, 한 장 정성껏 읽다가는 다 읽을 수조차 없을 정도였다. 하지만 인상에 남은 것은 결국 두 개뿐이었다. 그 하나는 쉬헝중의 것으로 극단적으로 감정적인 것이었다. 나의 대자보가 중상과 모략으로 가득 차 있으며 나에 대한 분노 때문에 그는 음식이 목을 넘어 가지 않고 밤이면 잠도 오지 않으며 어떤 날은 밤중에 일어나 통곡을 했을 정도라는 것이었다. 또 다른 하나는 쑨웨의 것이었다. 그녀는 나에게 반론한 것이 아니라, 자기가 내 대자보에 연서했던 것이 잘못된 것이었다는 자기비판을 한 것이었다. 나는 그녀가 당 조직에서 비판당한 것이라고 추측했다.

결국, 나는 '우파 분자'로 단죄당했다. 죄명은 부르주아적 인간성론에 의해 당의 계급 노선을 반대하고 수정주의*적 휴머니즘에 의해 계급 투쟁을 부정했으며 중상과 모략으로 당의 지도자를 공격했다는 것이었다. 나는 모략이라며 인정하지 않았다. 그 결과 죄가 한 등급 더 높아졌다. 그리고 일기를 압수당했다.

그날은 영원히 잊을 수 없다! 내 일기가 발췌되어 "보라! 허징푸의

---

* **수정주의** 마르크스주의의 혁명적 요소를 수정하고 자본주의 체제와 타협하려는 태도.

추악한 정신과 건달 본성을!"이라는 제목으로 공개되었던 것이다. 쑨웨의 이름은 "××"라고 감추어져 있었다. 하지만 그것이 쑨웨를 가리키는 것임은 누구의 눈에도 분명했다. 일기 속에서 나는 〈네 채찍을 버려라〉에 출연했을 때의 심정을 극명하게 기록하고 있었다.

"참으로 그때 나는 얼마나 네 긴 눈에 입맞춤하고 싶었던가. 뭔가 말하는 듯한 눈이여!" 일기를 발췌한 자는 이 부분에 붉은 밑줄을 긋고 그 옆에 "낯 두꺼움이여!"라고 써 놓고 있었다.

아름다움이 추함으로 변하고 사랑이 모욕으로 변했다. 나는 충격을 받고 침묵했다. 오직 한 가지, 쑨웨에게 변명하는 것만을 생각했다. 날마다 그녀와 단둘이 될 수 있는 기회를 노렸다. 그리고 드디어 그때가 왔다. 어느 날 밤 그녀는 혼자서 캠퍼스의 인적 없는 구석을 배회하고 있었다. 나는 뒤를 쫓아 접근해 갔다. 그녀는 나를 피하지도 않았고, 그렇다고 쳐다보지도 않았다.

"쑨웨, 네겐 정말 미안해. 하지만 내 마음을 알아주겠지? 나는 나 자신을 위로하고 싶었을 뿐이지 너를 모욕하려는 생각은 추호도 없었어. 만일 네게 부끄러움을 안겨 주었다면 용서해 주기 바라." 내 목소리는 몹시 떨리고 있었다. 그녀가 이쪽을 바라보았다. 뺨이 눈물로 젖어 있었다.

"난 너를 원망해. 그리고 나 자신을 원망해!" 그녀는 작은 소리로 말했다. 그 목소리도 와들와들 떨리고 있었다. 갑자기 이마에 가벼운 키스의 감촉이 느껴졌다. 나는 갑작스럽게 찾아온 행복에 어안이 벙벙해졌다. 그리고 제정신이 들었을 때 그녀의 모습은 없었다.

동정인가, 아니면 애정인가, 관용을 베푼 것인가, 아니면 감정의 발로인가. 이 의문에 대해서 수천 번 생각했지만 알 수 없었다. 그녀 자신에게 물어볼 기회는 결국 없었다. 그러나 설령 어떤 대답이 나온다 하더라도 그녀가 내게 남긴 것은 모두 선량하고 아름다운 영혼뿐이다. 나는 그녀가 한층 더 좋아졌다. 물론 다시금 그녀에게 사랑을 구한다는 것 따위는 절대로 생각할 수도 없었지만.

1962년, 대학은 복학 허가 통지서를 보내왔다. 그 무렵 나는 완전히 농촌 생활에 익숙해져 있었고 은밀히 철학 연구를 하고 있기도 했다. 마르크스주의자가 인간 및 인간의 감정을 어떻게 취급해야 하는가를 분명히 하고 싶었다. 나는 복학할 마음이 들지 않았지만 쑨웨에게만은 역시 편지를 썼다. 그녀가 아직 대학에 있는지 어떤지, 그녀의 졸업 후의 행로를 묻고 지금은 어떻게 하고 있는지 알고 싶었다. 답장은 자오 전환에게서 왔다. 거기에는 그들이 결혼했다고 쓰여 있었다. 나는 편지로 그들에게 축복을 보냈다. 진심 어린 축복이었다.

마음속에 깃들어 있었던 한 가닥 희망의 불빛이 사라졌다. 그 무렵 부모님은 자연재해의 와중에서 돌아가셨고 단 하나뿐인 여동생도 이미 시집가고 없었다. 나는 여동생에게 편지를 남겨 두고 여행을 떠났다. 어디로 갈 것인가 아무런 기약도 없이 그리고 전국을 떠돌아다니며 오랜 세월에 걸쳐 세상 대학을 졸업했던 것이다. 길동무는 두 권의 책,《홍루몽》과 《마르크스 엥겔스 선집》이었다. 나는 '어둠 속의 인간'이 되어 통상적인 사회 생활과는 인연이 없는 존재가 되었다. 호적이 없기 때문에 식용유와 식량 배급을 받을 수 없었다. 찾아오는 친척도 없을 뿐더러 편지를 주고받을 일도 없었다. 내가 어떤 사람인지 아무도 관심을 나타내지 않고 "무슨 할 일이 있어서 왔으며 무엇을 볼 게 있어서 가는가?" 하고 묻는 사람도 없다. 사람들은 그저 '탄부 허', '목수 허', '돌 나르는 허', '발파 담당 허', '수레 끄는 허' 그리고 '야담가 허'를 알고 있을 뿐이다. 나는 노동을 팔아서 밥으로 바꾼다. 단지 그것뿐이었다.

내 정신 세계는 거의 완전히 얼어붙어 있었다. 시간이 지남에 따라 쑨웨를 기억해 내는 일도 없어졌고 나 자신은 그녀를 잊었다고 생각하고 있었다. 하지만 언젠가의 일이었다. 채석 현장에 발파 담당자로 고용되어 자칫 생명을 잃을 뻔했던 그 순간 그녀의 모습이 선명하게 눈앞에 되살아났던 것이다. 뇌리에 갑자기 무서운 상념이 떠올랐다. '쑨웨를 만날 수 없게 된다!' 신기하게도 그 무서운 상념이 놀라운 용기와 재치를 주었고 나는 폭사의 위기를 벗어날 수 있었다. 어떻게 해서 도망칠 수 있었던가. 스스로도 알 수 없었다. 이 사건은 내 마음속의 사랑이 결코 죽지 않았다는 것을 가르쳐 주었다. 나는 얼마나 기뻤는지! 인간은 사랑할 힘만 있으면 살 희망과 용기를 가질 수 있는 것이다. 그래서 나는 다시 일기를 쓰기 시작했다. 일기 속에서 쑨웨에게 편지를 쓰고 쑨웨와 대화를 했다. 또 일기 속에서 쑨웨의 이미지를 확대해서 나 자신만의 이미지를 만들었다. 그리고 드디어는 쑨웨를 여신으로까지 만들었다. 생각할 수 있는 한의 모든 아름다움과 이상을 동원해서 그녀의 육체와 영혼을 묘사해 냈다. 내가 일기에 토해 냈던 것이 결국 한 여성에 대한 사랑인지 아니면 인생 그 자체에 대한 사랑인지 알 수가 없다. 단 하나 확실한 것은 그 사랑이야말로 내게 나 자신의 모습을 보여 주고 나 역시 하나의 인간임을 알게 해 주며 인간답게 살고 싶다는 욕구를 갖게 해 주었다는 사실이었다.

쑨웨, 너는 무슨 파인가? 보수파? 아니면 조반파? 나는 네가 독립 사고파이기를 바란다. 비판해야 할 것은 단호하게 비판하고 지킬 것은 단호하게 지키는 주체적인 사고를 하기 바란다. 너도 곧 서른 살. 주체적인 사고를 할 수 있어야 할 때이다. 우리들이 어깨에 올려놓고 있는 것은 머리이지 혹이 아니다. 머리는 무엇을 하는 것인가? 사고하고, 분석하며 판단하는 것이다. 나는 특히 네가 시류에 대해서 올바로 인식해 주기를 바란다. 내 생각으로는 그는 공산당원 자격에서 이미 멀리 동떨어진 존재가 되어 있다. 1957년에 나는 그에게 성심성의껏 충고했었다. 하지만 그는 전혀 고려하지 않았다. 이번에는 네가 충고해 주기 바란다. 너는 이 의견에 찬성해 주겠는가?

이것은 1966년 말에 쑨웨에게 쓴 편지이다. 일기에 기록되어 있다. '문화대혁명'은 나처럼 '세상과 인연을 끊은' 인간에게 있어서 얼마만큼의 의미가 있었던 것일까. 나는 신문조차 거의 읽지 않고 지냈던 것이다. 단지 쑨웨의 태도와 그녀의 운명만이 신경 쓰였다.

"C대학에 문화대혁명의 불길. 자본주의의 길을 걷는 시류 드디어 쫓겨나다."

우연히 눈에 띈 신문 기사의 제목이다. 그 기사는 C대학의 조반파와 보해파의 투쟁을 상세하게 전하고 있었다. 보해파의 중심인물 중의 하나는 "쑨×"이다. 쑨웨가 아닐까. 나는 불안해졌다. 아아, 쑨웨, 네 이름은 언제나 이렇게 절반쯤 감추어져서만 공개되는 것인가.

나는 그 기사를 찢어 들고 막 하청받은 운반 공사를 내팽개치고 C대학으로 찾아갔다.

C대학에는 내가 누구인지 식별할 수 있을 만큼 여유 있는 사람이라고는 이미 하나도 없었다. 나는 완전한 북방 농민의 몸차림을 하고 있었다.

나는 대강당에서 열리고 있었던 시류 비판 투쟁 대회에 밀려 들어갔다.

'시류의 첩 쑨웨'라 쓰여 있는 나무패가 맨 먼저 눈에 들어왔다. 나는 숨이 막힐 것 같았다.

그녀의 땋아 늘였던 머리카락은 잘려지고 머리칼은 흐트러져 있었으며 얼굴은 누렇게 부어 있었다. 나무패의 무게 때문에 허리는 구부러져 있었다.

"쑨웨, 자백해! 시류가 혁명 대중을 탄압하기 위해서 네게 어떤 지시를 내렸지?" 대회 의장이 냉혹하게 힐문했다.

"시류 동지는 내게 지시 같은 것을 한 일이 없습니다. 나는 아무것도 모릅니다." 그녀의 목소리는 낮았지만 말투에는 단호함이 있었다.

"완강한 보황파 쑨웨를 타도하자! 시류의 첩 쑨웨를 타도하라!"

"쑨웨의 입장은 일관되게 반동적이다. 반우파일 땐 재빨리 극우 분자인 허징푸와 정을 통하고 있었다. 당시 이미 자오전환이라는 약혼자가 있었는데도. 쑨웨는 정의의 그물코에서 빠져나간 우파, 반동 매춘부가 아닌가!"

"그렇다! 시류도 정의의 그물코에서 빠져나간 우파이다. 시류의 반우파 공적은 새빨간 거짓말이다!"

"타도!", "타도!", "타도!" 높고 낮은 고함이 뒤섞인 함성이 내 귀에는 '전도(顛倒)! 전도! 전도!'로 들렸다. 내가 아직 잊혀지지 않고 있었다는 것은 의외였다.

이 세상에서 아직 하나의 '인물', 즉 계급 투쟁의 도구로서 인정받고 있었다. 그렇다 하더라도 역사를 멋대로 갈아 내고 왜곡하고 게다가 질 나쁜 농담을 덧붙이다니. 이것은 도대체 무슨 흉내인가. 참으로 울래야 울 수가 없고 웃을래야 웃을 수가 없다.

내 눈에는 쑨웨의 모습이 완전히 흐려져 버리고 말았다. 하물며 그녀의 영혼이 어떻게 되어 있는지 알 리가 없었다. 그녀는 천국으로 올라갔는가. 아니면 지옥으로 떨어졌는가. 그녀에게 계속 애정을 가져야 할 것인가. 아니면 그녀를 가엾게 여기거나 증오해야만 할 것인가. 나는 아무것도 알 수 없게 되고 말았다.

감각은 믿을 만한 것이다. 동시에 그것은 믿을 만한 것이 못 되기도 한다. 때로는 자기가 무엇을 느끼고 있는지 스스로도 알 수 없는 때가 있다. 역사와 현실, 이론과 실천, 미신과 과학, 허위와 진실, 너와 나, 인간과 짐승, 이 모든 것들을 하나의 용광로에 던져 넣어서 힘껏 저어 섞은 다음 여기에다 다시 조미료를 넣고 착색료를 넣어 한 숟갈 맛본다고 할 때 그것의 진짜 맛을 알 수 있을 것인가. 그러나 그것이야말로 색, 향, 맛을 고루 갖추고 있다고도 말할 수 있을 것이다.

나는 쑨웨와 대화를 나누고 싶었다. 그러나 무슨 말을 할 수 있을 것인가. 소용돌이에서부터 뛰쳐나와서 냉정히 사물을 보고 생각하여 선입관에 사로잡혀서는 안 된다는 충고가 고작일지도 모른다. 그러나 그녀는 격리되어 있다. 격리의 정도는 과거 시류가 우리들을 두들겼을 때보다 몇 단계 더 강화되어 있었다. 나는 나의 생활로 되돌아갈 수밖에 없었다. 수레를 끌며 책을 읽으며 나의 연구를 지속하는 생활로.

일기에는 그 이후 쑨웨는 더 이상 등장하지 않는다. 신(神)을 만드는 데는 그 나름의 환경과 조건이 필요하다. 그 환경과 조건을 잃어버린 것이다. 나 자신의 영혼이 분열되지 않도록 나는 그녀와의 모든 과거를 소중하게 간직해 두었다. 역사를 소중히 간직하는 까닭은 그것을 미래로 건네주기 위해서이다.

그러나 나로서는 미래가 어떤 것인지. 언제 오는 것인지 짐작할 수 없었다.

"허징푸 동지, 조직은 당신의 문제에 대해서 심사를 다시 하여 1957년의 처분이 잘못이었음을 인정했습니다. 그리고 당신의 명예를 회복시키고 직무를 부여하기로 결정했습니다."

C대학 중문학부는 팔방으로 손을 써서 나의 행방을 찾아 대학으로 다시 불렀다. 그리고 쑨웨가 학부의 총지부를 대표해서 나와 대화를 나누었다. 그녀의 머리에는 벌써 흰머리가 섞여 있었다.

나는 고맙다는 인사를 하지 않았다. 본래의 역사적 면모를 회복했다는 것이 감사의 이유가 될 수 있단 말인가. 더구나 감사에는 과거 청산의 의미가 담긴다. 내가 도대체 누구에게 빚이 있단 말인가.

"오랫동안 고통을 겪었죠?" 그녀는 위로하듯이 말했다. 지도자의 말투였다.

"아니, 괜찮은 생활이었습니다. 당신은?" 내 말투는 냉담했다. 그녀의 태도가 싫었던 것이다.

"고마워요. 나도 순조로웠어요. 그런데 어떤 일이 좋으시죠?"

"자료실에 있겠습니다. 지금, 글을 쓰고 있기 때문에 자료와 시간이 필요해서요."

"무엇을 쓰고 있나요?"

"마르크스주의와 휴머니즘."

"뭐라고요?"

"금기라고 하고 싶나요? 부르주아 계급과 수정주의가 신물 나도록 써먹어서 낡아 빠진 제목이라고 말하려는가요?"

"나로서는 알 수 없습니다. 쓰시면 좋겠죠. 성공을 빌겠습니다."

설마, 우리들의 첫 대화가 이런 것이 되리라고는 생각지도 못했다. 어느 쪽이건 다 얼음처럼 차갑고 도전적인 뉘앙스를 띠고 있었다. 하지만 달리 방법이 없지 않은가. 겹치고 겹친 재난이 인간 관계와 인간의 마음을 완전히 파괴해 버리고 말았던 것이다. 한 사람 한 사람이 자기와 타인을, 그리고 모든 사물을 새로이 인식하지 않으면 안 되는 것이다.

나는 쑨웨가 당해 온 처지를 대충 알고 나서 내가 열렬히 사랑하고 있었던 그 쑨웨는 이미 존재하지 않는다는 것을 알았다. 눈앞에 서 있는 것은 낯선 쑨웨인 것이다. 이 쑨웨를 옛날과 똑같이 열렬히 사랑할 수 있을까? 한편으로 새로운 희망이 생긴 것도 사실이다. 만일 쑨웨가 옛날과 똑같았다면 훨씬 더 낯선 타인처럼 느꼈을 것임이 분명하다!

나는 지금 자신이 미래를 향해서 걷고 있는 것을 느낀다.

그러나 그녀는 다른 사람들과는 곧잘 어울리면서도 나에게만은 항상 사무적이다. 그녀는 나를 집으로 초대해 준 일이 없다. 또 그녀는 내가 사는 독신 기숙사에 다른 교수를 방문하러 오는 일이 있어도 내 방에는 눈길도 주지 않는다. 우연히 마주치는 일이 있어도 그저 가볍게 눈인사만 할 뿐이다. 오늘 역시 그랬다.

내 미래는 아직도 요원하다. 앞을 향해서 뛰어야 하는 것일까, 아니면 느긋하게 기다려야 하는 것일까. 내가 원하는 것은 역시 여신이 아닌 살아 있는 인간이다. 인간이라면 신보다 이해하기 어려운 것이 당연하다. 왜냐하면 신은 인간이 만든 것이니까.

쉬헝중

역사란 뒤엎고, 뒤엎혀진다는 단 두 마디가 전부다. 과거에는 내가
다른 사람을 뒤엎었고, 지금은 내가 다른 사람한테 뒤엎혀졌다.

어제 아들을 데리고 공원에 갔다 왔다. 다른 아이들은 모두 예쁜 봄
옷으로 갈아 입고 있는데 쿤이만은 여전히 꾀죄죄한 겨울옷 차림이다.
그것을 보고 나는 정말로 가슴이 아팠다. 돌아오는 길에 어린이 옷 가
게를 몇 군데 들여다보았지만 모두가 다 깜짝 놀랄 만큼 비싸다. 그렇
다. 집에는 아직 재봉틀이 있다. 손수 옷을 만들지 못할 것도 없지. 이
기회에 어디 나도 해 보자. 나는 천을 두 감 사고 재봉 책을 빌려 왔다.
자와 가위와 초크를 꺼냈다. 자, 이것으로 노동의 대상과 도구는 다 갖
추어졌다. 남은 것은 노동력의 투입이다.

우선 바지부터 시작이다. 초크로 천에 선을 그어야지.

"당신은 왜 얌전하게 잠자코 있지를 못하는가." 어느 동지의 충고다.
시류가 나를 어떻게 보고 있는가를 귀띔해 주며 더 이상 글을 쓰지 말
라고 충고해 왔다. 내가 왜 글을 써서는 안 된단 말인가.

법에 의해서 너의 출판과 언론의 자유를 박탈한다는 통지를 받은 일
은 없다. 다만, 그 사람의 선의를 믿기 때문에 나는 그것을 받아들였을
뿐이다. 인치(人治)에서 법치(法治)로 나아가는 길은 천천히 진행시키지

않으면 안 된다. 초조해해서는 안 되는 것이다.

"대단해, 쉬! 또다시 잡지에 등장하다니. 게다가 가명도 사용하지 않고!" 그 사람은 만면에 조소의 표정을 띠고 있었다.

왜 가명을 사용해야 하는가. 과오를 범했기 때문에? 과오라면 시류 쪽이 훨씬 더 크지 않은가. 나는 어느 누구에게도 주자파*라든가 반혁명 따위의 죄를 뒤집어씌우지는 않았었지만 그는 어떠했는가. 얼마나 많은 사람들을 우파로 몰았던가! 겉으로는 성인군자인 척하며 안으로는 복잡한 여자 관계를 갖는 따위의 짓을 나는 하지 않았다. 그는? 하기야 산똥은 마른똥보다야 더 구린 법이지. 그러나, 그렇다면 유뤄수이는 어떤가. 그 녀석의 똥은 이제 막 눈 뜨끈뜨끈한 것이다. '덩샤오핑 비판' 때에는 나보다 훨씬 적극적이지 않았는가. 어째서 그 녀석들은 가명을 사용하지 않고서도 당위원회 서기라든가 당위원회 사무국 주임이 되었는가. 그놈들의 잘못은 역사가 책임을 져야 하는 것인가. 그렇다면 왜 내가 역사의 책임을 지지 않으면 안 되는가. 내가 먼지처럼 보잘 것없는 존재이기 때문인가. 그리고 가명 따위를 쓴다고 해도 내가 쉬헝 중이라는 사실에는 변화가 없지 않은가. 하지만 나는 알고 있다. 역시 가명으로 발표하는 편이 무난했던 것이다. 중국인은 옛날부터 명(名)과 실(實)의 문제에 대하여 즐겨 논란을 벌여 왔지만 결국은 명을 중시하고 실을 가볍게 여긴다.

"아아, 빈궁해지면 부모도 자식으로 여기지 않고 부귀해지면 친척도 두려워한다. 인간이 세상에 태어나 무릇 부귀 권세를 소홀히 할쏘냐." 라고 한 소진(중국 전국시대의 설객으로 합종책을 여섯 나라에 설득하여 진에

---

* **주자파** '자본주의 노선을 걷는 실권파'의 준말.

대항하게 한 것으로 유명함)의 말은 옳다.

좋다. 얌전히 잠자코 있기로 하자. 장자의 가르침대로, 바라는 것 없고, 기다리는 것 없고, 하는 것 없이 있도록 하자. 유뤄수이는 승진해당위원회 사무국으로 옮겼을 때 일부러 나를 초대하여 음식을 대접했었다. 그때 그는 나의 '반대파에 붙는 일격'을 두려워해서 노장 사상에대한 이야기를 많이 했었다.

"지인(至人)은 자기가 없고(無己) 신인(神人)은 공이 없으며(無功) 성인(聖人)은 이름이 없나니(無名)." 좋은 말이다. 세속을 초월하고 있다. 그러나 자기가 없다면 누가 아들의 뒤를 돌보아 주는가. 공이 없이 누가급료를 주는가. 이름이 없다면 누가 내 말에 귀를 기울여 주겠는가. 혁혁한 명성을 얻고 싶다는 생각은 없다. 유뤄수이 정도만 된다면 감지덕지이다. 인간이 세상에 태어나 무릇 부귀 권세를 소홀히 할쏘냐. 역시 소진의 말은 옳다.

하지만 장자가 비록 장자 철학의 창시자이긴 했지만 그 철학의 경건한 신봉자였는지는 의심스럽다. 창조와 신봉은 꼭 일치되는 않는 것인 법. 마치 지(知)와 행(行), 표(表)와 리(裏)가 꼭 일치되는 않는 것처럼 나도 한번 장자 철학의 경건하지 않은 신봉자가 되어 볼까.

이 선의 곡선 부분은 어쩌면 이렇게도 어려운가. 실제로 우주 만물의 운동은 대개 곡선을 그리고 있다. 곡선은 직선보다 훨씬 진실하고자연스럽다. 하지만 실제로 그려지는 것은 직선일 때가 많다. 왜냐하면곡선은 그리기 어렵기 때문이다.

그러나 이 곡선은 사타구니 부분이니까 정확하게 그려야 한다. 잘못그렸다가는 아이의 엉덩이가 견뎌 내지를 못한다. 아이의 엉덩이라는것도 진실하고 자연스러운 것이다. 이 아이 어미가 죽은 다음부터 나는 그 엉덩이를 한 번도 두드리지 않았다.

"여보, 내가 죽으면 쿤을 위해서 꼭 좋은 사람을 찾아요. 안 그러면 난 걱정이 되어서…… 쑨웨는…… 아직 혼자죠?"

아내는 임종 직전에 이런 말을 남겼다. 인간이 바야흐로 죽으려 할 때, 그 말 잘못 있나니, 전에는 한쪽이 조반파, 한쪽이 보수파의 기수. 지금은 한쪽이 시류의 배려로 학부 총지부 서기, 한쪽은 시류의 눈엣 가시인 평교수. 그런 두 사람이 결합을? 멍청한!

그러나 이 세상의 모든 것은 모순되는 것들의 통일의 산물이다.

쑨웨는 지금 쿤을 위해서 천으로 신발을 만들어 주고 있다. 게다가 나는 지금까지 그녀에게 원한을 사거나 눈 흘김을 당해 본 기억이 없다. 마음이 상냥한 서기님이시다.

자, 이번에는 마름질이다. 손이 떨린다. 인간은 왜 원시인처럼 옷을 입지 않고는 견딜 수 없는 것일까. 왜 아프리카인들처럼 천 한 장만 두르는 것으로 끝낼 수가 없는 것일까. 그것이 진화, 문명이라고들 하지만 사실은 스스로 귀찮고 능력이 못 미치는 일을 떠맡고 있는 셈이 아닐까. 목화를 하나하나 따서 두들겨 솜을 만든다. 그런 다음에 솜을 타서 한 가닥 한 가닥의 실로 만든다. 그것을 다시 짜서 천을 만든다. 아아, 한 벌의 옷은 도대체 얼마만큼의 분열과 통일의 과정을 거쳐서 만들어 지는 것인가, 사회도 역시 그렇게 해서 진화해 온 것일까.

모든 것을 변증법적 관점으로 보는 법을 배우지 않으면 안 된다. 하나가 나뉘어 둘로 되고 둘이 합해져서 하나가 된다. 분분합합(分分合合). 끝나는 일이 없다. 이번에는 '분(分)'의 차례가 내게 돌아온 것이다.

누가 문을 노크했다. 테이블 위의 물건들을 치울까. 남에게 보인다는 것은 꼴불견이니까. 다 큰 남자가 이런 일에 매달려 있다는 것은 한심스럽다! 아니, 무슨 상관인가. 한심스러워도 좋다. 이런 일이야말로 시류로 하여금 점점 나를 잊게 할 터이다.

허징푸였다. 그가 대학으로 돌아왔다는 이야기를 들었을 때 나는 몹시 긴장했다. 그가 내게 복수를 한다는 것은 그야말로 손쉬운 일이다. 어쨌든 그에겐 빚이 있으니까. 나는 그를 찾아가서 그 대자보는 시류가 뒤에서 부추겨서 한 일이었다고 말하고 싶었다. 그러나 또다시 시류의 원망을 사서도 곤란하다. 그래서 나는 쭉 그를 피해 왔다. 설마 그쪽에서 나를 찾아오리라고는 상상도 못했다. 나는 이미 충분히 쓴맛을 보고 있지 않는가. 그까지 나에게 타격을 가할 셈인가.

나는 안절부절을 못하며 의자를 권하고 차를 끓였다. 당혹스러움을 감추기 위해 나는 다시 가위를 집어 들었다.

그는 깜짝 놀라서 나를 보았다. 무엇을 하고 있는지 몰랐던 모양이었다. 담배를 한 대 피우고 나서야 겨우 입을 열었다.

"옷을 만들고 있었군. 아이 건가?"

"그래. 어때, 그럴 듯하지?" 나는 익살을 부렸다. 내가 곤란한 상황에 빠져 있는 것을 보고 그가 기분 좋아한다면 그건 잘된 일이다. 그래서 그의 원한이 조금이라도 풀린다면 말이다.

"나는 지금 아빠 겸 엄마야. 언젠가 표창받는지도 모르지." 나는 이렇게 덧붙였다.

그는 미간을 좁히며 말했다. "어쩌다 이런 지경까지 왔어? 그런 일은 그만 접어 둬."

"이런 지경이라고? 남자는 여자가 할 일에 손을 대서는 안 된다는 말인가?"

나는 일부러 쾌활하게 하하하 웃었다.

그는 화가 난 것처럼 얼굴을 새빨갛게 붉히며 말했다. "남자니 여자니의 문제가 아니야. 지금은 우리들이 생각하고 연구해야 할 일이 산더미처럼 많아. 그런데도 자네는 이런 하잘것없는 일에 정력을 소비하고 있군. 옛날의 그 적극성은 어디다 버렸나. 한번 넘어졌다고 해서 포기해 버리고 만 건가."

역시, 옛날 일부터 끄집어내는군. 누가 그런 이야기에 넘어갈 줄 알고.

"역시 독신은 편한 거야. 쿤이 입고 있는 옷을 좀 봐. 나는 이 아이의 아버지라고." 나는 쾌활하게 계속 웃을 작정이었다. 하지만 여기까지 말하고는 그만 웃음이 가시고 말았다. 꾀죄죄한 옷을 입고 있는 쿤을 보면 가슴이 아프다.

"알아. 이 애 옷은 내가 사 줄게. 나는 독신이지만 떠돌이 생활을 하고 있을 때부터 노후를 위해서 얼마간 저축을 해 두었지. 그러니까 이런 짓은 두 번 다시 하지 말게, 부탁이야." 그의 목소리는 침착했고 눈은 성실함으로 빛나고 있었다. 원망하는 기색은 전혀 없다. 나는 가위를 놓았다.

그는 일어나서 탁자 위의 물건들을 말아서 침대 위로 던져 놓고 진지한 눈빛으로 나를 보았다. "이런 짓을 하고 있는 것은 단지 호주머니 사정 때문인가."

"물론 그뿐만은 아니야. 소문 듣지 못했나. 시류 동지의 명령으로 나는 이제 더 이상 글을 쓸 수 없게 되었지."

"내가 온 것은 그것을 자네가 어떻게 생각하고 있는지 묻고 싶어서네."

그 때문에 왔다! 고소하다, 그 말이지. 하지만 그것도 어쩔 수 없는 일이다. 자업자득이니까. 그러나 나는 딴전을 피웠다. "시류 동지가 옳지. 잘못을 범한 내가 글을 발표하면 좋은 반응이 있을 리 없으니까. 이것은 시류 동지의 호의지."

그는 한층 더 미간을 좁히고는 뻐끔뻐끔 값싼 잎담배를 피웠다. 나는 그 연기 때문에 기침을 했다. 그는 담뱃불을 후후 불었다. 그런다고 꺼질 리가 없는데 그것은 그의 버릇이다.

"자네는 경험에서 교훈을 얻지 못했군. 허위만을 배웠을 뿐이야." 그는 담배를 털면서 말했다.

확실히 나는 허위만을 말할 뿐 진실은 말하지 않게 되어 버렸다. 하지만 정직한 자가 당하게 된다는 진리는 세 살짜리 아이도 알고 있다. 허위는 성숙과 혼동되기 쉬워서, 여간해서는 구별하기가 어려운 법이다. 그것을 구별해 내다니 훌륭하다. 하지만 나는 시인할 필요도 부인할 필요도 없다. 잠자코 그가 떠들도록 두는 것이다.

"자네가 가장 신경 쓰고 있는 것은 시류가 용서해 주느냐 아니냐, 이것이겠지?"

그래. 그리고 허징푸, 자네가 용서해 주느냐 아니냐야. 나는 머리를 옆으로도, 위아래로도 흔들지 않았다.

"그리고 자네 자신은? 자네 자신은 스스로를 용서했나? 타인이 자네를 용서하느냐 아니냐 따위는 사실 아무래도 좋은 거야. 중요한 것은 자신이 스스로에게 준엄하게 하는 일이지."

"자네에 대한 시류의 처우는 확실히 지나쳐. 그러나 자네는 스스로에게 너무 안이해. 그래서 지금 그런 식으로 있을 수 있는 거지. 자네는 자기가 인민과 역사에 대해 책임을 져야 한다고 생각해 본 일이 없나? 과거는 흘러가 버렸네. 하지만 이제부터 앞으로는?"

이건 재미있다. 이야기가 훌륭한 변증법 아닌가. 나는 확실히 스스로에게 준엄해야 할 것이다. 그러나, 그렇다면 시류는 어떤가. 유뤄수이는? 그들에게 잘못이 없는 것은 그들이 자기비판을 하지 않았기 때문

이다. 어느 누가 스스로에게 준엄하게 구는 바보짓 따위를 할 리 있는
가! 게다가 역사에 대해 책임을 지다니, 도대체 내게 그런 자격이 있는
가. 내 위에는 언제나 시류가 있었어. 그리고 우선, 역사란 무엇인가. 내
가 보는 한, 역사란 뒤엎고, 뒤엎혀진다는 단 두 마디가 전부다. 과거에
는 내가 다른 사람을 뒤엎었고, 지금은 내가 다른 사람한테 뒤엎혀졌
다. 그뿐이다. 지금 '거꾸로 매달려 있는' 지경인 나더러 스스로에게 준
엄해야 한다고? 내 신경은 아직 미쳐 버리진 않았다고.

하지만 나는 그 말을 입 밖으로 내지는 않았다. 그가 떠들게 해야
하는 것이다.

"자네는 왜 가만히 있나. 내 말이 잘못되었나?" 그는 그렇게 말하고
는 다시 잎담배를 채웠다.

"옳은 말이야. 하지만 유감스럽게도 내가 역사에 대해 책임을 지더
라도 역사는 나를 책임지지 않지. 역사는 시류라든가 유뤄수이 쪽에
마음이 있으니까."

"역사라고 하는 것은 내향적인 것이지. 마음속을 간단하게는 드러내
지 않아. 그러나 자네도 언젠가는 틀림없이 역사는 공정한 것임을 알
게 될 거야."

"바보스러울 만큼 시적이군." 나는 웃으며 말했다.

"시는 진실이지."

"이상 속의 진실이야."

"이상과 현실은 한 발자국 떨어져 있을 뿐이야."

"하지만 우리 중국인들은 한 발자국 전진에 두 발자국 후퇴하는 습
성이 있지."

"자네는……."

그는 나를 향해서 담뱃대를 들었다. 내 머리를 두들기기라도 하려는 듯. 그러나 결국은 한숨을 한 번 쉬었을 뿐이었다. 그리고 눈을 내리감고 슬픈 듯이 말했다.

"나로서는 이해하지 못하겠군. 자네는 조금 타격을 받았을 뿐인데 어째서 그렇게 되어 버렸는지. 포기해 버리는 것만큼 커다란 슬픔은 없는데."

나는 감동하여 진지한 어조로 대답했다.

"슬픔은 독이라고 하지 않나. 나 역시 모르겠어. 자네는 어찌하여 항상 이상주의자로 있을 수 있는가. 현실의 타격이 아직 부족하다고나 말하려는가. 나는 자네의 유랑 생활에 대해 여러 가지로 들었었지. 그런 환경에서 어떻게 살아올 수 있었는지 나로서는 상상도 되지 않네. 자네에게는 탄복할 수밖에 없어. 하지만 이해는 되지 않네."

그는 침묵하고 말았다. 두 눈을 빛내고 입술을 굳게 다물고 등을 똑바로 편 채 앉아 있다. 담뱃대의 불이 거의 꺼져 가고 있는데도 빨려고도 하지 않는다.

나는 문득 깨달았다. 허징푸는 정말 미남이구나! 그의 눈은 하나의 수수께끼이다. 결코 크지는 않지만 눈동자가 맑게 빛나고 있다. 이 눈을 본다면 누구든지 정말 성실하고 정이 듬뿍 담긴 눈이라고 느끼리라. 마음의 벽을 허물지 않고는 배길 수 없을 것이다. 윤곽이 뚜렷하게 각진 얼굴은 오랜 유랑 생활로 구릿빛으로 물들어 있다. 그리고 높고 곧은, 약간 큰 듯한 코, 그것들이 혼연일체가 되어 다른 사람에게 세속을 초월한 너그러움을 느끼게 하는 것이다. 동료들은 나를 미남이라고들 하지만 그와 비교한다면 얼마나 선이 가는, 좀스러운 얼굴인가. 쑨웨는 허징푸의 아름다움을 깨닫고 있을까. 그가 두 번 기침을 했다. 흥분을 가라앉히기라도 하려는 듯. 도대체 무엇을 생각하고 있는 것일까. 그것을 물어보려고 할 때 또 누군가가 문을 노크했다. 허징푸가 서서 문을 열자 쑨웨가 가방을 들고 들어왔다. 그녀는 아무 말도 하지 않고 가방에서 한 켤레의 신발을 꺼냈다. 쉬쿤의 것이다. 나는 쑨웨를 보고 허징푸를 본 다음에 나도 모르게 얼굴을 붉혔다. 이상한 일이야. 무엇 때문에 얼굴을 붉히는가.

나는 허징푸가 쑨웨에게 어떤 감정을 품고 있었던가를 알고 있다. 그러나 그것은 과거의 일이다. 지금 그들 사이가 어떤지 모른다. 그러나 보기에는 그들 사이의 거리는 나와 쑨웨 사이의 거리보다도 먼 것 같다. 쑨웨는 이제 더 이상 옛날처럼 로맨틱하지 않다. 나와 마찬가지로 바느질 공부를 시작했다. 신발을 만든 솜씨는 훌륭하다.

쑨웨는 신발을 놓고 금방 나가려고 했다. 나는 붙들 마음이 없었지만 허징푸가 그녀를 붙들었다.

"총지부 서기님, 앉으시죠. 그리고 들어주시죠. 이제 갓 복당한 당원이 자기가 생각하는 바를 말씀드릴 테니까요. 우리들은 서로를 이해해야 하지 않겠습니까?"

재미있군. 말투는 빈정거림으로 가득 차 있는데 눈으로는 애원하고 있다. 쑨웨는 걸터앉았고 나는 차를 내왔다.

허징푸는 쑨웨를 향해서 이야기를 하기 시작했다. 쑨웨는 고개를 숙이고 있다.

"지금 막 쉬헝중은 나를 일관된 이상주의자라고 말했어. 하지만 그것은 정확한 것이 아니야. 분명히 나는 만 18세가 되자 곧 입당했지. 그무렵에는 신념도 이상도 있었어. 하지만 나중에 생각해 보니 당시의 이상과 신념은 맹목적인 것에 불과했어. 사회에 대해서나 이론에 대해서

나 진지하게 연구해 본 일이 없었으니까. 가성 근시가 있는 것처럼 이 상이나 신념에도 가성이 있어서 그것이 변해 가는 법이지.

나는 그렇게 자부심이 강한 인간이 아니야. 57년에 처분을 받았을 때 역시, 내가 정말로 잘못된 것이 아니었나 의심했었으니까. 게다가, 내가 열렬히 사랑하는 사람조차 내가 잘못했다고 판단했다는 것도 고려하 지 않을 수 없었어. 나는 잘못을 확실히 인식하고 그것을 바로잡겠다는 생각으로 마르크스·레닌주의 저작을 진지하게 공부하기 시작했지. 결 국, 그 공부와 하층 인민 속에서의 생활이 내게 가르쳐 주었어. 내가 잘 못하지 않았었다는 것을. 그래서 겨우 얼마간의 자신감과 신념을 지닐 수 있게 되었지. 언젠가는 분명히 당이 잘못을 시정하고 시류가 자기의 잘못을 인정할 날이 온다. 그런 신념이야말로 생존 본능과 더불어 나 를 지탱해 주었고, 고통으로 가득 찬 기나긴 세월을 극복하게 해 주었 던 거야. 하지만 한때는 그 신념이 흔들려서 나는 죽음을 생각했었지."

쑨웨가 얼굴을 들어서 흘낏 그를 보다가 다시 고개를 숙였다. 그는 다시 두 번 기침을 했다. 흥분을 하면 기침을 하는 것이다. 그는 마음 을 가라앉히고 우리들에게 유랑의 이야기를 하기 시작했다.

그해 나는 만리장성 부근에서 마차 수송대에 끼어 있었다. 피땀 흘려 번 돈으로 겨우 말과 수레를 구입했기 때문이었다. 볼품없는 말이었지 만 값이 쌌다.

나는 장성이 마음에 들었다. 처음으로 '천하 제1의 관문'(만리장성 동쪽 끝에 있는 산하이관을 말함)으로부터 가장 높은 봉화대에 올랐을 때는 갑 자기 자신이 유랑자라는 사실을 잊고 말았다. 장성의 벽돌 하나하나가 전부 인간처럼 보이고 길게 굽이치는 장성이 끝없이 계속되는 대열처럼 보였다. 나는 그 대열에 참여하기 위해서 급히 달려온 신참병이었다.
그러고 보니 봉화대의 돌마다 수많은 이름들이 새겨져 있었다. 모두 다
관광객들이 남긴 것이다. 그들은 왜 여기에다 이름을 새겼던 것일까. 이
름을 내기 위해서? 아니, 여기다 이름을 새긴들 이름이 날 리 없다. 그
들도 나와 마찬가지로 이 대열에 참여하기 위하여 이름을 밝혔던 것이
라고 나는 생각했다. 돌은 우리 지원자들의 명부이다. 그러나 나는 이름
을 새기지는 않았다. 이름 대신에 이 몸을 등록하기로 했던 것이다. 그
런 다음부터는 틈만 있으면 장성에 올라갔다. 여기서 평생을 보내고, 죽
은 다음에는 장성 기슭에 묻어 달라고 할 생각이었다.

우리 수송대는 그 구성원들과 마찬가지로 '어둠' 속의 존재였다. 자
네들은 물론 알지 못하겠지만 통상적인 사회의 외곽에는 각종의 '어둠
의 사회'가 있는 법이며, 거기에는 갖가지 인간들이 모여 있다. 집단에
서 밀려 나온 노동자, 실업자, 갖가지 이유로 사회에서 방출당한 사람들.
물론 벌이에만 전념하는 사람도 있다. 우리들은 직종별로 조를 짰다. 그
러지 않으면 일을 얻을 수도 없고, 식량 표나 옷감 표도 살 수 없다. 그
리고 조에는 우두머리가 있지 않으면 안 된다. 원래 나는 우두머리가 된
일도 없었고 되고 싶지도 않았다. 나는 어디서나 교제가 미숙했으니까.

그런 거야 어떻든, 실제로 조에 들어가 본 사람이 아니면 그것이 얼마
나 기형적인 존재인지 도저히 이해하지 못할 것이다. 사회가 낳은 이 기
형아만큼 부조리한 것은 없다. 서로가 어떤 사람인지 알려고도 하지 않
고 서로 도우려고도 하지 않는다. 집단을 만드는 것은 돈을 벌기 위해서
이고 동료와의 유대도 돈 때문이다. 조의 우두머리는 대개 그 지방 똘마
니로서, 그들이 업무를 도맡아 관리하고 우리들의 합법적인 신분을 취
득하는 힘도 갖고 있다. 그러므로 모두가 그들을 두려워하고 번 돈 중의

일부를 가로채여도 불평도 하지 못한다. 나도 물론 내 몫을 우두머리에게 바치지 않으면 안 되었다. 그 당시 우리 수송대의 우두머리는 노동개조에서 돌아온 형사범이라고들 했다. 창백하고 마른, 얼핏 서생의 분위기를 풍기지만 얼굴에는 냉혹한 빛이 역력했다. 특히 광대뼈와 눈 사이에는 마치 두 개의 혹을 늘어뜨린 듯 살이 처져 있어서 보기에도 무서웠다. 그것은 그야말로 그가 탐욕스럽고 냉혹하다는 것을 말해 주고 있었다. 누구도 다 이 사내를 두려워했다. 나도 그와 마찰을 일으키고 싶은 마음은 들지 않았다.

그런데 노임을 지불할 때였다. 그는 나를 타관 사람이라고 깔보고 80위안을 가로챘다. 돈이야 어떻든 나는 그의 말투에 화가 나서 그에게 덤벼들었다. 그는 주먹을 휘둘렀다. 그래서 나도 대항했다. 100킬로그램짜리 돌을 수없이 날라 온 나다. 질 리가 있겠는가. 결국 나는 그의 팔을 비틀어 상처를 입히고 말았다.

나는 그곳의 파출소로 연행되었다. 파출소에서는 신분증을 제시하라고 말했지만 그런 것이 있을 리 없었다. 그래서 나는 당당한 기세로 시원시원하게 말했다. 나는 숨길 것도 없이 성은 허요, 이름은 징푸이다. 이제까지 단 한 번도 나쁜 짓을 한 일은 없다, 수상하다고 생각되면 조사해 보라! 그러자 파출소 순경은 다행히 앞으로는 이런 일이 없도록 하라, 불법은 용서하지 않겠다며 한바탕 설교만 늘어놓고는 돌려보내 주었다.

나는 마차를 달려서 내 숙소로 향했다. 도중에서 마음껏 울고 싶었다. 신분증, 신분증, 내게는 신분증이 없다! 나는 도대체 누구인가. 나는 마구 채찍을 휘두르며 미친 듯이 달렸다……. 마차가 뒤집혀지거나 장성에 충돌해 버렸으면 좋겠다고 생각했다. 죽을 테면 죽어라! 인간으로서의 가치도 없이 살아 있은들 무슨 소용인가! 맞은편에서 오는 마차가 내 눈에는 들어오지 않았다. 그리고 깨달았을 때는 이미 늦었다. 내 마차의 채가 상대의 말과 격돌했던 것이다. 채는 말의 어깨에 정면으로 들어가 박혀 있었다. 나와 상대방이 혼신의 힘을 다해 그것을 잡아 빼자 피가 내 얼굴을 향해서 솟구쳐 나왔다. 나는 셔츠를 벗어서 상처에 쑤셔 박았다.

얼마 안 가서 말은 죽었다. 상대방은 내 소매를 붙들고 놓지 않았다. 그 말은 개인의 것이 아니라 관의 것이었다. 나는 아무 말도 하지 않고 채찍을 건네주었다. 내 말은 싸구려 말이었으므로 수레까지 끼워 주었다.

"좋아. 이제 또다시 몸만 남았다." 나는 땅바닥에 쓰러지며 중얼거렸다.

그는 마음이 착한 남자였다. 내가 순식간에 전 재산을 날렸음을 알자 그대로 가 버릴 수가 없었던 모양이었다. 주머니에서 작은 호리병을 꺼내어 이야기를 하자고 우겼다. 그는, 당신은 누구이며 어디로 가는 길이냐고 물었다. 내가 있는 그대로 대답하자 거듭 감탄하며 몇 번이나 이렇게 말했다. "누구나 햇빛을 볼 때가 있는 법이오. 언젠가 분명히 햇빛을 볼 때가."

그는 내 마차를 끌고 사라졌다. 죽은 말은 고기를 팔면 얼마간 돈이 될 거라며 나를 위해 놓고 가려고 했다. 하지만 필요 없다고 하자 그는 그것도 끌고 갔다. 나는 이제 더 이상 숙소로 돌아갈 마음도 없이 장성 기슭에 드러누워 있었다. 얼마나 조용하고 넓은 곳인가. 내가 여기에서 죽는다 하더라도 어느 누구에게도 발견되지 않으리라. 장성만이 잠자코 시체를 받아들여 줄 것이다. 하지만 죽어야 할 것인가, 죽지 말아야 할 것인가 그것이 문제다. 나는 꼼짝도 하지 않고 누워서 밤하늘 가득한 별을 올려다보며 햄릿 같은 질문을 던지고 있었다……

나는 이제 갓 서른 살일 뿐이다. "삼십이면 자립한다."(《논어》에서)고 하지만 나는 도대체 무엇을 자립했는가. 몸은? 가정은? 일은? 아무것도 없다. 신분증조차 없다. 나를 필요로 하는 사람도 없다. 그저 먹고 마시고 자기 위해서 살고 있는 것인가. 그 우두머리에게 피와 땀을 쥐어짜여 착취당하기 위해서만 살고 있는 것인가. 아니다!

나는 벌떡 일어나서 장성을 쏜살같이 달려 올라갔다. 그리고는 역시 가장 높은 봉화대 위에 올라갔다. 나는 호주머니에서 나이프를 꺼내서 별빛을 의지하여 검은 돌 하나에 허징푸라고 새겼다. 이 몸 대신에 이름을 명부에 새겨 넣은 것이다. 이 돌이 나의 신분증이다. 허징푸는 중화의 아들, 황제(黃帝)의 자손임을 증명함. 그런 다음 나는 봉화대에 기대고 앉았다. 잘 보라, 분명히 보라, 이 조국의 산하를. 얼마나 훌륭한 광경이며 얼마나 보기 드문 광경이냐. 관문 안쪽은 전체가 무성한 신록인데 관문 바깥쪽은 아득히 이어지는 황토이다. 끝닿은 데 없는 황토를 보고 있는 동안에 애정이 치밀어 올라왔다. 아름다움과 힘이 아직 지하에 묻혀 있다. 그것이 나의 한 몸을 바치라고 외치며 나의 상상에 불을 당겼다.

별똥별이 하나 동에서 서로 흐르다가 어딘가로 떨어졌다. 그러나 하늘은 변함없이 넓고 조용하다. 별은 아름답게 반짝이고 은하수는 여전히 양쪽 기슭의 견우와 직녀를 차갑게 바라보고 있다. 마치 아무 일도 없었다는 듯이. 끝없는 우주에서 별똥별 따위에 주의를 기울이는 자는 없다. 내가 죽어도 마찬가지라고 나는 생각했다. 인류 전체에서 본다면 우주에서 별똥별이 하나 흐르다가 소리도 없이 떨어진 것과 마찬가지이다. 그러나 나는 결코 별똥별 따위는 아니다. 인간이다. 피가 있고 눈물이 있고 사랑이 있고 원망이 있는 인간인 것이다.

나는 어린 시절에 늘 은하수나 별 이야기를 들려주셨던 할머니를 생각했다.

"사람들은 모두 머리 위에 이슬 방울을 하나 얹고 있단다. 누구에게

나 그 사람의 복이라는 것이 있는 법이야." 할머니는 자주 별을 가리키며 그렇게 말했다. 그것은 인간도 별과 마찬가지로 자기가 존재할 장소와 권리를 갖고 있다는 가르침이었다. 별은 자기를 받쳐 주는 것이 없어도 하늘에 있다. 인간 역시 손잡아 줄 사람이 없어도 이 세상에서 살아갈 수 있는 것이다. 하늘의 별이 빛나면 지상의 이슬까지도 빛나는 법이다. 이것이 내가 받아들인 최초의 철학이었다.

그렇다면 지금 나의 이슬 방울은 말라 버린 것일까.

아니다. 마르지 않았다! 이슬 방울을 통해서 지금도 보이지 않는가. 돌아가신 부모님, 멀리 있는 여동생, 내가 사랑해 마지않는 사람들의 모습이 하나도 빠짐없이…….

말과 수레는 없어졌지만 내게는 아직 이 두 손이 있다. 신분증이 없다 한들 그것이 어떻단 말인가. 나의 존재 가치는 한 조각 종이로 증명될 수 있는 것이 아니다.

나는 봉화대 앞에 앉은 채 하루 밤을 보내고 새벽과 더불어 장성에서 내려왔다. 이미 수송대로는 돌아갈 생각이 없었다. 새로운 일을 찾지 않으면 안 된다. 나는 장성을 따라 이 마을 저 마을로 "뭔가 일을 시켜 주지 않으시렵니까?" 하고 물으면서 돌아다녔다.

결국 일은 찾지 못하고 돈도 다 써 버렸다. 나는 하는 수 없이 장성을 벗어나서 남쪽으로 향했다. 그리고 화이허강 기슭에 이르렀다…….

"쑨웨, 왜 그래?"

허징푸가 갑자기 이야기를 멈추고 말았다. 쑨웨가 얼굴을 테이블에 묻고 어깨를 떨고 있었다.

"기분이 좋지 않아?" 내가 물었다.

쑨웨는 머리를 옆으로 흔들 뿐 얼굴을 들지 않는다. 그러더니 그녀는 허징푸를 재촉했다. "계속해. 화이허강 기슭에 이르러서……."

그러나 허징푸는 더 이상 이야기를 계속하려고 하지 않았다. 그는 허둥지둥 자기 이야기를 끝맺었다.

"내 결론은, 한마디로 살아야겠다는 것이었어. 그 이후로는 두 번 다시 죽음을 생각한 적이 없지. 인생은 우리들에게 공정하지 않을 때가 있지만 우리들은 자기에 대해서 공정하지 않으면 안 돼. 자기를 왜 그런 우두머리와 비교할 필요가 있단 말인가. 나와 그의 가치가 두 사람의 관계로 결정되어 버린다는 것처럼 멍청한 이야기는 없어. 설령 죽어서 뼈가 되더라도, 내 뼈의 인 함유량이 그의 것보다 많아서, 귀신불도 그의 것보다 밝을 것이라고 나는 생각했지."

쑨웨는 몸을 일으키고 뺨을 닦더니 아무 말도 없이 나갔다. 허징푸는 그 뒷모습을 가만히 바라보고 있었다.

"자네는 아직 그녀를 사랑하고 있나?" 나는 나도 모르게 물어보았다.

"다른 사람을 사랑한 일이 없다고 말해야 되겠지. 유랑자는 문학 작품에서 묘사되는 것처럼 사랑과 인연이 있지는 않더군."

"자네와 쑨웨가 맺어졌다면 얼마나 멋있었을까. 하지만 자네들은 이미 20여 년 전의 자네들이 아니지. 생활이 완전히 변하고 말았어. 마음 역시 변했을 게 분명하고."

"그래, 다만 우리들의 마음이 어느 정도나 변했을는지는 영혼을 부딪혀 보지 않으면 알 수 없지. 그러나 그녀는 그렇게 하는 것을 피하고 있는 것 같더군."

"어쩌면 그녀의 의중에 다른 남자가 있는 게 아닐까? 자네도 알고 있는 바와 같이 쑨웨는 이미 옛날의 로맨틱한 소녀가 아니네. 쓴맛을 다

본 성인이지. 보라구, 그녀가 쿤이를 위해서 만들어 준 신발이네. 옛날의 그녀라면 이런 것을 만들었겠나."

나는 왜 이런 말을 하는가. 나 스스로도 잘 모르겠다. 나는 말하면서 나 스스로를 비열한이라고 비웃었다. 그러나 결국은 마지막까지 다 말해 버리고 말았다.

그는 일어서면서 하하하 웃었다.

"그럼, 헤어지기로 하지. 오늘은 자네와 인간성의 문제에 대해서 대화를 나누고 싶어서 왔는데 전혀 관계없는 이야기가 되고 말았군. 언젠가 다시 이야기하기로 하지. 자네도 생각해 봐 주지 않겠나. 인간의 동물적 본능은 인간성에 포함되는 것인지, 그리고 그러한 본능이 인류의 사회 생활에 영향을 미치는 것인지."

이것은 그가 현재 집필 중인 문제이다. 나라면 생각해 볼 것도 없이 대답할 수 있지. 인간은 동물이다. 인류의 생존 경쟁은 다른 어떤 동물보다도 잔혹하다. 왜냐하면 인류는 계획을 세워서, 의식적으로, 목적을 갖고서 경쟁할 수 있기 때문이다. 게다가 자기의 저급한 욕망을 아름다운 껍질로 덮는 기술도 알고 있다. 그러나 그런 문제에 대한 연구는 사절이다. 위험하니까!

"나는 사회 관계의 총계라는 개념만으로 인간의 본질을 해석하는 것은 불충분하다고 생각하네. 인간의 자연적 속성(생리적, 동물적인 속성) 역시 인간성의 일부분으로서 이것도 인류의 생활에 영향을 미치지. 그렇게 인정하는 것은 인간을 깎아내리기 위해서만은 결코 아니네. 아니, 오히려 인간을 높이기 위해서, 우리들이 자기의 동물성을 자각적으로 극복하기 위해서이지. 그것은 은폐하는 것보다 훨씬 더 좋지 않을까."

그는 입구에 서서 나를 돌아보면서 말했다.

나는 그의 어깨를 잡아 밖으로 밀고는 웃으면서 말했다.

"알았네. 인간성 전문가님. 하지만 그런 쪽의 문제는 언급하고 싶지 않아. 자네에게는 고전 문학에 대한 소질이 있으니까 그쪽 연구라도 하면 좋을 텐데."

"왜? 인간성과 휴머니즘의 문제는 금지 구역이기 때문에?"

그는 다시 안으로 들어왔다.

"금지 구역인 것은 아니지. 하지만 일부러 거기까지 산보하러 가고 싶어하는 사람은 많지 않아. 꽃은 적고 가시덤불만 많은 곳이니까. 자네는 왜 소수파 쪽으로 가려 하는 건가. 나무가 수풀보다 빼어나면 바람이 그것을 쓰러뜨리고, 행동이 타인보다 고아하면 대중이 그를 비방하리니. 이런 말들 몰라? 역시 남보다 두드러져서는 안 된다구."

"호오, 자네는 개인주의의 꼬리를 정말로 산뜻하게 잘라 내 버렸군. 하지만 말해 두겠는데 자네처럼 소극적인 사람이 있으니까 소수자가 눈에 두드러지게 되는 법이야."

그는 내게 주먹으로 일격을 가하고 나서 한 발을 내딛었다. 그리고 걷기 시작하다가 다시 뒤돌아보고 말했다.

"내일 아이 옷을 사 갖고 오겠어. 그건 그대로 집어넣어 두게."

나는 고개를 끄덕이면서 문을 닫고 테이블 위에 다시 천을 펼쳐 놓았다.

쓴한

나의 역사는 이 찢어진 사진 속에 들어 있다.
보고 싶지 않지만 나는 결국 또 보고 만다.

엄마는 요즘 왜 저렇게 어두운 얼굴을 하고 있나. 늘 공책을 펼쳐 놓고서는 열심히 무엇인가를 쓰고 있다. 그러다가도 내가 돌아오면 얼른 공책을 덮고는 익숙한 그 서랍 속에 넣고 자물쇠를 채워 버린다. 저 서랍은 나와 엄마 사이에 놓인 '국경의 강'이다. 저것을 보노라면 나와 엄마는 무엇인가에 의해 격리되어 있다는 느낌이 들고 만다.

"엄마, 다녀왔어요."

나는 가방을 내려놓고 말을 걸었다. 엄마는 "어서 오렴." 하는 말만 한 채 뒤도 돌아보지 않고 부랴부랴 서랍을 열고 곧 다시 닫은 다음 자물쇠를 채웠다.

어떻게 할까. 엄마에게 보이지 않으면 안 되는 것일까. 이 지긋지긋한 성적표! 물리 시험에서 낙제점을 받고 말았다. 이런 일은 처음이다. 처음이기 때문에 몹시 두렵다.

"왜 낙제점을 받았는지 집에 돌아가면 어머니에게 말씀드리도록 해라. 어머니가 너에게 얼마나 기대하고 계시는지 알아? 그것을 저버려서는 안 돼." 성적표를 받을 때 선생님이 그렇게 말했기 때문에 나는 점점 더 무서워졌다.

"엄마, 이것." 나는 큰맘 먹고 성적표를 엄마 앞에 놓았다. 그리고 내 책상 앞에 앉아서 야단맞기를 기다렸다.

"이유가 뭐니?" 엄마의 목소리는 좀 갈라져 있었다.

나는 말할 수 없었다. 엄마가 이쪽을 향했다. 얼마나 슬픈 눈빛인가. 나는 고개를 숙였다. 자명종 시계가 재깍거리는 소리만이 방 안에 울린다.

'엄마, 야단쳐! 때려 줘! 난, 엄마의 그런 슬픈 눈을 보고 싶지 않아.' 나는 마음속으로 호소했다. 그러나 엄마는 나를 야단치지도 않고 때리지도 않는다. 얼굴을 들어 보니 엄마의 뺨에 눈물이 흐르고 있었다.

나는 마음이 찢어지는 것 같았다. 어른들은 어른들만이 마음이 찢어지는 것이라고 생각하고 있지만 아이들도 마찬가지이다. 나는 엄마의 눈물을 보자마자 마음이 찢어지는 것 같았다. 내 눈에서도 눈물이 흘러넘쳐서 뺨을 타고 내려왔다.

"엄마."

나는 또 불렀다. 엄마는 왜 그렇게 슬퍼하고 있어? 내 낙제점 때문만이야? 그렇게 묻고 싶었지만 물을 수가 없었다.

"한아, 엄마의 희망은 너뿐이야. 네가 없었다면 엄마는 벌써 살아갈 마음이 없어졌을 거야. 살아간다는 것은 얼마나 괴로운 일인지 몰라. 그런데도 너는 아무것도 이해해 주지 않는구나."

엄마는 말했다. 작은 소리로.

엄마, 난 뭐든지 다 이해해. 그러니까 말해! 엄마에게 아무리 큰 괴로움이 있더라도 상관없어. 나한테 맡겨. 우린 서로 도우면서 살고 있잖아. 안 그래 엄마?

그러나 엄마는 아무 말이 없다. 나는 다시 서랍의 열쇠를 보았다.

엄마는 성적표에 사인을 해서 내게 돌려주었다.

"어쩌다가 낙제점을 받았지? 수업 내용을 이해하지 못했니?"

나는 머리를 옆으로 흔들었다. 수업이라면 항상 열심히 듣고 있는걸.

"그럼 어째서지?" 엄마는 좀 초조해하고 있다.

"어느 날 우리반 친구하고 싸움을 해서 시험 보던 날은 머리가 뒤죽박죽 혼란스러웠어." 나는 정직하게 자백했다. 엄마가 고통을 나누어 가져 주기를 바랐다.

"왜? 친구하고 싸움을……!"

엄마의 가늘고 긴 눈썹이 치켜 올라갔다. 누군가와 싸움을 하면 아무리 내가 옳았다 하더라도 엄마는 꼭 나를 야단친다.

"하지만 그 애가 내 이름을 놀리는걸. 한(憾)이라고 불렀다가 한(憨)이라고 불렀다가(憾과 憨은 발음이 같지만 성조가 다르다. 憨은 우둔하다는 뜻), 그리고 이런 말도 했어. 왜 하필 유감이니(憾은 유감의 뜻), 아버지가 없어서?"

나는 목이 막혔다. 엄마는 입술을 깨물었다.

"엄마, 가르쳐 줘. 아버지는 도대체 왜……?"

나는 눈 딱 감고 물었다. 이 의문이 생긴 것은 훨씬 전의 일이다. 자, 엄마 가르쳐 줘, 나 벌써 열다섯 살이야!

엄마는 손을 저으며 말했다.

"밖에 나가 놀다 오너라! 귀찮게 굴지 말고."

서랍의 열쇠가 내 마음을 잠가 버린 것 같다. 갑자기 엄마가 전혀 모르는 타인이 된 것 같은 느낌이 들었다. 모든 것이 남의 일 같은 느낌이다.

내가 어렸을 때 엄마는 참으로 상냥했다. 직장에서 돌아오면 맨 처음 "환이 왔니?"하고 물어 주었다. 환(環), 이것은 내 원래의 이름이었다. 나는 웃으며 엄마의 가슴으로 뛰어들었다. 엄마는 자주 나를 업고 걸으면서 끊임없이 내 이름을 불렀다.

"환!", "꼬맹이 환!", "착한 아이 환!", "예쁜이 환!", "귀여운 환!" 엄마가 부를 때마다 나는 응, 하고 대답한다. 그러면 마지막에 엄마는 항상 갑자기 커다란 목소리로 "밉상 환!" 하고 불렀다. 나는 거기에 걸려들어서 응, 하고 대답하고 만다. 그럴 때마다 엄마는 배를 잡고 웃었다. 그 앞에서 나는 발을 구르며 약 올라 했다.

"아빠한테 이를 거야. 엄마는 나빠, 나더러 밉상이래 하고." 그러면 엄마는 다시 나를 껴안고 뺨에 뽀뽀하고 웃으면서 말하곤 했다.

"환이는 밉상이 아니야. 환이는 엄마의 보물, 귀여운 보물이지!"

그 무렵 엄마는 나에게 머리에서부터 발끝까지 빨간 것을 입히고 싶어했다. 마치 불덩이처럼. 엄마의 마음속에서도 불길이 타고 있었다. 그래서 나는 몹시 따뜻했었다.

그러나 엄마는 아버지와 헤어지고 내 이름을 한으로 바꾸고 나서부터 달라지고 말았다. 여전히 엄마 자신은 돌보지 않고 열심히 내게 맛있는 것을 먹이고 예쁜 것을 입혀 주긴 했다. 하지만 이젠 더 이상 귀여워해 주지 않으면 안 되는 작은 동물에 불과한 것 같았다. 엄마의 마음속에서 나는 값이 떨어지고 만 것 같다. 이미 '귀엽고 귀여운 보물'이 아니라 '유감스러운 것'이 되어 버린 거야.

쓸쓸해서 견딜 수 없다. 아이들은 죽음을 생각하지 않는 법일까? 그렇다면 나는 이제 아이가 아니다. 게다가 나는 이미 공청단*에 입단 신청서를 제출해 놓고 있다. 선생님은 내 성격이 밝지 못하다고 했지만.

---

* **공청단** '중국 공산주의 청년단'의 준말. 공청단은 중국 공산당이 지도하는 공산당 산하의 청년 당 조직으로 14세부터 28세까지의 연령의 단원들로 구성되어 있다. 중국식 사회주의를 교육, 선전해 중국 공산당의 인재를 양성하는 역할을 한다.

언젠가 엄마가 문학 이론에 대해서 말해 준 일이 있었다. 일본의 구리야가와 하쿠손이라는 사람이 문학은 고민의 상징이라고 했다고. 난 그 이론에 찬성이야. 고민에 빠지면 시를 쓰고 싶어지니까. 나는 시를 써도 엄마에게는 보여 주지 않는다. 그런데 어느 날 엄마가 훌륭한 공책을 주었다. 표지를 펼치니 거기에는 엄마의 글씨로 "소녀 시초(詩抄), 쑨한"이라고 씌어 있었다. 엄마는 어떻게 내 시에 대해 알고 있을까? 이상한 일이야!

나는 그 공책에 많은 시를 썼다. 하지만 이 시, 바로 그 물리 시험 시간에 쓴 시는 공책에 적지 않았다. 엄마에게 보이기 싫어서 종잇조각에 쓴 채로 두고 있다.

나는 종잇조각을 책상 위에 펼치고 내 시를 감상했다.

이름

이름 때문에 놀림을 당하고 나서
그제서야 알았다.
나의 이름은 웃음거리임을.
그러나 사람들이여
그렇게 부르지 마라, 가엾은 나를.

이름이여 이름이여
너는 그 사람의 성격
그리고 무엇인가의 기념
사람의 마음에 메아리를 불러일으키는 것.

날짜는 기억하고 있지 않지만
잊을 수 없다. 그 폭풍우의 밤을.
나는 아직 어리지만
기억은 지금도 분명해.

사라지지 않는 너
언제까지 내 영혼을 괴롭히려는가.
내 마음은 평온치 못해
언제나 망망대해의 거친 파도 같다.
내 이름의 유래를
나는 말하고 싶지 않다.
마음속에 접어 두자.
다른 사람을 괴롭히는 일이 없도록.

산들거리는 바람이여, 흔들리는 버들이여
가르쳐 주렴, 모든 것을.
그리고 내 이름을 비웃지 말고
사람들이 내 이름을 잊게 해 주렴.
깨끗이, 영원히.

　내게는 내 서랍이 없다. 가방이 서랍인 셈이다. 나는 이 시를 가방
맨 안쪽에 집어넣었다.
　"환아." 엄마가 갑자기 이렇게 불렀다. 나는 일순 당황했다. 그리고 겨
우 그것이 내 원래의 이름임을 깨달았다. 엄마도 옛날 생각을 하고 있

었구나. 환을 생각해 내고 있었던 거야. 나는 일어나서 엄마에게 달려가 목을 껴안으며 숨가쁘게 말했다.

"엄마, 지금 날 뭐라고 불렀어? 다시 한번 불러 봐!"

"왜 그러니? 한이라고 불렀잖아. 내가 잘못 부르기라도 했니?" 엄마가 깜짝 놀라서 물었다. 도저히 거짓말하는 것 같지는 않다. 내 마음은 다시 싸늘하게 식고 말았다.

"무슨 일인데요?" 나는 차갑게 물었다.

"주전자에 물을 좀 끓여 주렴. 뜨거운 차를 마시고 싶으니까."

"네에." 나는 대답을 하고 일부러 주전자를 쨀그랑거렸다. 그러나 그런 소리쯤은 엄마의 귀에는 들어가지 않는 모양이었다.

"쑨한, 엄마 계시니?" 또 그 부자(父子)!

"안녕하세요." 나는 마지못해 인사하며 "계세요." 하고 대답했다.

요즘 제일 뻔질나게 찾아오는 손님은 이 부자이다. 모두 엄마가 저 남자아이에게 신발을 만들어 주었기 때문이다. 신발을 신은 그날로 그들은 찾아왔다. 아버지가 아들의 손을 끌고 엄마를 가리키며 말했다.

"자, 쿤아. 엄마라고 부르렴. 이 분이 네게 신발을 만들어 주셨단다. 자, 엄마 고맙습니다, 하렴."

남자아이는 시키는 대로 '엄마'라고 불렀고 "엄마, 고맙습니다." 하고 말했다. 그때부터 나는 그들을 보면 구토증이 일어나게 되었다. '아줌마'라고 불러야 당연한 것 아닌가. 왜 일부러 엄마라고 부르나. 이 지역 말에서 '엄마'가 '아줌마'라는 의미로도 쓰이는 것은 사실이다. 하지만 쉬라는 사람은 아무리 보아도 엄마보다 나이가 많잖아. 그런데 어떻게 그렇게 부를 수 있담. 다행이었던 것은 엄마가 남자아이에게 대답을 하지 않았던 것이다.

"한아, 물은 아직 안 끓었니? 손님에게 차를 좀 내오렴."

엄마의 말대로 뜨거운 물을 들고 가니, 쉬쿤이라는 아이가 엄마 무릎에 엎드려 있고 엄마는 그 아이의 머리를 부드럽게 쓰다듬고 있었다. 마치 자기의 아이이거나 한 것처럼. 나는 나도 모르게 얼굴을 붉혔다. 집에는 갓 사 온 차가 있었지만 나는 쉬라는 사람에게 오래된 가루차를 넣어 내놓았다. 가루가 찻잔 가득히 떠 있으니까 호호 불면서 마시고 있다. 마치 원숭이 같다. 원숭이와 똑같다. 엄마는 나무라듯이 나를 힐끗 보았지만 아무 말도 하지 않는다. 나는 좀 기뻤다. 아주 조금.

"동생에게 네 사탕을 좀 주렴." 엄마가 말했다.

"다 먹어 버렸어." 나는 퉁명스럽게 대답했다. 도대체 누구의 동생이란 말인가. 사탕이 있어도 주나 봐라.

엄마는 깜짝 놀라서 나를 보고 선반 위의 통을 보았다. '바로 얼마 전에 오백 그램을 샀는데.' 엄마는 그렇게 생각했음이 분명하다. 그러나 그 말을 입 밖으로 내지도 않았고 손수 그것을 집으러 일어서지도 않았다. 그러고 보면 아직은 얼마쯤 내가 귀여운 모양이다.

나는 의자를 책상 끝으로 끌어당겨 앉았다. 덜컥덜컥 소리를 내며.

"한아, 조용히 해. 손님이 계시잖아."

나는 대답도 하지 않았다. 손님? 그래, 귀한 손님이군!

나는 공부하는 척하며 두 사람의 대화에 귀를 곤두세웠다. 이제까지 몇 번인가는 그들이 오면 나는 꼭 밖으로 나갔었다.

둘은 늘 늦게까지 이야기를 했다. 할 이야기가 그렇게 많이 있나? 엄마는 왜 귀찮아하지 않는가. 나한테는 금방 "귀찮게 굴지 말고 놀다 오렴." 하고 말하면서.

"최근엔 무엇을 하고 있어?" 엄마가 쉬에게 물었다.

"내가 할 수 있는 일이 뭐 있어? 아들에게 입힐 옷이 없어서 책을 봐 가며 두 벌 정도 만들어 주었을 뿐이지. 허는 그런 짓은 그만두라면서 쉬쿤에게 아래위 한 벌을 사다 주었지. 하지만 나는 앞으로도 만들지 않으면 안 돼. 아직 앞길이 머니까." 쉬는 그렇게 말하면서 그야말로 애원하듯이 엄마를 바라보았다.

엄마는 얼굴이 좀 붉어졌다. 그리고 시선을 비껴 한숨을 쉬면서 말했다. "집안일도 중요하지만 일도 소홀히 할 수는 없어. 학부에서는 당신을 교단에 서게 할까, 생각 중이야."

"물론 나도 일은 하고 싶지만 시류 동지가 나를 용서하고 있지 않아. 나는 당신에게 폐를 끼치고 싶지도 않고. 그 사람은 전부터 당신이 나를 감싸고 발탁하려고 한다고 말하고 있지. 문화대혁명 무렵의 일을 알고 있으면서도 말이지. 그 무렵 우리는 두 파로 나뉘어 나는 당신을 비판했던 일이 있었어. 당신에게 미안한 일을……."

뭐야, 저 태도! 얼굴을 점점 엄마에게 가까이 가져가면서. 엄마는 의자를 끌어 쉬의 말을 가로막았다.

"왜 그런 말을. 우린 어느 쪽이 어느 쪽에 미안하고 그런 건 없어. 만일 나나 당신이 당시의 책임을 질 수 있다면 난 틀림없이 당신과 매듭을 지을 거야. 하지만 유감스럽게도 당시 우리들에게는 역사에 책임을 질 자격 같은 것은 없었어. 그렇기는커녕 역사 쪽이 우리들에게 책임을 져야 해. 물론 사람들이 각각 얻어 낸 교훈, 그것은 별개지. 당신에게는 당신의 교훈, 내게는 나의 교훈이 있어. 그런 점에서는 누구도 다른 사람을 비호할 수 없고 누구도 다른 사람을 대신할 수 없어."

또 그 이야기다. 문화대혁명, 문화대혁명! 내가 철들 무렵부터 끊임없이 들어온 말이다. 라디오는 날마다 "문화대혁명은 위대하다, 위대하다!"하고 외쳤으며 보육원 선생님은 우리들에게 '사상공전(史上空前)의 문화대혁명 만세, 만만세!'라는 슬로건을 가르쳐 주었다.

'사상공전'이란 무슨 뜻인가? 나는 지금에야 겨우 그 의미를 알았다. 그 몇 년간 엄마는 친구를 만나면 꼭 문화대혁명에 대해서 이야기를 해 왔다. 내 귀에조차 못이 박힐 정도이다. 그런데도 또 이야기하고 있다. 오늘은 그래도 나은 편이다. 둘 다 냉정하니까. 여느 때는 그건 정말 시끄러운 싸움이었다! 얼굴을 새빨갛게 하고, 핏대를 세우며. 하지만 마지막에는 꼭 누군가가 이런 말로 타협점을 찾는 것이다.

"자 이제 됐어. 우리들은 어차피 이름 없는 서민이야. 역사의 총괄 따위는 떠맡을 만한 존재가 아니지. 어떤가. 임금 인상 이야기나 하는 게, 역시 살아가는 이야기를 하는 게 좋잖아, 하하하."

그리고는 사람들은 모두 어린아이들처럼 훨씬 더 소란스러워진다. 화해하자는 신호만 있으면 금방 사이가 좋아진다니까. 그러는 주제에 다음에 다시 만날 때면 또 똑같은 문제로 다툰다. 몇 번이고 듣고 있는 동안에 나조차도 이야기의 줄거리를 알아 버렸을 정도이다. 그 사람들은 모두 스스로 '반평생'이라고 말하는 자기의 과거 때문에 괴로워하고 있다.

"역사여, 역사는 우리들에게 거대한 장난을 쳤다."

어떤 아저씨는 시를 낭독하는 것처럼 말했다. 엄마 말에 의하면 그 사람은 이제 막 감옥에서 나왔다고 한다. 린뱌오에게 반대했기 때문에 무기 징역형을 받았었다나.

나는 안다. 이것이 지식인이라는 것이다. 점점 나도 조금씩 지식인을 닮아 간다. 하지만 지금의 어른들보다는 분명 영리해질 거야. 나는 어떤 정치 투쟁에도 결코 참가하지 않을 거야. 무당파(無黨派) 인사가 될 거야. 입단 신청을 하긴 했지만 공청단은 당파라고는 말할 수 없잖아. 입단은 그저 내가 훌륭한 인간이 된다는 의사 표시에 불과하다. 엄마는 항상 "성실하고 정직하며 필요한 인간이 되어라."고 말하고 있다.

"당신이 어떻게 생각하건 간에 나는 미안하게 생각하고 있어. 특히 그 비판 대회에서 나도 당신을 '시류의…… 첩'이라고 불렀어. 사실은 믿지 않았었지만."

쉬가 말했다. 얼굴도 목소리도 그야말로 가엾게 해서.

엄마가 "쉬." 하면서 일어섰다. 흥분하고 있다는 것을 알 수 있다. 엄마는 흥분하면 금방 일어서는데 그것은 분명히 마음을 가라앉히기 위해서일 거야.

하지만 쉬는 엄마를 시류의 무엇이라고 말했지? 내게는 상상도 되지 않고 엄마도 그런 말을 한 적은 없다. 어차피 좋은 의미의 말은 아니야! 그래. 언젠가 엄마가 리이닝 아줌마에게 말했었지. 가장 참을 수 없는 것은 거짓말로 다른 사람을 중상하는 것인데 모두들 엄마를 중상했다고. 옛날 동급생조차 중상했다고. 설마 쉬를 뜻한 건 아니었겠지. 만일 그 사람이 그랬었다면 지금은 왜 용서했지? 나는 이해가 가지 않는다.

엄마는 2분 정도 서 있었지만 다시 앉아서 평정한 목소리로 말했다. "쉬, 당시에 대해 말하는 것은 이제 그만두기로 하지."

쉬는 고개를 끄덕였다. "하지만 잊을 수 있는 것은 아니지. 당신은 그토록 커다란 압력을 받으면서도 조반파로 돌아서지 않았어. 참으로 탄복하고 있어."

그러자 엄마는 고개를 옆으로 흔들면서 말했다.

"당신은 표면밖에 보고 있지 않아. 그 투쟁으로 지고 새는 나날 속에서 나 역시 사실은 흔들렸었지. 특히 시류와 천위리의 관계를 알고 나서부터는 얼마나 나도 조반하겠다고 선언하고 싶었던지 몰라. 그렇지만 '보황 완강파'라는 낙인이 찍힌 나를 조반파가 받아들여 주리라 생각할 수 있겠어? 나는 자존심 때문에 조반하지 않았던 것뿐이야. 그러나 내심으로는 계속 편을 잘못 택했다, 사람을 잘못 택했다고 생각하고 있었지. 혼자서 마오 주석 사진 앞에서 얼마나 눈물을 흘렸는지 몰라."

엄마는 왜 저렇게 바보일까! 지금에 와서 나는 사실은 조반하고 싶었다고 말하는 사람이 어디에 있는가. 진짜 조반파조차 그것을 인정하려 하지 않는데. 조반파는 즉 반혁명, 악인이야. 소설에는 다 그렇게 씌어 있는걸. 그러나 나도 잘 모르겠어. 왜 당시에는 그 사람들을 좋은 사람이라고들 했었을까. 선인과 악인이 빙글빙글 돌면서 바뀌고 있으니 정말로 어떻게 된 것인지 모르겠어. 하지만 솔직히 말해서 난 그런 것쯤 아무래도 좋아. 나와 엄마에게 좋은 사람이라면 무슨 파이건 모두 선인이야. 단, 이 쉬라는 사람에 대해서는 좀 더 생각해 보지 않으면 안 돼. 이 사람 정말로 엄마에게 탄복하고 있는 것일까? 아니면 아부하는 것일까? 엄마는 총지부 서기이니까 아부하는 사람이 있어도 이상할 것은 없다. 할머니가 늘 말씀하셨었지.

"높은 자리에 있는 사람들은 목소리도 크고 방귀 소리도 크단다." 하고. 높은 자리라는 것은 무서운 것이다. 우리 반에도 공청단 지부 서기에게 아부해서 입단한 아이가 있다. 하지만 나는 아부 따위는 하지 않을 테다. 아부한다는 건 절대로 싫다. 오늘 2반 여자아이가 "네 낭송 재능에는 정말로 탄복하겠어." 하고 말해 주었다. 그때는 기뻤다. 그런 것은 아부가 아닌 걸 뭐!

"쑨웨이!" 쉬가 벌떡 일어났다. 흥분한 모양이다.

"나는 오늘이야말로 당신을 이해할 수 있었어. 사인방을 적극적으로 추종했던 적지 않은 인간들이 지금은 예외 없이 피해자 행세를 하며 사인방과 투쟁했던 영웅이 되어 있지. 그것을 보고 나는, 자기의 잘못을 미사여구로 감싸고 기회를 엿보다가 달콤한 즙을 빨아들이려고 하는 것이 인간의 본성이라고 생각했었어. 하지만 당신은 자기가 옳았다는 것을 자랑하려고도 하지 않아. 그것만도 어려운데, 그렇게 자기 해부를 할 줄도 알고 있다니! 하지만 당신 같은 사람이 어이없는 꼴을 당하는 것이 현실이라는 거야. 봐, 저 유뤄수이······."

"쉬, 나 당신에게 묻고 싶었었는데 유뤄수이에 대해 알고 있는 것이 많이 있는데도 왜 당위원회에 보고하지 않는 건지 모르겠어. 유뤄수이에게도 자기의 잘못을 인식시키도록 도와줘야 해. 그러지 않으면 우리 당의 정책은 아무런 권위도 없게 되지 않을까?" 쉬는 잠깐 웃기만 했을 뿐 금방은 대답하지 않다가 잠시 후에 말했다. "쑨웨, 당신도 말한 것처럼 당신의 일은 말하지 않아도 좋지 않을까. 그보다, 허징푸는 여기에 왔었어?"

쉬가 갑자기 화제를 바꾸었기 때문에 엄마는 허점을 찔린 모양이다. 일순 당황해했고, 그다음에는 나를 신경 쓰며 쳐다보았다. 그리고 일어나서 쉬에게 차를 부어 준 다음 내게 다가와 돈 2위안을 내밀며 말했다. "사탕 오백 그램만 사 오렴."

나를 골탕 먹이려는 걸까? 아니면 나를 쫓기 위해서? 나는 가만히 엄마 얼굴을 바라보았다. 하지만 아무런 답도 얻지 못하고 결국 돈을 받는 수밖에 없었다.

나는 제일 가까운 가게에서 제일 싼 사탕을 오백 그램 사서 돌아왔다. 두 사람은 아직도 허징푸라는 사람의 이야기를 하고 있었다. 쉬는 그야말로 친숙하다는 듯이 허라고 불렀지만 엄마는 허징푸 씨라고 부르는 것을 보니 그다지 친하지 않은 모양이다.

"허는 정말 대단해. 그토록 고통을 겪었으면서도 옛날의 기개가 조금도 꺾이지 않았어." 쉬도 감탄했다는 듯이 말했다.

"그래." 엄마의 대답은 단 한마디.

"마흔을 넘겼는데도 아직 총각이야. 우리 동급생들이 그가 가정을 가질 수 있도록 어떻게 하지 않으면 안 되는데."

"그래." 엄마의 대답은 역시 마찬가지다.

"지난 일을, 그는 아마 잊지 않고 있겠지." 쉬는 엄마에게 가까이 다가가서 목소리를 낮추어 말했다.

엄마의 얼굴이 목까지 빨갛게 되었다. 그리고 슬쩍 내게 시선을 주면서 말했다. "한아, 밥 좀 하렴!"

나는 두 사람이 뭔가 '실질적'인 문제를 이야기하려고 한다는 것을 깨달았다. 그래서 방을 나가고 싶지 않았지만 나가지 않을 수도 없었다. 나는 입을 뾰로통하게 내밀고는 쌀을 씻고 그것을 가스 곤로에 올려 놓은 다음 다시 살짝 문까지 가서 두 사람의 이야기에 귀를 기울였다.

"당신에 대한 허의 마음은 말할 필요도 없어. 그 일기는 감동적이었지. 당신의 비판은 사실 지나치게 강경했어. 하지만 지금은 시대가 달라졌지. 허가 딱딱해진 것에 비해서 당신은 반대로 원만해졌어. 당신들이 결합되어 잘 되리라고만은 볼 수 없지 않을까."

아직 쉬가 말하고 있다.

나는 가슴이 죄어드는 것 같았다. 며칠 동안 쉬가 와서 한 이야기는 그런 것이었나! 허징푸라니, 누구지? 집에 온 일이 있었나? 나는 전혀 기억이 나지 않는다. 엄마가 뭐라고 대답하는지 듣고 싶다. 그러나 아무리 기다려도 아무 말도 하지 않는다.

"이 문제에 대해서, 당신은 생각해 본 일이 없어?"

쉬가 추궁하듯이 말했다.

엄마가 입을 열었다. 작은 목소리로. "20년도 더 지난 일을 이제 와서 꺼낸들 무슨 소용이야. 모두가 다 각자의 인생을 걸어 왔어. 누구건 서로 타협한다는 것은 어려운 일이야."

큰일이다. 밥이 탄다. 타는 냄새가 코로 들어왔다. 엄마가 냄새를 깨닫고 문을 열었다. 바로, 내가 문에서 부엌으로 뛰어가는 참이었다. "한 아, 뭘 하고 있니!" 엄한 목소리가 날아왔다.

"불이 너무 셌어." 나는 그렇게 대답했지만 불안했다. 엄마는 분명히 내가 엿듣고 있었음을 눈치챘어.

그 허징푸라는 사람 탓인지 몰라. 저녁 식사 때의 엄마는 마치 폭풍이 오기 전 하늘 같은 험악한 얼굴을 하고 있었다. 우리는 어느 쪽도 말 한마디 없이 밥을 먹고 있었다. 우리 집의 식사는 언제나 이렇다. 다른 집처럼 가족들이 떠들썩하게 담소하면서 식사하는 일은 거의 없다. 익숙해져 있긴 하지만 역시 그다지 재미있는 일은 아니다.

"자세가 나쁘다, 똑바로 앉아라!"

또다시 흠잡기. 침묵보다 훨씬 고통스럽다. 엄마는 마음이 흐트러지면 곧 내 흠을 잡기 시작한다. 씹는 소리가 너무 크다느니, 앉아 있는 자세가 나쁘다느니, 얼굴이 그릇에 부딪힐 것 같다느니, 이렇다느니, 저렇다느니! 그렇게 흠만 잡으면 난 어떻게 밥을 먹어야 좋단 말인가! 이제 더 참을 수 없을 것 같다! 나는 정말로 엄마에게 묻고 싶다. 내가 고민의 원인이야? 그렇다면 왜 나 같은 것을 낳았어! 하고. 하지만 역시 나는 자세를 바르게 하고 밥을 얌전히 입으로 날랐다. 엄마의 얼굴은 볼수가 없었다. 나는 알고 있다. 이럴 때의 엄마의 눈은 슬픔과 불안으로 가득할 것임이 분명하다. 나를 책망하는 듯한, 내게 용서를 구하는 듯한, 그 눈을 나는 견딜 수가 없다.

식후에 나도 엄마도 자기 책상으로 돌아가 각자 생각에 빠져 있었다. 나는 허징푸가 누구인가, 엄마와 어떤 관계인가 몹시 알고 싶었지만 엄마에게 물어볼 용기는 없었다.

다른 집이라면 가족들이 모두 같이 텔레비전을 보고 있을 시간이야. 그런데도 나와 엄마는 벽을 노려보고 있어. 만일 아버지가 있었다면……. 아아, 아버지!

이 몇 년 동안 '아버지'라는 단어와 완전히 인연이 끊어지고 말았다. 누군가와 대화를 할 때면 나는 되도록 이 단어를 피해 왔다. 아버지에 관한 질문을 받고 싶지 않았기 때문이다. 엄마 앞에서는 더더욱 아버지에 대해 말할 수 없다. 말하지 않으면 안 될 때는 대개 '그 사람'이라는 말로 대신한다. 엄마와는 그것으로 통하는 것이다. 내게도 아버지가 있는데. 이 '있다'를 '있었다'로 말하지 않으면 안 된다. 이미 과거의 일이니까. 하지만 '아버지'라는 단어는 얼마나 매력적인가. 이 매력이 과거의 일이 되어 버리고 말아서는 안 돼. 나는 자주, 아버지와 같이 영화를 보러 갈 수 있었으면 하고 생각한다. 아니면 스케이트를 탈까. 바둑도 좋아. 둘이서 오목을 둔다면. 그리고 만일 가족 셋이서 거리를 걸을 수 있었으면 하고 자주 생각한다. 사람들은 분명히 부러워하며 "아아, 얼마나 행복해 보이는 가족인가." 하고 말할 것이 틀림없다.

나는 아버지가 미남이었다는 것을 알고 있다. 사진을 갖고 있으니까. 그 날 밤 엄마가 찢어서 버린 사진. 그것을 엄마 몰래 살짝 붙였었다. 거기에는 아버지와 엄마와 나 세 사람이 찍혀 있었다. 나의 역사는 이 찢어진 사진 속에 들어 있다. 세 사람의 얼굴은 모두 찢어졌다. 내 얼굴은 두 조각이 나서 절반은 아버지에게 절반은 엄마에게 붙어 있다. 가족들이 이런 식으로 찢어져 있는 것은 보고 싶지 않지만 나는 결국 또 보고 만다. 지금 다시 꺼내 보고 싶어졌다. 엄마가 주의를 기울이지 않는 틈에 나는 사진을 꺼내서 힐끔 보고는 얼른 다시 집어넣었다. 가슴이 두근거렸다. 엄마의 시선이 내게로 향했던 것 같다. 아냐, 눈치챘을 리 없어. 엄마는 나 같은 것에 신경 쓸 틈이 없는걸.

어머? 사진의 세 사람이 살아 있네. 나는 세 사람 중의 하나가 아니고 옆에서 그들을 보고 있어. 셋 다 얼마나 아름답고 유쾌한가. 저쪽의 나는 양손으로 턱을 괴고 입을 벌리고 웃고 있다. 엄마는 웃는 얼굴이 소녀 같다. 아버지도 웃고 있다. 입을 다물고 있지만 역시 소녀 같다. 앗, 누구야? 연필 깎는 칼로 얼굴에서부터 몸 전체를 긋는 게. 셋 다 찢어져 버렸잖아! 아버지도 엄마도 나도 몸이 반쪽인 인간이 되어 버렸다. 무서워! 난 보고 싶지 않아! 그런데 세 사람은 쓴웃음을 띠면서 이쪽으로 걸어온다. 깜짝 놀라 나는 비명을 질렀다. 필사적으로 몸부림친 끝에 겨우 세 사람의 반쪽 인간들로부터 도망쳤다. 그때 눈이 뜨였다. 꿈이었다. 엄마의 손이 내 머리를 쓰다듬고 있었다. 이마에 입술을 대고서. 나는 숨을 멈추고 꼼짝도 하지 않았다. 아아, 엄마. 왜 밤에만 상냥하게 대해 주는 거지?

엄마의 손이 물러가더니 흐느끼는 소리가 들렸다. 살짝 눈을 뜨니 엄마가 그 사진, 찢어진 사진을 갖고 있다. 나는 벌떡 일어나 엄마의 가슴으로 뛰어들었다. 엄마는 나를 꼭 껴안고 말했다. "가엾은 내 딸! 미안해. 엄마가 나빠!"

"아냐, 내가 나빠. 이제 엄마를 화나게 하지 않을게!" 엄마는 나를 점점 세게 껴안았다.

시류

역사는 지금껏 나를 붙들고 놓아주지 않고,
불초자식을 들이밀었다. 참으로 진저리가 난다!

일 도와주는 아주머니가 요리를 날라 와서 가족 셋이 식탁에 앉았다. 여느 때처럼 내가 '상좌'에 앉고 아내 천위리가 왼쪽에, 아들 시왕이 오른쪽에 앉았다. 아주머니는 나의 정면에서 언제든지 밥을 더 가져오고 요리를 데워서 내올 수 있도록 준비하고 있다.

시왕은 C대학 중문학부 2학년생이다. 평소에는 학생 기숙사에서 살고 주말에는 집에 온다. 나는 아들과는 되도록이면 이야기를 하지 않으려고 하고 있다. 녀석은 사상적으로나 성격적으로나 점점 더 무분별하게 되어 간다. 당위원회 서기인 나를 가장 가볍게 여기는 두 사람이 우리 집에 있는 셈이다. 첫째가 시왕, 둘째가 천위리이다. 위리는 그다지 무섭지 않다. 아무리 나를 조소한다 하더라도 속마음을 속속들이 다 알고 있다. 하지만 시왕은 다르다. 나를 어떻게 해서든지 당위원회 서기의 지위에서 끌어내리려는 생각인 모양이다. 진짜 '조반파'이다. 부모에게 반항하는 불초한 자식이다.

시왕 녀석이 잠자코 밥을 먹고 있다가 절반쯤 밥그릇을 비웠을 때 젓가락을 놓더니 그야말로 불만스럽다는 듯이 입을 열었다.

"아버지."

나는 녀석에게 힐끗 시선을 던졌다. 무슨 말을 할 셈인가.

"당위원회에서 쉬헝중 같은 인간을 방임해서는 안 된다고 했다면서요? 그가 글을 발표하는 것은 용서할 수 없다고요."

입을 열기만 하면 힐문조이다. 그렇다 하더라도 문화대혁명은 모든 걸 못쓰게 만들어 버리고 말았다. 당위원회 위원들이 이렇게 안팎을 구별하지 못한대서야. 업무상 비밀 누설 금지 원칙을 지켰다면 어떻게 이런 말이 새어 나갈 수가 있단 말인가. 규율을 바로잡지 않으면 안 되겠다!

"그것은 당위원회 내부의 일이다. 뭔가 문제라도 있다는 거냐?"

나는 퉁명스럽게 대답했다.

"그런 정책이 도대체 어디에 있습니까? 인민이 아버지에게 권력을 맡기고 있는 것은 사람을 혼내게 하기 위해서가 아닙니다. 하물며 사사로운 감정을 풀게 하기 위해서는 더욱 아니죠. 그것을 아버지는 언제쯤이나 아시게 될까요."

한마디 한마디가 총알처럼 날아와서 숨이 막혀 대답도 안 나온다. 마음대로 해라. 네게 할 말이 있다면 얼마든지 하게 해 주겠다! 뭐라고 해도 나는 애비이니까. 녀석이 옆에서 공공연하게 내게 화살을 쏘는 일만 하지 않는다면 좋다. 나는 무엇보다도 그것이 걱정인 것이다.

"아버지는 사람을 혼내 주는 것 말고는 능력이 없어졌습니까. 그렇다면 유뤄수이를 혼내 주면 좋겠죠. 쉬헝중이 유뤄수이의 앞잡이에 불과했다는 것쯤 누구나 다 알고 있고 덩샤오핑 비판 때 역시, 유뤄수이만큼 적극적인 자는 없었죠. 사인방 일당에 대해서조차 그는 흐르는 물처럼 상황에 따라 자유롭게 모습을 바꾼다고 찬탄했어요. 지금은 그 흐르는 물이 아버지를 둘러싸고 있습니다. 날마다 찾아와서 아부를 늘어놓는, 그런 자들을 아버지는 제일 좋아하죠!"

나는 젓가락을 놓고서 고함을 질렀다. "네가 무엇을 아냐! 잠자코 있으니 못 하는 말이 없어!"

그러자 녀석은 빈정거리듯이 입을 일그러뜨리며 웃었다. "못 하는 말이 없다고요? 아버지, 그런 말로 사안의 중대함이 경감될 수 있다고 생각하시나요? 저는 지금 정말로 아버지를 위해서 말하고 있는 겁니다. 뭐니 뭐니 해도 아버지의 아들이니까요."

나는 화가 나서 말도 나오지 않았다. 그때 위리가 못마땅하다는 듯이 밥그릇을 두드리며 말했다. "둘 다 그만둬요. 시왕, 넌 지금 모든 것이 다 불만이구나. 그건 위험한 것이라고 생각지 않니?"

위리란 년, 정말로 눈치 없는 년이다. 왜 쓸데없는 입을 놀리는가. 아들 놈은 언제나 너 따위는 안중에 없는데. 녀석이 너를 '천 선생님'이라고 부르는 것은 그만큼 데면데면하다는 뜻이야.

"천위리 선생님."

거 봐라. 녀석, 무슨 말을 꺼낼 생각인가.

"저는 모든 것이 다 불만인 것은 아닙니다. 단지 '약간'의 현상이 불만일 뿐이지요. 심히 불만입니다."

이 정도라면 아직 괜찮은 편이다. 말투가 온건하니까. 하지만 녀석의 커다란 눈이 안경 너머로 이상한 빛을 띠고 있다. 이것은 다른 사람에게 화살을 쏘겠다는 신호이다. 나는 밥그릇을 위리 앞으로 내밀며 말했다.

"더 줘!" 위리 년, 그 의미를 눈치채지 못하고 밥그릇을 아주머니에게 가져가게 했다. 참으로 눈치 없는 년이다. 네가 일어나서 가야 하는 거야!

"그런데 하나 묻고 싶은데 당신은 지금 모든 것이 다 만족입니까? 예를 들어 아버지가 전남편보다 좋다고 진정으로 생각하고 있나요? 아버지가 당신을 사랑하고 있다고 진정으로 믿고 있습니까? 제가 알기로는, 아버지는 당신에게 바로 그 편지를 쓰고 있었을 무렵에도 엄마와 굉장히 사이가 좋았었는데요. 아버지는 분명, 우리 자식들을 모두 죽이고 홀몸이 되어 당신과 같이 도망칠 수 있었으면, 하고 적었었죠. 하지만 아버지는 우리들에게 참으로 잘해 주셔서 날마다 초콜릿을 사 갖고 오셨어요. 뭣 하면 우리 아줌마에게 물어보시죠."

그때, 아주머니가 밥을 갖고 들어왔다. 시왕은 그녀를 항상 '우리 아줌마'라고 부른다. 녀석은 그녀의 손에서 자랐다. 내가 격리되고, 급료를 압류당하고 있는 동안, 그녀는 자기의 얼마 안 되는 저축을 찾아서 써 주었다. 그 덕택에 녀석은 자랐던 것이다. 위리는 몇 번이고 그녀를 해고시키려고 했지만 그때마다 시왕은 "그런 짓을 하면 법원에 고소하겠습니다." 하고 말했다. 나도 위리에게 찬성하지 않았다. 은혜를 잊어서는 안 되는 것이다. 다만 나도 그녀가 시왕에게 좋지 않은 영향을 미쳐 온 것은 아닌가 하고 의심하고 있다. 그녀는 시왕의 엄마는 대단히 좋아했지만 위리는 싫어하고 있다.

아주머니는 밥그릇을 내게 건네주고는 일언반구도 없이 나갔다. 그녀가 시왕을 한마디 꾸짖어 주면 녀석은 그 말은 들을 텐데 아무 말도 해 주지 않는다. 이렇게 되면 내가 꾸짖는 수밖에는 없다.

"그만해!"

나는 테이블을 치며 일어섰다. 밥그릇이랑 접시가 튀었다. 위리도 일어났지만 얼굴이 붉으락푸르락하기만 할 뿐 아무 말도 하지 못한다. 그녀는 내 앞에서 교태를 부릴 줄은 알지만 중요한 때에는 아무런 지혜도 짜내지 못한다. 그런 점에서 쑨웨에게 도저히 미치지 못한다. 하기야 바로 그 점 때문에 내 아내가 된 것이다.

시왕은 그야말로 재미있다는 듯이 우리들의 동작과 표정을 바라보고 있다.

두 눈이 안경 속에서 빙글빙글 움직이고 있다. 녀석은 내가 제일 귀여워해 온 아들이다. 막내이기 때문만은 아니다. 녀석은 선천적으로 잘생긴 얼굴이었다. 그 중에서도 총명하고 깊이 있는 큰 눈이 빼어났다. 시왕이 어릴 때 자주 여기저기 데리고 다녔었는데 사람들은 녀석을 보자마자 "아유, 이 아이 눈 좀 봐!" 하고 찬탄의 소리를 지르곤 했었다. 나는 내심 의기양양했다. 설마 그 눈이 이제 와서 나를 괴롭히리라고는 생각지도 못했다. 보라, 녀석이 나를 바라보는 눈을.

'반론할 것이 있다면 자, 해 보시죠.' 하고 도발하고 있는 것 같다. 하지만 분하게도 나는 한마디도 반박하지 못하겠다.

"알았습니다." 녀석은 2분 정도 기다리다가 우리들이 아무 말도 하지 않는 것을 보더니 어깨를 으쓱하며 일어섰다. "두 분께서는 제 이야기를 듣고 싶어 하시지 않는 것 같군요. 그럼 이것으로 그만두기로 하죠." 녀석은 자기 방으로 돌아가다가 곧 되돌아왔다.

"그런데 아버지, 사실을 말하자면 저는 아버지와 이 분의 관계를 그리 미워하고 있는 것은 아닙니다. 두 분은 단지 엥겔스의 말을 증명하고 있을 뿐이니까요. '인간이 동물계에 그 근원을 두고 있다는 사실이, 이미 인간이 동물적인 본능을 완전히 탈피하는 것은 영원히 불가능하다는 것을 의미하고 있다. 그러므로 문제는 탈피가 어느 정도인가, 즉 본능과 인간성의 정도의 차이에 있을 뿐이다.' 제가 제일 참을 수 없는 것은……."

아아, 이런 아들을 점지받으리라고는. 무슨 말버릇인가! 인간에게 동물적인 본능이 있다고? 자기 아버지에게 동물의 본능이라고? 게다가 엥겔스까지 왜곡하다니.

"아버지를 바보로 만드는 것은 좋다. 그러나 엥겔스를 중상하는 것은 용서 못해! 입에서 나온다고 아무 말이나 지껄여?" 나는 있는 대로 목소리를 쥐어짜며 외쳤다.

하지만 녀석은 한바탕 크게 웃어 젖혔다. 그리고 입구의 문턱에 매달려 턱걸이를 세 번 하고는 뛰어내렸다.

"마르크스주의자 아버지, 《마르크스 엥겔스 전집》제 20권 110페이지를 보시죠. 아버지는 마르크스주의의 원칙을 지키느라 바빠서 그런 것을 볼 틈이 없으시죠, 하하하……."

무례한 웃음을 남기고 녀석은 식당에서 나갔다.

위리가 의자를 팽개치고 뛰어나갔다. 마음대로 해라. 어차피 또 내게 분풀이를 할 생각이다. 이 결혼은 정말로 잘못된 것이 아니었을까. 원래는 평화로운 가정을 갖고 자신의 만년을 위로하고, 위리에게는 나 때문에 입은 손실을 보상하여 주려는 생각에서였다. 그러나 지금 와서 보면 그것은 완전히 불가능하다. 큰 녀석들은 누구도 이해해 주지 않고 내 옆에는 가까이 오려고도 하지 않는다. 시왕이란 녀석은 이해해 준다는 게 고작 나의 본능이고!

나는 어떤 가정을 가졌는가. 가정이 없는 자보다 오히려 더욱 고독할 지경이다. 나를 이해해 주는 자는 밖에도 없고 집에도 없다. 하루 종일 손님들은 끊이지 않지만 마음을 터놓고 이야기할 수 있는 자가 과연 몇 명이나 있는가? 인정은 묽기가 물과 같고 관계(官界)에 정의(情義)는 없다더니, 그렇다. 요즈음 나는 무엇이든지 볼 만큼 보았고 생각할 만큼 생각했으며 참을 만큼 참았다. 모두들 내가 유뢰수이를 감싸고 있다고들 말한다. 나 역시 녀석에게 문제가 있다는 것쯤은 알고 있다. 그렇지만 뭐니 뭐니 해도 옛날부터 데리고 있는 부하이다. 그때 내게 '반대파에 붙는 일격'을 가했다고는 하지만 내면적으로는 상당히 잘해 주었었다. 사인방이 분쇄되었을 때는 곧 달려와서 눈물을 흘리며 사죄했었다. 울며 매달리는 자까지 쫓아낼 수는 없는 법이다. 무엇보다 수완 좋은 부하 몇 명쯤 두지 않는다면 C대학에서의 내 지위는 어떻게 되는가?

아무도 이해해 주지 않는다. 나는 왜 이런 고통을 겪지 않으면 안 되는가. 역사는 공정하기 때문에 틀림없이 행복한 만년을 보낼 수 있게 되리라고 생각하고 있었다. 하지만 역사는 지금껏 나를 붙들고 놓아주지 않고, 부모에게 반항하는 불초자식을 들이밀었다. 참으로 진저리가 난다!

무서운 것은, 내심 내가 녀석의 잘못된 논리를 일부 받아들이려 한다는 사실이다. 녀석이 나보다 솔직 단순하며 사심이 없다는 것은 인정하지 않을 수 없다. 그것은 녀석이 내 나이가 되지 않았기 때문이며 무엇보다도 나와 같은 경력을 갖지 않았기 때문이다.

어쩌면 나는 정말로 시대에 뒤처지고 만 것이 아닐까.

녀석이 아까 한 말은 정말로 엥겔스의 말일까. 나는 서재로 들어가서 녀석이 말한 책을 손에 들었다. 인쇄소에서 하는 일이란 언제나 이 모양이야. 110페이지와 111페이지가 재단이 안 되어 있잖은가. 음, 분명히 녀석이 말한 구절이 있다. 지금까지 누군가가 인용하는 것을 본 적도 없고 《마르크스 엥겔스 레닌 스탈린 어록》에도 실려 있지 않은 구절이다. 그러나 우리들은 마르크스주의의 정수만 진지하게 학습하고 지키면 된다.

"그 정수를 진지하게 연구해 본 일이 있어요?"

아들의 목소리가 들리는 것 같았다. 녀석이 나타난 것은 아니다. 언젠가 녀석이 내게 그렇게 물은 일이 있었던 것이다. 나는 일관해서 계급 투쟁이야말로 가장 중요한 핵심이며, 핵심만 장악하면 지엽적인 것들은 그것에 수반되는 것이라고 생각해 왔다. 이것이 마르크스주의의 정수이다. 최근 학생들의 사상이 흐트러져 교사가 사상 교육을 하기 어려운 것은 모두 이러한 핵심과 원칙을 잊어버린 결과인 것이다. 하지만 당 중앙은 그렇게 보고 있지 않은 것 같다. 나는 이 문제를 분명히 하기 위해서 고민할 생각은 없다. 나 스스로 인정하지만 나는 마르크스주의 저작 같은 것은 그다지 읽지 않았다. 나의 마르크스주의는 위로부터 하달되는 지시로 배운 것이다. 책 따위를 아무리 많이 읽는다 한들 그것이 무슨 소용인가. 마르크스, 엥겔스, 레닌, 스탈린 전집을 다 읽은 자라 할지라도 어차피 오늘 말하는 것과 내일 말하는 것이 서로 다르지 않는가. 위에서는 내게 이론을 배우고 실무를 익히라고 말하지만 이 나이로는 이제 불가능하다. 하지만 보라. 정말로 따라가기 어렵다면 앞으로 몇 년쯤 적당히 얼버무리다가 퇴직하면 된다! 투구를 벗어 버리기에는 아직 너무 이르다!

아주머니가 방을 정리하고 차를 갖고 왔다. "아줌마, 왕이 녀석이 더 심해지는 것 같은데 아줌마가 잘 좀 말해 줘야겠어요." 나는 다소 원망스럽다는 듯이 말했다.

"사람에 따라 보는 견해가 다르군요. 저는 걔를 좋은 아이라고 생각합니다. 누구에게는 잘 대하고 누구에게는 잘 따르지 않는 것이야 사람마다 각각이지요. 마음씨는 아버지보다 나아요." 그녀는 내 얼굴도 보지 않은 채 말하고는 나가 버렸다.

내가 내 무덤을 판 셈이다. 그녀가 '아들당'이라는 것은 전부터 알고 있지 않았던가. 그렇지만 왕이라는 녀석도 전혀 가망이 없다고 볼 수만은 없다. 문제는 지도이다. 내 지도가 부족했던 것이다. 엄마가 죽었을 때 녀석은 아직 열 살 무렵이었다. 그때부터 아줌마가 완전히 어리광을 다 받아 주었던 것이다. 아들의 마음은 원래 백지였는데 엄마가 죽은 다음부터 이것저것 잡다한 것들이 꽉 차게 된 것이다. 아이는 피해자이다. 그 책임은 내게도 있다. 녀석과는 역시 잘 대화를 나누지 않으면 안 된다. 아비 되는 자는 자식이 하는 말에 일일이 눈살을 찌푸려서는 안 되는 것이다.

녀석은 열심히 무엇인가를 읽고 있었다. 이 아이의 생활은 간소한 것이다. 방에는 외국어를 공부하기 위한 카세트와 라디오 외에 돈이 들어간 것은 아무것도 없다. 매월 주고 있는 생활비는 그대로 책값으로 쏟아붓고 만다. 나는 돈을 좀 더 주고 싶지만 위리가 승낙을 하지 않는다. 지갑 끈은 그녀가 꽉 쥐고 있다. 여자들은 정말로 인색하다.

나의 발소리는 작다. 바닥이 부드러운 천 신발을 신고 있기 때문이다. 내가 의자에 걸터앉는 소리에 녀석은 비로소 얼굴을 들고 읽고 있던 것을 덮었다. 한 권의 수첩이다. 녀석은 일어서며 "아버지." 하고 말했다. 아까와는 달리 상당히 얌전하다. 나는 그것이 기뻤다.

나는 기침을 하고 나서 이야기를 하기 시작했다.

"왕, 최근 몇 년 동안 나는 너와 마음을 터놓고 이야기를 한 적이 없었다. 네가 나에게 불만이 있다는 것은 잘 알고 있다. 하지만 내 생활이 엉망진창이었다. 아버지에게는 아버지 나름의 고민이 있었던 거야."

나는 흥분이 되어 목이 막혔다. 그러자 녀석은 따뜻한 물을 부어서 내 앞에 놓았다. 나는 그것을 몇 모금 마시고 나서 이야기를 계속했다. "아버지는 엄마에게 미안한 짓을 했다. 하지만 엄마를 잊은 것은 결코 아니다. 우리들은 함께 사선을 넘어 온 전우였다."

녀석은 책상 위의 엄마 사진을 쥐고서 그 머리를 쓰다듬고 있다. 그녀는 마르고 약한 여자였지만 머리만은 나이 든 다음에도 검었었다. 나는 다시 따뜻한 물을 마셨다.

"아버지가 낫살깨나 먹어서 재혼을 한 것은 실제로 어쩔 수 없어서였다. 너도 알고 있는 것처럼 몸이……."

나는 갑자기 자신이 가엾어져서 말이 이어지지 않았다. 인간은 나이를 먹으면 약해지는 법이다. 지금 나는 마음의 위로와 내 주변에 대한 배려를 얼마나 필요로 하고 있는가. 그것을 자식은 이해하지 못하는 모양이다.

"아버지."

아들이 책상에서 일어나 의자를 내 옆으로 옮겨 앉았다. 부자가 이렇게 가까이 앉아 보는 것이 몇 년 만인가. 나는 심장이 두근거렸다. 나이가 들었구나, 정말 나이가 들었어. 아들의 마음을 이렇게도 간절히 원했더란 말인가. 이것도 아들은 알 리가 없다. 나는 부드럽게 녀석을 바라보면서 말했다. "왕, 네 생각을 말해 주지 않겠니. 아버지는 너를 잘 이해하고 싶다."

"네, 저도 대화를 나눌 기회가 있었으면 하고 생각했습니다. 아버지와 천 선생님의 결혼에 대해서 저는 그다지 이의는 없고, 또 끼어들 입장도 아니라고 생각합니다. 저는 엄마를 좋아하지만 그 엄마는 이미 안 계시니까요. 아버지 뒷바라지가 필요한 것도 사실입니다. 단, 제가 유감스럽게 생각하는 것은 두 사람 사이에 아무런 애정도 없다는……."

"애정 말이냐. 그것은 젊었을 때 일이다. 우리들에게 필요한 것은 생활 속에서 서로 돌봐 주는 정도로 족해."

"그럴는지도 모릅니다. 저는 아버지의 사생활에 간섭하려고 생각하지는 않아요. 제 사생활을 타인이 간섭하는 것을 용납하지 않는 것이나 마찬가지죠."

"그럼, 그 점에서는 우리는 서로 이해한 거냐?" 나는 희망에 가슴이 부풀었다.

"네." 녀석은 분명히 그렇게 고개를 끄덕였다. "우리들의 의견 차이는 역사와 현실에 대한 태도입니다."

"호오." 나는 아들의 말에 귀를 기울였다.

"아버지, 역사는 일찍이 아버지에게 상처를 주었습니다. 그러나 아버지 역시 역사에 대하여 책임이 있다는 것을 잊으셔서는 안 됩니다. 중국의 최근 몇십 년 동안의 우여곡절에 대해서는 아버지도 얼마간 책임을 지셔야 되지 않을까요. 예를 들어서 반우파 투쟁입니다. 그때 아버지는 전국의 대학에 이름을 날린 반우파의 영웅이셨습니다. 문제의 발견이 빠르고, 처분한 우파 학생이 많고, 우경 사상과의 싸움이 단호하다는 점에서 그랬습니다. 이것은 아버지의 공적부에 기록되었고 그 후의 밑천이 되었지요. 하지만 그 페이지의 뒷면은 어떨까요. 아버지, 생각해 보신 일이 있습니까."

물론 생각해 본 일이 있다. 반우파의 과격화에 대해서는 분명히 내게도 책임이 있다. 그렇지만 그 방침은 모두 위에서부터 내려온 것이지 내가 마음대로 만들어 낸 것은 아니다. 질 수 없는 책임까지 질 수는 없다.

"그 페이지의 뒷면은 피해자의 피와 눈물입니다! 저 화교 학생 셰는 당과 국가의 명예 때문에 출국할 수 없었던 진짜 이유를 계속 어머니에게 감추고 있었지요. 어머니가 편지를 할 때마다 불효자식이라고 꾸짖었지만 그는 그저 가만히 참아 냈어요. 명예를 회복하고 나서, 이제야 겨우 진상을 알릴 수 있다고 생각했지요. 하지만 어머니는 자기가 아들을 오해해 왔음을 알고는 충격을 받은 나머지 미쳐 버렸습니다. 그리고 허징푸 씨. 빈농 출신인 그는 온 가족이 허리띠를 졸라매고 굶다시피해서 공부시킨 사람입니다. 그런데 아버지는 우파라고 단죄하여 제적 처분을 내려 버렸지요. 몇 세대에 걸친 피땀이 우파라는 딱지 한 장과 바뀌다니. 아버지, 그것을 생각하면 저는 가만히 있을 수가 없습니다! 당신이 제 아버지가 아니었다면……. 저는 아버지의 오랜 고통 역시 잊지는 않았습니다. 하지만 아버지가 그들에 대해서 생각해 주셨으면 합니다. 잘 생각해 보세요. 그러나 그 문제는 뒷전인 것 같더군요. 주야로 생각하는 것은 이 10년 동안의 개인적인 손실을 어떻게 회복할 것인가 하는 것뿐 자기가 인민에게 준 손실을 어떻게 보상할 것인가는 생각조차 하지 않습니다. 다른 사람은 10년의 동란을 통해서 커다란 정신적 재산을 이룩했는데 아버지는 반대로 귀중한 것을 적지 않게 잃어버리고 말았어요. 아버지의 사상은 점점 공허해지고 경직화되고 저속해……."

만일 상급자 중의 어느 누가 그렇게 말했다면 나도 진지하게 받아들였을는지 모른다. 나는 스스로도 이 몇 년 동안 개인적으로 득실과 원한과 고통만을 쌓아 왔을 뿐 가치 있는 것이라곤 무엇 하나 익히지 못했다고 생각한다. 그러나 지금 나를 비판하고 있는 것은 아들이다. 녀석의 나이는 겨우 내 나이의 1/3을 넘었을 뿐 아닌가. 나는 얼굴이 붉어지고 귀가 화끈거리는 것을 느꼈다. 도저히 받아들일 수는 없는 것이다. 나는 찻잔을 입으로 가져갔다. 그러나 따뜻한 물은 이미 한 방울도 남아 있지 않았다. 녀석은 나의 불안을 눈치챘는지 찻잔에 따뜻한 물을 부었다.

"역사 문제는 감정에 맡겨서 처리할 수 있는 것은 아니다. 시기에 따라 상황이 다르고 정책이 달라지는 법이다." 이럴 때는 그렇게 대답하는 것이 가장 위엄을 유지할 수 있는 길이라고 생각했다.

그러나 아들은 자기 감정에 빠져 있었던 모양이다. 잠자코 내 손을 잡고는 말했다. "아버지, 저는 아버지가 시대의 발걸음을 따라가 주시기를 바랍니다!"

나는 마음을 진정시키고 애써 부드럽게 웃는 얼굴을 만들며 말했다. "네가 말하는 시대의 발걸음이라는 것은 무엇이냐?"

"느끼지 못하십니까, 아버지. 저는 느낍니다, 분명히 강렬하게! 제 마음속의 격동에서, 수억 인민의 소망에서, 그리고 몇몇 뛰어난 인물들속에서 분명히 느끼고 있습니다. 폭풍우와 고난에 가득 찬 우리들의생활, 그것이 얼마나 많은 뛰어난 인물들을 길러 냈는지 아버지는 정말로 아무것도 느끼지 못하십니까?"

이것이 아들인가? 마치 딴 사람 같지 않은가. 눈앞에 서 있는 것은 신선하고 정열에 넘치는 한 사람의 시인이다. 나는 그 시에 깊은 감동을받을 수밖에 없었다. 나는 지그시 아들을 보았다. 얼마나 훌륭한 젊은이인가. 키도 크고 튼튼하고 대범하며 발랄하다. 예전에 혁명에 몸을 던졌던 무렵에는 나도 지금의 아들 같았다. 아들아, 네가 만일 그런 가망없는 문제를 단념하고 시작(詩作)에 전념한다면 분명히 성공할 것이다.

그런데 녀석이 말하는 뛰어난 인물이란 도대체 어떤 인간을 뜻하는가. 녀석은 대체 어떤 인간과 사귀고 있는가. 그들의 사상은 녀석에게어떤 영향을 미치고 있는 것일까. 그런 의문들이 꼬리를 물고 떠오르자 나는 흥분에서 깨어났다.

"네가 존경하고 있는 뛰어난 인물에 대해 이야기해 주겠니?" 나는미소를 지으면서 말했다.

"허징푸 씨 일은 잘 알고 계시죠. 아버지가 우파로 처단한 사람이지만 개인적인 원망 따위는 갖고 있지 않습니다. 그 사람이 생각하고 있는 것은 역사와 인생 전체죠. 학부 자료실의 직원에 불과하지만 학생들사이에서는 어떤 교사보다 위신이 높습니다." 말투나 얼굴 표정으로 보아 녀석은 완전히 허징푸에게 반해 있다.

반우파 당시, C대학에서는 학생 열 명 중 한 명이 우파로 판정받았었다. 그들에 대해서는 지금 기억이 분명하지 않지만 허징푸만은 기억하고 있다. 당시 그 문제로 장위안위안과 서로 다투었으니까. 그때 그녀는 나를 청년의 목을 자르는 관리라고 비웃었다. 장위안위안이 위독해져서 내가 문병을 갔을 때도 그녀는 이렇게 말하며 나를 물리쳤었다. "만일 당신에게 아직 양심이 있다면 그 청년들을 한 사람도 남김없이 다시 데리고 와 줘요."

그러나 그때는 이미, 몇 명은 데리고 올 수 없게 되어 버렸음을, 영원히 데리고 올 수 없게 되어 버렸음을 나는 알고 있었다. 장위안위안의 유일한 유언은 자기의 장례식에 나를 참가시켜서는 안 된다는 것이었다. 참으로 완고하고 고집불통인 할망구였다. 젊은이들에 대해 우리들은 확실히 다소 지나쳤었다. 젊은이들의 일인 만큼 사상이 다소 우경적이거나 감정이나 의식이 좀 불건전하다고 하더라도 그것은 인민 내부의 모순이라고 규정해도 좋았을 터였다. 따라서 교육을 주로 삼았어야 했는데 적으로 돌리고 말았던 것이다. 결과는 심각했다. 그러나 그렇다고 해서 내가 책망받을 일은 아니다. 나는 상부의 명령대로 했을 뿐이다.

"아니, 당신은 직위 때문에 그렇게 했어. 윗자리로 올라가려고 하는 거라고!" 장위안위안은 그것을 집요하게 인정시키려고 했다. 그러나 그녀에게 어떤 근거가 있단 말인가. 나는 분명히 그녀에게 이렇게 말한 적이 있다. "우리들은 같은 해방구에서 왔다. 당신은 자격에서나 실력에서나 나와 큰 차이가 없다. 단, 사상이 우파에 가깝기 때문에 계속 승진이 안 되었던 것이다. 나는 몇 번이고 당신을 당위원회 부서기로 발탁하고 싶었지만……." 그것은 그녀의 '직위'를 끌어올리려고 한 짓이지 나 자신을 위해서는 전혀 아니었다. 그 말을 아무리 해도 그 할망구는 알아주지 않았다.

"허징푸의 태도는 대단히 훌륭하지 않으냐. 하지만 사물은 모두 여러 면에서 보지 않으면 안 된다. 우리들은 그에 대해서 지나쳤다. 이것이 한 면이다. 반면, 그에게 잘못이 있었던 것도 확실하다. 사상과 과격성, 감정의 불건전성. 그가 거기에서 교훈을 얻었다면 환영해야 할 일이지. 우리 당은 일관해서, 과거의 잘못을 장래의 교훈으로 삼고 병을 고쳐서 사람을 구하는 정책을 취하고 있으니까. 현재로서는 모든 긍정적인 요소를 동원하고 단결할 수 있는 모든 사람들과 단결해서 네 개의 현대화를 향해 진군하지 않으면 안 된다." 나는 아들에게 말했다. 극히 온화한 말투로.

하지만 아들의 눈은 또다시 싸늘한 비웃음으로 변했다. 안경 너머로 예의 그 사람을 추궁하는 듯한 두 줄기 빛을 발하고 있었다.

"정책을 암기하시는군요."

"그야 당무를 보고 있으니까."

"그러나 유감스럽군요. 아버지는 규정만 외었을 뿐, 인간은 염두에 없습니다. 정책이라고 하는 것은 그야말로 인간을 상대로 하는 것입니다." 녀석은 다시 책상으로 돌아가 아까 읽고 있던 수첩을 펄럭펄럭 넘겼다.

"너, 허징푸와는 자주 만나냐?" 나는 속을 떠보았다.

"네, 사흘이 멀다 하고 만나서 이야기하고 있죠." 아들은 도전하듯이 대답했다.

"그래서 무슨 대화를 하는 거냐?"

"호오, 허징푸에 대한 자료를 수집하시나요. 다시 한번 우파라는 딱지를 붙이기 위해서?" 점점 도전적인 말투이다.

"아니, 친구를 신중하게 골랐으면 하고 바랄 뿐이다. 젊을 때는 극단적으로 달리기 쉽지. 누군가를 좋아하게 되면 그 사람을 하늘까지 치켜 올리고 만다. 허징푸는 오랫동안 낯선 땅을 유랑해 온 남자이다. 너는 그가 무엇을 해 왔는지 알고 있는 거냐?"

나는 그렇게 말하며 앉은 자세를 바로잡았다. 시왕이 허징푸를 만나는 것은 결코 좋은 일이 못 된다. 녀석에게는 벌써 그런 징후가 보이고 있다.

하지만 그것이 아들을 격노하게 만들었다. 녀석은 일어나서 내 앞으로 다가서더니 분노와 조소를 드러내며 말했다.

"서기께서 관심을 보여 주시겠다면 제가 허징푸 씨를 대신해서 유랑 생활에 대해 보고드리지요. 그 사람은 거의 전 중국을 돌아다니며 갖가지 노동을 해 왔습니다. 물론 사회주의 경제 따위를 한 일은 없죠. 소 생산자라는 자본주의의 길을 걸었어요.

'사기'를 친 일도 있습니다. 어떤 때는 일이 없어서 한 끼의 식사를 하기도 어려웠었죠. 때마침 생산 대대가 벽돌로 저장용 창고를 만들려고 하는 것을 알게 되었어요. 그 사람은 만들 수 있겠느냐는 질문을 받고 단숨에 만들 수 있다고 대답했죠. 하지만 실제로는 만들 수 있을 리가 없었습니다. 계약을 하고 나서 그날 밤 다른 곳까지 창고 실물을 보러 달려가, 치수를 재고 도면을 그려 돌아왔어요. 그리고 그것을 그대로 흉내 내서 어떻게든 만들어 냈습니다. 어때요, 이것이 사기가 아니고 무엇입니까? 그런 짓, 아버지라면 하실 리가 없죠. 게다가 그 사람은 자기의 잘못에 대해 계속 집착을 했습니다. 20여 년에 걸쳐서 인간 성론과 휴머니즘의 문제를 잊은 일이 없죠. 전 중국을 연구 마당으로 삼아서 인민 대중 속에서 양분을 흡수하며 해답을 계속 구해 왔어요. 그리고 지금 한 권의 저서 《마르크스주의와 휴머니즘》을 만든 겁니다."

녀석은 읽고 있던 수첩을 들어 올려 내 쪽으로 번쩍 쳐들며 말했다. "그래, 이것이죠. 흥미 있으십니까?"

"마르크스주의와 휴머니즘? 도대체 무엇을 문제 삼고 있는 거냐?"

"그 사람이 말하고 싶은 것은 마르크스주의와 휴머니즘은 결코 양립될 수 없는 것이 아니라는 것입니다. 마르크스주의는 휴머니즘을 포용할 뿐 아니라 가장 철저하고 가장 혁명적인 휴머니즘이라는 것이죠."

까불기는, 계급 투쟁을 늦추자마자 부르주아 사상의 범람이다. 몇십 년 동안이나 비판해 왔는데도 지주, 부르주아 계급의 휴머니즘을 아직도 찾는 자가 있다니. 그렇지만 아들 앞에서는 이 문제에 대해 자칫 말을 잘못해서는 안 된다. 또다시 녀석에게 당하게 되지 말라는 보장도 없으니까. 이 문제는 관계 자료를 찾아보지 않으면 안 되겠다.

"좋은 일이군." 나는 침착하게 말했다. "그가 다 쓰고 나면 읽어 보지. 어쨌든 백가쟁명은 부르주아 계급의 자유화와는 다르다. 너도 자신의 판단력을 높이지 않으면 안 된다. 새로운 것이기만 하면 혁명적이라고 생각하는, 그런 것은 안 되지. 새로움이 곧 혁명인 것은 아니니까." 격언 투의 마지막 말이 나 스스로 마음에 들어 나는 다시 한번 그 말을 되풀이했다. 설마 그 말을 녀석이 시비하리라고는 생각지도 않았다.

"그럼 낡은 것이 곧 혁명인가요? 아버지에게선 사상도, 언어도 새로운 것은 단 한 개도 찾아볼 수 없습니다. 그것이 가장 혁명적인 것인가요?"

"너와는 도저히 이야기가 안 되는구나. 좋아, 그렇다면 네 마음대로 해라. 나는 일체 책임을 지지 않을 테니까!" 나는 일어서며 찻잔을 탁자 위에 놓았다.

"저 역시 아버지에게 책임을 지우려는 생각 따위는 애초부터 없습니다. 하지만 아버지. 저는 진심으로 충고하겠어요. 사직서를 내시는 것이 어떨까요? 당은 허가할 것입니다. 그것이 아버지에게는 최선입니다. 아버지는 자기의 능력과 덕망에 비하여 권력이 너무 크고, 지위가 너무 높다고 생각하지 않으십니까?"

"내겐 아버지의 자격조차 없다고 너는 생각하고 있겠지. 그렇다면 이 집을 나가라!"

나는 사실 참을 수가 없었다. 아비된 자가 이런 모욕을 받아도 되는 것인가. 그럴 정도라면 아들 따위는 필요 없다. 고독해도 상관없다!

시왕은 책상 위의 엄마 사진에 시선을 주었다. 그 시선이 어둡게 그늘져 있다. 어쩌면 녀석이 사과할는지도 모른다. 나는 선 채로 가만히 기다렸다.

"알겠습니다, 아버지. 우리들 사이는 전부터 별로 좋지 않았었죠. 제가 이곳에서 살고 있는 것은 오직 엄마 때문이었습니다. 엄마는 임종 때 제 손을 잡고 말씀하셨죠. '아버지를 용서하고 언제까지나 옆에서 떠나지 말아라.'고요. 저는 '네.' 하고 대답했었고 그제서야 엄마는 겨우 눈을 감으셨어요. 하지만 이렇게 되면 역시 헤어지는 편이 좋아요. 내일부터 저는 짐을 모두 기숙사로 옮기고 주말에도 돌아오지 않도록 하겠습니다."

"너라는 녀석은……." 내 목소리는 떨리고 있었다.

녀석은 차갑게 말했다. "다만 한 가지 부탁드리지 않으면 안 될 일이 있습니다. 매달 생활비로 30위안만 주시면 좋겠어요. 안 되겠다면 장학금을 신청하죠."

"매달 30위안씩 생활비를 주겠다." 나는 힘없이 말했다.

"그럼 급여과에 연락을 해 주세요. 제가 직접 받으러 가겠습니다. 집까지 받으러 오면 아버지의 화만 돋우게 될 뿐이니까요." 녀석은 침착하다.

나는 고개를 끄덕이고 녀석의 방을 나왔다.

위리는 대단한 기세로 내게 덤벼들었다. "뭐라고요! 아들에게 사과를 하고 온 건가요?"

"쓸데없는 말 마!" 나는 고함을 질렀다.

위리는 울기 시작했다. 이 여자는 무슨 일만 있으면 금방 운다! 그리고 울면서 말했다. "난 속았어. 당신에게 속았어. 이럴 줄 알았으면 나 혼자서 아무리 괴로움을 겪는다 하더라도 당신에게 오진 않았을 거야. 이제 내 아들조차 날 상대해 주지 않아. 난 무엇 때문에……."

무엇 때문에라구? 스스로 알고 있잖아? 나는 냉소 지으며 말했다.

"지금이라도 늦지 않았지. 나가고 싶으면 나가도 좋아. 나는 혼자서도 살 수 있어."

위리의 울음소리가 한층 더 높아졌다. 하지만 더는 불평하지 않는다. 불쌍한 여자다! 나는 가까이 다가가서 부드럽게 말했다.

"울지 마. 내일 시왕이 이사하고 나면 집에는 당신과 나뿐이야. 속았건 어쨌건 간에 우리들은 함께 가지 않으면 안 돼. 다시 한번 웃음거리가 될 수는 없어."

위리는 울음을 그치고 내 가슴으로 뛰어들었다.

그날 밤 나는 아무런 꿈도 꾸지 않았다.

제 2 장

마음이 머물 곳을
찾아서

허징푸

우린 이제 친구야, 한아.

"저, 집을 나왔습니다!"

시왕이 짐을 내 침대 위에 내던지며 큰소리로 말했다. 기뻐하고 있는 것 같기도 하고 화를 내고 있는 것 같기도 하다.

"집을 나오다니?"

나는 무슨 말인지 영문을 몰라 우선 앉힌 다음에 찬찬히 이야기를 시켰다. 아버지와 충돌한 사연을 듣고 나는 한동안 아무 말도 할 수 없었다.

"허 선생님, 이것으로 좋다고 생각합니다. 혼자 사는 게 편합니다. 가정 따위가 도대체 무슨 의미가 있나요."

그는 내가 잠자코 있자 자기가 먼저 이야기를 시작했다.

나는 역시 아무 말도 할 수 없었다. 그의 행동으로 말미암은 나의 생각은 너무나도 복잡했다.

"아버지와의 관계는 앞으로는 30위안뿐입니다."

그 말을 듣자 몸이 떨려 왔다. 나도 모르게 얼굴을 들고 똑바로 이 젊은이를 쳐다보았다.

나는 그를 좋아한다. 우리는 그야말로 '나이 차를 잊은 친구'라 할

116

수 있을 정도이다.

어느 날 기숙사에서 한창 글을 쓰고 있는데 한 젊은이가 들어오더니 갑자기 이렇게 말을 꺼냈다. "허 선생님, 이야기 좀 하시지 않겠습니까?"

나는 무슨 말인가 의아해하며 그를 보았다.

"전, 시왕이라고 합니다. 시류의 아들이죠. 하지만 안심하십시오, 아버지와는 다르니까요."

나는 그 유별난 소개에 웃음이 나왔다. "자네가 아버지와 같으면 안심할 수 없나?"

"물론 안심할 수 없는 이유가 있습니다. 선생님에 대한 처사는 아버지가 한평생에 저지른 수많은 어리석은 일 중의 하나죠. 게다가 아버지는 지금까지도 '반우파의 영웅'이라는 간판을 내리려고 하지 않고 있습니다. 만일 제가 아버지와 똑같다면 선생님이 어떤 일을 당하게 될는지 알 수 없죠."

자기의 아버지를 이런 식으로 말한다는 것은 나로서는 도저히 이해할 수 없는 일이다. 설령 그 아버지가 내가 싫어하는 인간이었다 하더라도 그렇다. 그래서 나는 말했다. "우리, 자네 아버지 이야기는 하지 않아도 좋지 않아? 어떤가? 다른 이야기를 하는 게."

그는 머리를 끄덕이면서 말했다. "저, 여쭤보고 싶은 말이 있습니다. 선생님은 그렇게도 심한 일을 당하셨었는데도 아직까지도 어쩌면 그렇게 태연할 수 있으신가요. 과거의 신념을 지금도 그대로 갖고 계신가요. 아니면 모든 걸 달관하여 장자처럼 자기의 주관적 세계에서 자유를 추구하고 계시는 건가요."

나는 그때 처음으로, 눈앞에 앉아 있는 젊은이의 얼굴을 정면으로 바라보았다. 그는 나이에 걸맞지 않은 눈을 갖고 있었다. 그 눈이 그를 실제보다 훨씬 노숙한 느낌으로 보이게 하고 있다. 깊이가 있고 열정적인 눈, 사람을 직시하고 사람의 마음을 꿰뚫어 보려고 하는 눈, 진실을 말하지 않으면 결코 물러서지 않겠다는 눈이다. 나는 그 눈을 신뢰하고 진심을 털어놓았다. 그리고 우리는 친구가 되었다.

"자네는 그다지 많은 경험을 쌓은 것도 아닌데 어떻게 그토록 여러 가지 문제를 생각할 수 있나?"

그의 답은 나를 놀라고 기쁘게 했다.

"자기 자신의 경험에서밖에 세계를 인식하지 못하는 것은 동물뿐이죠. 저는 인간입니다. 그리고 우리 조국과 인민의 자식이죠. 조국과 인민의 경험은 즉 제 경험이기도 합니다. 그 경험에서부터 태어난 모든 문제를 저는 생각합니다. 그것은 제 책임이며 권리이기도 하지요."

그날 이후, 나는 마음속으로 그를 좋아하게 되었다.

하지만 오늘의 그의 행동은 내게 서먹한 느낌마저 안겨 주었다. 아버지와의 관계가 30위안의 금전 관계일 뿐이라니 도대체 무슨 말인가?

세상에는 갖가지의 아버지와 아들이 있고 갖가지의 가족 관계와 도덕이 있다는 것을 알고 있다. 하지만 계급 투쟁이나 노선 투쟁을 가정에까지 갖고 들어가서 부자, 부부, 형제 관계를 끊고 매사를 하나의 선으로 획일화하려는 요구는 아무래도 납득할 수 없다. 전통적 교훈만으로는 아직도 부족한 것일까. 다행히 우리 집에서는 나를 그런 식으로 대하지는 않았지만.

시왕의 행동을 어떻게 평가해야 할 것인가. 그것이 그의 방자함에서 나온 것이라고는 할 수 없다. 그는 자기를 낳고 길러 준 조국에 대해서 불타는 듯한 애정을 품고 있기 때문이다. 그러나 시류가 만일 나의 아버지였다고 하더라도 나는 그를 버리지는 않았을 것이라고 감히 단언할 수 있다.

"우린 역시 세대가 다르군." 얼마 후에 나는 겨우 이렇게만 말했다. 극히 애매한 말이다.

"제 행동에 반대하시나요?" 그는 애매한 대답이 마음에 들지 않는 것이다. 내 눈을 직시하고 있었다.

"아니, 그런 건 아니지만 나라면 그렇게 하지는 않았을 거야." 역시 애매하지만 나로서는 그 이상 확실한 말을 할 수는 없었다.

"그럼 역시 반대하시는군요." 그의 말투는 명쾌하다. "그야, 제 아버지와 선생님의 아버님은 다르니까요."

그렇다. 나의 아버지는 다르다. 나의 아버지는 일개 우직한 농민으로서 세계관이라는 말이 무슨 뜻인지도 모르고 도덕을 말하는 법도 없었다. 그러나 평생 동안 다른 사람들을 위해서 고생을 하셨고 마지막에는 자식들을 위해서 생명을 바치셨다. 인간의 도리를 자신의 삶 그 자체로서 가르쳐 주셨던 것이다. 나는 그런 아버지를 시류와 같은 아버지와 비교할 마음은 없다. 도저히 비교가 되지 않는 것이다.

"그렇지만 아버지는 역시 아버지야. 그렇지 않다면 자네는 왜 생활비를 요구하나?"

내 말을 듣더니 그는 웃었다. 자연스럽고 천진스런 웃음이다.

"역시 세대가 다른데요. 아버지에게 30위안을 요구하지 않으면 장학금을 신청하게 되는걸요. 왜 제가 '부족한 데서 덜어서 남아도는 데에다 바친단' 말입니까. 아버지가 인민으로부터 받은 보수는 너무 과분합니다. 너무 몰인정한 말로 들립니까?"

"자네의 생각은 좀 유별나군. 이 문제에 관해서는 아무래도 생각이 달라. 나는 역시 아버지에 대해서는 자식된 도리를 해야 한다고 생각하네. 자네 아버지도 나쁜 사람은 아니잖은가?"

"견해의 차이로군요. 역사 발전의 눈으로 보면 그분은 도태되어야 마땅합니다. 그렇기 때문에 아들인 제가 역사의 무대에서 자발적으로 내려오도록 권했던 것입니다. 하지만 들어주지 않으니 어쩔 수 없죠. 개선의 수레바퀴가 알려 줄 때까지 기다리는 수밖에요."

나는 깜짝 놀라서 그를 쳐다보았다. 나는 그를 충분히 이해하고 있지 못했던 것이다. 오늘은 그에게서 평소와는 다른 면, 극도의 냉정함을 느낀다. 극단적인 열정과 극도의 냉정함이 어떻게 그의 내부에서 통일될 수 있는가. 알 수가 없다. 열정이 냉정함을 낳는가, 냉정함이 열정을 낳는가. 젊은 친구여, 자네는 도대체 무엇을 믿고 무엇을 주장하고 있는가.

"선생님은 페어플레이를 주장하시는 거죠. 하지만 지금의 중국에서는 그것은 통용되지 않습니다. 적폐는 개선 난망입니다."

그는 내 마음속을 꿰뚫고 있는 것 같다.

"그럼 우리들은 '사인방'의 전통을 이어받아서 각 가정이든 각자의 머릿속이든 죄다 '혁명을 폭발시키자' 주장해야 한단 말인가?" 나는 흥분해 있었다.

"그런 말은 하지 않았습니다. 역사는 대개의 경우, 역사 자신으로 하여금 개인을 선택하게 하는 한편, 마찬가지로 각 개인으로 하여금 자기의 역사적 자세를 선택하게 하는 것입니다. 이렇게 해서 각자가 역사와 자기 자신에게 책임을 지워 나가는 수밖에는 없지요. 그리고 그 이외의 책임 따위는 없는 것입니다. 저는 혈연 따위는 중요시하지 않습니다. 선생님처럼 반생을 흘러 다니면서 살아오신 유랑자가 그 점에 그토록 구애되신다는 것이 의외로군요."

마지막 말은 다분히 비꼬는 투다. 그의 입장에서 보면 유랑자는 가정에 대한 관념 같은 것은 조금도 갖지 않아야 하는 것이다. 아니, 가정 따위는 증오의 대상이어야 하는 것이다. 하지만 나는 정반대이다. 가정은 내게 고통스런 기억을 남기기도 했지만 동시에 가장 귀중한 유산을 남기기도 했다. 이 고통스럽고 따뜻한 기억이야말로, 나의 방황에 한 줄기 부드러운 숨결을 불어넣어 주었던 것이다. 나는 가정이라는 것을 동경한다. 그리고 아버지가 그랬던 것처럼 나도 육친에게 무언가 해 줄 수 있기를 원한다.

"그렇지. 혈연관계와 계급 관계는 하늘과 땅 차이지. 그러나 혈연관계는 모든 사회관계의 최초의 형태로서 가장 기초적인 단위야. 혈연관계도 만족스럽게 처리하지 못하면서 국가, 사회를 다스릴 수 있을 리가 없지!" 나는 흥분해서 목소리까지 높아졌다.

"혈연관계를 만족스럽게 처리한다고요? 그런 것은 선생님의 환상에 불과합니다! 좀 더 현실을 보도록 하세요. 그 혈연관계를 중요시하는 봉건적인 관념이야말로 얼마나 많은 간부들을 지배하고 있습니까. 그들은 자식의 이익을 위해서 인민에게 촉수를 뻗치고 나아가서는 법과 기강을 문란케 하며 인민의 이익을 저해하고 있는 것입니다. 저는 그 사상을 뿌리째 뽑아 버리고 싶어요!" 그도 흥분하기 시작했다. 두 눈이 반짝반짝 빛나고 있다.

"하지만 잊어서는 곤란하네. 인민은 인민대로 별개의 가족 관계, 별개의 도덕을 만들어 내고 있어. 맹자에도 있어. '내 늙은이를 공경함으로써 그 마음을 남의 노인에까지 미치게 한다.'는 말이……"

나는 나도 모르게 담뱃대를 집어 들었다. 나는 이 젊은이에게 이 담뱃대에 얽힌 사연을 들려주고 싶었다. 나의 아버지와 우리 집의 이야기를 해 주고 싶었다. 그의 눈은 지나치게 어둠만을 보고 있다. 우리 인민과 민족에 대한 이해가 부족하기 때문에 빛을 과소평가하고 있다. 그는, 광명으로 인하여 암흑이 드러나며 또 광명으로 인하여 암흑이 유지될 수 없다는 점을 이해하지 못하고 있다.

그는 웃으며 내 이야기를 가로막았다.

"잠깐만 기다려 주세요! 오늘, 저는 처음으로 선생님이 저보다 훨씬 복잡하다는 것을 깨달았습니다. 인생으로부터 받아들인 것이 훨씬 풍부하기 때문인지도 모르겠군요. 하지만 오늘은 제게 아직 이사가 남아 있습니다. 못다 한 이야기는 언젠가 다시 하기로 하죠. 이 짐은 당분간 이곳에 맡겨 두고 싶은데 괜찮으시겠죠?"

내가 고개를 끄덕이자 그는 나갔다. 그러나 곧 입구에서 얼굴을 내밀고 손짓을 했다. 일어나서 갔더니, 그는 내 귀에 입을 가까이 갖다 대고서 속삭였다.

"오늘은 일요일입니다. 쑨웨 선생님을 찾아가서 이야기라도 하시면 어떨까요! 가정이 필요하시다면서요."

나는 그의 귀를 꼬집어 주었다. 그러나 그의 눈을 보고 나도 모르게 그 손을 거두었다. 순전한 농담만은 아니었던 것이다.

쑨웨. 그날 회의 때 그녀는 갑자기 바늘과 실을 꺼내더니 "단추가 금방이라도 떨어질 것 같은데요." 하고 한 독신 동료에게 건네주었다. 나는 내 앞가슴을 내려다보았다. 역시 단추 하나가 떨어져 있었다. 그러나 그녀는 내 쪽은 한 번 힐끗 보았을 뿐이었다. 쑨웨. 그러고 나서 그제 밤 우연히 우리는 관목 숲에서 마주쳤다. 그녀가 거닐고 있는 것을 보고 나는 작은 관목을 살짝 어루만지며 가까이 다가갔다. 그녀는 내게 가볍게 인사하고 서둘러서 가 버렸다. 그녀는 아직 기억하고 있는가? 쑨웨……. 그녀는 실로 사람의 마음을 헝클어 놓는다. 오늘은 방에 가만히 틀어박혀서 글을 쓰려고 생각했었는데 다 틀렸다. 그러나 앞으로 나는 절대로 그녀의 집에는 가지 않을 것이다. 그런 차가운 대접은 견딜 수 없다.

나는 시왕을 위해서 열쇠를 문에 꽂아 놓은 채로 밖으로 나갔다. 어디로 간다? 딱히 갈 곳도 없다. 그녀는 우연히 그 숲에 갔던 것일까?

바깥에는 꽃들이 한창이다. 봄은 이미 와 있었다. 땅속에 묻힌 씨앗은 냉혹한 겨울을 넘기기만 하면 꽃을 피우고 열매를 맺는다. 그러나 마음에 묻힌 씨앗은?

쑨웨, 너는 가정이 필요하다고 생각하지 않는가. 쑨웨, 우리들은 왜 진지하게 이야기를 할 수 없는가. 회의에서 네 발언을 들을 때마다 나는 우리들의 마음이 점점 가까워지고 있음을 느낀다. 그런데도 단둘이 만났을 때는 아득한 거리감을 느끼지 않을 수 없다. 도대체 무슨 까닭인가, 쑨웨. 어제 퇴근길에 나는 복도에서 너를 만났다. 그때 너는 "토요일 밤인데도 놀러 나가지 않아?" 하고 물었지. 그건 무슨 뜻이었는지 대답해 줘, 쑨웨!

"누구세요?" 소녀가 갑자기 문을 열고 내 앞에 섰다. 쑨웨의 딸이다. 내가 "쑨웨." 하고 불렀던 것일까. 그녀의 집 문을 두드렸던 것일까?

"아저씨, 전에도 한 번 오신 일이 있죠. 허징푸 씨죠?" 소녀의 질문에 나는 고개를 끄덕였다.

"엄마, 허징푸 씨야!" 소녀는 안쪽을 향해서 소리 질렀다.

"아저씨, 들어오세요." 그녀는 나를 맞아들였다. 정말로 손님을 잘 다룰 줄 아는 아이이다. 나는 기계적으로 그녀를 따라 들어갔다. 나는 그런 나 자신에게 화가 나서 견딜 수 없었다. 왜 이다지도 자제심이 없는가?

차가 나왔다. 쑨웨는 지극히 정중하다. 마치 귀한 손님이라도 접대하는 것처럼. 이것은 나에게 '거리를 유지해 달라.'고 경고하는 것이다. 나는 금방이라도 나가고 싶었다. 그러면서도 주저앉아 있었다.

"시왕이 아버지와 싸우고 짐을 내가 있는 곳으로 옮겨 왔어. 한마디쯤 당신에게 전해 주고 싶어서."

나는 무슨 말을 하고 있는가. 동태 보고인가, 시왕을 밀고하는 것인가. 도무지 알 수 없는 일이다. 왜 일부러 들렀다고 당당하고 자연스럽게 말하지 못하는가.

"역시 요즘 젊은이들은 행복하군요. 금기시하던 모든 것들을 다 부수고 자기 스스로 선택할 권리를 완벽하게 행사할 수 있으니까."

그녀는 나를 보지 않은 채 그렇게 말했다.

"그럼 당신은 그가 한 행동에 찬성하는 건가?"

"내가 찬성한다고?" 그녀도 깜짝 놀라 물었다.

"시왕이 아버지와 결별한 것 말야."

"내게 그런 용기가 있었으면 좀 좋아."

"그건 무슨 뜻이야?"

그녀의 얼굴이 빨개졌다. 그리고 얼마 있다가 이렇게 대답했다. "내가 아마 딴 생각을 하고 있었던가 봐. 이 몇 년 동안은 혼잣말하는 버릇이 생겨 멋대로 말이 튀어나와서 나도 무슨 말을 했는지 알 수 없을 때가 있거든." 그녀는 더 이상 나를 쳐다보려고 하지 않는다.

우리들은 어쩌면 이렇게 비슷한가. 나도 곧잘 혼잣말을 한다. 그런 버릇이 언제 생겼는지 모르겠지만 누구나 마음속의 '자기'는 하나만 있는 것이 아니다. 하나의 '자기'와 또 하나의 '자기'가 늘 대화하고 있는 것이다. 고독한 사람일수록 마음속의 '자기'가 많다. 그것이 그 사람과 힘을 합해서 고독을 이겨 나가는 것이다. 그렇다 하더라도 아까 그녀가 한 말은 무슨 의미인가. 젊은 사람의 행복이 부럽다. 그들은 자기 스스로 선택할 권리를 완벽하게 행사할 수 있으니까라니? 이것은 그녀의 혼잣말임이 분명하다. 하지만 말은 마음의 목소리이다. 그녀는 뭔가 부자유를 느끼고 있으며, 그녀의 머릿속에 어떤 금기가 있는 것만은 분명하다. 그녀는 지금 선택하고 있는 것도 분명하다. 하지만 구체적으로 어떤 것인가. 그녀는 무엇을 선택하고 있는가. 도대체 무엇이 그녀를 구속하는가?

그녀는 책을 읽고 있었다. 가까이 다가가서 보니 위고의 《93년》이었다. 이 책이라면 나는 한두 번 읽은 것이 아니다.

내가 유랑하던 시절, 화이허강 기슭에 이르렀을 때 어떤 현에서 우연히 중학 시절의 국어 선생님을 만난 일이 있다. 선생님은 그 현 출신이었지만 그때 파초 잎으로 부채질을 하면서 수박을 팔고 계셨다. 투명할 정도로 하얗던 얼굴은 검게 탔고 부드러웠던 검은 머리는 거의 벗겨져 있었다. 다만, 엷은 갈색이 감도는 눈동자와 약간 치켜 올라간 눈썹만이 왕년의 모습을 남기고 있었다. 그 선생님은 내게 꿈을 가르쳐 주신 스승이며 나를 문학의 길로 향하게 해 주신 분이다. 그런 분이 왜 수박을 팔고 있나? 1957년, 내가 한창 비판받고 있던 때 선생님으로부터 한 통의 편지를 받은 일이 있었다.

나는 중학교를 그만두고 지금은 다른 곳으로 옮겼다. 더 이상 편지는 쓰지 않아도 좋다. 다시 만나게 될 날도 있겠지. 그때까지 서로 몸조심하기로 하자.

선생님도 그럼……?

"이거야말로 그 선생에 그 제자로군. 수박 장수가 유랑자를 가르쳐 놓았군, 하하하······."

선생님은 내 손을 잡고 웃었다. 그러면서도 눈에서는 눈물이 넘치고 있었다. 선생님은 '우파 분자'로 간주당했다고 했다. 그때는 "산이란 산에는 새조차 날지 않고, 길이란 길에는 사람 자취 끊어졌다."(유종원의 시 〈강설〉의 한 구절)는 지방에서 막 되돌아오게 된 직후였다.

"나는 〈예주린〉(경극의 제목으로 임충이 갖가지 모함을 당하다가 결국 양산박에 이르는 이야기)을 보는 것이 두렵네. 자네는 그것을 이해하겠나?"

"이해하고 말고요, 선생님! 하지만 도대체 어쩌다가?"

나는 선생님의 손을 붙들고 울었다. 나는 평소에 여간해서는 울지 않는다. 남자는 눈물이 있어도 가볍게 흘리지 말아야 하는 것이다. 그러나 이것도 정말로 아픔을 겪지 않았기 때문에 그럴 수 있는 것이다. 끼니가 없어 우는 사람이 있다는 말을 듣고, 그것을 이해할 수 있게 된 것도 훨씬 뒤의 일이었다. 사람은 각각 자질이 다르기 때문에 받는 상처도 다른 법이다.

"나는 학생들에게 《93년》을 소개했지. 그것이 반동적 휴머니즘을 찬양하고 프롤레타리아 독재를 공격하는 것이라고 비판받았던 거야." 선생님은 나를 집으로 데리고 가서 벽에 쌓아 놓은 상자에서 《93년》을 꺼내 주며 말했다. "자네, 이것 읽었나?"

"네, 대학 시절에 읽었습니다. 혁명과 반혁명의 투쟁기에 위고는 싸움을 말리고 인간의 천성에 의해서 계급 모순을 해결하려고 생각했었지요. 그것은 환상에 불과합니다. 혁명군의 장군 고뱅이 반혁명 분자인 종조부를 도망치게 한 것은 확실히 범죄입니다. 그것을 위고는 찬양했지요."

"그 견해는 옳아. 하지만 위고의 이상에도 어느 정도 합리적인 점이 있지는 않을까. 잊어버렸나. 기억해 내 보게. 자, 보게, 여길세." 선생님은 옛날처럼 학생들에게 깨우쳐 주듯이 말했다.

"혁명의 목적은 인간의 천성을 파괴하는 것인가? 혁명은 가정을 파괴하고 인도(人道)를 질식시키는 것인가? 결코 그런 것은 아니지. '나는 인류의 모든 특질이 문명의 상징, 진보의 주체여야 한다고 생각한다. 내게는 자유의 정신, 평등의 관념, 박애의 마음이 필요하다.' 이것은 주인공 고뱅의 말이면서 위고의 사상이기도 하네. 어떤가, 한 푼어치 가치도 없는 말일까?"

"아뇨, 위고가 제기한 문제는 재미있다고 생각합니다. 단지 아쉬운 점은, 그의 이상은 자본주의 사회에서는 실현될 수 없다는 것입니다. 부르주아 혁명은 봉건 계급의 대신일 뿐이며 그들이 말하는 자유, 평등, 박애는 허위에 불과하죠."

"그런 허위를 프롤레타리아 계급이 진실로 변화시킬 수는 없는 것일까?" 선생님의 양어깨는 높이 올라가고 뺨은 반짝반짝 빛나고 있었다.

"할 수 있다고 생각합니다, 선생님. 우리 공산주의자들은 전 인류의 해방을 목표로 하고 있지 않습니까. 마르크스는 말합니다. '무신론이 종교를 지양함으로써 휴머니즘을 실천한다면 공산주의는 사유 재산을 지양함으로써 휴머니즘을 실천한다.', '무신론의 박애는 철학적, 추상적인 것에 불과하지만 공산주의의 박애는 현실적, 실제적이다.'라고요. 마르크스는 부르주아 휴머니즘과 프롤레타리아 휴머니즘 사이에 하나의 선을 긋고 있지만 휴머니즘과 박애 그 자체를 부정하지는 않았습니다."

"잘 말해 주었네! 자, 수박을 먹게. 우리들은 벌써 반동파를 소멸시키고 소유제를 개선시켰는데도 왜 아직껏 투쟁으로 날을 지새지 않으면 안 되는 것일까. 게다가 8백만 명을 없애지 않으면 안 되었단 말인가. 자, 수박을 들게나. 오늘은 좋은 말벗을 만났군. 설마 이렇게 젊은 자네가 나와 말 상대가 될 줄이야!"

선생님은 계속해서 수박을 건네주었다. 나는 그것을 받아먹었다.

"아이고, 선생님의 밑천을 전부 다 먹어 버렸잖아요!" 나는 수박을 다 먹고 말았다는 것을 깨닫고는 놀라서 외쳤다.

선생님은 하하하 웃으면서 자기의 가슴을 두드렸다. "밑천이라면 여기에 있지. 누구에게도 다 먹히지는 않아. '멀리서 벗이 찾아왔으니 그 아니 반가우랴?'《논어》의 첫 구절)"

선생님은 내게 그《93년》을 선물로 주시면서 거기에 천쯔앙(당나라의 시인)의 시구 "성인은 자기를 내세우지 않고 근심과 해결책은 모두 인민에게 있나니."를 적어 주셨다.

바로 그 소설을 쑨웨도 읽고 있다. 그녀는 무슨 생각을 했을까?

나는 그녀의 책을 보다가 전에 선생님이 내게 보여 주셨던 구절에 빨간 선이 그어져 있고 게다가 "!?"라는 표시가 있는 것을 발견했다.

"당신은 고뱅의 말이 마음에 들었던 거야?" 나는 그 페이지를 가리키며 물었다.

"뭐라고 말해야 좋을지 나 자신도 잘 모르겠지만 나는 부르주아 휴머니즘과는 이미 인연을 끊었어. 새삼스럽게 거기로 되돌아갈 수는 없어."

"프롤레타리아 휴머니즘은 없는 것일까?" 나는 열기를 띠며 물었다.

그녀는 깜짝 놀란 것처럼 머리를 들어 힐끗 나를 보았다. 그 눈도 열기를 띠고 있었다. 나는 온몸이 상기되면서 마음까지 뜨거워지는 것을 느꼈다. 그리고 나도 모르게 일어나서 그녀의 의자 뒤를 붙잡았다. 그녀는 잠깐 뒤돌아보았을 뿐 아무 말도 하지 않는다. 하지만 나는 이미 그 눈빛을 보았기에 용기를 얻어 열심히 그녀에게 말했다.

"있고 말고, 쑨웨! 마르크스, 엥겔스의 저작을 잘 읽어 보라고. 되풀

이해서 읽는 동안에 두 위인의 마음속에는 '인간'이라는 두 글자가 크게 씌어 있다는 것을 발견하게 될 거야. 그의 이론, 그의 실천은 모두 이 '인간'을 실현시키기 위한 것, 인간을 '인간'일 수 없도록 만들고 있는 모든 현상과 그 원인을 소멸시키기 위한 것이었어. 하지만 유감스럽게도 우리들 자칭 마르크스주의자 중에는 그 수단만을 기억하고 그 목적은 망각하거나 간과해 버리는 자도 있지. 마치 혁명의 목적이 인간의 개성을 말살하고 인간의 가정을 파괴하며 사람들을 갖가지 울타리로 서로 격리시키는 것이거나 한 것처럼 말이야. 우리들은 봉건적인 경제적 등급을 소멸시킨 반면, 많은 정치적 등급을 인위적으로 만들어 내고 말았어. 나는 흑8류(지주, 부농, 반혁명, 우파 분자 등 8종의 인간), 당신은 경원 대상인 지식 분자지. 우리들의 아이는 교화 대상이야. 아직 태어나기도 전부터 딱지가 붙는 거야. 이것이 유물론이라고 말할 수 있을까."

갑자기 그녀가 일어나서 주전자를 갖고 왔다. 그리고 내게 차를 따라 주면서 말했다.

"허징푸 동지. 앉아서 이야기하시죠." 나는 찬물을 뒤집어쓴 것처럼 아연해서 그녀를 보았다. 그녀의 얼굴은 새빨갛게 물들어 있었다. 내가 뭔가 곤란한 말이라도 한 것일까. 그렇다면 왜 내게 주의를 주지 않고 앉으라고 말하는 것일까. 아니면 내가 그녀에게 너무 가까이 다가갔기 때문일까. 그녀는 타인에게 자기의 마음을 닫는 것에 익숙해져 버렸다. 이미 옛날의 쑨웨가 아님은 분명하다. 나는 앉을 수도 없고 그렇다고 가 버릴 수도 없어서 담배에 불을 붙였다.

"허 아저씨." 소녀가 내게 말을 걸었다. 쭉 나를 주시하면서 이야기를 듣고 있었는데 내가 곤란해하는 것을 보고 마음 써 주는 것일까. 쑨웨는 가만히 딸을 바라보고 있다.

나는 곧 의자를 소녀 옆으로 옮겨서 그녀의 머리를 쓰다듬으며 말했다.

"밖에 나가서 함께 놀다 오지 않겠니?"

나는 아이와 잠시 말을 나누다가 돌아갈 생각이었던 것이다. 그러나 아이는 머리를 옆으로 저으며 대답하지 않고 거꾸로 내게 질문을 했다.

"아저씨도 우리 엄마와 동창생이에요?"

"그렇단다."

"같은 학급?"

"아니. 아저씨가 한 학년 위였지."

"그런데 두 사람은 어떻게 알게 되었죠? 우리는 같은 학년 친구들끼리도 서로 잘 모르는데."

"아저씨도 그랬지."

"그럼 아저씨는 엄마의 남자 친구였군요?"

나는 소녀에게 아슬아슬한 곳까지 쫓기고 있다. 나와 쑨웨와의 관계를 밝혀야만 하는 것일까. 나는 아까보다 훨씬 더 곤혹스러웠다. 쑨웨를 보았더니 약간 긴장한 얼굴이었다. 좋다, 진짜 이야기를 해 주자.

"나는 네 엄마를 쭉 여자 친구라고 생각하고 있었단다."

"엄마는? 역시 아저씨를 남자 친구라고 생각하고 있었나요? 역시 쭉?"

이 의문에는 분명히 위험이 깃들어 있다. 아이의 얼굴이 긴장되며 적의까지 띠고 있었다. 쑨웨는 새파랗게 질려 딸의 이름을 불렀다.

"쑨한!"

딸도 엄마에게 덤벼들 듯이 말했다.

"물어봐도 되잖아! 엄마도 내 친구에 대해 물어본 일이 있잖아!"

쑨웨는 원망스럽다는 듯이 나를 보고는 일어나서 나갔다. 아이가 입술을 깨물었다. 눈에는 눈물이 글썽해 있었다.

"쑨웨! 나갈 필요 없어. 내가 돌아갈 테니까." 나는 비난하듯 큰소리로 말했다. 그녀가 되돌아오더니 문 뒤쪽에 걸어 두었던 손가방을 들면서 애써 온화하게 아이에게 말했다.

"잠깐만 놀고 있어라. 엄마는 뭘 좀 사 올 테니까." 그녀는 그렇게 말하고는 뒤도 돌아보지 않고 나갔다.

나는 전신에 소름이 끼쳤다. 쑨웨, 이건 도대체 무슨 뜻이냐. 나를 골탕 먹이려는 생각인가, 이 아이 앞에서?

아이는 눈물을 철철 흘리면서 내게서 얼굴을 돌렸다. 나는 돌아가려고 일어섰다. 아이는 그것을 알아차리고 다시 바라보면서 말했다.

"가시면 싫어요."

"넌 왜 그런 것을 물었지? 너무 무례하지 않니."

나는 고쳐 앉으면서 아이에게 말했다. 그때 나는, 이 아이에게 약간의 반감조차 느끼고 있었다. 너무 예의를 모른다고 생각했다. 어른에게 아이가 그렇게 해도 되는 것일까. 나는 불쾌감을 감추지 않고 말했다. 그러나 아이는 다시 입술을 깨물고는 집요하게 덤벼들었다.

"아저씨, 대답하고 싶지 않아요?"

이 아이의 마음에 도대체 어떤 응어리가 있는지 나로서는 알 수 없다. 이 아이가 왜 내게 적의를 불태우는 것인지 더더욱 모른다. 하지만 나는 이 아이에게 더 이상의 응어리를 만들게 하고 싶지는 않았다. 그래서 진실을 말해 주기로 했다.

"나는 네 엄마를 좋아했었지. 그러나 엄마가 좋아한 사람은 내가 아니라 네 아버지였다."

"그럼 아저씬 결혼했어요? 아까 '우리들의 아이'라고 했는데 아이가 있나요?" 소녀는 내 눈을 가만히 바라보았다. 거짓말은 싫어, 하고 그 눈이 말하고 있었다.

뭐? 내가 아까 쑨웨에게 '우리들의 아이'라고 했던가! 정말인가? 그 래서 내게 앉으라고 했었구나. 그녀가 어떻게 생각했을까! 이 아이조 차 그 말에 신경을 쓰고 있는데. 그녀는 그것이 불만이었던 것이다. 나는 아마 얼굴이 빨갛게 되었을 것이 분명하다. 그리고 동시에 이 아이 에 대한 반감도 사라졌다.

"난 결혼하지 않았다, 물론 아이도 없지." 얼마나 얼빠진 대답인가, 그것도 횡설수설이다.

"그럼, 우리 아버지와 엄마가 이혼한 것도 알고 있었어요?"

그 질문은 분명히 적의를 강하게 띠고 있다.

"나는 몰랐어. 최근에야 겨우 알았단다. 나는 대학을 졸업하기 전 에 우파로 잘못 알려져서 퇴학당했거든. 그다음에는 엄마를 만난 일 이 없었으니까."

나는 아이의 마음속에 맺힌 응어리가 이해되었다. 내심 안심하며 정 직하게 대답했다.

아이의 눈이 부드러워졌다. 얼마나 아름다운 눈인가! 엄마와 꼭 닮은 눈이었다. 나는 나도 모르게 한숨을 쉬었다.

"엄마가 아저씨를 괴롭힌 일이 있었어요?" 나는 즉석에서 머리를 옆 으로 흔들었다. 아이는 후 한숨을 내쉬었다.

두 사람의 대화가 활기를 띠기 시작했다.

"의심은 풀렸니?"

"풀렸어요. 하지만 어쩔 수 없군요. 그렇게 나이 든 다음에야."

"시비가 분명해졌는데 왜 어쩔 수 없다는 거지? 네 생각은 아이답 지 않구나."

"난 이제 아이가 아닌걸요. 아저씨, 시골로 돌아가서 무엇을 하고 있었어요?"

"농사일했지."

"그래서 담뱃대를 쓰는군요." 소녀는 내 담뱃대를 들어서 장난 삼아 빠끔빠끔 피워 보고는 내게 돌려주었다.

"이십 몇 년 동안이나 농사일을 했어요?"

"아니, 십 몇 년 동안은 여기저기 돌아다녔지."

아이의 눈이 크게 열렸다. 옛날에 제 엄마가 낯선 도시인 이곳에 처음 와 그랬던 것처럼 내 이야기를 이해할 수 없었던 것이다.

"돌아다녀요? 유랑자였어요? 라즈(인도 영화 〈유랑자〉의 주인공)처럼?"

소녀는 화살 같은 질문을 퍼부어 왔다. 나는 고개를 끄덕이기도 하고 고개를 가로젓기도 하였다.

"그래, 라즈처럼. 그러나 나는 라즈처럼 복이 많지는 않았지. 판사 아버지도 없었고 애인도 없었으니까. 게다가 도둑질도 한 일이 없단다."

소녀는 웃었다. 그리고 곧 다시 물어 왔다.

"구걸을 했었어요?"

"아니, 일을 했지. 온 나라를 돌아다니면서 이런 저런 일을 했단다."

"아저씨는 왜 유랑을 했어요? 고리키 흉내를 내고 싶었나요?"

얼마나 천진한 아이인가! 고리키의 흉내라고? 만일 달리 살 길만 있었더라면 고리키 역시 유랑자 따위는 되지 않았을 것이다. 하지만 나는 아이에게 그런 말을 할 생각은 없다.

"이런 이야기는 그만하는 것이 어떠냐. 너는 아직 어리니까 이해할 수가 없어."

"아뇨, 알아요. 난 뭐든지 다 알아요. 좀 더 이야기해요." 아이는 대단히 집요하다.

뭐든지 다 안다고? 그렇다면 만일 내가, 유랑 생활을 했던 것은 살기 위해서, 아니 그보다도 무엇인가를 찾고 구하기 위해서, 사랑을 위해서라고 말한다면 네가 이해하겠니? 아니, 이해할 리가 없지. 일단 꺾이고 상처받은 마음이 어떻게 하면 생기를 잃지 않고 고동을 멈추지 않을 수 있을 것인가. 그러기 위해서는 식량보다는 정신의 양식이 훨씬 더 긴요하다. 그러나 그 양식을 어디에서 구해야 좋을 것인가. 인민 속으로, 어머니의 품속으로 뛰어드는 수밖에는 없다. 네가 아버지의 사랑을 잃고 나서 점점 더 어머니를 생각하게 되는 것과 다름이 없다. 나는 유랑자의 고통을 맛보면서 직접 어머니의 젖을 빨고 가슴을 만지작거렸다. 어머니의 꾸밈새 없는 얼굴을 보고 그 아름다움과 우아함을 보았으며 흰 머리와 등허리의 상처 자국도 보았다. 어머니의 가슴에는 9억의 아들들이 안겨 있었지만 거기에는 차별도 편애도 없었다. 9억 아들 한 사람 한 사람의 운명이 저마다 어머니의 마음을 휘어잡아, 어머니는 기쁨과 고통을 동시에 맛보고 있었다. 노래 부를 때도 있는가 하면 신음할 때도 있었다. 어머니는 나를 애무해 주기만 한 것이 아니라 채찍질도 해 주었다. 그런 것을 아이인 네가 다 알 수 있다고?

"아니, 아이들은 그렇게 여러 가지를 알지 않는 편이 좋지." 나는 역시 그렇게 대답하는 수밖에는 없었다.

"나보고 머리가 단순한 인간이 되라는 것인가요?" 아이는 불만인 것이다.

아니다. 나는 네 어린 마음에 과중한 부담을 안겨 주고 싶지 않을 뿐이다.

"거기에 대해서는 다시 언젠가 이야기하기로 하지. 저, 그런데 엄마는 너를 어떤 곳으로 데리고 가 주셨지? 만리장성에는 가 보았니?" 나는 달래듯이 말했다.

"만일 가 보지 않았다면 언젠가 아저씨가 데리고 가 주지. 장성을 봐야 비로소 어른이 되는 것이니까."

"무슨 뜻이에요?" 아이는 다시 흥미를 나타냈다.

"장성은 오랜 역사를 갖고 있고 웅대하며 구불구불 한없이 뻗어 있단다. 우리들의 조상들이, 조국의 모습과 민족의 역사를, 그리고 우리들이 걸어온 길을 장성의 형태로 만들어 놓은 거야. 장성 위에 서 보렴. 그럼 누군가의 이런 속삭임이 들려온단다. '너는 알고 있느냐? 장성은 아직 완성되지 않았다. 영원히 완성은 없다. 중화의 아들들은 모두 장성을 위해서 벽돌을 하나씩 쌓아 올리지 않으면 안 된다. 너는 이미 쌓았는가?' 네가 그 말을 들으면 네 불행 따위는 잊어버리고 큰 목소리로 대답할 것이다. '난 쌓았어! 나의 심혈을 기울여서 벽돌을 한 장 쌓아 올렸어.' 하고. 너는 그때 행복이란 것이 무엇인지 고통이란 어떤 것인지를 비로소 알게 되는 거야. 지금은 아직 진정으로 알고 있다고는 할 수 없지. 왜냐하면 너는 아직 우리들의 공동의 어머니, 우리들의 조국을 알지 못하고 있으니까. 안 그러니?"

아이는 눈에 눈물을 가득 담고 나를 보고 있었다. 나도 참을 수 없어서 눈시울을 훔쳤다. 나는 눈 깜짝할 사이에 이 아이가 좋아졌다. 이 아이의 마음은 수정처럼 반짝반짝 투명하게 빛나고 있다. 그런가 하면 동시에 부드러움으로 넘치고 있다. 나는 다시 한번 젊은 시절의 쑨웨를 만난 것이다.

"아저씨를 괴롭히는 나쁜 사람은 없었어요? 요즘 세상에는 착한 사람은 드물고 나쁜 사람만 가득해요!"

"그건 그렇지 않다, 얘야. 중국에는, 아니 세계 어느 곳이건 착한 사람 쪽이 더 많지. 그렇지 않다면 사회는 진보하지 않을 것이고 인류는 희망이 없지 않겠니."

아이의 눈이 빛났다. 보면 볼수록 엄마를 닮았다. 특히 눈이 똑같다. 나에게 있어서 쑨웨의 눈만큼 매력으로 넘치는 것은 없다. 그 크지도 않은 두 눈이 어떻게 그토록이나 풍부한 감정을 담고 그리고 그것을 전달할 수 있는 것일까. 하지만 지금껏 쑨웨는 그 눈을 빛내면서 나를 보아 준 일이 없다. 나를 노려보거나, 아니면 흘낏 보곤 했을 뿐이었다. 그녀는 마음 전부를 자오전환에게 바치고 있었던 것이다. 자오전환, 멍청한 놈. 이렇게 멋진 여자를 버리고 말다니!

"아저씨, 우리 아버지도 착한 사람이었어요?"

아이는 갑자기 이런 질문을 했다. 나더러 무슨 말을 하게 하고 싶은 것인가. 나는 쑨웨의 이혼에 대해서는 그 전말을 전부 알고 있는 것은 아니다. 다만 쑨웨에게 동정적일 뿐이다. 그러나 아이에게 상처를 주고 싶지도 않다. 소녀의 눈은 나의 대답을 기다리고 있다. 나는 질문을 피하는 수밖에 없었다.

"엄마는 네게 무어라고 말했지? 아버지에 대해서 너 자신은 어떤 인상을 가지고 있니?"

소녀는 자기의 가방을 열고 속을 뒤져서 한 장의 사진, 한 번 찢었다가 다시 붙인 사진을 꺼내서 내게 내밀었다. 아이만 찍혀 있지 않다면 옛날 한 대의 삼륜 자전거를 함께 타던 시절의 쑨웨와 자오전환 그대로이다.

"내가 기억하고 있는 것은 이 사진뿐이에요. 엄마가 찢었어요. 그때 난 왜 찢느냐고 물었죠. 엄마의 대답은, '이제부터는 아버지가 만나러 오지 않는다. 환이와 엄마만 남게 되었어.' 하는 말뿐이었어요."

"엄마는 너를 슬프게 하고 싶지 않았던 거야. 그러니까 질문을 해서는 안 되지." 나는 쑨웨를 진심으로 동정했다. 다른 한편으로 아이도 가엾어 견딜 수 없었다. 어떻게 대답해야 좋을지 점점 더 난감해졌다.

"나 역시 이 사진에 찍혀 있는 사람 중의 하나인데도 왜 찢느냐고 물어서는 안 되는 건가요?" 이 아이의 강한 집념도 쑨웨의 그것이다.

"하지만 나로서는 역시 대답할 수 없단다. 옛날에 일어났던 모든 일을 어린 네가 어떻게 이해할 수 있겠니?"

"자, 허 아저씨, 가르쳐 줘요. 나쁜 쪽은 엄마예요, 아버지예요? 도대체 어느 쪽이죠?" 소녀는 나에게 매달리고 있는 것이다.

"네 엄마는 좋은 사람이란다, 한아."

"그럼 아버지는?"

"역시 나쁜 사람은 아니지."

나는 역시 그렇게 대답하는 것이 좋다고 생각했다.

"엄마만큼 좋은 사람은 아니로군요. 그럼 아버지의 잘못이에요?"

꼬치꼬치 캐묻는 어린애의 버릇은 이런 경우 정말 어떻게 하면 좋을 것인가! 나는 또다시 이야기를 피할 수밖에 없었다.

"좀 다른 이야기를 하자. 학교는 재미있니?"

소녀는 불만스럽다는 듯이 나를 바라본 채로 잠자코 있다. 나는 드디어 애원했다.

"우리 오늘 처음으로 대화를 나누지 않았니? 한꺼번에 그렇게 모든 것을 다 이야기할 수 있는 게 아니란다. 그렇지? 우린 이제 친구야, 앞으로는 네겐 무엇이든지 다 말해 줄게. 하지만 아저씨는 오늘 기분이 좀 언짢다. 이해해 주겠니?"

소녀는 알았다는 듯이 고개를 끄덕였다. 나는 무거운 기분으로부터 겨우 해방되었다.

"일요일엔 친구들과 같이 놀아야지."

"친구 같은 건 없어요. 나를 이해해 주는 사람은 없는걸요. 엄마조차 이해해 주지 않으니까. 난 정말로 고독해요, 아저씨."

열다섯 살 아이가 고독을 느낀다니. 그것만으로도 나는 충격을 받았다. 그러나 그보다도 더욱 충격적인 것은 소녀의 표정이다. 마치 쓴맛 단맛 다 본 어른의 표정이 아닌가! 열다섯 살 무렵의 나는 이 아이보다 훨씬 더 명랑했었다. 나는 울고 싶은 심정이었다. 왜 아이에게 이렇게 정신적으로 무거운 짐을 지우는가?

"엄마를 사랑하면 어떨까, 한아? 엄마는 네가 사랑할 만한 가치가 있는 분이다."

"하지만 엄마는 나를 진심으로 사랑하지 않아요. 내가 아무리 친구가 되고 싶어해도 엄마는 언제나 나를 어린애 취급하죠. 내게는 진짜를 말해 주지 않아요. 아저씨, 엄마는 아버지가 싫어졌기 때문에 나마저 좋아하지 않게 된 걸까요? 그렇게 생각하면 난 슬퍼져요!"

커다란 눈물방울이 아이의 뺨을 타고 흘러내렸다. 이 아이를 어떻게 위로해야 좋을지 모르겠다. 나는 아이의 작은 얼굴을 살짝 받쳐 들고 그 뺨에 가볍게 키스했다. 아이는 저항하며 내게서 도망쳤다. 뺨이 빨갛게 되어 있다. 하지만 나를 바라보는 소녀의 눈은 얼마나 부드럽고 신뢰에 차 있는가. 아버지의 사랑이 부족하고 아버지의 사랑에 굶주린 아이! 나는 마치 내가 아버지가 된 것 같은 기분이 들었다.

쑨웨가 돌아왔다. 한이가 스스로 나가서 엄마에게 물었다.

"오늘은 허 아저씨도 같이 식사해?"

나는 쑨웨를 보았다. 그녀는 내 시선을 피해 차갑게 말했다.

"반찬이 없어." 한이는 실망하며 입을 내밀었다. 나는 아이에게 어색하게 웃어 보이고 얼굴을 쑨웨 쪽으로 돌리며 "그럼." 하고 말한 후 밖으로 나왔다.

아무리 걸어도 도저히 내 숙소에 닿을 것 같지가 않았다. 걸으면 걸을수록 멀어지는 것 같았다. 나와 쑨웨 사이의 거리처럼.

"허 선생님, 어디 가시죠? 식사는 하셨어요?"

시왕이 말을 걸어 왔다. 그는 양손에 잔뜩 짐을 들고 있다. 흥분한 표정은 아침과 다를 바 없다. 나는 짐을 하나 들어 주고는 말없이 같이 걸었다.

"뭔가 안 좋은 일이라도 있었습니까?"

시왕이 신경 쓰며 물었다.

나는 고개를 끄덕였다. 그러자 그가 이런 말을 하기 시작했다.

"감정이라는 것이 가장 사람을 괴롭히는 것이죠. 허 선생님, 전 잘 압니다. 저도 선생님과 마찬가지로 인간들이 모두 서로 사이좋게 지내고 모두 다 행복한 가정을 가질 수 있다면 하고 생각하고 있어요. 하지만 현실은 우리들에게 그런 환상을 허용하지 않습니다. 사람들끼리 이렇게까지 서로 갈라져 있다니! 어디를 봐도 산산조각 난 가정, 제각기 흩어진 마음뿐입니다. 이 상처를 낫게 하는 특효약 같은 게 있을까요? 세대와 세대, 인간과 인간, 그것이 갖가지 모순 속에서 헝클어지고 끝없이 뒤얽혀 있어요. 참으로 진저리가 납니다! 때때로 이유를 알 수 없게 되고 자신마저 없어져서……." 그는 아직도 흥분하고 있다. 물론 기뻐서 흥분하고 있는 것은 아니다.

"아버지는 뭐라고 하셨지?"

"아버지는 아무 말도 없으셨어요. 일 도와주시는 아주머니 말로는 아버지는 아침밥을 먹지 않으셨다더군요. 전 아버지를 싫어하기는 하지만 걱정이 되긴 합니다. 그래도 역시 나오는 편이 나아요, 아주머니는 울었지만."

우리들은 그다음에 침묵을 지킨 채 앞서거니 뒤서거니 걸었다. 점심 때가 훨씬 지난 시간이라 땅에 떨어지는 우리들의 그림자는 비스듬히 경사를 이루고 있었다.

자오전환

쑨웨, 용서해 다오.

나는 투서로 편집국장을 고발할 생각이다. 뚱뚱보 왕의 정당한 권리가 편집국장에게 짓밟혔던 것이다.

'문화대혁명' 전에 우리 취재부 기자 몇 명이 공동으로 《혁명 보도 사업 발전사》라는 책을 썼다. 작년부터 그 개정판 작업을 하고 있었다. 왕도 원저자 중의 한 사람이다. 그는 주요 필자는 아니었지만 자료를 조사하고 여기저기 돌아다니며 상당히 열심히 일했다. 그 책이 드디어 완성되려는 단계에 이르러 저자의 이름 문제가 제기되었던 것이다. 편집국장이 왕의 이름을 지우라고 말했다. '조반파'였다는 것이 그 이유였다. 그리고 동시에 편집국장은 자기의 이름을 '고문(顧問)'이라는 명의로 덧붙이라고 말했다. 나는, 그것은 잘못이라고 생각한다. 왕은 과오를 범하긴 했지만 이미 '해방'된 몸이다. 일반 시민에게서 출판의 자유를 빼앗을 이유는 없다. 더구나 '고문'이라니, 사실 편집국장은 고(顧)도 문(問)도 한 일이 없다. 단지 우리들을 위해서 전화로 사료 수집을 위한 연줄을 몇 개 이어 준 것에 불과하다. 그 정도로 이름을 올린다면 신문사 식당의 요리사가 그보다 훨씬 더 자격이 있을 정도이다. 그러나 유감스럽게도, 그토록 명백한 사안의 옳고 그름이 우리 조직에서는 뒤바뀌고 마는 것이다.

회의는 장시간에 걸쳐 계속되었다. 모두들 침묵을 지키거나 한바탕 편집국장을 추켜세울 뿐이다. 이러고서야 수십만 자 모두가 '고문'의 손에 의해 씌어진 것 같지 않은가. 그리고 왕을 다투어 깎아내리는 것은 물론이다. "녀석이 무슨 낯짝으로 저자라고 말할 수 있단 말야?", "몇 년 전 녀석은 늘 이 책을 독초라고 비판하지 않았는가!" 그것은 사실이다. 그러나 내가 아는 한, 이 책을 비판한 사람은 모두 다 실릴 자격이 없다고 한다면 현재의 저자 중에 자격이 있는 사람은 하나도 없을 것이다. 나까지도 포함해서! '고문'인지 뭔지는 더 심했다! 그가 일찍이 대중 앞에서 이 '대단한 독초'에 자기는 전혀 손을 대지 않았노라고 선언했던 것을 모르는 사람이 없다. 게다가 '문화대혁명'이 시작되었을 때 그는 운동의 지도자였다. 이 책에 대한 비판을 맨 선두에서 시작한 것은 그가 아니었던가!

그러나 아무도 편집국장에게 원한을 사고 싶어하지는 않는다. 나 역시 입 밖으로 내서 말할 생각은 없었다.

뚱뚱보 왕이 나를 찾아왔다. 내가 편집 그룹의 책임자이며 편집국장과도 관계가 나쁘지 않기 때문이다. 란샹도 그의 말을 거들었다. 그녀는, 왕에게는 우리가 '은혜'를 입었다고요, 하고 늘 강조했다. 게다가 바로 얼마 전에는 그가 자진해서 란샹에게 모직 코트를 사 주었다.

옛날의 '은혜'도 지금의 '우정'도 내게는 염두에 없었다. 단지 난관에 부딪히면 피해서 가는 나 자신의 결점을 고치고 싶을 뿐이었다. 쑨웨는 몇 번이나 그 결점을 지적했었다. 나는 편집국장을 찾아가서 내 의견을 절반쯤만 말했다. 왕의 이름은 넣어야 한다고. 그 말이 통과된다면 편집국장에게 '고문'의 간판은 걸어 주어도 상관없다고 생각했던 것이다. 어차피 그가 바라는 것은 이름뿐이므로 원고료를 나누는 것도 아니다. 그러나 그것을 그는 받아들일 수 없다는 것이었다. 편집국장은 말했다.

"뚱뚱보 왕을 해방시킨 것은 그것이 프롤레타리아 계급의 정책이었기 때문이야. 그러나 거기에 저서까지 안겨서 이름을 드높이는 건 말도 안 되네! 프롤레타리아 계급의 정책이 무한히 관대한 것은 아니지. 이 건에 대해서는 왕이 납득하건 하지 않건 관계없어. 생각해 보게, 몇 년 전 녀석이 어떤 식으로 사람들을 해쳐왔는지를."

편집국장은 극히 친절하게도 나에게까지 훈계를 내렸다.

"자네가 일찍 왕과 친했었다는 것은 모두들 알고 있네. 우리는 자네를 해명하기 위해서 대중 앞에서 얼마나 노력을 했던가. 자네를 취재부 주임으로 임명하는 것도 그 때문에 공표하기가 여간 어렵지 않았지. 자네 자신이 좀 더 신경을 써 주지 않으면 곤란하네. 우리들이 자네를 중용하는데 자네가 협력해 주지 않는다면 말일세."

나는 울컥했다. 나, 자오전환의 뼈는 물로 되어 있기라도 하다는 말인가? 그릇에 따라서 어떤 형태로도 변할 수 있다는 것인가? 내가 중용되기 위해서는 양심을 버릴 수도 있다는 말인가? 나는 두 번 다시 모든 것을 남에게 맡기는 인간이 되고 싶지는 않다.

그래서 나는 성의 당위원회 선전부에 '투서'했다. 선전부장은 곧 신문사에 지시를 보냈다. "정황이 사실이라면 자오전환 동지의 의견이 올바르므로 이것을 중시해야 한다."라고

오늘 편집국장은 나를 불러서 부장의 지시를 전달했다. 몹시 정중한 태도였다. 그러나 갑자기 얼굴을 바꾸면서 말했다.

"그러나 자네가 쓴 정황은 사실에 반한 것이네. 왕의 이름을 삭제한

다는 것은 분명히 자네들 편집부의 의견이지, 우리 지도부는 태도를 확실히 한 일이 없어. 자네는 왜 책임을 상부에 전가하는가. 좋아. 이 건은 우리가 연구해 보기로 하지. 우리는 당의 정책에 비추어 처리할 뿐일세."

눈 깜짝할 사이에 닭이 집오리로 변해 버렸다. 그의 문제가 내 문제로 되었고 원고와 피고가 뒤바뀌었다. 도둑이 도둑을 붙잡으라고 외치고 내가 그야말로 여기저기 도망쳐 다니는 역을 맡게 되었던 것이다. 그와 언쟁을 벌이는 것은 쓸데없는 일이다. 그래서 다시 한번 투서해서 문제를 확실히 하기로 했다. 과거에 나는 진지하지 못하게 일을 했었고 적당주의였었다. 하지만 이번에는 사리에 맞게, 무슨 일이 있어도 시비를 정확히 가려야 한다.

나는 투서의 요점을 정리하기 위해서 리포트 용지를 펼쳤다. 진지하고 사리에 맞지 않으면 안 된다. 태도는 분명하고 의견은 예리하지 않으면 안 된다. 그때 뚱뚱보 왕이 싱글벙글하면서 찾아왔다. 손에는 원고를 들고 있었다.

"자오, 내가 쓴 기사네. 편집국장이 훑어보더니 실으라더군. 그리고 자네에게 전하라고 메모를 주었어."

이건 기적이다! 나는 눈앞에 기적을 이룬 남자가 싱글벙글 웃고 있는 것을 보았다. 이 웃음은 특제품이다. 1급품을 값싸게 장기간 보증함. 교활함과 애교와 우둔함이 하나로 용해되어 있다. 밑천은 작고 이자는 많게. 한 개의 밑천으로 만 개의 수익을. 나는 이런 식으로는 웃을 수 없다. 흉내조차 낼 수가 없다.

나는 편지지를 펼쳤다. 편집국장의 춤추는 듯한 글자가 연이어서 눈으로 튀어 들어왔다.

자오, 나는 대중의 의견을 들은 다음에 왕과 대화를 나누었네. 그리고 자기의 잘못에 대한 왕의 태도가 올바르다는 것을 인정했네. 그의 이름을 《혁명 보도 사업 발전사》의 저자명에서 빼야 하는 것은 아닐세. 자네들 편집부에서 다시 검토해서 당의 정책을 단호하게 실행해 나가기를 바라네. 검토 결과는 보고해 주도록.

'모자 날개 공연'을 볼 때마다 나는 정말이지 감탄하지 않을 수 없다. 공연에서는 두피로 모자를 지탱하고 모자에 달린 날개를 갖가지 모양으로 움직이며 변화시킨다. 이 기술은 그야말로 머리 가죽 한 장에 의지할 뿐이다. 머리 가죽에 힘을 준다는 건 보통의 수련으로는 불가능한 일이다. 하지만 머리 가죽에 힘이 들어가지 않으면 모자는 그 위풍을 나타내지 못하고 자칫 잘못하다가는 벗겨져 떨어지고 말 것이다. 머리 가죽이 그처럼 딱딱하게 단련되자면 그 속의 뇌는 쪼그라져 버리지나 않았을까?

인민의 간부가 되는 데도 모자 날개 움직이기 기술이 필요한 것일까? 역시 머리 가죽만을 사용하고 마음은 사용하지 않아야 하는가?

편집국장의 메모는 완벽한 것이다. 마치 모자 날개 공연을 보고 있는 것 같았다. 모자를 마음대로 움직이고 있다. 모자 속의 머리는 느긋하고 흡족한 승리의 기쁨으로 가득 차 있음이 분명했다.

나는 메모를 왕에게 던졌다.

"이런 바보짓을 할 수 있겠어? 편집국장에게 직접 해 달라고 하지! 나는 편집부에서 떨어져 나와도 상관없으니까."

왕은 다시 메모를 내 손에 쥐어 주었다.

"자오, 그렇게 화내지 말게. 남의 집 처마 밑에서는 머리를 낮추는 법이야. 서로의 마음은 알고 있잖나. 자네가 내 이름을 삭제하라고 요구했다는 말 따위를 내가 할 리 있겠어? 자네는 정말 훌륭한 친구야. 정말 고맙게 생각하고 있네."

나는 냉소했다.

"그럼, 자네는? 자네도 훌륭한 친구인가? 조금 전 편집국장의 처마 밑에서 똑바로 서 있었단 말인가?" 그의 굽실거리는 모습이 떠올랐다.

그는 역시 싱글벙글하면서 말했다.

"삼배구고례*를 올렸을 리야 없지 않나? 걱정 말게. 물론 자네처럼 으스댈 수도 없었지만 말이야."

으스댄다고? 내게, 전신의 골격을 똑바로 세우는 일 이외에 어떤 방법이 있단 말인가.

"자오, 우리는 우리의 이름을 삭제당하지 않기만 하면 돼. 그 때문에 자존심 좀 상한들 아무것도 아니잖나. 아부를 싫어하는 실권파란 없는 법이야. 자네는 너무 진지하다니까."

너무 진지하다구? 녀석의 양쪽 귀싸대기를 올려붙이고는 두 번 다시 그 따위로 웃지 말라고 내뱉고 싶었다. 나는 도저히 참을 수가 없어서 그를 쫓아 보냈다.

참으로 쓸데없는 짓을 한 것이다. 이것이야말로 자업자득이다. 뚱뚱보 왕이 어떤 작자인지 모르지도 않으면서 왜 그 작자의 편을 들고 나섰더란 말인가. 보라, 거꾸로 자식에게 팔려 버리지 않았는가. "태항산 험한 길이 수레를 깨뜨려도 인심의 험악함에 비하면 탄탄대로요, 무협의 세찬 강물이 나룻배를 뒤집어도 인심의 험악함에 비하면 잔잔한 강

---

* **삼배구고례** 세 번 절하고 그때마다 세 번씩, 모두 아홉 번 머리를 조아려 절하는 방식.

물이로다." 참으로 이 시구 그대로다. 쏸웨가 기회 있을 때마다 나를 유치하고 생각이 얕다고 말했던 것도 당연하다.

좋아, 뚱뚱보 왕! 나와 너는 원래부터 친구도 뭣도 아니었다. 앞으로는 두 번 다시 쓸데없는 참견은 하지 않겠다.

방 두 개가 내 담배 연기로 꽉 차 있었다. 그때 란샹이 환이를 데리고 들어와 외쳤다.

"연기에 죽고 싶어요? 창문도 열지 않고서!"

그녀가 창문을 열러 가는 것을 내가 막았다.

"난 이대로가 좋아."

그녀는 재떨이 있는 곳으로 가면서 얼굴만 돌려서 물었다.

"뚱뚱보 왕이 무슨 이야기를 하러 왔어요? 여간 기분 좋은 얼굴이 아니던걸요."

그녀는 뚱뚱보 왕의 일이라면 무엇이든지 알고 있다. 그가 피우다 남긴 담뱃재조차 구별해 낸다. 왕과 도대체 어떤 사이인가? 나는 그녀를 상대하지 않았다.

"그래, 그래. 뚱뚱보 왕이 쓴 것이 편집국장의 심사를 통과했대. 그 사람도 운이 트이게 됐어!"

그녀가 기뻐하는 꼴이라니! 마치 내 아내가 아닌 왕의 아내 같지 않은가. 나와 사귀기 시작하기 전에 사람들은 그녀를 '조반파 사령부의 공동 정부(情婦)'라고 부르고 있었다. 당시에는 믿을 수 없었다. 그러나 지금은 의심이 간다. 왕이 어째서 그토록 급하게 우리들 사이를 중매했던 것일까?

"환아, 왕 아저씨가 준 장난감 가지고 왔지?" 그녀가 딸에게 물었다.

환! 환은 나를 닮았는가? 나와 만나기 시작한 후 금방 그녀는 임신

했다. 그리고 그녀가 내게 그렇게 알린 다음 날 뚱뚱보 왕이 축하한다는 눈짓을 해 왔던 것이다. 흥, 함정이 아니었다고는 말할 수 없잖은가! 나는 얼마나 바보인가!

그러나 환이는 나를 닮았다. 사람들도 모두 그렇게 이야기한다. 윤곽도 이목구비도 닮았다. 그렇지만 그것이 무슨 증거가 되는가?

"당신, 무엇을 쓰고 있죠? 밥 가져 올 테니까 치워요."

무엇을 쓰고 있느냐고? 네 왕을 위해서 쓴 고발장이다! 스스로 찾아한 일이다. 고발인 이상은 왕의 건도 쓰지 않으면 안 된다.

왕이 우리들에게 '은혜'를 베풀었다고? 흥!

그는 내게 와서 말했다. 나와 란상의 관계가 드러났으니까 잘 처리하지 않으면 어쩌구 저쩌구, 하고 겁을 주었다. 나는 이혼 이야기를 꺼내는 수밖에 없었다. 그러나 쑨웨는 도무지 승낙하려 하지 않았다.

왕은 나를 위해서 법원에서 근무하고 있는 그의 '조반파 전우'를 찾아가 이혼 증명서를 두 통 입수해 왔다. 거기에 조반대의 도장을 찍었고 그것으로 수속은 끝났다. 나는 쑨웨를 속였다. 아이에게도 미안하다.

이 아이는 틀림없는 내 아이다. 그렇지 않다면 이렇게 따를 리가 없는 것이다.

"환아, 이리 와! 아빠가 안아 줄게."

내게는 쑨웨와의 사이에서 또 하나의 환이가 있다. 그 환이는 지금 어떻게 하고 있을까?

"흥, 사이가 좋기도 해라! 사진을 늘 몸에 지니고 다니며 몸도 마음도 꼭 붙어 있다 이 말이군." 란상이 갑자기 냉소하며 무언가를 집어던졌다. 작은 비닐 지갑이다. 그 속에 사진 한 장이 들어 있다. 쑨웨와 환이와 셋이 찍은 가족사진이다.

"내 서랍을 만졌군!" 나는 울컥했다.

"찾을 것이 있었다구요! 늘 서랍에 자물쇠를 채워 놓고서는 원고를 넣어 둔다더니만 이거였어!" 란샹은 울부짖었다. 쑨웨라면 이렇게는 하지 않는다.

이혼을 요청한 나의 편지를 받고 쑨웨는 이곳에 찾아왔다. 나는 그녀를 방에 가두고는 만나지 않았다. 그녀의 얼굴을 보기도 두려웠고 말을 듣기도 두려웠던 것이다. 그녀는 울지도 부르짖지도 않았으며 더구나 내 친구들을 찾아다니며 함부로 말을 늘어놓지도 않았었다. 그녀는 날마다 책상에 엎드려서 공책에 내 앞으로 보내는 글을 쓰고 그것을 서랍에 넣었다.

이것은 특별한 일기입니다. 전환, 제발 읽어 주세요. 소꿉친구로서, 환이의 아버지로서.

유수낙화(流水洛花)는 한때 흘러가는 것, 청매죽마(靑梅竹馬)는 정으로 맺은 것이려니.

한 번 실수, 천추의 한이 된다오!
전환, 부탁이야. 설령 나와 이혼하더라도 펑란샹과는 결혼하지 마. 당신들은 행복해질 수 없어. 부탁이야!

나는 어디까지나 란샹과는 관계가 없다고 딴전을 피웠다. 단지 두 사람의 사고방식이 맞지 않고, 성격이 일치되지 않으므로 이혼하고 싶은 것이라고 했다. 그녀는 처음에는 그 말을 믿고 오로지 내게 미안하다고 일기에 반성하는 말만 썼다. 그러나 어느 날 란샹과 내가 함께 찍은 사진을 보았다. 그리고 소름 끼쳤을 란샹의 편지도 보았다. 만일 그녀가 편지를 공개했더라면 내 체면은 엉망이 되었을 터였다. 하지만 그녀는 그것을 전부 내 눈앞에서 태워 버렸던 것이다! 란샹은 이 말을 듣고 그녀가 내 환심을 사기 위해서 그런 것이라고 말했다.

바로 그때였다. 그녀의 대학의 노동자 해방군 선전대가 와서 그녀를 연행해 갔다. 그녀의 반동 행위가 폭로되었다는 것이었다.

아아, 나는 그것을 기회로 삼았던 것이다! 그리고 바로 그때 뚱뚱보 왕이 내 뒤를 밀었던 것이다. 쑨웨, 미안하다!

환이가 손을 내밀어 비닐 지갑을 달라고 졸랐지만 나는 주지 않았다. 환이는 울음을 터뜨렸다. 아이에게 부모가 이런 일로 싸우는 것을 보여서는 안 된다. 나는 화를 누르고 입을 다물었다.

그러나 란샹은 그런 것쯤 아랑곳없이 아이를 빼앗았다.

"환아, 이리 와! 아빠는 쑨웨가 있는 곳으로 갈 테니까!"

환이는 천진하게 물었다.

"쑨웨라니?"

란샹은 입을 씰룩이며 대답했다.

"아빠의 좋은 사람이란다!"

나는 화가 치밀어 이를 갈면서 말했다.

"당신이 정말로 보내고 싶어한다면 가지! 당신만 후회하지 않는다면 말이야. 나는 절대로 후회 따위는 하지 않아. 설령 그녀에게 내쫓기는 한이 있더라도 상관없어."

이 말은 효과가 있었다. 란샹은 곧 눈물을 훔치고는 환이를 내 쪽으로 밀었다. 그리고는 방구석에 앉아서 소리를 죽여 울기 시작했다. 분별

없는 여자를 이런 식으로 욱박지르다니 너무 한심하고 야박한 짓이다. 나쁜 일은 모두 악녀 탓으로 돌리는 우리 조상의 전통을 나도 물려받은 것이다. 아니다, 란샹은 악녀라고까지 할 수는 없다. 적어도 악녀라고 단정할 증거는 없다. 그러나 나는 그녀에게 불만이다. 늘 쑨웨와 비교해서 그렇게 생각한다. 운이 나쁜 여자다. 무슨 인연으로 나 같은 자와 짝이 되었더란 말인가?

"자, 이제 그만 울어. 빨리 밥 먹고 환이를 재워야지."

나는 부드럽게 말했다.

란샹은 얌전하게 일어나서 식사 준비를 했다. 내게 술을 따랐다. 이런 여자는 다른 사람한테 시집갔더라면 깔고 뭉갤 수 있었을 텐데. 상대를 잘못 골랐던 것이다. 따라갈 대열을 잘못 골랐고, 노선을 잘못 골랐던 것이다, 하하하!

잔을 거듭하는 사이에 그녀는 다시 내 아내로, 나는 다시 그녀의 남편으로 되돌아갔다. 지금까지 늘 그랬었다. 그녀는 내 약점을 알고 있다. 그렇지만 술로 내게 쑨웨와 내 딸을 잊게 할 수는 없다. 그녀는 꿈을 꾸고 있는 것이다. 가엾은 꿈을!

이런 생활은 이제 진저리가 난다. 쑨웨에게 나의 고통을 호소하고 그녀의 용서를 받을 수만 있다면 얼마나 좋을까. 옛날처럼 그녀와 나란히 강가나 거리를 거닐며, 이상을 논하고 문학과 예술을 이야기하며, 신문에 실린 뉴스에 관하여 의견을 나누고 사랑과 증오를 이야기할 수 있다면 얼마나 좋을까! 그녀의 편지를 읽고 싶다. 아름다운 글씨, 풍부한 내용, 그리고 정감으로 가득 찬 편지를 읽고 싶다. 그 편지를 남김없이 태워 버리고 말았다. 태워 버리면 모든 것을 잊을 수 있으리라고 생각했다. 하지만 지금 나는 정신적으로 완전히 무력해지고 말았다. 직장에서는 '사무적인 말'만 하고 있고 집에서는 먹고 마시는 것 외에는 말하지 않게 되어 버렸다.

쑨웨가 나를 용서할 리가 없고, 용서해야 할 의무도 없다. 내가 한 짓은 너무나도 비열했었다.

나는 오늘은 도무지 잠잘 생각이 들지 않는다. 좀 더 앉아 있어야겠다. 이렇게 밤늦게 앉아 생각하는 것도 나쁘지는 않다. 생각한다는 것은 위로가 된다.

뚱뚱보 왕을 위한 투서는 이제 겨우 초안을 잡기 시작했을 뿐이다. 지금은 물론 찢어 버려도 좋다. 쓸데없는 참견을 할 필요는 없는 것이다. 이번에 인쇄한 편지지는 참으로 질이 좋다. 얇고, 매끈매끈하고, 튼튼하며, 게다가 투명하기까지 하다. 옛날에 쑨웨에게 편지를 썼을 때에도 이런 편지지를 사용했었다. 그녀는 그런 편지를 읽으면 글씨를 감상하고 있는 것 같다고 말했었지. 내 글씨는 아버지에게서 훈련받은 것이다.

나는 새 편지지를 한 장 찾아서 이렇게 썼다.

"쑨웨, 용서해 다오……."

누군가가 펜을 낚아챘다. 란샹이 어느샌가 뒤에 서 있었다. 뺨이 부들부들 떨리고 있다. 발악을 하고 싶지만 가엾게도 그런 용기가 없는 것이다.

"이 집을 어떻게 할 생각이에요? 나 역시 당신에게 미안한 점이 있다는 것은 인정해요. 하지만 결혼한 다음에는 그러지 않았어요. 당신과의 생활에 열심이었어요. 이 이상 나더러 어떻게 하라는 거예요?"

진심 어린 참회와 슬픔은 흔해 빠진 인간조차도 얼마간 빛나 보이게 하는 법이다. 란샹의 지금의 얼굴은 다빈치의 성모상처럼 세속적인 아름다움과 신성함을 겸비하고 있다. 사람의 심금을 울리는 얼굴이다. 나는 이제까지 그녀에게 이렇게 마음이 설레어 본 적이 없다. 물론 전에도 그런 적이 있었지만 그것은 본능적인 것이었다. 오늘 그녀는 내 이지를 감동시키고 있다. 조건 여하에 따라서는 란샹 역시 아름답고 고상하며 교양 있는, 쑨웨 같은 여자가 될 수 있을는지도 모른다. 물론 쑨웨와 똑같은 여자가 나를 유혹해서 쑨웨로부터 나를 뺏을 리는 없지만. 모든 것이 신의 섭리이다.

나는 란샹의 손을 잡아 옆에 앉혔다. 그녀와 대화를 하지 않으면 안 된다. 기만과 속임수로 지새는 나날은 어느 쪽에도 유익할 것이 없다.

나는 그녀에게 말했다.

"란샹, 나는 지금까지 당신을 진심으로 사랑한 일이 없어."

그녀는 입술을 비틀었다. 믿지 않는 것이다. 그녀는 방종과 진정한 애정을 구별할 줄 모른다. 그러나 그것을 어떻게 나무랄 수 있겠는가. 그녀는 중학교 1학년 때 중퇴했다. 그 이후로 특수한 사회 교육밖에 받지 못했다.

"나는 당신과 이혼은 하지 않아. 더구나 당신 모르게 다른 여자와 관계를 맺지는 않을 거야. 그런 짓은 일생에 한 번만으로도 넌더리가 나니까."

그녀의 얼굴이 빨갛게 되었다. 그 넌더리라는 것이 그녀와의 관계를 말하고 있다는 것은 아는 것이다. 완전히 바보는 아니다.

"운명이 우리들을 가깝게 만들었다면 앞으로도 가깝게 살아. 어차피 지금까지 나는 당신에게 마음을 바친 일은 없어. 새삼스럽게 당신이 그것을 요구해도 곤란해."

그녀의 어이없는 얼굴과 눈에는 불안과 공포와 분노가 서린다.

이상하게도 그것을 보고 나는 쑨웨를 위해서 울분을 푼 듯한 희미한 쾌감을 느꼈다. 이혼 증명서를 받아 들었을 때 쑨웨는 어떤 눈을 했었을까?

"나란히 날던 날개 부러져 비로소 알았네, 세상의 무상함을. 비로소 알았네, 상처를 핥는 아픔을!"

상처받은 인간의 상처받은 마음이다. 스스로 자기의 상처를 핥고 스스로 자기의 피를 닦는다. 그 눈은 어떤 슬픔과 분노를 담고 있었을까!

쾌감이 커지면서 그 쾌감은 복수의 기쁨으로 바뀌었다. 누구에게 복수하고 있는가? 펑란샹과 자오전환이다! 우리들은 스스로를 벌하고 있다. 쑨웨, 당신은 위로를 받아야 한다.

"앞으로는 세 개의 조항을 정해 놓으면 어떨까." 나는 무서울 정도로 냉혹하게 말했다.

"뭐라구요?" 그녀는 영문을 모른다.

"내 말은 이 가정을 유지해 가기 위해서 몇 가지를 서로 정해 두자는 이야기야." 나는 알기 쉽게 설명해 주었다.

"어떤 것을요?" 그녀는 긴장하고 있다.

"첫째, 우리들의 불화를 다른 사람에게 발설하지 말 것. 외부에 대해서는 우리 가정은 영원히 원만하고 행복한 거야."

"나 역시 일부러 사람들의 웃음거리가 되려 할 정도로 바보는 아니에요." 그녀는 깨끗이 받아들였다.

"둘째, 환이 앞에서 쑨웨 이야기를 하지 말 것. 아이에게 옛날 일을 알리지 않기 위해서야."

"누가 쑨웨 이야기 따위를 하고 싶겠어요! 그 여자 차라리 없었으면 좋았을 거라고 생각해요." 그녀의 얼굴에 미소가 떠올랐다.

"좋아. 그럼 세 번째야. 서로에게 충실하고 또 서로에게 간섭하지 말 것."

"그건 무슨 뜻이에요?" 그녀는 정말로 이해하지 못하는 것이다.

"행동으로는 서로 상대를 배반하지 않아. 단지 마음속으로 무슨 생각을 하건 간에 간섭하지 않는다는 뜻이야."

"당신이 아침부터 밤까지 쑨웨를 생각하더라도 간섭해서는 안 된다, 이 말이군요?" 그녀가 날카롭게 소리를 질렀다.

"나는, 당신이 쑨웨에게 편지 따위를 쓰는 것은 참을 수 없어요!"

나는 잠자코 있었다. 언젠가 쑨웨에게 편지로 용서를 빌지 않으면 안 된다. 그리고 환이에게도. 그 아이야말로 사랑의 결정인 것이다.

란샹이 갑자기 얼굴을 양손에 묻고 울기 시작했다. 나는 그녀를 의자에서 잡아 일으켰다.

"자, 잘 시간이야."

그녀는 내 어깨에 기댔다. 가엾은 여자.

쑨웨. 용서해 다오!

쑨웨

쉬, 당신이 그런 말을 꺼낼 줄은 상상도 못했어.

좋지 않은 일들은 한꺼번에 찾아온다.

쑨웨, 용서해 다오!

자오전환의 편지가 내 마음을 휘저어 흩트려 놓는다. 이런 날이 오리라는 것은 이미 알고 있었다. 그것이 지금 찾아온 것이다. 일단 아문 상처에서 다시 피가 흘러나오는 것은 그 상처를 찢는 자가 있기 때문이다.

한이는 학교의 가든파티에 참가하기 위해서 물건을 챙기느라 정신이 없다. 저 아이의 행동은 사람을 아슬아슬하게 만드는 데가 있다.

"엄마, 오늘 허 아저씨가 오면 다음 주 일요일에 놀러 오라고 말해 줘." 나갈 때 아이는 말했다.

"어떤 허 아저씨?"

"허징푸 아저씨 말야!"

지난번에 허징푸가 온 다음부터 '허 아저씨' 이야기뿐이다. 그 허징푸에게 나는 어젯밤 총지부 사무실에서 붙들려 자오전환과 이혼한 전

말을 세세히 질문당했다. 마지막에 그는 "이혼을 받아들여서는 안 되었어. 한이를 생각했다면." 하고 말했다. 설마 그가 그런 말을 하리라고는! 나는 자존심 때문에 자오전환의 행위를 속속들이 다 말할 수는 없었다. 하지만 그까지 그런 식으로 나무라지 않아도 좋으련만! 그래, 받아들여서는 안 되었다. 하지만 그것을 받아들이지 않을 수 없었다!

"용서해 다오!"라고? 어쩌면 그렇게 쉽게 말할 수 있어, 자오전환! 내가 한창 두 번째 공격을 받고 있을 때 당신은 기를 쓰고 이혼을 재촉해 왔어. "남편조차 쑨웨와 관계를 청산하기 위해서 이혼장을 보내왔다!" 대학이 온통 그 이야기로 소문이 자자했지. '이혼'이 공산당원 쑨웨의 이야기라니, 익살 이외의 아무것도 아니다. 하지만 그것은 사실이었다. 당신은 내게 '이혼'을 강요했을 뿐만 아니라 내 인격까지 모욕했다! "뭐가 소꿉친구야. 그런 그럴 듯한 말을 늘어놓아 스스로를 속이고 다른 사람을 무색하게 하는 짓은 그만둬!", "시류의 첩! 나는 이런 모욕을 견딜 수 없어. 내겐 다른 사람의 첩 따위는 필요 없어!", "당신은 나를 속이고 있었어. 이제까지 나를 사랑한 일 따위는 없었던 거야!", "왜 체면 불구하고 내게 매달리는 거지? 죽어도 당신 따위는 싫어!" 날마다 한 통씩 이런 편지를 당신은 보내왔어! 매일 밖에서 지독한 공격을 받고 집으로 돌아오면 나를 기다리고 있는 것은 한이와 당신의 그런 편지였어.

"엄마, 아빠한테서 온 편지야!"

한이는 항상 매우 기뻐하며 편지를 가져왔다. 그러나 아이 앞에서 도저히 읽을 수가 없었다. 아이는 이렇게 말할 것이 분명하니까. "아빠가 내 얘기 물었어? 날 보고 싶다고 썼어? 편지로 아빠를 불러, 엄마."

나는 아이가 잠든 다음에야 봉투를 뜯고 한 자 한 자 이빨을 세우고 덤벼드는 것 같은 글을 읽었다. 읽고 나서는 아이에게 들려줄 거짓말을 생각하지 않으면 안 되었다.

"시간을 주세요. 남편과 이야기를 할 수 있게 보내 주세요!"

나는 노동자 해방군 선전대에 부탁했다.

"개인의 문제로 투쟁의 기본 방향을 왜곡하지 마시오!"

이것이 되돌아온 대답이었다.

나는 몇몇 친구들을 찾아서 상담했다. 그러자 느닷없이 대자보가 붙었다. "쑨웨, 또다시 반혁명을 책동!"

내게 동정적인 동료가 은근히 나의 실정을 물어와서 내가 이야기를 하면 또다시 새로운 죄명이 덧붙여졌다. "여론을 날조하고 대중의 눈을 속여서 동정을 사려는 자"라고. '이혼장'을 받았을 때 나는 혼자서 남몰래 울었다!

용서? 하지만 내 기억은 도대체 누가 지워 주지?

허징푸는 말했다.

"자기의 괴로움을 아이에게 지워서는 안 돼. 그 아이가 고독을 느끼고 있다는 걸 당신은 알고 있어?"

나는 엄마가 아니란 말인가? 내가 내 자식을 사랑하지 않는단 말인가? 당신처럼 혼자 사는 사람이 무엇을 안단 말인가!

그 날, 대학의 노동자 해방군 선전대가 이혼 증명서를 건네주었다. 위로의 말 한마디는커녕 귀찮다는 태도였다. 나는 눈길도 주지 않고 서류를 가방에 넣었다. 보육원으로 아이를 데리러 가서 아이의 얼굴을 보자마자 눈물이 쏟아지기 시작했다. 아이도 울기 시작했다.

"누가 엄마를 괴롭혔어? 아빠가 보고 싶어?"

집에 도착할 때까지 아이는 묻고 또 물었다. 고개를 저으며 눈물을 흘릴 뿐 나는 아무 대답도 할 수 없었다. 법률은 여자와 아동의 권리를 부르짖고 있지만 우리들의 이혼 증명서에는, 아이는 엄마가 양육하고 아버지는 양육의 책임을 지지 않는다는 판결이 기록되어 있었다. 그 이후 딸은 나만의 것이 되었다. 그러나 이런 환경에서 아이를 어떻게 길러야 한단 말인가? 이런 모욕과 타격에는 도저히 견딜 수 없다! 나는 아이를 일찍 잠자리에 들게 하고 혼자서 불빛 아래 앉아 생각했다. 이 세상을 떠날 수만 있다면, 하고 나는 주변의 모든 것을 정리하고 사진을 찢어 버린 다음에 마지막으로 아이 옆에 앉았다. 무엇인가를 느낀 아이는 아직 자지 않고 있으면서 계속 재촉을 했다.

"엄마도 자. 나 무서워!"

"환아! 귀여운 환아! 만일 엄마가 없어진다면 어떻게 할래?" 나는 아이를 껴안고 미친 듯이 입을 맞추면서 울었다.

아이는 작은 손을 펴서 내 눈물을 닦으면서 위로하듯이 말했다. "엄마, 출장 가? 난 걱정 마. 마을 사람들이 보살펴 줄 텐데 뭐."

마을 사람들.

언젠가 〈백모녀〉(항전 시기를 배경으로 하는 민족 가극의 하나)를 보고 외운 말이다. 그 말을 이런 때 사용하다니. 얼마나 머리가 좋은 아이인가. 얼마나 귀엽고, 얼마나 가엾은 아이인가! 나는 딸을 안아 올려 가슴에 껴안고 밤새 소리 높여 울었다.

딸을 위해 오늘까지 애써 살아왔다. 그런데, 괴로움을 아이에게 지우지 말라니. 나는 고통이란 고통은 모두 삼켜 버려서 한 점의 흔적도 남기고 있지 않아! 하지만 고통이란 것은 그리 간단하게 삼켜지는 것이 아니다. 괴로워 숨이 막히거나 막막한 기분일 때는 어쩔 수 없이 얼굴에 고통이 나타나게 되는 법이다. 그것이 아이에게 영향을 주어서……. 하지만 내가 그 때문에 얼마나 눈물을 흘렸고 얼마나 자신을 꾸짖었는지 당신이 알아? 그런데 당신마저 그걸 나무라다니! 어차피 우리들은 서로 이해하지 못하는 사람들. 당신은 언제나 인생이 내게는 온화하고 자기에게만 유독 가혹하다고 생각하고 있어…….

소음이 너무 심하다. 대학 숙소는 시가지에서 상당히 떨어져 있는데도 이렇게 시끄럽다. 도로 쪽의 창은 닫을 수도 없고 열 수도 없다. 닫으면 우울하고 추우며, 열면 소음 때문에 신경이 갈가리 찢어질 것 같다. 아무래도 밖으로 나가야겠다. 한이는 점심 먹으러 집으로 오지는 않을 것이고 나 혼자 멍하니 집에 있으면 뭘 하나. 점심은 어디서든 해결하면 된다.

보기 드문 날씨다. 붉은 복숭아 꽃과 연녹색 버들로 캠퍼스에는 봄이 넘치고 있다. 지금 한창 피어나고 있는 저 꽃들처럼, 흐드러지게 피어 있는 꽃 속을 걸어가는 저 남녀 학생들처럼 우리들에게도 젊은 시절이 있었다. 꽃은 피었다가 진다, 일 년에 한 번. 사람은 청춘을 맞고 그러고는 늙어 간다, 일생에 한 번.

이곳은 캠퍼스 중에서도 가장 인적이 드문 곳이다. 키 작은 관목들이 무성하게 퍼져 있다. 사랑을 나누는 장소이다. 이곳에서 나는 허징푸에게……. 그땐 어떤 기분이었던가?

처음 만났을 때부터 나는 그에게 끌렸다. 자오전환 같은 미남은 아니었지만 그 사람의 눈은 자오전환의 미모까지도 퇴색하게 만들어 버릴 정도로 무엇을 담고 있었다. 그 눈은 아무리 아둔한 학생에게도 '정기'라는 말의 의미를 정확하게 알게 해 주는 것이리라. 다름 아닌 그 눈이 나를 끝없이 쫓아왔다. 두 개의 불 구슬같이. 두 개의 횃불같이. 나는 그 눈으로부터 도망갈 방법을 알 수 없었다. 마음속으로 그를 자오전환과 비교하는 일이 점점 많아졌다. 자오전환은 나를 사랑하고 있었다.

그 열정에는 다소 과장이 있었고 때때로 우리가 연애 중임을 내게 강조를 하곤 했었다. 한편 그 사람은 자연스럽고 조용히, 그리고 조금씩 나를 자신과 연결시켜 갔다. 자료실에서 그는 "이거 읽어 봐. 아주 좋아!" 하면서 책을 건네주었다. 과연 나는 그 책에 이끌렸다. 그리고 감동한 나머지 눈물을 흘리고 있을 때 그 사람의 시선은 내게 쏟아지고 있었다. 그는 내 눈물의 의미를 알지 못하는 것이다. 그가 읽은 책은 나도 모두 읽었다. 내가 읽은 것은 그도 남김없이 다 읽었다. 아무런 약속도 없이, 모든 것은 말 없는 가운데 모르는 사이에 조금씩 조금씩 진행되었다. 나는 두 사람이 이미 친구라는 사실조차 인정하고 있지 않았다.

그러나 그 〈네 채찍을 버려라〉를 공연할 때였다. 나는 아무것도 아닌 것처럼 보였던 땅 밑에 타오르는 불꽃이 흐르고 있음을 발견하고서야 지금 무엇이 일어나고 있는가를 문득 의식했다. 나 자신을 잃지 않기 위해 내가 얼마나 노력했던가. 나는 무서워졌다. 그래서 그로부터 멀어져 갔다.

그에게는 나를 끌어당기는 무서운 힘이 있었다. 나는 소꿉친구인 애인을 버리고 말 것 같았다. 그것은 나 자신의 맹세를 저버리는 것이며 고향에도 얼굴을 들고 갈 수 없게 되는 것을 의미한다. 그래서 나는 자오전환과의 연애를 공개적으로 하기로 했다. 그의 눈앞에서 자오전환의 팔을 잡아 보이기도 했다. 나는 자오전환의 뛰어난 미모와 각별한 상냥함으로 나 자신을 위로하고 용기를 북돋았다. 그리하여 겨우 그의 유혹을 물리쳤다.

그러나 그의 일기가 폭로되었다. 도대체 누가 그런 계급 투쟁 방법을 조직해 낸 것일까? 다른 사람의 비밀을 들춰내고 마음속에 감추어 둔 감정을 파헤쳐 사람을 죽음의 땅으로 몰아내었다. 나는 그 점을 알고 있었기 때문에 '문화대혁명'이 시작됨과 동시에 일기를 모두 태워 버렸다. 생각만 해도 가슴이 아프다! 하지만 나의 일기 따위는 허징푸의 그것과 비교하면 아무것도 아니다. 나를 그토록이나 사랑해 준 사람은 없었다. 그때는 얼마나 그 일기를 한 자 한 자 옮겨 적어 두고 싶었던가!

그날부터 나는 매일 밤 자오전환을 피해서 이 관목 숲속에서 그를 기다렸다. 그와 약속이 있었던 것은 아니지만 여기서 만날 수 있을 것이라고 믿었던 것이다. 나는 그 사람에게 이렇게 말하고 싶었다. 다른 사람들에게 조소당해도 좋다, 모욕을 당해도 상관없다, 나는 당신의 마음을 받아들이겠다, 당신도 내 마음을 받아들여다오라고. 어느 날 나는 그와 만났다. 그가 내 정면에 섰고, 두 개의 밝은 불이 내 마음에 똑바로 비쳐졌다. 나는 나도 모르게……. 그때였다.

"배반이다! 이중의 배반이다! 애인을 배반하고 당을 배반했다." 누군가가 나를 향해서 외치는 소리가 들리는 것 같았다. 나는 깜짝 놀라서 도망쳤다.

'당에 마음을 바치자.'는 운동이 시작되던 때(1958년 봄) 나는 그 모든 것을 고백했다. 공청단 조직은 열렬하고 따뜻하게 손을 뻗어 주었고 '계급 투쟁 속에서 교훈을 얻었다.'며 칭찬해 주었다.

20여 년이나 되었는데도 이 관목은 왜 아무런 변화도 없는 것일까. 키가 작고 무성하기는 옛날과 조금도 다름이 없다. 그에 비해서 나의 기억은 얼마나 퇴색하고 낡아 버렸는가. 나는 그를 잊으려고 노력했다. 그는 '우파', 나는 '좌파', 그런 두 사람이 어떻게 서로 사랑할 수 있겠는가. 그러나 내가 과연 그를 잊었던 것일까. 나 자신도 알 수가 없다. 마치 무서운 것을 병 속에 가둔 다음에 두려워서 두 번 다시 뚜껑을 열지 못하는 것처럼 나는 스스로의 영혼을 확인할 수 없었던 것이다…….

그 전말을 전부 그가 알 수 있을 것인가? 그걸 안다면 그는 어떤 눈으로 나를 바라볼 것인가?

용서해 다오? 자오전환, 참으로 가벼운 사람이다! 당신의 유치하고 천박한 사랑을 지키기 위해서 나는 얼마나 큰 대가, 얼마나 아픈 희생을 치렀던가! 눈앞의 행복 때문에 눈을 감고 마음을 닫았다. 당신에게 충실하기 위해서 나는 나 자신의 마음을 배반했다. 나는 나의 모든 것을 당신에게 바쳤다. 후회로 점철된 마음이지만 당신에게 충실할 수 있다는 것에서 위로를 찾을 수가 있었다. 하지만 나의 충실에 대한 당신의 보답은 나를 버리는 것이었다.

용서? 내게는 이미 사람을 용서할 힘도 없어. 나는 그 사람, 허징푸에게 용서를 빌고 싶을 뿐이다. 아니, 그것도 원하지 않아. 그저 모든 것을 잊고 싶을 뿐이다.

"쑨웨, 당신은 지금도 내 기억 속의 그 쑨웨였으면 좋겠어! 왜 당신이 그렇게 무거운 짐을 지지 않으면 안 되는 거지. 먼 길을 갈 때는 가벼운 짐도 어깨를 파고들지. 갈 길은 멀고 당신의 짐은 너무 무거워."

허징푸! 당신 기억 속의 쑨웨는 당신의 애정이 만들어 낸 쑨웨야. 원래부터 존재하지 않았어. 지금의 나에게도 '과거'는 있었지만 그 '과거'는 이미 죽어 버렸지. 죽은 것은 두 번 다시 되살아나지 않는 법이야. 내가 어떻게 하면 옛날의 그녀로 되돌아갈 수 있다는 거지? 그 무렵의 그녀에게는 흔들리지 않는 신념과 열렬한 탐구심, 아름다운 동경과 뜨거운 정열이 있었어. 그녀는 시류를 당의 화신, 도덕의 모범으로 보고 있었지. 마음을 바치면 마음이 되돌아온다고 믿고 있었어. 그녀는 전심전력을 다해서 하나의 조각상을 우러러보고 있었어. 우상이었지. 그녀의 조각상은 언제나 따뜻한 봄볕처럼 그녀를 비춰 줄 것 같았어. 그런데 갑자기 미친 듯 폭풍우가 몰아쳐서 모든 것을 날려 버리고 뒤집어엎고 휘저어 버렸어. 그녀가 그 눈으로 본 것, 마음으로 동경하고 있던 것, 모든 것이 본래의 모습을 잃어버렸지. 그녀에게 의심이 깃들었어. 자기를 감싸고 있었던 아름다운 무지개나 꽃들은 모두 비눗방울처럼 덧없는 것이었어. 그녀는 의지할 곳을 잃어버렸지. 징푸, 당신은 그녀가 우는 소리를 들은 일이 있는가? 경건한 수녀가, 신이란 자기가 만들어 낸 것이었음을 깨달았을 때 그녀는 과연 미치지 않을 수 있을까?

나는 지금도 미칠 것 같다. 깊은 밤 모든 사람들이 잠자리에 들고 나면 나는 이불을 뒤집어쓰고 소리 없이 오열한다.

얼마나 아름다운 하늘인가. 바람이 멎고 비가 그친 지도 이미 오래다. 그러나 모든 것이 원래의 모습을 되찾는 것은 언제쯤일까. 겉모습만을 되찾는 것이 아니라 뼈대를 바로잡고 피부를 정비하며 새로운 피로 바꾸지 않으면 안 된다. 그러나 내 머리는 벌써 하얗다.

징푸, 당신은 당신의 애정이 만들어 낸 환상의 쑨웨를 사랑하도록 해. 나는 그것을 깨뜨리고 싶지는 않으니까.

"선생님!"

숲 저쪽에서 갑자기 한 쌍의 젊은이가 뛰어나와서 나를 놀라게 했다. 내가 설마 혼잣말을 입 밖에 내지는 않았겠지?

그들은 유쾌한 연인 사이로서 언제나 무언가 고민거리를 호소해 오곤 했다. 여학생은 내 앞에서 몇 번이나 울상을 지었던가. 하지만 그때마다 내가 남학생을 야단칠 겨를도 주지 않고 두 사람은 손을 잡고 수풀 속으로 사라져 가곤 했다. 사소한 고통은 연애의 양념이다. 젊은이에게 어울리는 맛이다. 여학생의 눈물에는 나도 그렇게 진지하게 대하지 않기로 하고 있다.

"어머, 놀러 나가지 않았어?"

"전 오후에 노래 연습이 있어요. 학교의 합창 대회에 나가거든요. 그래서 이 사람은 같이 놀 사람이 없어요." 여학생이 대답했다.

같이 놀 사람이 없다고? 자신만만한 아가씨로군.

"그래, 젊은이들은 혁명가를 자주 불러서 정신을 북돋워야지."

웃는 얼굴로 말했지만 나도 모르게 얼굴이 화끈거렸다. 나를 '보수파'라고 말할 리도 없는데 나는 '혁명'이라는 두 글자를 노래에 갖다 붙였다. 좋은 노래가 모두 '혁명'적이지는 않다는 것쯤 너무나 잘 알고 있으면서도 이것은 나의 습관인 것이다.

"선생님은 학생 시절에 문화 활동에 적극적이셨다더군요. 오후에 저희들과 같이 노래하러 오지 않으시겠어요?"

역시 여학생 쪽에서 말했다. 이 두 사람은 마치 옛날의 나와 자오전환 같다. 말을 하는 것은 항상 나였지만 진짜 '권력자'는 '그'였던 것이다.

"좋아! 갈게!" 나는 나 스스로도 놀랄 정도로 유쾌하게 대답했다.

남학생이 여학생에게 눈짓을 했다. 그러자 여학생이 "그럼." 하고 말했고 두 사람은 어깨를 나란히 하고 사라졌다.

이제 더 이상 이 관목 숲속에서 어슬렁거릴 수 없다. 저런 쌍쌍들을 얼마나 더 만나게 될지 모를 일이다!

나는 캠퍼스의 작은 시내를 따라 걸었다. 정말로 그들과 함께 노래를 해야 하나? 학부의 총지부 서기가 빈말로 끝낼 수는 없는 일이다. 십수 년 동안 '어록'의 노래 몇 곡 이외에는 한 번도 노래를 한 일이 없다. 마음껏 노래 불러서 발산한다는 것. 그것은 일종의 행복이지만 내게는 그런 여유가 없었다. 옛날에 불렀던 노래를 다시 부를 수 있을까? 생각해 내 보자. "해방구의 하늘, 밝은 하늘. 해방구의 인민은 모두 다

즐겁다." 앙가춤(민간 무용의 하나)을 추면서 불렀던 노래이다. 허리에 맨 빨간 비단이 너무 짧아서 춤추기가 힘들어 선생님 앞에서 눈물을 흘렸었지. 이젠 1절밖에 생각이 나지 않는다.

"암탉이 운다, 소리 높여. 빨간 햇님이 떠올랐다. 혈기 왕성한 젊은이여 늦잠을 자서는 안 된다." 이것은 〈오누이 개간〉에서 오빠가 부르는 노래이다. 광장에서 확성기 없이 노래했었지. 노랫소리를 크게 하기 위해서 선생님은 '오누이'를 네 쌍이나 만들어서 함께 〈오누이 개간〉을 부르게 했다. 남자가 적었기 때문에 내가 남자 같다면서 '오빠'를 시켰다. 머리에 수건을 동일 때면 항상 자오전환이 도와주었다. 그도 '오빠'였었다.

"신록이 푸르른 9월 18일, 일본군이 쳐들어 왔다……."

〈네 채찍을 버려라〉의 노래이다. 그것은 허징푸와 함께 한 공연이었다. 그의 큰 고함은 맨 뒷줄에까지 들릴 정도였다. 갑자기 천둥소리가 울리는 것 같아서 나는 심장이 멎는 줄 알았다. 그것도 모두 지나간 일이다. 그러나 이 노래만은 아직도 끝 구절까지 부를 수 있다……

"뭐가 그렇게 즐거워? 걸으면서 노래를 다 부르고."

나는 깜짝 놀랐다. 정말 큰 일이다. 이 혼잣말 버릇! 쉬헝중이 야채 바구니를 들고 뒤에 서 있었다. 쭉 따라왔던 것이리라.

"일요일에도 밥을 해 먹어?" 나는 겸연쩍음을 감추려고 말했다.

"아이가 있으니까 할 수 없지. 나는 아버지 겸 엄마, 진정한 '가정주부'야." 그는 쓸쓸히 웃으며 말했다.

나는 측은한 생각이 들었다.

"한이는?"

"학교 행사에 갔어."

"어디 가던 중이야?"

"그냥 돌아다니고 있을 뿐이야."

"쿤의 옷을 만들었는데 재단이 잘못되었나 봐. 솔기가 도무지 맞지를 않아." 그는 내게 부탁하고 싶은 것이다. 나를 똑바로 보지 못하고 있다.

"가, 쉬. 도와줄게." 그는 빙긋 웃으면서 고개를 끄덕였다. 나는 그와 나란히 걸었다.

인간이란 얼마나 이상한가! 몇 년 전이라면 우리들이 어깨를 나란히 하고 걷는다는 것은 아무도 상상하지 못했을 것이다. 나는 그의 얼굴을 보는 것만으로도 진저리가 났다. 쉬헝중은 원래 '보해파'였는데 '1월의 폭풍' 전날 밤 갑자기 조반파에 가담했다. 일말의 우정 때문이었던지 조반하기 전에 그는 아내를 통해서 알려 왔다. 그리고 나에게 조반파에 가담하도록 권고했다. 나는 딱 잘라 거절했고 그의 기회주의를 경멸했다. 이후 왕래는 두절되었다. 그의 조반에 대해서는 아무리 생각해도 이해할 수 없다. 그는 시류의 손에 들려진 하나의 깃발, 반우파의 영웅이었다. '백가쟁명' 때에 그는 시류가 공격을 받았기 때문에 불안해서 먹지도 자지도 못했었다고 한다. 당시의 신문은 그의 행적을 특집으로 다루기도 했다. 게다가 그는 언제나 조심성 있게 당 조직의 지시를 따랐을 뿐 솔선해서 의견을 발표한다거나 깃발을 드는 사람은 아니었다. 그런데 어째서 '보수파'의 세력이 아직 대단할 때에 소수파에 가담했던 것일까.

"쉬." 나는 말을 걸고는 우선 웃는 얼굴을 했다. "몇 년 전부터 계속 물어보고 싶었던 것이 있어." 그는 나를 보며 질문을 기다리고 있다.

"당신 같이 신중한 사람이 왜 조반했나 모르겠어."

그의 얼굴이 빨갛게 되었다. 그는 이목구비가 뚜렷하고 학자로서의 풍격도 상당히 갖추고 있다. 학생 때는 여학생들에게 인기가 있었지만 나는 그에게 붙어 있는 일종의 '냄새'가 싫었다. 비열함은 아니고 빈약함과도 다른, 뭐라고 말하기 어려운 '냄새'이다. 비유해서 말한다면 그의 마음은 마치 기름종이로 싸여 있는 것 같았다. 잘 보이지 않는데다가 어느 누구도, 그를 다른 색으로 물들일 수가 없다. "마음이 서로 통한다."는 것은, 그의 경우 영원히 말뿐이고 개념뿐인 것이다. 오늘은 사실을 말해 줄 것인가?

"그 문제라면 몇 번이나 자문해 보았는지 몰라. 답은 이래, 절반은 이기주의, 절반은 어리석음 때문이지."

처음부터 예상 외의 고백이다. 생활이란 것은 참으로 사람을 교육시키는 힘이 있다.

"반우파 때 내가 허징푸에 이어서 대자보를 붙였던 것, 기억해?" 나는 고개를 끄덕였다. "당신이 알고 있는 것은 반쪽 면뿐이야."

설마 영웅적 인물이 위조를 할 수 있다니, 그것도 '오해의 방법'으로.

1957년, 백가쟁명이 시작되었을 때 쉬헝중은 모든 사람들과 마찬가지로 진심으로 당의 노력에 협력하려고 생각했다. 그는 허징푸의 대자보에 서명했다. 작고, 흘려 써서, 알아보기 힘든 글씨였지만. 어느 날 밤 그는 시류와 대학 당위원회의 지도자 몇 명이 대자보 앞에서 열심히 손가락질을 하고 있는 것을 보고 옆에 숨어서 귀를 세우고 눈을 빛냈다. 그는 셰의 앞길이 신경 쓰여 출국이 가능하기를 바라는 한편 시류가 허징푸에게 보복하는 것이나 아닐까 두려워하고 있었다. 시류는 대자보를 보면서 끊임없이 "흥." 하며 콧방귀를 뀌었다. 분노로 말미암아얼굴 모습이 완전히 달라져 있었다.

"중앙의 통지가 도착한 이상, 이 녀석들 이제 멋대로 굴게 안 둘 거야." 시류는 좌우 사람들에게 이렇게 말했다.

쉬형중은 겁이 났다. 시류 일행이 가 버리자 그는 대자보로 가까이 가서 자기의 서명을 지웠다. 그것은 거의 눈에 띄지 않았지만 역시 만 년필로 지우기로 했다. 잘못해서 잉크가 튄 것처럼 보이도록, 서명의 흔 적이 전혀 남지 않도록 재주를 부렸다. 그 일이 끝나고 대자보에서 물 러서려고 하는 그 순간, 누군가가 다가왔다. 카메라를 들고 있었다. 학 내 잡지의 편집장이었다. 편집장은 그에게 물었다.

"어느 학부지? 이런 데서 무엇을 하고 있나?" 그는 임기응변으로 대 답했다.

"가슴이 답답해 잠이 오지 않아서요."

그러자 편집장은 적극적으로 나왔다.

"이 대자보 때문인가? 자네는 이것을 어떻게 생각하지?"

그는 역시 그 자리만 모면하기 위해서 말했다.

"저는 진짜 정황을 잘 모릅니다."

"시류 동지는, 우리 공산당은 인간의 감정은 문제로 삼지 말고 계급 투쟁만을 중요시한다는 말 따위는 한 번도 말한 적이 없어. 시류 동지 는 이렇게 말했지. '우리들은 인간에게 감정이 있다는 것을 인정한다. 단, 인간의 감정은 계급성을 갖는 것이다.' 라고. 어떤가, 허징푸는 중상과 거짓으로 당의 지도에 대해 악랄한 공격을 가하고 있는 자가 아닌가?"

"두 말의 차이가 나로서는 잘 이해되지 않았어. 하지만 '당의 지도에 대해 악랄한 공격을 가하고 있는 자'라는 말을 듣자마자 나는 전신에서 식은땀이 나와 편집장의 말에 고개를 끄덕이고 말았던 거야."

그런 이야기를 하는 쉬형중은 여전히 미남이다. 그러나 감출 길 없는 자조가 그를 약하고 늙은 느낌으로 보이게 하고 만다.

다음 날 쉬형중은 시류의 방문을 받았다.

"자네는 허징푸의 대자보에 불만이라고 하더군. 흥분이 되어서 밤에도 잠이 오지 않는다구?" 이것이 시류가 꺼낸 말의 서두였다. 쉬헝중은 머리를 위아래로도 옆으로도 흔들지 않은 채 말했다. "요즘 쭉 잠이 오질 않습니다."

"자네의 출신 계급은?"

"빈농입니다."

쉬헝중은 3대를 거슬러 올라갈 만큼의 용기는 없었다. 조부는 지주, 아버지는 방탕한 자식으로서 '빈농'은 아버지의 유곽 놀음의 결과였다. 어쨌든 가난했던 것만은 사실이다. 어린 시절 바지도 입을 수가 없었기 때문에 마을 사람들은 그를 '맨궁둥이'라고 불렀었다. 그의 기품 있는 언행과는 어울리지 않는 것이었지만 그 별명은 대학생인 우리에게까지 답습되었다.

"좋아. 자네의 계급 감정은 대단히 귀중한 것이다. 허징푸가 들고 나온 부르주아 계급의 인간성론, 휴머니즘과 선명한 대조를 이루고 있어. 우리나라의 청년, 학생 대부분은 양호하거나 비교적 양호하지만 자네는 양호한 쪽의 전형이야. 적극적으로 운동에 몸을 던지고 용감히 일어나서 우파의 반동적 오류에 반론해 주게나. 우리는 자네 뒤를 밀겠네." 시류의 태도는 진지하면서도 친근감이 깃든 것이었다.

"그때의 기분은 복잡하기 그지없었지. 나는 허징푸에게 눈곱만큼의 반감도 갖고 있지 않았고 그의 대자보에서 반당 분위기를 발견한 것도 아니었어. 하지만 시류가 전해 온 것은 중앙의 통지였어. 나는 연루되는 것이 두려웠어."

"그래서 그 대자보를 썼던 거군?"

"학내 잡지의 편집장이 쓰고 내가 베낀 거야."

언젠가 만화영화 촬영소를 견학했을 때 손가락 크기의 별 차이가 없는 인형을 보고 나는 이렇게 외쳤었다. "이렇게 보잘것없을 줄이야!" 인형을 조종하는 사람이, 섰다 앉았다 하며 혼자서 인형을 몇 개씩이나 조종했다. 이쪽에서 한 사람이 인형의 목을 떨어뜨리는가 싶으면 다른 쪽에서는 인형의 팔을 올린다. 웃고, 울고, 서로 껴안고, 천군만마, 영웅과 악한, 한없이 맑게 갠 하늘, 자욱한 연기. 모든 것은 인형을 조종하는 사람의 손놀림에 달려 있는 것이다.

만일 어린이들이 인형극 영화의 제작 과정을 보게 된다면 여전히 스크린의 영웅을 찬양하고 악한에게 권총을 쏘아 댈 것인가? 그럴 것이라고 생각한다. 예술의 세계는 현실과는 다르니까.

"어떻게 생각해?" 쉬헝중은 이야기를 끝내고는 내게 감상을 물었다. 느긋하지만 한편으로는 긴장하고 있는 느낌이다.

"나는 지금까지 모든 정치 투쟁에 오로지 진지하게만 대해 왔었지. 감히 생각지도 못했어……." 나는 자신의 의견을 조리 있게 말하기가 어려웠다.

하지만 쉬헝중에게는 통했다.

"그래, 나 역시 생각지도 못했어……. 입당하고, 교사로 대학에 남고, 신문에까지 소개되어 유명해지리라고는 생각지도 못했던 행운이었지. 그 이후 나는 깨달았어. 정치 투쟁에서의 옳고 그름은 기회 여하에 달려 있을 뿐이며 그 사람의 성실성 여부와는 관계가 없다는 것을."

"그럼, 조반도 기회로 보았던 거야?" 그렇게 묻고 나서 나는 파리를 삼킨 것 같은 느낌이 들었다. 쉬헝중 때문이 아니라 그것과 더불어 몇 가지가 연상되었기 때문이었다.

"그건 어떤 고급 간부의 자제인 동급생으로부터 류사오치는 도저히 배겨 내지 못할 것이라는 말을 들었기 때문이야……."

그렇게 대답하는 그의 얼굴에 자괴와 고뇌의 빛이 번졌다.

나는 더 이상 아무것도 묻지 않았다. 그도 말이 없어졌다. 이 이상 무엇을 더 물어볼 수 있으며 무엇을 더 이야기할 수 있을까? 서로가 이미 알고 있는 것이다. 인간이 어깨 위에 올려놓고 있는 것은 반드시 자기의 머리라고는 할 수 없다. 그러나 모든 사람은 자기는 주체적인 사고를 하는 인간으로서 무슨 일에 있어서나 '왜?'라는 질문을 던져 왔노라고 말한다. 희극적으로 비극을 연기하고, 비극적으로 희극을 연기하고 있다. 도대체 누가 누구를 저주하고 누구를 동정해야 한다는 말인가?

나는 길에서 돌멩이 몇 개를 주워서 강으로 던졌다. 강 위를 미끄러지듯 물수제비를 뜨려고 했지만 모두 다 꾸르륵 가라앉고 말았다.

"가볍게 던지지 않으면 안 돼. 수면에서 튀어 오르듯이 말이지."

쉬헝중이 말했다.

"흉내 못 내겠는걸." 내가 그렇게 말하자 그의 얼굴이 다시 빨갛게 되었다.

쉬쿤이 나를 보고 달려왔다. "쑨웨 엄마!" 이 아이는 이목구비는 단정한데 말라서 휘청휘청한데다가 표정이 어둡고 항상 무엇인가를 두려워하고 있다. 누구에게나, 나를 귀여워해 줘! 나를 괴롭히지 마! 나는 가엾은 아이야! 하고 호소하고 있는 것 같다.

나는 쉬헝중을 대신해서 그 잘못 재단된 옷을 고치기 시작했다. 재봉틀이 들들들들 울리기 시작하자 쉬쿤이 옆에 와 서서 머뭇거렸다. 벨트를 만지고 싶으면서도 만지지 못하는 것이다.

쉬헝중은 점심 반찬을 만드느라 바쁘다. 부엌에서 끊임없이 목소리가 들려온다. "쿤, 장난치지 마! 쑨 엄마를 귀찮게 하면 안 돼!"

라디오가 켜져 있다. '라즈의 노래'가 흘러나오고 있었다. 허징푸가 생각난다. 그때 쉬헝중이 야채를 씻다가 가까이 다가왔다. "어떻게, 될 것 같아?" 목소리가 평소와는 다르다. 나는 고개를 끄덕였다. 대답은 하고 싶지 않았다.

"운명이 나를 데려간다, 먼 곳으로 먼 곳으로. 아아……."

라즈가 노래 부른다. 아이러니이다. 눈물이 나올 것 같은 아이러니이다. 하지만 라즈는 허징푸의 파란만장한 운명과는 비교도 되지 않는다. 라즈에게는 애인 리다가 있었다. 허징푸의 리다는? 나는 리다가 아니다. 리다가 될 자격이 없다. 라즈의 노랫소리에는 눈물이 괴어 있지만 허징푸의 노래에는 끈적끈적한 피가 묻어 있다. 장성의 기슭에 별똥별 하나. 내 이슬 방울은 말라 버리고 말았을까? 하지만 그를 동정하거나 연민한들 아무 소용이 없다. 지나간 일이다. 모두가 지나간 일이다. 지나간 일은 돌이킬 수 없고 돌이킬 수 없는 일을 다시 어쩔 것인가.

옷이 완성되어 쉬쿤에게 입혀 보았다. 쉬쿤은 싱글벙글하고 있다. 그다지 잘 웃지 않는 아이인데도 그 얼굴에는 애교가 있다. 결코 만들어 낸 웃음은 아니다. 아이가 그런 웃음을 만들 수는 없다.

"생긋 웃는 어여쁜 보조개에, 아름다운 눈 맑기도 하여라."《시경》의 한 구절) 공자 역시 귀엽게 웃는 얼굴에는 배겨날 재간이 없었던 것이다. 나는 쉬쿤을 안아 올렸다. 얼굴이 어깨 위로 올라왔다. 그러자 쉬헝중이 다가와서 아이에게 키스했다. 바로 나의 뺨 옆에서. 나는 아이를 내려놓고 돌아가려고 했다.

그러자 쉬헝중이 아이에게 말했다. "쿤, 쑨 엄마에게 같이 식사하시자고 하렴. 쑨 엄마, 가지 마 하고." 아이는 그 말을 연달아 세 번 되풀이했고 세 번째에는 입을 비쭉이면서 울기 시작했다. 나는 머물 수밖에 없었다.

세 사람이 이렇게 같이 식사를 하고 있는 광경을 다른 사람들이 본다면 무어라고 할까? 쉬헝중은 무척이나 즐거운 모습이다. 쉴 새 없이 반찬을 갖다 나누어 놓는다.

"우리 집이 이렇게 떠들썩한 것은 정말 오랜만이야. 당신도 그렇지 않아?"

갑자기 그가 젓가락을 놓으며 말했다. 나는 잠자코 있었다.

"우리도 만난 지 벌써 20년이 넘었어. '그대와 나 다 같이 타향을 떠도는 불우한 사람, 마음을 아는 자가 어찌 일찍 사귄 사람에 한하리오.' (백거이의 〈비파행〉 중의 한 구절)"그가 다시 가까이 다가왔기 때문에 나는 깜짝 놀라서 그를 보았다.

"쑨웨, 알고 있었어? 학생 시절 나는 동급생 중의 한 사람에게 구애하려고 한 적이 있었지. 그러나 자오전환에게 선수를 빼앗기고 말았어."

그의 얼굴이 여느 때와는 판이하게 몹시 정열적이다.

귀청이 윙윙 울리고 심장이 뛰고 얼굴이 화끈거렸다. 천위리의 말이 귓전에서 울렸다. 농담이 진담이 된 셈인가? 그와 내가? 동정하고 있을 뿐인 이 남자와? 나는 고개를 숙였다.

허징푸는 어제 내게 이렇게 물었다. "한이는 아버지의 애정에 굶주리고 있어. 당신은 가정을 다시 꾸며서 아이의 굶주림을 채워 줘야겠다는 생각을 해 본 적이 없어?" 나는 "생각해 본 일도 없고, 앞으로도 그럴 생각은 없어." 하고 대답했다. 어쩌면 생각해야만 할 때가 온 것인지도 모른다. 아이를 위해서가 아니라 나 자신을 위해서. 자오전환의 사죄를 거절하기 위해서, 허징푸의 시혜를 받지 않기 위해서, 현실과 동떨어진 자신의 환상을 깨뜨리기 위해서.

쉬형중에게는 동정을 느끼고 있을 뿐이다. 동정은 말할 것도 없이 애정과는 다르다. 그러나 이 세상에는 진실한 동정조차 많지는 않다. 하물며 애정이야 두말할 나위도 없다. 리이닝이 한 말은 맞는 말이다. 95% 이상의 부부는 적응하면서 살고 있다. 차이는 고작 잘 적응하느냐 그렇지 않으냐의 정도일 뿐이다. 신통한 것은, 어떤 사람들은 마치 옥으로 세공을 하는 장인이 옥에 있는 흠집을 새의 눈으로 만들 듯이, 흠을 교묘히 이용하여 훌륭한 예술품을 완전무결하게 만들어 낸다는 것이다. 이런 경우는 장점과 단점이 훌륭한 조화의 미를 이루어 낸다. 그러나 이러한 조화가 깨어지면서 흠집이 드러나는 경우도 없지 않다.

적응하면서 사는 것도 역시 결합은 결합이다. 꽃이 없는 길이라도 평탄하기만 하면 그 길을 따라 역시 인생을 걸어갈 수가 있다. 쉬형중에게는 어떻게 대답해야 할까?

나는 얼굴을 들고 그를 보았다. 아까의 정열의 빛은 완전히 퇴색되고, 눈에는 부끄러움과 애원과 불만이 나타나 있다. 나는 억지로 웃는 얼굴을 지어가며 말했다.

"쉬, 당신이 그런 말을 꺼낼 줄은 상상도 못했어."

"알아. 내게는 그런 자격이 없지. 원래 평범한 사내인데다 지금의 내 시장 가격은 실제 가치보다도 훨씬 낮으니까. 아무도 귀중하게 여겨 주지 않아. 앞으로는 평생 아무런 꿈도 꾸지 않으려고 해." 그 목소리에는 자조와 아픔이 깃들어 있었다. 한순간에 열 살도 더 늙어 보였다.

나는 갑자기, 나와 그의 운명에는 비슷한 점이 있다는 생각을 했다. 우리들은 같은 파형을 따라 걸어가고 있는 것 같았다. 단지 그 파도의 정점과 바닥을 교대로 걸어가고 있는 것이다. 두 사람의 '시장 가격'은 이 파형에서 차지하는 위치에 따라 결정되는 것이지만 그것은 역시 두 사람의 실제 가치를 나타내는 것은 아니다. 앞으로도 이렇게 걸어가지 않으면 안 되는 것인가. 도대체 언제쯤이면 실제의 가치대로 평가되고, 끊임없이 변동하는 시장 가격이 불필요하게 될 것인가. 우리들은 이미 '불혹의 나이'를 지나고 있다. 앞으로 또다시 변동된다면 더 이상의 앞날은 없는 것이다.

나는 그에게 그런 의미의 말을 했다. 그의 얼굴이 빛을 되찾았다. 그는 이렇게도 간단히 다른 사람의 영향을 받는다. 마치 운명이 타인의 손에 쥐어져 있기라도 한 것처럼. 그 점, 허징푸와는 얼마나 다른가. 외부에 대한 반응은 지나치게 둔해도 안 되지만 지나치게 민감해도 마찬가지로 자기를 잃어버리게 되는 법이다. 나는 지나치게 민감한 사람은 좋아하지 않는다.

자, 돌아가지 않으면 안 된다.

"아까 한 부질없는 말은 용서해 줘." 그는 다시 실망한 것 같다. 나는 그냥 넘어갈까 했지만 내친김에 말해 버렸다. "부질없는 말인 줄 알면서 왜 하는 거야?"

그는 당황하고 말았다. 이렇게 연약하다니. 이런 사람은 사절이다. 나는 성큼성큼 나왔다.

개운치 않은 뒷맛을 털어 버리기나 하듯 나는 빠른 걸음으로 걸었다. 관목 숲 가까이 이르렀을 때 학생들과의 약속이 생각났다. 가자, 젊은이들 속으로. 이 흐트러진 마음을 조금이나마 발산시키자. 시왕 같은 청년은 역시 행복하다. 그들에게는 역사의 책임이 있을 뿐 역사의 부담은 없다. 우리들도 다시 그들처럼 될 수 있을까? 아니면 그들이 우리들처럼 되는 것일까?

쓴한

엄마, 오늘이야말로 진지하게 대화를 나누어서 뭐든지 확실히 하겠어.

또 쉬형중, 그 사람이다. 정말 싫어서 견딜 수가 없다. 요즘 일요일이 되기만 하면 그 귀염성 없는 쿤이라는 아이를 데리고 찾아온다. 이 아이를 보면 난 우울해지고 만다. 코도 작고 눈도 작으며 건강하지도 활발하지도 않은 가련한 아이다. 엄마는 이 아이가 좋은지 마치 자기 아이처럼 자주 가슴에 안아 주곤 한다. 그것을 보면 더 불쾌해진다.

"일요일을 함께 지낼까 해서!"

뭐가 좋은지 입구에서 싱글벙글한 얼굴로 외치고 있다. 손에 반찬이 가득 든 비닐봉지를 들고서. 분명히 우리 집에서 몇 끼인가 먹었으니까 미안해서 오늘은 자기가 사 들고 온 거야. 희한한 일이네! 나는 엄마에게 물어본 일이 있다. 엄마, 그 사람 왜 항상 우리 집에 오는 거야, 하고. 그러자 엄마는 그 사람은 '해방'된 지 얼마 되지 않아 사귀는 사람이 없다며 우린 그 사람을 귀찮게 생각해서는 안 된다고 했다.

하지만 오늘은 좀 거절해 주지 않으려나. 별로 어려운 일도 아니잖아. 그러나 엄마는 아무 말도 하지 않는다. 반가워하는 것인지 싫어하는 것인지 도무지 알 수가 없다. 변함없이 조용한 얼굴에 슬픈 듯한 눈을 하고 있다. 인간의 눈이란 참으로 신기하다. 눈동자는 색을 띨 수도 없고 마음대로 가늘게 하거나 둥글게 할 수 없는데도 표정은 천만 가지로 변한다. 나는 엄마의 눈을 연구하는 것을 아주 좋아한다. 하지만 이 두 개의 '마음의 창'도 그다지 도움이 되지 못한다는 생각을 할 때가 있다. 창에 얼굴을 갖다 대고 들여다보아도 아무것도 보이지 않을 때다. 엄마의 눈이 자주 그렇기 때문에 늘 나는 고통스럽다.

쉬 부자가 반찬을 하나하나 꺼내고 있다. 엄마는 일손을 거들지도 않고 입을 열지도 않는다.

난, 이런 회식은 정말 딱 질색이다. 학교 친구에게 "그 사람들 너희와 어떻게 되는 사이야?" 하고 질문을 받은 일이 있었다. 어떤 친구는 "우리 아버지가 그 사람 아시더라, 사인방이라던데." 하는 말도 했다.

그러나 엄마는 나 같은 것은 생각해 주지 않는다. 밖으로 나가자. 난 집에서는 먹지 않겠다.

"엄마, 나 친구 집에 갔다 올게."

나는 말 한마디만 던지고 나가려고 했다. 그러자 그 사람이 싱글벙글한 얼굴로 말했다.

"식사 시간에 늦지 않도록 돌아오너라."

뭐야, 그 태도가! 우리 집 일에 상관하지 마! 우리 식구도 아닌 주제에. 나는 대답도 하지 않고 밖으로 나왔다. 엄마는 아무 말도 하지 않고 따라 나와서 우울한 듯이 나를 보며 말했다.

"누구네 집에 가는 거니?"

나는 발칵 화가 났다.

"먼 곳이 아니야! 혼자서 올 줄 아니까 걱정 마!"

나는 달리기 시작했다. 그저 울고 싶었다. 뒤돌아보니 엄마는 아직 입구에 서서 이쪽을 보고 있다. 눈물을 닦고 있는 것 같다. 엄마 역시 괴로운 것이다. 서기의 일, 교사의 일, 게다가 집안일도 하지 않으면 안 된다. 급료는 작고 하나에서 열까지 손수 하지 않으면 안 된다. 지난번 임금 인상 때는 모처럼 대상에 올랐는데 그것을 다른 사람에게 양보하고 말았다. 그 점에서만은 엄마도 공산당원답다고 생각된다. 그 이외에는 모두 아니다. 공산당원이란 자기의 본심을 어느 누구에게도 들키지 않게 할 수 있는 법일까? 딸조차 알 수 없다니. 마음이 맑은 사람이 되라고 말했잖아. 하지만 엄마의 마음은 맑지 않다고 생각된다. 허징푸 아저씨는 마음이 맑은 사람이라고 할 수 있을까, 아직 잘 모르겠다.

그래, 엄마가 식사를 같이 하자고 붙들지 않았던 그 날부터 아저씨는 한 번도 우리 집에 오지 않았어. 나하고 친구가 되자고 하고선. 엄만 정말로 화나게 한다니까. 무엇보다 아저씨에게 실례지 뭐야. 그런데 엄마는 허 아저씨가 오는 것을 싫어하면서도 왜 항상 화제에 올리고 싶어하는지 모르겠어. 그저께도 나에게 고생을 덜했다고 야단치면서 이렇게 말했지.

"너도 허 아저씨처럼 스스로 일해서 먹고 산다면 자기가 어떻게 살아야 하는지를 알게 될 거야." 하지만 내가 "허 아저씨, 일요일에 올까?" 하고 물었더니 갑자기 얼굴을 찡그리면서 "쓸데없는 말 하는 게 아냐! 그 사람이 오겠니? 일요일에는 애인과 데이트를 해야 하잖아." 하는 것이었다. "아저씨 애인은 누구야?" 했더니 "귀찮게 쓸데없는 것만 묻는구나. 엄마가 그걸 어떻게 아니!" 정말로 자기 멋대로라니까. 허 아저씨 이야기는 엄마가 먼저 꺼내 놓고선! 흥!

허 아저씨 집은 몇 동인가. 나는 한 동에서 다음 동으로 갔다. 한 동 한 동 물어 가는 수밖에는 없을는지도 모르겠네.

그때 대학 배지를 단 젊은이가 나를 힐끔힐끔 보더니 갑자기 내 딸은 머리를 붙잡았다.

"쑨웨 선생님 댁 꼬맹이 한이 아니니?"

한이면 한이지. 왜 '꼬맹이' 따위를 붙인담! 그리고 그게 뭐야, 남의 머리를 잡아당기다니! 우리 중학교에서는 남자는 여자와 서로 말도 안 하는데. 여자 머리를 잡아당기는 남자가 어디 있담. 대학생이면 그래도 괜찮다는 거야? 나는 화가 나서 그 사람 손에서 머리를 낚아채서 어깨 뒤로 돌려 버렸다.

"호오, 오기가 대단하군. 땋은 머리는 다른 사람에게 잡으라는 것이 잖아. 나는 여자아이들 땋은 머리 잡는 것이 좋던데."

이 사람은 뻔뻔스럽게 싱글거릴 뿐 조금도 미안하다는 생각을 하지 않는다.

이런 사람은 참을 수 없어. "그럼 여동생 머리를 잡아당기면 되잖아요." 나는 퉁명스럽게 말했다.

그러자 그는 점점 더 싱글거리며 웃었다.

"나한테는 여동생이 없거든. 네 머리를 잡는 수밖에는 없어."

그렇게 말하면서 다시 손을 뻗어 왔다. 나는 살짝 피해서 도망쳤다. 두세 걸음 가다가 이 사람에게 허 아저씨 집을 물으면 되겠다는 생각이 들어서 멈춰 섰다. 그가 뛰어 와서 내 머리를 탁 치면서 말했다.

"그렇게 화내지 말아, 농담이잖니. 그런데 어디 가는 길이지?"

나도 '긴장 국면'을 조금 '완화'해서 생긋 웃어 보인 다음 허 아저씨를 찾아가는 길이라고 말했다.

"허 선생님은 병으로 입원했어. 난 지금 허 선생님 집에 필요한 것을 가지러 가는 길이다, 같이 가겠니?" 그는 나를 데리고 어떤 동으로 들어갔다. 그리고 걸으면서 자기 이름은 시왕인데 내 얼굴을 보고 엄마

딸임을 알았다고 말했다.

내가 급하게 아저씨의 상태를 묻자 그는 말했다.

"우선 물건부터 갖고 와야 해. 이야기는 나중에 하자고."

시왕은 3층 화장실 옆의 작은 방을 열었다. 너무나 초라한 방이었다! 몹시 낡은 나무 상자 하나와 책이 가득한 선반 몇 개, 두 개의 이층 침대가 가구의 전부였다. 한 이층 침대의 위쪽에는 물건들이 아무렇게나 쌓여 있었고, 아래쪽은 허 아저씨가 쓰는 것 같았다. 또 하나의 이층 침대는 비어 있었는데, 시왕의 이야기에 의하면 단신 부임한 교직원이나 노동자가 그들의 가족이나 친구를 하루 이틀 묵게 하는 데 사용된다고 했다.

침구는 더더구나 볼품이 없었다. 이불은 퇴색되어 꽃무늬가 회색에 가까웠고 그나마 몇 군데는 솜이 비어져 나와 있었다. 베개는 작고 딱딱했으며 베갯잇 대신 그냥 수건을 감아 두었을 뿐이었다.

"허 아저씨, 이런 식으로 살고 있었어요?" 나는 놀라고 가슴이 아파서 시왕에게 묻지 않을 수가 없었다.

시왕은 세면기 등을 보자기에 넣고 있었다. 내 목소리를 듣더니 이쪽을 돌아보며 한숨을 쉬고 말했다.

"저기, 이 세상에는 말이지, 유감스러운 일이 얼마든지 있단다. 오늘만 하더라도 내가 아침 일찍 허 선생님을 만나러 오지 않았더라면 허 선생님이 여기서 돌아가셨더라도 아무도 몰랐을 거야! 내가 들어왔을 때는 이미 정신을 잃고 계셨지. 급성 폐렴은 자칫 잘못하면 생명이 위험한 병이니까. 자, 가자."

"잊은 것은 없어요?" 문을 닫을 때 나는 시왕에게 물었다.

"아, 그렇군. 담뱃대!" 시왕은 자기 머리를 탁 쳤다.

담뱃대는 침대의 머리맡에 걸려 있었다. 나는 그것을 집어 들고 시왕과 같이 밖으로 나왔다.

"허 아저씨는 왜 꼭 잎담배만 피우시는지 몰라, 노인네처럼." 나는 담뱃대를 보면서 말했다. 아주 평범한 담뱃대였다. 그것도 매우 낡은 것이었다.

"이 담뱃대는 말이지, 허 선생님 아버지의 유품이란다. 병이 나으시면 그 담뱃대 이야기를 들려 달라고 해 보렴. 선생님 아버님은 훌륭한 분이셔!"

"지금 이야기해 주면 안 돼요?"

"그건 안 돼. 나는 곧 병원으로 가 봐야 하고 이야기를 잘할 줄 모르니까."

나도 함께 병원으로 허 아저씨의 문병을 가고 싶었지만 시왕은 병원측에서 허락을 하지 않는다며 못 가게 했다. 버스 정류장까지만 같이 가자고 했다.

나는 허 아저씨의 일이 마음에 걸려서 참을 수 없었다. 입원하면 누가 돌봐 주나. '애인'은 아저씨의 병을 알고 있을까? 그래. 시왕은 허 아저씨의 애인이 누구인지 알고 있을 게 틀림없어. 나는 이렇게 물었다.

"허 아저씨의 애인에게는 알렸어요?"

"그분에게 애인이 있었어?"

"나도 잘 모르지만 아저씨는 데이트하느라고 바쁘다고 엄마가 그랬거든요."

"호오!" 시왕은 그 말에 흥미를 갖고는 나에게 가까이 다가와서 사연이 있기라도 한 것처럼 물었다.

"엄마는 자주 허 선생님 말씀을 하시니? 허 선생님에게 좋은 인상을 갖고 계시니?"

"모르겠어요. 허 아저씨 이야기는 자주 하지만 아저씨한테 밥 먹고 가시라고 붙들고 싶어하지는 않으니까." 나는 시왕의 얼굴을 잠시 보고 나서 이렇게 덧붙였다. "하지만 그 쉬형중이란 사람은 늘 집에 와서 식사를 하고 간다니까요. 정말 싫어." 나는 엄마 흉을 보고 싶지는 않았지만, 그렇다고 해서 허 아저씨의 친구 앞에서 거짓말을 하고 싶지도 않았다. 시왕은 아저씨의 친구야, 틀림없어.

"그랬구나." 그러고 나서 시왕은 입을 다물어 버렸다. 왜지?

"허 선생님과 쉬형중 두 사람 중에는 어느 쪽이 더 좋다고 생각하니?" 잠시 후 그가 다시 내게 물었다.

"그야 물론 허 아저씨지." 나는 곧바로 대답했다.

그러자 시왕은 좋아서 참을 수 없다는 듯 또 내 머리를 잡아당겼다.

"우리의 의견이 완전히 일치되었구나. 허 선생님은 개성적인 분이시지. 개성이라는 게 뭔지 알겠니?"

"알아요. 친구들은 모두 나를 두고 개성이 강하다고 하는 걸."

사실을 말하면 개성이란 게 무엇인지 확실히는 모른다. 하지만 개성이라는 것도 모른다는 말은 부끄러워서 할 수 없잖아.

시왕은 머리를 흔들며 웃었다.

"그런 게 아니야. 허 선생님의 개성은 네가 말하는 개성과는 다르다. 네가 말하는 것은 아이들의 버릇없음이지?"

나는 고개를 끄덕였다. 좀 부끄러웠지만.

"허 선생님의 개성은 말이지, 인생이나 사물에 대해 독자적인 견해를 갖고 독특한 태도를 취하는 것을 말하지. 자기가 옳고 아름답다고 생각하는 목표는 열심히 추구해 마지않아. 허 선생님은 인간이란 것이 무엇인지를 알고 인간의 가치를 중요시하시지. 강렬한 자존심과 자기

애와 자신감을 갖고 계시는 거야."

"우리 선생님이 그러셨는데, 자존심이 지나치게 강한 것은 개인주의라고 하셨어." 나는 말참견을 했다. 맞는지 어떤지는 몰라도.

"응? 저, 꼬맹이 한아. 인간에게 자존심이 없다면 동물이나 마찬가지야. 너에게는 아직 이해되지 않을 거야. 허 선생님 같은 분과 함께 있으면 여러 가지를 배울 수 있어. 결코 다른 사람에게서는 배울 수 없는 것들이지. 그분은 지금까지 마음에 없는 말은 한 적이 없고 도움이 되지 않는 상투어 따위는 말하지 않으셨어."

그래, 바로 그것이야말로 내가 허 아저씨를 좋아하는 점이야. 우리 중학생들이 하는 식으로 말한다면 허 아저씨는 '멋쟁이'지. 그에 비해서 쉬헝중 같은 사람은 '졸보'야. 진짜 '졸보'라구. 엄마가 허 아저씨와 사귀면 좋을 텐데. 아버지는 허 아저씨와 비교해서 어떨까 모르겠네. 아버지가 허 아저씨보다 훨씬 미남이야. 가늘고 곧은 눈썹 아래에 약간 옆으로 긴 눈과 쌍꺼풀, 높고 우뚝한 코, 가늘고 길게 다문 입. 얼굴 전체의 선 또한 몹시 부드럽다! 마치 뛰어난 화가가 그린 것 같아. 그것도, 손이나 마음이 조금도 떨리지 않고 그린 것 같지. 그러니까 선이 부드럽고 자연스럽지. 하지만 아버지는 개성이 있었을까? 사진에서는 조금도 보이지 않던걸. 엄마는 계속 아버지에 대해 내게 말하고 싶어하지 않고. 쉬헝중 그 사람은 또 집으로 찾아오고. 아아, 싫어!

탁! 나는 길가의 나뭇가지를 분질렀다.

"뭔가 언짢은 일이라도 있니?"

시왕은 대단하다. 사람의 마음속을 알다니. 감탄하지 않을 수 없다. 엄마는 "한아, 너는 좀처럼 누군가에 대해 감탄하질 않는구나." 하고 말했다. 그건 맞는 말이다. 감탄할 만한 사람이 거의 눈에 띄지 않는 걸 뭐. 입으로는 모두들 공산주의를 위해서 분투하자거나 공적인 것을 중시하고 사적인 것은 없애야 한다고들 말하지만 행동은? 모두가 자기중심이다. 다른 사람들을 밀어내고서라도 이익을 취하려고 한다. 우리 중학생들조차 그렇다. 하지만 시왕은 그렇지 않은 것 같다.

"아저씨는 허 아저씨를 좋아해요?" 나는 시왕에게 물었다. 틀림없이 그럴 것이라고 생각했지만 직접 그 입에서 허 아저씨에 대한 칭찬의 말을 듣고 싶었기 때문이다.

"물론 좋아하지. 우리 아버지가 그분에게 못 할 일을 했는데 처음에는 그저 그것이 미안해서 어떻게든 그분을 이해하고 도우려는 기분이었어. 그러다가 금방 좋아하게 되고 말았지. 너는 우리 아버지를 알고 있니? 이 대학의 당위원회 서기인 시류라는 사람인데 아버지가 허 선생님을 우파로 몰았지."

"아버지가 나쁜 사람이군요." 나는 나도 모르게 말해 버리고 말았다.

시왕은 얼굴이 빨개지면서 곧 대답했다. "아니, 그렇게 나쁜 사람은 아니야. 아버지가 한 일은 특수한 역사적 조직이 만들어 낸 일이기도 하지."

"아버지 변호로군요." 나는 불쾌해져서 말했다. 허 아저씨 편이니까 뭐.

"그런 게 아냐. 나는 누구에게나 되도록이면 공평하고 싶을 뿐이야. 아버지에 대해서도 편을 드는 게 아니고, 존경하고 있지도 않아."

"자기 아버지에 대해 나는 그러지 않아요." 실수다! 왜 이런 말을 했는가? 왜 금방 경계심을 없애고 방어선을 풀어 버렸는가? 나는 얼굴을 붉혔다. 제발 그가 듣지 못했으면. 지금의 내 목소리, 그다지 크지는 않았어. 게다가 바로 그때 트럭이 옆을 지나갔잖아.

시왕이 나를 보았다. 그 눈은 웃고 있는 듯하면서 웃고 있지 않다. 역시 듣고 말았던 것이다. "아버지 이야기 좀 해 주겠니?" 시왕이 말했다.

나는 입술을 깨물고 침묵했다. 두 번 다시 경계심을 없애서는 안 된다.

"미남이었다던데 얼마나 미남이었는지 보고 싶군."

안 되겠어, 도무지 참을 수가 없는걸. 나는 호주머니에서 그 찢어진 사진을 꺼내 보였다. 아버지는 미남. 나는 그게 기뻐!

"확실히 미남이구나. 엄마도 처음에는 미남이란 점에 마음이 끌렸는지도 모르겠는걸."

"뭐라고요!" 나는 발끈했다.

"아니, 누구나 아름다운 얼굴을 좋아하는 법이지. 아름다움을 사랑하는 마음은 누구나 갖고 있어. 하지만 인간에게 있어서 가장 중요한 것은 얼굴이 아름다우냐 아니냐가 아니라 마음이 아름다우냐 아니냐야. 허징푸 선생님은 마음이 아름답지. 알겠니?"

"우리 아버지의 마음은 아름답지 않다는 뜻이군요. 아버지를 알지도 못하면서. 우리 아버지는 아저씨 아버지처럼 다른 사람을 우파로 몰거나 하지는 않았는데."

그러자 시왕은 다시 내 머리를 잡아당기며 말했다.

"그래, 아버지를 좋아하는구나! 엄마가 너에게는 아무 말도 하지 않으신 모양인걸. 너도 이제 더 이상 어린애가 아니니까 집안일은 이야기해 줬어야 하는데. 그러지 않았다가는 모녀 사이에 단절을 부르게 되지."

시왕은 정말로 대단하다! 뭐든지 다 아는 것 같다! 엄마는 정말로 내게는 아무것도 이야기해 주지 않는다니까! 엄마, 오늘이야말로 진지하게 대화를 나누어서 뭐든지 확실히 하겠어. 하지만 그 사람은 돌아갔을까. 개성 없고 졸보에다 굼벵이 쉬헝중, 게다가 그 가련한 아이!

"그럼 나는 이 버스를 탈 테니까, 너는 집으로 돌아가. 허 선생님에게는 네가 왔다 갔다고 이야기해도 되겠지? 그분도 네 얘기를 자주 하신단다."

시왕과 헤어져서 나는 집으로 향했다. 어머나, 담뱃대를 그냥 갖고 왔네!

그 둘은 아직 집에 있었다. 탁자에 앉아서 차를 마시고 있었다! 왠지 심술이 도져서 도저히 참을 수가 없었다. 나는 허 아저씨의 담뱃대를 내 책상 위에 놓자마자 의자를 날라다가 콰당 하고 바닥에 놓고는 방 한가운데에 앉았다.

엄마가 흘낏 나를 보고 그 사람을 보았다. 화를 내고 있는 것 같다. 하지만 여느 때처럼 부드럽게 내게 말했다.

"밥 남겨 두었다. 곧 따뜻하게 해서 줄게."

"나 이미 먹었어." 나는 고개를 옆으로 휙 돌리며 말했다.

"어디서?" 엄마의 말투는 여전히 부드럽다.

"친구 집에서. 나, 앞으로 일요일은 매주 친구 집에서 먹을 거야. 그러면 돈도 쌀도 절약될 거고 귀찮지도 않을 거잖아. 좀 뻔뻔스러워지기만 하면 되는 일이니까!"

나는 그렇게 말하고는 의자를 콰당 하며 다시 고쳐 놓고 엄마에게 등을 돌렸다.

"우린 이제 돌아갈게. 한아, 안녕."

겨우 깨달았군. 누가 '안녕히 가세요.' 하고 인사할 줄 알아? 옆눈으로 훔쳐 보니 쉬의 얼굴은 빨갛게 되지도 않았고 파랗게 되지도 않았다. 땀이나 기름이 묻은 것처럼 번들번들 빛나고 있다. 얼굴의 표정도 뭐라고 말하기 어려운 모양이다. 자업자득이지 뭐! 엄마가 입구에서 쉬 부자에게 "안녕." 하고 말하고는 방으로 돌아왔다. 문이 쾅 하고 닫히는 소리가 높게 울렸다. 엄만 화가 나 있다.

"너는 예의라는 것을 모르니? 나를 엄마라고 생각하기는 하는 거야?

내게 엄마 자격이 없다는 거니?"

엄마는 격노했을 때 큰소리는 내지 않는다. 평소보다 훨씬 더 작은 목소리로 천천히 말한다. 발음도 평소보다 명료하다. 한마디 한마디가 화살처럼 마음에 쑤셔 박힌다.

나 역시 아까는 지나쳤었다는 것을 알고 있다. 하지만 오늘은 뭔가에 홀린 것같이 울컥울컥해서 참을 수가 없다. 엄마의 분노의 불길에 기름을 붓고 싶지는 않았지만 또다시 의자를 쾅 하고 놓아 버렸다.

탁! 탁! 등을 맞았다. 세게. 아프게.

"때려! 때려서 죽여 주면 좋겠어. 전부터 살고 싶은 생각이 없었으니까!" 나는 크게 울면서 소리 질렀다. 지금까지 이렇게 울면서 소리 지른 일은 없었다. 엄마는 나를 때리는 일이 거의 없다. 때리는 일이 있어도 심하게는 때리지 않는다. 때리고 나서는 마치 자기가 맞은 것처럼 엄마 자신이 울었다. 오늘 이렇게 심하게 때리는 걸 보니 보통 때와 다르다. 나는 후회하고 있다. 진정으로! 오늘은 분명히 무엇에 홀린 거다. 그렇지 않다면 왜 후회하면서도 울고 소리 지르는가? 엄마는 분명히 더욱 화가 치밀 거야. 나는 의자 등받이에 얼굴을 파묻고 엎드려 울부짖었다. 맞을 각오를 했다.

그러나 아무 일도 없었다. 나는 얼굴을 들고 엄마를 보았다. 침대에 앉아서 멍하게 앞을 보고 있다. 상심한 듯, 놀란 듯한 얼굴이다.

"그런 말을 도대체 누구한테서 배웠지? 전부터 살고 싶은 생각이 없었다고? 그게 네가 생각한 말이니?"

엄마는 내게 말하면서도 나를 보고 있지 않다.

"엄마는 네게 조금도 든든한 사람이 될 수 없는 거구나. 엄마하고 같이 사는 게 싫다면 그 사람한테로 가거라. 아버지한테!"

나는 전신이 떨렸다. 이 말은 때리는 것보다 훨씬 더 내 마음을 아프게 했다. 엄마가 나를 사랑하지 않는다는 느낌을 받았기 때문이었다. 엄마에게 하고 싶은 말이 있긴 하지만 엄마는 역시 좋은 엄마인걸! 엄마가 나를 싫어한다면, 엄마하고 헤어져 살아야 한다면 난 정말 죽어 버릴 거야.

나는 일어나서 엄마의 무릎에 엎드려 울었다.

"엄마, 미안해. 두 번 다시 그런 말 하지 않을게. 오늘은 왠지 나도 모르게 왈칵왈칵 화가 나곤 해."

"아까 어디에 갔었지?" 엄마는 내 머리를 쓰다듬으며 아까 때린 등을 어루만져 주었다.

"허 아저씨를 만나러 갔었어. 아저씨, 갑자기 병으로 입원했어."

엄마의 손이 등 가운데서 부르르 떨렸다.

"어떤 병인지 물어보지 않았니?"

"급성 폐렴이래, 시왕이 그랬어."

엄마는 갑자기 나를 밀어내고 일어났다. 나는 엄마에게 매달리면서 말했다. "엄마, 내가 잘못했어."

"이제 됐어, 우리 딸. 밥 먹어라." 그렇게 말하면서 엄마는 서가로 가더니 《내과 질병》이라는 책을 꺼내 '급성 폐렴' 항목을 폈다. 읽어 가는 동안에 얼굴색이 변했다. "그래서 상태는 어떻대?" 엄마는 긴장하며 나를 보았다. "위험은 넘겼다고 시왕이 그랬어."

"그래, 자, 밥 먹어라. 따뜻하게 데워 줄 테니까." 엄마는 안심한 듯이 말하면서도 눈은 아직 책에서 떼지 않고 있다.

"으응, 엄마, 나 아무것도 먹고 싶지 않아. 그보다 아버지에 대해 말해 줘. 나 이제 이렇게 컸는걸, 뭐."

엄마의 어깨가 움찔 움직였다. 책을 놓은 채로 일언반구 말이 없다. 드디어 책상 앞으로 가더니 바로 그 자물쇠, 엄마와 나를 격리시키고 있는 자물쇠를 열었다. 서랍에서 한 통의 편지를 꺼내 내 손에 건네주고는 그대로 부엌으로 가 버렸다. 봉투에는 "A시, 자오로부터"라고 씌어 있다. 나는 손이 떨리고 심장이 터질 것 같았다.

"쑨웨, 용서해 다오!"

순식간에 어느 쪽이 나쁜지가 분명해지다니!

나는 머리에서부터 냉수를 뒤집어쓴 것 같은 느낌이 들었다. 시왕의 말이 생각났다. 인간에게 있어서 가장 중요한 것은 마음의 아름다움이란다. 마음이 아름다운 사람이 다른 사람에게 용서를 빌지 않으면 안 되는 나쁜 짓을 할까. 아버지의 마음은 아름다운가?

"내가 왜 펑란상과 결합했던가……. 결국 나는 인생에 대해서 무책임했고, 스스로의 감정을 농락했으며 자신의 인격을 농락했던 것이다……."

그랬었구나! 여자가 있었다니, 다른 여자가 있었다니. 아아, 그 사람은 그렇게 아름다운 얼굴을 하고 있었건만! 지금 그 얼굴이 내 눈 속에서 흐려지고 말았다. 누군지 구별이 가지 않을 정도로.

"내가 더욱 나 자신을 용서할 수 없는 것은, 이혼 목적을 달성시키기 위해서 수단을 가리지 않고 당신에게 상처를 주고 정신적으로 괴롭혔다는 사실이야. 쑨웨, 나는 아직 인간이라고 할 수 있는 것일까. 아직 아비의 자격이 있는 것일까?"

아아, 그 사람의 코는 그토록 높고 곧은데! 그 사람의 입술은 그토록 부드럽고 도톰한데! 그 사람의 눈은 그토록 상냥하고 성실한데! 엄마에게 상처를 주고 괴롭혔다. 수단을 가리지 않고! 수단을 가리지 않는 사람이란 어떤 사람인가? 악인이다, 악인!

"지금 나는 받아야 할 형벌을 받아서 머리가 새하얗다."

벌을 받아! 지독하게 벌을 받아야 해! 이런 양심 없는 인간 따위는! 나는 그 사람에게 이처럼 마음을 의지하고 있었는데! 그 사람 때문에 그야말로 많은 오해와 불만을 엄마에게 갖고 있었다. 그 찢어진 사진을 정성스레 붙여서 몸에서 떼지 않은 채 소중하게 간직해 왔다. 언젠가는…… 하는 바람으로. 아니……. 이제 난 더 이상 아무것도 바라지 않아. 사진을 찢어 버려야 해. 찢어 버려야 해!

사진은 이제 없다. 갈기갈기 찢어서 쓰레기통에 집어 던졌다. 이것으로 그 사람이 죽는다면 마음이 후련할는지도 모르겠다. 난 친구들에게도 아버지에 대해서는 앞으로 영원히 말하지 않을 거야.

용서? 아니, 엄마, 용서하면 안 돼! 난 용서하지 않을 거야.

나는 침대에 엎드려서 마음껏 울었다. 이제까지 이토록 슬프게 울어 본 일은 없었다. 갑자기 황량한 세계에 내던져진 것처럼 무섭고 슬프고 화가 났다. 무엇이든지 다 갈기갈기 찢어 버리고 싶었다. 자기 자신까지도!

"한아! 한아!" 엄마가 내 어깨에 얼굴을 묻고 내 이름을 계속 불렀다. 엄마의 눈물이 내 뺨에 닿아 내 눈물과 같이 흘렀다. 나는 엄마에게 안기며 말했다. "앞으로는 더 이상 엄마를 화나게 하는 일은 하지 않겠어."

엄마는 흐느끼며 울었다. "엄마, 나는 영원히 결혼 같은 것은 하지 않을 거야. 언제까지나 엄마 옆에 있을 거야."

엄마는 소리 내어 울기 시작했다. 지금까지 나는 엄마의 우는 소리를 들어 본 일이 없다. 엄마는 항상 말없이 눈물을 흘릴 뿐이었다.

"왜 진작 말해 주지 않았어, 엄마?" 나는 눈물을 훔치면서 말했다.

"네 아름다운 꿈을 깨뜨리고 싶지 않았어. 친구들 앞에서 부끄러운 생각을 하게 되지나 않을까 싶어서. 한아, 엄마가 잘못했다. 엄마는 심성이 괴로워 못 견딜 때면 괜히 너한테 화풀이를 하기도 했단다. 엄마는 그게 또 괴롭고 힘들었단다. 그걸 알면서도 도저히 고칠 수가 없었어. 이제부터는 우리 모녀 둘이서 서로 도우면서 살아가자꾸나. 우린 훌륭하게 해낼 수 있을 거야."

나는 엄마의 품속에 오래오래 안겨 있었다. 오늘은 엄마와 한 몸이 된 것 같다. 서랍의 자물쇠가 없어진 것 같다.

"뭔가 먹으렴. 배고프지?" 엄마가 부드럽게 말했다. 엄마를 위로하기 위해서 나는 먹었다.

엄마가 젓가락과 밥그릇을 치웠다. 나는 자진해서 설거지를 하러 일어섰다. 엄마는 미소를 지었다. 그 웃는 얼굴은 나의 마음을 감미롭고 애달프게 만든다. 엄마는 그 모든 고통을 가슴속에 담고 있었던 것이다. 오로지 나를 위해서! 나는 어땠는가? 엄마를 위해서 생각해 본 일이 있었는가? 나는 계속 엄마가 재혼할까 봐 두려워하고 있었다. 그래도 되는 것일까?

나는 나도 모르게 엄마를 보았다. 얼마나 아름다운가! 그리고 얼마나 젊은가!

"엄마, 입원한 허 아저씨에게는 누가 식사를 날라 주지?"

나는 갑자기 허 아저씨를 생각해 냈다. 허 아저씨는 엄마를 좋아하는 것이 아닐까? 나는 허 아저씨를 좋아하는데.

"아무도 없단다, 한아."

"내가 뭔가 갖다 드려도 될까?" 나는 시험 삼아 물어보았다.

"좋아, 설거지는 내가 할게." 엄마는 대답하며 살짝 얼굴을 붉혔다.

나는 기뻤지만 마음이 아팠다. 엄마는 전부터 허 아저씨가 마음에 들었었던 거야! 나는 서둘러서 말했다. "그럼 갔다 올게, 엄마!"

아픈 마음을 엄마에게 눈치채이지 않기 위해서 나는 웃으면서 말했다.

"허 아저씨는 정말 좋은 사람이야. 시왕은 개성적이라고 말했어. 나도 크면 개성적인 사람이 될래."

"그래, 그러렴."

"허 아저씨가 퇴원하면 집으로 식사하러 오시라고 해. 지난번에는 엄마가 굉장히 실례를 한 거야."

"자, 가 봐. 그 이야기는 나중에 하고."

엄마는 도망친다. 엄마가 허 아저씨에게 어떤 태도를 보일까. 빨리 알고 싶다! 나는 추격을 가했다. "오늘 일 아저씨에게 말해도 좋아?" 엄마의 얼굴이 흐려졌다. "멋대로 구는 건 안 돼, 한아."

나는 나도 모르게 불만과 응석이 앞서서 말했다. "엄마는 남자 친구인 쉬헝중 씨를 식사에 부르잖아. 내가 남자 친구인 허징푸 아저씨를 식사에 부르면 안 되는 거야?" 엄마의 얼굴이 곤두섰다. "아이가 어른들 일에 참견하는 게 아니야."

아아, 그 자물쇠는 역시 서랍에 달려 있구나. 입을 내밀며 나가려고 할 때 문득 아저씨의 담뱃대 생각이 났다.

"책상 위의 담뱃대 좀 줘, 엄마. 그것 아저씨 보물이니까."

엄마는 내 책상 위의 담뱃대를 비로소 깨달았다. 손에 들고 가만히 보더니 내게 손을 저으면서 말했다.

"그냥 가거라. 그 사람의 병에는 담배를 피워서는 안 돼. 낫고 난 다음에 전해 주도록 하자."

엄마는 세심한 곳까지 주의를 기울이고 있다. 하지만 도대체 허 아저씨를 좋아하는 것일까, 싫어하는 것일까?

리이닝

쑨웨, 나처럼 해 봐. 언제까지 꿈을 꾸지 말고!

우리들 중학교 교사들은 병에라도 걸리지 않으면 편히 쉴 수 없다. 그것도 사소한 병으로는 안 된다. 아무래도 집안일이 마음에 걸리게 되니까. 감기에 걸린 지 사흘째다. 열이 39℃까지 올라서 의사는 며칠간은 휴양이 필요하다는 진단을 해 주었다. 오늘 겨우 37.5℃까지 내려갔다. 머리가 어지럽고 몸에 전혀 힘이 없다. 이신이 아침에 나가면서 편히 쉬라고 몇 번이나 말해 주었지만 그래도 힘을 내서, 반쯤 뜨다 만 딸 환이의 스웨터를 뜨기 시작하고 말았다. 이신은 이미 집안일 대부분을 맡아 해 주고 있다. 뜨개질을 배워서 내 부담을 좀 덜어 달라고 하면 들어줄 것이지만 아내인 내가 그런 것까지 부탁할 순 없다. 그렇지 않아도 공장 동료들은 그를 '공처가'라고 놀려 대고 있으니까. 그 사람은 평소 놀 시간도 그다지 없다. 이제 겨우 30세를 갓 넘은 젊은이인데도.

쑨웨다. 문을 노크하며 부르고 있다. 낮에 다른 사람 집에 놀러 가는 일이 없는 사람인데. 출근하지 않아도 되는 날도 어쨌든 매일 사무실에 얼굴을 내밀고 그다음에는 집에서 강의 준비를 하지. 그녀는 외국문학 담당이다. 세계 명작은 읽지 않은 것이 없는데도 강의를 하기 전에는 꼭 다시 열중해 있다. 모더니즘에는 배우고 참고할 만한 것이 있기 때문에 청년들에게 이해시키지 않으면 안 된다고 하고 있다. 나는 정말 이해할 수가 없다. 온몸은 상처투성이인데다 가슴속은 걱정거리로 가득 차고, 머릿속에는 모순과 의문으로 가득한데 일단 일을 시작하게 되면 남자들보다 훨씬 더 적극적이다. 어떤 일이건 그녀에게 맡기면 틀림이 없는 것이다. 어떤 때 나는 묻지 않고는 견딜 수 없었다.

"너는 반생을 오로지 혁명을 위해서만 바쳤어. 이제까지 인민과 조직에 대해서 아무것도 요구한 일이 없지. 그러나 지금 네게 남은 게 뭐야? 네가 혁명을 위해서 막대한 희생을 치렀다는 것을 인정해 주는 사람이 있어? 공정하게 평가해 주는 사람이 있어? 청춘도 애정도 가정도 모두 그 대가로 지불했는데 영수증조차 없잖아. 좀 더 영리해질 수 없을까? 얌전히 들어앉을 마음은 없어?"

그녀는 화를 내지도 않고 변명을 하지도 않고 그저 한숨을 쉬면서 말했다. "할 수 없어. 열심히 일하는 것이 이제는 습관이 되어 버렸거든. 살아 있는 동안은 인민을 위해서 뭔가 하지 않으면 안 돼."

이런 잔인한 질문을 던져 본 일도 있었다. "인민이 너를 필요로 하고 있어?" 그녀가 슬퍼하리라는 것을 알면서도 말하지 않고는 견딜 수가 없었다. 어떻게 해서든 그녀가 어리석음에서 깨어나 더 이상 속아 넘어가지 않도록 해 주고 싶었다. 그때마다 그녀는 침묵을 지키거나 이런 옛 시구로 대답했다.

"나를 아는 이는 내 마음이 시름겹다 하고, 나를 모르는 이는 나더러 무엇을 찾느냐고 한다. 아득히 푸른 하늘이여, 이건 누구 때문이뇨?" 《시경》의 한 구절) 그 시구를 듣는 나도 괴로웠다. 안다. 그녀의 심정을 안다! 우리들은 동시대의 인간으로서 비슷한 길을 걸어오지 않았는가.

오늘은 또 웬일로 아침부터 찾아왔지? 내가 아픈 줄도 모를 텐데.

"네가 아픈 줄은 몰랐어. 기분이 좀 울적해서 산책이라도 할까 하고 나왔다가 마침 이 앞을 지나게 되어서 행여나 하고 들러 본 건데 정말 집에 있을 줄이야." 그녀는 들어오자마자 이렇게 말했다. 약간 야위어 있었다.

차는 그녀가 손수 타게 하고 침대 옆에 앉히고서 왜 기분이 울적하냐고 물어보았다. 그녀는 고개를 숙이고 얼굴을 붉히면서 자오전환의 참회, 쉬헝중의 프러포즈, 허징푸의 태도, 그리고 한이의 조숙함 등에 대해서 하나하나 이야기했다. 이야기를 끝내고 그녀는 얼굴을 들어 눈물이 가득히 괸 눈으로 나를 바라보았다.

"이닝, 나는 마음속의 고민을 누구에게도 말하지 않겠노라고 생각했었어. 하지만 너무 괴로워 더 이상 견딜 수 없어. 마음에도 호흡이 필요해. 들이마시지도 내쉬지도 않고 있으면 정신은 질식해 버리고 말아. 그러나 누구에게 말을 해야 좋지? 딸은 아직 어리지, 동료나 친구들은 대개 남자들이지. 이닝, 난 어떻게 해야 할까. 다른 사람들처럼 평온하게 살고 싶다고 생각하고 있는데도 왜 그것이 불가능할까. 내가 나쁜 여자이기 때문에 평온과 안정을 얻을 자격이 없다는 걸까? 정말로 나쁜 여자는 나보다 훨씬 잘 지내고 있는데!"

바로 이 점이 문제야. 그녀는 나보다 훨씬 잘 알고 있으면서도 일부러 나에게 묻고 있다. 자기의 생각을 내 입을 통해서 듣고 싶은 거로군. 물론 말해 주지. 말하지 않고 있으면 더욱 괴로워할 테니까. 같은 말을 벌써 몇 번이나 했는지 모르겠지만 오늘도 말하겠어.

"그건 말이야, 네가 생활의 기준을 낮추려고 하지 않기 때문이야. 정신적인 측면에 지나치게 비중을 무겁게 두기 때문이야. 그런 건 요즘 시대에 현실적이지 못해. 정신과 생활을 분리시키기만 하면 모순으로부터 탈출할 수 있어. 천국으로부터 지상으로 내려오도록 해. 현실적이 되면 행복해질 수 있어."

"뭐? 정신과 생활을 분리시키라고? 그럼 동물이나 똑같잖아." 그녀는 이제까지와 마찬가지로 깜짝 놀라며 반문했다.

언제나 그렇다. 그녀는 나를 그녀의 또 하나의 '자기'로 놓고는, 그녀의 '자기'와 대화를 시킨다. 나는 분명히 그 역할을 다해 낼 수 있어. 나역시 그녀를 늘상 또 하나의 '자기'로 보고 있으니까. 차이가 있다면 나의 경우는 그 '자기'가 내 마음속에서 주도권을 쥐고 있는데 반하여, 그녀의 경우는 그것이 억압당하고 저항을 받고 있다는 점이다. 그것이야말로 그녀가 항상 고통스러워하고 내가 대체로 만족하고 있는 근본적인 이유이다. 그렇지만 오늘은 철학적인 논의는 하고 싶지 않다. 나는 철학을 배우고 정치과 교사를 하고 있긴 하지만 그런 논의는 누구보다도 혐오하고 있다. 나 역시, 인간이 정신을 갖지 않는다면 동물이나 마찬가지라는 것쯤 알고 있음은 물론이다. 인간을 동물의 수준으로까지 격하시킨다는 것은 소름 끼치는 일이다. 어린 시절에 공원에서 원숭이가 새끼 원숭이를 안고 키스하고 있는 것을 보고 무척 당황했던 기억이 있다. 원숭이는 왜 인간과 같은가! 인간은 최고의 고등 동물인데! 그러나 인간도 동물로서의 운명을 벗어날 수 없다는 것을 점점 깨닫게 되었다. 동물계의 법칙이 인류 사회에서도 그대로 존재한다는 사실은 언제 어디서나 목격할 수 있는 것이다. 인간이 원숭이와 같다는 것이 이상한 것인지, 원숭이가 인간과 같다는 것이 이상한 것인지 나로서는 알수 없다. 그런 일로 골치를 썩이고 싶지도 않다. 그러나 쑨웨는 그 때문에 괴로워하고 있다! 이 기회에 정곡을 찔러서 그녀의 마음속에 헝클어져 있는 실타래를 토해 내도록 해서 명쾌하게 잘라 내지 않으면 안 된다. 그녀를 더 이상 고통 속에 내버려 두어서는 안 된다.

"쓸데없는 논쟁을 하고 싶지는 않아. 사실을 따져 보자고. 우선, 자오 전환을 용서하고 말고는 현실적으로도 의미가 없어. 그와 다시 인연을 맺는다는 것은 생각할 필요도 없어. 그 사람이 여기에 있을 것도 아니잖아. 얼굴을 서로 마주 대할 기회도 없어. 신경 쓸 필요가 없는 거지. 그리고 그는 현재의 생활이 행복하지 못하기 때문에 너를 다시 생각하는 것뿐이야. 그런 참회는 한 푼어치 가치도 없어. 그런 사람은 그냥 내버려 두면 돼. 그리고 쉬헝중 말인데 솔직히 말해서 그와는 어디까지 진행된 거야? 나도 소문은 듣고 있지만."

"그에게는 이미 거절했어. 한이가 싫어해."

"그럼 너는 좋아한단 말이니?"

"나는 다만 동정하고 있을 뿐이야. 못 본 척하기가 힘들어. 지금 매우 어려운 처지에 놓여 있으니까."

"그 사람보다 가엾은 사람은 얼마든지 있어. 소개해 줄까?"

"그건, 무슨 뜻이지? 이미 분명히 거절했다고 말했잖아. 그쪽에서 찾아오는 것을 쫓아내란 말야? 나는 한이가 아니잖아." 그녀의 얼굴이 빨갛게 되었다.

"거절하는 방법이 분명했다면 찾아오진 않았을 거야. 정직하게 말해, 쑨웨. 너, 쉬헝중을 받아들일 마음이 있는 거야, 없는 거야?" 나는 단도직입적으로 물었다.

"아니야!" 그녀는 반사적으로 일어났다. "어떻게 그럴 수가! 가엾기는 하지만 싫을 때도 있어……. 솔직히 말해서, 이닝, 그와 결합함으로써 다른 생각들을 단념해 버릴 수도 있지 않을까 하는 생각을 한 적도 있었어. 쉬헝중에게도 어딘가 사랑할 만한 데가 있진 않을까, 열심히 찾으려고 생각했었지. 예를 들어서 그가 가정 생활의 분위기를 만드는 데 뛰어나다든가. 하지만 불가능했어. 조금 마음에 드는가 싶다가도 갑자기 싫어지는걸. 그는 나의 선의를 믿는다고 했지만 나는 그것은 절대로 안 된다고 말해 두었어."

"그럼 내 말대로 쉬헝중의 이름은 네 장부에서 지워 버리도록 해. 그와는 인연이 없는 거야. 쉬헝중을 걱정할 필요는 없어. 네 태도가 분명하기만 하면 그 사람은 금방 주의를 다른 사람에게로 돌릴 거야. 그에게 필요한 것은 아내야. 그것을 고상한 곳에서 찾으려고 하고 있을 뿐이라고. 그 사람 문제는 간단히 정리해. 내가 책임질게."

"꼭 결혼상담소 주인 같아!" 그녀는 웃었다.

어떻든 상관없다. 뭣하면 정말로 결혼상담소를 열어도 좋다. 내가 하는 게 다른 사람이 하는 것보다 나을는지도 모르지. 나는 다시 다그쳤다.

"허징푸는 어때?"

"좋아했어."

"그럼 지금은?"

"지금은 잘 모르겠어. 그를 소중하게 생각하고 있고 신뢰도 하고 있지만 그에게로 가고 싶진 않아. 옛날에 거절한 적이 있는데 이제 새삼스럽게 그를 원한들 뭘 하겠어. 다른 사람들이 경멸하지 않는다 하더라도 나 스스로가 경멸하게 돼."

"그럼 그쪽에서 원한다면? 그가 프러포즈해 올 수도 있는 거야. 네 생각은 어때?"

"모르겠어. 하지만 나는 동정이나 연민의 대상이 되고 싶지는 않아. 하물며 시혜를 받고 싶은 생각은 없어. 내가 걸어온 한 걸음 한 걸음은 모두 내가 선택해 온 거야. 그 선택이 나의 애정이나 의지를 그대로 표현하지 못하기도 했고, 때로는 나의 의사에 반하기도 했었지만 그것은 결국 내 인생에 대한 인식과 태도를 반영하고 있는 것이니까. 나는 나 자신의 발자국을 지우고 싶지도 않고 다른 사람의 손을 빌려서 지우고 싶은 마음은 더구나 없어. 발자국은 나를 괴롭히고 부끄럽게 만들어. 하지만 그렇기 때문에 더욱 소중하기도 해……. 난 그 사람과는 결합할 수 없어. 그럴 수 없어……."

"그럼 허징푸도 잘라 내야겠군."

나는 딱 잘라 말해 주었다. 쑨웨가 허징푸를 사랑하고 있다는 것은 알지만 이 혼담을 진행시키고 싶은 생각은 없다. 쑨웨가 다시 한번 폭풍우를 맞게 된다면 이번에야말로 버티지 못하게 될 것이다. 허징푸와 맺어진다면 그 폭풍우에서 벗어날 수 없다. 허징푸라는 사람을 만나 본 일은 없지만 여러 사람들이 그는 주관이 있는 사람이라고 한다. 유감스럽게도 그 주관은 모두 규격을 벗어나 있다. 장차 중국이 어떻게 변할 것인가, 반우파 투쟁이 두 번 다시 없으리라는 보장도 없다. 더 이상 정치적 격동이 없으리라는 것은 사람들의 희망에 불과하다. 희망이 현실화되기란 극히 드문 법이다.

그러나 쑨웨는 아직도 허징푸에게 집착하고 있다. "그 사람은 가정을 갖지 않으면 안 돼. 반평생을 유랑해 왔잖아. 하지만 아무라도 좋아할 수 있는 사람이 아니야. 그에게는 이상이 있어……."

"그렇다면 자존심 따위는 버리고 그에게 프러포즈해서 그의 손실을 보상해 줘야 되겠군." 나는 일부러 역성을 들어 그녀를 자극했다.

"자존심이란 허영심과 구별하기 어려워. 내가 말하는 자존심이란 것은 허영심에 불과한 것인지도 몰라. 하지만 지금 그것을 버리기는 어려워." 그녀는 중얼거리듯이 말했다.

"그럼 그는 문제가 되지 않는구나."

"하지만 그 사람은 병으로 입원해 있어. 병문안을 가 봐야 할지도 모르겠어."

나는 냉담을 가장하며 말했다. "학부의 총지부 서기님이시면 당연히 대중의 생활에 관심을 가져야지. 병문안은 가는 게 좋을걸."

"아냐, 난 안 갈 거야." 그녀는 몇 번이고 고개를 옆으로 흔들었다. 마치 내가 허징푸의 문병을 가라고 명령하기라도 한 것처럼.

허징푸라는 사람도 언젠가는 만나지 않으면 안 된다. 쑤웨를 이렇게 열중하도록 만든 사람이니까. 분명 보통 사람은 아닐 거야. 하지만 꼭 그렇다고도 할 수 없지. 눈은 마음의 창이라고들 하지만 마음을 속이고 배신하는 일도 있어. 쑤웨도 처음에는 자오전환의 얼굴에 반했었잖아. 그리고 나 역시…… 아냐, 이젠 다 지난 일이야!

"난 도대체 어떻게 하면 좋을까." 그녀는 다시 똑같은 질문을 했다.

기대에 찬 눈으로 나를 바라보고 있다. 나한테서 무슨 지혜가 나올 수 있단 말인가? 행복을 빈다는 말 이외에는 아무것도 할 말이 없다. 그렇다. 나는 문득 생각했다. 내 이야기를 들려주어야 한다.

그녀에게 조금은 참고가 될 게 분명하다. 자신의 과거에 대해서 나는 이미 몇 년 동안 다른 사람에게 말해 본 일이 없다. 쑤웨에게조차 말하지 않고 지내 왔다. 현재에 만족하고 있기 때문에 과거는 기억하고 싶지 않았다. 남편과 아이의 얼굴을 똑바로 바라볼 수 있으려면 과거는 철저히 묻어 버리는 수밖에 없었다. 하지만 오늘은 쑤웨에게 말하지 않을 수 없다. 지금 그녀가 겪고 있는 고통은 그대로 나의 고통이었으니까. 마음만 먹는다면 그녀도 지금의 나처럼 고통으로부터 탈출할 수 있는 거야. 인생은 내게 두 번, 잊을 수 없는 교훈을 주었다.

대학 시절 나는 일곱 살 연상인 동급생과 사랑을 했었다. 우리들은 열렬히 서로를 사랑하고 있었다. 졸업 때는 함께 변경으로 보내 주도록 신청해서 현지에서 결혼하여 이상의 꽃을 피우기로 약속했다. 그러나 졸업 마지막 학기에 당 조직이 갑자기 나를 찾아와서 두 통의 고발장을 내밀었다. 그것은 나의 연인이 '조강지처'를 유기했다는 내용이었다. 고발장을 쓴 사람은, 한 사람은 농촌 아낙네인 그의 '아내'였고, 또 한 사람은 사람들로부터 존경받고 있는 고참 혁명가인 그의 아버지였다. 나로서는 청천의 벽력이었다. 그에게서 그런 말은 들은 적이 없었다. 내가 알고 있었던 것은 단지, 그가 혁명 전사의 아들이며 생모가 사망했기 때문에 어릴 때부터 농가에 수양아들로 보내졌다, 해방 후에 아버지가 다시 호적을 옮겨 왔지만, 계모가 그를 받아들이려 하지 않아서 그대로 농촌에 남아 있다가 대학에 진학했다는 것뿐이었다. 그는 내 앞에서 연애의 앞날이 걱정스럽다는 말을 한 적은 있었지만 그 진짜 이유를 말해 준 일은 없었다.

내가 그에게 따지려고 마음먹고 있을 때 그쪽에서 먼저 나를 찾아왔다. 막상 이야기를 듣고 나자 나는 그를 책망해야 할지 어쩔지 알 수가 없어져 버렸다. 결국 나는 아무런 책망도 하지 않았다.

그를 맡았던 농가에는 그보다 몇 살 위인 딸이 있었는데 줄곧 그를 뒷바라지해 주었다. 양가의 부모는 농촌의 관습대로 두 사람의 약혼을 결정했다. 그는 그녀에게 감사했고 경의를 느끼기는 했지만 애정을 갖지는 않았다. 그녀는 그의 마음속에서 언제나 누나와 어머니를 겸한 존재였다. 그녀는 문맹이었지만 그는 학업을 계속했다. 그리고 그가 대학에 합격했을 때 그녀는 그가 마음이 변할 것을 두려워했고 그녀의 부모는 두 사람을 위해서 성혼을 시켰다. 즉 결혼 증명서를 받았다.

"왜 결혼을 승낙했어요?"

"그때 나는 애정이라는 것이 무엇인지를 몰랐어. 생활에 무리가 없는 것이 곧 합리적이라고 믿고 그녀와 평생을 보내려고 생각했을 뿐이야. 설마 나중에 진정한 애정에 접하게 되리라고는 생각도 못했었어. 진짜를 만나게 되면 가짜는 자연스럽게 잊어버리게 되지."

그의 마음속에서 그녀의 이미지는 점점 엷어져 갔다. 그는 이 문제를 간단히 처리할 수 있으리라고 생각하고 있었다. 두 사람은 사실상 결혼은 하진 않았으니까! 그러나 드디어 그는 자기가 귀찮은 문제에 부딪쳐 있음을 알게 되었다. 귀향할 때마다 그녀에게 서로 헤어져서 각자 자기의 행복을 찾기로 하자고 설득하고 애원했지만 그녀는 단호하게 거부했다. 그녀는 '생이별한 과부'가 될지언정 이혼은 싫다고 버티었다.

"나에게 말했어야 했어. 왜 속였죠?"

"속일 생각은 없었어. 실제로 말할 용기가 없었지. 마지막 2년은 방학 때도 귀향하지 않았었잖아. 그렇게 하면 그녀도 포기할 것이라고 생각했었지……. 설마 아버지가 나설 줄이야."

'며느리'가 시아버지에게 아들이 귀향하지 않는다고 편지로 알렸다. 아버지는 곧 대학으로 편지를 보내 아들의 소행에 대해 질문을 했다. 아들의 '바람기'를 알자 화를 내며 곧장 '며느리'가 있는 곳으로 가서는, 남편의 응석을 받아 주고 멋대로 놓아 두어서는 안 된다고 '며느리'를 꾸짖었다. 가엾은 시골 처녀는 '남편'에게 애인이 있으리라고는 생각지 못했던 것이다. 그 말을 들었을 때 희망이 산산조각으로 부서져 목을 맸다. 다행히 그녀는 살아났지만 '천스메이 사건'으로 온 마을이 떠들썩해 지는 결과가 되어 버렸다. 청백리 바오원정(포청천) 역할은 그의 아버지가 맡았다. 아버지는 아들을 '구하기' 위해서 모든 수단을 취했다. 조직에 호소한 것은 그 중의 하나에 불과했다.

"그래서, 어떻게 할 생각이죠? 그 시골 처녀와 평생을 같이 할 생각인가요?"

"내게 무슨 방법이 있겠어? 어떻게 할 도리가 없어……."

'그래 갖고서 어떻게 스스로에게나 나에게 책임을 질 수 있어요? 그렇게 용기가 없는 사람이었나요? 내가 잘못 봤군요!'

나는 그렇게 힐책해 주고 싶었다. 하지만 말이 나오지 않았다. 확실히 우리들에게는 아무런 방법도 없었다. 절대적인 열세에 놓여 있는 것이다. 만일 5·4 운동 무렵이었다면 우리들의 연애는 아직 '반봉건'의 의미를 가질 수 있었다. 결혼을 은혜로 받아들일 수는 없었던 것이다. 그러나 지금의 우리 사회는 이미 '철저한 반봉건'인 신민주주의 혁명을 경과해서 사회주의 단계로 들어가 있다. 혼인법은 이미 각자에게 혼인의 자유를 보장하고 있다. 그러므로 우리들 같은 연애는 '도덕적 부패', '부르주아 사상의 폭로' 이외의 아무것도 아닌 것이 된다. 게다가 나는 '부르주아 아가씨'로서 국제 관계까지도 있다. 일의 성질상 모든 것은 '불을 보듯이 환한 것'이 아닌가.

물론 연인이 고급 간부였다면 어쩌면 '사소한 일'로 처리될 수 있었을는지도 모른다. 하지만 일개 대학생에 불과한 그로서는 이만큼 큰일도 없다. 그리고 보다 중요했던 것은 아버지가 아들의 일을 예사로 보아 넘기지 않고 그에게 평생 잊을 수 없는 교훈을 주려고 결정한 것이다. 대학은 그 아버지의 뜻을 충분히 존중했다. 그는 당 조직으로부터, 나는 공청단으로부터 비판을 받았다. 그 이상의 조치는 없었고 우리들은 관계를 끊었다. 졸업 후의 배속에 대해서는 그는 '조강지처'와 합류하기 위해서 귀향을 희망했다. 나는 단호히 변경으로 갈 것을 희망했고 그것이 받아들여졌다. 배속 계획이 발표되었을 때 친구들은 나를 몇 번이나 공중으로 헹가래 쳤다. 그리고, 나의 연인은 멀찍이 후미진 곳에 숨어서 눈으로만 나를 좇고 있었다.

우리들은 작별을 고하지도 않았다. 그 후 편지를 주고받은 일도 없고, 지금 그가 어디에 있는지조차 알지 못한다. 그러나 내게는 이 첫사랑은 언제까지나 잊혀지지 않는 것이다.

나는 티베트에서 2년간 일한 다음 몸이 견디지 못하여 이 지역으로 전속되어 왔다. 곧 나는 동료 중의 한 사람과 사랑을 했다. 과거의 교훈이 있기 때문에 나는 그의 정치적 조건과 가정 환경을 시시콜콜 따졌다. 다행히 정치적으로는 아무런 문제가 없는 사람으로서 단지 나보다 1급 높은 쁘띠 부르주아 가정 출신이었다. 나도 나 자신의 정치적 조건을 그에게 밝히고 충분히 생각하도록 했다. 그가 더 이상 문제될 것이 없다고 해서 우리는 결혼했다.

그럭저럭 괜찮은 가정이었다. 그는 음악 교사여서 매일 집에서 흥얼거리곤 했다. 나도 음악을 좋아했으므로 아주 화목했다. 나는 신에게 감사했다. 이제야 안식처를 내려 주셨기 때문이다.

그러나 결혼 다음 해 문화대혁명에 직면했다. 정치적 격동이 홍수처럼 흘러넘쳤다. 모든 것을 강타하여 밀어내고, 모든 곳에 스며들어 모든 것을 짓밟고 말았다. 우리 집은 반혁명 조직으로 눈총을 받았고 우리 부부는 상종해선 안 될 사람들이 되었다. 출신과 사회 성분 때문에 나는 당연히 남편보다 주의를 끌었고 남편은 '분리시켜 무너뜨릴' 대상으로 간주되었다. 그러고 나서 1년도 되지 않았다고 생각된다. 그는 '분리시켜 무너뜨린다', '활로를 부여한다'는 정책에 순응하여 자기의 활로를 찾았다. '대의를 위해서 사사로운 정을 버리고', '반대파에 붙는 일격'을 가하는 태도를 취했다. 내가 3년에 걸친 흉년 때 나라를 팔고 적에게 투항하려고 모의했었다고 고발했다. 사실은, 1962년에 해외의 친척 한 사람이 별세하면서 내게 얼마간의 유산을 남겼는데 내가 그것을 받으러 가지 않았었던 것에 불과했다. 그러나 남편의 고발만큼 유력한 증거는 없다. 나는 머리를 절반쯤 잘리고 땅바닥을 개처럼 기도록 요구받았다. 나의 남편은 그것으로서 '관대한 조치'를 받고 '해방'되었다.

내 마음은 싸늘히 얼어붙었다. 조국, 인민, 당, 육신, 모든 것이 나와는 인연이 멀어져 버렸다. 사람들에겐 원래부터 그 어떤 애정이나 신의도 없는 것이 아닐까 하고 나는 의심했다. 사람과 사람 사이에는 생존 경쟁이 있을 뿐이라고 생각되었다. 동물과 차이가 있다면, 동물은 서로 잡아먹을 때에 선언도 하지 않고 구실을 붙이지도 않지만 사람은 갖가지 깃발을 만들어서 자기를 속이고 남들을 속일 수가 있다. 그런 차이뿐이다. 나는 순자의 성악설을 믿게 되었다.

몇 번이나 자살하려고 생각했었다. 도리어 나를 감시하던 여학생이 나를 구해 주었다. 그녀는 몹시 엄격하게 '감시'를 했으며 내게 살아가라고 격려해 주었다.

겨우 '해방'되고 난 다음 맨 먼저 나는 이혼과 전근을 요구하였다. 나는 그 목적을 달성했다.

지금의 학교로 옮겨서 캠퍼스의 숙소에서 살았다. 나를 구해 주었던 그 학생이 자주 찾아와서 자기 집에 데리고 가 주곤 했다. 나는 거기서 그녀의 오빠이며 지금의 남편인 이신을 알게 되었다. 처음 만났을 때 그는 나를 '리 아줌마'라고 불렀다. 그의 어머니가 그렇게 부르게 한 것이었다. 나도 물론 적당한 호칭이라 생각했다. 그는 나보다 무려 여덟 살이나 아래였다.

이 가족을 알게 된 덕에 나의 얼어붙었던 마음은 얼마간의 온기를 되찾았고 인간에 대한 한 점 신뢰와 친밀감을 회복했다. 처음에 나는 이신과의 연애 같은 것은 생각지도 않았었고 이신 역시 나를 사랑하는 마음 따위는 없었다. 우리 사이를 이어 준 것은 지극히 선량한 과부인 이신의 어머니였다. 이미 돌아가셨지만 그분은 그 무렵의 내 신세를 몹시 동정해서 팔방으로 혼처를 찾아 다시 가정을 갖게 하려고 했다. '남자의 손'이 없는 생활은 참으로 힘들다고 하면서. 하지만 그분의 노력은 그때마다 헛수고로 끝났다. 그 시절에, 좋지 않은 '정치적 배경'에다 이혼 경력까지 있는 여자를 받아들이려는 사람이 있을 리가 없었다. 마지막으로 노모는 자기의 아들에게 눈을 돌렸다.

"이신, 네가 리 선생님을 아내로 맞아라. 좋은 사람이다." 그분은, 나 같은 사람이 애처롭지 않느냐고 하면서 내가 현모양처가 될 것이라는 믿음을 아들에게 주었다. 효자인 아들은 해 보겠노라고 대답했다. 그는 나를 두 번 다시 '아줌마'라고 부르지 않게 되었고 '리 선생님'이라고 불렀다. 그것이 다시 '누나'로 바뀌었다가 드디어 '이닝'으로 되었다.

이신은 일단 중학교에 진학했다가 어머니를 돕고 여동생을 부양하기 위해서 학교를 중퇴하고 공장에 들어가 있었다. 문화대혁명이 시작되었을 때는 신참 견습공이었다. 여덟 살이나 아래고 지식도 취미도 전혀 다른 젊은이에게 어떻게 사랑을 느끼게 되었을까. 그가 처음으로 '이닝'이라 부르며, 어머니가 나를 아내로 맞으라는 말을 했다며 더듬거리는 고백을 했을 때는 얼마나 놀랐던가. 나는 그를 거울 앞으로 데리고 가서 거울 속의 두 사람이 어떤 사이로 보이느냐고 물었다. 그는 거울에 시선을 주고는 말했다.

"어머니는, 나는 나이보다 늙어 보이고 누나는 젊어 보이니까 그렇게 나이 차이가 나 보이지는 않는다던데."

"우리, 서로 어울린다고 생각해?"

"그야 나는 배운 게 없지만 문제를 두 개만 내 봐. 내가 아는지 모르는지 시험해 보자고."

어린애 같은 순진함에 끌려서 나도 시험 삼아 그를 그때까지와는 다른 눈으로 보기 시작했다. 나는 정치나 계급 투쟁에는 정말로 이제 진저리가 나 있었고, 그저 휴식만을 원하고 있었다. 정치라는 비바람을 가릴 수만 있다면 초라한 오두막에라도 기어 들어가고 싶다고 생각했다. 중학 시절에 국어 선생님이 내게 셰빙신의 시를 읽어 준 일이 있었다. 아마 "하늘에 폭풍우가 치면 작은 새는 자기 보금자리로 숨습니다. 인간 세상에 폭풍우가 치면 나는 엄마 품으로 숨습니다." 하는 내용이라고 기억된다. 엄마는 이미 옛날에 돌아가셨으므로 나는 보금자리에 숨고 싶었다. 그 보금자리가 아무리 보잘것없는 것이라 할지라도.

나는 이신과 결혼했다. 행복은 비교함으로써 비로소 이해하고 느낄 수 밖에는 없는 것이다. 내 생활은 정치의 소용돌이에서부터 멀어졌기 때문에 비로소 안정되었다. 이신은 정치에는 전혀 무관심하다. 그에게 있어서 나는 아내이며 딸의 엄마이고 가정에서는 없어서는 안 될 대들보이다. 그는 자기 가정을 사랑하며 물론 나와 딸도 사랑하고 있다. 가정을 위해서라면 그는 자기의 모든 것을 내던질 수 있다. 나는 지금 행복한 사람이라고 느끼고 있다.

이신은 나와 같이 음악을 감상할 수는 없지만 어떤 음악회든지 나와 함께 마지막까지 앉아 있을 수는 있다. 물론 앉아서 졸기만 하겠지만, 그런 것은 아무래도 좋다. 그는 몹시 피곤하니까! 그는 소설이나 시도 읽고 싶어 하지 않지만 내가 문학적인 이야기를 해 주면 싫어하지 않고 들어 줄 수 있다. 나중에 그것에 관해서 이야기해도 그는 아무것도 모른다. 그러나 그는 나를 보면서 마음속으로는 생각하고 있다. 이 사람도 이제 코트를 사야 할 때가 되었는데 하고.

내가 정신과 생활을 분리하라고 한 말은, 정신은 전혀 필요하지 않다는 뜻이 아니다. 정신 생활에도 역시 여러 가지 등급이 있다고 생각해, 나는 요구 수준을 낮추었다. 그럼에도 불구하고 정신적인 만족을 얻었다. 그건, 나를 위해서라면 자기의 관심이나 취미도 아낌없이 희생한다는 느낌을 안겨 주는 그가 있기 때문이다. 그리고 그것이 또 나에게 정신적인 필요를 만들어 주었다. 그에게 보답하고 그를 위하여 희생해야겠다는 생각을 갖게 한다.

그를 위해서 나는 가능한 한 음악이나 문학을 잊고, 헤겔이 절대 정신의 최고 단계라고 하는 철학이나 사상도 잊으려고 노력했다. 재봉틀을 사고 《양복 재단》, 《뜨개질》, 《대중 요리》 등의 실용 서적을 서가에 꽂았다. 남편과 딸의 머리를 잘라 주는 법도 배웠다. 내가 남편보다 훨씬 나이가 많기 때문에 남편이 수치심을 느끼지 않도록 되도록이면 나 자신을 젊게 보이도록 애썼다. 정성껏 멋 부리는 법을 익혔다고 해도 좋을 거다.

우리는 매일 이런 식으로 살고 있다. 나는 만족하고 있고 그래서 행복하다. 옛날에 내가 다른 것을 추구하고 있었다는 게 믿어지지 않을 정도다. 생활이라는 것은 원래 이래야 한다.

지금 집에 없는 것은 텔레비전뿐이다. 9인치짜리라면 살 수 있지만 이신은 12인치는 되어야 한다고 말한다. 환이도 아빠와 같은 의견이어서 우리는 이를 위해서 노력하고 있는 중이다. 아마 앞으로 1년 정도 걸릴 거다.

텔레비전을 사고 나면 다음에는 세탁기를 살 작정이다. 이신은 내 몸이 약하니까 되도록이면 가사에서 해방되어야 한다고 한다.

"노동자 계급인 내 임무는, 우리 집의 여성 두 사람을 가사 노동으로부터 해방시키는 데에 있다. 이것은 위대한 일이 아닌가." 이신은 때때로 농담처럼 나와 딸에게 말한다. 딸은 언제나 맨 먼저 엄지손가락을 세우면서 외치고. "아빠는 위대해! 아빠 만세!"

그러면 나는 언제나 딸을 가슴에 안고서 아무 데나 키스를 한다.

아이는 점점 커 가고 필요한 것이 점점 늘어간다. 세탁기 다음은 아이의 외국어 공부를 위해 녹음기를 장만할 차례다.

생활이 계속 필요를 낳고, 물질의 필요가 조금씩 내 정신을 빼앗아, 마지막에는 정신을 대신해 버렸다. 욕망에는 제한이 없다. 그 하나하나가 분발의 목표가 되어 다른 것 따위는 생각할 틈도 없다.

철학은 철학자에게 맡기고, 정치는 정치가에 맡겨 버렸다. 나는 생활의 전문가가 되어 살림을 꾸리는 연구를 하고 있다.

나는 만족을 느끼고 행복을 느낀다. 생활이라는 것은 본래 그런 것이다.

이것이 나의 이야기. 꿈이 없는 생활이지만 덕택에 풍파도 일지 않아. 꿈이 있으면 언제나 풍파가 따르는 법이지. 다른 사람에게 주목을 받게 되면 반드시 그것을 깨뜨리려는 사람이 나타나. 하지만 누구에게서도 주목을 받지 않으면 평온무사한 법이야! 그 외에 무엇이 필요하단 말이지?

내 손을 잡은 쑨웨의 손에 점점 힘이 들어갔다. 그 손은 촉촉이 젖어 있었다.

"내가 만일 당시 너희들과 동급생이었다면 역시 너희들을 비판했을 거야. 그리고 또 내가 너희들의 동료였다면 역시 네 남편에게 대의를 위해서 사사로운 정은 버리라고 권유했을 거야. 이닝, 얼마나 무서운 일인지 모르겠어. 과거에 익숙하기 그지없었던 일이 지금 보면 비극, 그것도 모르는 새 행해진 비극이었다니."

"그만둬, 쑨웨. 희극이니 비극이니 생각할 필요가 없어. 지나간 일은 무엇이든지 내게는 이미 흐릿하기만 해. 역사니 뭐니 하는 것은 폐품처럼 끈으로 묶어서 구석에 내던져 버린다면 그것은 그만이야. 뜨개질 역시 잘못 뜨면 풀어서 처음부터 다시 뜨잖아. 뜨는 방법을 달리하면 그것으로 완전히 새로운 물건이 되고 어느 누구에게도 원래의 형태 같은 것은 보이지 않지."

그녀는 내 비유에 자기도 모르게 웃었으나 금방 웃음을 거두고 말했다. "뜨개질은 실이 한 가닥뿐이지만 인간의 삶은 수십 가닥의 실이 서로 얽히는걸."

"그것을 모두 간추리려고 하면 안 돼! 한 칼로 깨끗이 잘라 낼 것은 잘라 내야지."

"그렇게 간단하지 않아, 이닝. 너, 정말로 조금도 억울하지 않아?" 그녀는 다시 내 손을 잡았다.

나는 심장이 멎는 듯했다. 나는 억울해하고 있는 것일까. 이제까지 그런 질문을 자신에게 던져 본 일이 없다. 손에 들어와야만 할 것, 그리고 손에 들어올 수 있는 것이 들어오지 않았다면 그야 억울하기도 하다. 하지만, 이닝. 네가 과거에 생각하고 있었던 것은 모두 단순한 꿈, 불가능한 것들뿐이야. 손에 들어오지 않는 것이 당연한 것이었어. 무엇을 억울해한단 말인가. 그때 너와 '분리'되었던 남자는 지금도 잘 살고 있어. 그는 흐름을 잘 타고, 언제나 다른 사람들의 눈에 띄는 곳에서 헤엄치고 있지. 게다가 위험을 피하는 데도 뛰어나. 너는 그가 당연히 받아야 할 업보를 받지 않고 있는 것이 '억울'하단 말인가? 이 세상에서 받아야 할 업보를 받지 않고 있는 사람은 그 사람뿐이 아니야. 그보다 훨씬 더한 거물도 있지. 너, 하루 온종일 억울해하고 있을 수 있어? 우선, 억울해한다고 해서 세계가 변하기라도 해?

"아니. 난 억울함 같은 건 없어." 나는 결연하게 말했다. 그녀는 가만히 나를 응시하다 이 말에 거짓이 없음을 깨닫자 한숨을 쉬었다.

"그래, 너처럼 해야 하는 것인지도 몰라."

"그렇다면 자오전환도 쉬헝중도 허징푸도, 모두 저세상으로 보내 버리기로 하자." 내가 일부러 거칠게 말하자 그녀는 웃으면서 내 이마를 툭 쳤다.

나는 그녀의 손을 붙들고는 진지하게 말했다. "그 외에 좋은 사람을 찾아서 재혼하도록 해. 지난번에 말했던 사람, 아주 멋있단다."

그녀는 너무나 의외라는 듯이 어안이 벙벙한 표정을 짓고 있다. 나는 웃으면서 말했다. "거 봐, 너는 나를 참모로 두면서도 내 말은 하나도 듣지를 않는다니까. 쑨웨, 나처럼 해 봐. 언제까지 꿈을 꾸지 말고!"

딸 환이가 학교에서 돌아왔다. 잔뜩 싸서 터질 것 같은 꾸러미를 들고 있다. 환이는 들어오자마자 내 목을 감고 말했다.

"아빠가 출근하실 때 엄마에게 맛있는 것을 이렇게나 많이 사 주셨어. 아빠가 엄마 보고 편히 쉬래. 그리고 나보고 아빠 대신 엄마한테 키스하라고 하셨어."

"어머, 얘 좀 봐……." 나는 부끄러워서 나도 모르게 쑨웨를 보았다. 얼굴이 창백해져 있다. 나는 당황해서 환이에게 말했다.

"쑨웨 아줌마가 안 보이니? 아줌마에게 키스해 드리렴."

환이는 재빨리 쑨웨의 무릎으로 달려 올라갔다. 눈물이 두 방울 쑨웨의 눈에서 굴러떨어졌다. 그녀는 그것을 감추려고 얼굴을 돌렸다. 나마저 애처로워진다. 쑨웨가 무엇을 생각하고 있는지 알기 때문에 괴롭다.

"아줌마, 또 슬퍼하고 있어?" 환이는 쑨웨를 자주 보기 때문에 그녀가 늘 우울해하고 있다는 것을 잘 안다. 쑨웨는 고개를 젓고는 환이에게 키스했다. 그러자, 환이는 갑자기 어른처럼 한숨을 쉬면서 말했다.

"아줌마, 내 말을 들어요. 아무것도 생각하지 말아요. 다른 사람은 상관하지 말고 자기 일만 잘 하면 되는 거예요. 나이 들어서 퇴직하면 공원에서 태극권이라도 하고 송이버섯이라도 사서 잘 구워 먹도록 해요, 알겠죠?"

쑨웨는 웃으면서 환이를 꼭 껴안아 주고는 "네에, 알았습니다." 하며 눈물을 철철 흘렸다. 나는 점점 더 애처로워졌다. 우리들은 아이를 이런 식으로 교육시켜서 작은 영혼을 해치고 있었던 것이다. 나는 아이를 위해서 울고 싶다. 그리고 자신을 위해서 울고 싶다.

쑨웨가 환이를 내려놓고는 휴 한숨을 쉬면서 말했다.

"네 흉내는 도저히 못 낼 것 같아."

"그럼 앞으로 폭풍우를 피할 수 없겠구나." 나도 한숨을 쉬면서 말했다.

"운명에 맡길 테야." 그녀는 그렇게 말하고는 일어섰다.

천위리

쑨웨, 잊어서는 안 돼. 사람들의 소문만큼 무서운 것은 없어.

오늘은 시류가 집에 들어오자마자 내 험담부터 늘어놓는다. 조금 전 당위원회에서 쑨웨가 대들었던 것에 대한 화풀이를 내게 하는 거다. 마치 대든 사람이 쑨웨가 아니라 나이기나 한 것처럼.

도대체 누구 때문인가. 나는 그저 당신에게 중문학부 교사 몇 명이 쑨웨에 대해 보고해 온 것을 전했을 뿐이잖은가. 그녀의 생활은 너무나도 단정하지 못하며, 허징푸와 쉬헝중 두 사람에게 동시에 접근하고 있다는 보고를 전달했을 뿐이다. 쉬헝중은 늘 그녀 집에서 식사를 하고 있고, 허징푸가 입원한 다음부터는 계속 딸을 시켜 먹을 것을 갖다 줘서 병원 사람들은 모두 쑨웨의 딸이 허징푸의 딸인 줄로 알고 있을 정도이다. 흥, 쑨웨가! 언제나 진지한 얼굴을 하고는 같이 있고 싶지 않다는 듯이 곁눈질하곤 하던 주제에. 자기 역시 그 꼴이잖아! 나는 그런 식으로 양의 탈을 쓰는 것을 제일 경멸한다. 그런데도 시류는 그녀에게만 눈길을 주고 있다. 그는 언제나 나보다 그녀의 능력이 윗길이라고 생각하고 있는 것이다. 그녀에게는 학부의 총지부를 맡긴데다가 교단에까지 서게 하고 있는데도 나는 당위원회 사무국의 평직원이다.

나는 시류에게 쑨웨의 진짜 모습을 보여 주려고 생각했던 것이다. 하지만 시류는 방향과 노선의 문제에만 주의를 기울였다. 사상 해방을 제창하고 진리 문제에 대한 토론을 전개한 이래, 그는 '전체'의 방향과 노선이 완전히 한쪽으로 치우치고 있다고 느끼고 있다. '전체'가 전교를 가리키는지, 전당 또는 전국을 가리키는지는 말하지 않았지만 내 경험으로는 학교만의 일은 절대로 아니다. 그는 이대로 가면 국가는 혼란에 빠지고 당은 수정주의 노선을 걷게 될 것이며 스탈린 서거 후의 소련처럼 될 것이라고 말했다. 언젠가 당 중앙이 문제를 깨닫게 되는 날이 있을 것이라고 그는 믿고 있다.

"문제는 인텔리에게서 생겨난다. 우리들이 오류를 정정하고 정책을 조정할 때가 되면 언제나 인텔리가 튀어나와서 오른쪽에서 교란한다. 당연한 일이지만 거기에는 두 종류의 이질적인 모순이 있다. 소수의 진짜 우파 분자는 다시금 기치를 들고 국가의 방향을 변화시키려고 모의하게 되지만, 대다수는 사상에 혼란이 생겨서 머리가 복잡해지는 것이다. 쑨웨의 경우는 머릿속이 복잡한 거야. 그녀에게는 경고해 두지 않으면 안 돼. 그렇지 않으면 제2차 반우파 투쟁이 전개될 때 오류를 범하게 되니까."

나는 제2차 '반우파 투쟁' 따위에는 관심이 없다. 그따위 일이 일어나리라고는 믿지도 않는다. 시류는 하루 종일 집 안에 틀어박혀 있기 때문에 서민들의 감정을 모르는 것이다. 단, 쑨웨에게 경고를 한다는 데는 나도 찬성이었다.

"어머, 같은 생각이군요! 나도 쑨웨를 위해서 생각하고 있었는데."

나는 이렇게 말하면서 시류가 빨리 경고를 내려서 쑨웨의 코를 납작하게 해 주기를 기대했다.

오늘 시류는 당위원회 확대 회의를 열었고 각 학부의 총지부 서기들이 모두 '확대' 참가했다. 정세에 대한 의견을 말한 다음에 시류는 주의 깊게 경고를 했다. 하지만 그가 마음을 쓰는 꼴이라니. 쑨웨에게 지나친 충격을 주고 싶지 않은 것이다. 뭐니 뭐니 해도 심복이니까! 회의에서 그는 쑨웨 개인에 대해서는 전혀 언급하지 않고 그저 중문학부의 공작에 대해서 원칙적으로 비판했을 뿐이었다. 총지부는 정치를 우선시키지 않으며, 부르주아 사상을 타파하고 프롤레타리아 사상을 고취시키는 과업을 게을리하고 있다. 교사도 학생도 모두 사상이 몹시 해이해져 있다고 했을 뿐이었다. 그는 예를 두 가지 들었다. 하나는 허징푸였다. 학생들에 대한 허징푸의 영향이 점점 커져서 적지 않은 학생들이 그를 우상화하고 있다. 아들인 시왕조차 허징푸에게 선동되어 집을 나갈 정도이다. 과거 우리가 허징푸에게 내렸던 처분은 확실히 좀 심한 것이었지만 그렇다고 해서 반우파 투쟁을 말살하고 허징푸를 영웅으로 간주해 버려도 좋을 것인가. 청년들에 대한 그의 영향은 유익한 것인가, 유해한 것인가, 중문학부에서는 그 점을 검토해 본 일이 있는가. 또 한 가지는 이것이다. 며칠 전 학생들의 칠판 신문이 항상 '아가씨여', '젊은이여' 하는 식의 연애시를 게재하고 있는 것을 시류가 비판했을 때 그것이 학생들에게 전달되었다. 학생 중에는 익명의 편지를 보내는 자까지 나타났다. 편지는 그를 봉건 사상의 문지기라고 공격하며 그를 가톨릭 신부로 그린 만화까지 첨부되어 있었다. 이것은 도대체 어떤 성질의 문제인가. 마지막으로 시류는 쑨웨에게 이렇게 말했다.

"당신은 허징푸를 찾아가서 우호 정신에 입각하여 학생들에 대한 자기의 영향에 주의하도록 권고해 주시오. 그리고 이 익명의 편지를 어떤 자가 쓴 것인가를 조사하고 적당한 비판과 교육을 해 주도록 하고, 그

경과는 당위원회에 보고하도록."

시류의 태도는 온건한 것이었다. 회의 때는 늘 이런 식으로 사람들에게 성실, 온후, 침착한 인상을 준다. 나부터가 거기에 호감을 갖고 늘 그에게 내 생각을 보고하러 가기도 했던 것이다. 그 무렵의 나는 아직 유치한 대학생이어서 누구와 사랑을 하고 있다는 이야기까지 그에게 보고하고 있었다. 그를 전혀 사념 없는 인격자라고 믿고 있었다. 그런데 어느 날 부인이 자리에 없었을 때……. 아아, 이런 생각을 해 봐야 소 잃고 외양간 고치기지.

나는 쑨웨가 시류의 의견을 받아들일 것이라고 생각했다. 그러나 어찌 생각이나 했으랴. 그녀는 그의 의견에 일일이 반박했던 것이다.

"당면한 사상 동향과 정치 정세에 대해서 당위원회가 진지하게 토론할 것을 제안합니다. 실천이 진리를 검증하는 유일한 기준이라는 테제를 승인할 것인가. 저는 승인합니다. 이것을 승인한다는 것은 저에게 자신의 과거의 많은 부분을 부정하지 않으면 안 되는 고통을 줍니다만 그러나 저는 승인합니다. 왜냐하면 그것은 옳기 때문입니다.

중문학부 교사, 학생들의 동향에 대해서는 저는 시류 동지의 의견과는 다릅니다. 그들은 사상적으로 활발하고 진리 문제에 대한 토론에 적극적으로 참가하며 문예이론에 대해서도 적지 않은 신선한 의견을 발표하고 있습니다. 그런 정황은 좋은 것이 아닙니까? 모두 다 입을 다물고 있는 편이 좋은 것일까요?

허징푸에 대해서는 저는 잘 알고 있지만 그는 일부 동지들이 말하는 것처럼 자신이 억울한 처벌을 받았던 것에 대해 개인적인 감정을 가질 그런 사람이 절대로 아닙니다. 하물며 자기를 영웅이라고 생각하는 사람도 아닙니다. 그는 그저 청년들을 사랑하고 청년들과 사귀기를 바라고 있을 뿐이지요. 만일 우리들 각급의 당 공작자들이 허징푸처럼 청년들을 이해하고 청년들에게 관심을 갖고, 그들을 사랑할 수 있다면 학생들은 우리에게도 마음을 열겠지요. 그러나 유감스럽게도 우리들 중의 일부 동지는 그것을 바라지 않고 오로지 자기의 '권력'에 기대 '위신'을 세우려고 하고 있습니다.

그리고 익명의 편지에 대해서인데, 그것은 대중이 지도자를 비평하는 정상적인 현상이라고 생각합니다. 게다가 대중의 의견은 옳습니다. 시류 동지는 어째서 학생들의 연애시를 비열한 것이라고 단정지으시는 것인가요. 만일 그런 것이 모두 비열한 것이라고 한다면⋯⋯."

나는 일순 전신의 감각을 잃어버렸다. 쑨웨는 나와 시류의 일을 끄집어내는 것이 아닐까.

'그렇다면 그때 그 편지는 도대체 무엇이라고 할 수 있나요?' 그렇게 말하는 것은 아닐까. 나는 긴장해서 그녀를 보았다. 그녀는 나에게 시선을 준 다음에 입을 다물어 버렸다. 그리고는 조금 있다가 이렇게 말을 이었다.

"편지를 보낸 사람을 조사해야 할 것인가에 대해서는 당위원회에서 토의해 주시기를 부탁드립니다."

시류도 어쩔 수 없이 말했다.

"그것도 좋은 방법이지. 여러분, 토의해 주시오."

이런 문제에는 토의고 나발이고 없는 것이다. 편지는 시류 개인을 비판하고 있을 뿐 반당이라거나 반사회주의적인 것은 아니다. 게다가 신문에는 대중의 의견을 억압하는 것에 대한 비판이 수없이 실렸었다. 물론 시류의 체면을 고려해서 위원들의 의견은 전부 완곡한 표현이었다.

"시류 동지의 주의는 필요한 것입니다. 비평이라고 하는 것은 공명정대하게 해야 하는 것이며 보복 공격을 두려워해서는 안 되는 것입니다. 우리들은 일관해서 보복에 반대해 오고 있지요. 대중에 대해서는 우리들의 태도를 분명히 함으로써 조사할 필요가 없어질 것입니다."

시류, 어때요? 오늘에야말로 쑨웨가 얼마나 무서운지를 알았죠? 믿었던 도끼에 발등 찍힌 꼴이 아닌가. 나는 득의양양해서 시류를 보았다. 그러자 그의 튀어나온 양쪽 광대뼈가 씰룩씰룩했다. 분노가 폭발하려는 전조이다. 화를 내세요. 쑨웨에게 알게 해 주고 싶다. 방약무인의 오만을 깨닫게 해 주고 싶다. 쑨웨는 이미 시류의 신임을 잃어버린 것이라고 모두에게 알게 해 주세요!

"어떻게 된 거야, 내 신발을 가져와!"

시류가 소리치고 있다. 나 참. 집에서만 잘난 척한다니까. 회의에서는 쑨웨에게 광대뼈를 씰룩거리고 입을 앙다물기만 했을 뿐 폭발할 것 같은 분노를 삼키고 말았다. 흥, 종이호랑이잖아! 결국, 그 스스로 자기의 방식에 대해 신념이 없었던 것이다. 단지, 기분이 나쁘고 마음에 들지 않았던 것뿐이었다! 스스로는 정치가인 척하지만 그 머리에는 도대체 무엇이 들어 있는지 몰라!

나는 신발을 시류 앞에 놓았다. 그가 신을 바꿔 신자 이번에는 가죽 구두를 갖고 간다. 정말로 분하다! 나는 신발을 침대 밑에 팽개치고는 발로 차 버렸다. 만일 지금이라면 그를 선택했을까?

마가 끼었다고밖에는 할 말이 없다. 나는 원래 훌륭한 심리학자가 되었을 터였다. 심리학과의 수재였던 것이다. 그랬는데 이 사람 때문에 전공을 버리고 말았다. 그는 나를 입당시키고 당위원회 비서로 만들었다. 나를 항상 그의 차에 동승하게 했고 그와 함께 휴양지에서 휴가를 보냈다. 덕분에 지위는 높아졌지만 사람들에게 주목을 받는 사람이 되었다. 시류를 추켜올리는 사람들은 나도 추켜올렸고 시류를 두려워하는 사람들은 나도 두려워했다. 나는 스스로에게 도취되었다. 영웅도 미인의 관문은 넘어서지 못한다. 이것은 심리학적으로 어떻게 해석해야 하는 것일까. 나는 나와 시류의 관계는 아무도 알지 못한다고 생각하고 있었다. 하지만 역시 아는 사람이 있어서 뒷공론들을 하고 있었던 것이다. 장위안위안 할망구 따위는 대학에서 쫓겨난 다음에도 "우리 당의 일부 지도 간부들은 젊은 여성을 데리고 놀면서 즐기고 있다. 이것은 봉건적 제왕이나 재상의 사상적 잔재로서 당을 부패시키는 것이다."라고 시류를 비판했다. 하지만 증거는 없었기 때문에 그 할망구가 무어라 해도 아무도 진짜로 믿는 사람은 없었다. 그 편지! 정말 제정신이 아니었다! 빨리 태워 없애 버렸어야 했는데 그가 언젠가는 마음이 변하지 않을까 걱정이 되어서…… 이것도 소 잃고 외양간 고치는 격이군. 시왕의 말이 맞아. 시류는 나를 사랑하지 않아. 그저 장식물로 여기고 있을 뿐이지.

나는 그의 옆에 앉아서 그에게 기댔다. 시왕이 나간 다음부터 집에는 나와 그 두 사람뿐이다. 우리들은 서로 돕는 수밖에는 없다. 그는 장작개비처럼 말랐는데도 이상하게 등도 휘지 않고 허리도 꼿꼿해서 사람들에게 기분 나쁜 느낌을 준다. 하지만 나는 그를 바라본다. 그것도 '진지하게'. 그의 아내이며 고난을 함께하고 애정으로 결합된 것으로 되어 있는 바에는 그렇게 하는 수밖에는 없다. 그러지 않으면 사람들에게 웃음거리가 될 뿐이다.

역시 쑨웨가 나보다 머리가 좋다. 시류는 그녀를 아내로 삼고 싶었음이 분명하다. 그러나 그녀는 '가시'를 드러내 자신을 지킨 것이다.

"쑨웨도 대단히 거만해졌군요. '뿔을 기르고 가시를 가진 인물'이 되었다고요!"

"거만한 것이 아니라 정치적으로 동요되고 있는 거야." 시류가 내 말을 받아서 말했다.

"《마르크스 엥겔스 레닌 스탈린 어록》을 찾아다 줘."

명령이다. 나는 어디에 있느냐고 묻지도 않고 일어나 찾아서는 그에게 건네주었다.

"여기를 읽어 줘." 그는 어느 페이지를 열고 내게 주었다.

"현대 자본주의 사회의 특수한 계층으로서의 인텔리겐치아는 일반적으로 또한 전체적으로 말해서 그야말로 개인주의적이며 규율성과 조직성을 받아들일 수가 없는 특징을 지닌다……. 이것이야말로 또한 이 사회적 계층이 프롤레타리아 계급에 미치지 못하는 점이다. 이것이야말로 인텔리겐치아가 의기소침하고 동요하여 정착하지 못함으로써 프롤레타리아 계급에 자주 해를 끼치는 원인의 하나이다……."

여기까지 읽자 그는 손을 흔들어 나를 제지했다. 얼굴에는 승리의 미소가 떠돌고 있다.

"레닌이 좋은 말을 하고 있군. 그런데도 지금의 일부 인텔리들은 마르크스·레닌주의가 시대착오라고 생각하고 있어."

"레닌이 말하고 있는 것은 러시아 혁명 전의 인텔리라고요." 나는 주의를 환기시켰다.

"마르크스·레닌주의는 온 세계 어디에서나 통용되는 진리야! 당신도 근본을 잊지 않도록 주의하지 않으면 안 된다고." 그는 엄숙하게 말했다.

이 문제로 그와 다툴 마음은 없다. 그가 인텔리를 싫어하는 것은 뭐꼭 레닌의 가르침에 의한 것이 아니다. 지식을 뚜렷한 까닭 없이 괜히 싫어하는 것뿐이다. 언젠가 잡지에서 "지식이야말로 힘."이라는 문장을 발견하고서 비웃었지. "지식이야말로 힘이라니, 재미있는 슬로건을 만들었군. 이 필자는 최소한의 상식조차 갖추고 있지 않아. 역사를 추진시키는 것은 누구지? 인민이야. 계급 투쟁이고. 그리고 당이지. 지식이야말로 힘? 그렇다면 우리의 사업은 인텔리에게 지도받지 않으면 안 된다는 거야?" 나는 지식이야말로 힘이라는 것은 영국의 철학자의 말이라고 했다. 그러자 그는 점점 열을 내면서 "이로써 드디어 확실해졌어. 부르주아 계급의 슬로건을 그대로 베껴도 되는 건가?" 하고 말했다. 그는 자신에 넘치고 있는 것일까, 아니면 자포자기한 것일까. 나로서는 그 심리를 알 수 없었다. 그는 지식을 적대시하고 있다. 지식의 힘이 확대된다면 그만큼 그의 힘은 떨어진다. 그가 직감적으로 그 점을 이해하고 있다는 것은 분명하다.

하지만 그와 그런 일로 다투어 봐야 아무 소용이 없다. 나는 이미 그와 같은 배를 탄 운명인 것이다. 도무지 쑨웨 일이 머리에서 떠나지 않는다. 나는 그의 뜻에 동의하면서 말했다.

"인텔리의 정황은 이미 상당히 변했으니까 우리의 인텔리에 대한 정책도 그에 응해서 변화시키지 않으면 안 돼요. 하지만 쑨웨는 지나치게 우경화되어 있다고요!"

"그녀는 쭉 쁘띠 부르주아적 정서가 농후했어. 학생 시절부터 서양의 문예사조에 상당히 깊은 영향을 받고 있었던데다가 세계관의 개조가 미흡했던 거야. 지금 그녀는 아주 좋은 계절을 맞은 거지. 과감히 오른쪽 방향을 향하지 않는다면 오히려 그것이 이상할 거야."

호흡이 딱 맞았군. 나는 좀 더 그에게 가까이 다가갔다.

"여보, 그래도 그녀에게 기대를 걸 거예요?" 나는 응석 부리듯 말했다. 그가 만일 열 살만 젊었다면……

"당신이 뭘 알아. 쑨웨의 대중적 기반은 당신보다 좋아. 그리고 나를 지지하고 도와준 사람들을 잊을 수는 없어."

"그럼 당신을 가장 지지하고 마지막까지 계속 지켰던 것이 내가 아니란 말인가요?" 나는 토라져서 그를 힐끗 보았다. 얼마나 추한 광대뼈인가. 나중에 갖다 붙인 것처럼 윤곽이 뚜렷하다!

"당신?" 그는 웃음을 띠면서 나를 보았다. 그 웃을 때의 모습이라니. 눈꺼풀이 반쯤 아래로 처져서 눈동자가 절반은 가려져 버린다. 추하기 이를 데 없다. "당신은 물론 별도지. 사사로운 정이 들어가 있으니까. 그렇잖아?"

이것이 그가 감정을 표현하는 방법이다. 나는 얼굴을 돌렸다.

"그럼 쑨웨가 당신 쪽에 선 것은 사심이 없었다는 건가요?"

나는 질투를 드러내며 말했다.

"쑨웨라는 여자가 사심이 별로 없다는 것은 확실하지."

나는 뭐라고 표현하기 어려운 분노를 느꼈다. 그는 언제나 쑨웨 편을 든다. 나는 모든 것을 바치고 있는데도 평가는 반대로 내려가 있다. 인간이란 모두 약한 자는 업신여기고 강한 자는 두려워하는 법이로군! 쑨웨가 사심이 별로 없다고? 흥!

"예전에는 허징푸를 찼던 그녀가 왜 지금에 와서는 그를 원하죠? 대중은 그것을 스캔들화해서 이러쿵저러쿵 말을 하고 있는데 당신은 감싸요? 아까 그 뻔뻔스러운 말을 들었죠? '허징푸에 대해서는 저는 잘 알고 있는데'라니. 그야 그것은 사실이지. 당연히 허징푸에 대해서는 잘 알고 있을 거야. 그리고 쉬헝중에 대해서도!"

그렇게 말하고서 나는 웃었다. 그러자 시류의 튀어나온 광대뼈가 꿈틀거리고 아래로 처져 있었던 눈꺼풀이 치켜 올라갔다. 나는 서둘러 웃음을 삼키고 한숨을 쉬며 말했다.

"그녀를 웃음거리로 삼고 있는 것이 아니라 그녀가 걱정이 되어서 견딜 수 없는 거예요. 쉬헝중도 허징푸도 정치적으로 문제가 있는 사람들이잖아요. 자칫 잘못하면 그녀는 정치적인 오류를 범하고 말게 돼요. 그리고 당에도 좋지 않은 영향을 끼치게 된다고요."

효과가 있었다. 시류의 광대뼈는 더 이상 부풀어 오르지 않았고, 대신 입언저리가 움직이면서 미소가 떠올랐다. 이 사람과 같이 있을 때는 이것만이 즐거움이다. 그의 기분의 변화에 대한 법칙과 표현 형식의 연구, 그리고 때로는 사소한 과학 실험까지도 가능하다. 이럴 때만은 내가 심리학 전공의 수재였다는 것을 떠올리게 된다.

"여보, 쑨웨를 찾아가서 개인적으로 이야기를 해 보면 어때요? 그녀는 체면을 중요시하는 편이니까 개인적으로 이야기하면 받아들일는지도 몰라요. 뭣 하면 내가 갈까요?"

나는 아까의 취지에 따라서 이야기를 계속했다. 시류 편에서 보면 나는 자기 생각을 갖지 않은 여자가 된다. 그것은 물론 그 말대로이다. 하지만 인간이라면 누구나 한 점의 교활함도 없다거나 불투명한 부분이 전혀 없을 수는 없다. 그렇지 않다면 심리학 따위는 필요 없어지고 만다. 문화대혁명은 심리학을 배척했지만 인간의 복잡한 심리까지 배척하지는 못했다. 그것을 시류는 모른다. 그는 다른 사람들이 자기에게 찬성하고 자기를 따르기만 하면 좋은 것이다. 아니나 다를까, 시류는 나에게 완전히 만족하고 있다. 입 주위의 움직임이 빨라졌다 싶더니 웃음이 입 주위에서부터 눈에까지 퍼졌다. 눈꺼풀이 다시 반쯤 아래로 처지고 눈동자를 약간 빛내며 나를 흘낏 보았다.

"나는 당분간 잠자코 있기로 하지." 그는 내 어깨를 두드리며 말했다. "그보다는 당신이 그녀와 이야기해 보는 게 어떨까. 여자들끼리 이야기하는 게 더 쉬울 수도 있지. 그녀에게는 이렇게 말해. 우리는 그녀의 사생활에 간섭할 생각은 없지만 정치 생활에 관심을 갖지 않을 수는 없다고."

정말로 내가? 최근 몇 년간 쑨웨와 개인적으로 대화를 나눈 일이 있었던가. 우리들은 서로의 영역을 침범하는 일 없이 각자 관여하지 않은 채로 지내 왔다. 당위원회는 수없이 열렸었지만 그녀는 항상 내게서 멀리 떨어진 곳에 앉곤 했다. 집에 와서 인사를 할 때도 역시 내게는 눈도 주지 않는다. 시류가 오늘은 좀 이상하지 않은지 모르겠네. 그런 것도 잊어버렸나? 나는 아무 말도 하지 않고 의심스러운 눈으로 그를 보고 있었다.

"당신들 두 사람이 그다지 서로 잘 맞지 않는다는 것쯤 알고 있어. 여자들은 마음이 좁다니까. 그러나 문화대혁명 십 년의 경험은 같은 편 동지와의 단결이 얼마나 중요한가를 가르쳐 주었어. 만일 나를 필사적으로 지켜 주는 동료들이 없었다면 나는 생명을 잃고 말았을 거야. 당신과 쑨웨는 어느 쪽이나 나 때문에 공격받고 고통을 겪었잖아. 지금쯤은 친자매처럼 사이가 좋아야 되는 것인데. 지엽적인 것에 매달릴 필요는 없어. 대동을 위해서 소이는 버려야 하는 거야!"

나의 해석으로는 그의 이야기는 이렇게 이해할 수 있다. 지도자된 자, 휘하에 늘 한 무리의 인간을 확보해 두지 않으면 안 된다. 평시에는 수족, 전시에는 호위군으로서, 그렇다면 지도자의 아내된 자는 그 무리들의 접착제가 되어야 한다는 것이다. 시류가 내게 기대하고 있다. 역시 나를 가장 가까운 사람으로 보고 있는 것이다. 나, 가겠어. 쑨웨에게 나에게도 역시 기개가 있다는 것을 알게 해 줄 거야.

쑨웨는 손에 작은 가방을 들고 딸과 함께 외출하려고 하던 중이었다. 어디 가느냐고 묻자 인사라곤 전혀 없는 대답이 되돌아왔다. "허징푸에게 음식을 갖다주러 가는 길예요."

이것이 쑨웨다! 지금까지 자기가 병원까지 간 일은 없었는데 비판당하자 갑자기 자기가 간다! 그렇다 치더라도 그녀는 얼마나 아름답고 다소곳해 보이는가. 전신에 가시를 갖고 언제나 도전적인 태도만을 취하고 있는데도.

나는 시류가 전하고 오라던 말의 요점을 전했다. 그녀는 가방을 딸에게 건네며 혼자 다녀오라고 말했다. 딸은 나를 지극히 비우호적인 표정으로 흘낏 바라보곤 엄마에게 작은 목소리로 말했다.

"허 아저씨는 계속 엄마에 대해서 물어. 시왕도 엄마는 왜 문병을 가시지 않는 거냐고 묻고. 오늘 처음으로 가기로 했는데 갈 수 없게 되다니."

쑨웨는 웃으며 말했다. "허 아저씨에겐 전부터 문병을 가고 싶었다고 전해 줘. 푹 쉬시라고. 내일은 꼭 갈 테니까." 딸은 나갔다.

쑨웨는 정중하게 나를 방으로 안내하고 의자에 앉게 했다. 다음에는 일언반구 말없이 내 말을 기다리고 있다. 그녀는 나를 똑바로 보지 않고 내게 옆얼굴을 보인 채 뺨에 손을 대고 창밖을 보고 있다. 그녀는 옆얼굴이 특히 아름답다. 머리에는 이미 흰 머리카락이 적지 않지만 나이보다 훨씬 젊어 보인다. 흰머리는 그녀의 경우 노화의 표현이라기보다 위엄의 표시 같다. 용모라면 나 역시 그녀에게 지지 않을 정도의 자신이 있다. 단지 내게는 이 위엄 있는 태도가 없는 것이다. 그녀는 연극을 한 일이 있으니까 태도나 언행에 계속 신경을 써 왔던 것이다.

"오늘 당위원회에서는 꽤 흥분했더군요. 시류는 호의에서 한 말이었는데." 나는 침묵을 깼다.

"토론을 하는 것은 당내의 정상적인 방법이죠. 그뿐이었어요." 그녀는 시큰둥하게 말했다. 쌀쌀맞기는. 도대체 무슨 오만이람. 나는 시류를 대신해서 왔는데!

"알고 있겠지만 시류 동지는 당신을 무척 생각하고 있어요." 나는 시류 '동지'라고 불렀다. 이러면 내가 일부러 차가운 대접을 받기 위해서 온 것이 아니라는 것을 알겠지. "시류 동지는 회의에서 당신에 대한 대중의 의견을 깡그리 털어놓지는 않았죠. 왜 그랬다고 생각해요?" 나의 태도는 충분히 호의적인 것이었음이 분명했다.

이 말에 마음이 움직인 것일까. 그녀는 고개를 돌려서 나를 똑바로 보았다. 쑨웨의 눈은 크지는 않지만 옆으로 길어 그것만으로도 부드럽고 온화하다. 하지만 이것이 심상치 않은 것이다. 도대체 무슨 말을 하려는 걸까?

"시류 동지가 그런 식으로 나를 옹호해도 상관없는 일이에요. 난 중문학부 대중의 의견을 듣고 싶으니까요. 시류 동지는 그 의견을 전달하기 위해서 당신을 보낸 거죠. 자, 말하시죠. 사양할 필요 없습니다."

시류, 당신의 호의 따위는 보답을 받지 못하고 있어. 좋아, 쑨웨. 말하라면 말하지. 네 얼굴 가죽이 얼마나 두꺼운지 봐 주겠어. 나는 웃는 얼굴로 말했다.

"시류 동지는 그런 일을 위해서 나를 보낸 게 아녜요. 그 사람은 그런 의견을 믿고 있지는 않죠. 당신은 정치적으로나 윤리적으로나 분명한 사고를 갖고 있는 사람이니까. 그런 짓은 할 리가 없다고 생각하고 있죠."

"내가 어떤 짓을 했는데요?" 그녀는 집요하게 물고 늘어진다. 양 눈썹을 치켜올리고 미간에 검은 먹으로 그린 듯한 주름을 만들면서. 흥분을 억제하고 있는 것이 분명하다.

"쉬헝중은 식사를 하기 위해서 자주 들르나요? ……이건 그저 물어본 것이니까 너무 신경 쓰지 마세요."

"신경 따윈 안 써요. 다른 사람들에 비해서 쉬헝중은 자주 집에서 식사를 하는 편이니까요." 그녀는 차갑게 대답했다.

"내가 주의를 준 일이 있었죠? 그 사람 문제는 일단 일단락이 나기는 했지만 그의 영향은 아직 불식된 것이 아니에요. 우리야 당신을 잘아니까 그 사람과 당신 사이에 무엇이 있다는 말 따위는 믿지 않지만 대중은……" 나는 그쯤에서 일부러 말을 끊었다.

그녀는 냉소하며 이어받았다.

"내가 그 사람과 무슨 관계가 있다고 왜 믿지 않나 모르겠군. 믿으면 좋을 텐데. 얼마든지 있을 수 있는 일인걸."

"우리들은 오로지 당신을 위해서 좋게 생각하고 있는 거예요." 나는 웃는 얼굴로 말했다. 지금 화를 낼 생각은 전혀 없다.

"신경 써 주셔서 정말로 감사합니다. 하지만 그 문제는 내가 스스로 할 수 있어요. 시류 동지가 내 사생활에 간섭할 마음이 없으시다면 아무 말 하지 말아 주시죠."

그녀는 창백해 있으면서도 웃는다. 자기가 냉정하며 침착하다는 것을 보이기 위해서이다.

"쉬헝중의 과오에 대해서는 나는 이렇게 생각하고 있어요. 음모 활동과 관계된 사람은 아님이 확실해진 이상 그의 행동을 제한할 이유는 없으며 하물며 그의 사생활에 간섭한다는 것은 용서할 수 없다고 생각해요. '영향'의 '불식'에 대해 말한다면 우리들 자신이 범한 과오나 우리 당이 저지른 과오의 영향도 불식되어 있지 않습니다. 그 영향의 불식이야말로 우리들의 당면한 급무라고 생각합니다."

이것이 쑨웨다! 언제나 다른 사람보다 특출하다는 것을 과시한다. 너 건방 떨지 마, 신경 쓰이는 것은 당이라 이 말씀이시지! 자기가 어떻게 하면 오류를 극복하느냐라고! 하지만 중요한 문제인 쉬헝중과의 의심스러운 관계에 대해서는 피하고 있다. 바보 취급하지 마.

"그렇지 않아요, 쑨. 그런 큰 문제를 말하고 싶어서 온 게 아니야. 난 정말로 당신과 쉬헝중과의 관계가 걱정이라고."

"내가 만일 그것에 대해서 당신과 이야기하고 싶지 않다고 한다면? 무정부주의라고는 하지 않겠죠."

그녀의 얼굴은 점점 창백해졌고 따라서 눈썹은 더욱 짙어지고, 눈동자는 더욱 검게 되었다. 나는 약간은 득의양양해졌고 약간은 당황했다. 잠시 생각한 다음에 나는 말했다.

"그런 일에 간섭할 생각은 없어요. 하지만 만일 쉬헝중과 정말로 관계가 있다면 허징푸에 대한 태도에는 조심해야 해요. 당신은 날마다 딸아이에게 병원으로 먹을 것을 갖고 가게 하고 있잖아요. 병원에 있는 사람들은 모두 그 아이를 허징푸의 딸로 생각하고 있다더군요."

그녀의 얼굴이 확 붉어졌다. 눈의 흰자위마저 빨갛게 되었다. 그녀의 급소를 찌른 거야. 아마 허징푸에게는 정말로 마음이 있는 모양이군. 허징푸 같은 사람이야말로 쑨웨가 좋아할 타입이지. 게다가 옛날 사연도 있으니.

그녀는 뭔가 말하고 싶은 것 같았다. 그러나 결국은 아무 말도 하지 않은 채 뺨에 손을 대고 창밖을 보면서 내게 옆얼굴을 보였다. 하지만 나한테는 아직 할 말이 있어.

"당신은 그것이 주위에 어떤 영향을 미칠는지 생각해 본 일이 있어요? 동시에 두 사람과……. 게다가 두 사람 다 문제가 있는 사람들이에요. 또 당신과 허징푸의 과거에 대해서는 모두들 알고 있어요. 지금의 두 사람을 보고 다른 사람들은 어떻게 생각할까? 과거에 버렸던 사람이 지금은 소중한 사람으로 되었다니. 쑨웨, 우리들은 모두 그 세월을 겪지 않았어요? 사람들의 소문만큼 무서운 것은 없어요!"

그녀는 희미하게 몸을 떨더니 곧 평정을 되찾았다. 역시 창밖을 보면서 혼잣말처럼, 그러나 변함없이 분명한 말투로 말했다.

"그래요, 사람들의 소문처럼 무서운 것은 없어요. 이곳 사람들은 모두 자기가 타인의 사생활에 간섭할 권리를 갖고 있다고 생각하고 있지. 왜냐하면, 사생활도 계급 투쟁과 노선 투쟁으로 가득 차 있다고 생각하니까. 사람에 따라서는 그것을 이용해서 열심히 갖가지 '소문'을 만들어 내서는 개인적 목적을 이루고 있기도 해요. 그런 현상이 언제나 불식되려나 모르겠어요."

"그러니까 조심하지 않으면 안 된다는 거예요. 시류와 나는 정말로 당신을 위해서 마음 졸이고 있어요. 만일 다시 폭풍우가 몰아치기라도 한다면 이 나라에서 어떤 일이 일어날는지는 아무도 모르니까. 역시 신중하게 하는 편이 좋아요."

이 말은 진심이었다. 왠지 나는 장래가 두려워서 견딜 수 없다.

문화대혁명이 다시 한번 일어나지 않는다고 누가 장담할 수 있으랴. 만일 다시 그 같은 폭풍우에 휘말린다면 되도록 많은 사람 쪽에 붙어야겠다. 쑨웨 역시 보해파 중의 하나였었다!

쑨웨가 일어나 짧은 머리카락을 쓸면서 나를 쫓아냈다.

"이야기는 여기까지만 하기로 하죠, 천위리 동지. 시류 동지에게는 이렇게 전해 주세요. 중문학부에 관계되는 공작에 대해서는 앞으로도 당내 회의에서 토론해야 합니다. 나는 자신의 견해를 숨기지 않을 것이고 나의 잘못을 고집하지도 않을 것입니다. 그리고 나 개인의 일은 스스로 처리할 수 있습니다. 내 행위에는 스스로 책임을 집니다. 만일 누군가가 당규나 국법에 위반되는 행위를 발견했다면 관계 당국과 법정에 알려 주세요. 나를 위해서 아무것도 숨길 필요는 없으니까요."

입구까지 와서 나는 시왕과 마주쳤다. 그는 내게 가볍게 인사하고는 방으로 들어와서 쏜웨에게 말했다.

"쏜웨 선생님, 저도 같이 병문안 가겠습니다."

그들은 같이 나갔다. 그야말로 친근하게. 나는 무어라 말할 수 없는 기분이 되었다.

"어서 와." 시류는 싱글벙글하며 나를 맞았다.

나는 머리를 흔들고 한숨을 쉬며 슬픈 듯이 말했다.

"쏜웨의 변한 모습이라니, 정말로 깜짝 놀랐어요. 그녀에게는 정치의 원칙이라든가 당의 규율 같은 것은 아무것도 아니야. 마음속에는 자기 감정밖에 없어요. 허징푸의 영향이 굉장히 커요. 그리고 시왕, 그 녀석은 아까 쏜웨의 팔을 끼고 허징푸의 병문안을 갔어요. 당신의 심복과 아들이 모두 허징푸에게 끌려 갔다고요. 대열이 다시 짜이고 있어요."

시류는 놀란 듯이 나를 보고 있다. 나는 쏜웨와의 대화의 자초지종을 들려주었다. 물론 일부러 강조한 부분도 있었다. 시류는 다 듣고 나더니 똑같은 말을 몇 번이고 되풀이했다.

"의외야, 정말로 의외야!"

허징푸

쑨웨, 이루어 내려면 기다리고 있어서는 안 돼.

쑨웨가 병원까지 병문안을 와 주리라고는 생각지 못했다. 이것은 시왕과 한이가 뒤에서 부추긴 것이 분명하다.

어제, 시왕이 말했었다.

"저, 쑨웨 선생님에게 가서 어떻게 할 생각인지 왜 문병을 오지 않는지 물어보겠습니다." 가지 말라고 했는데 그는 갔던 것이다. 그렇지 않았다면 왜 오늘 왔겠는가. 그것도 시왕과 같이.

한이와 시왕이 웃는 얼굴로 나가고 쑨웨는 침대 옆에 앉았다. 다행히 그때 나는 환자복으로 침대에 앉아 있는 꼴은 아니었다. 만일 그런 꼴이었다면 도저히 배겨 내지 못했을 것이다. 그야말로 환자처럼 침대에 누워 있는 것을 그녀에게는 보여 주고 싶지 않다. 그녀 앞에서는 초라한 모습을 눈곱만큼도 드러내고 싶지 않다. 그녀로부터 받고 싶은 것은 애정뿐이다. 연민은 사양하겠다.

하지만 나는 이미 연민을 받고 있는 가엾은 존재로 전락해 버렸는지도 모르겠다. 한이는, 쉬헝중이 늘 집에 와서 쑨웨와 친하게 군다고 말했었다.

"엄마는 쉬헝중과 결혼하려는지도 모르겠어요. 아저씨는 그 두 사람의 결혼을 인정해요?" 한이가 안달 난 것처럼 물어본 일도 한두 번이 아니다. 나는 몇 번이나 시왕에게 주의를 주었다. "한이에게는 이 이상 어른들의 이야기를 해서는 안 돼. 안 그래도 그 애의 머릿속에는 여러 가지 생각이 가득 차 있으니까." 그러나 시왕은 딱 잘라 말했다.

"국가를 다스리는데 국민을 우롱해서는 안 됩니다. 어린이 교육 역시 마찬가지이지요. 선생님 세대는 어린 시절부터 한 장의 백지처럼 희었습니다만 그 결과는 어떻습니까? 어떤 색으로나 간단히 물들고 말았죠. 급기야는 모두들 비참한 꼴을 당해서 멍해지거나 말할 수 없게 되거나 죽거나 하지 않았습니까? 쑨웨 선생님 같은 분은 지금도 방황하고 계시고요. 선생님과 쉬헝중 사이를 방황하고 있다는 것이 무엇 때문인지 선생님은 생각해 보신 일이 있으십니까?"

나는 대답할 말이 없다. 어린애들에 대해서는 과거와는 다른 교육이 필요할는지도 모른다.

쑨웨가 나와 쉬헝중 사이에서 방황하고 있다? 정말일까? 있을 수 있는 일 같기도 하고 있을 수 없는 일 같기도 하다. 그녀가 쉬헝중을 좋아할 수 있을까? 그러나 한이는 그 눈으로 두 사람이 친하게 지내는 것을 보고 있는 것이다. 게다가 그 날 쉬헝중의 집에서 그가 얼핏 암시하지 않았던가. "봐, 이건 그녀가 쉬쿤을 위해서 만들어 준 신발이야."라고.

내 침대 옆 선반에는 쑨웨가 준 것들로 가득 차 있다. 통조림, 과일, 비스킷, 우유……. 나는 처음에는 대단히 기뻐하면서 그것들을 받았었지만 곧 그 물건들이 무서워졌다.

"이제 갖고 오지 말아라. 앞으로 또 가지고 오면 계산해서 값을 지불할 테다." 한이에게 그렇게 말해도 그 아이는 듣지 않았다.

"제가 보내는 선물이라고 해도 안 돼요?" 그리고 때로는 안절부절못하며 눈물까지 흘렸다. 의미를 알 수 없는 이런 선물은 얼마나 마음을 불안하게 하는 것인가!

쑨웨, 너는 동시에 두 줄의 레일을 깔고 있다. 도대체 어느 쪽이 애정으로 통해 있는 것인가?

그녀가 침대 옆에 앉은 지 5분이 된다. 들어오면서 "어때?" 하고 물은 다음에는 아무 말도 없다. 나는 그녀에게 묻고 싶어서 입이 근질근질했다. 그러나 무엇을 어떻게 물을 것인가?

"제가 선생님이라면 '나를 사랑해 주겠느냐?'고 묻겠어요. 그리고 '나만이 당신을 행복하게 해 줄 수 있다. 그리고 당신만이 나를 행복하게 해 줄 수 있다.'고 하겠어요." 시왕이 언젠가 그렇게 가르쳐 준 일이 있었다. 그는, 내가 사랑을 말할 줄 모른다고 생각하고 있는 것인가. 그의 '지도'에 대해서 나는 그저 웃기만 했다. 우리 나이의, 우리 같은 경력의 소유자들에게 '사랑해 주겠느냐' 따위의 문제는 이미 흥미가 없는 주제라는 것을 그는 이해하지 못한다. 우리들은 말에 의한 고백이라든가 맹세는 필요로 하지 않으며 믿지도 않는다. 자기의 눈과 마음을 믿을 뿐이다. 애정은 느끼는 것이지 '말하는' 것은 아니다. 나와 그녀 사이에서는 거리가 느껴지지만 그것은 우리들의 경력과 성격이 만들어 낸 것이다. 나는 그 거리를 축소시키려고 쭉 노력해 왔다. 그러나 그녀는? 그녀와 쉬헝중은 도대체 어떻게 되고 있는 것인가?

그녀는 역시 잠자코 있다. 내게는 눈길도 주지 않고 계속 다른 환자 쪽을 보고 있다. 그것도 지극히 어색하게. 다른 사람들이 서로 눈짓을 하고 있다. 그들은 쑨웨를 내 아내라고 생각하고 있음이 분명하다. 그들에게는 내가 아직 결혼하지 않았으며 애인도 없다고 말한 일이 있다. 그러나 그들은 믿지 않는다. 그렇다면 한이는 누구 아이냐고 추궁해 왔다. 나는 친구의 아이라고 말했다. 그러자 그들은 친구가 남자인지 여자인지를 물었다. 나는 귀찮아서 남자라고 말해 버렸다. 오늘 쑨웨가 와서 그것이 거짓임이 드러나 버렸다. 그녀가 한이의 엄마라는 것은 얼굴만 봐도 확실하다. 그들이 곤란한 말을 하지 않도록 나는 큰맘 먹고 쑨웨를 소개했다.

"이쪽은 우리 중문학부의 당 총지부 서기인 쑨웨 동지입니다."

쑨웨는 얼굴을 붉혔다.

"좀 더 일찍 왔어야 했는데요. 총지부의 다른 위원들이 모두 왔었는데도, 저만 들러 보질 못해서…… 몹시 바빴어요." 그렇게 말하면서 그녀는 다른 환자들을 빙 둘러보았다. 마치 다시 한번 자기의 신분을 오해하지 말라고 경고라도 하는 것처럼.

나는 갑자기 불쾌해져서 말했다.

"총지부에는 여러 가지로 폐를 끼쳐서 죄송합니다. 덕분에 곧 퇴원할 수 있게 되었습니다. 일부러 오실 것까지는 없었는데요."

입으로는 그렇게 응수하면서 마음으로는 옛날의 그 자연스럽고 솔직한 쑨웨의 이미지를 좇고 있었다. 나는 눈앞의 쑨웨의 꾸민 듯한 태도가 싫다. 사람이 꾸민 듯한 태도를 취하는 데는 여러 가지 이유가 있는 법이다. 비위를 맞추기 위해서거나, 허세를 부리기 위해서거나, 본심을 감추기 위해서거나…… 그러나 나는 그 모든 것이 다 싫다. 모두 다 일종의 병적인 표현이니까.

"당신은 학부의 총지부를 대표해서 오셨나요?" 나는 참지 못해서 그녀에게 물었다. 차가운 말투로.

그녀는 거짓말을 발각당한 어린애처럼 얼굴을 붉혔다. 이것은 옛날의 쑨웨와 다를 바 없다. 그러나 그녀는 다시 입을 다물어 버렸다. 나는 거북해서 빨리 돌아가 달라고 할까 생각했다. 그러나 나를 바라보는 그녀의 눈에는 부드러움이 깃들어 있다. 그녀는 머리맡의 약들을 하나하나 점검하기 시작했다. 간호사보다도 더 주의 깊게. 그녀는 어떤 약이 어떤 병에 듣는지를 알고 있는 모양이다.

"해열제가 없네. 열은 이제 완전히 내렸어? 그럼 거의 완쾌된 거네?"

그렇게 말하면서 기쁜 듯한 얼굴을 했다. 내 병 때문에 약학 공부라도 했나? 나는 선반에서 그녀가 사 보내 주었던 사과를 꺼내 깎아서 내밀었다. 그녀는 칼로 그것을 둘로 나누어 반을 내게 주었다.

따뜻함이 나의 불쾌함을 쫓아 버렸다. 나는 벌떡 일어나서 말했다.

"밖에 나가서 걷지 않겠어?" 그녀는 즐거운 듯이 일어섰다.

병원 뜰은 몹시 조용했다. 여기에도 온통 관목이 무성하다. 나는 쑨웨와 나란히 서서 걷다가 벤치에 앉았다. 서로 안 지가 이렇게 오래 되었는데도 그녀와 같은 벤치에 나란히 앉는 것은 처음이다. 이렇게 가까이, 게다가 관목 숲을 향해서.

"여기에도 이런 나무가 있네." 그녀는 잎을 따서 어루만지며 작은 소리로 말했다.

나는 심장이 두근거렸다. "나는 이런 나무를 아주 좋아해."

그녀의 눈이 일순 나를 포착하고 반짝 빛났다. 그러나 다음 순간 얼굴을 돌려 버렸다. 그리고 되돌아보았을 때는 원래의 낯선 얼굴로 돌아가 있었다.

그녀는 발병의 경위와 치료의 경과를 물었고 나는 대충 들려주었다. 타인에게 말할 때와 똑같이.

"혼자 사는 것은 불편이 많아. 무슨 일이 생겨도 아무도 모르고, 우리의 배려도 제때 미치지 못하고."

'우리'라고? 이것이 중국어의 편리한 점이다. 단 하나의 복수형 대명사가 갖가지 의미로 사용될 수 있다. 자기 편이 많다는 것을 나타낼 수도 있는가 하면 겸손과 신중함을 나타낼 수도 있다. 조직과 대중을 대표할 수도 있는가 하면 자기를 감추는 데도 사용될 수 있다.

"아니, 혼자 사는 데는 이제 완전히 익숙해졌어. 이제 와서 새삼스럽게 이것을 바꿀 마음도 없어. 당신들 배려에는 감사하고 있어." 나는 퉁명스럽게 말했다.

'당신들'에 힘을 주어서.

그녀는 잠시 잠자코 있었다. 아마 대화를 이어 나가기 위해서이겠지. 어떤 사람들이 문병을 왔는가 묻는다. 나는 하나하나 이름을 들어 나갔다. 상급자에게 활동 보고라도 하는 것처럼. 그리고 마지막에 덧붙였다.

"제일 많이 온 사람들은 시왕과 한이지."

"한이는 그만하면 착한 아이지?" 그녀가 묻는다.

"그 애는 당신보다 귀여워."

그녀의 얼굴이 목까지 확 붉어졌다. 그것을 보고 나는 지금 내가 무슨 말을 했는지를 의식했다. 왜 그런 말을 해 버렸나. 변명을 해야 한다. 그러나 어떻게 변명하면 좋은가. 그녀는 귀엽지 않다는 뜻인가. 아니면, 그녀도 귀엽지만 한이만큼 귀엽지는 않다는 뜻인가. 이러고서야 어떻게 변명을 하긴 틀렸다. 그만두자. 변명 같은 것은 하지 않는 편이 낫다. 그녀의 해석에 맡겨 두자.

"나, 그만 가 봐야겠어." 그녀가 말했다.

"그래, 그럼."

나는 그렇게 응하고 일어났다. 그녀의 목적은 분명해졌다. 조직을 대표해서 내게 배려를 나타낸다는 것. 어쩌다가 한 점 감정의 불꽃을 피웠던 것은 과거의 흔적에 불과한 것이리라. 돌아갔으면 좋겠다. 그녀가 나를 평정하게 대할 수 있다면 나 역시 평정하게 있을 수 있는 것이다.

하지만 그녀는 돌아가려고 하지 않고 호주머니에서 한 통의 편지를 꺼내서 내게 내밀었다. "잊어버릴 뻔했어. 우춘이 우리들 앞으로 보낸 편지야. 우춘 기억나? 졸업 후 티베트에 배속된, '아가씨'라는 별명의."

편지를 받아 들자 하얗고 부끄럼 잘 타며 늘 커다란 눈을 크게 뜨고 말하던 얼굴이 곧바로 떠올랐다.

너희들, 가난뱅이 공붓벌레들아. 나 같은 건 벌써 잊어버렸겠지. 하지만 나는 늘 너희들 생각을 하고 있다. 술과 고기를 듬뿍 준비해 두라고. 내가 좋아하는 것은 술과 고기다. 하하하!

그 희고 부끄럼 잘 타던 얼굴이 털털한 거인의 얼굴로 바뀌고, 그 표정이 풍부하고 꿈꾸는 듯하던 눈이 게걸스럽게 고기를 뜯는 커다란 입으로 바뀌어 눈에 선히 보이는 것 같다. "하하하!" 나는 나도 모르게 웃었다. 쏜웨도 웃었다.

"우춘은 정말로 변했어!"

"누구나 다 변해 가지. 변하지 않고 있을 수는 없으니까. 저마다 '인간'의 바탕 재료에서부터 진정한 인간으로 변해 가는 거야. 다른 인생 길이 다른 인간을 만들어 내고, 다른 인간이 또다시 다른 길을 걷기 시작하지. 어떤 길에나 인간이 있고 어떤 인간 뒤에도 길이 있어. 길에는 우여곡절이 있고 인간에게는 부침이 있어. 길은 서로 교차되고 인간은 서로 부딪히지. 그것이 인생이야."

이 말투가 쑨웨에게는 상당히 이상했던 모양이다. 그녀는 소리 내어 웃었다. "철학자 같아!"

나도 웃으며 말했다. "어설퍼? 하지만 나는 그것이 진실이라는 생각이 들어. 뭣 하면 하나하나 주석을 붙여 볼까."

그녀는 즉석에서 고개를 흔들고는 말했다. "나도 알 수 있어."

그래서 나는 해석을 그만두고 새로운 화제를 찾으려고 애썼다. 그러나 먼저 입을 연 것은 그녀였다.

"허, 난 쭉 당신하고 이야기를 하고 싶었어. 천천히 대화를 나누고 싶었지. 하지만 그럴 용기가 없었어. 게다가 내 생각을 어떻게 하면 확실히 표현할 수 있을는지 그것조차 알 수 없어."

나는 긴장했다. 오늘 그녀가 온 것은 나와의 관계를 확실히 하기 위해서였던가. 도대체 어떤? 나는 다음 말을 기다렸다.

"난 지금처럼 삶이 혼란스러웠던 적이 없어. 예전에는 생각할 수 없었던 일, 생각조차 하지 않았던 일이 지금은 하루 종일 머릿속을 휘젓고 있어. 아무리 쫓아내려고 해도 안 돼. 그게 몹시 불안해."

아아, 그 말인가. 나는 실망과 동시에 편안한 마음이 되었다. 그녀의 생각이 혼란을 일으키고 있다는 것을 잘 알고 있다. 그러나 그것이 왜 불안한가. 사상의 혼란은 꼭 나쁜 것은 아니다. 사상 역시 사회와 마찬가지로 일치일란의 반복인 것이다. 사회적 동란이 지나간 다음에 사상적 동요와 혼란이 일어나는 것은 당연한 일이다. 첫째, 사회의 동란은 사람들의 사고에 풍부한 감성적 지식을 제공한다. 둘째, 사람들은 평정함을 되찾고 나서야 비로소 그때까지 걸어온 길을 돌이켜 볼 수 있기 때문이다. 쑨웨도 그런 것이 아닐까.

"쑨웨, 평생 사상의 혼란을 겪지 않는다면 그것은 진지하게 살거나 생각해 본 일이 없다거나, 아니면 백치라는 것을 증명할 뿐이야."

"그렇다고 하더라도 내 혼란은 너무 심해서 무서울 정도야."

"어떤 식으로 무섭지? 말해 주겠어?"

"나 자신도 확실히 말하지 못하겠어. 허, '사인방'이 날뛰었을 때는 난 고통과 불안으로 날마다 그들이 쓰러지기만을 빌었어. 그리고 드디어 그들이 쓰러졌을 때 난 수천 수만의 군중들과 같이 거리로 뛰어나가서 환호성을 올리고 노래를 불렀어. 노동자가 거대한 북채를 높이 휘두르는 것을 보고 뜨거운 눈물을 참을 수 없었지. 그 채가 내 마음을 때리고 있는 것 같은 느낌이었어. 냉혹한 겨울은 지나갔다, 봄이 온 것이다, 하고. 나는 뜨거운 분위기에 잠겨 있었을 뿐 아무것도 생각할 여유가 없었어.

하지만 흥분은 곧 사라졌지. 그런 다음 나는 과거에 경험했던 모든 것을 생각하기 시작했고, 지금까지 맛본 적이 없었던 고통을 느끼게 되었어. 나를 괴롭히는 것은 10년의 동란의 결과가 아니야. 그보다 그 원인이야. 게다가 그 결과와 원인은 지금의 현실 속에 여전히 존재하고 있어. 나는 상처받은 것 같기도 하고 속은 것 같기도 해서 지금도 혼자서 남몰래 울고 있어. 밤이 깊어서 사람들이 조용해지고 한이가 잠들 무렵이면 나는 밤마다 나 자신에게 물어봐. 너는 무엇을 보았는가? 네가 신봉해 왔던 것은 무너져 버렸는가? 추구해 온 것은 환상으로 사라져 버렸는가? 아아, 허. 난 정말로 무서워."

그녀는 울기 시작했다. 그래, 우는 것이 좋아. 그녀에게 만일 경건하게 신봉하는 것이 없었더라면, 만일 열렬하게 추구하는 것이 없었더라면, 그리고 만일 진지하게 사색한 일이 없었더라면 울 리가 없는 것이다. 승리가 갖다주는 것이 기쁨뿐이라고 생각하는 것은 경박한 인간들뿐이다. 그래, 승리는 자주 고통까지도 갖다준다. 그 맛은 나 역시 일찍이 경험한 일이 있다. 내가 억울한 죄를 뒤집어썼음을 알게 되었을 때…….

나는 쑨웨이의 고통을 오히려 기뻐했다.

"말하자면 나는 어떤 것에 갑자기 정신적인 지주, 대들보를 뽑혀 버리고 만 것 같은 느낌이 들어. 가보옥(《홍루몽》의 주인공)이 부적인 통령보옥을 잃어버렸을 때처럼 마음의 기둥이 사라져 버리고 말았어……." 그녀는 눈물을 훔치며 말했다.

"당신은 불안과 초조 속에서 여기저기 찾아 헤맸어. 그러나 아무것도 눈에 띄지 않거나 뭔가 눈에 띄어도 영험한 기운이 없는 단순한 돌멩이에 불과한 것이 아닌가 하는 마음이 들어. 그렇지 않아?"

내가 그렇게 묻자 그녀는 좀 놀란 것처럼 나를 바라보았다. 그리고 고개를 끄덕였다.

"그건 정상이야, 쑨웨이!"

나는 그녀의 손을 꼭 잡고 싶었다. 그러나 결국 그러지 못했다. 나는 담뱃대를 꺼내려고 호주머니에 손을 찔러 넣었다. 없다. 그래, 한이가 말했었지. "담뱃대는 엄마에게 압수당했어요." 어어, 나는 양손을 꼭 쥐고는 가슴에 댔다. 눈길은 땅에 떨군 채로 그녀에게 향하지 않았다. 그녀는 왜 내 담뱃대를 '압수'했단 말인가.

"자." 그녀가 담뱃대를 내밀며 말했다. "아직 피워서는 안 돼."

담뱃대다. 내 담뱃대! 내가 담배를 피우고 싶어한다는 것을 어떻게 알았단 말인가? 나는 담뱃대를 받아 들고 가만히 보았다. 옥석 물부리가 깨끗이 씻겨져 있다. 담배쌈지도 바뀌었다. 역시 손으로 뜬 남색 목면으로 만든 것이다. 그녀가 왜 '압수'했는지 이로써 분명해졌다. 그녀는 쉬헝중을 좋아할 리가 없다! 애정으로 통하는 레일이 금방이라도 내 앞으로 뻗어 오려고 하는데도 나는 의심을 하고 있었던 것이다. 옛 동급생과 같이 식사를 하고 대화를 나눈 정도를 가지고 소동을 피울 이유가 없었던 것이다.

나는 나도 모르게 그녀 가까이로 다가갔다. 그녀는 깜짝 놀라서 나를 힐끗 보았다. 뺨을 살짝 붉히고서.

"쑨웨!" 나는 나지막이 부르며 그녀의 손을 꼭 잡았다.

그녀는 물기 어린 눈으로 나를 보았다.

쑨웨! 나는 하고 싶은 말이 산더미처럼 많다.

"이 남색 목면은 어디서 구했지?"

실수다. 왜 그런 말을. 내가 하고 싶은 말은 이런 것이 아니다.

그녀는 웃었다. 내 얼빠진 모습에 웃은 것이리라.

"마음만 먹으면 천하에 못 할 게 없다고들 하잖아." 그녀는 작은 목소리로 말하고서 내 손에서 손을 빼냈다.

"쑨웨!" 나는 다시 불렀다. 그녀를 그렇게 부르는 것만으로도 행복했다. 그녀는 나를 보며 다음 말을 기다리고 있다. 나는 담배쌈지로 정성껏 담뱃대를 감아 싸서 그녀에게 내밀었다.

"이제 담배는 끊었어. 이건 당신이 맡아 주는 게 어때."

그녀는 손을 내밀어서 담뱃대를 받아 들고는 가만히 내 얼굴을 보았다. 얼마나 아름다운 눈인가! 부드러움으로 넘치고 꿈에 젖어 있다. 아아. 쑨웨, 너는 기억하고 있는가, 10여 년 전에 내가 일기에 썼던 구절의 일부를?

"참으로 그때 나는 얼마나 네 눈에 키스하고 싶었던가. 무엇인가 속삭이는 눈이여!"

지금 또 똑같은 말을 하고 싶었다. 단, 입이 아닌 눈으로.

통했다. 그녀는 부르르 몸을 떨고는 위치를 바꾸어 나와 거리를 두었다.

"나, 변했지?" 온화한 목소리이다. 나는 고개를 끄덕였다.

"이게 정상이라는 거야?" 한층 온화한 목소리였다.

"그래, 쑨웨." 나는 작은 목소리로 말했다.

"하지만 나는 내가 당원 자격을 잃어버릴 것 같아."

"왜?" 나는 깜짝 놀라서 물었다.

"신봉하고 있었던 것이 무너지고 말았으니까." 가느다란 목소리였다.

"그렇다면 당신은 옛날에는 자신이 확고한 마르크스주의자, 백 퍼센트 볼셰비키였다고 인정하는 건가?" 나는 다소 빈정거리는 투로 물었다. 빈정거리는 것을 좋아한다는 점에서는 나는 시왕과 비슷하다. 고치고 싶어도 고쳐지지 않는다.

그녀는 잠자코 말이 없다.

아아, 쑨웨. 너는 아직 완전히 알지 못하고 있는 것 같다. 너는 맹목적인 것과 확고하다는 것을 혼동하고 있을 뿐 아니라 회의와 신념이 절대로 서로 양립할 수 없는 것이라고 믿고 있다. 너와 나는 도대체 어디에서 신념을 얻었던가. 교실에서, 책에서이다. 우리들은 아무런 노력도 없이 공산주의의 '전사'가 되었다. 마르크스와 엥겔스는 자기의 사상을 확립하기 위해서 반세기 동안이나 분투했었다. 그들은 인류의 전체 문명사와 전체 유럽의 자본주의 발달사를 연구했고, 모든 진보적 정신 유산을 비판적으로 섭취했으며 또 노동자 계급의 투쟁에도 실천적으로 참가했었다. 사상은 원래 손쉽게 확립될 수 있는 것이 아니다. 손쉽게 확립된 사상은 확고한 것이 될 수 없는 것이다. 거짓말하는 법을 익히든지, 사상을 단지 하나의 배지로 삼아 옷깃에 달아 두든지 하지 않는 한.

"옛날의 내 사상은 맹목적인 것이었는지도 몰라." 그녀는 스스로 그렇게 말했다. 이 문제는 이미 생각한 적이 있었던 것이다.

갑자기 그녀가 후후 웃음을 터뜨렸다. "해방 직후의 일이 생각났어."

막 해방이 되었을 무렵 그녀는 초등학교에서 공부를 하고 있었다. 선생님은 늘 그들을 농촌으로 데리고 가서 혁명의 이념을 선전했다. 어떤 선생님은 그들의 '프롤레타리아 감정'을 길러 주기 위해서 분뇨 더미 옆으로 데리고 가서 거기서 밥을 먹게 했다. 먹으면서 일부러 분뇨와 구더기 이야기까지 했다.

"그때는 프롤레타리아의 감정이 있으면 대변의 냄새가 향기롭게 여겨진다는 말을 정말로 믿었었어. 나는 훈련과 사상 개조를 매우 진지하게 받아들였지. 하지만 사실은 구토증이 나서 분뇨통에서 우글거리는 구더기를 보고 있을 수가 없었어. 어떤 아이가 '쑨웨, 구더기가 네 밥그릇으로 들어갔어.' 하고 말했을 때는 본능적으로 뛰어 일어나 밥그릇을 내동댕이쳐 버렸지. 친구들이 와 하고 웃었을 때 나는 부끄러워서 얼굴이 새빨갛게 되었어. 그러고 나서 나는 자신의 본능을 이겨 내자고 결심하고서 분뇨통 가장자리에 앉았지. 분뇨통을 응시하면서 손으로는 열심히 밥을 날랐어. 하지만 마음은 나 자신에게 이렇게 말하고 있었지. '아무것도 안 보인다. 아무것도 안 보인다……' 아무튼 한 그릇을 다 먹었고 나는 선생님에게 칭찬을 들었어."

"그건 어떤 것이었다고 생각해?"

"우리들의 프롤레타리아 감정을 길러 주려고 했던 선생님 자신이 프롤레타리아 감정이라는 것이 무엇인지를 이해하지 못하고 있었어. 우리들이 거기에 맹종했더라면 잘못이 반복되어 놋쇠를 금으로 금을 놋쇠로 알았을 거야. 물론 그 이후로 그런 바보 같은 짓은 두 번 다시 하지는 않았지. 하지만 비슷한 일은 끊임없이 일어나고 있어."

"그런 것도 모두 '아무것도 안 보인다.'는 주문을 외우면서 해내고 있는 거야?" 나는 웃으면서 말했다.

그녀도 고개를 끄덕이고 웃었다.

"그래, 모두 애써서 해 왔어." 그리고는 한숨을 쉬며 계속 말했다.

"하지만 이제는 그 주문도 효력이 없어. 현실에서 많은 것들을 보고 말았으니까. 구더기라면 밥그릇 속으로 들어올 리가 없으니까 상관없지만, 생활이란 상관하지 않을 수가 없거든."

"그러니까 의심이 항상 자각의 시초인 거야. 의심을 통해서야말로 지식은 보다 확고한 것으로 되는 법이지."

기분이 아주 밝아졌다. 나와 그녀의 거리가 줄어들고 있다. 나는 가만히 그녀의 아름다운 옆얼굴을 보면서 20여 년 전 관목 숲에서 일어났던 일을 회상하고 있었다. 쑨웨, 만일 주위에 인기척만 없다면 옛날 네가 나에게 해 주었던 것을 두 배로 갚을 텐데…….

"당신에게 해 두고 싶은 말이……." 그녀는 갑자기 내 쪽을 보며 머뭇거리면서 말했다.

"뭔데?" 나는 서둘러 말했다.

"최근 쉬헝중이 우리 집에 자주 오는데 그가……."

머리가 쾅 울리면서 밝았던 기분이 사라지고 말았다. 싫다, 하필이면 그녀와의 거리가 줄어들고 있을 때 그녀가 쉬헝중의 이야기를 꺼내다니 듣고 싶지도 않다.

나는 급히 서둘며 그녀의 말을 가로막았다.

"알고 있어. 당신은 쉬헝중을 위해서 그에게 어울리는 상대를 찾아 줘야 해." 말투가 퉁명스럽다는 것은 알았지만 나는 빙 돌려 말할 줄을 모른다.

"응?" 그녀의 눈이 나를 보고 반짝 빛나더니 다시 옆으로 피해 갔다. "내가 그에게 다른 누군가를 소개해야 한다고?" 그녀가 고쳐 앉으며 말했다.

"그래, 그에게 필요한 것은 당신이 아니고 당신에게 필요한 것도 그가 아니야." 나는 그녀의 눈을 들여다보면서 말했다.

그녀는 고개를 숙였다.

"내게 필요한 것이 무엇인지 당신은 알아? 나 자신도 잘 모르겠는데……"

"담뱃대를 주지 않겠어?" 나는 손을 내밀며 말했다.

그녀는 어리둥절해서 담뱃대를 내밀었다. 나는 잎담배를 채우고 담뱃대를 빨면서 그녀 쪽은 보지도 않았다. 그녀의 얼굴을 이쪽으로 향하게 하고 물어보고 싶었다.

'당신은 언제 그런 가식을 배웠어? 자기에게 무엇이 필요한지 정말 모른단 말인가?'

그러나 나는 역시 꾹 참고 담배를 계속 피웠다. 좋아. 네가 그런 태도로 나온다면 나 역시 억지로 원할 필요는 없어. 나는 이렇게 벌써 인생의 대부분을 지내 왔으니까.

그녀가 담배 연기에 목이 막혀 얼굴을 돌리며 말했다.

"역시 피우지 않는 편이 좋아."

나는 상관하지 않고 계속 피우다가 불이 꺼진 다음에 말했다.

"당신에게 무엇이 필요한지 물론 당신 자신이 가장 잘 알고 있겠지. 내가 알 리가 있나. 그러나 자기에게 무엇이 필요한지 스스로도 모르겠다는 말은 난 믿지 않아. 자기의 필요에 의심을 갖는다든지, 두려워한다든지, 자신감이 없다든지 하는 것이라면 이해하겠지만."

"냉혹하네." 그녀는 여전히 다른 데를 보며 말했다.

"그래, 듣기 좋으라고 마음에도 없는 말을 하고 싶진 않아. 당신은 지나치게 빙 돌려서 말하는군." 나는 그녀를 가만히 응시했다.

"그래, 나도 꾸며 말하고 싶진 않아." 그녀는 대답했다.

어떤 심리적인 움직임이 있었던 것일까. 드디어 그녀는 얼굴을 들고 나를 직시했다. 조금 전의 일은 없었다는 듯이.

나는 마음과 마음이 서로 부딪치기를 원했다. 그러나 그녀의 눈은, 오늘은 그것은 무리야, 하고 말하고 있다. 그녀는 고개를 내밀던 마음을 다시 안으로 끌어가고 말았다. 그것도 상당히 안쪽 깊숙이. 나는 그녀가 내가 속한 총지부의 서기라는 것을 생각해 냈다. 인간의 마음은 철로 되어 있지는 않다. 밖에서 열을 가해 뜨겁게 만들 수는 없다. 기다리는 수밖에 없다. 자연에 맡기는 수밖에는 없는 것이다. 참외는 제철이 되어야만 단맛이 나게 되는 법이다. 억지로 받아들일 필요가 어디 있는가. 이렇게도 오랜 세월이 흘러서 오늘 그녀는 내게 마음의 창을 열어 주었다. 내일은 문을 열어 줄는지도 모르지 않는가.

"우춘이 오면 어디에서 모이지?" 나는 화제를 바꾸었다.

"물론 우리 집이지. 고기를 많이 사 둘 거야. 기름기를 듬뿍 먹여 줘야지."

"그럼 나는 술을 준비하지."

"퇴원할 수 있을까, 그때까지?"

"꼭 출석할 거야. 당신이 반찬이 없다느니 하는 말만 하지 않는다면."

그녀는 웃었다. 나는 일어나서 그녀에게 손을 내밀었다.

"슬슬 돌아가실 시간입니다. 서기님." 그녀는 가볍게 내 손을 잡은 뒤 뒤도 돌아보지 않고 돌아갔다. 그러나 얼마쯤 가다가 다시 되돌아왔다. 내가 가까이 다가가자 그녀는 말했다. "역시 담배는 피우지 않는 편이 좋아. 폐렴은 담배 때문이야." 그녀의 눈 속에서 한 점의 불꽃이 반짝거렸다.

나는 담뱃대를 건넸다. "응, 금연할게. 담뱃대는 역시 맡아 주도록 해." 그녀는 싱긋 웃고는 담뱃대를 받아서 가방에 넣었다. 그리고 다시 뒤도 돌아보지 않고 돌아갔다.

나는 그녀의 뒷모습을 보면서 두 사람의 쑨웨를 머릿속에 떠올리고 있었다. 한 사람은 정열적이고 자연스러우며 천진난만한 쑨웨, 또 한 사람은 침착하고 다소 작위적인 구석이 있는 쑨웨. 나는 어떤 쑨웨를 좋아하는 것일까.

"애인이지?" 동료 환자 중의 하나가 가까이 와서 물었다. 내가 아직 혼자라는 것은 모두가 다 알고 있는 것이다.

내가 웃으며 가만히 있자 연이어서 칭찬의 말이 튀어나왔다.

"대단하던데, 그야말로 간부다워."

나는 그 '간부다움'이 싫은 것이다. 그것은 그녀의 작위적인 것에 불과하다.

"아니. 그녀는 애인도 아니고 간부도 아니야. 그저 옛날의 동급생이지."

나는 동료 환자들에게 대답하고 병실로 돌아갔다. 만일 과거의 쑨웨의 정열과 자연스러운 태도가 지금의 쑨웨의 침착함과 서로 결합된다면……. 그런 결합은 불가능한 것일까. 나는 있을 수 있다고 생각한다. 우리는 원래 모두 자연의 자손이다. 사회 생활이, 우리들이 지니고 태어난 천성에 끊임없이 제약과 개조를 가하는 것은 물론 정상적이고 필요한 일이다. 그러나 그 제약과 개조는 합리적이지 않으면 안 된다. 그리고 그것은 사람들의 자각적 요구와 행동으로 이루어지지 않으면 안 된다. 강제는 사람에게 억압을 느끼게 할 뿐이고 자기의 진심을 감추게 함으로써 드디어는 허위로 떨어지게 만든다. 사회가 허위에 익숙해져서 자연스럽고 순진한 것을 사악하고 기괴한 것으로 간주하게 되어 버린 다면 소리 없는 비극을 무수히 만들어 내게 될 것이다. 나는 자연스럽 고 순진한 것을 좋아한다. 쑨웨는 분명히 그녀의 자연과 순진을 되찾게 될 것이다. 그녀는 이미 진정한 자기를 발견하고 있다. 단지 그런 자기에 게 아직 익숙하지 않고 자신이 없을 뿐이다. 괜찮아, 쑨웨. 괜찮다니까.

너는 원래 피가 통하는 인간이다. 뛰는 심장을 갖고 있는 거야. 네 머 리에는 뇌수가 가득 차 있어. 그러니까 생각할 수 있는 거지. 네 자신 의 감각이 갖다주는 재료를 기초로 네 사상을 형성하고 네 판단을 내 릴 수가 있는 거야. 네게는 입이 있어. 그러니까 자기 마음의 목소리를 표현하고 앵무새 같이 남의 흉내를 내지 않아도 좋은 거야. 과거에 너 는 그것을 잊고 있었어. 그러나 지금 너는 기억해 낸 거야. 아니, 발견 한 거지. 너는 원래 그러한 본능을 지니고 그러한 요구를 갖고 있었다 는 것을. 너는 의심과 두려움을 품고 수치심마저 느끼고 있지. 그건 조 금도 이상한 게 아니야.

쑨웨, 괜찮아. 하지만 나는 진심으로 네게 말하고 싶어. 같이 만들어 내지 않겠냐고. 우리들은 기다리기만 해서는 안 된다고.

쑨웨

한아, 엄마는 신기한 꿈을 꾸었단다.

　병원에서 돌아오자 한이가 뛰어나와서 내 얼굴 표정을 살폈다. 문병이 내게 어떤 영향을 끼쳤는지 알고 싶은 것이리라.

　엊그제 나는 우연히 딸의 일기를 보고 말았다. 여느 때처럼 딸이 잠들고 나서 공부를 얼마나 했나 보기 위해서 가방을 열었다. 그러자 작은 수첩이 떨어져서 펴 보았더니 일기였던 것이다. 딸이 일기를 쓰고 있는 줄은 몰랐기 때문에 호기심으로 읽기 시작했다. 내용의 대부분은 학교에서의 일이었다. 공부하는데 어려운 부분이 있었다든가, 친구들과의 관계에서 문제가 생겼다든가, 어떤 선생님에게 하고 싶은 말이 있다든가, 그때그때 들은 이야기를 적은 것이 대부분이었다. 내게 감추고 있는 것도 있었다. 나에 대한 관찰과 사색, 나에 대한 의견과 감정도 적었다. 마치 거울을 보는 것처럼 웃음이 나기도 했고 눈물이 나기도 했다.

　인생에 괴로움 없는 이 누군가.
　가엾은 것은 우수를 느껴도 호소할 곳 없는 것.
　누가 내 마음속 괴로움 알리, 누가 내 약함과 고독함 알리.

이 시는 여자 농구 선수를 그린 〈넘버 5〉라는 영화를 보고 나서 쓴 것이다. 〈넘버 5〉에서 모녀의 대화가 이 아이의 공감을 불러일으킨 것이다. 여주인공이 "코치 선생님 같은 아버지가 있으면 좋을 텐데." 하고 말하는 장면에서 한이는 갑자기 머리가 아프다면서 나갔었다. 그것은 허징푸를 연상했기 때문이었던 것이다!

나는 허 아저씨가 좋다. 딸이 아버지를 좋아하는 것처럼. 엄마는 왜 허 아저씨를 사귀지 않고 하필이면 쉬헝중 따위와?

이 글이 나로 하여금 병원까지 허징푸를 문병 가도록 결심하게 만들었는지도 모르겠다. 나는 은밀히 딸에게 감사하고 있다. 그러나 지금 딸의 뜨거운 눈길을 받고 있는 한 그것이 얼굴에 나타나지 않도록 하지 않으면 안 된다.

"시간이 늦었구나, 공부가 끝났으면 자자꾸나."

나는 담담하게 말했다. 아이는 네, 하고 대답은 했으면서도 일어서려고는 하지 않고 나를 물끄러미 바라보고 있다. 컸다, 정말로 컸다. 엄마의 생활에까지 간섭을 해 오다니. 게다가 말로 표현을 하지 않지만 무시하는 것은 용서하지 않으려는 집요함이 있다. 하지만 오늘은 아직 이야기하고 싶지 않다. 내 머릿속은 아까 병원에서 있었던 일로 가득하다. 그 사람의 말 하나하나와 동작 하나하나……

"엄만 피곤하구나. 한아, 같이 자자."

나는 옷을 벗고 침대로 올라갔다. 한이는 완전히 흥이 깨져 있다. 무뚝뚝한 얼굴로 옷을 벗어서는 대충 위로 집어 던진다. 바닥에 떨어지는 것도 있다. 나는 상관하지 않고 오로지 자신의 생각에만 골몰했다.

허징푸에게는 나를 경멸하는 느낌은 조금도 없었다. 나는 지나치게 신경을 쓰고 있었던 것이다. 그의 이야기에서는 철학자의 그것에서처럼 깊이가 느껴졌다. 그의 40세야말로 진정한 '불혹'의 나이이다. 하지만 나는 '미혹'이 더 깊어지고 있을 뿐이다. 그가 하는 말은 옳다. '미혹'은 나쁜 것은 아니다. 하지만 언제쯤이 되면 '미혹'에서 벗어나서 '불혹'에 도달할 수 있을 것인가. 그와 결합되는 것이 행복인지 어떤지 내게는 판단이 서지 않는다. 그에게는 지금도 이렇게 강하게 끌리고 있다. 그러나 그와의 성격 차이가 점점 더 분명해진 듯한 생각도 든다. 이런 대구가 있었다. "하늘에 이리저리 뻗은 고목의 가지는 무질서하다고 그대는 싫어하고, 천백 번 굽돌아 아득한 계곡 길은 너무 멀어서 나는 싫네. 본성은 서로 다를 바 없는데 습관은 서로가 판이하도다."

어디에서 보았더라? 그의 일기? 아니야, 아무튼 마치 우리들의 이야기 같다. 어쨌든 그런 두 사람이 서로 끌리고 있다……. 그는 담뱃대를 내게 맡겼다. 애정의 표시? 아니, 그는 그런 식으로는 말하지 않았다.

어차피 잠자기는 틀렸다. 나는 큰맘 먹고 침대에서 내려와서 가방에서 그 담뱃대를 꺼냈다. 한이가, 이것은 그의 집안의 가보라고 말했었다. 틀림없이 뭔가 유래가 있으리라. 그에게 이야기를 들어야겠다. 나는 아직 그에 대해 지나치게 모른다. 둘이서 대화를 나눌 기회가 전혀 없었으니까.

"엄마!" 한이가 갑자기 일어나서 나를 불렀다. 나는 깜짝 놀라 튕기듯 일어나 담뱃대를 집어넣었다.

"허 아저씨에게 담배쌈지를 만들어 드렸어?"

세상에, 얘 좀 봐. 자는 줄로만 알았더니 완전히 다 보고 있었구나.

"자렴, 쓸데없는 말 하지 말고! 내일 일어나지 못하게 된다." 나는 그야말로 엄숙한 얼굴을 만들며 말했다.

"네네. 쓸데없는 말은 안 할게요, 엄마. 허 아저씨에게 담배 피우게 하면 안 돼요. 암이 되니까!" 의미심장한 웃음을 보이고서 아이는 다시 누웠다. 나도 서둘러 담뱃대를 서랍에 넣고 침대로 들어갔다.

그 날, 꿈에서 보았던 말 탄 큰 남자는 뒷모습밖에 보이지 않았지만 그가 아니었을까. 그 남자를 부르던 그 목소리도 잘 아는 사람의 목소리 같았었다. 누구였을까? 누구…… 눈꺼풀이 무겁다. 머리가 멍하다.

나는 더 이상 아무것도 생각하지 않기로 했다. 그러나 눈앞에 이상한 광경이 펼쳐지더니 신기한 일이 일어났다. 눈을 떴다. 꿈이었다. 한이는 옆에서 곤히 잠들어 있다. 나는 그 머리를 쓰다듬으며 가만히 말했다.

"우리 한이, 꿈꾸고 있니? 엄마는 신기한 꿈을 꾸었단다."

나는 참위설을 그다지 믿지 않는다. 아니, 전혀 믿지 않는다. 그러나 꿈을 꿀 때마다, 특히 좀 신기한 꿈을 꾸었을 때는 두고두고 생각하게 된다. 꿈에서 의미를 찾아내고 그것이 무슨 징조인지 알고 싶어지는 것이다. 할아버지가 자연의 이변을 보고 우리 집의 운명을 연상했던 것과 똑같은 것이다. 내가 다른 사람에게 이야기하는 꿈은 어느 것이나 비교적 완전한 것이다. 프로이트가 분석한 꿈처럼 지리멸렬하고 조리가 맞지 않는 것은 전혀 없다. 그것은 내가 꿈에 손질을 가하기 때문이다. 반쯤 잠이 깬 상태에서 이제 막 꾼 꿈의 장면을 하나하나 기억해 나간다. 애매한 부분은 윤곽을 분명하게 하고 빠진 부분은 보충해 넣는다.

오늘 꿈은 여느 때보다 한층 더 정성껏 생각했다. 그러므로 더욱 신기하고 완전한 것으로 되었다. 나는 큰맘 먹고 일어나서 그것을 기록했다.

나와 그가 사는 지역에서 기괴한 병이 유행하기 시작했다. 감염되면 미치광이가 되어, 자기 집의 집기들을 손에 닿는 대로 부수고 밖으로 내

던진다. 심지어는 거기다 불을 지르는 자까지 있다. 집어던질 물건이 없으면 자기의 가슴을 절개해서 마치 외과 의사라도 되는 것처럼 자기의 오장육부를 검사하기 시작한다. 실로 이상한 광경이다. 어떤 자는 자기의 심장을 받쳐 들고 우는가 하면 어떤 자는 자기의 창자를 잘라 들고 음식이 바로 항문으로 통하도록 만들어 놓고는 이젠 귀찮은 절차가 간편해졌다고 큰소리치기도 한다. 그리고 어떤 자는 자기의 장을 모두 개에게 던져 주고 자기는 플라스틱 장기로 바꾸어서 싱글벙글 거리를 돌아다니며 손에 닿는 대로 무엇이든지 먹어 치운다. 먹은 것은 죄다 그 모양 그대로 배설되지만 본인은 "오늘이야말로 배 터지게 먹었다!"고 고함치고 있다.

시의 모든 전염병 전문가들이 모여서 천 개가 넘는 사례를 연구한 결과 그것이 일종의 정신 전염병이며 기후의 갑작스러운 온난화에 기인된 것이라는 것을 알아냈다. 일부 냉동되어 있었던 신경이 갑자기 되살아나서 그것이 정신에 맹렬한 자극을 준 것이다. 건강한 자들은 걱정하고 마음 아파했다. 그들은 향을 피우며 빌었다. "하늘이여, 다시 한번 추위를! 땅이여, 다시금 얼어붙기를! 우리들의 도시를 파괴하지 마소서, 우리는 이미 추위에 익숙해져 있나니."

기도도 치료도 효과가 없이 전염병은 만연해 갔다.

나와 그(그가 누구인지 나는 모른다. 나와 어떤 관계인지도 모른다. 그저 나와 그는 이미 오랫동안 공동생활을 하고 있으며 나는 만사를 그가 말하는 대로 따르고 있다.)는, 아직 건강한 인간에 속해 있다. 전염병을 피하기 위해서 입구와 창을 굳게 막고 타인과의 접촉을 차단한 지 이미 10일이 넘었다. 그는 나를 끌고 하루에 세 번 기도한다. "하늘이 차갑고 땅이 얼어붙으면 백 가지 병이 생기지 못한다. 얼음이 풀리고 땅이 따뜻해지면 전염병이 만연한다. 하늘이여, 지금 다시 한번 추위를! 땅이여, 다시금 얼어붙기를! 아멘." 그는 그렇게 하지 않으면 효과가 없다면서 꼭 나에게 무릎을 꿇고 기도하게 한다. 이런 기도는 정말로 지긋지긋하다.

어린 시절 나는 자주 어른에게 큰절을 드리고 그 상으로 돈을 받기도 하고 칭찬을 받기도 하면서 기뻐했었다. 그러나 어느 해 봄에 큰절하는 것이 싫어졌고 두려워지기까지 했다. 몇 세대의 가족이 넓은 방에 모여 있었다. 증조부, 증조모, 할아버지, 할머니, 작은할아버지, 작은할머니, 큰아버지, 큰어머니, 아버지, 어머니, 숙부, 숙모, 고모들, 그리고 오빠, 언니들, 나는 맨 밑이다. 서열이 위인 사람부터 순서대로 큰절을 했다. 하나하나 큰절을 되풀이한다. 입으로는 "아버지, 축하드립니다. 어머니, 축하드립니다……. 축하드립니다." 하는 말을 되뇌지 않으면 안 된다. 한 세대, 또 한 세대, 한 사람 또 한 사람, 바닥에 머리를 조아리려 나간다. 한참 만에야 마지막으로 내 차례가 되었다. 나에게 머리를 조아릴 사람은 하나도 없는데 나는 제일 많이 머리를 조아리지 않으면 안 된다. 방 안 가득한 남녀노소가 모두 내게 주목하고 내 '머리'를 기다리고 있는 것을 보았을 때는 오싹해졌다. 그러나 그래도 두 무릎을 꿇고 "증조 할아버지, 축하드립니다. 증조 할머니, 축하드립니다……. 할아버지, 축하드립니다."를 한 다음에 일어나서 절을 한다. 또다시 절, "숙부님, 축하드립니다. 숙모님, 축하드립니다……." 무릎의 힘이 빠져 버리고 말았다. 그런데도 아직 저렇게 많은 사람들이 내 '머리'를 기다리고 있다. 나는 문득 생각을 해내고 남자들이 만났을 때 하는 인사를 흉내내서 양손을 깍지 껴서 가슴에 모으고는 "고모, 오빠, 언니, 축하드립니다." 하고 말해 버렸다.

하하하! 와르르 웃음이 터졌다. 웃음이 가라앉자 아버지가 말했다.

"웨, 그래서는 안 된다. 적당히 넘기지 말고 한 사람 한 사람에게 인사를 해라."

할 수 없이 나는 다시 한 사람 한 사람에게 인사를 해 나갔다. 숙모가 끝난 다음에는 오빠, 오빠가 끝난 다음에는 언니. 언니는 네 명 있었다. 네 번째 언니는 나보다 한 살 위였는데 항상 먹는 것 때문에 다투곤 했었다. 오늘은 그 언니에게도 머리를 조아리지 않으면 안 된다. 그러나 언니의 득의양양한 얼굴을 보는 순간 절하기가 싫어서 메롱 하면서 놀려 주었다. 언니는 으앙 하고 울음을 터뜨렸다. 아버지는 다시 나를 나무랐다.

"웨, 너 혼자만 말을 듣지 않는구나. 언니에게 절해라!" 나는 '머리'를 숙이고 눈물을 흘리면서 무릎을 꿇었다. 그리고 일어나자마자 소리 높여 울음을 터뜨렸다.

그 후 나는 절을 하는 것이 무서웠다. 다행히도 그 후 해방을 맞아 절하는 의식은 없어졌다. 그러나 그는 반드시 무릎을 꿇고 기도하게 한다. 나는 그를 따르는 수밖에 없다.

나는 너무 뜨거워서 견딜 수 없었다. 나는 몇 번이나 창문을 열어서 바람이 들어오게 하려고 했지만 그때마다 그에게 제지당했다. 오늘은 도저히 참을 수가 없어서 차가운 유리에 얼굴을 대고 거리를 내다보았다.

"거리에 저렇게 많은 물건이 버려졌어요. 저 사람들, 도대체 무엇을 버렸을까. 여보, 보러 가요!" 나는 계속 그를 '여보'로 부르고 있었다.

"안 돼!" 그는 딱 잘라 말했다.

나는 한 가지 꾀를 생각해 냈다. 그에게 장난스럽게 웃으면서 말했다. "여보, 저길 봐요. 반짝반짝하는 게 피아오(모피 안감이 달린 중국식 윗옷) 같아. 지난번엔 돈을 주고도 살 수 없었는데. 여보, 물건을 소중하게 여겨야 한다고 말했었죠. 내가 가서 주워 올게요."

"그래?" 그는 자기도 모르게 창가로 와서 내다봤다.

"분명히 피아오군. 앞으로 다시 추워진다는데, 미치광이들! 좋아, 주워 와. 간 김에 다른 것들도 주워 와. 둘이서 잘 연구해 보기로 하지. 빨리 돌아와야 해. 어느 누구하고도 접촉해서는 안 돼."

"알았어요!" 나는 신나게 대답하고는 그가 준 특대 여행용 가방을 양손으로 들고 뛰어나갔다. 밖은 밝고 따뜻했다. 나는 옷을 벗고 마음껏 놀고 싶었다. 그러나 그가 얼굴을 유리창에 대고 이쪽을 보고 있다. 할 수 없이 손에 닿는 대로 주위의 물건들을 주워 담았다. 그리고 곧 두 개의 가방을 가득 채워서 들고 돌아왔다. 문은 다시 꼭 잠겨졌다.

나와 그는 주워 온 물건들을 하나하나 조사해 나갔다. 각종 규격의 모자는 내가 써도 좋고 다른 사람에게 쓰게 해도 좋다. 갖가지 재료로 만든 지팡이는 등산 갈 때도 쓸 수 있고 다른 사람을 때릴 때도 쓸 수 있다. 피아오, 다과(무릎 아래까지 오는 남성복), 코트, 침낭, 망토. 추운 지방이니까 이런 의류가 제일 많다. 그리고 책, 워터우(옥수수 가루로 만든 일종의 빵), 맥아 분유, 가죽 신발, 색안경…….

나는 코트 주머니를 뒤지다가 호두처럼 딱딱한 것을 만지게 되었다. 꺼내 보고 깜짝 놀랐다. 사람의 심장이 아닌가! 나는 비명을 질렀다. "심장이야, 여보. 심장이야!"

그도 깜짝 놀라 당황하더니, 곧 자세히 관찰하고는 웃으며 말했다. "정말 겁쟁이로군. 죽은 심장이잖아. 벌써 말라서 변색되었어."

심장이 죽은 것이라고 해서 나의 공포가 줄어들지는 않았다. 그것이 누구의 심장이며 그것을 내가 손에 넣었다는 것이 무슨 의미가 있는 것인지 알고 싶었다. 나는 코트를 뒤집어 가며 조사했다. 갑자기 감전된 것처럼 손이 오그라들면서 코트를 떨어뜨렸다. 왜냐하면 그것이 허징푸의 것임을 알았기 때문이다. 언젠가 그가 나를 만나러 집에까지 왔을 때 입고 있었던 것이 이 코트였다.

"이건 허징푸의 코트야, 허징푸의 심장이야." 나는 그에게 말하면서 가슴이 찢어지는 것 같았다.

그도 코트를 집어 들어 점검하더니 얼굴색이 변했다. "확실히 허징푸의 것이군." 그는 허징푸에 대한 나의 감정을 알고 있었다.

지금도 기억하고 있다. 그해 어느 날 밤, 허징푸가 나를 만나러 집으로 뛰어 들어왔다. 그는, 허징푸가 나를 먹으러 온 요괴라고 하면서 절대로 만나게 해 주지 않았다. 그는 나를 안방에 감추고 내가 없다, 설령 있다고 해도 만나고 싶어하지 않을 것이라고 말했다. 문틈으로 보이는 허징푸의 눈에는 한없는 실망과 슬픔이 담겨 있었다. 허징푸는 두 사람 사이를 가로막고 있는 벽을 향해서 외쳤다.

"쑨웨, 정말로 만나고 싶지 않은 거야? 그렇다면 내 선물을 받아 주겠어?" 내가 대답하려고 했을 때 문이 탕탕 울렸다. 대답하지 말라는 신호이다. 나는 소리를 낼 수가 없었다. 그는 막대기를 들고 허징푸를 위협했다.

"빨리 나가. 안 나가면 이 막대기로 지옥에 보내 줄 거야!" 허징푸가 쫓겨나는 것을 보면서도 나는 어떻게도 할 수 없었다. 그 이후 항상 그에게 미안하다는 생각을 하고 있었던 것이다. 거기까지 생각하고 나는 물었다.

"여보, 그때 허징푸가 주겠다던 선물이 무엇이었어요?" 그는 일순 망설이다가 대답했다.

"이 심장이야. 그때는 살아 있었는데, 문 밖에서 녀석이 이것을 내 손에 쥐어 주었지만 나는 곧 그의 코트 속에 도로 집어넣었지. 그런데 지금 그는 어디에 있는 것일까. 왜 이런 곳에 코트가?"

"허징푸는 분명히 죽은 거야! 심장도 죽고 말았어. 모두 내가 나빴기 때문이야!" 나는 심장을 받쳐 들고 울면서 자신에게 말했다.

내 눈물이 심장 위에 떨어졌다. 그러자 심장이 손 위에서 움직이는 느낌이 들었다. 그리고 내 마음도 전기에 닿은 것처럼 떨리기 시작했다. 내가 물끄러미 심장을 바라보고 있는 사이에 조금 전까지만 해도 검게 말라 있던 것이 밝게 빛나기 시작했다. 나의 심장도 격하게 고동을 쳤다. 당장이라도 목으로 뛰어나와서 손에 들고 있는 심장과 하나로 용해되려는 것 같았다. 나는 무서워서 "앗!" 하고 비명을 질렀다.

그가 내 비명을 듣고 이쪽을 보았다. 나는 그 앞에 손을 내밀었다. 그의 얼굴에서 핏기가 가시면서 흙빛으로 변했다. 그는 외쳤다.

"쑨웨, 빨리! 그것을 밖으로 던져! 그 심장이 전염병을 갖고 왔을는지도 몰라. 이번에는 우리들을 노리고 있어. 그건 우리를 원망하고 있어!"

나는 그의 말대로 하고 싶지는 않았다. 심장을 받쳐 든 채로 거기에 그냥 서 있었다. 그러자 갑자기 심장이 반짝반짝 빛나면서 발신기처럼 신호를 내기 시작했다. 나밖에 알지 못하는 신호다.

"아니야, 나는 너희들을 원망하지 않아. 나는 아무도 원망하지 않아. 쑨웨, 나를 먹어 버려, 나는 원래 네 거야!"

나는 심장을 입으로 가져갔다. 그는 미친 듯이 달려와서 그것을 빼앗으려고 했다. 그러나 이미 늦었다! 나는 심장을 삼켜 버렸다.

"쑨웨가 전염병에 걸렸다!" 그는 놀라서 소리를 지르며 손을 뻗어서 나를 잡았다.

나는 갑자기 힘이 용솟음쳐서 손을 한 번 내저어 그를 뿌리쳤다. 그리고 방으로 가서 과도를 집어 들었다. 스테인레스 제품이다. 나는 그것으로 내 가슴을 절개했다…….

"쑨웨가 전염병에 걸렸다!" 그의 외침이 한층 더 커졌다. 나는 그 사람이야말로 병자이며 정신착란이라고 생각했다. 자기 심장을 검사하고 있는데 왜 소란을 피운단 말인가.

나는 내 심장을 꺼내서 구석구석까지 조사해 보았다. 돌기된 부분에 한 군데 상처가 나서 심하게 먼지를 뒤집어쓰고 있는 곳이 있었다. 나는 그것을 수도꼭지로 갖고 가서 깨끗이 씻었다.

"상처를 어떻게 하면 좋아?" 나는 물었다.

"원래 있던 곳에 그대로 놔두면 자연히 낫게 돼." 허징푸의 심장이 대답했다.

나는 심장을 가슴속에 다시 집어넣었다. 아무런 상처도 남지 않았다. 나는 싱글벙글하면서 그에게 말했다. "어때요? 나, 멋지죠. 자, 당신 심장도 씻어 줄게요." 나는 과도를 그에게 갖다 댔다.

그는 놀라서 눈을 크게 떴다. "뭐라고? 내게 심장이 없다는 것을 모든 사람들에게 알리려는 거야? 당신은 인정도 없나?"

나는 깜짝 놀랐다. "그럼 당신의 심장은……?"

"그날, 허징푸의 심장은 피가 떨어지고 있었지. 나는 기분이 나빠서 그날 밤 토해 버렸는데 그때 심장의 절반을 토해 버리고 말았어." 그는 더듬거리며 말했다.

"그럼, 나머지 절반은?" 나는 그가 가엾어졌다.

"나머지 절반은 설사 때문에 없어져 버렸지." 그의 목소리는 알아들을 수 없을 정도로 작았다.

"도대체 어쩌다가?"

"너무 많이 먹었거든." 그의 얼굴에 불안한 빛이 나타났다. 오랫동안 같이 있으면서도 그의 이런 표정을 보는 것은 처음이다. 나는 점점 더 가엾어졌다.

"거기가 텅 빈 것 같지 않아?"

"아니, 조금도 비지 않았어. 다른 것을 채워 두었지. 자, 만져 봐. 다 채워져 있잖아."

나는 만져 보았다. 확실히 빵빵하게 차 있다. 아아. 이렇게도 오랫동안 심장이 없는 사람을 따르고 있었다니. 어째서 이런 사람과 같이 살게 되었단 말인가.

"알았어. 우리 헤어져요. 난 심장이 없는 사람과는 살 수 없어요. 아니면 허징푸의 심장을 토해 내서 당신에게 줄까?"

"싫어! 그 자식 심장 같은 건!"

그러나 그렇게 외치자마자 그는 마법에 걸린 듯 눈을 동그랗게 뜨고 나를 보았다. 윗입술이 코에 닿을 정도로 입을 딱 벌리고 있다. 내 몸에 뭔가 이상한 일이 일어난 모양이다. 나는 거울 앞에 서서 나를 보았다. 앗, 얼굴이 달라져 있다. 흰머리가 없어지고 눈언저리의 주름살도 사라졌다. 다시 한번 청춘이 되돌아온 것이다. 무엇보다 신기했던 것은 내 가슴이 마치 반짝거리는 휘장을 단 것처럼 밝게 빛나고 있었던 것이다. 그 심장을 삼켰기 때문일까.

놀란 나머지 망연히 서 있었다.

"쑨웨가 전염병에 걸렸다!" 그가 꿈에서 깨어난 것처럼 비명을 질렀다. 나는 당황해서 내 머리를 두 손으로 감쌌다. 사람들이 본다면 물들였다고 할 테니까.

"쑨웨가 전염병에 걸렸다!"

이것은 누구의 목소리인가. 여자 목소리 같다. 나는 당황해서 베일을 얼굴에 뒤집어썼다. 사람들이 본다면 분을 발랐다고 할 테니까.

"쑨웨가 전염병에 걸렸다!"

"쑨웨가 전염병에 걸렸다!"

온갖 비명이 일제히 일어났다. 발소리가 들려왔다. 나는 두려워서 가슴의 빛을 손으로 감추었다.

사람들이 창문을 둘러쌌다. 어릴 때 우리가 미친 사람을 보듯이 나를 바라보고 있었다. 조소와 연민, 공포와 경계심이 뒤섞인 눈길이었다.

그는 사람들에게 나의 발병 경위를 설명하는 모양이지만 유감스럽게도 내게는 들리지 않았다.

"화의 근원은 삼켜 버린 심장이다. 심장을 끄집어내라!" 그가 나를 손가락질하며 징그럽다는 듯이 말했다.

사람들이 창문으로, 문으로 들어왔다. 모두들 건강한 사람들이었다. 그들은 일제히 외쳤다. "끄집어내라! 심장을 끄집어내라!", "휘장을 만들 수 있어!", "내가 가질 거야!", "아니야, 내가 필요해!"

스테인레스 과도가 내 가슴을 향해서 들어왔다. 아까의 그 칼인가. 나는 본능적으로 옆으로 피했다. 그리고, 위를 향해서 뛰어오르자 천장을 부수고 튀어나가 지붕 위에 섰다. 나를 쫓아오는 사람도 있고 지붕을 부수고 올라오는 사람도 있다.

나는 스스로에게 명령했다.

"날아라!"

동시에 양다리로 지붕을 박차고 날아올랐다. 나는 날 수 있는 것이다. 무협 소설에서 배운 비행술이다. 그러나 나의 비행은 여러 가지 건축물들이 발에 닿을 정도로 너무 낮다. 그리고 같은 곳을 빙빙 돌 뿐 속도도 너무 느리다.

피곤하다. 너무나 피곤하다. 점점 아래로 떨어져 이젠 발바닥이 땅에 닿을 정도다. 나는 체념했다. "이젠 끝났다. 저 사람들에게 심장을 빼앗기고 만다." 그러나 그때 깨달았다.

"이것은 꿈이다. 꿈속에서는 하고 싶은 대로 무엇이든지 다 할 수 있 잖아!" 나는 나 자신에게 명령했다.

"높이 날아라! 모든 장애를 뛰어넘어서 구천으로 날아올라라!" 그러 나 안 된다. 아무리 땅을 차도 날아오르지 못한다.

나는 얌전히 잡힐 각오를 했다. 그때 갑자기 목소리가 들렸다.

"××, 쏜웨가 왔다!"

순간, 상쾌한 기분이 들면서 하늘 높이 가볍게 날아오르기 시작했다. 가슴은 더욱 찬란한 광휘를 발하고 있다. 나는 작은 위성이 되어 드넓 은 우주를 날고 있는 것이다. 그리고 언젠가는, 허징푸가 장성에서 보 았던 유성처럼 어딘가에 떨어질 것이다. 우주는 한없이 넓고 대지는 그 지없이 조용하다……

눈을 뜨고 나서 나는 두 가지 문제에 대해 골똘히 생각했다. 하나는 '그'가 누구인가 하는 것이었다. 쉬헝중인가, 자오전환인가, 시류인가, 우 춘인가……. 나는 아는 사람들을 하나하나 머리에 떠올려 보았다. 그러 나 어느 누구도 아닌 것 같다. 왜냐하면 그의 나이나 성별이나 얼굴이나 직업을 도무지 기억해 낼 수 없었기 때문이다. 정말 이상한 일이다. 그리 고 또 하나는 이 꿈이 무엇을 뜻하는 것인가 하는 것이다. 나는 허징푸 와 결합하는 것이 좋은가. 결합하지 않는 것이 좋은가. 꿈의 결말을 보 면 결합되었던 것 같다. 그러나 할아버지의 해몽에 의하면 꿈은 현실과 는 정반대이다. 사는 꿈을 꾸면 죽게 되고 죽는 꿈을 꾸면 살게 된다는 것이다. 그렇다면 결합되는 꿈을 꾸었으니까 당연히 헤어지는 게 된다.

꿈에서는 땀을 흘리지 않았었는데 지금은 땀이 났다.

"엄마, 나 꿈을 꾸었어."

한이가 나에게 가까이 와서 아주 즐거운 듯이 말했다.

"허 아저씨가 퇴원했어. 허 아저씨가 우리 집에 왔어……."

너도 그런 꿈을! 나는 눈을 감은 채로 자는 듯이 대답하지 않았다. 이 아이도 나한테 배워서 해몽하기를 좋아한다. 하지만 오늘의 꿈은 해몽을 하지 않는 편이 좋겠다.

제3장

가슴에 흩어지는 불꽃

소설가

함께 배웠다 하여 끝까지 같은 길을 걷는 것도 아니며
길이 다르다 하여 반드시 다른 목적지에 이르는 것도 아니다.

머리말

x년 x월 x일, C대학 중문학부 59~60회 졸업생 허징푸, 쑨웨, 쉬형중, 우춘, 리제, 쑤슈전 및 '소설가'라 칭하는 필자는 C대학 교직원 숙소 3동 102호 쑨웨의 집에 모임. 이는 역사적인 회합으로서 특기할 만함. 각자는 모두 전형적 인물이며 그 경력은 한 편의 장편 소설을 쓰고도 남음. 그러나 중국에는 그 정도의 인물은 적어도 수억에 이름. 만일 각자가 각각의 경력, 견문을 소설로 만든다면 출판사를 다시 1만 개를 설립하여도 부족함. 더구나 당대의 독자가 얼마나 많은 시간을 빼앗기며, 또 후대의 역사가들이 얼마나 번잡하리오.

문학 예술은 개괄을 중시하고 역사는 간결을 존중함. 따라서 일동 모두 필자를 회합의 총괄적 보고자로 추천함. 보고의 요건은 다음과 같음. 진실의 기록, 표현의 자유, 참신한 구성과 유려한 문체, 자아의 중시와 비판의 자유. 단, 공정 솔직하되 춘추필법(春秋筆法)은 엄금하기로 함.

필자는 소설가로 자칭하나 실은 계란을 낳지 않는 수탉과 같음. 40줄을 훨씬 넘어서 소설은 겨우 한 편을 발표했을 뿐임. 다행히 그 한 편으로 일거에 이름을 날려 작가 협회에 가입하고 '소설가'의 이름을 얻음. 따라서 작가인가 아닌가는 '짓는가', '짓지 못하는가' 또는 '어떻게 짓는가'와는 상관없으며 협회에 가입 여부에 있음. 이것은 본 의제와 관계없으므로 생략함.

필자는 우둔하고 졸필임을 모르지 않으나 동학의 정 또한 뿌리치기 어려움. 능력이 부족하여 잘못이 많으나 글에 대한 책임은 스스로 지며 여러분의 관용은 바라지 않는 바임. 이로써 머리말을 대신함.

'소설가' 장리짜오

우리는 오전 9시경부터 차례차례 쑨웨의 집에 모여들었다. 여자들이 먼저 와서 음식을 준비해 두었기 때문에 10시 반 조금 지나서는 모두 식탁에 앉았다.

쑨웨의 방은 넓이 14.2제곱미터. 작다고는 할 수 없다. 거기에 더블 침대, 책상, 식탁, 서랍장, 책장이 각각 하나씩. 모녀 둘뿐이니까 조금도 비좁지는 않으리라. 그러나 오늘은 다르다. 의자가 모자라서 몇 명은 침대에 다닥다닥 붙어 앉았으며 작은 식탁으로는 어쩔 도리가 없어서 책상을 갖다 붙였다. 누군가가 서랍장을 잠깐 밖으로 내보내서 장소를 넓히자고 제안했으나 쑨웨가 찬성하지 않았다. 서랍장 위에 목이 가는 청자 화병이 놓여 있고 거기에 예쁜 꽃이 꽂혀 있다. 그녀가 이 모임을 위해서 일부러 준비해 둔 것이다.

"서랍장을 밖으로 내보내면 꽃은 어디에 두지? 꽃이 없으면 시적인 분위기가 없잖아."

그 말에 쉬헝중이 재빨리 찬성했다. "그래. 꽃이 없어서는 안 되지. 오늘 같은 모임은 그리 쉽게 이루어질 수 있는 것이 아니야. 우리들은 대개 이 지역에서 일하고 있지만 항상 일이 바빠서 만날 기회가 거의 없어. 하물며 오늘은 우춘이나 쑤슈전이 먼 길을 애써 와 주었어. 게다가 우리 같은 사람들은 다닥다닥 모이는 것이 제격이지. 앞으로 누군가가 영전하면 다시 그 사람의 응접실에서 모이면 어떨까?"

쉬헝중의 말이 끝나자마자 쑤슈전이 의기양양해서 말했다.

"원한다면 우리 집에 와. 우리 집 응접실은 그리 넓지는 않지만 모두를 접대할 수 있을 정도는 되지. 실내 장식도 도시에 비해 그리 뒤떨어지는 편은 아니야. 언제 오겠어? 알려 주면 나하고 우리 집 차 서기가 같이 마중 나가지."

참으로 강산은 변해도 본성은 변하기 어려운 법이다. 이 여사께서는 무슨 일에나 곧잘 허풍을 떤다. 일부러 그녀의 집까지 갈 사람은 아무도 없다는 것을 알면서도 그야말로 초대하고 싶다는 듯 생색을 낸다. 사실은 자기가 행세깨나 한다는 것을 드러내서 우리들 가난뱅이의 신경을 건드려 주고 있는 것이다. 오늘 출석한 여사들 가운데서 그녀만이 화려하게 멋을 부리고 있다. 머리는 신식 파마, 얼굴에는 크림을 덕지덕지, '바리샹(八里香)'이라는 그녀의 아호를 잊어버리지는 않을까 두려워하고 있는 것처럼 향수까지 뿌리고 있다. 이 아호는 아마 감히 내가 지어 바쳤던 것인데 남학생들 사이에서만 알려진 이야기다. 거기에는 두 가지 의미가 있다. 하나는, 늘 화장을 하고 있어서 멀리 8리(八里, '바리'로 발음됨)까지 그녀의 향기가 난다는 것. 또 하나는, 그녀의 오른뺨에 종기 자국이 있으므로 분을 바르면 종기(疱裏, '八里'와 발음이 비슷함)에서도 향기가 난다는 것이다. 그런 별명을 붙인다는 것이 점잖은 것이

못 된다는 것은 알고 있다. 그러나 오늘 여사를 만나고 보니 이 아호를 자랑하고 싶은 마음도 드는 것이다.

다음으로 그녀의 옷차림을 살펴보기로 하자. 옷이 비만한 몸을 꼭 싸고 있어서 조금만 움직여도 단추가 터져 나갈 것 같다. 그녀는 비만 이라는 것을 곡선으로 이해하고 있는 것이다. 바지 천이 무엇인지는 모 르겠지만 새 옷임에는 틀림없다. 줄이 아주 잘 서 있어서 마치 과일 깎 는 칼 같다. 가느다란 구두 굽이 75킬로그램의 체중을 과연 지탱할 수 있을지. 그녀가 발걸음을 떼 놓을 때마다 넘어지지나 않을까 걱정이 된 다. 화장은 하면 할수록 추하다. 그러나 여사께서는 지금 모 현의 현 위원회 부서기 사모님이며, 무역국의 부국장이시다. 신분은 높고 직무 는 우아한 셈이다.

쑤슈전은 이 정도로 하고 우춘에게로 옮겨 가 보자. 그는 허징푸와 같이 나타났다. 허징푸의 숙소에서 묵었던 것이다. 그는 들어오자마자 구두를 벗고 침대 위로 올라갔다. 요리가 운반되어 오면 즉석에서 젓가 락을 들고 고기를 먹는다. 따라서 모임이 시작되기 전에 입이 기름기로 번들번들거리고 있다. 그는 쑤슈전의 말을 듣더니 젓가락을 놓고 말했다.

"쑤, 멀리 있는 물이 가까이 있는 갈증을 없애 주지 못하는 법이야. 눈 앞의 음식부터 처리하자고!" 그는 우리 모두를 둘러보며 말을 이었다.

"나는 시골에서 어슬렁거리다 보니 마음이 답답해 잠시 기분 전환 을 하려고 참석했던 거야. 그런데 이렇게 옛 동급생들이 많이 모일 줄 이야. 나, 감격했어. 그래서 어젯밤 허와 대화를 나누다가 모두에게 재 회의 선물을 하려는 생각을 하게 되었지. 그래봤자 산곡(원, 명, 청 대에 유행했던 곡)을 한 수 엉터리로 만들었을 뿐이지만……."

그러자 쉬헝중이 웃으며 놀렸다.

"좋아, 우춘. 너는 원래 유명한 '규방 시인'이니까!"

'규방 시인'이란 말에 모두들 웃음을 터뜨렸다. 과묵한 리제조차 몸을 비틀며 웃었다. 모두들 우춘을 가리키며 '아가씨'라고 놀리며 웃고 떠들어 댔다. 쑨웨도 웃으며 말했다.

"모두들 오늘은 실컷 떠들어. 다행히 우리 한이는 학교에 가고 없어. 어미 고양이가 없으면 새끼 고양이가 문을 긁어 대는 법인데 오늘은 거꾸로 새끼 고양이가 없어 어미 고양이가 야옹야옹하는 격이니까."

허징푸가 우춘의 등을 밀며 말했다. "어미 고양이니 새끼 고양이니 상관하지 말고 자네 산곡을 피력해 보라구."

우춘은 고개를 끄덕이고는 웃옷 호주머니에서 접어 넣어 둔 종이쪽지를 꺼내 천천히 펴서 쑨웨에게 건넸다. "천부적인 재능을 발휘해 봐."

쑨웨가 받아 들고 훑어보더니 웃으며 말했다. "세상에, 이 아가씨 좀 봐! 이런 지독한 산곡을! 난 이런 건 싫어. 목에도 나쁘고 또 무엇보다도 내 이름이 더럽혀지니까."

그 말을 듣자 남자들은 앞을 다투어 읽으려고 했다. 하지만 우춘은 종이를 싹 낚아채서 큰소리로 말했다.

"야, 너희들! 영광은 서로 다투고 환란은 서로 양보할 생각이냐? 좋아. 나가 읽지!"

그는 저장성 사람인데 계속 남방의 도시 말투를 쓰다가 엉뚱하게 '나가'라고 하는 바람에 우리는 와르르 웃음을 터뜨렸다. 웃음이 가라앉자 그는 지극히 진지한 얼굴로 우리들 모두가 잘 알고 있는 위안춰 선생 흉내를 내서 머리를 북북 긁으며 눈을 감고 목을 가볍게 흔들면서 "자알 들어라." 하고 말했다.

"우리가 동창이라니 말도 안 되는 소리로다! 그쪽은 오사모 쓴 미남인데 이쪽은 감옥살이로 수염만 길었구나. 그쪽 남편은 농사를 짓고 이쪽 여사님은 장사를 한다네. 나는 총대 메고 말을 달렸는데 그는 수레를 끌고 두유를 팔았도다. 어느 학부가 이처럼 가지각색의 인재를 양성할 수 있으랴. 동창이라 말하지 마라. 동창이라 말하지 마라. 백발에 내리는 서리를 쓸며 아들딸 고이고이 키우리. 기름진 고기, 아름다운 술로 어찌 한 번뿐인 인생을 헛되이 하랴. 그러나 마시라 형제여, 먹으라 자매여. 오늘 한번 헤어지면 어느 날 어느 곳에서 다시 만날 수 있으리오."

처음 몇 구절에서는 모두 한 구절마다 동료를 가리키며 "자네 얘기군!" "네 얘기야!" 하며 웃었다. 그러나 차츰 웃음이 가시더니 "백발에 내리는 서리를 쓸며 아들딸 고이고이 키우리."에 이르자 우춘은 목이 메어 기침을 했고 감수성 예민한 여사 두 명은 눈물을 머금었다. 낭송이 끝난 다음에도 우리는 감상에 잠겨서 서로 얼굴만 마주 볼 뿐 아무 말이 없다. 우춘은 술을 거푸 두 잔을 비우고 눈은 아직 반쯤 감은 채이다.

쉬형중이 더는 견디지 못하고 소리를 냈다. "우춘!" 우춘은 귀를 슬쩍 그쪽으로 향했다. "그 산곡의 곡조와 제목은 무어라고 하지?" 우춘은 눈을 크게 뜨고 일동을 둘러본 다음에 한숨을 쉬더니 말했다.

"우리들 인생이나 마찬가지로 곡조도 제목도 붙이지 않았어. 20년 전, 우리들의 인생 항로가 이렇게까지 달라지리라고 도대체 누가 예상할 수 있었지? 누가 자기 인생에 곡조나 제목을 붙일 수 있겠어? 나의 경우는 티베트를 위해서 다음 세대를 기르겠다며 기꺼이 티베트행을 지원했었지. 누가 알았겠어, 국경 지대의 무장 공작원이 되리라고야! 총대 메고 말 달리며 생사의 골짜기를 누비느라 10년 세월 눈 깜짝할 새였어. 다행히 총알에 눈이 달려서 나를 피해 주었지. 그래도 정든 곳이었지만 몸이 말을 들어야지. 어쩔 수 없이 귀향했고 지금은 반 휴양 상태야."

"자네 생활은 대단한 것이었다고들 하던데." 누군가가 말했다.

"하긴 그래." 우춘은 무릎을 쳐서 분위기를 되살리며 말했다. "어떤가. 내 로맨스를 듣고 싶지 않아?"

진짜 로맨스다. 우춘이 병으로 티베트에서 복귀했을 때 그는 아직 독신이었고 과부였던 어머니도 이미 돌아가신 다음이었다. 부대장은 귀향 후의 생활을 염려해서 특별히 소개장을 써 주었다. "이번에 우춘 동지가 신병 휴양차 귀향하게 되었습니다. 부디 가능한 한 가벼운 일을 주시도록 해 주시고 아울러 결혼 문제를 해결할 수 있도록 도움 부탁 드립니다……." 우춘은 그 소개장을 그대로 고향의 공사 당위원회에 갖고 갔다. 모든 것이 희망대로 되었다. 공사의 문서 담당이 되어 일은 하고 싶을 때만 하고, 하고 싶지 않을 때는 집에서 휴양을 취해도 되었다. 또 공사의 어떤 간부가 그를 위해 일주일 만에 가정을 만들어 주었다.

"일주일?" 모두들 놀라서 소리를 질렀다.

쑨웨는 도무지 믿기지 않는다는 듯이 허징푸에게 몇 번이나 물어봤다. "정말이야, 허?"

허징푸는 그녀에게 싱긋 웃으면서 고개를 끄덕였다. 그녀는 또 뭔가 말할 듯하더니 그가 자기를 응시하고 있는 것을 보고는 시선을 피해 입을 다물어 버렸다. 오늘의 두 사람은 상당히 흐뭇한 모습이다.

"어머, 대단하잖아. 상대방이 대단한 미인이어서 한눈에 반한 거군?" 쑤슈전이 말했다. 그 얼굴 표정은 말보다도 훨씬 더 과장되어 있다.

우춘은 하하 크게 웃고 나서 말했다.

"슈전, 난 이미 지식인 나부랭이가 아니야. 반했는지 어쨌는지는 모르겠어. 이제까지 어머니 이외에 좋아해 본 여자는 없었고 누군가가 나를 좋아한 적도 없어. 단지 시중을 들어줄 사람이 필요했을 뿐이야. 나의 불리한 점은 몸이 좋지 않다는 것, 유리한 점은 변경에서 얼마간 저축을 하고 있었다는 것, 게다가 급료도 적은 편은 아니었지. 이것은 만나기 전에 분명히 말해 두었어. 마누라 역시 그 때문에 온 거야. 그 집은 생계가 어렵고 형제는 많았으니 나처럼 돈을 지닌 외아들이 안성맞춤이었지. 두 사람의 심경은 그래. 나는 마누라가 그런대로 마음에 들었고 그쪽도 내가 싫지는 않았던 모양이야. 우리는 그것만으로 가정을 꾸민 거야. 그밖에 할 말은 아무것도 없어. 한눈에 반한 것은 아니지만 한눈에 일생을 결정한 것은 사실인 셈이지."

일동은 각자 우춘의 말을 되씹었고 웃는 사람은 없었다.

"그래서 잘 지낼 수 있을 것 같아?" 쑨웨가 걱정스럽다는 듯이 물었다.

"못 지낼 리 있나. 마누라는 공사의 의료 센터 간호사인데 낮에 근무하고 밤에 귀가해. 그 사람은 집안일을 하고 나는 술을 하지. 마누라는, 내 몸은 술을 마시면 견디지 못한다며 술을 금했어. 하지만 내가 그런 걸 두려워할 까닭이 있나? 총알도 나를 죽이지 못했어. 술쯤이야. 나는 마누라에게 말해 주었지. '침대 옆에 관을 놓아 두고 내일 비록 장례식을 치르게 될지라도 오늘은 한 잔의 술을 든다. 이것이 바로 나라는 분이시다. 쓸데없는 참견은 하지 마!' 하고. 그다음부터는 그 사람도 두 번 다시 말을 하지 않지. 보는 바와 같이 알코올에도 당하지는 않았어. 물론 우리는 너희들 지식인들과는 달라서, 늘 둘이서 꽃밭이나 달빛 아래 앉아 사랑이니 뭐니 속삭이지는 않아. 하지만 나는 충분히 만족해. 불초 우춘은 이 세상에 1남 1녀를 남겼으니 인생을 헛되이 보내지는 않았노라고 생각하고 있지."

쑨웨가 한숨을 쉬며 말했다. "몸은 이제 괜찮아? 만일 좋다면 전공을 살릴 수 있도록 요구해 보는 게 어때?"

우춘은 당황해하며 손을 흔들고는 웃으며 말했다.

"전공을 살리다니? 내 전공이라는 것이 어디에 있지? 대학에서 공부했던 것 따위는 벌써 옛날에 다 잊어버려서 빈털터리인걸. 역시 얌전히 시골에 박혀 있을래. 속이 텅 빈 간판을 내걸고 비중 있는 자리에 앉을 필요가 뭐 있어. 나라를 위해서도 도움이 안 되고 나 자신도 불안해. 시골에서야 주위 사람들에게 원망만 사지 않으면 편안히 지낼 수 있지. 심심해지면 자네들을 만나러……."

그는 얼굴을 한번 쓰다듬고는 입을 다물어 버렸다. 내가 그의 이야기를 받아서 말했다.

"그 말이 맞아. 전공을 살린다지만 여기 있는 우리들은 거의 대부분 전공을 살리지 못하고 있어. 전공 분야에서 일한다고 하는 것은 참으로 어려운 일이지. 각자 사정이 다르니까."

나 역시 전공을 살려 왔다고 말할 수 있을까? 졸업과 동시에 문화국에 배속되어 비서가 되어 보고의 기초, 상연 목록의 심사, 회의 속보의 작성……. 바쁘기 이루 말할 수 없었다. 국장보다 더 바빴다고 해도 과언이 아니다. 어느 때는 나와 국장이 서로 바뀐다면 얼마나 편할까 하고 생각한 일이 있다. 하지만 우리 국장은 꿈쩍도 않을 거야. 이것은 물론 망상이다. 국장은 1938년에 혁명에 참가했었는데 나는 겨우 1940년생이다. 전에 〈어느 쪽이 국장인가?〉라는 단편 소설을 쓴 일이 있다. 그러나 독자는 오직 나 한 사람뿐이고 다른 사람에게는 보여 줄 수 없었다. 은밀히 지도자를 공격하는 자로 간주되고, 잘못되면 '야심가'라는 딱지가 붙지 말라는 법도 없기 때문이다. 나는 야심 따위는 눈곱만큼도 갖고 있지 않다. 내 행동의 기준은 둘이서 같이 일을 할 때는 꼭 상대의 지도에 따르는 것이다. 그렇다 하더라도 천하에 유능한 인재는 얼마든지 있는데 막상 채용하는 마당에는 어째서 '이력'과 연줄이 제일이고 현명함이나 능력은 뒷전인가.

쑤슈전이 갑자기 젓가락 끝으로 내 얼굴을 가리키는 바람에 사색의 실이 끊어졌다. "소설가 선생, 당신의 말도 맞아. 중국 사람들은 와 몰려드는 것을 좋아해서 지식인은 전공 분야로 돌아가라고 해 봐. 너도 나도 다 나설 거야. 나는 그런 소란에는 끼어들지 않겠어. 혁명 공작의 필요성이 제일이니까!"

쑤슈전은 그럴 듯한 말을 태연하게 늘어놓을 수 있는 여자이다. 그녀에게는 물론 전공으로 돌아가겠다는 생각 따위는 없다. 어차피 문학에 흥미를 가진 일이 없으니까. 그녀 입장에서 보면 어떠한 문학가도 지금의 지위에는 미치지 못하는 것이다.

쑤슈전은 출신 계급은 훌륭하지만 유감스럽게도 공부하기는 싫어했다. 반에서 성적이 가장 낮은 사람 중의 하나였고 오로지 멋 부리기에만 모든 정력을 쏟았다. 졸업 시에는 원래 군부대에 배속되기로 되었는데 그녀는 '철의 규율'을 참을 수 없다며 울며불며 소란을 피웠다. 그리고 약혼자가 있으니 산둥의 고향으로 돌아가게 해 달라고 요구했다. 느닷없이 '약혼자'가 튀어나온 데는 놀랄 수밖에 없었다. 그전 학기에 귀향했을 때 현의 선전부장을 알게 되어 한눈에 반했다는 것이었다. 그녀의 요구는 통했다. 귀향하자 곧 결혼해서 현위원회 선전부의 특별 '감사'가 되었고 드디어 입당했다. 그녀는 그런 쾌거를 우리 동창생들에게 때를 놓치지 않고 전해 왔던 것이다.

'문화대혁명' 중에 그녀는 몇 번인가 C대학에 왔었고 그때마다 나를 찾아왔다. 왜냐하면 나는 한 번도 '근신 중'일 때가 없었으니까. 국장이 비서를 필요로 하지 않을 때란 없는 법이다. 그녀는 나타날 때마다 깊은 인상을 남기고 갔다. 언젠가 농담으로 그녀에게 한 말이 있다.

"당신, 대단한 인물이야. 언젠가는 당신을 주인공으로 해서 소설을 써 보고 싶어." 그러자 그녀는 기뻐서 외쳤다.

"그래? 내가 인물이야? 써 봐. 응원할게. 하지만 3돌출(등장인물 중에서 긍정적 인물을 돌출시키고 그 중에서도 영웅적 인물을 돌출시키며 그 중에서도 중심적 영웅을 돌출시킴)을 잊지 마!"

내가 솔직하게 말하지 못했으므로 무리도 아니다. 쑤슈전은 내가 무엇 때문에 그랬는지를 알지 못했던 것이다. 올해 봄에 갑자기 쓸 마음이 생겼다. 제목은 좀 독특하게 〈당신은 진짜 인물!〉로 했다. 하지만 문예계에 예찬과 폭로에 관한 논쟁이 벌어졌기 때문에 펜을 놓고 말았다. 폭로라 하더라도 상대는 현 정도의 국장에 불과하므로 문제를 일으킬 리가 없다. 그러나 조금이라도 논쟁에 휘말려든다는 것은 역시 안전하다고는 말할 수 없는 일이다. 조심하는 것보다 나은 일은 없는 법이다. 나는 용기 없는 남자이며 따라서 출세도 못하는 것이다. 오늘은 공적인 일을 핑계로 사적인 일을 볼 수 있는 기회이다. 쑤슈전이 남긴 인상을 깡그리 써서 모두에게 읽히도록 하자. 이것도 숙원을 이루는 일이고 '허구의 실현'임에 틀림없으리라! 모두들 나를 이해해 줄 것이고 그것을 약점으로 삼지는 않을 것이다.

쑤슈전이 처음으로 나를 찾아온 것은 1971년이다. 연극 표를 좀 구해 달라고 했다. 그리고 이렇게 말했다. "운동이 처음 시작되었을 때는 우리 집 남자도 근신 처분을 받았어. 나도 심하게 당했었지. 지금은 우리 집 남자도 해방되어 현위원회 선전부의 부부장이 되어 있어. 부장은 조반파로서 내 중학 시절 동급생인데, 나하고는 사이가 좋았었어. 나는 중학교에 가서 정치 공작조 조장이 되었지. 이번에 온 것은 외부

조사 때문이야. 권력은 대단치 않지만 어디든지 갈 수 있어서 기분이 좋아." 그녀는 확실히 만족한 것 같았다. 그리고 그때 이미 비만이 시작되고 있었다. 옷차림에도 신경을 쓰고 있었다. 소생은 쑨웨가 이혼한 뒤 고통스러워하고 있으니 만나러 가 보라고 말했다. 그러자 그녀는 기다렸다는 듯 말했다.

"나는 이해 관계에는 전혀 신경 쓰지 않아. 여기 오면 꼭 그녀를 만나. 하지만 쑨웨는 도대체 왜 그렇게 가난뱅이지? 그리고 조금도 사회를 하지 않아!"

"사회를 하지 않는다니 무슨 말이지?" 나는 어이가 없어서 물어보았다. 그녀는 입을 삐쭉거리며 말했다.

"시치미 떼지 마. 모를 리가 없잖아. 사회를 따라가지 않는다는 뜻이지. 분명히 말해서 세상은 이미 부패하고 있어. 완전히 썩었지! 그걸 따라가지 않으면 어이없는 꼴을 당하게 될 뿐이야. 사람들이 내게 바가지를 씌우면 나 역시 서슴지 않고 바가지를 씌워야 해. 우리 집에 한 번 와 봐, 뭐든지 다 있지. 그런데 쑨웨는 자기의 원칙을 딱딱하게 지키면서 놓으려 하질 않아. 모처럼 이곳 친구 두 사람을 소개해 주었는데 음식 대접 한 번을 않는다니까!"

"그 점에서 당신은 대단히 사회적이군."

나는 한마디 빈정거려 주었다. 얼굴을 맞대고 한 말이니까 상당히 혹독한 것이었을 터였다. 그러나 그녀는 빈정거리는 것인 줄도 모르고 기쁜 듯이 말했다.

"단련시킨 거야! 우리 집 남자가 능력이 없어서 그랬어. 능력이 있었더라면 벌써 출세했을 것이고 여자인 내가 여기저기 돌아다니지 않아도 되었을 거야. 하지만 생각해 봐. 요즘은 마누라를 내세워서 연줄을 만드는 것쯤 누구나 다 하고 있는 일이지."

쑤슈전이라는 여자가 발산하는 냄새는 도대체 무엇인가! 이래도 고등 교육을 받은 지식인인가. 그녀가 사라진 다음이면 그런 감상이 남았다.

쑤슈전이 두 번째로 나를 찾아온 것은 1975년 가을이었다. 그녀는 현의 교육국 부국장이 되어 있었으며 자기 남편을 '우리 부장'이라고 부르고 있었다. "이전의 그 조반파 부장은?" 하고 물었더니 경멸적인 투로 말했다.

"면직되었어. 그 풋내기, 말도 안 되는 녀석이었어. 당시에는 우리 남편을 비판하며 그야말로 심하게 굴었지! 고소해! 여자를 건드리다가 현장에서 발각되었어. 간부 학교에 노동하러 보내졌지. 하지만 또 말단 관리직을 맡기는 맡은 모양이야. 원, 세상에!"

"또 연극 표가 필요한 거야?" 그렇게 물었더니 그녀는 당황해하며 손을 흔들었다.

"그런 건 필요 없어. 날마다 표를 받기도 하고 초대를 받기도 해서 이젠 몹시 피곤해."

"하방* 지식 청년들의 부모로부터?"

"당연하지. 그 외에 있을 리가 있나?"

"조심하는 것이 좋아. 그런 것들이 언젠가 밧줄이 되어 네 목에 걸리지 말라는 법도 없으니까."

"이봐요, 옛날 동창님. 내가 바보인 줄 알아? 알고 있어. 뒷문을 열어놓고 있는 자가 어디 나 하나뿐인가? 단지 나는 꼴찌가 되지도 않지만

---

* **하방** 하방 운동. 중국에서, 당원이나 공무원의 관료화를 방지하기 위하여 이들을 일정한 기간 동안 농촌이나 공장에 보내서 노동에 종사하게 한 운동. 1957년 정풍운동 때 시작되어 문화대혁명 시기에도 시행되었다.

선두에 서지도 않아. 커다란 흐름을 따라갈 뿐이지. 그리고 앞쪽에서 누군가가 벽에 부딪히는 것이 보이면 곧 물러나. 그렇게 하면 전형적인 것이 될 리 없지. 나도 운동을 해 왔지만 언제든지 전형의 뒤를 쫓았거든!"

참으로 감탄하지 않을 수 없었다. 이것도 뛰어난 한 가지 재주이긴 하리라. 그리고 재주라고 하는 것은 역시 도움이 되는 것이다. 나는 한 명의 대장부로서 이 '미녀'에게 미치지 못함을 부끄러워할 뿐이었다.

'사인방'이 분쇄된 다음부터 그녀가 어떤 입장에 놓였을 것인지 추측해 본 일이 있다. 여러 가지가 생각되었다. 그러나 그녀가 그토록 빨리, 게다가 점점 위풍당당하게 나타나리라고는······.

"좋아졌어. 사인방이 무너지면서 풋내기들은 모두 면직되었거든. 우리 집 남자는 현위원회의 부서기, 나는 무역국으로 전임되어 국장이야. 가죽 구두가 필요할 때는 와. 우리에게는 수출 전문 가죽 구두 공장이 있으니까!"

이것이 그녀의 '혁명의 필요'인 것이다. 전공 분야로 되돌아가는 것 따윈 문제도 되지 않는다.

"여사는 장사를 하고 계신다며?" 우춘이 농담 반으로 물었다.

"그래, 그것도 최근에는 국내에서 대외 무역으로 바뀌어 점점 번창하고 있지!" 내가 그의 말을 받아서 말했다. 그녀는 이미 밑바닥부터 장사꾼이다. 지식인 냄새는 완전히 사라져 버렸다.

쑤슈전의 젓가락이 내 이마를 찔렀다.

"그렇게 말하는 거 아니야. 검은 글쟁이! 당신 경력을 내가 모를 줄 알아? 비서 노릇 하는 작자치고 그럴 듯한 물건 하나 없다니까!"

나는 한마디 되받아 주고 싶었지만 갑자기 말이 막혀 그저 무뚝뚝하게 그녀의 젓가락을 밀어 버렸다.

두 사람이 잔뜩 화를 내고 있으니까 쑨웨가 중재에 나섰다.

"자, 그만저만 해. 모두 웬만해서는 만날 수 없잖아."

그때 이렇게 말해 주면 된다는 생각이 들었다. '그야 펜은 저울에는 이기지 못하는 법이지. 저울은 영원한 황금색, 검어질 리가 없으니까.' 그러나 입을 벌리기도 전에 쑤슈전이 말했다. "그래, 모두들 동급생이니까. 나는 멀리서 일부러 만나러……."

그 순간 나는 머릿속에 떠오르는 것이 있어 급히 서둘러 끼어들었다. "당신, 이를 빼러 온 것 아냐? 아니면 여자들이 모두 치파오(이른바 차이나 드레스)를 입고 있는지, 행정 기관이 매주 댄스 파티를 하는지 그런 걸 보러 온 걸 거야."

웃음이 터졌다. 쑤슈전은 세 번째로 젓가락을 들었다. 나는 맞받아칠 작정이었다. 다행히 그때 허징푸가 젓가락을 잡아 막아 주었다. 그는 웃으며 쑤슈전에게 말했다.

"자, 이제 그만하지. 이 자리에서는 서로의 인생을 알 수 있을 뿐 영향을 줄 수는 없어. 하물며 서로 간섭하는 것은 말도 안 돼. 당신은 충분히 두각을 나타냈어. 이제 다른 사람에게도 기회를 주는 게 어때."

곧 우춘이 찬성했다.

"여기 나 같은 시골 사람이 한 사람 더 있어. 리제, 대학 졸업자가 농사꾼과 결혼했는데 어째서 신문에 나지 않았지?"

리제는 졸업할 때 농촌으로 가서 교사가 되고 싶다고 했었고, 그 때문에 애인과의 관계도 잘못되고 말았다. 1964년 그녀가 지내던 지역의 신문에 그녀가 모범 교사로서 농민들에게 환영을 받고 있다는 기사가 실렸었다. 그 후 그녀의 소식은 완전히 끊어졌다. 이번에 때마침 중학 국어교재 편집회의에 참석하기 위해서 이곳에 와서야 비로소 그녀가 일자무식인 농사꾼과 결혼했다는 것을 알았다. 물론 그것은 기사화될 리 없었다. 왜냐하면 그녀는 당시 '검은 첨병'이 되어 있었던 것이다.

리제는 옛날부터 과묵했고, 재학 중에는 아무도 그녀에게 주의를 기울이지 않았다. 농촌행을 단호히 요구했을 때 사람들은 처음으로 그녀의 존재를 깨닫고 크게 놀랐었다. 그녀는 주석단으로 뛰어 올라가 마이크를 잡고 같은 말을 되풀이했던 것이다. "농촌 교사에 지원합니다!" 그녀의 애인은 이 지역 다른 대학의 졸업생이었다. 그는 학부의 지도자에게 편지를 보내 리제가 이 지역에 남을 수 있도록 배려해 달라고 요구했다. 지도자는 그녀와 대화를 나누었지만 그녀의 생각은 변하지 않았다. "농촌 교사로 보내 주세요. 우리들은 약속했습니다. 그는 마음이 변했어요. 저는 변하지 않았습니다."

지적으로 보이는 또렷한 얼굴의 윤곽, 검소하고 산뜻한 몸치장은 그야말로 다른 사람들의 모범이 되기에 충분하다. 우춘의 말에 모두의 시선이 일제히 자기에게 쏠렸기 때문에 리제는 다소 불안한 표정이 되었다. 무슨 말을 해야 좋을는지 모르겠다는 듯이 짧게 커트한 단발머리를 손으로 계속 만지작거리고 있다. 쑤슈전이 불쑥 말참견을 했다.

"너도 생각을 잘못한 거야."

쑨웨가 무슨 말이냐는 듯이 그녀의 옷깃을 잡아당겨 잠자코 있게 했다. 그러나 쑤슈전의 말이 리제에게 말문을 여는 계기를 제공했다. 그녀는 우리 모두를 향해서 그야말로 솔직하게, 그리고 조용히 말했다.

"생각을 잘못한 것이 아니야. 나는 농민의 딸이고 공부를 한 것도 농민을 위해 일하기 위해서였으니까. 농민의 자식이 대학에 간다는 것이 얼마나 어려운 일인가를 알고 있었기 때문에 그 사람들을 위해서 무엇인가 할 수 있다는 것은 기쁜 일이야. 지금까지 이 길을 걸어오면서 동요된 일은 없어. 나는 스스로에게 만족하고 있어."

"농민에게 봉사하기 위해서 꼭 농사꾼하고 결혼할 필요는 없잖아! 남편과 공동의 대화가 필요해서?"

또다시 쑨슈전이다. 정말로 싫은 여자다. 리제가 왜 그런 선택을 했는지 잘 알고 있는 주제에. 1964년, 리제가 좋은 평을 얻은 이후 동향인인 젊은 군인이 그녀에게 다가왔다. 두 사람은 서로 생각하고 서로 사랑하는 사이가 되었다. 그러나 드디어 결혼하려는 단계가 되었을 때 '문화대혁명'이 시작되었고 리제는 규탄의 대상이 되어 버렸다. 약혼자는 자기의 장래에 미칠 영향을 꺼려하여 리제와 인연을 끊었다. 그런 일이 리제로 하여금 지위도 없고 문맹인 농사꾼과 결혼할 결심을 굳히게 했던 것이다. 그런데도 쑨슈전은 아무것도 모르는 듯한 얼굴을 하고!

쑨웨가 화를 내며 쑨슈전을 힐끗 노려보았고 다른 사람들도 저마다 불만을 표시했다. 단지 리제만이 변함없이 평정을 지켰다. 그녀는 미소 지으며 말했다.

"난 스스로 그를 택했어. 그이는 전에 내게 구애했던 그 군인의 부대 사병이었지. 그 후 제대했어. 그 군인이 귀향해서 결혼했을 때 피로연에 그이를 불렀지만 그이는 거기에 가지 않고 나의 학교로 와서 쓸쓸히 앉아 있다가 돌아갔어. 그때 나는 그이가 마음이 착한 사람이라는 생각을 했어. 게다가 우리 두 사람은 다 농촌에 대해 잘 알고 있고 농촌을 아주 좋아하니까."

쑨슈전은 더 이상 '천하의 비난을 받을' 만한 말을 하지 않았지만 역시 입을 내밀고 머리를 흔들며 대수롭지 않다는 듯한 몸짓을 했다. 리제는 그것을 깨닫자 그녀를 응시하면서 말했다.

"물론 우리들의 생활에는 결함이 있어. 괴로울 때가 많지."

쑤슈전이 아주 흥미롭다는 듯이 두 눈을 크게 떴다.

"문화생활 면에서 아무런 재미가 없어. 우리 아이는 둘 다 영화나 연극을 볼 줄 몰라. 큰아들이 다섯 살 때 처음으로 영화를 보러 읍으로 데리고 갔었어. 미리 영화라는 것이 어떤 것인지를 말해 두었지만 클로즈업이 되자 무서워서 집에 가자고 보채기만 했어. 그냥 보라고 했더니 울면서 쉬가 마렵다고 하잖아. 다른 사람들에게 폐가 되지 않도록 도중에 나오는 수밖에는 없었지."

쑤슈전이 경박하게 낄낄 웃으면서 말했다.

"시골 애들은 모두 그렇다니까!"

리제의 눈이 반짝 빛났다.

"너는 재미있니? 나는 그날 읍에서 돌아오면서 계속 울고 싶은 기분이었어! 아이 손을 꼭 잡고 미안하다는 느낌을 가졌지. 그리고 마음속으로 이렇게 말하고 있었어. '넌 정말 어리석구나. 하지만 그것은 네 탓도 이 엄마 탓도 아니란다. 엄마는 너희들 세대를 이 어리석음에서부터 벗어나게 해 주려고 농촌으로 온 거야. 엄마는 후회하지 않아.' 하고. 정말이야, 난 정말로 후회 따위는 하지 않아."

리제는 이야기가 끝나자 다시 고개를 숙여 버리고 말았다. 부끄러운 소녀처럼. 쑨웨는 눈물을 글썽이며 그녀를 보고 있다.

"이상을 갖고 있으면 생활이 아무리 괴로워도 정신적으로는 편안한 법이군. 그것도 일종의 행복이야." 누군가가 말했다.

"치른 대가가 크군!" 쉬형중도 감탄하며 말했다.

"추구할 만한 가치가 있다는 확신을 가질 수만 있다면 대가 따위는 아무것도 아니지." 쑨웨가 꿈꾸는 것처럼 말했다. 낮게 신음하듯이.

허징푸는 한 사람 한 사람에게 차례로 시선을 옮기고 있다가 미소를 띠우면서 말했다.

"생각해 보니 재미있군. 학생 시절에는 이상을 말할 때는 언제나 가슴이 뛰었었는데. 이마에는 웃음이 있었고, 뺨과 눈은 빛나고 있었지. 그러나 지금은 이상을 말하는데도 이런 식이야. 어두운 얼굴로 착잡해 할 뿐이잖아. 이건 이상의 가치가 낮아졌기 때문일까, 아니면 우리가 타락했기 때문일까."

"함께 타락한 거지 뭐!" 쉬헝중이 즉석에서 대답했다.

쑨웨가 그렇지 않다고 말하기라도 하는 것처럼 쉬헝중을 보며 말했다. "그렇게는 생각하지 않아! 참된 이상은 타락하지 않아. 만일 그랬다면 그것은 공상이거나 환상에 불과했던 거야. 우리들 자신은 더더욱 타락할 수 없어. 만일 그랬다면 그것은 스스로 주체성을 포기하는 거야."

허징푸는 가타부타 한마디 말도 없이 쑨웨를 보고 미소 짓고 있다. 그것만으로도 쑨웨가 얼굴을 붉혔다.

쉬헝중이 쑨웨를 보고 웃는 얼굴로 말했다.

"이상이라는 것은 어차피 공상적 성격을 띠고 있거나 공상 그 자체가 아닐까. 우리들의 가치 역시 스스로 결정할 수 있는 것은 아니지."

쑨웨가 강하게 고개를 흔들었다. "그렇지 않아." 그러나 쉬헝중을 반박할 만한 논리는 떠오르지 않는 것 같았다. 그녀는 슬쩍 허징푸를 보았다. 도움을 청하기라도 하는 것처럼. 허징푸는 곧 입까지 가져갔던 잔을 내려놓고 이야기를 이어받았다.

"쉬의 말도 일리는 있어. 현실에 비해서 이상은 지나치게 아름답다는 점에서 공상적 성격을 띨 수밖에 없어. 그렇지만 이상이 즉 공상인 것은 아니야. 이상에는 과학적 근거가 있는 거야. 그렇기 때문에 현실로 실현될 수 있는 것이며 인간에게 물질적인 힘을 부여해 주는 것이지. 나는 항상 공산주의를 믿고 있어."

"자네는 현실 속에서 공산주의를 본 일이 있나?" 쉬헝중이 빈정거리듯이 물었다.

"있고 말고! 그야 나는 50년대에 험한 일도 당했지만 국가 전체의 입장에서 본다면 50~60년대는 지금도 돌이켜 볼 만한 가치 있는 것들이 적지 않게 있었어. 간부들의 행동, 대중의 기개, 어느 것을 보더라도 새로운 이상의 싹이 튼 시기였지. 그것은 부정할 수 없어."

쑨웨가 감격한 얼굴로 말을 이었다. "우리 모두는 그런 분위기 속에서 큰 거지."

"자, 지금은?" 쉬헝중이 허징푸와 쑨웨의 일치가 재미없다는 듯이 다시 캐물었다. 빈정거림이 입언저리에서 눈썹으로 옮겨 갔다.

나는 쉬헝중의 태도에 다소 불만을 느껴서 허징푸와 쑨웨에게 가세했다. "지금 우리는 문제를 발견하고 그 문제의 해결에 착수하고 있는 거야. 그것을 이상으로부터의 일탈이라고 말할 수는 없잖아?"

그러자 쑨웨가 싱글벙글하면서 반찬을 한 젓가락 집어 주었다. "상품이야!"

허징푸는 쉬헝중이 쑥 들어가 버린 것을 보고는 그를 향해서 잔을 들었다. "자, 건배하자고. 이상은 결코 공허한 것이 아니야. 오늘 나는 리제의 추구 속에서, 그리고 자네의 현실에 대한 불만 속에서 이상을 보았어. 이상의 본래 의미는 현실을 끊임없이 개선하고 고양시키는 것이라고 생각해. 미화해 두기만 하는 이상, 그것이 공상이야. 공상은 환멸로 이어질 수밖에 없는 거야."

쉬헝중은 잠깐 웃기만 했을 뿐 아무 말도 하지 않고 잔을 들어 허징푸의 잔과 부딪힌 다음 단숨에 털어 넣고는 내려놓았다. 그에게는 학자

풍의 너그러움과 낡은 경직성이 항상 섞여 있다. 그래서 그를 좋아하는 사람이 있는가 하면 그를 싫어하는 사람도 있다. 좋아하는 사람들은 좋게 말하고 싫어하는 사람들은 나쁘게 말하지만 재미있는 것은 똑같은 예를 들어서 각자의 관점을 설명할 때도 있다는 점이다.

우춘은 이런 종류의 토론에는 흥미가 없는 듯 오로지 먹고 마시고만 있다. 사람들이 잇따라 젓가락을 놓는데도 아직 잔을 놓을 기미가 없다. 오늘은 그가 주빈이라는 생각에서 나는 모두에게 말했다.

"우리들도 우춘을 따라서 마지막으로 건배하자! 자, 쓸데없는 이야기는 그만두고." 하지만 우춘은 잔을 놓자마자 큰소리로 말했다.

"아니, 계속해! 쉬, 자네에게 할 말이 있어. 우리들의 가치를 스스로 결정할 수 있느냐 하는 것인데 말이지. 내 생각으로는 그럴듯한 인간이 되느냐, 인간답지 않은 인간이 되느냐 하는 건 스스로 결정할 수 있는 것 같은데."

"자네가 말하는 것은 도덕적 가치야." 쉬헝중이 반론했다.

"그럼, 자네가 말하는 것은 어떤 가치지? 인간이 도덕을 말하지 않으면 어떻게 되는 거지? 내가 요즈음 시골에서 별 하는 일 없이 지내고 있는 것은 사실이야. 하지만 인간으로서 자기의 가치를 잃거나 떨어뜨리고 있지는 않다고 생각해."

"가치는 겉으로 드러나서 사람들에게 인정받는 것이 아니면 안 돼." 쉬헝중이 반박했다.

"그 옳은 말씀이야!"

우리들은 우춘이 화를 내지나 않을까 걱정되어서 일제히 잔을 들며 말했다.

"자아. 마시자! 마시자고!"

그러나 우춘은 웃으며 손을 흔들었다.

"걱정하지 마. 나는 술 때문에 흐트러지지는 않아. 잠깐 생각난 것이 있어서……. 어느 핸가 우리 시골에 심한 가뭄이 들어서 보리가 제대로 싹이 나지 못했어. 모두들 낭패당한 기분이었지. 음력 정월 초이틀에 가서야 겨우 큰 눈이 내렸어. 나는 마침 처갓집에 있었는데 아침 일찍 유선 방송에서 공사 간부의 말이 나왔어. '빨리 들에 나가서 길이나 웅덩이의 눈을 보리밭으로 나르십시오!' 사람들이 일제히 집에서 뛰어나왔지. 그때 벌써 들에 나와 있는 사람들이 있더라구. 하지만 모두들 자기 땅에만 운반하고 있을 뿐 집단 경작지에는 한 사람도 나오지 않았어. 생산 할당의 초과 달성이 농민들을 괴롭혔고 자기 땅의 수확만이 자기 것으로 되기 때문이야. 이것은 농민들의 자본주의의 잔재가 아니라 농민들의 인본주의적인 배짱인 거야. 장인은 '자네는 공사의 간부이고 당원이니까 우리는 집단 경작지로 가세.' 하고 말했지만 나는 말했네. '아뇨, 역시 우리 땅으로 가시죠.' 하고. 나중에 공사 지도자에게 비판을 받았지. 그러나 농민은 장인더러 좋은 사위를 맞았다고 칭찬했어. 어떤가, 내 태도는? 가치가 겉으로 드러났고 사람들에게도 인정을 받지 않았나?"

"농민들에게 인정을 받아 봐야 별 수 없어. 공사의 지도자한테는 비판을 받았잖아." 쉬헝중은 대답했다.

우춘이 다시 무슨 말인가를 하려고 했으나 허징푸가 앞질러 말했다.

"두 사람의 가치 개념은 내용이 달라. 우춘이 말하는 것은 인간으로서의 가치고 쉬가 말하는 것은 시장 가격이지. 후자는 분명히 스스로는 결정할 수 없어. 그러나 우리들이 추구해야 하는 것은 시장 가격이 아니야."

우춘이 탁 무릎을 치면서 "그래!" 하고 외치고는 술잔을 단숨에 비워 버렸다.

쉬헝중은 허징푸, 우춘, 쑨웨 세 사람이 번갈아 공격해 왔기 때문에 도저히 배겨 내지 못하겠다는 듯 무릎을 꿇고, 웃으면서 손을 모으고는 말했다.

"졌습니다. 저는 이미 이상주의자에서 현실주의자로 변질되어 있으며, 게다가 병이 골수에까지 들어 약이 듣지 않는 자올시다."

쑨웨가 웃으며 공격을 가했다. "현실주의와 냉소주의는 달라."

쉬헝중은 다시 손을 모으면서 말했다. "그렇다면 저는 냉소주의자올시다."

우춘이 큰 소리로 웃으며 쉬헝중의 어깨를 치면서 말했다. "옛날의 반우파 영웅이 어쩌다가 아큐(루쉰의 소설 《아큐정전》의 주인공)가 되고 말았지?"

쉬헝중은 일순 얼굴을 붉혔지만 곧 웃으면서 말을 이었다. "마오 주석 어록 263페이지, '정황은 끊임없이 변화하고 있다.' 원래부터 영웅이 아니었던 아큐 따위는 있을 리가 없어."

그때 허징푸가 쉬헝중에게 구원의 손길을 던졌다. 반우파 운운하게 되면 쉬헝중을 괴롭히는 일이 된다고 생각해서리라.

"쉬 역시 근래 몇 년 동안은 고통을 받고 있어. 걸어온 길은 모두가 각기 다르지만 냉혹한 교훈을 얻었다는 점에서는 모두 똑같은 셈이야."

지금까지의 토론이 쑨슈전에게는 아마도 대단히 견디기 어려운 것이었으리라. 처음에 그녀는 애써 눈을 크게 뜨고 말하는 이를 보고 있었다. 그러나 곧 눈을 뜨고 있을 수 없게 되어 아예 테이블에 엎드려 잠들고 말았다. 그러더니 지금은 눈을 뜨고 있었다. 그녀는 허징푸의 이야기를 듣고는 얼마간 기력을 얻어서 하품을 하면서 말했다.

"정말, 쉬가 남자 혼자 손으로 아이를 기르고 있는 것도 대단한 일이야. 누군가 찾아내야지. 어때, 내가 뒤를 보살펴 줄까?"

나는 아까 그녀에게 좀 심하게 했다고 반성하고 있었으므로 이번에는 그녀를 추켜세워 주려는 생각에서 이렇게 말을 이었다.

"쑤 누나가 뒤를 보살펴 줘? 여기에는 독신이 세 사람이나 있는걸."

허징푸와 쑨웨가 동시에 침착성을 잃었다.

쑤슈전은 갑자기 생기를 띠면서 손바닥을 치며 말했다. "모두 나에게 맡겨 주지 않겠어? 나를 시시하게 보면 안 돼. 이래 봬도 당신들보다는 얼굴이 널리 알려져 있으니까."

우춘이 고개를 흔들며 말했다.

"이건 무역과는 달라. 쉽게 떠맡을 일이 아니야. 쉬에 대해서는 괜찮지만 허와 쑨에 대해서는 그럴 필요가 없어."

쑤슈전도 퍼뜩 깨달은 모양이었다. 그러나 모르는 척하고 허징푸와 쑨웨를 번갈아 보면서 말했다.

"두 사람. 어느 쪽이 아직 '네 채찍을 버리지' 않았지?"

얼마나 경솔하고 품위 없고 흥이 깨지는 농담인가! 쑨웨는 갑자기 얼굴색이 변해 버렸고 허징푸도 말이 없어졌다. 그때 눈치 빠른 리제가 일어서며 말했다.

"한 끼 먹는데 몇 시간씩이나 걸리는 거야? 자, 치워야지." 모두들 일제히 일어나서 치우기 시작했다. 그러자 리제가 모두를 제지하며 말했다. "남자들은 방 청소만 하고 차라도 마시면서 대화를 해. 설거지는 우리 여자들이 할게." 남자들은 입을 모아 찬성했고 여자들은 눈 깜짝할 사이에 부엌으로 사라졌다.

청소가 끝나자 우리들은 앉아서 이야기를 하기 시작했다. 우춘이 허징푸에게 말했다.

"좋은 소식 기다리고 있겠어."

나도 허징푸에게 말했다. "과거는 과거야. 지금, 쑨웨는 아직 자네에게 마음이 있어."

허징푸는 웃기만 할 뿐 아무 말도 하지 않는다. 쉬헝중이 시계를 보면서 일어났다.

"너무 늦었어. 아이가 혼자 있으니까 좀 걱정이 되는걸. 나 먼저 돌아갈게. 나중에 모두 같이 우리 집에 들러." 모두들 고개를 끄떡이자 그는 서둘러서 자리를 떴다.

하지만 쉬헝중은 입구까지 갔다가 허둥지둥 다시 되돌아와서 말했다.

"자오전환이 온 것 같은데!" 우리들은 일제히 입구 쪽으로 몰려 나왔다. 틀림없다. 자오전환이 나타난 것이다!

자오전환

나는 나 자신을 되찾기 위해서 자네들의 심판을 받는다.

설마 한꺼번에 이렇게 많은 친구들을 만날 줄이야. 나는 아연해서 발을 멈췄다.

자네들 생각은 늘 하고 있었지. 쑨웨를 생각할 때마다. 특히 자네, 허징푸! 1962년, 나는 나와 쑨웨 두 사람을 대표해서 자네에게 편지를 썼었지.

"우리는 결혼해서 아주 행복하게 살고 있다. 자네가 하루라도 빨리 자기 개조 임무를 끝낼 수 있도록 희망하고 또 행복을 얻을 수 있기를 바란다."

나는 그렇게 썼었다. 근래에 와서 자주 생각이 난다. 냉혹하고 오만하며 얄미운 편지! 그 무렵 자네는 '연적'이었고 게다가 '정적'이었지만 나에게 있어서는 전자 쪽이 중요했었다. 나는 자신의 승리를 기뻐함과 동시에 늘 신경에 걸려서 견딜 수 없었다. 내심 자네 쪽이 더 역량이 있다는 것은 알고 있었다. 쑨웨는 당시 아직 세상 모르는 소녀였기 때문에 자네에게 끌리기만 했을 뿐 자네와 균형을 이룰 만한 힘은 없었다. 그러나 그대로 발전해 간다면 나로서는 전혀 자신감을 가질 수 없었다. 그래서 열심히 감정에 호소해 쑨웨를 내게 붙들어 매 두고 자네와의 사이를 끊어 놓았던 것이다. 자네는 상상도 하지 못했겠지. 그 후 나 스스로 인연을 끊고 깊은 진흙탕 속으로 빠져 들어가리라고는……. 그런데 지금 자네는 쑨웨와 결합되어 있는 것인가?

나는 그들 하나하나를 보았고 그들도 나를 보았다. 양팔을 펴서 그들을 껴안고 싶다는 생각을 얼마나 했는지! 그러나 그들의 눈이 그것을 거부했다. 갑자기 나타났기 때문에 놀란 것일까, 머리가 백발이 되어 누구인지 모르는 것일까, 아니면 나를 업신여기는 것일까. 왜 자네들의 눈에는 차가움과 의심과 적의만 있을 뿐 따뜻함이라고는 조금도 없는가.

허징푸는 나를 방으로 들여 주려고 했다. 그는 아직 이 집의 주인은 아닌 것인가. 하지만 모두들 나를 방으로 들여 주기는커녕 나를 에워싸듯해서는 방에서 나왔다. 나는 묵묵히 따라가는 수밖에 없어 입속 말만 했을 뿐이다.

"쑨웨와 아이를 만나고 싶어서 왔을 뿐이었는데……." 그러나 아무도 상대해 주지 않는다.

겨우 멈춰 섰다. 여기에서는 쑨웨의 집이 보이지 않는다. 허징푸가 맨 먼저 내게 손을 내밀었다.

"나를 기억하고 있어?" 나는 머뭇거리면서 그 손을 쥐었다.

"대학으로 되돌아와 있는 줄은 몰랐어. 그런데 자네는……."

가정을 가지고 있는지 어떤지 묻고 싶었지만 물을 수가 없었다. 대답을 듣는다는 것이 두려웠다. 쉬헝중도 손을 내밀었다. 그는 전보다 훨씬 말랐지만 미남인 체하는 태도는 여전하다. 다른 친구들도 손을 내밀어 주었다. 그러나 우춘만은 팔짱을 낀 채로 적의에 가득 찬 눈으로 나를 보고 있다.

내 쪽에서 손을 내밀고 말을 걸었다. "우춘." 그러나 그는 역시 팔짱을 낀 채로 움직이지 않고 차갑게 말했다. "자네와는 악수하지 않아. 단지 해 두고 싶은 말이 있어. 이 이상 쑨웨를 방해하지 마. 괴롭히는 것도 그만하면 충분해. 허, 나는 쑨웨에게 먼저 간다고 말하고 오겠어. 이 자식은 네가 데리고 가."

허징푸는 여기에 살고 있지 않은 것이다. 다른 곳에 가정이 있는 것일까?

우춘이 가 버리자 허징푸는 내 팔을 잡고 부드럽게 말했다.

"자, 가지. 자네를 잡아먹지는 않을 테니까."

나는 그들을 따라서 걸었다. 마음은 갖가지 생각으로 가득해 있었다. 옛날에는 매일처럼 어깨를 나란히 하고 캠퍼스를 걸었었다. 그랬는데 몇 년이 지나서 이런 식으로 만나게 되다니. 쑨웨와 헤어진 다음에 옛 친구들을 만나면 그들은 내게 어떤 태도를 취할 것인가 상상했었다. 그날이 오는 것이 무섭기도 하고 기다려지기도 했다. 손을 써서 그들의 소식을 알아보면서 한편으로는 신중하게 피해 왔었다. 하지만 오늘 이렇게 만나게 된 것은 나 스스로 찾아온 결과이다. 나는 괴롭다. 주변의 모습은 옛날과 같은데 인간 관계는 완전히 변해 버리고 말았다. 나는 또 기쁘다. 그들의 비난에서부터 친구들과의 사이에 놓여진 벽이 부서지기 시작하고 있다는 것을 알았으므로……

"지금 막 도착했어?" 눈이 마주치자 쉬헝중이 호의적으로 물었다.

나는 고개를 끄덕였다. 기차에서 내려서 바로 이리로 왔던 것이다. 쑨웨는 이사하지 않았으리라고 예상은 했었지만 역시 그랬다. 그 따스함이 깃든 오두막이 내 집이었다. 그곳에서 우리 세 가족이 살고 있었다.

"출장 왔어? 아니면 일부러 찾아온 건가?" 허징푸가 물었다. 가만히 나를 바라보면서.

나는 고개를 끄덕이고 또 고개를 흔들었다. 뭐라고도 대답할 수가 없었다. 한마디로는 말할 수가 없는 것이다! 나는 출장을 왔다. 그리고 일부러 찾아오기도 한 것이다. 또, 은밀히 왔다고도 할 수 있다.

한 달도 더 전에 나는 란샹과 별거했다. 그 계약의 세 번째 조항은 내 쪽에서 깨뜨렸다. 실제로 참을 수가 없었던 것이다.

그 여자는 역시 뚱뚱보 왕과 관계가 있었다. 편집국장이 어떤 연극의 비판문을 쓰라고 말했다. 나는 좋은 연극이라고 생각하고 있었기 때문에 쓰지 않았다. 편집국장은 화를 냈다. 그리고 이렇게 말했다.

"좋아. 그렇다면 다른 사람에게 쓰게 하지. 하지만 자오, 좀 더 '조직 구성원으로서의 관념'을 가져야 한다고 생각하지 않나? 자네는 우리들과 같은 곳에 있으면서도 일을 제대로 하지 않으니 말야."

무슨 소리인가? 내가 직분으로서 해야 할 일을 하지 않았던 적이 있는가? 그가 지도하는 신문사에서 일하고 있다고 해서 옛날의 노예처럼 그에게 모든 자유를 내맡겨야 한다는 이유라도 있단 말인가? 그는 다른 사람을 자기 마음대로 하고 싶다는 욕망을 '조직 구성원으로서의 관념'이라는 따위의 말로 표현하는 것이다. 나는 반박해 주었다.

"그건 제 직분으로서 해야 할 일이 아닙니다. 저는 기자니까요."

그는 냉소하며 말했다. "직분이니 직분 외의 일이니, 이상하게 집착을 하는군. 몇 년 전까지만 해도 말하는 대로 해 주더니만." 정치 문제로 가지고 갈 생각이군! 상관없어.

'악마가 지배하는 세계에서는 인간의 조건을 찾아도 무리입니다. 하지만 인간의 세계에서는 인간이고 싶은 것이 당연하지요.'

나는 그의 체면을 생각해서 말하지 않았다. 몇 년 전에는 당신 역시 남의 말대로 하지 않았었는가. 당신은 장청에게 자기비판의 편지를 몇 통이나 써 보냈었다. 그것을 장칭이 상대하지 않았을 뿐이다! 영혼을 팔 생각이었지만 팔리지 않았다. 그런데도 영혼에 쌓인 먼지를 씻어 내기는커녕 그것을 자랑 삼다니 도대체 어떻게 된 일인가.

편집국장은 강요는 하지 않았지만 내게 '민주개인주의자'라는 화려한 딱지를 붙였다. 그 어원을 조사해 보았지만 내가 왜 그런 딱지를 붙여야 하는지 그 이유를 모르겠다. 멋대로 무슨 주의자라고 말해도 좋다. 어차피 내 뜻에 반대되는 글은 두 번 다시 쓰지 않을 것이다. 그만했으면 충분하다!

나는 얼마나 많이 스스로의 따귀를 후려쳐 왔던가. 오늘은 어제의 문장을 비판하는 글을 썼고 다음날은 다시 오늘의 글을 비판했다. 아는 사람이 이런 말을 한 일이 있었다.

"목이 몇 개쯤 있으면 그렇게 재빨리 노래의 박자를 바꿀 수 있나?" 나는 입으로는 하하 웃으면서 말했다. "목은 하나밖에 없지. 하지만 음폭이 넓고 여러 가지 발성법을 마스터하고 있으니까 어떤 목소리를 내건 간에 목이 다치는 일은 없지."

그러나 내심으로는 얼마나 괴로웠던가! 그럴 때마다 영화 〈집〉에서 아버지가 어리석은 아들에게 "때려라, 네 자신을!" 하고 명령해서 자기 뺨을 때리게 하던 장면을 머리에 떠올렸다. 관중은 익살스럽다며 웃었다. 나도 그 익살을 연기하고 있는 것이다. 그로부터 자기비판에 지고 새던 나날! 주관적 동기의 자백, 객관적 영향의 점검, 사상적 원인의 검토, 개선 조치의 작성……. 어떤 운동이나 똑같은 일의 반복이었다. 언제가 되었건 달라지지 않으리라는 것은 알고 있었다. 영원히 달라지지 않을 것임을. 그리고 자기비판서의 잉크가 마르기도 전에 또다시 '죄'를 거듭했다. 이리하여 나는 서서히 인민의 기자로서의 책임감과 긍지를 잃었고 인간으로서의 자부심과 자신감을 잃었으며 영혼을 갖지 않은 도구가 되어 자기 자신을 완전히 잃어버렸던 것이다.

그것으로는 아직 교훈이 부족하다는 것인가? 내 뜻에 반한 문장은 두 번 다시 쓰지 않겠다면 쓰지 않는다. 딱지가 양심보다 무거울 리는 없다.

사흘 후, 바로 그 연극을 비판한 글이 신문에 실렸다. 글을 쓴 사람은 뚱뚱보 왕이다. 이틀 전에는 그 일이 자기에게 돌아왔지만 자기도 거절하겠다고 말한 주제에 철면피한 자식! 정말로 꼴도 보기 싫다!

또 하나의 연극이 뒤따랐다. 뚱뚱보 왕의 문장이 게재되고 난 사흘 후에 편집국장이 발표했다.

"왕은 훌륭하게 실제 행동에 의해 오류를 정정했다. 당의 일관된 정책에 근거해서 그를 취재부로 되돌아가게 하고 곁들여 원래의 취재부 주임직으로 복귀시킨다."

뚱뚱보 왕이 또다시 나의 직속 상사가 된 것이다. 그러나 그런 일이야 아무래도 좋다. 내 성이 자오이긴 하지만 머리 위에 관운의 별이 빛나고 있으리라고 생각하고 있지는 않다. 쑨웨의 할아버지는 나를 문곡성(문운, 과거 시험을 관장한다는 별)이라고 했었는데 아무튼 들어맞았다. 문인임에는 틀림없고 붓도 구부러졌으며 걸어온 길도 구부러져 있다. 그분과 우리 아버지는 마을에서 유명한 구식 노인이었다. 문장가도, 관직도 불안정한 것이다. 이런 곳에서 멀어지면 멀어질수록 좋다. 그런데 평란샹이란 여자는 아침부터 밤까지 불평뿐이다.

"모처럼의 기회를 다른 사람에게 넘기고 말다니. 뚱뚱보 왕을 보고 배울 수 없어요? 주임이라는 직책은 나도 좋아하지 않지만 지금은 분배의 시대예요. 주임은 어쨌든 평기자보다 급료가 좋잖아. 돈이 많아서 곤란할 게 뭐 있어?"

불평하고 싶으면 마음대로 해라. 내 양쪽 귀를 빌려 주마. 들어오는 쪽과 나가는 쪽을. 그러나 너는 절대로 해서는 안 될 일을 했다. 술과 안주를 사서는 뚱뚱보 왕을 불러서 내가 취재부의 부주임이 될 수 있도록 편집국장에게 추천해 달라고 부탁했다!

그날 나는 왕 앞이라는 것도 잊어버리고 평란상과 다투었고 왕에게도 거침없이 말해 주었다. 그리고 거처를 신문사로 옮겨 버렸던 것이다.

사내에서는 기다렸다는 듯이 나에 대한 여론이 들끓었다. 개인주의다. 뚱뚱보 왕에 대한 질투다. 노동자 마누라를 꾀어 냈다던데. 그러나 나는 그에 아랑곳없이 오로지 일에만 몰두했다. 틈이 생기면 학술 연구를 했다. 어쩌면 신문사를 그만두고 대학에서 가르치게 될는지도 모른다. 신문학이라면 가르칠 수 있다.

뚱뚱보 왕의 얼굴은 두껍기 짝이 없다. 나와 얼굴을 마주치자 그야말로 무슨 지도자나 되는 척 내 어깨를 두드리며 말했다.

"자오, 어차피 대중이 말하는 것이잖아. 일일이 귀를 기울일 필요는 없어. 나는 개인적인 감정을 갖고 있지 않아. 자네 같은 고집쟁이를 좋아하지. 개성이 없으면 지식인이 아니야. 나처럼 간부 나부랭이가 되면 그런 고집도 못 부린다고!" 나는 얼굴에 퉤! 침을 뱉어 주고 싶었다! 그러나 사내에는 이런 종이가 붙어 있다. "장소를 가리지 않고 침을 뱉는 일이 없도록 합시다."

어제 뚱뚱보 왕이 신문사 숙소로 찾아와서 싱글벙글하면서 말했다. "자네에게 좋은 일을 주지. D지방 취재야. 산자수명한 명승지니까 기분 전환이 될 거야. 게다가 D지방은 C대학과 가깝지. 괜찮다면 모교에 들렀다가 와도 좋아. 여비는 공금으로 처리해 줄 테니까!"

좋은 일이라고? 나는 알고 있다. 고급이지만 치수가 작은 신발을 내

놓고 편집국장이 나를 우롱하고 있는 것이다. 이런 통솔법에 대해서는 익히 알고 있다. 그가 '인재'를 특별히 소중히 여기는 것은 사실이다. 자신이 백낙(주나라 사람으로 천리마를 식별해 내는 명인)임을 자처하고 싶기 때문이다. '인재'는 그의 손아귀에 있으며 그의 가치를 높여 주니까. 만일 '인재'가 말을 듣지 않으면? 그는 그 '재능'을 싫어한다. 왜냐하면 자신에 대한 평가가 나빠질 것이기 때문이다. 그렇다 하더라도 내친김에 C대학에 갈 수 있다는 것은 사실이다. 나는 마음이 움직여서 왕에게 말했다. "생각해 보겠어."

"생각하다니, 무엇을? 자오, 자네는 우리 신문사의 천리마야. 이번 출장은 역시 자네가 가야 해!"

뭐가 출장이야! 어차피 별 볼 일 없는 취재에 불과하다. 고참 기자인 내가 그 정도도 몰라서야 어떻게 한단 말인가. 나는 어깨를 두드리려고 하는 왕의 손을 피하며 말했다. "천리마든 만리마든 어차피 말은 말, 사람이 타게 되어 있는 거지."

"하하하. 천리마에 대한 새로운 해석이군! 백낙이 말을 알아보고 기르고 사랑하는 것은 어차피 말을 길들이기 위해서야. 사람에게 길들지 않는 말은 하루에 만리를 달려도 사랑을 받지 못하지! 잡문의 제재로는 기막히지 않나! 쓰라고, 내가 편집국장에게 갖고 갈 테니까." 그의 침이 튀었다.

나는 또다시 '장소에 관계없이 침을 뱉고' 싶어졌다. 그러나 그것을 꾹 참고 냉랭하게 말했다. "왕 주임, 내 말을 완전히 오해하셨군요. 나는 달리는 것밖에 모르는 머리가 모자란 천리마가 되느니 차라리 절름발이라도 좋으니까 마음이 있는 인간이 되고 싶다고 했지요."

그는 잠시 멈칫하더니 다시 크게 웃으면서 내 어깨를 두드리며 말했다. "좋아, 개성적이야! 나는 개성적인 인간을 좋아하지. 그럼 가겠지? D지방에는?"

"가죠!" 나는 그날 밤 떠났다. 그리고 D지방으로 가기 전에 C대학에 하차했던 것이다. 이것은 어느 누구에게도 말하지 않을 것이며 여비를 공금 처리해 달라고 뚱뚱보 왕에게 부탁하지도 않을 것이다.

허징푸는 내가 분명히 대답하지 않자 그 이상은 아무것도 묻지 않았다.

교직원 숙소에 왔다. 허징푸는 아직 독신이다. 물어볼 것도 없다. 방의 꼴을 보면 한눈에 알 수 있다. 나는 갑자기 긴장이 되었다. 두려웠던 것인지 부끄러웠던 것인지 모르지만.

"자, 여기."

허징푸가 의자를 갖고 와서 정중하게 말했다. 내가 앉으려고 할 때 우춘이 들어왔다. 갑자기 방 안 공기가 팽팽해졌다. 그가 갑자기 커다란 눈을 부릅뜨고 나를 노려보았던 것이다. 나는 깜짝 놀랐다. 그의 눈은 너무나 여성적이었기 때문에 동급생들의 놀림을 받을 정도였다. 서늘하고 부드럽고 약간 멍한 듯한 그런 눈이었다. 그런데 지금은 이렇게 날카롭고 이렇게도 거칠다. 나는 심장이 오그라들었다. 그는 무엇을 하려는 걸까? 그때 허징푸가 그를 휙 잡아당기며 말했다.

"아가씨, 할 이야기가 있으면 앉아서 해. 그런 귀신 같은 얼굴을 하고 어쩌자는 거야." 나는 '아가씨'라는 말을 듣자 긴장이 일시에 풀려서 피식 웃었다. 옛날의 우춘을 생각해 냈던 것이다. 우리는 같은 책상에 앉았기 때문에 못 하는 말이 없는 사이였었다.

"너, 무슨 낯짝으로 웃는 거야? 도대체 어쩌다가 이 모양이 되었지? 옛날의 맹세 같은 것은 휴지 조각이 되었단 말야? 동급생 앞에서 말해 봐!"

나는 우춘의 고함에 깜짝 놀랐다. 입을 딱 벌리고 그를 보기만 했을 뿐 말이 나오지 않았다. 설마 그가 단번에 이 문제를 파고들 줄이야. 쉬 헝중이 우춘 앞에 의자를 갖고 가서 억지로 앉히고는 달래듯이 말했다.

"다 지나간 일을 이제 새삼스럽게 꺼내서 어쩌겠다는 거야. 좀 다른 이야기를 하는 것이 어때!"

다 지나간 일? 그렇다. 모두가 지나간 일이다. 이제 새삼스럽게 꺼내서 어쩌겠다는 거야? 아니. 나는 꺼내고 싶다. 꺼내기 위해서 온 것이다. '다른 이야기' 따위는 생각도 할 수 없고 말도 할 수 없다. 나는 우춘에게 말했다.

"우춘, 좀 더 매도해 주게. 나는 아무 할 말이 없어. 오랫동안 그런 식으로 통렬하게 비난하는 사람이 없었기 때문에 이런 꼴이 되고 말았어. 나는 나 자신을 잃어버리고 만 것 같아. 나 자신을 되찾기 위해서 달게 자네들의 심판을 받겠어. 매도해 주게, 우춘! 나를 때린다 해도 얻어맞겠네."

우춘은 손으로 무릎을 치고 무거운 한숨을 쉬더니 말이 없어지고 말았다.

그러나 나는 말하고 싶다. 하고 싶은 말이 산더미처럼 쌓여 있다. 나는 의자를 끌어서 우춘에게 가까이 다가가서 그에게 말했다.

"기억하고 있겠지. 우춘! 졸업 배속 때에 우리들 여럿이 자네를 둘러싸고서 말했었지. 그때 자네는 내게 귀엣말을 했었어. 만일 결혼 축하엿을 보내 주지 않으면 두들겨 주겠다고."

우춘은 "흥!" 하고 콧방귀를 뀌었다. 나는 말을 계속했다.

"자네는, 내가 멋진 애정을 얻을 수 있어서 부럽다고 몇 번이나 말했었지. 그리고 '애정의 별이 내 머리 위에서 빛나는 것은 언제일까? 내 애정은 히말라야의 산기슭에서 발견될는지도 몰라.' 하기도 했어. 애정에 대해서 우리는 자주 대화를 나누었어. 자네는 동경을, 나는 도취를 말했었지."

우춘은 힐끗 보며 "응." 하고는 다시 무거운 한숨을 쉬었다. 나는 말했다.

"보내 준 엿은 받았어?"

"받았지!"

우춘이 다시 큰소리를 냈다. 그러더니 곧 목소리를 낮추었다.

"국경에서 그것을 받았을 때 나는 나 자신이 결혼한 것처럼 기쁘고 행복한 기분이었어. 자네가 이해할 수 있을까. 나는 자네들과 수천만 인민의 행복 속에서 나 자신의 인생과 직업의 의미를 찾아왔지. 문학이라는 전공을 버리고 고향에서도 멀리 떠나 왔지만 언제나 우리 조국을, 친구를, 육친을 지키고 있다고 생각하고 있었어. 나는 우리의 조국이 다시 한번 전쟁에 휘말리는 것을 보고 싶지 않았지. 동포들 가운데서 이 이상 더 고아나 과부가 늘어나는 것을 원하지 않았어. 나는 과부의 외아들이야. 어머니가 나를 기르시면서 얼마나 고생하셨던가를 나는 알아! 하지만 나중에 깨달았어. 전쟁이나 질병 말고도 고아나 과부를 만들어 내는 여러 방법이 있다는 것을. 그 중의 하나가 바로 비열한 유기이고! 쑨웨는 원래 자네보다 훌륭한 남자를 고를 수 있었어. 그런데도 그녀를 버리다니! 이 바보 자식! 나는 쑨웨를 만나자마자 문득 어머니 생각이 났어. 한이를 보고 나의 어린 시절을 생각했지. 정말로 울고 싶다고, 나는!"

우춘은 울었다. 소리 높여 울었다! 허징푸가 벌떡 일어나서 수건을 갖고 나갔다. 그는 얼굴을 씻고 돌아오더니 수건을 우춘의 손에 건네주었다. 나는 얼마나 우춘을 껴안고 같이 울고 싶었던가. 옛날 우리들이 안고 웃고 뒹굴던 것처럼. 그러나 눈물은 나오지 않고 마음이 쓰려 왔다. 우춘의 말은 커다란 망치가 되어 내 마음의 빙하를 깨뜨렸다. 얼음 덩어리가 흘러나오고 날카로운 얼음 조각이 마음에 박히면서 쓰라린 통증이 파고들었다. 그러나 한편으로는 서서히 맑고 흐뭇한 느낌이 찾아들었다. 얼음장 아래로 맑은 물이 흐르고 있었던 것이다.

우춘 때문에 모두들 마음이 산란해져 있었다. 얼마 동안은 아무도 입을 열지 않았다.

쉬헝중은 내게 물었다.

"지금은 어때?"

나는 간단하게 대답했다. "당연히 받아야 할 보답을 받고 있지."

세 사람이 일제히 "뭐?" 하고 소리를 냈다. 그 소리에는 복잡한 여운이 담겨 있었고 그 의미를 금방 파악하기도 어려웠다.

"지금 잘 지내고 있다면 쑨웨나 아이 생각은 하지도 않았을 거야." 우춘이 다시 눈을 내리깔며 말했다.

그랬을지도 모른다. 비뚤어진 길을 택한 이상 비뚤어진 삶은 불가피한 것이다. 문제는 바로 여기에서 비롯되었던 것이다. 나는 쑨웨 모녀를 잊어버릴 수가 없었다. 잊을 수 없었기 때문에 잘 지낼 수 없었던 것도 사실이다! 만일 잘 지내고 있다면 옛날의 자오전환은 이미 완전히 죽은 것이며 쑨웨 모녀는 생각지도 않았을 것이다. 이 복잡하기 그지없는 인과 관계를 내가 어떻게 설명할 수 있단 말인가? 나는 잠자코 있을 수밖에 없었다. 묵인이라고 받아들여져도 할 수 없는 일이다.

"자, 어떻게 할 생각이지? 또다시 이혼이라도 한 거야? 아니면 무슨 일이라도?" 쉬헝중이 긴장한 얼굴로 물었다.

"어떻게 해야겠다는 계획은 없어. 우리는 이미 별거하고 있어."

확실히 이혼의 가능성을 생각한 일은 있다. 특별히 그녀를 원망하고 있는 것은 아니지만 평란샹과는 하루도 더 살 수 없게 되어 버렸다. 그러나 결심이 서지 않았다. 내게는 환이가 있다. 최근 한 달 동안 매주 토요일이 되면 보육원으로 가서 환이를 신문사로 데리고 돌아와 월요일 아침 다시 보육원으로 데려다 주었다. 나는 몇 번이나 이 아이에게 물어봤다.

"환이는 엄마와 아빠 중에서 누가 더 좋아?" 환이의 대답은 정해져 있었다. "아빠도 좋고 엄마도 좋아."

그것은 이해할 수 있다. 평란샹은 좋은 아내는 아니지만 환이의 엄마로서는 훌륭한 것이다. 모든 엄마들과 마찬가지로 거의 모든 관심을 딸아이에게 쏟고 있다. 무엇을 먹이면 영양에 좋은지, 무엇을 입히면 예쁜지, 댄스를 가르치려면 어떤 선생님에게 데리고 가야 좋은지 등등 그녀는 나보다도 주도면밀하게 생각하고 있다. 환이는 나와 그녀를 연결시키는 유일한 끈이다.

어제 출발하기 전에 나는 일부러 환이를 보육원에서 데리고 나와서 천진관으로 물만두를 먹으러 갔었다. 환이는 물만두를 좋아한다. 그러나 어제의 환이는 잔뜩 기분이 나빠 있어서 말도 잘 하지 않았다.

"왜 그렇게 화가 났지?" 하고 물었다.

"아빠, 언제 집에 돌아와? 아빠가 집에 왔으면 좋겠어." 하고 그 아이는 말했다.

"아빠는 신문사 일이 바쁘단다."

"엄마가 그랬어. 아빠는 거짓말하고 있다고. 아빠는 엄마가 싫어?"

마음이 무거워졌다. 또 하나의 환이를 보는 것 같은 생각이 들었다.

그 환이는 지금 이름이 한이로 바뀌었다. 나는 또 한 명의 한이를 만들려고 하고 있는 것인가? 그렇지만 이런 생활을 어떻게 계속할 수 있을 것인가? 환이는 가엾게도 내게 매달리면서 말했다. "아빠, 엄마와 헤어지지 마. 난 아빠도 엄마도 있었으면 좋겠어." 나는 고개를 끄덕였다. 환이는 기뻐하며 내 뺨에 몇 번이고 뽀뽀를 했다. 지금 또다시 그 뽀뽀의 감촉이 되살아났다.

"하지만 그녀와의 사이에 딸아이가 하나 있어. 나는 그 아이를 좋아해." 나는 결국 그렇게 덧붙였다.

"그럼 쑨웨를 찾아가서 어떻게 하겠다는 거야?" 우춘이 딱딱한 표정으로 말했다. "용서를 빌 생각인가? 다시 합치자고 하겠다는 거야?"

"다시 합쳐? 아니, 난 그저 내 지금의 상태를 알리고 아이를 한 번 만나게 해 달라고 하고 싶었을 뿐이야." 나는 잠시 생각하고 나서 그렇게 말했다.

실제로는 물론 그렇게 단순하지는 않다. 나는 나 자신을 되찾고 싶다. 그리고 쑨웨에게서만 과거의 나를 찾아낼 수 있을 것 같다고 느끼고 있다. 만일 다시 합칠 수만 있다면 나는 그것을 무엇보다도 소중히 여길 것이다……. 유감스럽지만 그것은 있을 수 없는 일이다. 아니, 있을 수 있을 것인가?

"쑨웨는 지금도 혼자인가?" 나는 머뭇거리며 물었다. 허징푸를 바라보면서.

허징푸의 어깨가 꿈틀했지만 그가 입을 열기 전에 우춘이 말했다.

"지금은 혼자이지만 곧 둘이 될 거야."

"응? 그럼 누구와?" 나는 물었다. 무어라고도 말할 수 없는 기분이었다.

"그런 거야 아무 상관도 없어. 아무튼 자네보다는 훌륭한 남자니까. 그런데 어떤가. 또다시 쑨웨를 방해할 필요가 있을까?" 우춘이 잘라 말했다.

나는 잠자코 있었다. 필요? 필요란 것은 무엇인가? 여기에 온 것도, 아니 오려고 생각했던 것조차 필요 없는 일이었을는지도 모른다. 어쨌든 나는 지금 가정을 갖고 있다. 쑨웨에 대한 지금의 심정을 그녀에게 알릴 권리도 필요도 없는 셈이다. 그러나 나는 그녀를 만나서 무슨 말이건 다 하고 싶다고 절실하게 생각한다. 그녀가 곧 결혼할 것이라는 말을 듣고 나자 그런 생각은 점점 더 강해졌다. 나는 영원히 그녀를 잃어버리려고 하고 있다. 영원히……

우춘이 일어나 내 옆으로 오더니 팔을 내 목에 두르고는 말했다.

"자오, 지금의 네 기분은 잘 알아. 하지만 타인에 대해서도 고려해야지. 어떤가, 시골 우리 집에 며칠쯤 놀러 오지 않겠어? 산 있고 강 있고 생선 있고 해초 있으며 게다가 나라고 하는 동급생의 우정이 있으니. 오늘 밤 같이 가지 않겠나?"

쉬헝중도 말했다. "그것도 좋은 생각이군. 자오, 놀러 갔다 와. 과거사는 강물에 흘려보내고."

나는 겨우 머리를 끄덕였다. "자, 그럼."

그러나 우춘에게 놀러 가고 싶은 마음은 없다. D지방에 가자. 과거의 모든 것은 하나도 남김없이 땅속에 매장하자. 앞으로는 동급생 누구와도 만나지 않겠다. 만나고 싶지도 않다.

"아냐!" 침묵을 지키고 있던 허징푸가 갑자기 입을 열었다. 그는 일어나서 우춘에게 말했다.

"자네는 이미 표를 사 두었으니까, 늑장 부리지 않는 게 좋아. 자오는 여기서 묵을 테니까."

그리고 그는 내 쪽을 향해서 말했다. "여러 가지로 할 얘기가 많지. 정말 오랜만에, 마침 이런 때에 만났으니까!"

우춘도 쉬헝중도 더 이상 아무 말도 하지 않았다. 나는 남았다. 허징푸가 왜 나를 붙잡았는지 잘 모르지만 나는 남아 있고 싶었다.

허징푸

내 마음은 한순간도 평안했던 적이 없다.

방에는 나와 자오전환 두 사람만이 남았다. 우선 저녁 식사를 하지 않으면 안 되겠다고 생각했다. 그러나 그는 도무지 밥맛이 없어 먹고 싶지 않다고 한다. 나도 생각이 없었다. 그래서 남아 있던 비스킷을 꺼내고 뜨거운 차를 끓였다.

"먹어." 나는 비스킷 상자를 그 앞으로 밀어 주었다.

그는 고개를 흔들고 손을 뻗으며 말했다. "담배는 없어? 한 대 피우고 싶은데." 나는 그의 뒤에 있는 문을 손가락으로 가리키며 거기에 붙어 있는 종이를 보여 주었다. "본인은 금연 중임. 담배 대접 못함을 양해해 주시기 바랍니다." 이것은 퇴원할 때부터 써 둔 것이다. 그날 나는 한이에게 말했다. "아저씨는 이제 담배를 끊었다." 한이는 좋아하며 내 귀에다 대고 작은 소리로 말했다. "나, 비밀을 보고 말았어! 엄마는 아저씨의 담뱃대를 좋아하는가 봐요. 늘 꺼내 봐요, 내가 자는 줄 알고. 일부러 자는 척하고 있었는데!" 이걸 붙일 때도 한이가 옆에 있다가, 엄마에게 말해야지, 했었다……

"나도 금연은 몇 번인가 했지. 하지만 속상한 일이 있을 때면 역시

307

피우고 싶어져." 자오전환은 종이를 보고 할 수 없다는 듯이 쓰게 웃으면서 말했다.

"끊는 편이 좋아. 자네도 건강이 썩 좋아 보이지는 않는걸."

"그래, 끊기는 끊어야 돼. 하지만 자네의 금연이 아무리 철저하다 하더라도 설마 한 대도 남아 있지 않은 것은 아니겠지?" 그는 다시 손을 내밀었다.

"없어. 나는 잎담배를 피웠으니까."

"잎담배라도 좋아. 한 대 피우게 해 줘." 그의 손이 쑥 뻗어 왔다.

"하지만 담뱃대가……." 나는 말을 흐렸다.

"태워 버렸어? 뭐 그렇게까지 할 거야." 그가 아쉽다는 듯이 말했다.

"태워 버린 것은 아냐. 다른 사람에게 맡겨 두었지." 어떤 심리인지 모르겠지만 나는 사실대로 말하고 싶지 않았다. 하지만 한편으로는 그에게 조금은 알리고 싶다는 생각도 들었다.

"여자 친구?" 그는 손을 거두어들이며 말했다.

"……." 나는 일순 어떻게 대답해야 좋을지 알 수 없었다.

"그래?" 그는 추궁해 왔다.

"어린애야, 한이지." 역시 그렇게 대답하는 것이 좋다고 생각했다.

"한이?"

그의 입언저리 근육이 오므라들었다. 울고 있는 것 같기도, 웃고 있는 것 같기도 했다. 그것이 그의 단정한 얼굴을 흐트러뜨렸다. 참으로 늙었구나. 이것이 그때 아름다운 쑨웨와 같이 삼륜 자전거를 타고 있었던 그 자오전환이라고는 도저히 상상이 가지 않는다.

"한이에게 맡겼어. 자네와 쑨웨의 딸인. 가끔 여기에 놀러 오지. 귀여운 아이야." 나는 있는 힘을 다해 담담하게 말했다.

그의 눈이 빛났다. "한이는 쑨웨를 닮았겠지?"

"쑨웨를 많이 닮았지만 자네를 닮은 데도 있어."

"그런가. 한이가 내 얘기를 자네에게 한 적은 없어? 좋은 인상을 가지고 있진 않겠지?"

"한이는 아버지에 관한 이야기를 다른 사람에게는 전혀 하고 싶어 하지 않아."

그야말로 조잡한 대답이 되고 말았다. 이 화제는 너무나도 가슴을 휘젓는다. 그동안 한이와의 사이에 쌓아 온 만만치 않은 우정도 내 고민을 심화시킨다. 내심 나는 내 자신이 그 아이의 아버지가 된 것 같은 느낌이었다. 그러나 오늘은 다름 아닌 진짜 아버지가 나타난 것이다. 그런데도 그와 동석해서 이런 이야기를 하고 있다. 얼마나 끔찍한가! 그를 잡은 것이 그야말로 이런 이야기를 하기 위해서였던가?

눈앞에 서 있는 것이 자오전환이라는 것을 깨달은 순간부터 내 마음은 내내 평정할 수 없었다. 나와 쑨웨의 거리가 줄어들었고, 마음과 마음이 가까워졌을 때, 그때 이 남자가 나타난 것이다. 이것은 쑨웨에게, 그리고 여기 나에게 무엇을 가져다줄 것인가. 쑨웨를 만나게 해서는 안 된다! 그것이 내 뇌리에 떠오른 최초의 반응이었다. 나는 앞장서서 그를 둘러싸고 쑨웨의 집을 나왔다. 그러나 지금은 그를 붙들어 두고 있는 것이다.

그는 아까부터 나와 나의 방을 조용히 관찰하고 있다. 나는 분위기를 좀 부드럽게 만들 생각으로 말했다. "모르는 사람 같아? 그렇게 나를 쳐다보다니."

"잘 아는 사람 같기도 하고 모르는 사람 같기도 해." 그는 그렇게 말하고는 무의식적으로 흰머리를 쓰다듬었다. 정말로 무척 늙었다!

"변증법적이군. 자네에 대해서 나도 그렇게 느끼는데." 나는 웃으며 말했다.

"아직 독신이로군?" 그의 시선이 침대에 멈춰 있다.

"곧 독신주의자 협회를 만들지도 몰라. 내가 회장을 맡을 생각이지."

"가정을 가져야 해."

"할 일이 너무 많아. 다 할 수는 없지만 말이야. 필연의 요소와 우연의 요소가 하도 많아서……." 나는 그에게 마음속의 모든 것을 다 털어놓을 재간이 없다. 나는 그의 출현을 우연적인 것으로 생각하고 있다.

그는 무언가 깨달은 듯이 더는 이 문제를 말하려고 하지는 않은 채 다시 손을 내밀었다. "어디서 담배 두 개피만 갖다주지 않겠어? 여기 사는 사람들 중에 담배 피우는 사람은 있겠지?"

그는 다시 입언저리를 오므려, 우는지 웃는지 모를 표정을 지었다. 그렇다. 그것은 그의 버릇인 것이다. 나는 내심 그를 측은해하며 고개를 끄덕이고 말했다. "알았어, 알아보고 오지."

나는 가게에서 담배 한 갑을 사 와서 그에게 건넸다. 그는 탐욕스럽게 피워 물고는 담배를 돌려주며 말했다.

"자네도 한 대 피우지. 이것으로 금연을 깨지는 말고."

"아니, 나는 안 피우겠어." 나는 거절했다.

"내게 없는 것은 자네의 그 강한 의지야. 그래서 내리막길에서 굴러 떨어지고 만 거야." 그는 진한 연기를 뿜어내며 말했다.

"의지력은 단련시킬 수 있는 거야. 선천적으로 타고나는 것은 아니지."

"나는 자네만큼 단련시킬 수가 없어."

"나 같은 경력이 없기 때문이지."

"그래, 내 경력은 도대체 어떤 것이었을까. 순조로웠던 건지, 곡절투성이인지 나도 잘 모르겠어. 나를 행운아라고 하는 사람도 있지만 나 스스로는 지극히 불행하다고 느끼고 있지." 그는 또다시 새 담배에 불을 붙였다.

그렇다. 그의 경력은 도대체 어떤 것이었을까. 지금까지의 세월 동안 비판의 대상이 된 일도 없고 적극적으로 참여한 일도 없이 오직 둥근 자갈이 모래와 같이 흐르는 것처럼 방관자로서 추종해 왔다. 멈출 곳을 스스로 결정하려고 하지 않았다. 1957년 '반우파' 때 그에게는 나를 혹독하게 두들길 이유가 충분히 있었다. 그렇게 함으로써 자기 입장을 확실하게 할 수 있었고 사사로운 원한도 풀 수 있었을 터였다. 그러나 그는 그렇게 하지 않았다. 나를 비판하는 회합에서 발언한 일도 없고 대자보로 비판한 일도 없었다. 그는 언제나 나를 피하고 있었다. 그것이 내게는 수수께끼였지만 호감은 느낄 수 있었다. 하지만 그 자신은 불행하다고 느끼고 있다. 그렇다. 그는 확실히 불행하다. 그러나 그 불행은 누가 만들어 냈는가?

"우리 아버지는 가난한 지식인으로서 평생 시골 학원의 교사였지. 나는 어린 시절부터 독서하는 사람은 정치를 가까이해서는 안 된다, 정치는 무서운 것이고 더러운 것이다, 라는 교육을 받았어. 나는 아버지 말씀대로 했지. 그러나 이 세상에 이상향은 존재하지 않아. 아버지 역시 그런 환경에서도 정치의 습격을 피할 수 없었지. '문화대혁명'의 와중에서 '봉건 시대의 늙은이'라며 거리에 끌려 다니다가 놀람과 수치 때문에 병을 얻어 두 번 다시 일어나지 못했어. 나는 아버지보다 훨씬 더 깊은 정치의 와중에 있었고 정치의 무서움, 정치의 더러움을 더 많이 더 분명히 보았어. 나는 어디에 숨어야 좋은가. 가정? 아니, 내게는 정상적인 가정 따위는 없었지. 그리고 나는 내키는 대로 행동하며 자신을 마비시키고 위로했어. 그 결과 영혼을 악마에게 맡겨 버린 거야."

영혼을 악마에게 맡겨 버렸다는 그의 말은 충격적이었다. 괴테의 〈파우스트〉의 이미지가 머리에 떠올랐다. 중세의 질식할 것 같은 공기 속에서 살았던 파우스트는 최대의 쾌락을 얻기 위해서 영혼을 악마에게 맡기고 말았다. 정치의 태풍을 피하기 위해서 똑같은 거래를 하는 자가 지금도 있으리라고는 생각할 수 없었다. 파우스트는 영혼을 되찾았지만 자오전환은?

"악마도 그렇게 많은 영혼을 담을 수 있는 그릇은 갖고 있지 않을 거야. 영혼은 다시 되찾을 수 있어. 자네는 이미 그 일을 시작하지 않았나?"

"그렇게 이해해 주겠어?" 그는 담뱃불을 끄고 급히 말했다.

"응, 달리 이해할 수는 없지." 나는 고개를 끄덕였다.

그는 일어나 흥분해서 걸어 다녔다. 말이 쉴 새 없이 입에서 튀어나왔다.

"인간에게는 타인의 이해가 얼마나 필요한 것인지 몰라. 진정한 이해가! 조금 전까지도 나는 자네를 의심하고 경계하고 있었어. 내게 조소와 비난을 퍼부은 다음에 나를 쫓아낼 것이라고 생각했지. 자네에게는 그럴 만한 권리가 있으니까. 나는 얼마나 생각했는지 몰라. 자네는 당시 틀림없이 나보다 깊이 쑨웨를 이해하고 있었고 나는 진정으로 그녀를 이해하고 있지는 못했어."

그렇다. 나 역시 얼마나 생각했는지 모른다. 너에 비한다면 내가 훨씬 더 쑨웨를 이해하고 있다. 그러니까 나는 끊임없이 그녀를 원해 왔던 것이다! 하지만 지금에 와서 네가 나타났다. 나는 너를 쫓아내려고 생각했었나? 그랬었다. 하지만 그럴 수가 없었다. 나는 학창 시절을 잊을 수가 없었고 너를 실망시켜서 돌려보낼 수는 더더욱 없었다. 그것을 너는 알았는가? 알았으면 한다! 나는 최대의 노력을 기울여서 담배를 피우고 싶은 마음을 억제했다. 자오전환은 말을 이어 갔다.

"나는 쑨웨의 아름다움, 총명함, 부드러움을 사랑했을 뿐이야. 쑨웨가 내 것이 되었을 때 나는 만족하고 자랑스럽게 생각했지. 하지만 그녀의 가장 중요한 것, 숭고한 이상을 위해서 한 몸을 바치는 정신, 아름다운 미래를 열렬히 추구하는 정신을 나는 내내 싫어했고 심지어 억누르려고까지 했어. 그 정신이 없으면 쑨웨는 쑨웨가 아닌데도 불구하고 말이야. 나는 자주 생각하곤 했어. 결혼 후 멀리 떨어져서 생활했던 것은 그나마 다행스러운 일이었다고 말이야. 안 그런가?"

그래, 그랬을는지도 모르지. 하지만 지금은? 그는 쑨웨의 영혼을 정확하게 파악하고 게다가 그 영혼을 사랑하고 있다. 기뻐해야 할 일이다. 하지만 지금 내 가슴에 용솟음쳐 오는 것은 정반대의 감정이다. 왜냐하면 눈앞의 자오전환은 지금이야말로 진짜 '연적'이기 때문이다. 내가 그를 잡은 게 잘한 일인가. 그에 대한 우춘의 단호한 태도는 모처럼 나를 위한 것이 아니었던가! 그를 잡았을 때는 그를 단지 불행을 당한 동급생, 회개하려고 하는 방탕자 정도로밖에 여기지 않았다. 쑨웨의 감정에 혼란을 주리라고는 생각했지만 설마 내게 있어서 현실적인 위협이 되리라고는 생각하지 않았다. 나는 후회했다. 체르니셰프스키의 《무엇을 할 것인가》는 좋아하는 소설이지만 주인공들의 연애에 대한 태도에는 항상 의문을 가져 왔었다. 애정이란 과연 양보하거나 양보받을 수 있는 것일까. 질투 없이 끝날 수 있는 것일까. 그러나, 그렇다고 해서 내가 그를 쫓아내야 한다고는 할 수 없다.

"자네는 왜 나를 붙잡았지?" 그는 갑자기 발을 멈추고 내 앞에 서서 물었다.

"아까는 쑨웨와 한이를 만나게 해 주려고 생각했었어."

"아까는? 그럼 지금은?" 그가 나를 똑바로 바라보는데 입가의 근육에 경련이 일고 있었다.

나는 잠자코 있었다. 지금은 후회하고 있다고 말하고 싶었다. 그러나 입 밖에 내지는 않았다. 그의 입가의 경련을 보고 나자 나는 마음이 아팠고 어떻게 해야 좋을지 알 수 없었다.

"정직하게 말해 줘. 지금 쑨웨와는 어떤 관계지?"

그는 양손으로 내 어깨를 꼭 붙들었다. 그야말로 착잡한 얼굴을 하고 있었다. 기대와 불안과 성실함이 뒤섞인…….

"그것이 자네와 무슨 상관이 있지? 쑨웨에게 물어봐. 그녀는 지금 시간에 틀림없이 집에 있어." 나는 그의 양손을 홱 밀쳤다.

"아니, 나는 자네에게 이만큼 이야기를 했어. 자네도 한마디 해야지." 그는 집요하게 들러붙으며 다시 양손을 내 어깨에 올려놓았다.

"귀찮게 하지 말아 줘. 난 십여 년 동안 여기저기 떠돌아다녔기 때문에 싸우는 법을 알고 있어." 나는 다시 한번 그의 손을 밀쳤다.

"그렇다면 아직 사랑하고 있다는 거로군?" 그는 망연해서 나를 보았다.

나는 대답하지 않은 채 그저 그를 노려보았다.

"그녀는? 물론 자네를 사랑하고 있겠지. 원래부터 자네에게 끌리고 있었어. 자네는 아까 한이에 대해 말했지. 그러고 보면 자네들 사이는 이미 친밀한 거야. 내가 방해해서는 안 되지. 자네가 나를 붙잡은 것은 나에게 그 사실을 말하기 위해서였군? 1962년에 내가 편지를 썼던 것처럼……. 자네에게는 물론 보복의 권리가 있어."

내 가슴은 찔린 것 같은 아픔을 느꼈다. 나는 정말로 그에게 보복할 생각이었던 것일까? 아니다. 그런 일은 생각해 본 적도 없다. 보복 따위는 입 밖에 내 본 일도 없고 나로서는 할 수도 없는 일이다! 그는 이대로 가 버리는 것일까?

"그럼 나는 이만. 쑨웨에게 전해 주게. 두 사람의 행복을 빈다고."

갑자기 피가 얼굴로 모이면서 전신이 확확 달아올랐다. 차가운 강물이 있다면 뛰어들고 싶었다. 누군가에게 불시에 한 대 얻어맞은 것 같았다. 자오전환에게? 그렇다. 과거에 그는 쑨웨를 배반했지만 지금은 쑨웨를 생각하고 나를 위해서 신경을 쓰고 있다. 그런데 나는! 아니, 쑨웨와 한이가 내 뺨을 때린 것이다. 신은 내게 사람을 사랑할 권리를 주었지만 사람의 사랑을 빼앗을 권리를 준 것은 아니다! 한이가 나를 사랑하고 있다는 것은 안다. 쑨웨의 사랑도 피부로 느낀다. 그러나 두 사람을 대신해서 두 사람의 운명을 결정할 권리를 부여해 준 것은 아닌 것이다.

그는 내게 손을 내밀면서 말했다. "악수하고 헤어지지 않겠나!"

나는 그의 손을 잡고 전신의 힘을 다해서 꽉 쥐었다. 그가 아파서 소리를 지르자 비로소 힘을 뺐다. 나는 그를 끌어당기고 꼭 눌러서 얌전히 침대에 앉혔다. 그는 손을 비비면서 어안이 벙벙해 나를 보고 있다.

"이대로 가 버려서는 안 돼. 역시 쑨웨를 만나야 돼. 한이를 만나야 해." 나는 굵고 탁한 목소리로 말했다.

"만나도 좋을까?" 그가 물었다. 얼굴에도 목소리에도 성의가 넘치고 있었다.

"안 될 리 없지. 자네들은 동급생이고 게다가 동향이야. 그리고 나와 쑨웨는 아무런 약속도 하지 않았어. 그 점은 걱정하지 않아도 좋아."

"아니, 나는 그녀가 알아주기만 바랄 뿐이야. 나는 이제야 겨우 그녀를 이해할 수 있게 되었고 그리고 그녀에게 이해를 구하고 있다는 것을 알아주기만 하면 돼. 내게는 그녀에게 무엇을 요구할 권리가 없다는 것쯤 알고 있어. 우리의 모든 것은 끝났어. 모든 것은 지나가 버렸지. 그녀가 자네와 결합될 수 있다면 나는 자네들을 위해서 진심으로 축복하겠어. 물론 슬프고 괴로운 일이지만……."

그는 목이 막혔다. 뺨의 근육이 오그라들고 경련이 일어나고 있다. 일찍이 사랑하는 사람을 잃었고 지금 다시 찾아왔지만 되찾을 수 없는 그 심정은 잘 안다! 나는 더 이상 말하지 말라고 손을 저은 다음 담배에 불을 붙여 건네며 부드럽게 말했다.

"너무 많이 피웠어. 이것이 오늘 밤 최후의 한 개피야. 나머지는 내일 피워." 나는 그렇게 말하고 담배를 내 호주머니에 넣었다. 그를 먼저 재우고 나서 바깥을 거닐고 싶었다. 그러나 그는 나를 붙들고 말했다.

"쑨웨가 나를 만나 줄까?"

그는 쑨웨가 만나 주지 않을까 봐 두려워하고 있는 것이다. 오늘 기차에서 내려 곧바로 쑨웨의 집을 찾아왔지만 그것은 다분히 충동적인 행위였다. 지금 냉정하게 생각해 보면 그대로 튀어나가지 않았던 것이 다행이었다. 튀어나갔다면 어떻게 되었을까!

그렇다. 나도 지금까지 쑨웨가 만나고 싶어할지 어떨지 진지하게 생각해 보지는 않았다. 쑨웨와 재회를 한 이래 그녀 쪽에서 자오전환 이야기를 한 일은 없었다. 물론 나 역시 과거의 일은 화제에 올리고 싶지 않았다. 그녀가 과거의 모든 것을 깨끗이, 확실하게 잊어 주기를 바랐다. 그러나 한이와 대화를 나눈 다음부터 자주 자오전환을 생각하게 되었다. 한이는 부모의 일을 전혀 모르고 있다. 이것은 무슨 뜻인가. 쑨웨는 자오전환에게 아직도 호의를 갖고 있고 희망을 버리지 않고 있기 때문에 아이의 마음속에 남아 있는 아버지의 이미지를 허물어 버리고 싶지 않은 것일까. 정말로 그렇다면 오히려 포기할 수 있다. 한이에게도 그편이 좋은 것이다. 어느 날 방과 후 나는 은근히 속을 떠보기 위해서 그녀를 사무실에서 불러 세워 물어보았다.

"자오전환과는 도대체 무슨 일이 있었지? 당신들은 계속 잘 지내 왔었잖아."

"왜 그런 일에 흥미를 갖지? 흔히 있는 일이야. 그에게 애인이 생긴 거지." 그녀의 대답은 지극히 냉담했다.

"그것만으로 이혼을 했어? 결혼한 이상, 함부로 이혼한다는 건 말이 안 돼. 더구나 아이가 있다면 말야."

"당신에게 나를 비난할 권리는 없어!" 그녀는 눈물을 글썽이며, 격앙된 어조로 말했다.

"비난하고 있는 것이 아니야." 나는 황망히 변명을 했다. "한이를 위해서 하는 말이야. 한이라니, 어째서 그런 이름을? 어째서 아이에게 짐을 지우는 거지?"

그것이 오히려 그녀의 분노를 더하게 했다. 그녀는 나를 향해서 얄밉다는 듯이 말했다.

"당신이 무엇을 알아? 아무것도 몰라. 아무것도 이해하지 못해. 그러니까 무엇이든 비난하려 드는 거야. 가정을 갖고 아이를 낳은 다음에 나 같은 경우를 당하면……." 그녀의 말이 도중에서 끊어졌다. 마지막 한마디에 저주가 담겨 있음을 깨달았던 것이리라.

그때 나는 건드려서는 안 되는 것임을 깨달았다. 그것이 무엇 때문인지도 알 수 없었고 그것을 해결할 방법도 없었다. 그렇다고 해서 그녀의 일을 제3자에게 묻고 싶은 생각도 없었다. 자오전환과의 생활은 그녀의 마음에 도대체 어떤 인상을 남겼던 것일까? 그녀는 지금 자오전환을 그리워하고 있는 것일까, 증오하고 있는 것일까? 그 모든 것을 나는 알지 않으면 안 된다! 나와 그녀 사이에 지금도 거리가 있는 까닭이 거기에 있는지도 모른다.

하지만 그 거리는 멀어지는 것일까, 줄어드는 것일까. 그녀가 자오전환을 만나면 심경에 어떤 변화를 일으킬 것인가. 그녀는 어떤 선택을 할 것인가. 모두가 알 수 없는 일들 뿐이다!

그러나 어떻게 해서든지 자오전환을 쑨웨와 만나게 하지 않으면 안 된다. 자오전환을 위해서, 쑨웨와 한이를 위해서, 그리고 나 자신을 위해서도 그렇다. 그러나 모든 것은 쑨웨의 마음 하나에 달려 있다.

"자네 대신 내가 쑨웨에게 알리고 오지." 나는 불쑥 말했다.

"자네가?" 다소 의아한 것 같았다.

"그래, 나밖에 없어. 자네가 나를 믿건 믿지 않건 간에 내가 갈 수밖에 없어. 자네가 와서 지금 우리 집에서 기다리고 있다고 전하지."

"좋아." 그는 더 이상 따지려고 하지 않았다. 나의 태도를 어떻게 생각한 것일까. 쑨웨에게 나쁘게 말할 것이라고 생각한 것일까. 왜 그렇게 실망하는 얼굴을 하는가. 아니, 어떻게 생각하든 상관없어. 나는 이제 지긋지긋하다. 거기까지 시중을 들 수는 없다. 나는 말했다.

"그럼 먼저 쉬고 있어. 금방 갔다 올 테니까."

벌써 밤 아홉 시다. 쑨웨는 피곤해서 이미 잠들어 버리지나 않았을까. 그러나 나는 가야 한다. 늦어서 잠들어 버렸다 하더라도 어쩔 수 없다. 그러나 오늘 이후 내가 다시 갈 날이 있을 것인가?

멀리서 쑨웨의 방에 불이 켜져 있는지 보려고 했으나 와 본 적이 별로 없었기 때문에 어느 창인지 알 수가 없다. 그녀가 자고 있는지 어떤지를 알려면 아무래도 3동 201호까지 가서 문을 노크하는 수밖에 없었다.

한 번 노크하자 문이 열렸다. 자고 있지는 않았다! 그녀는 나를 보고 조금도 놀라지 않은 채 작은 의자를 내밀며 말했다. "이걸 갖고 가운데 뜰로 나가. 한이가 벌써 잠들어 버렸으니까." 나는 의자를 받아 그녀를 따라서 가운데 뜰의 담 밑에 앉았다. 그녀는 내 이야기를 기다리고 있다.

"오늘은 피곤했지? 아직 안 자는군." 나는 스스로의 기분을 진정시키기 위해서 말했다.

"피곤해. 당신을 기다리고 있지 않았다면 벌써 잤을 거야."

"내가 올 줄 알았어?" 나는 신기했다.

"자오전환이 당신 집에 있지? 나, 다 보고 있었어. 그리고 쉬헝중이 당신이 붙잡았다고 알려 주었어. 그렇지 않았더라도 당신은 분명히 그를 붙잡을 것이고 나한테 만나 보라고 권하러 올 줄 알고 있었지." 그녀의 말투는 지극히 침착한 것이었다.

"내가 만나라고 권할 것이라고?"

심장이 가쁘게 울리는 종처럼 높이 뛰고 목소리까지 변해서 낮게 갈라지고 말았다. 그녀는 나를 알고 있다. 완벽하게 알고 있다! 나는 얼마나 나의 모든 심정을 말하고 싶었던가!

"휴머니즘의 입장에서겠지." 그녀도 낮은 목소리로 말하고는 나를 일별한 후 눈길을 떨구었다.

"휴머니즘의 입장에서만?" 나는 나도 모르게 떨리는 목소리로 묻고 있었다.

"그 밖에 어떤 입장이 있단 말이야?" 그녀의 목소리가 점점 낮아졌다.

아아, 나는 얼마나 말하고 싶었던가. 연인의 입장에서라고. 연인의 입장! 너는 인정하지 않는가? 20년 넘게 너 외에 사랑하는 사람은 없었다. 그래도 연인의 자격이 없는가, 하고 묻고 싶었지만 차마 그렇게 말할 수는 없었다. 그렇게 말해서도 안 되는 것이다! 오늘은 지고 싶지

않은 의무를 지고, 연적을 위해서 용서를 청하는 역을 맡지 않으면 안
된다. 나는 그녀의 질문에 대답하지 않고, 시선을 하늘로 옮겼다. 하늘
에는 달이 있었고 별이 있었다. 그러나 그것들은 건물과 담장에 가려
서 마치 비좁은 창틀 속에 갇혀 서로 밀치닥거리는 것 같아 오히려 답
답하게 느껴졌다.

"징푸!"

두 개의 타는 듯이 뜨거운 손이 내 무릎 위에 놓여졌다. 나는 그 양
손을 꼭 쥔 다음에 가슴에 갖다 댔다.

"20년 이상이나 사랑하고 있었어. 나의 애정은 백지 그대로야, 쑨웨.
당신은 오늘에야 비로소 붓을 들어 백지에 색칠을 해 준 거야."

그녀는 부르르 몸을 떨면서 내 손에서 자기 손을 빼냈다. 그녀의 손
은 금방 싸늘하게 차가워졌다!

"징푸, 당신이 백지이기 때문에 나는 더욱 당신과의 결합을 원하지
않아." 그녀의 손은 내 가슴을 가볍게 미끄러져서 세 번째 단추를 쥐었
다. 이 단추가 떨어졌을 때 그녀는 다른 동료의 단추를 달아 주며 내
주위를 환기시켜 주었다. 그래서 나는 단추를 달았던 것이다. 그것을
그녀도 기억하고 있었던 모양이다.

"뭐라고 했지?"

나는 그녀의 말을 듣지 못했다. 정말 듣지 못했다.

"난 당신과의 생활은 원하지 않아. 그건 당신이 백지이기 때문이야.
내게는 당신이 그릴 수 있는 백지가 없거든. 나도 옛날에는 백지였지
만 살아오는 동안 짙은 회색으로 물들어 버리고 말았지. 이 색은 영원
히 지울 수 없어. 자오전환이 나타남으로써 그 바탕색이 점점 더 분명
하게 보여. 원망스러워!"

나는 몸을 떨었다. 그녀는 그렇게까지 상처받고 있었던가. 나는 이렇게 말해서 그녀를 위로했다.

"쑨웨, 생활은 한 개인의 전체이고 애정은 그 일부분에 불과해. 생활 전체가 백지인 사람은 아무도 없어. 내 바탕색은 당신 것보다 훨씬 더 진한 색이야."

"아니, 당신 것은 진한 색일지라도 회색은 아니야. 부끄러운 것은 아니야. 하지만 나는 달라. 우리들 사이에 있었던 저 과거 하나를 보더라도 그래. 그 과거를 생각할 때마다 나는 당신에게 빚이 있다고 생각하게 되고 말아. 빌려 준 사람과 빚진 사람이 서로 평등하게 사랑할 수는 없어."

나는 어안이 벙벙했다. 그녀가 우리 관계를 이런 식으로 보고 있으리라고는 생각하지 못했다. 그렇다면 나는 빚을 받으려는 자가 되는 셈인가. 아니야, 쑨웨. 그럴 리가 없어. 내가 너에게 바라고 있는 것은 애정이야. 애정이라고!

"아무리 생각해도 당신하고 결합할 수는 없다는 결론에 이르고 말아. 내 자존심이 허락하지 않아. 나는 스스로를 속이고 싶지 않아. 사랑하고 있어. 진심으로 사랑하고 있어. 꿈속에서 얼마나 당신을 불렀는지 몰라. 머릿속에서 당신과 같이 생활하는 장면을 얼마나 그려 보았는지 몰라. 하지만 그럴 때면 꼭 또 하나의 장면이 떠올라. 사람들의 오해와 조소 속에 과거의 내가 심판을 받고 있는 장면이……."

"……."

"지금 내 앞에는 독신의 길밖에는 없어. 리이닝은 정신과 생활을 분리시키라고 충고해 주었어. 앞으로는 그렇게 할 생각이야. 하지만 나는 정신 쪽만을 취하려고 해. 징푸, 나를 잊어! 나는 감정은 약하고 자존심은 강해서 지금의 모순을 도저히 이겨 나갈 방법이 없어. 만일 내세가 있다면……."

그녀는 고개를 푹 숙이고 얼굴을 양손으로 감쌌다. 아아, 쑨웨! 얼마
나 네 얼굴을 받쳐 들고 자세히 보고 싶었던가! 너는 옛날에 내게 키
스를 해 주었지만 나는 아직 그것에 보답을 하지 않고 있다. 지금 우리
는 이렇게 가까이 있다. 창틀 속에 갇힌 달과 별 이외에 여기에는 아
무것도 없다…….

그녀의 어깨가 떨리더니 흐느껴 우는 소리가 들렸다. 갑자기 내 마
음이 무너졌다. 더 이상 자신을 억제할 수 없었다. 나는 그녀의 어깨를
껴안고 격앙된 목소리로 말했다.

"안 돼, 쑨웨. 난 당신을 잊을 수 없어. 영원히 잊을 수 없어!"

"난 이미 그렇게 결정했어." 그녀는 내 가슴에서 빠져나가며 침착하
고 단호하게 말했다.

얼마나 울고 싶었던가. 얼마나 소리치고 싶었던가! 지금 내가 울어야
하나 소리쳐야 하나! 왜 나는 오늘 밤 총총히 찾아와 최후의 심판을
자초하지 않으면 안 되었던 것인가. 운명의 신이라는 것이 정말로 있어
서, 보이지 않는 곳에서 우리들을 조롱하고 있는 것일까. 참으로 망령
의 농간이고, 우연의 장난이 아닐 수 없다!

나는 결국 울지도 않았고 소리치지도 않았다. 벌떡 일어나서 의자
를 발로 차고 주먹으로 눈앞의 나무 줄기를 쳤다. 그녀가 작게 외쳤다.

"징푸!" 나는 뒤돌아 그녀의 얼굴을 마주 본 채 손을 내밀며 말했다.

"담배 한 대 피우게 해 줘!" 그녀는 아무 말도 없이 집으로 들어가서
내 담뱃대를 갖고 나왔다. 담배쌈지에는 잎담배가 가득 들어 있다. 나
는 어디서 구했는지도 묻지 않고 담배를 채워서 맹렬히 빨기 시작했다.

"용서해 줘." 그녀가 쳐다보지도 않고 말했다.

"용서하고 하지 않고의 문제가 아니야. 나는 당신이 결정한 것을 존중해. 어차피 나는 꼭 가정을 가져야 하는 것도 아니야. 혼자 사는 생활에 이골이 나 있어." 나도 그녀 쪽을 볼 수가 없었다.

"가정을 갖지 않으면 안 돼. 나보다 좋은 여자가 얼마든지……."

"알았어. 앞으로는 열심히 찾기로 하지……. 아니, 이 이야기는 그만둬! 자오전환은 마음속 깊이 후회하고 있어. 역시 만나야 해."

"만나야 한다고?" 그녀는 차갑게, 그리고 괴로운 듯이 웃는 것 같았다. 나는 그녀 쪽을 보지는 않았지만 그렇게 느꼈다.

"그래, 뭐니 뭐니 해도 그는 우리의 옛 친구이고 한이의 아버지야. 후회하고 있는 이상 붙잡지 않으면……. 그의 머리는 백발이야. 노인처럼……."

"알았어. 자오전환에게 내일 아침 집에서 기다리고 있겠다고 전해 줘." 그녀가 그렇게 말하는 것이 들렸다.

나는 손을 내밀어서 "안녕! 건강해."라고 말했다.

그녀는 내 손을 꼭 잡고 세 번을 거듭 "고마워." 하고 말했다. 점점 목소리를 낮추어서.

나는 걷기 시작했다. 그녀는 그 자리에 서서 마치 배웅이라도 하는 것처럼 손을 흔들고 있었다.

나는 얼마쯤 걷다가 뒤돌아보았다. 그녀는 아직도 거기 서 있었다. 나는 발걸음을 빨리했다. 아직도 그녀는 그냥 서 있었다. 희미한 실루엣으로 거기 서 있었다. 한 그루 나무 앞에 이르러 그녀의 방 쪽을 보았다. 그녀의 모습은 분간할 수 없었지만 그녀의 창문의 불빛은 보였다. 이번에는 기억해 두었다. 앞으로 두 번 다시 찾아올 일이 없는 창문을.

나는 그대로 숙소로 돌아갈 기분이 나지 않았다. 골목골목을 돌아다녔다. 사람들은 잠들어 조용하다. 캠퍼스의 가로등이 희미한 빛을 던지고 있다. 불빛 한 점 없어도 나는 관목 숲 속까지 걸어갈 수 있다.

"꿈속에서 얼마나 당신을 불렀는지 몰라. 머릿속에서 당신과 같이 생활하는 장면을 얼마나 그려 보았는지 몰라."

쑨웨. 이 말은 네가 한 말이냐, 내가 한 말이냐?

"지금 내 앞에는 독신의 길 밖에는 없어."

그렇다. 독신이다. 유랑의 시절, 정치적 권리를 박탈당하고 있던 시절에도 평생 혼자 산다는 것은 생각지도 않았었다. 그러나 지금 와서 생각해 보면 내게는 독신이 운명지워져 있었던 것이다!

자오전환은 아직 자지 않고 있었다. 내가 담뱃대를 물고 들어가자 서둘러 물었다. "늦었군. 이야기는 되었어?"

나는 대답할 기분이 나지 않아 내 침대에 앉았다.

"담뱃대를 가져왔나?"

그가 다시 물었다.

"쓸데없는 말은 묻지 마!" 나는 큰소리를 지르며 누웠다.

그가 침대를 내리치며 탄식하는 소리가 들렸다.

"내일 아침 쑨웨는 집에서 자네를 기다리고 있을 거야." 나는 퉁명스레 말했다.

"그건 그녀 쪽에서 먼저 말한 건가, 아니면 자네가 설득한 건가?"

"이 이상 쓸데없는 것을 물으면 쫓아내겠어!"

나는 불을 탁 꺼 버린 다음 두 번 다시 그를 상대하지 않았다.

그날 밤 우리는 둘 다 잠들지 못했다. 어느 쪽도 두 번 다시 입을 열지도 않았다.

쑨웨

화해했어? 용서했어? 이렇게도 쉽게?

자오전환이 왔다.

어제 쉬형중이 긴장된 얼굴로 내게 말했다. "놀라지 마. 상상도 할 수 없는 일이 일어났어."

무슨 일이건 그의 머릿속을 통과하면 색깔이 변해서 나온다. 별로 놀랄 일도 못 된다. 나는 이미 보고 알고 있는 일이다. 물건을 가지러 방으로 되돌아갔을 때 그들이 누군가를 에워싸고 밖으로 나갔다. 한눈에 자오전환이라는 것을 알았다. 그 말을 쉬형중에게 할 필요가 없는 것이다.

"자오전환이 왔어. 당신을 만나고 싶어해."

역시 그랬군. 상상할 수 없는 일이 아니다. 나는 벌써 예상하고 있었다. 반드시 오리라고 예상하고 있었다. 그는 참회자의 배역을 맡고 나는 수난자의 배역을 맡아서 만날 날이. 하지만 하필이면 오늘 오다니! 과거를 잊고 허징푸와 마음을 터놓기 시작하고 있는 이런 때에 오다니.

"난 안 만나." 나는 쉬형중에게 말했다.

"그래, 만나서는 안 돼. 그는 결혼해서 아이까지 있어. 당신에게 온 것은 마음의 위안을 얻기 위해서일 뿐이야. 지금의 중국이 일부일처제라는 것을 알아야지. 당신한테서 위안을 얻을 권리는 그에게 이미 없는 거야."

그의 말은 하나하나 다 옳다. 그러나 그 표정이 싫다. 내게 특별히 배려를 하고 있는 듯한 표정이, 내겐 마치 꾸민 것 같은 인상을 주는 것이다. 나는 그의 말을 자르며 말했다.

"알았어, 쉬. 그에게 만나지 않겠다고 전해 줘."

"우춘이 쫓아내려고 하는데 허징푸가 억지로 붙잡았어. 그것도 자기 방에서 묵으라며." 그는 비난하듯이 말했다.

"뭐라고?"

"자오전환이 허징푸 집에서 묵는다니까! 뭐든지 허징푸 혼자의 생각이지." 거울을 보지 않았기 때문에 그때 내 얼굴색이 변했는지 어땠는지는 알 수 없다. 다만 쉬헝중의 말을 듣자 심하게 꾸중을 들은 것처럼 머리가 어지러웠다. 허징푸가 자오전환을 붙잡아 두고 나더러 만나라고 권할 것이다. 하지만 그가 자오전환과 같은 방에서 묵다니! 옛날부터 자오전환은 나와 허징푸 사이를 가로막아 선 다면경 같았다. 그를 통해서만 우리는 자기와 상대를 보았으며, 잊어야만 했던 과거를 보았던 것이다. 거울은 필요한 것이지만 이런 거울은 필요 없다. 최근의 나의 모든 노력은 이 거울의 뒤편으로 돌아가서 허징푸와 나란히 서서 한 장의 거울을 마주하고 현재와 미래만을 보는 일에 집중되고 있었다. 그런데 지금 허징푸가 다시 그 거울을 우리들 사이에 세우려고 하고 있는 것이다.

자오전환이 허징푸의 집에서 묵는다! 나의 '과거'와 '현재'가 하나의 방에 있다. 역사와 현실은 영원히 하나의 배를 공유하고 있다. 그 배가 이번에는 커다란 입을 벌리고 나의 미래를 삼키려고 하고 있는 것이다. 얼마나 원망스러운가! 하지만 누구를 원망할 것인가? 자오전환을? 허징푸를? 그것을 알려 준 쉬헝중을? 아니면 나 자신을? 어떻게 생각해야 좋을까? 어떻게 말해야 좋을까? 아직은 모르겠다. 하지만 이렇게 되면 자오전환을 만나지 않으면 안 된다. 그가 일찍이 내게 한 모든 것 때문에 만나지 않으면 안 된다. 그가 오늘 찾아왔기 때문에 만나지 않으면 안 된다!

"그럼, 자오전환을 만나겠다고 전해 줘."

쉬헝중은 나의 갑작스러운 변화를 이해하지 못하고 열심히 나를 제지하려고 했다. "냉정해야 해. 당신은 아직 젊어. 그에게 휘둘려서 인생을 망쳐서는 안 되는 거야."

다른 사람에게 휘둘려서 인생을 망친다는 것은 있을 수 없는 일이다. 나는 쉬헝중에게 말했다. "난 냉정해, 쉬. 아 참, 잊어버릴 뻔했어. 리이닝이라는 친구에게 당신의 상대를 찾아 달라고 부탁해 두었어. 그녀에게서 어제 전화가 왔었지."

그의 얼굴이 빨갛게 되었다.

"상대는 서른 살, 결혼 경력은 없어. 미인이고 우선 가정의 경제적 조건이 좋대. 선은 언제 보는 게 좋을까? 리이닝하고 약속해 둘게."

그는 목까지 빨갛게 되어서 머뭇거리며 말했다. "이번 일요일 인민 공원에서 만나기로 하지." 그건 좋은 일이다. 나는 진심으로 그를 축복한다.

"아까 그 일은 허징푸가 내게 말하러 올 거야. 당신은 아이가 기다리고 있잖아. 빨리 돌아가야지." 그는 일어났다. "역시 만나지 않는 편이 좋아." 그는 돌아가는 길에 다시 말했다.

지금 자오전환이 앞에 서 있다. 머뭇거리면서 조심스럽게 손을 내밀었다. 나는 움직이지 않았다. 그는 손을 거두어들였다. 쏘는 듯이 그를 직시했다. 낡고 퇴색한 초상화를 대하듯. 어디가 변했는지, 어디가 옛날의 모습인지 확인하였다.

머리가 정말로 하얗다. 새하얗다. 그래도 아직 숱이 많긴 하다. 그는 자기의 머리칼이 검고 숱이 많으며 윤기가 흐른다고 자랑했었다. 항상 정성껏 빗질을 하고 머리 모양도 단정했었는데 지금은 부스스하기 짝이 없다.

붓 한 번으로 그릴 수 있었던 얼굴의 윤곽은 여위어 각이 지고 말았으며 눈언저리와 입가 그리고 이마에는 주름살 투성이였다!

"위를 쳐다봐. 눈을 크게 뜨고, 좀 더! 이마에 주름을 그려야 하니까."

초등학교 5학년 무렵이었던가. 분장을 하고 거리에 선전 활동을 하러 나갈 때 그와 나는 노부부가 되었다. 분장을 담당한 선생님은 우리들이 주름살이 없어 애를 먹었다. 우리는 눈을 크게 떴다. 하지만 선생님은 실망했다. 우리들의 팽팽한 이마를 사랑스럽게 쓰다듬으며 탄식하는 수밖에는 없었다. "할 수 없군. 이 두 줄로만 하지. 전혀 모양이 안 나는구나!" 선생님은 우리들 머리에 밀가루를 뿌려서 백발로 만들었다. 거리를 걷고 노래 부르며 우스운 얼굴을 해 보였다. 어른들은 우리 두 사람을 가리키며 "쟤들 봐, 우스워 죽겠네." 하고 말했다. 그의 아버지는 뒷전에서 그를 꾸짖었다. "무슨 짓이냐! 아이들이 부부가 되다니!"

결국 인생이 최고의 분장사인 셈이다. 우리들은 눈을 억지로 치켜올리지 않아도 어느덧 주름이 잡히고 말았다.

"앉으세요."

나는 정중하게 의자를 가리키며 차를 끓였다. 그는 지나치게 진한 것을 싫어했었다.

그는 온 방 안을 살피면서 조심스럽게 지켜보고 있다. 책이 몇 권 늘어져 있다. 그는 가까이 다가가서 그것이 무슨 책인지를 보았다. 벽은 칠이 벗겨져 있었는데 바로 칠이 벗겨진 그곳에는 그가 딸을 위해서 분필로 그렸던 아이의 얼굴이 아직 희미하게 흔적을 남겨 놓고 있다!

방을 다시 칠했어야 했다.

내가 한이를 위해서 샀던 어린이용 침대는 방구석으로 밀려나 그 위에 잡다한 물건들을 쌓아 놓고 있다. 이곳에서 우리들은 갓 태어난 작은 생명을 함께 사랑했었다. 얼굴은 그를 닮았고 눈매는 나를 닮았다. 아이가 태어나자 나는 그에게 전보를 쳤다.

여아 출생. 즉시 귀가 요망.

그가 왔다. 그러나 이틀이 지나자 신문사의 전보가 도착했다.

긴급 임무 있음. 즉시 귀가 요망.

그는 아기와 내게 키스하고는 일어났다. 그가 문까지 가기도 전에 나는 울음을 터뜨리고 말았다. 갑자기 의지할 데가 사라져 버렸기 때문이었다. 이 작은 생명을 나 혼자서 어떻게 기른단 말인가? 그는 되돌아와 앉았다. "그만두겠어! 나 아니라도 할 수 있는 일이야!" 나는 눈물을 닦으면서 그를 밀어냈다. "가요! 나 혼자서도 괜찮아요." 그는 한숨을 쉬고는 다시 일어났다. 입구에서 돌아보았다. 나는 울지 않았다. 그러나 그가 계단을 내려가고 난 뒤에 혼자 아기를 안고 마음껏 울었다. 태어난 아기가 그에 대한 그리움을 더하게 했고 더 이상 헤어질 수 없다는 생각을 하게 했었다.

서랍장 위의 꽃병은 새것이다. 꽃도 생화이다. 전에는 그곳에 친구들이 결혼 축하 선물로 보낸 짙은 붉은색의 유리 꽃병이 놓여 있었다. 거기에 예쁜 플라스틱 조화를 꽂아 놓았었다. 이혼하던 날 나는 그것을 내던져서 산산조각으로 만들었다. 단 하나의 기념품도 남겨 두고 싶지 않았다.

그는 시선을 내게로 옮겨 머리끝에서부터 발끝까지 훑어보며 말했다.

"당신은 그다지 변하지 않았군. 여전히 젊어!"

이 무슨 마음 편한 소리란 말인가. 그다지 변하지 않았다구? 나도 당신처럼 머리가 새하얗게 되었으면 좋았단 말인가? 당신의 학대가 아직 부족하단 말인가?

"고맙기 그지없군. 어떻든 오늘까지 살아왔으니까." 나는 대답했다.

"나를 원망하고 있다는 것은 알고 있어."

원망해? 그건 원망이 아니야. 경멸한다는 말이 옳아! 나는 차갑게 웃으며 말했다. "그렇다면 와서는 안 되지."

"나는 당신에게 아무것도 요구할 수 없어. 단지 지금도 친구로는 인정해 주기를 바라. 우리는 뭐니 뭐니 해도 소꿉친구잖아!" 그는 그렇게 말하면서 연신 내 눈을 살피고 있다.

소꿉친구. 그렇다! 얼마나 아름다운 우정인가! 내가 그를 직시하자 그는 나의 눈을 피했다. 나는 이런 눈으로밖에 그를 볼 수가 없다!

이제 더 이상 아내로 인정해 달라는 말은 하지 않겠어요. 하지만 우리는 함께 자란 소꿉친구가 아닌가요? 그렇게 내몰지 말아요. 우물에 빠진 사람에게 돌을 던지는 그런 짓을 하지 말아요.

나는 편지로 그에게 호소했었다. 나는 혹심한 규탄 속에서 지칠 대로 지쳐 있었기 때문에 이중의 압력에는 도저히 견딜 수가 없었다.

당신은 어쩌자고 뻔뻔스럽게도 내게 달라붙는 거야! 소꿉친구라고? 얕은 수작은 그만둬!

당신은 편지로 이렇게 대답했다.

온몸이 부르르 떨렸다. 그 말을 다시 한번 듣는 것 같아 나는 그의 얼굴을 쳐다보았다. 그런 말을 했으리라고는 상상조차 할 수 없는 얼굴이었다. 과거에 한 말이라고 해서 개의치 않아야 한단 말인가?

"옛날 관계 같은 것은 잊어버렸어. 당신만큼 기억력이 좋지 못해." 나는 냉소를 지으며 말했다.

그는 침묵해 버렸다. 입가의 근육이 오므라들면서 웃는 듯 우는 듯한 표정을 지었다. 옛날에는 없었던 표정이다.

당신은 후회하게 될 거예요.

나는 편지에 썼었다.

당신과 헤어진 다음에 지팡이를 짚고 구걸을 하러 다니더라도 후회 따위는 하지 않아. 더 이상 당신을 만나러 가는 일도 없을 거야.

이것이 그의 답장이었다.

그 말이 아직도 귓전에 남아 있다. 지금 눈앞에 앉아 있는 것은 그때 그 사람인가?

"무슨 낯으로 나를 만나러 왔나요?" 나는 마음껏 조소해 주었다. 이 말의 의미를 그가 모를 리 없었다. 자기가 한 말, 자기가 쓴 편지인데 잊었을 리가 없다.

그는 또다시 입 주위를 오므려 웃는 것도 아니고 우는 것도 아니게 말했다. "무슨 용기로 만나러 왔느냐고 해야 하는 것 아냐?"

나는 충격을 받고 침묵했다. 그에게 재떨이를 건넸다. 담배를 배우다니. 심심풀이에는 차, 기분 전환에는 술, 따분함에는 담배라고들 하지. 따분해서 어쩔 줄 몰랐다는 것인가? 설마, 그것뿐만은 아니겠지?

"인간은 누구나 사상이 있고 감정이 있어. 내가 당신들에게 준 불행을 생각하면 차라리 나 자신을 때려 줄 수 있다면 하는 생각이 들어!" 그는 담배에 불을 붙이고 힘껏 빨았다.

때리면 돼! 나는 그래 본 일이 있어. 어느 날 학교에서 규탄을 당하고 돌아오니 집에는 이혼을 독촉하는 편지가 기다리고 있었지.

당신은 참으로 고결한 분이오. 나 같은 저속한 남자와 결혼하지 말 았어야 했어. 당신은 당신의 이상과 혁명 사업에 시집가는 게 좋겠어!

나는 머리를 벽에 부딪히고 힘껏 나의 어깨를 때렸다. 멍든 어깨를 딸에게 보이지 않도록 감추지 않으면 안 되었었다.

"그만! 두 번 다시 그런 참회는 듣고 싶지 않아! 나는 성모 마리아도 신도 아니야. 참회하고 싶다면 성모 마리아나 신에게로 가! 나는 과거를 잊을 수 없어. 잊고 싶은 생각도 없어!"

나는 주먹으로 책상 위의 유리판을 쳤다. 유리가 깨지고 손에서 피가 흘렀다. 그는 놀라서 손을 뻗어 피를 닦으려고 했다. 나는 그 손을 뿌리치고 상처를 빨았다.

그는 처음에는 놀란 듯 그리고 다음에는 슬픈 듯이 나를 바라보았다. 그는 매우 실망한 듯 깊은 한숨을 쉬었다. 잠시 후 그의 얼굴에 쓴

웃음이 떠올랐다.

"쑨웨, 내가 벌을 받아야 한다는 것은 알고 있어. 하지만 참회의 기회마저 주지 않는단 말인가? 그 태도는 그다지 공정한 것이라고는 할수 없어!" 그는 필사적으로 자기를 억제하고 있다. 그래서인지 목소리는 낮고 부드러웠다.

"공정하다고? 공정을 요구하는 거야? 당신은 내게 공정했다는 거야?" 나는 고함을 질렀다. 손의 상처가 다시 쓰려 왔다. 나는 연고를 발랐다.

"쑨웨!" 그도 마치 상처받은 야수처럼 맹렬하고 애절하게 외쳤다. 나는 그를 똑바로 바라보았다. 그의 목소리가 다시 낮아졌다.

"나는 그저 용서를 구하기 위해서 온 것만은 아니야. 이해해 주기를 바래서 온 거야. 서로 이해해야만 한다고 생각해. 얼마든지 이해할 수 있다고 생각해. 왜냐하면 지금 내가 대하고 있는 것은 당신뿐만이 아니고, 당신이 대하고 있는 것도 나뿐만이 아니야. 우리들은 서로 과거의 역사에 우리들의 현재와 미래를 맞대고 있는 거야. 분명히 부부는 아니야. 하지만 동급생이고 친구이며 같은 아이의 부모임에는 변함이 없어. 나를 위해서라는 생각은 않아도 좋아. 그러나 아이를 위해서 생각하지 않으면 안 돼."

"당신이 아이를 위해 생각했다고? 그때에……."

아이 때문에 나의 가슴속에는 당신의 얼굴에 뿌리고 싶은 피눈물이 괴어 있다…….

"엄마, 아빠는 왜 만나러 오지 않아?"

"아빠는 바쁘시단다. 착한 아이니까 아빠 이야기는 하지 않는 거지, 응?"

"보육원 친구들 모두 군복 입었어. 나도 입고 싶어."

"엄마가 사다 줄게."

"모두 다 아빠가 사다 주는걸. 나도 아빠가 사다 주었으면 좋겠어."

"그럼 엄마가 아빠에게 편지 써서 사다 달라고 말할게."

나는 '편지'를 써서 부치는 척했다. 사흘 후에 작은 군복을 사 와서 아이에게 입혔다.

"엄마, 너무 좋아! 아빠에게 고맙다고 편지해. 나도 쓸 테니까."

그래, 그래. 쓰렴. 아직 글을 쓰지는 못했지만 "아빠, 고마워. 환." 만은 비뚤비뚤하게나마 겨우 쓸 수 있었다. 나는 그것을 당신에게 '부치러' 갔었다.

그런 나에게 아이를 위해 생각하라고?

"쑨웨. 부탁이니 그만해!"

그의 눈과 목소리가 이제 더 이상 말하지 말라고 외치고 있다. 나는 얼굴을 돌리고 쏟아질 것 같은 눈물을 훔쳐 냈다.

"아이에게 미안한 짓을 했어. 앞으로 보상할 생각이야. 당신은 그럴 기회도 주지 않을 작정인가? 봐. 내 머리는 이미 백발이야. 그리고……."

그는 주머니에서 가죽 지갑을 꺼내 사진을 한 장 내게 보였다.

"나는 한시도 내 몸에서 이걸 떼어 놓지 않았어."

우리 세 사람의 사진이었다. 한이가 돌 때 찍은 것이다.

그는 눈물을 흘리며 그 사진을 보고 있다.

나는 수건을 짜서 건네주었다. 분노가 가라앉고 대신에 슬픔이 치밀어 올라왔다.

"쑨웨, 인생의 교훈은 당신의 비난보다 훨씬 더 깊고 강한 것이야. 과거에는 당신을 진정으로 사랑하고 있지 않았었다는 것, 아니 당신의 전부를 사랑하지는 않았었다는 것을 나는 이제야 깨달았어. 그럴 수 있는 사람은 허징푸뿐이었어. 당신들은 옳았어. 이상을 추구하고 삶의 의의와 목적을 끊임없이 탐구해야 해. 나는 당신에게 이 말을 하기 위해서 왔어. 아아, 쑨웨. 만일 인생이 다시 한번 시작될 수 있는 것이라면……."

나는 그의 말을 잘랐다. "그만. 당신에게는 새로운 가정이 있잖아. 당신 아내와 아이를 위해서 노력해서 행복하게 살아!"

"그래, 내게는 새로운 가정이 있지." 입가의 근육이 다시 경련을 일으켰다. 흉했다. 웃으려면 웃고 울려면 울 것이지 왜 저 모양인가.

"한 번 딸아이를 보게 해 줘. 만나고 싶어."

그는 일어나서 내 책상 앞으로 다가가서 유리판 밑에 끼워진 사진을 들여다보았다. 모두 한이의 사진이다. 생후 1개월 기념 사진부터 최근의 스냅까지 거의 한 장도 남김없이 이렇게 매일 볼 수 있는 장소에 진열해 놓았다. 그는 한 장 한 장 보고 쓰다듬으며 계속 "환아!" 하고 부르고 있다.

나는 울고 싶었지만 그 앞에서는 울고 싶지 않았다. 나는 울음을 참기 위해 일어나 방 안을 서성거렸다.

그는 내 의자에 앉았다. 옛날에 그가 나를 만나러 올 때마다 내가 양보하던 자리이다. 그 무렵 그는 몇 번이나 이 의자에 나를 앉히고는 애원했었다. "함께 살 수 있도록 전근을 요구하자. 오랫동안 떨어져 살면서 멀리서 서로를 생각한다는 건, 그야 시를 쓰기는 좋지. 하지만 시가 생활을 대신해 주지는 않아!" 그런 말에 대해서 나는 항상 이렇게 대답했다. "조직의 결정에 따르기로 해요. 우리들에 대해서는 조직이 배려해 줄 거예요. 조직에는 어떤 요구도 해서는 안 돼요. 나는 당원이니까."

'내게는 그에게 미안한 점이 없었을까?'

갑자기 그런 의문이 떠올라 전신에서 식은땀이 솟았다. 애초부터 허징푸를 선택했더라면? 만일 결혼한 다음에 같이 생활을 했었더라면? 그리고 만일 저 폭풍우의 습격이 없었더라면? 이런 비극 역시 어쩌면 일어나지 않았을 것이 아닌가?

그는 얼굴을 책상에 묻고 어깨를 떨고 있다. 나는 여기에 가장 약하다. 학생 시절 조금만 차갑게 대하면 그는 울거나 아팠었다.

나는 가까이 다가가서 그의 뒤에 섰다. 그가 앉고 나는 뒤쪽에 서고, 이것은 10년 전의 습관이다. 그는 아직 어깨를 떨고 있다. 나는 나도 모르게 그의 부스스한 백발 속에 손을 넣으며 말했다.

"울지 마! 한이를 만나도 좋아."

그는 갑자기 뒤돌아보고 내 손을 잡아 그의 얼굴을 감쌌다. 눈물이 손가락 사이를 타고 흘러내렸다. 눈물이란 뜨거운 것이다. 손의 연고가 녹아 상처가 아팠다.

나는 몸을 떨었다. 나는 도대체 무슨 짓을 하고 있는 것인가? 화해했어? 용서했어? 이렇게 쉽게? 햄릿의 말대로 정말로 약한 자의 이름은 여자인 것인가? 몇 방울의 눈물이 내가 받은 치욕을 씻어 줄 수 있는가? 듣기 좋은 말이 상처의 아픔을 진정시켜 줄 수 있는가? 눈물은 상처를 자극할 뿐이다.

하지만 그를 어떻게 할 수 있단 말인가? 나로서는 보복은 무리야!

"학교 성적은 좋아?" 그가 물었다.

"좋아. 공부 잘해." 나는 대답하면서 손을 뺐다.

"아이에게 보상할 기회를 주어서 정말로 고마워, 쑨웨이!"

그는 가만히 나를 응시했다.

시계를 보니 곧 점심시간이다. 한이는 오늘 오후 수업이 없으니까 점심은 집에서 먹는다. 그때 만나게 할까?

"자, 한아. 이분이 아버지다." 내가 한이의 손을 끌어서 그 앞으로 민다. 영화에 이런 장면이 있었던 것 같다. 그래, 외국 영화였어. 남자가 아이를 만나러 오고 버림받았던 여자는 아이를 위해서 남자를 남편으로 받아들인다. 그 아버지는 독신이었다. 글자 그대로의 파경중원(깨어진 거울을 맞추듯 이별한 부부가 재회한다는 뜻)이었다. 하지만 오늘 내가 연기하는 역할은? "한아, 네 아버지다. 아버지라고 부르렴." 한이가 그를 '아버지'라고 부르고 뒤돌아보며 나를 '엄마'라고 부른다. 이것은 도대체 어떤 관계인가? 사람들은 나를 어떻게 생각할 것인가? 아량이 넓다고 할 것인가? 나약하고 어리석다고 비웃을 것인가?

"시간도 시간이니까 슬슬 돌아가. 한이를 만나는 문제는 본인과 의논해 보겠어." 나는 겨우 그렇게 말했다.

당장 그의 얼굴색이 변했다. 긴장하고 있다.

"만나 줄까? 항상 나를 원망하도록 가르쳤겠지?"

"만나고 싶어할는지 어떨는지는 모르겠어. 오랫동안 그 애에게는 아버지가 없었어. 그런데 지금에야 불쑥 찾아와서……. 만나고 싶지 않을지도 모르지."

나는 그에 대한 연민의 정을 한사코 억제하면서 차갑게 말했다.

"부탁이야, 쑨웨! 단 하나의 희망을 빼앗지 말아 줘! 당신의 장래는 나보다 행복해. 당신에게는 허징푸가 있어……." 그의 입언저리에 다시 경련이 일어났다.

내게는 허징푸가 있다? 말로 다 할 수 없는 분노가 가슴으로 치밀어 올라왔다. 나는 의자를 잡아 바닥에 내동댕이치며 소리 질렀다.

"당신을 원망해. 영원히 용서할 수 없어!"

그의 안면이 죄어들었고 나는 심장이 얼어붙었다. 우리들은 마주 서서 계속 노려보고 있었다. 그가 먼저 눈을 피하고는 작은 소리로 말했다.

"알았어. 돌아가겠어. 하지만 쑨웨, 당신은 언젠가 오늘 일을 분명히 후회하게 될 거야. 아이 때문에 분명히 후회할 거야."

그는 갔다. 나는 그 자리에 버티고 선 채로 인사도 하지 않았다.

내가 후회를 할 것이라고? 아이 때문에? 내가 딸아이에게 못할 짓이라도 했단 말인가? 그 아이가 태어난 이후 지금까지 십수 년 동안 고통을 참고 의식을 절약하며 수치를 견뎌 온 것은 오로지 그 아이를 위해서가 아니었던가. 딸아이가 성장하자 동료, 친구, 친척들 모두가 나를 위해서 기뻐해 주었다. "쑨웨, 견뎌 온 보람이 있었어!" 견딘다는 말은 얼마나 심각하고 다양한 의미를 갖고 있는 것인가! 그것은 참으로 괴로운 이야기였었다!

'견뎌' 본 일이 없는 사람은 알 리가 없다. 긴 세월 오직 딸을 기르고 훌륭하게 교육시킨다는 단 하나의 신념이 나를 지탱해 왔다. 딸이 모든 생활이었다. 모든 희망이었다. 그리고 딸이 있었기 때문에 인생을 살아가지 않으면 안 된다고 말할 수 있었다. 딸을 나 혼자만의 아이라 해도 좋을까? 그렇게 물으면 누구나 "그 아이는 당신 아이, 당신 혼자만의 아이야!"라고 말한다. 그런데도, 이제 와 그 아이의 아버지라 주장하고 내가 기울여 온 심혈을 자신의 위로로 삼으려 하다니. 나와 딸을 버린 당사자의 그런 요구를 들어주지 않으면 나는 아이에게 미안해서 후회하게 된다고? 그게 정말인가? 이 세상에 그렇게 불공평한 일도 있는가? 나는 믿지 않아. 절대로 믿지 않아.

탕탕탕탕! 계단을 부숴 버릴 것 같은 발소리가 들렸다.

한이가 돌아왔다. 이 아이는 늘 이렇다. 아무리 "조용히……." 하고 말해도 그때만 응, 하고 대답할 뿐 다음에는 역시 탕탕탕탕!인 것이다.

"엄마아."

말꼬리를 길게 늘여 부르는 목소리에 어리광과 장난기가 들어 있다. 뭔가 즐거운 일이라도 있었나 보다. 빨리 평정을 되찾아서 이상하게 보이지 않도록 하지 않으면 안 된다. 나는 여느 때처럼 "어서 오렴!" 하고 대답했다.

"엄마, 뭔지 맞춰 봐!" 한이는 눈 깜짝할 사이에 내 앞에 서서 오른손으로 가슴을 누르며 말했다. 얼굴 가득 기쁨이 넘쳐흐르고 있다.

나는 한이의 오른손을 쥐고 천장을 보면서 말했다.

"공청단 배지지?"

한이는 소리를 지르면서 손을 내렸다. 생각대로 공청단 배지였다.

'무당파 인사' 쑨한 동지가 공산주의 청년단에 들어간 것이다!

나는 기쁨이 솟구쳐 올라서 웃었다. 한이는 내 목을 껴안았다.

"엄마는 몇 살 때 입단했어?"

"열네 살 때지."

"내가 늦은 편이구나."

"늦지 않았어. 엄마가 입단했을 때보다 훨씬 생각이 깊어."

한이의 눈이 반짝반짝 빛나고 있다. 내가 입단했을 때도 그랬었다. 하지만 나는 그때 모든 것을 믿었을 뿐 그 밖에 아무 생각도 없었다. 그 점에서 한이는 다르다.

"엄마, 지나치게 생각이 깊다는 것도 좋은 게 아니지? 친구들이 나보고 사상과 정서가 불안정하다고들 해. 정말로 그래, 엄마. 신문에서 착한 사람의 선행 기사를 읽으면 감격해서 분발하지만 생활 속에서 나쁜 사람의 나쁜 짓에 부딪히면 금세 풀이 죽어 버려. 하지만 앞으로는 꼭 극복할 거야. 나를 감독해 줘야 돼, 엄마!"

나는 감독권의 행사에 대해서는 대답하지 않은 채 한이의 머리를 쓰다듬으며 웃었다. 내 청소년기의 정서는 항상 안정되어 있었고 조금씩 조금씩 고양되어 갔다. 그러나 지금의 정서적 안정이라는 것은 도대체 좋은 것인지 나쁜 것인지 알 수가 없다. 맹목적 낙관, 무지몽매, 우둔, 무감각 등이 이 정서적 안정에서 오는 것이 아닐까? 모르겠다. 정말로 모르겠다. 나이를 먹으면 한이 또래의 자신감이 없어지고 만다. 그래서 좋다고도 나쁘다고도 하지 못하고 아이의 머리를 쓰다듬을 뿐이다.

"엄마, 우리들 세대도 엄마 세대와 똑같을까?"

한이는 흥분한 듯 질문을 그치지 않는다.

"뭐가?"

"우여곡절이 많을까?"

"그러진 않겠지."

"순탄하게 일생을 마친다!"

그것은 이 아이의 희망에 불과하다. 그것은 나도 보증할 수 없다. "너희들은 우리들과는 다르다……. 모든 것이 순탄하고 고생 모르고 자라 왔다." 이 말을 학생 시절 선생님이나 부모님들로부터 얼마나 자주 들어 왔던가. 하지만 너무나 고생을 몰라서였을까, 마지막에는 쓴맛을 보게 되었다.

우리들도 같은 방법으로 다음 세대를 교육시켜야 하는 것일까? 아니다. 그렇지는 않다. 사실, 한이가 걸어온 길이 처음부터 순탄했다고 할 수는 없다. 이 아이는 다른 아이들이 지고 있지 않은 고통과 불행을 지고 있다. 그것은 우리들의 인생이 짐 지운 것이다. 그것이 이 아이가 부모로부터 받은 최초의 유산이다. 우리들은 이 아이에게 그 밖에 어떤 유산을 남길 수 있을 것인가. 이 아이 자신은 무엇을 창조해 나갈 것인가?

마음 한구석이 쓰려 왔다. 아무래도 딸아이에게 미안하다는 느낌이다. 조금 전까지만 해도 나는 딸을 위해서 말할 수 없는 희생을 치렀다고 믿고 있었지만 지금은 갑자기 딸아이야말로 나의 희생이 되고 있다는 느낌이 들었다. 나의 정서도 이처럼 불안정하다.

"한아." 나는 어깨에 기대고 있는 딸의 얼굴을 일으켜 부드럽게 바라보았다.

"의논할 게 있다."

"뭔데, 엄마?" 이 아이는 아직 기쁨에 잠겨 있다. 양쪽 눈이 장난스럽게 빛났다.

"아버지가 오셨어. 너를 만나고 싶대."

딸의 얼굴에서 웃음이 싹 가셨다. "어디에 있어?"

"허징푸 아저씨 집에."

"거기에는 왜?" 깜짝 놀란 것 같았다. 무슨 생각을 한 것일까?

"허 아저씨가 데리고 갔어." 나는 여느 때와 다름없는 말투로 말했다.

"뭐? 엄마는 만났어?" 딸은 나를 보고 있다.

"만났어. 너는 어떻게 할 거니?"

"……."

"너 스스로 결정해라."

"……."

"그 사람을 엄마는 도저히 용서할 수가 없었다. 옛날 일을 잊을 수가 없어. 하지만 한아, 너에게는 강요할 수 없어."

아까부터 가슴이 두근거리고 있다. 내가 어떤 대답을 바라고 있는지 나 자신도 알 수가 없다. 딸이 나의 입장과 심정을 이해해 주기를 바라는 한편 그것이 딸의 심경에 부담이 되지 않기를 바랐다. 모순이라는 것은 알고 있다. 하지만 나는 이처럼 모순덩어리인 것이다.

나는 대답을 기다렸다. 한이는 가만히 내 얼굴을 응시했다. 답안이 내 눈 속에 있기라도 하듯이 특히 눈의 표정에 주의를 기울이고 있다. 나는 오랫동안 기다렸다. 이윽고 딸이 말했다.

"안 만날래, 엄마."

"한아!" 나는 딸을 꼭 껴안았다.

"그래 우리 둘이서 함께 살자, 함께!"

한이는 내 가슴에 엎드려서 두 번 다시 얼굴을 들려고 하지 않았다. 내 마음은 가라앉아 갔다.

'만나 봐. 엄마 때문에 희생당하는 것을 바라지 않는다.' 그렇게 말해야 하는 것인지도 모른다.

'그 사람을 용서해 주렴. 엄마도 나빴었다.' 그렇게 말해야 하는 것인지도 모른다.

그러나 나는 이렇게 한마디했을 뿐이었다.

"그럼 그렇게 하기로 하고 밥 먹자."

쑨한

역사는 왜 내 어깨에 무거운 짐부터 지우는가?

'아버지'라고 하는 보통 명사가 단숨에 고유 명사인 '나의 아버지'로 변해 버렸다. 엄마가 그 편지를 보여 주고 난 다음부터 나는 마음속에서 그 사람에 대한 원망을 키워 왔었다. 엄마를 버리고 나를 버린 사람을 나는 원망한다. 내가 모르는 여자와 함께 사는 그를 나는 원망한다. 아버지를 생각하면 얼굴이 붉어져서 친구들 앞에서는 '우리 아버지'라는 말이 나오지 않는다. 나를 그렇게 만든 사람을 나는 원망한다.

그 사람, 머리가 하얗게 되었다니 당연한 일이지! 머리가 하얗다니 어떤 모양일까? 노인이 되었다는 것인가? 그렇다면 앞으로 '늙은이'라고 불러 줄 거야. '늙은이'가 되었어도 여전히 미남인가?

그 사람 집에 환이라는 여자아이가 있다고 했지. 내 원래 이름도 환이었다. 그 사람은 왜 그 아이에게 다른 이름을 붙여 주지 않았을까? 날마다 나를 생각하고 있었다고 말했지만 그런 달콤한 말은 믿을 수 없다. 나를 생각했다면 왜 만나러 오지 않았지?

오늘, 나의 입단을 인정하는 지부회에서 선생님이 말했다.

"쑨한은 최근 아주 진보했다. 이것은 부모의 교육과 떼어 생각할 수 없다."고 했다. 그래. 엄마가 나를 교육시켰어. 내 부모님은 엄마뿐이야. '늙은이'에게 그런 자격은 없어. 만일 그 사람이 내가 입단한 것을 안다면 어떤 기분일까? 엄마처럼 기뻐할까? "딸이 하나 더 있는데 벌써 입단했어." 하고 다른 사람에게 말할까? "애 엄마 덕이지. 나야 아버지의 책임을 못하고 있지. 정말 부끄러워!" 하고 친구에게 말할까? 아니다, 이것은 망상이야. 그 사람이 알 리가 없지. 엄마가 말할 리 없고 나 역시 말하지 않을 거야. 우리는 그런 사람 따위는 영원히 무시하고 옛날부터 알지 못했던 사람으로 접어 두기로 했어. 화를 낸다면 화를 내게 놔 두면 되는 거야. 어차피 환이가 또 하나 있잖아. 그런데 그쪽의 환이가 나하고 얼굴이 닮았는지 몹시 궁금하다. 그 나쁜 여자를 닮았다면 절대로 보고 싶지 않아. 모든 것이 그 여자 때문이야!

하지만 오늘 그 사람이 느닷없이 찾아왔다. '나의 아버지!'

만나야 하나? 그 아버지를? 그런 아버지를? 물론 만나서는 안 된다. 그렇지만 머리가 정말로 새하얗게 되었는지 한 번 보고 싶다. 그리고 무엇 하러 왔냐고, 당신 딸은 없다고 생각하라고 말해 주고 싶다.

스스로 결정하라고 엄마는 말했다. 왜 스스로 결정하지 않으면 안 되는가. 엄마가 결정하면 안 되는 거야?

"그 사람을 용서할 수 없었다." 하고 엄마는 분명히 자기 생각을 말했다. 나는 용서해야 하는 것인가? 엄마는 강요하지는 않는다. 하지만 엄마의 희망은? 엄마의 눈은 나의 시선을 피하고 있었어. 내가, 엄마와 다른 태도를 취해도 되는 거야? 물론 그래서는 안 돼. 엄마가 나를 길러 주었는데, 엄마 편에 서는 수밖에는 없는 거야. 그 사람에게는 나쁜 여자가 붙어 있잖아.

"안 만날래, 엄마!" 나는 결국 그렇게 대답했다. 엄마의 눈이 반짝 빛났다. 기뻐하는 것 같았다. 엄마는 만나게 하고 싶지 않았던 것이다. 틀림없다. 그렇지 않았다면 슬퍼해야만 하니까.

식사가 끝나자 엄마는 다시 나를 옆에 앉히고 안아 주었다. 나를 위로하려고 하고 있는 것이다.

나는 엄마의 가슴에 언제까지나 얼굴을 묻고 있었다. 심장 소리가 몹시 빠르다. 엄마는 아무 말도 하지 않고 줄곧 한숨을 쉬면서 그저 내 머리를 조용히 쓰다듬고 있다. 더 이상 이대로 있다가는 난 울어 버릴 것 같다! 안 돼, 정신 차려야 해. 나는 엄마 가슴에서 떨어져 나와서 가방을 열었다. 오늘 숙제는 지독히도 많다! 외국어, 기하, 물리. 선생님들은 마치 경쟁이라도 하듯이 숙제를 거르는 일이 없다. 덕택에 나는 오랫동안 텔레비전도 보지 않았고 소설도 읽지 않았지만 시력 0.1 정도의 근시가 되고 말았다. 선생님은 내가 진보했다고 칭찬해 주셨지만 시간을 낭비한데다 시력을 상당히 지불했다. 이것도 감안한 것이겠지.

"I have lived today." 오늘은 즐거운 하루였어. "I have lived today." 오늘 나는 정말이지 즐거웠는데. "I have lived today." 오늘 나는 입단했다. 오늘 우리 아버지가 왔다.

"한아, 왜 똑같은 곳만 읽고 있지?" 엄마가 물었다.

"머리가 좀 어지러워. 모임에 나가서 피곤한가 봐." 나는 다시 계속해서 읽었다.

"I have lived today." 아버지는 허 아저씨 집에서 나를 기다리고 있어. 안 가면 슬퍼할까. "I have……"

"한아, 피곤하면 공부는 그만하고 나가서 놀다 오렴."

"하지만 오늘은 숙제가 많아."

"괜찮아. 오늘은 다른 날과 다르니까. 숙제 안 한다고 해서 야단치지 않을 테니까."

엄마의 목소리가 작다. 분명히 괴로운 거야. 나도 괴로워, 엄마! 오늘은 다른 날과 다르다고? 너무나 달라.

"한아, 엄마가 너무하다고 생각하니?"

엄마가 갑자기 물었다. 줄곧 나의 태도를 살피고 있었던 모양이다. 참, 엄마는! 난 숙제를 해야 한다니까!

"엄마가 왜 너무해?" 나는 모르는 척하고 영어 교과서를 덮었다.

"사실은 만나고 싶지? 엄마를 슬프게 하지 않기 위해서 만나지 않는 거지? 엄마가 엄마 맘대로라고 화난 거니?"

엄마는 갑자기 나이를 먹어서 말 많은 할머니가 된 것 같다.

그렇게 묻지 말라고, 시끄럽다고 말해 주고 싶었다. 그러나 엄마의 눈을 보자 갑자기 말이 쑥 들어가고 말았다. 기하를 하자, 다시 삼각형을 그리지 않으면 안 된다. 연습장이 이미 삼각형으로 가득해. 점 하나는 단순 그 자체. 점이 두 개면 선이 생기고, 나와 엄마 같아. 하지만 점이 한 개만 더 늘어나도 선은 두 개나 늘어나서 삼각형이 만들어진다. 게다가 면도 하나! 얼마나 복잡해지는 것인지! 만일 이 점 하나를 지운다면? 하지만 아버지를 지울 수는 없지. 이 세상은 정말로 복잡하다. 전제……. 증명……. 얼마나 귀찮은 일인가. 전제! 아버지가 허 아저씨의 방에 있다는 것은 이미 아는 사실. 만나야 할 것인지 어떤지를 증명하라. 누가 그런 문제에 대답을 할 수 있는가? 싫어, 생각하고 싶지 않아. 밖으로 나가서 여기저기 돌아다니다 오자. 나는 일어나서 문을 열었다……

"한아, 어디 가니?"

"친구 집에 놀러."

"어디 가는지 말해 주렴. 나중에 찾으러 갈 수 있게."

"그럴 필요 없어. 잠깐 갔다 올 테니까."

어느샌가 비가 오고 있었구나. 빗줄기는 너무나 가늘어 온몸을 감싸 버릴 것 같은 안개비다. 엄마는 자주, 이런 비는 몸에 좋지 않다고 말했다. "비는 가늘어도 옷을 적시고 말은 적어도 급소를 찌른다."

옷을 적시려면 적시렴. 우산을 가지러 다시 돌아가기는 싫어.

하지만 어디로 갈 것인가.

아버지가 허 아저씨 집에 있다. 허 아저씨가 데리고 갔다. 왜 데려 갔는가? 아버지를 좋아해서? 아니. 그럴 리가 없다. 시왕이 살짝 가르쳐 주었어. 허 아저씨는 엄마를 사랑하고 있다고. 그리고 내게 찬성이 냐고 물었었지.

"말 안 해도 알고 있었어요." 나는 시왕에게 말했다.

"호오. 대단하군. 어떻게 알았지?" 그는 싱글벙글하면서 물었다.

"보면 알지 뭐! 흥, 자기만 안다고 생각했나 봐."

"오. 한이도 애정이라는 것이 무엇인지를 아는구나."

시왕은 윙크하며 웃었다. 그야말로 바보 취급을 했던 것처럼. 나는 화가 나서 대답했다. "알아요. 그쯤은!"

"그래. 그럼 아는 것으로 해 두자. 어때, 찬성이니?"

시왕의 질문에 나는 대답하지 않았다. 어른들 일에 제멋대로 끼어들 수는 없다. 끼어든다 하더라도 시왕 앞에서는 싫다! 이 사람과는 상관 없는 일이잖아. 만일 엄마나 허 아저씨가 물었다면 "전적으로 찬성!"이라고 말할 거야. 나는 허 아저씨를 좋아해. 정말로 좋아해!

그렇지만 아버지가 와 있는데도 허 아저씨와 엄마의 문제에 찬성해도 되는 것일까? 참으로 곤란하다. 아버지가 도대체 어떤 사람인지 볼 필요가 있는 것이 아닐까? 만일 나쁜 사람이라면 역시 허 아저씨 쪽이 좋

아. 그러나 허 아저씨가 설마 나쁜 사람을 데려가 함께 잘까? 그런 일은 있을 수 없어. 그렇다 치더라도 허 아저씨는 아버지를 미워하지 않을 리 없는데. 아니면 오셀로처럼 질투를 하는 것일까? 오셀로는 데스데모나를 죽이고 만다. 애정이란! 얼마나 무서운 것인가. 나는 여승이 될 거야.

나 좀 봐, 허 아저씨 집으로 향하고 있잖아? 그렇다면 아예 허 아저씨에게 가서 왜 아버지를 붙잡았는지 물어보기로 하자. 만일 그 사람을 만난다면⋯⋯. 그때는 그때다. 그 사람을 만나러 가는 것은 아니니까 엄마를 속이는 것은 아니야.

탕탕탕!

"누구세요? 이렇게 탕탕탕 두드리다니."

시왕의 목소리임을 알자 나는 큰소리로 말했다.

"나 한이에요! 허 아저씨 안 계세요?"

문이 열렸다. 빙 둘러보니 방에는 허 아저씨와 시왕, 두 사람뿐이다. 침대 위에 이불이 펴져 있기는 하지만 움푹 꺼져 있는 것으로 보아 누군가가 자고 있는 것 같지는 않다. 그 사람, 가 버렸나? 콧속이 찡했다. 눈물을 보여 시왕에게 웃음거리가 되면 안 된다.

허 아저씨가 손을 뻗어 다가오더니 쓰다듬듯이 머리 꼬리를 잡아당겼다. 허 아저씨의 눈가에 그늘이 져 있다. 피곤한 모양이다. 역시 그 일 때문에? 허 아저씨, 오늘은 왜 그래? 그렇게 내 얼굴을 빤히 쳐다보니. 좀 전의 엄마 같다. 마치 내 이마나 뺨에 글자가 가득 쓰여 있는 것처럼 허 아저씨가 쳐다보자 몹시 괴롭다. 이제 안 돼. 더 이상 참을 수 없어. 눈물이 나오고 말았다. 허 아저씨는 그것을 보고 아무 말 없이 내 머리를 잡고 눈물을 손으로 닦아 주었다. 시왕도 아무 말 없이 허 아저씨의 수건을 건네주었다. 그것으로 얼굴을 닦고 나니 눈물이 한층 더 많이 쏟아졌다.

"앗, 꼬맹이 한이. 오늘 좋은 일이 있었구나!"

시왕이 갑자기 싱글벙글하면서 내 머리 꼬리를 잡아당겼다. 마치 내 오빠나 되는 것처럼! 단지 말씨는 전보다 훨씬 부드럽다. 그러나 무슨 말인가? 좋은 일이 있었다니.

"공청단 배지를 받았구나, 축하해……." 시왕은 내 가슴을 가리켰다. 정말, 까맣게 잊고 있었네. 허 아저씨에게 말해야지. 하지만 시왕도 입 단한 것을 잘한 일이라고 생각할까? 자기는 단원도 아니면서.

"벌써 수염이 났는데 아이들 조직에야 들어갈 수 있나." 시왕은 그렇게 말했다.

"그럼 입당 신청을 할 거예요?"

"응? 그건 좀 더 생각해 봐야지."

"무엇을? 자신이 입당 조건에 맞는지 안 맞는지를 생각해 본다는 거예요?"

"조건이라면 어떤 조건을 말하는 거야? 나와 우리 아버지, 어느 쪽이 공산당원의 조건을 갖추고 있지?"

"그야 아버지 쪽이."

"그러니까 말야, 한이 아가씨. 그 점에서 너는 잘 모른다고. 내게는 아직 못 따라온다고."

뭐야, 꼭 오빠나 되는 것처럼! 하지만 오늘은 나를 축하해 주고 있어. 완전히 거짓말은 아닌 것 같아.

"정말이구나, 한아! 나는 잘 몰랐네." 허 아저씨도 배지를 보았다.

"축하한다. 소련 소설에 《그리야의 길》이라는 것이 있는데 읽었니?"

나는 고개를 끄덕였다.

"그리야 식으로 말한다면 너는 오늘 인생의 길에서 처음으로 높은 곳에 오른 셈이야. 붉은 깃발을 세우자마자 방심해서 그만 미끄러져 떨어져서는 안 된다. 자, 아저씨에게 말해 주지 않겠니? 오늘은 무슨 생각을 했지?"

허 아저씨는 나를 자기 책상 앞에 앉히고 사탕 한 줌을 내 앞에 놓았다. 그리고 자기는 침대에 걸터앉았다.

오늘은 무슨 생각을 했냐고? '높은 곳'과는 아무런 관계도 없는 일들뿐이야. 그리야의 길은 내가 보기에는 순탄하기 짝이 없다. 공청단에 들어가고 입당하고 영웅이 되었다. 돌계단을 하나하나 올라갔다. 내가 올라가는 길도 그리야의 길과 똑같은가? 아무래도 다르다는 생각이 든다. 내 앞에는 그리야보다 산이 하나 더 놓여 있는 것 같다. 그것도 높고 험해서 돌계단마저 없는 산이다. 이 산은 올라간다 하더라도 반드시 영웅이 될 수 있다고도 할 수 없는데 힘은 너무 많이 든다!

허 아저씨에게 그렇게 말해? 안 돼. 허 아저씨는 이렇게 말할 게 분명한걸. '자, 말해 보렴. 그건 어떤 산이지? 왜 그 산을 오르지 않으면 안 되는 거냐? 되돌아오면 되는데……'

"왜 허 아저씨 질문에 대답하지 않지?" 시왕이 물었다.

나는 고개를 옆으로 저었다. "아무것도 생각하지 않았어요, 아저씨. 오늘 날씨 정말 우울하죠? 우울해서 너무 슬퍼!" 슬프다는 말을 하는 순간 나는 봇물이 터진 것처럼 울음을 터뜨렸다. 시왕이 있다 한들 무슨 상관이야. 자기는 우울한 적도 없고 울어 본 일도 없다는 거야?

"아버지 일은 엄마에게서 들었지?" 허 아저씨가 작은 목소리로 말했다. 나는 고개를 끄덕였다. "그래서 어떻게 생각했지?" 허 아저씨가 다시 물었다. 나는 고개를 옆으로 흔들었다.

시왕이 가만히 있을 수 없는 모양이다. 마치 노인처럼 안경을 밀어 올리고 나를 보면서 말했다. "꼬맹이 한아. 우리한테도 말할 수 없어? 솔직히 말한다면 나의 아버지였다면 나는 만난다. 만나고 말고!"

나는 깜짝 놀라서 시왕을 보았다. 이 사람이 이런 말을 하다니! 자기 아버지에게는 전혀 가까이 가지 않는 주제에. 왜 우리 아버지 편을 드는 말을 하는 건가? 나는 허 아저씨를 보았다. 허 아저씨는 고개를 끄덕이며 말했다. "만나야지, 한아. 엄마의 태도는 그다지 냉정하다고는 할 수 없다."

아이스크림을 먹은 것처럼 내 가슴에 시원함과 달콤함이 퍼졌다. 허 아저씨도 아버지 편을 든다는 것은 아버지가 나쁜 사람이 아니라는 뜻이야. 허 아저씨는 좋은 사람이니까 질투할 리도 없어. 아니, 어쩌면 시왕이 잘못 말한 것이고 나도 잘못 느낀 것인지도 몰라. 그렇다면 왜 엄마는 허 아저씨의 담뱃대를 좋아하는 거지? 나는 갑자기 허 아저씨에게 사실을 말하고 싶었다.

'아버지가 여기에 있다기에 만나고 싶어서 왔어요.' 하고. 하지만 아버지는 어디에 있담? 나는 눈을 돌리면서 아버지의 그림자를 찾았다. 하지만…….

"아버지는 엄마를 슬프게 하고 싶지 않다면서 너를 만나지 않기로 했단다. 그 대신 편지를 두고 가셨어."

허 아저씨는 내 마음을 보고 있는 것 같아. 그렇게 말하면서 서랍을 열어 편지를 꺼내 건네주었다. 겉에는 "자오환 앞"이라고 쓰여 있다. 낯선 글씨, 낯선 이름이 길고 가는 갈고리가 되어 나의 가슴 밑바닥에서 사라진 기억을 끌어내었다. 아버지는 자주 나를 양손으로 공중에 들어 올리고는 "떨어뜨릴 테다." 하고 위협했었다. 그러나 나는 "설마 떨어뜨리려고!" 하며 조금도 겁내지 않았다. 그리고 이번에는 내가 "뛰어내릴 거야!" 하며 공중에서 양다리를 허우적거리며 아버지를 위협하면 아버지는 내 허리를 감당하지 못해 부랴부랴 가슴까지 내려 껴안는다. "이 녀석, 말괄량이인 게 꼭 엄마 같다니까!"

그리고는 나를 내려놓는다. 그로부터 오랜 세월이 흘렀다. 그러나 지금도 나는 그 사람의 딸이며 그 사람은 나의 아버지다. 열다섯 살이 되어 처음으로 내 이름 앞으로 받은 편지가 아버지의 편지다.

나는 벽을 향해 앉아서 편지를 읽었다.

환이에게

너를 만날 기회를 잃고 도무지 마음을 잡을 수가 없구나. 엄마가 너를 나와 만나게 하고 싶어하지 않는다는 것은 알고 있지만 너는 어떻게 생각하고 있는지 모르겠구나. 아버지는 옛날에 너와 엄마를 불행하게 한 것에 대해서는 영원히 용서받을 수가 없다. 그리고 너한테 지금까지 아버지로서의 책임을 다하지 못했음을 사과한다. 앞으로는 반드시 자신의 잘못을 보상하고 아버지라는 이름에 값하는 아버지가 될 것이다.

환아, 아버지를 잊지 말아 주기 바란다. 잘못이 있었던 이상, 원망을 받아도 미움을 받아도 좋지만 다만 잊지만 않았으면 좋겠다. 아버지는 지금 과거의 잘못과 결별하려고 하고 있다. 힘이 필요하지. 사랑하는 딸아. 아버지에게 힘이 되어 주지 않겠니?

환아, 내 딸아!

아버지의 머리는 이미 새하얗지만 너는 이제 겨우 인생을 알기 시작할 나이이다. 네게는 무한한 희망을 걸고 있단다. 그리고 날마다 너를 위해서 기도하고 있다. 너와 네 친구들은 아버지 세대와는 다른 인생을 걸고 두 번 다시 격동을 겪는 일이 없기 바란다. 너희들의 앞길은 밝다. 노력해 다오, 내 딸아!

엄마에게는 이렇게 전해 주었으면 좋겠다. 누구나 길을 잘못 들 수가 있는 것이다. 잘못 든 길은 다시 고쳐 걸을 수가 없다 하더라도 마음은 돌이킬 수가 있다. 우리는 이미 너무나 깊은 원한으로 얼룩져 있고 너무나 아픈 상처로 벌어져 있다. 지금 필요한 것은 이해와 우애로써 이러한 증오와 상처를 씻어 내고 아물게 하는 것이다. 이 말을 엄마에게 전해 주기 바란다. 언젠가 분명히 엄마가 아버지의 견해에 찬성해 주리라는 것을 아버지는 믿고 있다.

우리는 머지않아 반드시 만나게 될 것이다. 안녕.

네 아버지가

"아버지!"

나는 외쳤다. 몇 년 동안이나 마음속으로만 외쳤던 외침. 그것을 오늘은 모든 사람들 앞에서 외치고 싶다. 그러나 아버지는 가 버렸다. 내 외침은 들을 수 없는 것이다.

백발 노인이 나를 향해서 걸어온다. 부들부들 떨리는 두 손을 내밀고 '한아, 딸아! 도와주렴. 나는 늙었지만 이젠 과거와 결별하고 저 높은 산에 오르지 않으면 안 된다.' 불쌍한 아버지. 한이가 왔어요. 아버지가 저 꼭대기까지 올라갈 수 있도록 도우러 왔어요.

또 백발이 성성한 노파가 나를 향해서 걸어온다. 부들부들 떨리는 두 손을 내밀고 '한아! 도와주렴. 앞산이 무너져서 깔릴 것 같구나!' 엄마, 내가 왔어! 내가 반드시 멀리까지 데려다 줄 거야. 저 산이 절대 보이지 않는 곳까지!

두 사람이 말하는 것은 똑같은 산이야!

두 사람의 손이 내 팔을 하나씩 붙들고 잡아당긴다. 나는 두 조각이 되어 마음이 찢어졌다. 아버지, 엄마, 왜 같은 방향을 향해서 같은 길을 걸을 수 없는 거야. 왜 헤어지지 않으면 안 되는 거지? 그러려면 처음부터 그렇게 하지 말았어야 돼! 아예 결혼도 하지 말고, 그래서 날 낳지 않았더라면 얼마나 좋았을까!

눈물이 실 끊어진 진주처럼 방울방울 떨어져 내렸다. 허 아저씨가 계속 손으로 눈물을 닦아 준다. 나는 허 아저씨의 손을 잡고 "아저씨!" 하고 외치며 더욱 흐느껴 울었다.

허 아저씨는 긴 한숨을 쉬고 침대 가로 다가가더니 베개 밑에서 무엇인가를 꺼냈다. 바로 그 담뱃대이다.

엄마가 담뱃대를 돌려주다니? 왜? 아버지 때문에? 엄마의 마음속에는 아직 아버지가 있는 것인가? 아니, 그럴 리가 없어. 엄마는 영원히 용서할 수 없다고 했다. 그럼 허 아저씨가 손수 찾아온 것인가? 왜? 엄마에게 아버지를 용서하고 둘이서 다시 시작하도록 권하기 위해서? 허 아저씨는 참으로 좋은 사람이다. 지금까지 만난 사람들 중에서 제일 좋은 사람이다!

"쑨 선생님을 저는 정말로 이해하지 못하겠어요. 간단한 일을 이런 식으로 만들어 버리다니! 스스로도 괴롭고 아이도 괴롭고 자오전환도 괴롭고 허 선생님까지 괴로워하게 되지 않았어요?"

"시왕, 말 조심해!" 허 아저씨가 엄하게 말했다.

"그렇지 않습니까? 솔직히 말해서 그분은 감정적으로 무분별한 점이 적지 않다고 생각해요. 자기 생각만 하고 있어요!"시왕은 납득하지 못하겠다는 듯이 항변했다.

엄마가 무분별하다니? 아냐! 나는 내가 사랑하는 엄마를 지키기 위해서 말했다. "엄마는 나를 위해서 엄마의 모든 것을 희생해 왔어. 아저씨야말로 분별이 없잖아! 뭐예요, 쓸데없이 참견하고!" 나는 시왕에게 화를 냈다.

시왕은, 마치 어른은 어린애들의 잘못은 아랑곳하지 않는다는 듯이 머리를 저으며 한숨을 쉬고는 말했다.

"저기 말야, 한아. 너는 아직도 모르는구나. 부모가 아이를 위해서 모든 것을 바치는 것은 사회에 대한 부모의 당연한 책임인 거야. 우리들 역시 장래 아이를 갖게 되면 그렇게 될 거야. 그것은 의무지 희생이 아냐. 의무를 희생으로 생각하기 때문에 무분별한 감정이 생겨나는 거야."

정말, 놀랐다! 의무니 책임이니 그런 건 몰라. 나는 다만 엄마가 나를 사랑한다는 것을 알 뿐이야. 진심으로 사랑하고 있어. 강요받는 의무 따위가 아니야. 만일 의무라면 어째서 의무를 다 하지 않는 부모가 있을 수 있어? 그런 말을 누가 믿을 줄 알아? 엄마를 비판하기 위한 엉터리 이론이야. 엄마는 이미 받을 만큼 비판을 받았어. 그래도 아직 시왕, 당신의 비판이 필요하다는 거야? 나는 용서하지 않을 거야! 훌륭한 이론으로 공박할 수는 없지만 시왕을 따끔하게 해 줄 테야. 두 번 다시 쓸데없는 입을 놀리지 않게 해 줄 테야.

"흥, 순 허풍! 그렇다면 자식은 부모에 대한 책임이 없는 거야? 아저씨는 왜 책임을 다 하지 않아? 자기가 아버지를 어떤 식으로 취급하고 있는지 생각해 봐요. 그러면서도 남의 말은 잘도 하네요!"

시왕의 눈 속에서 타는 듯하던 불꽃이 사라지고 한숨 소리가 들렸다. 잠시 후 안경을 천천히 밀어 올리고 아주 부드러운 목소리로 말했다. "매섭군. 내가 너에게 상처를 주었으니까 갚아야겠다는 생각이지?"

뭐든지 꿰뚫어 본다. 이 사람은 나보다 겨우 몇 살밖에 많지 않은데 어쩌면 그럴 수 있을까? 믿어지지 않아!

"만일 아버지가, '왕, 아버지가 잘못했다. 앞으로 다시는 그런 일이 없도록 할 테니까 좀 도와주지 않겠니?' 하고 말한다면 나는 틀림없이 뛸 듯이 기뻐할 거야. 아버지를 도울 뿐만 아니라 기꺼이 엎드려 '아버지, 거기 물웅덩이가 있으니까 제 등을 짚고 넘어 가세요.' 하고 말할 거야. 하지만 아버지는 자기의 잘못을 결코 인정하지 않아. 아버지가 얼굴을 들 수 없는 것은 우리 가족에 대해서뿐만 아니고 당, 인민, 역사에 대해서야! 그럼에도 불구하고 자기의 잘못을 인정하려고 하지 않아. 거센 파도가 밀려와 아버지를 모래사장에 내동댕이치려고 하고 있는데도 본인은 아직도 꿈속에서 자신을 영웅으로 여기고 있어. 손을 흔들고 발을 구르며 거역할 수 없는 파도를 향해 '비켜라! 이쪽이 아니야. 빨리 비켜!' 하고 명령하고 있어. 혐오스럽고 불쌍한 모습이 아니니? 나는 아버지를 밀어서라도 시대의 파도 속으로 뛰어들게 해서 벌컥벌컥 물을 마시더라도 앞쪽을 향해 헤엄쳐 나가게 하고 싶어. 아니면 나무 그늘로 데리고 가서 편안히 쉬게 하고 싶어. 할 수만 있다면 말이야. 하지만 내게는 그런 힘이 없어."

시왕의 말은 마치 한 편의 시와 같았다. 대단한 저력을 가지고 사람의 마음을 파고든다. 시왕의 아버지를 만난 일이 없는데도 선명하게 그 모습이 떠오른다. 바짝 마른 할아버지가 뺨을 부풀린 채 해변에 서서 팔을 흔들고 발을 동동거리며 해안으로 밀어닥치는 물결에게 명령하고 있다.

"비켜라! 이쪽이 아니야. 빨리 비켜!" 철썩 하고 파도가 밀어닥쳐서 물거품과 함께 한바탕 짠물을 퍼붓는가 하면 쌩쌩 바닷바람이 불어와서 그의 뺨을 사정없이 갈긴다. 더 이상 고함을 지를 수도 없다……. 하하. 그것이 바로 사상이 경직된 거야! 우리 아버지는 시왕의 아버지와는 달라! 시왕은 오늘 그것을 인정했다. 그러나 어쨌든 이 시왕은 대단한 사람이야. 아까는 내가 너무 심했어. 나는 겸연쩍어서 시왕을 보고 웃었고 시왕도 웃었다.

그러면 엄마는 왜 아버지에 대해 시왕과 같은 생각을 갖지 못하는 것일까?

"아저씨는 어떻게 생각해요? 엄마가 분별이 없어요?" 나는 허 아저씨에게 물어보았다.

허 아저씨는 이미 담뱃대를 베개 밑에서 꺼내 가지고 담배쌈지를 찬찬히 들여다보고 있다. 내가 묻자 이번에는 나를 가만히 바라보다가 이렇게 한마디했다.

"엄마 입장에 서서 생각하지 않으면 안 된다. 엄마에게는 엄마의 괴로움이 있는 거란다."

나는 기뻤다. 허 아저씨는 엄마를 비판하지 않았다. 나는 아버지, 엄마, 허 아저씨 세 사람이 서로 비판하지 않았으면 했다.

시왕은 허 아저씨의 의견에 찬성하지 않는 모양이다. 허 아저씨를 힐끗 보고는 뭔가 말하려고 하다가 허 아저씨와 눈이 마주치자 잠자코 있었다. 단지 머리를 계속 흔들고 있다. 허 아저씨는 그것을 보더니 웃으며 말했다. "성급하군, 자네는. 역사적으로 만들어진 문제는 역사적인 시각으로 볼 수밖에 없는 게 아닌가."

"그러나 역사의 무거운 짐은 도대체 누가 져야 하는 겁니까. 다음 세대인가요?" 시왕이 말했다. 이 사람은 마치 싸움을 좋아하는 쌈닭 같

아. 논쟁으로 들어서기만 하면 힘이 난다니까.

"다음 세대가 지고 있는 책임의 무게는 이미 충분해. 역사의 수레바퀴는 자네들이 중심이 되어 움직여 가야지." 허 아저씨가 대답했다.

"그렇지만 현실은 우리 세대에게도 한이의 세대에게도 부모 세대의 고난을 나누어 갖게 하고 있어요. 우리들은 쭉 이런 말을 들어 왔습니다. 너희들은 앞 세대의 입장이 되어 생각해 보지 않으면 안 된다고. 부모의 입장이 되어 생각해야 한다고. 하지만 앞 세대는 다음 세대의 입장이 되어 생각해 주었나요? 부모는 자식의 입장이 되어 생각해 주었습니까?"

뭘 그렇게 흥분하지? 나를 자기와는 다른 세대에다 집어넣고서는. 이상한 사람! 하지만 말하고 있는 것은 옳다고 생각한다. 우리들 아이들에게는 아이들의 괴로움이 있는걸. "아직 어린 주제에!" 엄마는 언제나 내게 그렇게 말한다. 하지만 엄마가 열다섯 살이었을 때를 생각해 봐요. 내가 부딪히고 있는 것과 같은 이런 복잡한 문제에 부딪혀 본 일이 있어요? 책에는 오이씨를 뿌리면 오이가 나고 콩을 심으면 콩이 난다고 씌어 있었다. 나는 무엇을 뿌렸지? 아무것도 뿌리지 않았어. 어른을 따라서 걸어온 것뿐이야. 그런데도 내 바구니에는 벌써 쓴 오이만 가득해. 너무 무거워서 들 수조차 없어. 모두 어른들이 심은 것인데. 그 찢어진 사진. 그리고 오늘의 이 편지! 이것이 역사라고 한다면, 역사란 무엇이지? 본 적도 없고 사귀어 본 일도 없어. 그런데도 갑자기 어깨에 무거운 짐을 지우고 있는 거야. 마치 내가 역사에 대해 나쁜 짓이라도 한 것처럼. 이걸 공평하다고 할 수 있는 거야?

"시왕, 자네는 늘 그렇게 모든 것을 확실하게 하지 않으면 직성이 풀리지 않는군." 허 아저씨가 말했다. 나는 허 아저씨가 어떻게 해서 시왕을 이기는지 들어보고 싶다.

"인식과 실천, 이론과 현실은 영원히 대립과 통일 가운데에 있다는 것을 이해해야 해. 그것도, 먼저 대립이 있고 그다음에야 통일이 이루어지는 것이지." 허 아저씨는 다시 담뱃대를 베개 밑에 놓고 그 위를 탁탁 두들겼다. "하지만 자네는 대립은 보려고 하지 않아."

"보고 있습니다. 단지 저는 행동에 의해서 모순의 통일을 이루어 내야 한다고 생각하고 있을 뿐이지요. 하지만 선생님은 그저 기다리라고만 하실 뿐입니다."

시왕이 항변했다. "기다린다는 것은 인습을 그대로 지키고 개혁을 하지 않는다는 것의 다른 말이지요." 그렇게 말하고 시왕은 아저씨를 힐끗 보았다. 그야말로 의기양양하다는 듯이.

허 아저씨는 그저 싱긋 웃고는 말했다. "기다릴 필요가 없다면 얼마나 좋은 일일까? 누구나 복숭아는 금방 먹고 싶어하는 법이지. 만일 복숭아가 나무 위에서 완전히 익어 있다면 무엇을 기다릴 게 있겠나? 복숭아가 입 속으로 떨어져 주기를 기다릴 건가?" 나는 웃었다. 시왕도 웃음을 터뜨렸다. 허 아저씨의 이야기는 시왕보다 재미있다.

"그러나 기다리지 않을 수는 없어!" 허 아저씨가 계속했다. "역사라고 하는 것은 지극히 추상적인 말이지. 그러나 역사를 만들고 역사를 추진시키는 요인, 특히 인간은 구체적이고 복잡 다양하며 그야말로 신비로운 존재야. 더불어 시대의 무거운 짐을 질 사람을 우리가 기다려서는 왜 안 된다는 거지? 한 민족의 역사, 한 시대의 역사는 수천 수만 명의 역사가 모여서 만들어진 것이야. 그 모이는 과정에서 누구나가 각자의 역사를 걸어가지 않으면 안 되는 거야. 자네는 그것을 용납하지 않겠다는 것인가? 자네 혼자서 역사의 수레바퀴를 짊어질 생각인 거야?"

"역사라는 것은 자전거와는 달라요, 시왕 아저씨!"

나도 재미있어 끼어들었다. 시왕은 안경 렌즈를 반짝 빛냈을 뿐 잠자코 있다. 역시 허 아저씨는 대단해.

"하지만 ……." 시왕의 얼굴 표정과 말투가 부드러워졌다. 무슨 말을 하려다 말까? 왜 침묵을 지키는가?

"내가 자네에게 결코 찬물을 끼얹으려는 것은 아냐, 시왕. 나는 자네들 젊은 세대가 부러워. 처음부터 우리들보다 대담하고 명석하며 창조의 용기와 개혁의 정열을 갖고 있어. 비뚤어지고 꾸불꾸불한 길을 돌고 나서 비로소 얼마쯤 깨달은, 그리고 깨달은 다음에도 무거운 짐에 짓눌려 있는 우리들과는 달라. 그러나 한편으로는 역사와의 관계가 엷기 때문이겠지만 역사의 진정한 무게를 잘 이해하지 못하고 경시하는 경향이 있지. 원대한 세계를 지향하고 과거, 현재, 미래와 대결하려는 자네들의 자세에는 나는 찬성이야. 단지 인식을 실천으로 옮길 때는 가능한 한 몸을 낮추고 좀 더 자세히 사물을 관찰하고 좀 더 주도면밀하게 생각해 주길 바랄 뿐이지. 자기도 일개 평범한 보통 인간이라는 사실을 잊지 말아 주었으면 좋겠어. 그렇게 하면 자네들은 고독을 느끼지 않아도 될 거야."

"실천의 날을 저는 기다리지 않을는지도 모릅니다!" 시왕이 한숨을 섞어 말했다.

"기다려! 여쭈어 보겠는데 연세가 어떻게 되시더라?" 허 아저씨가 말했다.

나는 메롱! 하면서 시왕을 놀려 주었다. 시왕은 내 머리 꼬리에 손을 뻗었다.

"알았습니다. 자, 한아. 우린 기다리기로 하자. 우리가 기다리는 미래는 도대체 어떤 것일까? 평탄하고 넓은 아스팔트 대로란 말인가?"

시왕의 말을 듣고 허 아저씨는 웃으면서 머리를 흔들었다. "좋아. 그 이야기는 이만해. 한이는 이런 이야기 재미없지, 어떠냐?"

"아뇨, 재미있어요. 난 아저씨 의견에 찬성이에요. 엄마가 자기의 역사를 다 걸어갈 때까지 기다려야 하죠, 난?"

"그래, 그 말이 맞아!"

허 아저씨는 내 머리를 톡톡 두드렸다. 내 대답에 만족하고 있다. 하지만 다시 베개 아래에 손을 넣더니 담뱃대를 꺼냈다. 담뱃대를 보는 것만으로도 피우는 기분이 되는 것인가? 그럴 리 없다. 허 아저씨는 기분이 가라앉지 않는 거야!

"하지만 아저씨……."

'만일 엄마가 자기의 역사를 걸어간 다음에는 도대체 어떻게 되는 걸까요?' 하고 나는 아저씨에게 물어보고 싶었다. 그렇지만 시왕이 듣고 있는 데서 물어볼 수는 없다.

나는 시왕을 힐끗 보았다. 아직도 안 갈 건가? 나보다 먼저 왔으면서, 꽤 오래 있네. 나는 허 아저씨와 단둘이서만 이야기하고 싶은데.

허징푸

아버지의 젖, 역시 피로써 만들어진 것이다.

한이가 조용히 시왕을 쳐다보고 있다. 시왕은 한이의 시선에 깜짝 놀라 나에게 눈짓을 하고는 말했다.

"참, 할 일을 깜빡 잊었군. 한아, 넌 좀 더 있다가 가렴." 그는 그렇게 말하고는 바로 나갔다. 한이는 얼른 일어나서 문을 잠갔다.

나는 한이를 옆에 앉히고 이야기를 기다렸다. 그러나 아무리 기다려도 입을 열려고 하지 않는다. 나는 기다리다 지쳐서 말했다.

"한아, 나한테 할 말이 있지 않았니?"

"아니요."

소녀는 즉석에서 머리를 옆으로 저었다. 그러나 그 눈은 마음속에 담긴 고민을 말해 주고 있다. 한이의 눈은 쑨웨의 눈과 꼭 닮았다. 길고 맑은 눈이다. 평소 때는 온화하게 빛나지만 걱정거리가 있으면 심하게 동요하는 것이다. 한이는 손에 든 편지와 나를 번갈아 보고 있다.

"한아, 아저씨에게 할 수 없는 말도 있어?"

한이가 가슴속을 터놓을 수 있도록 기분을 풀어 주고 싶었다. 아이의 고민이 지나치게 무거워서는 안 된다.

한이는 입술을 깨물었다. 결심이 선 모양이다.

"난 아버지가 불쌍하다고 생각해요." 손에 쥔 편지를 보면서 말했다.

"그래. 아저씨도 아버지의 지금 상황에는 동정하고 있단다."

"아저씨, 가르쳐 줘요. 엄마가 자기의 역사를 걸어간 다음에는 도대체……."

한이는 거기까지 말하고 머뭇거리다가 나를 본 채로 말을 멈추고 말았다.

"한이는 아버지와 엄마가 화해했으면 좋겠지?" 나는 고조되는 감정을 가까스로 억제하면서 애써 웃음을 띠고 말했다.

한이의 눈이 나를 향해서 반짝 빛났다. 그러나 다음 순간에는 머리를 저으며 말했다. "그건 무리예요. 그쪽에는 그 여자가 있잖아요. 하지만 아저씨. 그 사람들이 또 이혼할 수 있을까요? 두 사람 사이가 별로 좋지 못한가 봐요."

"그야, 있을 수 있지."

"그럼 환이는요?"

"아버지를 따라가든지 엄마를 따라가든지 하겠지."

"난 여동생이나 남동생이 있으면 좋겠어요. 혼자는 너무 쓸쓸해."

아이의 마음은 잘 안다. 그것이 자연스러운 것이지, 너무나도 자연스러운 것이야! 세 사람이 다시 한번 결합하고 거기에 환이까지 덧붙여진다면 역시 행복한 가정이 되는지도 모른다. 그러나 그렇게 되면 나는 그 사진 뒷면에 숨겨져 버리는 것인가. 아니면 색깔로 변해서 다만 사진을 채색하는 존재로 떨어지는 것인가. 나는 심장을 도려내는 것 같은 느낌이 들었다. 담배쌈지를 가지러 가고 싶었지만 가까스로 억제했다. 한이는 민감한 아이이다.

"아저씨!"

한이가 갑자기 나를 불렀다. 나는 깜짝 놀랐다. 이 아이에게 들킨 것은 아닐까.

"그 담뱃대, 엄마가 돌려주었어요? 아니면 아저씨가 가져왔나요?"

역시 그 문제이다. 어떻게 대답할까. 이 아이는 어떤 대답을 기대하고 있는 것일까. 아이의 기분은 지극히 포착하기 어려울 때가 있다. 이 아이를 슬프게 만드는 대답을 하고 싶지는 않다. 나는 질문의 의미를 확실히 하기 위해서 다시 웃으며 말했다.

"한이는 어떻게 생각하지?"

한이는 시선을 내 얼굴 상하좌우로 재빨리 옮겼다. 그리고 탐색하듯이 물었다. "엄마가 돌려주지 않았어요? 퇴원하시면 돌려드린다고 했으니까요."

나는 고개를 끄덕였다. 이 아이가 기대하는 대답은 이것이었던 것이다. 실망시키고 싶지는 않다. 그러나 나의 슬픔은 깊어지기만 할 뿐이다.

"아저씨, 슬퍼하지 마세요." 한이는 의자를 당겨 내 옆으로 다가 앉으며 말했다.

"내가 왜 슬퍼해?" 평상시의 목소리가 아니었다. 눈물이 흐를까 봐 한이를 제대로 볼 수도 없었다.

"아저씨가 슬퍼하고 있다는 것은 알아요. 시왕이, 아저씨도 엄마를 사랑하고 있다고 했거든요. 그렇죠, 아저씨?"

한이는 작은 소리로 말했다. 혹시 다른 사람이 듣지나 않을까 걱정되는 듯 매우 작은 소리로 말했다. 그러나 내게는 그 말 한마디 한마디가 얼마나 큰소리로 다가왔던가! 더구나 한이의 눈빛에는 친밀함과 초조감과 불안과 동정이 뒤섞여 있다. 어린 소녀가 이렇게도 복잡한 감정을 갖추고 있을 줄이야.

"그렇죠, 아저씨?"

한아, 어째서 그런 식으로 묻는단 말이냐? 조금이라도 애정의 의미를 안다면 그것을 소중하게 헤아려 줄 줄도 알아야지. 너는 지금껏 내게 기꺼이 엄마 이야기를 해 주지 않았었니? 내가 엄마와 결합하도록 졸라 온 것이나 마찬가지였어! 그러나 너는 오늘 "그렇죠, 아저씨?" 하고 확인해야 할 만큼 쫓기는 심정이다. 나는 안다. 내가 "그렇지 않다."고 대답한다면 너는 믿지 않을 것이며 도리어 내가 속이고 있다고 상처받을 것이다. 그러나 "그렇다."고 대답한다면 나는 도대체 어떻게 한단 말이냐? 알겠다, 한아! 네 앞에서는 나도 어린애가 되는 수밖에는 없는 거야.

"그래, 그렇다. 한아." 나는 한이를 바라보면서 지극히 작은 목소리로 대답했다.

한이는 편지를 구겨 쥐고는 그만 책상에 얼굴을 묻고 울음을 터뜨렸다!

나는 너를 좋아한다. 엄마를 좋아하는 것에 못지않을 정도로 너를 좋아한다. 네가 나의 행복을 원하고 있다는 것을 알고 있다. 그러나 지금 네가 사랑하는 사람들끼리의 행복이 서로 모순되고 있는 것이다……

한아, 울지 마라! 인간은 모두 그런 것, 인생은 그런 것이란다. 사람의 마음도 한 가닥일 수가 없어. 그건 어쩔 수 없는 일이다. 너는 아직 어리다. 너를 둘러싸고 있는 사회관계라는 그물은 아직 겨우 몇 가닥에 지나지 않아. 그 그물은 이제 앞으로 훨씬 더 치밀하고 훨씬 더 복잡하게 엉키게 될 것이다. 그때가 되면 너도 울지 않게 되는지도 모른다. 지금의 나처럼.

나는 한이를 일으켜서 얼굴의 눈물을 닦아 주려고 했다. 그러나 닦아도 닦아도 끝이 없다.

"한아, 아저씨는 울음에는 너무 약하단다." 나는 다시 한번 눈물을 닦아 주며 울음을 달랬다.

"아저씨, 우린 앞으로도 친구지요?" 한이가 내 손을 잡으며 말했다.

"물론이지, 한아. 우린 친구야. 자, 언제까지나 친구라고 손가락을 걸자." 나는 그렇게 달래며 새끼손가락을 걸었다. 울던 얼굴이 금방 웃는 얼굴로 변했다.

"아저씨는 정말 멋있어요! 난 앞으로도 계속 귀찮게 하러 올 거예요."

"좋고 말고, 한이는. 언제든지 환영이다."

한이의 기분이 달라졌다. 책상 위에 놓아 둔 책을 뒤적이고 있다.

"한아, 자, 슬슬 집으로 가야. 엄마가 걱정하신다."

나는 한이를 깨우쳐 주었다. 한이가 여기에 와 있는 것을 쑨웨가 모르고 있을지도 모른다. 한이는 내 팔을 가져다 시계를 보고는 혀를 낼름 내밀었다. "어머, 벌써 저녁 먹을 시간이네! 나 갈래요."

"아저씨도 식당에 가야겠다. 같이 가자." 나는 한이와 같이 방을 나왔다.

"그런데 편지를 엄마에게 보여야 해요?" 한이가 물었다.

"그야 보이는 편이 좋지. 한아, 앞으로는 좀 더 엄마 생각을 해야해. 그리고 네 의견을 서서히 이야기하는 거야. 그래도 엄마는 들어줄 거야. 너를 아주 좋아하니까." 나는 입으로는 그렇게 말하면서 목이 막혀 숨쉬기 어려울 지경이었다. 다행히 식당이 가까운 곳에 있었다.

"아저씨는 식당으로 갈 테니까 이제부터는 혼자 가거라." 한이는 아쉬운 듯 뒤돌아보며 돌아갔다.

한이가 멀어지자 나는 곧 숙소로 되돌아왔다. 휴식이 필요했다. 이

이틀 동안은 참으로 피곤했다.

나는 문을 잠갔다. 아무도 오지 않았으면 좋겠다. 한동안 혼자서 조용히 누워 있고 싶다.

20여 년 동안의 숙제가 이로써 끝장이 났다. '무'로 시작되어 '무'로 끝났다. 한 젊은이가 중년 아저씨로 변했을 뿐 그 외에는 아무런 변화도 없다. 변함없이 '혼자 사는 것은 편한 것'인 셈이다.

눈물이 한 방울 눈꼬리에서 흘러내렸지만 닦을 마음이 없다. 애정의 환희를 맛본 일이 없다면 애정의 고통도 나타내서는 안 되는 것일까. 나는 눈물을 닦을 마음은 없다. 무에서 무? 내 손이 다시 베개 밑에 있는 담배쌈지를 만졌다. 담배쌈지가 바뀌었다. 그렇다. 이 변화는 분명히 '유'다. 이것이야말로 오랜 세월에 걸쳐, 열매 맺지 못했던 사랑이 내 인생에 남긴 유일한 흔적이다. 담배쌈지는 손으로 만든 것이다. 한 땀 한 땀 얼마나 섬세하게 바느질이 되어 있는가. 한 땀을 뜰 때마다 쑨웨, 너는 무엇을 생각했는가. 이 바늘땀을 통해서 마음속의 비밀을 전하려고 했던 것이 아닌가. 오랜 세월 흙 속에 묻혀 있던 씨앗이 싹을 틔우고 꽃을 피워 열매 맺기를 바랐던 게 아닌가?

"내 자존심이 허락을 하지 않는걸."

그 말이 진심인가, 쑨웨? 어젯밤 내내 생각해도 알 수 없었다. 자오전환이 이리저리 뒤척이고 있었다. 그가 너를 만났을 때의 상황을 얼마나 물어보고 싶었던가. 당신들이 서로 어떤 해후를 했는지 얼마나 알고 싶었던가! 그러나 나는 한마디도 묻지 않았다. 한이가 보여 주었던 그 찢어진 사진이 내내 눈앞에 떠올랐다. 찢어진 조각이 모여 세 사람의 모습이 다시금 선명하고 다정하게 되살아나는 것이 보였다.

"만일 내세가 있다면……."

쑨웨, 너는 역시 나를 원하고 있는 거지? 진실로 자존심이 허락하지 않는다면 나는 아직 희망을 가질 수 있다. 왜냐하면 자기의 진심을 존중하는 것이야말로 진정한 자존심이라는 것을 알게 될 날이 언젠가는 틀림없이 있으리라고 믿기 때문이다. 그렇다면 쑨웨, 너의 말은 기다리라는 암시인가? 내세가 아니라 미래를 기다리라는⋯⋯.

"그 담뱃대, 엄마가 돌려주었어요? 아니면 아저씨가 가져왔나요?" 좀 더 분명히 생각해 보자. 내가 스스로 가져온 것 같다. 그렇다. 스스로 가져온 것이다.

"담배 한 대 피우게 해 줘!" 나는 그렇게 말하면서 손을 내밀었었다. 그래서 그녀는 담뱃대를 갖고 왔던 것이다. 돌아올 때 그녀에게 맡아 주겠는지 어떤지도 묻지 않고 이 사랑의 증거를 갖고 돌아오고 말았다! 내 감정은 어째서 이렇게도 무디단 말인가. 한이조차 그것을 예사로 보지 않고 있는데 그것을 깨닫지 못했다니 얼마나 바보스러운가!

내 마음은 변하지 않는다. 그것을 그녀에게 전하지 않으면 안 된다. 나는 언제까지나 기다리고 싶다. 담뱃대를 다시 한번 그녀에게 건네주며 말하고 싶다.

언제까지나 맡아 주지 않겠냐고.

나는 일어나서 뜰로 나왔다. 하늘에는 별이 가득하다. 나는 걷기 시작했다. 그녀 집의 창이 보인다. 불이 켜져 있다. 하늘의 그 어느 별보다도 밝다. 나는 멈춰 서서 그 별을 마주 보았다.

쑨웨가 만일 창가에 서 있다면 내가 걸어가는 것이 보일까? 쑨웨, 네가 별이라면 창을 뚫고 나와 내 가슴으로 뛰어 들어오겠는가? "아저씨는 정말 멋있었어요!" 다시 한이의 목소리가 들리는 것 같다. 이 멋있다는 말이 지닌 의미는 복잡하다. "난 아버지가 불쌍하다고 생각해요."

나는 그런 한이에게 공감할 수 있다.

"아버지와 엄마가 화해해 주었으면." 나도 거기에 공감한다. "아저씨가 슬퍼하고 있다는 것은 알아요." 이것은 내가 일가의 화해를 위해 희생되는 것을 찬성한다는 뜻이다……. 한이는 오늘 감정적 차원이 아니라 주로 도덕적 차원에서 나를 평가했던 것이다.

여기에는 확실히 도덕의 문제가 있는 것이 아닐까.

"인간이 자기만을 위해서 산다면 가축보다 못하지. 돼지나 개도 새끼를 귀여워할 줄 알지."

아버지, 그건 저에게 하신 말씀이었지요. 아무리 괴롭더라도 제가 더 이상 이 길을 가서는 안 되는 거지요? 나는 되돌아왔다. 쑨웨가 나를 발견하고 담뱃대를 빼앗으려고 뛰어나오는 것만 같다. 나는 발걸음을 빨리해서 숙소로 돌아왔다. 문을 잠그고 누웠다. 쑨웨는 쫓아오지 않았다. 나를 보지 못한 것이다. 아니, 어쩌면 쫓아오고 싶지 않았을는지도 모른다. 그래도 좋다.

20여 년 동안의 숙제가 이로써 끝장이 났다. '무'에서 시작되어 '무'로 끝났다. 아니, 유일한 흔적, 유일한 기념으로 이 담배쌈지를 남기고. 내가 지금껏 가장 사랑했던 두 사람, 아버지와 그녀가 공교롭게도 한 벌의 기념품인 담뱃대와 담배쌈지를 남겨 주었다.

이것은 앞으로 내게 있어서 한층 더 귀중한 것으로 남을 것이다. 왜냐하면 나는 이것에서 두 사람의 마음을 읽을 수가 있기 때문이다. 아버지와 연인, 농민과 지식인의 마음이 그것이다. 두 개의 마음은 이렇게도 다르다! 그러나 이 두 개의 마음은 다 같이 사랑으로 넘치고 있다. 그리고 고통스러운 싸움과 신음, 드높은 정조와 희생을 동반하고 있다.

"아우야! 우리는 어려서 부모를 잃고, 함께 구걸을 하면서 자랐다. 그해 겨울, 굶주리다 못해 나란히 손잡고 강물 속으로 들어갔었지. 우리는 천천히 강 한가운데로 걸어갔지. 내가 앞서고 너는 뒤에서 따랐지. 물이 내 배, 네 가슴까지 찼을 때 너는 멈춰 서서 울며 외쳤다. '형, 죽지 말자! 이 물이 너무 차……!' 우리는 다시 손을 잡고 되돌아 나왔지. 네가 앞서고 내가 뒤따랐어. 우리는 몸을 팔았지. 몸을 팔아 다른 집의 '아들'이 되었지. 너는 '숙부', 나는 '조카'가 된 거야. 해방을 맞아서 다시 형제간이 되었어. 너는 간부가 되었다. 그런데 마지막은 역시 강에 몸을 던지다니. 넌 물이 차갑지 않더냐? 왜 나한테 한마디 말도 없었어?"

아버지는 숙부의 시체 앞에서 목메어 울며 이렇게 호소했었다.

아마 아버지의 생애 중에 가장 긴 말이었으리라. 그 한마디 한마디를 나는 확실하게 기억하고 있다. 왜냐하면 그 이후 아버지에게서 그 이전에는 볼 수 없었던 것을 보게 되었으니까…….

숙부는 "형벌이 두려워 자살했다."고 했다. 죄목은 "세 개의 홍기(1958년에 시작된 사회주의 개조 운동의 3대 기치인 '총노선', '대약진', '인민공사'를 말함)에 광적으로 적대했다."는 것이었다. 농촌에서는 이미 굶어 죽는 사람이 나오고 있었는데도 신문에서는 '지속적인 약진'을 보도하고 있었고 상부에서는 농민에게 '초과 생산 식량'을 팔도록 '격려'하고 있었다. 공사의 부주임이었던 숙부는 공산당 지도하에서 왜 이런 일이 일어나는 것인지 이해할 수가 없었다.

중앙의 많은 지도적인 동지들은 농민 출신입니다. 설마 1묘의 땅에서 1만 근의 식량을 생산할 수 있다고 믿고 있을 리 없습니다. 왜 신문기자들은 허풍을 떠는 것입니까! 이 상태로 나가면 사람들은 모두 아사할 것입니다.

숙부는 중앙에 편지를 써서 공사와 현의 생산량 허위 보고를 폭로하고 농민의 빈궁한 상태를 전했으며 조사관을 파견해 줄 것을 중앙에 요청했다. 그 편지가 도중에서 압수되어 되돌아왔다.

어느 날, 공사에서 갑자기 현행 반혁명 분자 규탄 대회가 열렸다. 현의 공안국장이 회의를 주재했다. 나도 아버지와 같이 나갔다. 그런데 웬일인가. 규탄 대상은 숙부였다. 숙부는 손을 뒤로 묶인 채……

규탄이 끝나고 숙부를 현까지 호송하게 되었다. 그러나 호송 도중 숙부는 갑자기 미친 것처럼 호송원의 손을 뿌리치고 그대로 강으로 뛰어들었다. 뒤로 묶인 양손을 움직일 수도 없었고 허우적거릴 힘조차 없었다.

이 '형벌이 두려워 자살한' '현행 반혁명 분자'의 시체는 끌어 올려졌고 현장 비판회에서 이제는 시체가 비판의 대상이 되었다. 이 자의 죄는 죽는다 해서 보상되는 것이 아니다! '반혁명 가족'은 그래도 이 자를 한 인간으로 장례 치르고 싶은가. 용납할 수 없어! 여기에 구멍을 파고 묻으면 돼! 관에 넣을 필요도 없어!

일은 그대로 진행되었다. 숙모는 임신 중이었다. 간신히 시체에 다가가서 여러 사람들이 보는 가운데서 숙부에게 깨끗한 옷을 갈아입혔다. 삽으로 뜬 흙이 깨끗한 옷 위에 던져졌다. 그렇게 묻혔다. 숙부의 나이는 마흔이 채 못 되었다.

"나는 감옥에 가도 좋아. 네 숙부의 시체를 갖고 돌아가서 관에 넣어 줄 테다."

아버지는 강변에서 돌아오자 밤새껏 담뱃대를 입에서 떼지 않고 한 모금 한 모금 빨고 있었다. "농민을 위해서 올바른 소리를 한 것이 죄가 된단 말인가." 그렇게 혼잣말을 했다. 그리고 다음날 밤, 침대 판을 뜯어서 나와 함께 몰래 판자 '관'을 만들었다. 아버지와 나는 어둠 속을 걸어 강변까지 가서 숙부의 시체를 파내 '관'에 넣은 다음 집 뒤의 땅에 묻었다.

마을 사람들은 알고 있었는지도 모르지만 아무튼 밀고한 사람은 없었다.

"앞으로 두 집은 한 가족이다. 우리가 진한 죽을 먹을 때는 너희도 진한 죽이고 우리가 묽은 죽을 먹을 때는 너희도 묽은 죽이다. 동생이 살아 있을 때와 똑같이."

아버지의 사상과 감정은 '계급 투쟁'의 관념이나 실천의 영향을 전혀 받고 있지 않았다. 자기를 '계급 투쟁의 도구'로 삼으려는 생각도 없었다. 너무나도 평범하고 너무나도 작은 존재였기 때문임에 틀림없었다. 아버지를 이용하려고 하는 자도 없었고 아버지 자신도 '계급 투쟁'으로 잃을 것은 아무것도 없었다. 해마다, 달마다, 날마다. 언제 어디서나 거센 바람이 불었고 비가 내렸다. 하나의 단위, 하나의 가정이 다른 계급으로 격리되었다. 드디어는 하나의 인간이 어제와 오늘, 내일 각각 다른 계급에 속하게 되었다. 그 결과 적지 않은 인간이 이런 능력을 익히게 되었다. '계급 투쟁의 필요'에 응해서 자기의 감정 중추를 조정하고 자기의 깃발과 제복을 바꾸며, 풍향과 노선을 보고 전열에 참가하고 경계선을 그으며 패거리를 이루는……. 그러나 아버지는 그런 식의 태도를 취한 일이 없었다. 확실히 너무나도 작고 너무나도 평범한 존재였다. '계급 투쟁' 속에서 도대체 어떤 역할을 할 수 있었겠는가?

그럼에도 불구하고 '계급 투쟁'은 거대한 힘을 휘둘러 아버지를 제거했다. 그러나 그것은 동시에 순박하고 아름다운 영혼을 마음껏 나타내는 기회를 제공했다. 그 영혼은 내게 얻기 힘든 양분을 제공해 주었던 것이다. 나는 아버지의 젖을 먹은 것이다…….

그때부터 두 집은 한 집이 되었다. 숙모는 아들과 같이 이사해 왔다. 집에는 '사람'과 '입'이 있었을 뿐 가축과 식량은 없었다. 먹을 수 있는 것들은 다 먹어 치웠고, 팔 수 있는 것들은 전부 다 팔아 치웠다. 어른들은 그래도 울거나 고함지르지 않고 지낼 수 있었지만 어린애에게는 무리였다. 남동생은 아직 일곱 살이었고 숙부네 아들은 더 어려서 여섯 살이었다. 숙모 배 속의 아이에게는 더욱 영양을 주지 않으면 안 되었다.

나와 아버지, '당당한 7척 대장부' 두 사람은 날마다 강을 뒤지고 들판을 헤매었다. 어머니는 전족한 발을 끌면서 여동생을 데리고 하루 종일 밭에서 캐고 남은 감자를 찾았다.

'인민 공사의 얼굴에 먹칠을 하는' 일이 없도록 어머니와 여동생은 상의와 바지에 작은 주머니를 많이 달아서 감자를 잘게 잘라 거기에 넣었다. 그렇게 해서 도대체 얼마나 몸에 지닐 수 있었겠는가. 두 사람은 들판에 구멍을 파서 화덕을 만들고 몇 개를 구워 자기들의 배를 채웠다.

삶은 감자 하나를 어머니는 아버지에게 건네주었고 아버지는 조카의 손에 쥐어 주었다. 남동생은 울었다. 어머니는 눈물을 닦고 남동생을 데려갔다.

하루가 일 년처럼 길게 느껴졌다! 남동생은 그런 모진 시련을 견디지 못하고 먼저 '가 버렸다.' 어머니는 병으로 일어서지 못하게 되었다.

"백부님께 절해라." 숙모는 사촌 동생을 데리고 아버지 앞으로 왔다. "아주버님, 저희 모자 때문에 식구들 모두가 죽어 가는 것을 도저히 보고 있을 수가 없습니다. 이 아이를 데리고 다른 곳으로 도망가겠습니다. 몇 년 있다가 다시 돌아오겠어요." 아버지는 한 모금 또 한 모금 담배를 계속 피웠다. 담배쌈지 속에 든 것은 말린 회화나무 잎이었다. 이윽고 아버지는 눈물을 글썽이며 손을 떨면서 말했다. "도망갈 수 있다면 가세요. 동생에게는 면목이 없지만……."

드디어 어머니도 남동생의 뒤를 따라가 버렸다. 집에는 아직 아버지와 여동생과 나 세 사람이 남아 있었지만 아버지와 여동생은 이미 누운 채로 지내는 중이었다. 날마다 먹을 것을 찾아서 나설 수 있는 사람은 나 하나. 나까지도 온몸이 부어올랐다. 나는 어머니와 마찬가지로 온몸에 호주머니를 달고 밭에서 캐다 남은 감자를 찾아 다녔다. 가까운 곳에서 보이지 않으면 먼 곳까지 갔다. 손가락처럼 가느다란 뿌리도 보물처럼 들고 집으로 돌아왔다.

그러나 아버지가 회복될 기미는 전혀 보이지 않았다. 날마다 야위어만 갔다. 매일 밤 나는 침상에 앉아서 담배를 채워 드렸다. 부스러진 담뱃잎이 타는 것을 볼 때마다 내 마음은 불에 타는 것보다 더욱 괴로웠다! 만일 나의 마음, 나의 피, 나의 사랑을 담배로 만들 수 있다면…….

"아버지, 이 담배 그만 끊는 게 어때요?" 나는 담배를 채우면서 간곡히 부탁했다. "아니다. 아버지는 즐거움이래야 이것뿐이다. 죽을 때까지 피우게 해 다오, 응?"

쑨웨는 이렇게 좋은 담배를 어디에서 구했을까? 그녀는 회화나무 잎을 피울 수 있다는 것은 모를 것이다.

어느 날, 아버지는 나를 침대 앞으로 불러 내게 '담배'를 채우게 했다. 그러나 담뱃대는 쥐었어도 빨아들일 힘은 이미 없었다. 나는 나도 모르게 눈물이 나왔다. 아버지의 입언저리가 꿈틀 움직였다. 내게 웃음짓고 싶었던 것이리라. 그러나 그것은 눈물만 자아낼 뿐이었다. 내가 눈물을 닦아 드리자 아버지는 그 손을 잡고 나를 똑똑히 바라보았다. 눈물이 주름을 타고 흘러내렸다.

"자루에 아직 감자가 반 말 정도 있다. 내가 늘 절약해서 남겨 둔 것이다. 나는 죽어도 상관없는 몸이지만 너는 죽어서는 안 된다. 네가 죽으면 네가 누구인지 아무도 모를 테니까. 그리고 네 숙부의 일…… 숙모를 찾아야…… 여동생이 크면……."

말은 끝나지 않았다. '담배'는 빨아 들여지지 못했다.

나는 침대 앞에 무릎을 꿇고 언제까지나 일어서지 않았다…….

바닥에 떨어진 담뱃대를 주웠다. 내가 피운 최초의 담배는 아버지가 내게 남긴 회화나무 잎이었다.

나도 숙부도 이미 명예를 회복했고 억울한 누명을 벗었다. 숙모도 사촌 동생도 그 재난 속에서 태어난 딸을 데리고 돌아왔다. "아주버님이 살아 계셨더라면……." 숙모는 몇 번이고 같은 말을 했다. 그럴 때마다 나는 이렇게 대답했다. "아버지는 분명히 편안하게 계실 겁니다."

하늘에 있는 아버지의 영혼은 분명히 기뻐하고 있을 것이라고 나는 믿는다. 왜냐하면 아버지의 마음에는 당신의 일 같은 것은 없었으니까.

그러나 아버지, 내 마음속에 당신이 계시지 않는 날은 없습니다. 나는 담뱃대를 쥐면 늘 당신을 생각합니다. 담뱃대에서 당신의 젖, 아버지의 젖을 빱니다. 어머니의 젖이 피로 된 것이라면 아버지의 젖 역시 피로써 만들어진 것입니다. 어머니의 젖은 유방에 고이는 것이지만 아버지의 젖은 심장에 고이는 것입니다.

이 담뱃대 이외에 아버지는 아무런 유품도 남기지 않았다. 아버지를 기념하자거나 추도회를 열자고 하는 사람도 없다. 아버지는 실제로 너무나도 평범하고 너무나도 작은 존재였다. 그 아버지가 치른 거대한 희생은 역사와 어떤 관계가 있는 것일까. 역사는 영원히, 오로지 큰 인물의 행동과 운명을 기록할 뿐이다. 아버지와 같은 인물은 '인민 대중'의 개념에 포함되는 수밖에 없다. 많은 사람들은 역사란 인민이 만드는 것이라고 인정하고 있다. 그러나 그들이 역사를 서술하거나 기록할 때 '인민'이라는 개념에서 과연 생명이 있고, 감정이 있고, 개성이 있는 실체를 읽어 낼 수 있는 것일까?

나는 나의 아버지를 기념하고 추도한다. 추도사는 다름 아닌 나의 원고, '마르크스주의와 휴머니즘'이다. 계급의 억압과 착취를 소멸시키기 위해서 계급 투쟁을 전개하는 것은 필요한 일이며 고상하고 위대한 일이다. 그러나 '계급 투쟁'을 위하여 인위적으로 계급을 만들어 내고 인민과 가정을 분열시키는 것은 황당하고도 잔인한 일이다. 전자는 인민을 해방하는 것이며, 후자는 인민을 저해하는 것이다. 전자는 인민을 참된 '인간'으로 만드는 것이며, 후자는 인민을 단지 말하는 도구로 만드는 것이다.

쑨웨는 그 원고를 읽지 않았다. 몇 번이나 갖고 가서 읽게 하고 싶었지만 그녀의 태도가 나를 거부했다. 그저께 출판사의 편집장을 만났더니 원고는 곧 인쇄소로 보낼 것이라고 했다.

쑨웨에게 한 권 보내자. 헌정하는 말은 "20년 동안의 사색과 추구를 바친다……."

아니, 안 된다. 그러면 오해를 부른다. 이렇게 써야만 한다. "쑨웨 동지의 비평을 바람."

"동지!", "동지!" 우리들은 일찍이 이렇게 외쳤었다. "우리들의 가장 자랑스러워해야 할 호칭은 동지이다. 그것은 어떤 호칭보다도 영광스러운 것이다." 하고. 하지만 지금은 어떤 사람이든 이 호칭으로 부르면 아무래도 냉담하고 소원한 느낌을 느끼게 하고 만다. 왜 그럴까?

"쑨웨 동지!"

20년 동안의 사색과 추구의 모든 것이 이 호칭으로 결말을 고하게 되는 것인가. 생각하기만 해도 오싹하다! 그러나 사실이 바로 그런 것이다. 또 그렇게 될 수밖에 없는 것이다. 내 일기는 영원히 내게 있다. 한 송이의 작은 종이 국화꽃과 함께.

20년 동안의 숙제가 이로써 끝장이 났다. '무'에서 시작되어 '무'로 끝났다. 변함없이 '혼자 사는 것은 편한 것'인 셈이다.

"내 앞에는 독신의 길밖에 없어." 아니다. 쑨웨. 나는 네가 그렇게 되기를 원하지 않는다. 그 길은 내가 걷게 해 다오!

이 담뱃대를 영원히 소중하게 간직하자. 담뱃대는 아버지의 유품. 담배쌈지는 쑨웨의……. 이 바늘땀은 얼마나 꼼꼼한가…….

쑨웨

잃어버림으로써 얻는 것. 그것이 창조라고 믿어.

한이가 늦어서야 겨우 돌아왔다. 눈두덩이 부어올랐고 눈은 새빨갛게 되어 있다. 그러나 어디에 가서, 무슨 이야기를 했는지 물어볼 수는 없다. 그를 찾아갔던 것이 분명하다는 예감이 들었다.

"자, 밥 먹어라." 나는 아무렇지도 않은 얼굴로 준비해 둔 저녁을 내놓았다.

"엄마, 난 먹고 왔어."

"어디에서?"

"저…… 허 아저씨 집에서." 한이는 잠시 머뭇거리다가 대답했다.

"만나러 갔었니……? 그 사람을……?"

딸의 아픔을 찌르는 것이 싫어서 아버지라는 말 대신 애매한 대명사 '그 사람'을 사용했다.

"그 사람을 만나러 간 건 아냐. 친구 집에 가다가 돌아오는 길에 허 아저씨를 만났어. 허 아저씨가 식당에서 맛있는 것을 사 주고 그리고 편지를 전해 주었어."

딸의 대답도 애매했다. 우연히 허정푸를 만났다는 것도 믿을 수 없지만 그런 것을 캐물을 생각도 없다. 나는 계속 기분이 안정되지 못했고 딸을 보면 더했다.

한이는 편지를 꺼내 내게 내밀었다. 나는 봉투에 적힌 글씨만 보고 곧 돌려주며 말했다.

"너한테 쓴 것이구나. 엄만 읽지 않겠다."

한이의 얼굴에 순간적으로 실망의 빛이 스쳐 갔다. 딸은 편지를 받아 자기 책상 앞에 앉아 다시 한번 읽어보더니 편지지에 만년필로 밑줄을 두 줄 그었다. 그리고 그것을 책상 위에 놓은 채 친구 집에 수학 문제를 물어보러 간다면서 나갔다.

한이는 결국 아버지를 만난 건가? 자오전환은 왜 편지를 쓰고, 더구나 그것을 허징푸를 통해 한이에게 전하게 한단 말인가? 모두 다 신경에 거슬리는 일이지만 도대체 물어볼 사람도 없다.

편지가 한이의 책상 위에 펼쳐져 있다. 나는 읽지 않겠다고 했음에도 불구하고 한이는 책상 위에 그것을 펼쳐 놓았고, 일부러 밑줄을 그어 놓기까지 했다. 꼭 읽으라는 뜻이다. 그 아이를 실망시키지 않기 위해서라도 읽도록 하자!

나는 한이의 책상 앞에 앉아서 편지를 읽었다. 밑줄을 그은 부분은 내게 전하라는 부분이었다. 자오전환은 이미 돌아갔음을 알았다. 기뻐할 일인지 슬퍼할 일인지 알 수가 없다. 눈앞에는 계속 한이의 빨갛게 부어오른 눈이 떠오른다. 허징푸는 내 태도를 어떻게 생각했을까? 그의 참회를 받아들이지 않았고 부녀의 상봉을 거부했다. 그는 나를 마음이 좁고 독선적인 여자로 생각했음이 분명하다. 그러나 허징푸, 그것은 모두 당신이 있기 때문이야.

"엄마!" 한이가 방으로 들어오기도 전에 말을 걸었다. 내가 곤란한 입장에 빠지지 않도록 미리 신경을 쓴 것이리라. 나는 얼른 책상을 떠났다. 편지를 읽었다는 것을 한이에게는 말하지 않았다. 그 아이도 아무것도 묻지 않았고 나도 아무 말도 하지 않았다.

"엄마 순자는 '인간이란 원래 악하다.'고 말했지?"

갑자기 한이가 그런 문제를 꺼냈다. 어디에서 순자를 알았는가. 또 왜 그런 것에 흥미를 가지는지 알 수 없다. 나는 물었다.

"왜 그런 것을 생각했지?"

"허 아저씨 집에서 《중국 고대 사상 연구》라는 책을 읽은 일이 있어. 거기에 순자는 성악설, 맹자는 성선설이라고 씌어 있었거든. 나는 원래 순자 쪽을 믿고 있었어……."

나는 깜짝 놀랐다. 어린 시절부터 어째서 인간의 본성이 악하다는 믿음을 갖게 되었단 말인가. 내가 평소에 어떤 영향을 주고 있었던 것일까? 그리고 어려서부터 인생의 어두운 면을 너무 많이 보아 온 것일까? 나는 그런 생각 때문에 어떻게 대답해야 할지 알 수 없었다.

"허 아저씨에게는 물어보지 않았었니? 그 아저씨가 그 방면의 전문가인데." 나는 의식적으로 징푸의 이름을 들었다. 딸과 같이 징푸 이야기를 하고 싶다. 모든 사람들과 같이 징푸 이야기를 하고 싶다. 징푸, 징푸, 징푸……

"안 물어보았어. 어쨌든 지금은 더 이상 순자를 믿지 않아. 맹자의 설이 역시 옳다고 믿어. 성선인 사람도 있는가 하면 성악인 사람도 있어. 그렇지 않아, 엄마?"

대학의 교사인 나는 강의실에서는 계속해서 '인간성'과 휴머니즘의 문제를 강의해 왔다. 그러나 열다섯 살 아이에게 이 문제를 어떻게 설명해야 좋을지 알 수 없다. 또 단지 이론적으로 설명하고 싶지도 않다.

그런 것보다는 딸이 도대체 무슨 생각을 하고 있는지가 훨씬 더 신경이 쓰인다.

"한아. 그 문제는 이론적으로 설명하자면 몹시 복잡해진단다. 너는 어째서 맹자의 설도 옳다고 믿게 되었지?"

"왜냐하면 좋은 사람을 만났으니까. 아주, 아주 좋은 사람을."

"누구?" 설마 아버지는 아니겠지?

"허 아저씨야, 엄마. 허 아저씨는 정말로 멋져! 내게 아버지를 만나야 한다고 말했어. 그리고 엄마를 설득하라고……." 한이는 그렇게 말하면서 내 얼굴을 주의 깊게 바라보았다. 내 얼굴색이 변했음에 틀림없다. 나는 그대로 입을 다물어 버리고 말았다.

알았어, 징푸. 내게 구애하지 않기로 결심했군. 어제 나는 그러기를 요구했었다. 그렇지만 오늘은 그러지 말기를 얼마나 원하고 있었던가. 20여 년 동안의 숙제가 이렇게 끝나고 마는 것인가? 당신도 나도 상실에서 시작해서 상실로 끝난다. 이토록 억울한 일은 없어, 허징푸!

나는 힘껏 창을 열었다. 하늘에 별이 빛나고 있다. 도시의 별은 어둡다. 인간의 꿈을 키워 주기는커녕, 우주의 어둠과 협소함을 느끼게 할 따름이다.

어젯밤, 징푸는 이맘때쯤 찾아왔었다. 오늘 밤은 오지 않을까? 내가 찾아가서 조용히 대화를 나눌 수 있다면 얼마나 좋을까. 20여 년 동안 우리는 진지하게 이야기해 본 적이 거의 없었다. 언제나 격동 속에서, 그리고 격동 때문에 이야기할 수 없었다.

이제 이 모든 것은 흘러가 버린 옛이야기가 되었다. 우리는 가장 친한 벗으로서 서로 담담하게 이야기를 나눌 수 있을 것이다.

징푸, 내가 자오전환과 맺어졌을 때, 그리고 쉬헝중에게서 도피처를 찾으려 했을 때 당신은 내가 추구하고 있는 것이 가정이었다고 나를 오해했으리라고 생각된다. 사실은 전혀 달라. 내가 추구한 것은 고상하고 순수한 목표였어. 그렇기 때문에 수많은 좌절과 고통이 따랐던 거야. 나는 줄곧 스스로를 가엾게 여기고 자신의 운명에 대해 불평을 갖고 있었던 거야. 하지만 결국에는 자신을 소중하게 여기고 존중하게 되었지.

인생을 원망하거나 인생에 회의를 품지는 않았어. 내가 원망스럽게 생각한 것은 사회가 내게 부여한 유치함과 단순함이야. 내가 회의를 갖는 것은 인생에 대한 나 자신의 인식과 태도야. 회의 다음에 오는 것은 절망일 수도 있고 확고한 신념일 수도 있지만, 나는 후자를 지향하고 있다고 생각해.

인생이란 것은 과거 우리가 상상했던 것처럼 멋진 것은 아니다. 하물며 과거에 상상했던 것만큼 무서운 것도 아니다. 인생은 인생일 따름이다. 모순으로 가득 차고 끊임없이 흔들린다는 사실이 바로 인생의 매력이라고 생각된다. 그것은 인간의 영혼을 삼켜 버리기도 하지만 인간의 영혼을 드높이 단련시키기도 한다. 지금 나는 인생의 갖가지 고통에 직면해 있다. 그리고 바로 그 고통 속에서 나는 인생의 가장 귀중한 의미를 깨닫고 있는 것이다.

당신은 셰익스피어의 〈폭풍〉을 읽은 일이 있는가? 그 작품에는 이 위대한 예술가의 모든 철학이 들어 있다. 셰익스피어는, 삶이란 미와 추, 선과 악의 투쟁으로 가득 찬 것이라고 했다. 그것은 아름다움과 선의 상징인 정령을 만들어 내기도 하고 추함과 악의 상징인 요괴를 만들어 내기도 한다. 그러나 가장 위대한 창조는 자연과 인간의 모든 것을 지배하는 마술사이다. 그것은 완전한 인간의 상징 이외의 아무것도 아니다. 아름다움과 추함을 다스리는 인간의 힘과 자신감을 나타내고 있다. 광풍 격랑을 일으켜서 왕과 귀족들의 큰 배를 전복시킬 수도 있는가 하면 순식간에 바람과 파도를 잠재워서 자연의 모든 아름다운 것들을 자기 가까이로 불러 모으기도 한다. 그것은 역사를 장악하고 현재를 움직이며 미래를 만들어 낸다. 선을 기리고 악을 벌하며 증오를 제거하고 사랑의 씨앗을 뿌린다.

한마디로 그것은 인간이 모든 것의 주재자임을 호소하고 있다. 이 사상은 셰익스피어의 필생의 추구와 사색의 결정이다. 추구도 사색도 없는 사람에게 이 사상이 이해될 리 없다.

그러나 나는 이해할 수 있다. 나는 열렬히 추구해 왔으며, 수없이 좌절하고 그 좌절의 밑바닥에서 사색해 왔기 때문이다.

운명의 신은 그 위력이 막강하다. 어떤 인물일지라도 그의 손아귀를 벗어날 수가 없다. 얼마나 많은 천재와 영웅들이 운명의 신에게 조롱당해 왔던가. 얼마나 많은 사람들을 절망에 빠지게 했으며 자기를 부정하고 인간을 부정하게 해 왔던가. 그러나 그것은 우리들에게 자각과 자존과 자신감이 결여되어 있었기 때문이 아닐까. 우리들이 자기의 모든 것을 운명의 손에 맡겨 버렸기 때문이 아닐까. 만일 우리들이 자각과 자존과 자신감을 회복한다면? 그리고 만일 맡겨 버렸던 자기의 모든 것을 되찾는다면 우리들은 운명을 지배할 수가 있는 것이다.

나는 이제 더 이상 자신의 불행을 한탄하지도, 다른 사람을 원망하지도 않는다. '과거'를 '오늘'의 자양분으로, 고통을 지혜의 원천으로 바꾸고 있다. 이것은 아큐류의 자기기만도 아니고 타인에 대한 기만도 아니다. 아큐란 누구인가? 그는 인간의 자존을 완전히 잃고 있는 것이다. 비굴과 자존을 구별하지 못하며 대머리와 전등을 혼동한다. '대단원'의 비극이 가까이 다가올 때조차 동그라미를 잘 그리지 못했다고 속상해하고 있다! 물론, "빌어먹을! 손자 대에는 아주 동그랗게 그릴 수 있을 거라고!" 하고 욕지거리를 퍼부을 수는 있다. 하지만 독신인 아큐한테 손자가 있을 리 없다는 것쯤 누구나 알고 있는 것이다. 나는 고통의 표면에 마약을 바르고 싶지는 않다. 하물며 어제를 은폐의 대상이나 오늘의 웃음거리로 만들고 싶지는 않다. 나는 알고 있다. 고통은 다른 모든 감정과 마찬가지로 예술과 철학과 사상으로 승화될 수 있는 것이다. 나는 청춘과 애정을 잃었지만 무의미하게 잃어버린 것은 아니다. 나는 열정이 불타고 난 뒤의 숯을 얻었다고 생각한다. 그것은 나를 따뜻이 데워 주고 내가 나아갈 길을 비춰 주기에 충분하다.

징푸, 당신은 이렇게 말한 적이 있었지. 인간은 기다리기만 해서는 안 된다. 적극적으로 창조해 나가지 않으면 안 된다고. 그래 정말이야. 이제부터 나는 창조하고 싶어. 당신과 같이. 삶과 사색이 있으면 틀림없이 수확이 있을 거야. 비록 보잘것없는 들풀이나 흙 한 줌밖에 거두어 들이지 못한다 하더라도 그것은 우리들의 창조, 심혈을 쏟은 창조임에는 틀림없어. 어린 시절부터 나는 작가가 되는 것이 꿈이었지. 하지만 나의 반생은 문학부의 학생이고, 교사였을 뿐이었다. 나는, 이상만 높고 역량이 못 미침을 자조해 왔다. 이제야 그 까닭을 알았지. 나는 주체적인 인간으로서 진지하게 생활하고 사색하고 고통스러워하며 즐거워한 일이 없었기 때문이었어. 나는 그 때문에 막대한 대가를 치렀지. 하지만 그것은 반드시 커다란 수확으로 되돌아올 거야. 커다란 수확으로 되돌아오지 않을 리가 없어. 나는 살아 숨 쉬는 한 우리의 삶에서 부지런히 거두어들일 거야!

징푸, 삶이 우리들에게서 빼앗아 간 이상, 우리도 삶으로부터 빼앗아서 안 될 리가 없어!

이쪽을 향해서 오는 저 그림자는? 징푸, 당신이 아닌가? 설마, 또다시 자오전환을 용서하라고 설득하러 오는 것은 아니겠지. 그와 재출발을 하다니? 오면 안 돼, 그런 말 이제 더 이상 입 밖에 내서는 안 돼. 징푸, 잊어야 할 일은 나 스스로 잊을 거야. 기억해야 할 일은 나 스스로 기억할 거야. 나를 설득하면 할수록 더욱 그를 용서할 수 없다는 것을 당신은 모른단 말인가?

당신을 잃고서도 고통스럽지 않을 수 있을 때, 그때가 그를 용서할 수 있는 때야. 당신은 두 가지를 서로 떼어 놓지만 내게는 불가능한 일이야, 징푸!

아, 언제쯤이나 당신을 잃고서도 고통스럽지 않을 수 있을까? 당신에 대한 애정은 나의 첫사랑의 의미를 훨씬 뛰어넘고 있어. 왜냐하면 당신에 대한 사랑은 단순한 남녀의 기쁨 따위가 아니니까. 지금까지의 모든 고통을 거듭거듭 반성해서 정련시킨 결정이야. 바로 그 때문에 더욱 소중히 간직하고 싶어. 다른 사람들에게 조소당하고 짓밟히고 싶지 않아. 그러나 자오전환에게는 그런 생각은 추호도 없어. 그는 자기의 영혼을 되찾고 싶을 뿐 당신과 내게 영혼의 안식이 필요하다는 생각은 조금도 없어. 내 인생에 남겨진 그의 흔적이 사라져 버리고, 내가 당신을 위한 '정토'를 일구어 내는 것을 두려워할 뿐이야. 당신은 그의 참회를 존중하고 있지만 나는 그의 오만을 용서할 수 없어. 그는 이해와 우애를 구하고 있다. 그러나 바로 그 이해와 우애를 자기 스스로 베풀어 준 적은 없어.

가엾은 한이. 무엇을 열심히 쓰고 있는 거니, 편지?

당신은 창에서 멀지 않은 곳에 멈춰 서 있는 것 같다. 별빛도 가로등도 얼굴을 보여 주지 않는다. 눈빛은 더더욱 보이지 않는다. 당신에게 달려가서 당신에 대한 사랑을 영원히 가슴속에 넣어 두겠다고 전할 수 있다면 얼마나 좋을까. 징푸, 가슴속에 넣어 둔 사랑은 가장 자유로운 사랑이야! 그것은 형식에 얽매이는 법이 없어. 결혼도 남녀가 얽매이는 일종의 형식에 불과해.

앞으로 우리는 진정한 친구야. 나는 이제 더 이상 당신 앞에서 머뭇거리지 않을 거야. 아무것도 두려워할 것 없이 당신을 돕고 따를 수 있어. 왜냐하면 우린 친구에 불과하니까.

나는 일찍이 자신을 《웃는 남자》의 주인공 그윈플렌에 비유해서 '패배자', 인생의 버림받은 자로 자처했었다. 그러나 지금 갑자기 승리감이 용솟음쳐 오른다. 확실히 인생의 파도는 일찍이 나를 거친 들판으로 내동댕이쳤다. 그러나 그 거친 들판에는 텐트가 처지고 푸른 풀이 싹트기 시작했으며 맑은 물길이 열려 있다. 지하수는 지상의 물보다 훨씬 청결하고 맑다!

왜 그냥 돌아가는 거야? 징푸! 만일 내가 별이 될 수 있다면 이 창에서 튀어나가 당신의 가슴으로 뛰어들 텐데.

가 버렸다. 멀리. 이미 보이지 않는다. 하지만 저 그림자는 정말로 당신이었을까?

"봉투 좀 줘, 엄마."

한이는 역시 편지를 쓰고 있었던 것이다. 누구에게 쓴 것일까. 나는 하는 수 없이 창가를 떠나 한이에게 봉투를 꺼내 주었다.

"그리고 우표도 한 장."

누구에게 썼는지 말하지 않는 것을 보니 분명히 자오전환에게 쓴 것이다. 나는 우표를 주었다.

희미하게 사라져 가던 선이 다시 되살아나기 시작한다.

점점 굵은 선으로. 더욱 또렷한 선으로 한이가 그린다. 자오전환도 그린다. 그리고 허징푸, 그 사람도 도와주고 있다. 나는 두 개를 감추어 두는 수밖에는 없다. 자오전환에 대한 증오와 징푸에 대한 사랑을. 한아, 엄마는 너를 이해한다. 너도 엄마를 이해해 다오! 너의 천진한 꿈을 버리렴!

제4장

동녘은 해, 서녘은 비

시류

드디어 이런 것이 튀어나왔다. 정말 엉망이 되어 간다.
출판하지 못하게 할 것이다.

이렇게 '고삐가 풀리면' 다시 한번 반우파 투쟁이 일어날 수밖에 없음을 나는 알고 있었다. 과연, 예상했던 대로 《마르크스주의와 휴머니즘》과 같은 것이 튀어나왔다.

또다시 휴머니즘이다! 최근 30년 동안 수없이 비판을 받았음에도 불구하고 아직도 타도되지 않고 있다는 것은 도대체 무슨 일인가. 이 허징푸부터가 20년 전에 휴머니즘을 고취하고 당의 계급 노선에 반대했기 때문에 우파로 지목되었던 작자다. 그런데도 근신하기는커녕 갈수록 더할 뿐이다. 드디어 책까지 썼다. 우리들이 모르고 있었더라면 책은 나오고 말았을 터였다. 참으로 위리가 가르쳐 주었기에 다행이다. 허징푸가 이 책을 쓰고 있다는 것은 시왕한테 들어서 알고 있었다. 그러나 설마 이렇게 빨리 출판될 줄이야. 출판사의 서두르는 꼴은 또 어떤가! 편집국장과 허징푸는 도대체 어떤 사이인가.

"출판사 편집국장은 어디 출신이지?" 나는 위리에게 물었다.

"허베이 사람이라고 해요."

그렇다면 허징푸가 아는 사람일 리 없다. 허징푸는 허베이 출신이 아니다.

"출판사에는 누군가 허징푸와 아는 사람이 있나?" 나는 거듭 물었다.

"그건 물어보지 않았는데. 아아, 그래 그래. 이 책의 편집 책임자가 C대학 출신이야. 57년에 출판사에서 비판받고 우파 딱지가 붙었던 일이 있어요."

유유상종이라더니. 그렇다 하더라도 출판사의 당 조직은 무엇을 하고 있는가. 왜 체크하지 않는가?

유뤄수이는 정말 행동이 빠르다. 엊그제 말해 두었는데 오늘 벌써 《마르크스주의와 휴머니즘》의 수정주의적 편향을 명백하게 정리해 왔다.

"사회주의 사회의 계급 투쟁이 장기에 걸친, 예리하며 복잡한 문제인 것을 부정하고, 계급 투쟁을 중심에 놓는 것에 반대한다." 이것은 근본적이고 중대한 문제가 아닌가. 계급 투쟁을 빼놓고 우리 공산당에게 도대체 무엇을 하란 말인가?

"글씨가 무척 작군. 위리, 좀 읽어 줘. 녀석은 어떻게든 계급 투쟁에 반대하는군."

위리는 집에 돌아오기만 하면 송이버섯이니 녹용정 따위의 영양제를 만지작거린다. 참으로 한심하다. 이 여자는 혁명의 의지가 완전히 쇠퇴하고 말았다. 이제야 겨우 다가와 글을 읽다니.

"사회주의 사회에 있어서 계급이란 결국 어떤 것인가. 이제 그 실상에 근거해서 고찰할 시점에 와 있다! 계급 투쟁을 확대해서 모든 모순을 계급 모순으로 일원화하고 급기야는 인위적으로 '계급 투쟁'을 만들어 내는, 그 모든 행위야말로 국가를 저해해 오지 않았던가. 해방 후 30년이나 경과했는데도 왜 적은 점점 늘어만 가는가. 일반 서민들로서는 이해가 되지 않는다."

이게 무슨 말인가! 해방 이래의 수많은 운동을 모두 부정하는 것이 아닌가. 그렇다면 우리들은 30년 동안 좋은 일은 무엇 하나 하지 않고 나쁜 일만 해 왔다는 것이 되고 만다. 반혁명 분자의 숙청이 잘못이란 말인가. 반우파가 잘못이란 말인가? 사인방 잔당의 소탕도 잘못이란 말인가? 마르크스주의의 정수는 계급 투쟁이라고. 이래서야 마르크스주의의 깃발마저 버리자는 게 아닌가.

"그 구절에 붉은 선을 그어 둬. 내일 당위원회에서 읽어 줄 거야. 모두에게 무엇이 튀어나왔는지를 알려 줄 거야!" 나는 위리에게 명령했다. 위리는 곧 그렇게 했다.

"아버지."

누구냐! 시왕인가. 왜 돌아왔어? 나 같은 아버지는 필요 없다지 않았던가? 나는 차갑게 일별하고 상대하지 않았다. 위리도 녀석을 보기만 할뿐이다.

"아버지, 최근 몸이 별로 좋지 않으시다고 아줌마에게 들었기 때문에." 시왕이라는 놈, 오늘은 여느 때와는 달리 이상하게도 태도가 공손하다. 자기 잘못을 깨달았다는 건가. 깨달았다면 그것으로 좋다. 내 자식이다. 용서하지 않을 수 없다. 나는 소파를 가리키며 녀석을 앉힌 다음에 말했다. "최근 몇 년 동안 얼마나 심하게 당했었는지. 얻어맞고 부상당했으니까. 날씨가 흐리면 온몸이 아프지. 그게 근래 좀 더 심해졌다."

"아버지 병에 대해서는 알고 있습니다. 그래서 오늘은 약초를 갖고 왔어요. 허징푸 선생님이 이 약이 듣는다고 가르쳐 주더군요. 그분은 유랑 생활을 하면서 여러 가지를 익혀서 의사로서도 프로급이세요!"

허징푸 놈, 참으로 '휴머니스트'로군! 나에게까지 '휴머니즘'을 말하려고 한다. 고상하다! 그렇게 해서 모든 사람을 위해서 유익한 일을 하는 것뿐이라면! 그런데 의도적으로 그런 책을 쓰다니. 내게 '휴머니즘'을 말할 수는 없다.

"너, 허징푸와는 아직도 친하게 지내고 있는 거냐?" 시왕에게 물었다. 녀석은 나를 힐끗 쳐다보더니 우물쭈물 대답했다. "그저 그렇죠."

"그의 책이 곧 출판된다는 것은 알고 있겠지?" 나는 거듭 물었다.

녀석은 나를 쳐다보고 나서 다소 애매하게 대답했다.

"듣긴 했지만 자세한 것은 모릅니다."

허징푸를 위해서 비밀로 해 두겠다는 것이군. 녀석의 허징푸에 대한 신임은 아버지에 대한 신임보다도 크다. 그야말로 아비가 아비답지 못하고 자식이 자식답지 못하다는 것이 바로 이것이다. 하지만 그래도 녀석에게 허징푸와 사귀는 것은 그만두라고 말해 두고 싶다. 그 자식은 평소에는 착한 사람인 척하고 있지만 일단 기회를 보기만 하면 소동을 일으킬 게 틀림없다. 나는 유뤄수이가 정리한 자료를 집어서 녀석에게 내밀었다. 그러자 위리가 그것을 가로채서 핸드백에 넣어 버리고 말았다.

"시왕, 아버지는 몸이 점점 더 나빠지셔서 요즘은 이 고급 자양제로 겨우 지탱하고 계셔."

위리는 약을 하나씩 집어서 시왕에게 보였다. 시왕은 팔짱을 끼고 빈정거리듯 웃음을 띤 채 가만히 그녀를 보고 있다. 마치 요술이라도 보는 것처럼. 그러나 위리는 말을 멈추지 않는다.

"우리 두 사람의 급료는 모두 이것으로 날아가 버린다. 안 그러면 네게 용돈을 좀 더 줄 수 있을 텐데. 요즘 대학생들은 옛날과는 달라서 옷값이니 책값이니 해서 우리 월급보다 더 호화로울 지경이지. 그러니까 한 집에서 한 아이밖에 갖지 못하는 거야."

"부디 걱정 마시죠. 돈이라면 충분하니까요." 시왕은 그녀가 약을 다 정리하고 난 다음에 말했다.

나도 위리를 노려보면서 쓸데없는 말을 그만두게 했다. 오늘의 시왕은 그녀에 대해 예의 바르다고 해도 좋다. 그녀 역시 좀 더 분별이 있어야 할 것이 당연하다.

"너, 언젠가 허징푸의 원고를 읽고 있었는데 뭔가 문제될 만한 것이 없었어?"

내가 마음에 걸리는 것은 아들의 사상이다. 역시 이 문제로 돌아가고 만다. 위리 년, 웬 눈짓이야, 눈짓은? 여자들은 참으로 여러 가지를 생각한다. 자기가 낳은 아들이 아니라고 하나에서부터 열까지 믿지 못하는 것이다.

"마지막까지 읽지는 않았습니다, 아버지. 그때는 그저 그렇다고 생각했지만요, 지금 생각해 보면 무엇이 휴머니즘인지 저 자신도 잘 모르겠습니다. 그러니까 적당히 찬성한다든가 반대할 수가 없죠. 아버지는 뭔가 문제를 발견하셨나요?"

참으로 선비는 헤어진 지 사흘이면 서로를 괄목할 만하다는 말은 사실이다. 시왕의 사상도 전과는 달라졌다. 어느 정도 성숙한 것 같다. 벽에 부딪혀 본 결과인가. 아니면 스스로 깨달은 것인가. 나는 일관해서 젊은이에 대해서는 지도에 중점을 두어야 한다고 생각해 왔다. 특히 그들이 사상의 동요를 나타내고 있을 때는 더욱 그렇다. 위리가 내 발목을 잡았기 때문에 아들의 교육이 잘 되지 못했던 것을 인정하지 않을 수 없다. 자식을 가르치지 못한 것은 아비의 잘못이다!

"너의 그런 생각은 옳다." 나는 만족해서 말했다.

"마오 주석은 이렇게 가르치셨지. '공산당원은 무슨 일에 대해서나 왜냐고 묻지 않으면 안 된다. 자기의 머리로 면밀하게 생각을 해서 그 것이 실제에 부합되는지, 진정으로 도리에 맞는 것인지 어떤지 생각해 보지 않으면 안 된다. 절대로 맹종해서는 안 된다. 절대로 노예 근성을 발휘해서는 안 된다.' 무엇이 휴머니즘인지도 모르고 휴머니즘을 찬성 하는 것은 이상한 짓이지. 하지만 젊은이들은 아무래도 맹종하는 버릇 이 있다. 네가 그 점을 깨닫게 되었다는 것은 훌륭하다!"

시왕은 내 말에 마지막까지 귀 기울인 다음에 이렇게 말했다.

"아버지 말씀대로입니다. 저는 항상 제가 잘났다는 생각에 빠져서 스스로는 마르크스·레닌주의를 이해하고 있다고 생각했지만 실제로는 눈곱만큼도 알지 못합니다. 그리고 아버지나 천 선생님께 배울 마음 은 조금도 없었죠. 정말 휴머니즘이란 도대체 무엇일까요? 아버지, 가 르쳐 주세요."

휴머니즘이란 무엇인가. 그토록 비판을 해 왔는데 너희 문과 학생들 이 모를 리가 있는가. 그러나 시왕의 눈을 보면 분명히 몰라서 내 가르 침을 기다리고 있는 것이다. 빨리 가르쳐 주지 않으면 안 된다.

휴머니즘이란 무엇인가. 어떻게 대답해야 좋을까. 그런데 잘 알고 있 는 문제인데도 왜 갑자기 생각이 나지 않는 것인가? 어떤 책에 씌어 있 었던지 갑자기 생각이 나지 않는다. 시왕은 두 눈을 크게 뜨고 내 대답 을 기다리고 있다. 아아, 생각났다.

"위리! 유뤄수이의 그 자료를 꺼내 줘. 거기에 분명히 씌어 있으니까."

위리는 의심스럽다는 듯이 시왕과 나를 번갈아 쳐다보며 머뭇거리고 있다. 손으로 재촉을 하자 그때서야 겨우 자료를 내놓았다.

생각대로 자료가 분명히 말하고 있다. 허징푸가 제창하고 있는 것이 야말로 다름 아닌 휴머니즘인 것이다.

"첫째, 계급과 계급 투쟁의 이론에 반대하고 계급 조화를 주장한다. 둘째, 추상적인 자유, 평등, 박애를 주장하며 실제적으로 우리들에게 적을 사랑하도록 요구한다. 셋째, 추상적인 인간성과 인간 감정을 추구하고 인간을 계급적으로 분석하는 것을 반대한다. 넷째, 개인주의와 개성의 해방을 주장한다."

나는 한 조목 한 조목 아들에게 읽어 주었다. 녀석은 진지하게 귀를 기울이고 호주머니에서 수첩을 꺼내서 받아 적고 있다.

"이 생각이 얼마나 위험하냐. 모두 다 우리들이 되풀이해서 비판해 온 것들이다!" 나는 시왕을 향해서 말했다.

녀석은 수첩을 보며 머리를 흔들고는 말했다.

"제가 읽었을 때는 그런 것이 아닌 것 같았는데요. 왜 바뀌어 버렸을까. 분명히, 계급 투쟁의 확대를 반대하고 있었을 뿐이었는데. 왜 계급 투쟁 이론을 반대한다고 되어 버렸을까."

아까 우리가 읽어 준 구절을 가리키자 그는 그것도 옮겨 적었다. 그리고 자료를 획획 넘기다가 어느 페이지에서 손을 멈추더니 내게 물었다.

"아버지는 마지막까지 읽으셨나요?"

"아니, 네 번째까지만 읽었다. 잘 되었다. 그의 대표적인 견해를 더 읽어 주지 않겠나?"

녀석은 읽기 시작했다.

"인간을 존중하고 인간의 개성을 존중하며 인간의 존엄을 보호 육성해서 강화하지 않으면 안 된다. 오늘날의 우리 사회에서 인간의 자존심은 결코 강하다고 할 수 없다. 아니 너무나도 약하다고 생각된다. 수천 년에 걸친 봉건제에 의해서 우리들은 점점 다음과 같은 인간으로 길들여지고 말았다. 인간의 가치에 대해서 생각하는 습관이 없어지고,

생활에 대한 독자적 견해를 갖는 데에 익숙하지 못하며, 자기를 독특한 개성으로 고양시키는 것을 좋아하지 않는 인간. 이제 인간의 가치는 그야말로, 사회에 얼마나 독특한 '자기'를 제공할 수 있느냐에 있는 것이 아니라, 자기를 얼마나 '사회'에 섞어 넣거나 복종시키는가, 다시 말해서 개성을 공통성으로 해소시키는가에 있는 것 같다. 그러나, 만일 사람들이 개성을 갖지 못하게 된다면 생활은 얼마나 단조로워질 것인가. 사회의 진보는 또한 얼마나 느려질 것인가. 다행히 역사적으로는 이런 상황에 안주하지 않고 갖가지 낡은 관념에 얽매이지 않는 사람들이 끊임없이 존재했다. 그들은 무리에서 뛰쳐나와, 새롭고 독특하며 강렬한 개성을 얻었다. 그리고 앞장서서 사람들의 마음에 새로운 사상을 외치고 천군만마를 이끌고 역사를 전진시켰던 것이다. 생각해 보라. 어떠한 시대의 혁명가가 그렇지 않았던가? 그러한 인물이 우리들에게 존경의 마음을 품게 하는 것은 그야말로 그들이 그 시대의 조건 하에서 인간의 가치를 최대한 실현시켰기 때문이 아니겠는가? 그러므로 우리들은 독특한 개성을 무한히 찬미하는 것이다. 모든 친구들에게 외치고 싶다. 개성을 존중하라! 개성을 기르라!"

거기까지 와서 시왕은 읽기를 그치고 나를 보았다. 참으로 믿을 수 없다. 이런 말이 공산당원의 책에 씌어 있다니. 개성의 존중? 개성이란 무엇인가? 공산당원은 당에 의해 길러진 도구여야 한다. 만일 각자가 자기의 생각, 자기의 개성을 갖는다면 당의 노선은 어떻게 관철될 수 있단 말인가? 산산조각으로, 멋대로 휘젓고 다니게 되지 않겠는가! 그리고 그 구절은 최악의 구절이다.

"다시 한번 읽어 다오. '무리에서 뛰쳐나와'인지 하는 부분."

시왕이 되풀이해서 읽었다. 점점 분명해졌군. 이것은 아나키즘의 사조를 부채질하고 조반을 선동하고 있는 것이다.

"그 엉터리 사상은 모두가 낡아빠진 부르주아 계급의 것이지?"

나는 시왕에게 물었다.

"부르주아 혁명 시기에 나온 것이죠. 개성을 해방하고 봉건주의에 반대하기 위해서요." 시왕이 대답했다.

"허징푸도 개성의 해방을 제창하고 있는 거지?"

"그런 면이 있군요."

잘났어! 사회주의를 봉건주의로 간주하고 공산당의 옌안을 국민당의 시안으로 간주하고 있는 셈이다. 난 또 뭔가 새로운 것인가 하고 생각했었는데 사회주의 사회에서도 아직 개성 해방의 문제가 존재한다는 것인가.

"허징푸는 우리들을 어디로 해방시킬 생각인 게냐. 부르주아 계급으로냐?" 나는 나도 모르게 큰소리를 냈다.

"아버지, 여기 또 계속되고 있습니다." 시왕은 그렇게 말하고 그 뒤를 읽어 나갔다.

"여기까지 쓰니 이런 경고가 들려오는 것 같다. 조심하라, 너는 이미 위험의 벼랑 끝에 서서 부르주아 계급의 선전원으로 전락하고 있다!"

잘 아는군! 스스로도 깨닫고 있지 않은가. 그래서 그다음은?

"계속 읽어 봐."

"친구여, 걱정할 필요 없다. 나는 자신이 부르주아 계급의 휴머니즘에서부터 양분을 흡수했다는 것은 인정한다. 그러나 부르주아 계급이라는 명칭은 되돌려 주겠다. 부르주아 계급의 휴머니즘은 소수의 개성을 긍정하고 실현할 뿐, 다수는 그 소수 때문에 희생되고 비인간적인 생활을 강요당한다. 그런 휴머니즘은 의심할 필요도 없이 허위이다. 그러나 또 하나의 휴머니즘, 즉 마르크스주의의 휴머니즘이 있다. 그것은 전 인류를 해방시키고 모든 사람을 자유롭고 독특한 개인으로 만들어 준다. 마르크스, 엥겔스의 다음 한 구절을 보자. '공산주의 사회에서는 어떤 인간도 특정한 활동 범위를 갖지 않으며 누구나가 어떤 분야에서 건 발전할 수 있다. 사회가 전체 생산을 조절할 수 있기 때문에 자기의 소망에 따라서 하고 싶은 일을 언제나 자유롭게 하는 것이 가능해진 다. 아침에는 수렵, 점심때는 어로, 저녁때는 가축을 돌보고 저녁 식사 후에는 비평을 한다. 하지만 그렇다고 해서 꼭 사냥꾼이나 어부나 목동 이나 비평가가 되는 것은 아니다.' 얼마나 매력적인 세계인가! 거기에서 는 누구나가 자기 자신의 주재자인 것이다. 친구여, 자네는 마르크스주 의가 휴머니즘에 가장 철저하고도 가장 혁명적인 의의를 부여하고 있 다고는 생각하지 않는가? 자네는 공산주의의 이상에 도달하기 위해서 는 인간의 천성을 억누르고 인간의 개성을 말살하는 봉건적 전제주의 가 우리들에게 영원히 어울린다고 생각하고 있는가? 봄날처럼 따스해 서 도저히 손에서 내놓을 수 없는가?"

시왕이 소리 내어 웃더니 "재미있는데!"하고 한마디 덧붙였다. 무 슨 의미인가. 나로서는 알 수 없다. 주제도 파악하지 못하는 허징푸 녀 석. 내 코앞에서 손가락질을 하며 놀리고 있다! 이쪽에서 부르주아라 고 하면 녀석은 봉건주의의 딱지를 붙이고 나온다. 반봉건, 반봉건, 이 것이 또다시 유행이다. 우리들이 과거에 토호들과 싸웠던 것이야말로 반봉건 아닌가. 우리들이 피 흘려 희생당하면서 평생을 혁명에 바쳤 는데도 봉건주의조차 타도하지 못했다는 말인가? 엉터리 같으니라고!

"아버지, 어떻게 하실 생각이시죠? 출판을 허용하지 않을 겁니까?" 시 왕은 다 읽고 난 자료를 다시 한번 처음부터 획획 넘긴 다음 돌려주었다.

"어떻게 하다니. 그냥 둘 순 없지." 나는 대답했다. 하지만 구체적인 생각이 서 있지 않은 것도 확실하다. 우선 당위원회의 토론에 부친 다음에 당위원회 내부의 사상을 통일하지 않으면 안 된다.

"아버지, 제가 보기에는 출판하도록 하는 것이 좋겠습니다. 출판하도록 한 다음에 비판하면 되는 거죠. 정당하기만 하면 무서울 것이 없어요."

아직 어린애로군. 이런 걸 마음대로 내게 하라고? 이것은 아이들의 폭죽놀이와는 다른 거야. 백화제방, 백가쟁명은 확고한 프롤레타리아 계급의 정책이지만 부르주아적인 자유화를 허용하는 것은 결코 아니다. 이것이 나오게 되면 사회에 악영향을 끼친다. 그렇게 되면 허징푸 한 개인의 문제가 아니라 C대학의 문제가 되고 책임은 우리 당위원회에까지 미치게 된다! 나는 머리를 옆으로 흔들고 시왕에게 말했다.

"그럴 수는 없지!"

위리는 쭉 옆에 앉아서 우리들의 이야기를 듣고 있었다. 웬일인지 두 눈은 마치 정체 모를 인간이라도 보는 것처럼 계속 시왕의 얼굴만 응시하고 있다. 오늘의 시왕의 태도로 보아 분명히 녀석이 변했다고 믿었던 것이리라. 지금, 미소를 띠며 그녀도 대화에 끼어들었다.

"시왕, 알고 있어? 이 책은 출판사에서 논란이 되고 있어. 출판사에서 일하는 내 동급생이 그러더군. '정말로 대담한 내용이야! 20여 년 전이었다면 틀림없는 우파야!' 하더군. 출판을 찬성하지 않는 사람들도 적지 않은데 편집국장이 출판하겠다고 우긴대. 편집국장이 귀여워하고 있는 편집 책임자도 우파로 몰렸었던 사람이라더군."

시왕이 고개를 끄덕이며 싱긋 웃자 그녀는 이야기에 점점 신이 났다.

"내 동급생은 원고가 자기 손에 건네지자 되돌려 보낼 수밖에 없었지. 그렇게 하지 않으면 언젠가 문제가 되었을 때 자기가 당하게 될 테니까 그랬다고 하더군. 그 말을 듣고 교정쇄 한 부를 보여 달라고 해서 읽어보았더니 역시 보통 문제가 아닌 거야."

시왕은 다시 그녀에게 싱긋 웃고는 나를 향해서 말했다.

"아버지, 출판사 일에 간섭은 할 수 없는 것 아닙니까?"

그 문제는 생각하고 있지 않았다. 과거에는 출판부가 책을 낼 때 먼저 저자가 소속된 직장의 당 조직의 의견을 물었었다. 하지만 이번에는 우리들의 의견을 전혀 물어 오지 않았었고 저자의 정치 심사 역시 하나도 하지 않았다. 모든 것이 참으로 엉망진창이다! 하지만…….

"이쪽에서 출판사에 연락을 취해서 우리들의 의견을 전달하면 되겠지. 그쪽도 우리 조직의 의견은 존중할 것이다. 위리, 지금 곧 편집국장에게 전화를 걸어. 우선 인사부터 해 둘 테니까."

위리가 눈짓을 하고 머리를 저으면서 말했다.

"그건 좀 곤란하지 않아요? 이런 일은 당신 개인의 이름이 겉으로 드러나지 않게 하는 것이 최고예요. 당위원회의 집단 지도로 해 나가지 않으면 안 돼요."

위리의 말은 옳다. 집단 지도로 해 나가야 한다. 최근 몇 년 동안의 교훈은 아픔의 극치였다. 공적이 있으면 모두가 그 공을 서로 다투고, 실패는 그 책임을 서로 미룬다. 때로는 반대파에 붙는 일격에 당할 수도 있다. 유뤄수이의 신조는 다름 아닌 '언제든지 반대파에 붙는 일격을 가할 수 있도록 준비하라.'고 하는 것이다. 최고 책임자는 어려운 것이다! 내게는 반대파에 붙는 일격을 가할 상대도 없다. 이번에는 꼭 당위원회에서 토론에 부쳐서 위원 모두에게 의견을 말하게 하지 않으면 안 된다.

"자, 토론을 한 다음에 하도록 하지. 그런데, 왕. 어떠냐, 요즈음 학생들의 사상 동향은? 역시 혼란을 일으키고 있나? 칠판 신문은 여전히 연애시를 신고 있느냐?"

"아버지 같은 분의 입장에서 보면 역시 혼란이고 엉망진창이겠죠. 하지만 연애시는 줄어들었어요. 모두들 승려 협회를 만들 준비를 하고 있죠. 아버지에게 고문을 맡아 달라고 하겠다더군요."

그 대답에 나는 깜짝 놀랐다. 기가 차서 얼굴을 들어 녀석을 보았다. 입가에는 조소가 떠올라 있다.

"그건 무슨 뜻이지? 네가 보기에는 혼란이 아니라는 거냐?" 위리가 물었다.

시왕은 그녀를 경멸하는 듯한 일별을 던졌다.

"물론 제게는 제 견해가 있습니다. 하지만 두 분과 대화를 나눌 생각은 없어요. 간격이 너무 벌어져 있어서 제게는 창파오(청조의 관리들의 예복)를 입고 화령(청대에 황족 또는 고관들에게 하사하던 모자 뒤에 드리우는 공작의 깃)을 흔들고 있는 것처럼 보입니다. 그러면서도 깃발은 마르크스·레닌주의죠! 슬픈 일이지요."

"그렇다면 아까 달라진 듯하던 너의 태도는 연극이었단 말이냐?" 나는 놀라는 한편으로 분개하며 말했다.

그러자 시왕이라는 녀석, 내게 윙크 따윌 하다니! 그리고 문턱을 잡고 세 번 턱걸이를 했다. 나는 울화가 치밀어서 말했다.

"너, 그런 표리부동한 짓거리 어디에서 배웠어?"

"표리부동한 짓거리라구요? 두 분이야말로 어떤 짓을 하고 계시는지 생각해 보세요. 역사의 수레바퀴를 멈추게 하기 위해서는 얼마든지 손을 뻗치시죠. 팔이 짧아 닿지 않으면 권력으로 다른 사람의 손을 자기 팔에 이어 붙이면서요. 두 분이 지금 하는 짓이 공명정대합니까? 저는 아버지가 이 문제에 개입하지 않기를 바랍니다. 결국은 아버지가 창피를 당하게 될 뿐이죠."

"나가!" 나는 나도 모르게 고함을 질렀다.

"알았습니다, 아버지. 저는 오늘 순수하게 문병을 왔을 뿐입니다. 허징푸 선생님이 몇 번이나 문병을 가서 시간을 가지고 아버지를 기다리면서 도와드리라고 말씀하셨기 때문이었어요. 하지만 와서 보니 역시 제 의견이 옳았군요. 시간을 가지고 기다린다는 것은 별로 의미가 없습니다! 그러나 오늘 여기 온 것이 전혀 소용없는 일은 아니었군요. 두 분의 높으신 의견을 경청할 수 있었고, 자료까지 읽을 수 있었으니까요. 모르는 사이에 KGB* 흉내를 낸 셈이 되었습니다. 감사합니다! 하하하."

무례한 웃음을 남기고 녀석은 나갔다. 세상에 저런 아들이 다 있다니. 내 마음을 짓밟아 놓고! 허징푸가 시간을 가지고 도와드리라고 했다고? 나를 도대체 어떻게 생각하고 있는 거야? 낙오자란 말인가? 불쌍한 존재란 말인가? 흥, 놈들, 우쭐해서 언제까지 건방지게 굴 생각인가!

"그래서 내가 자료를 보이지 말라고 했는데도 당신은 아들이라면 그저 믿기만 한다니까! 이제 그 애는 허징푸에게 알릴 것이고, 그러면 허징푸는 두려워서 스스로 원고를 걷어갈지도 몰라요. 그러면 당신의 이번 건은 완전히 헛수고가 되고 말 거라고요!" 위리는 아랫입술을 내밀고 불평을 늘어놓았다.

여자들의 얕은 꾀라니! 허징푸가 정말로 두려워서 원고를 걷어가 준다면 감지덕지다. 하지만 아마도 그는 다른 방법으로 우리들과 싸울 것이다. 요즘 젊은이들은 모두 교활해졌다. 너 나 할 것 없이 전부 다 정치꾼이다! 시왕 역시 그렇다.

---

* KGB 러시아의 정보기관.

"알았어, 알았어. 이번 건은 내일 당위원회에서 검토해서 결정하지. 밥은 아직 멀었나?"

"아까 들여다봤는데 아직 안 됐어요. 아줌마는 나이가 많아 하는 일마다 늑장이라고요. 그렇게 많은 급료를 지불하고 이런 가정부를 고용하는 바보는 우리뿐일 거야."

"혁명적 휴머니즘의 실천이지. 아줌마에게는 친척이 없어."

"휴머니즘 따위 나는 믿지 않아! 사람들은 서로 이용할 뿐이지. 그런 점에서는 나는 요즘 젊은이들과 일치해. 아줌마는 친척이 없으니까 우리에게 잘 하는 것뿐이지. 만일 친척이 있어 봐요. 우리 따윈 거들떠보지도 않고 나갈 거야."

휴머니즘이라! 몇 번이나 비판을 했는데도 휴머니즘을 입에 올리고 싶어한다. 모든 사람은 서로 사랑하고, 모든 것은 평등하고, 한마디로 계급 투쟁은 삼가고……. 듣기 좋은 말들뿐이다. 하지만 다른 사람을 해치우지 않으면 이쪽이 당하게 된다. 사람아 아, 사람아! 인간이란 모두 이렇다. 아침부터 밤까지 싸워도 나아지는 것은 없고, 그렇다고 해서 싸우지 않으면 더욱 악화된다!

아줌마가 음식을 들여왔다. 확실히 나이가 들었다. 집안일이 힘들어서 제대로 해내지 못한다. 위리가 불만을 느끼는 것도 무리는 아니다. 이런 일은 원래 내가 나설 일은 아닌 것이다.

"앞으로 집안일은 당신에게 맡기지. 하지만 아줌마는 잘 대해 줘야 해. 몇 년이나 급료 없이 일해 준 그 빚은 갚아야지."

위리는 머리를 끄덕이고 싱긋 웃었다. 아이도 없는 아줌마가 도대체 어디로 간단 말인가. 아아, 등이 아프다. 모든 일에 신경 쓸 수는 없다. 앞으로는 모두 위리에게 맡기자.

쑨웨

설마 이렇게 될 줄이야, 누가 상상할 수 있었겠는가.

그의 방을 방문하는 것은 처음이다. 그게 또 이런 이야기를 하기 위해서라니!

징푸, 당신이 쓴 《마르크스주의와 휴머니즘》은 출판할 수 없게 되었어. 당위원회의 결정으로…… 이렇게 전한다면 그는 어떻게 생각할 것인가. 뭐라고 말할 것인가. 정신적 타격을 견뎌 낼 수 있을까? 그가 20여 년의 체험을 쓴 것은 명예나 이익을 위한 것이 아니다. 자기가 추구하는 목표를 위해서이다.

자존심 탓이지만 나는 지금까지 누구에게도 그의 저작과 출판 상황에 대해서 물어본 일이 없었다. 하지만 나는 전부 다 알고 있다. 두 사람의 '자발적 첩보원'이 있었으니까. 한 사람은 쉬헝중이다. 그는 늘 내게, 허징푸에게 그런 모험을 그만두라고 충고해 주라고 말했다.

"최근의 투쟁 상황을 허는 전혀 몰라. 정열만으로 마구 달려가고 있어! 세상은 다시 변할 것이 분명하다고."

또 한 사람은 소설가 장리짜오다. 그는 그다지 많이 돌아다니는 편이 아닌데도 우리들 동급생 사이의 '소식통'으로서, 특히 문화계, 출판계의 움직임에 밝다. 그는 때때로 그 책을 둘러싼 출판사의 논쟁이나 반응에 대해 들려주었다. 원고가 인쇄소로 넘겨졌을 때는 흥분해 쫓아와서 "쑨웨, 오늘은 황주 한턱 내. 축하하자구!" 하며 마치 자기의 책이 나오기라도 하는 것처럼 좋아했다. 그는 절절하게 말했었다.

"나는 허징푸 같은 용기가 없기 때문에 이렇게 일생을 보내는 수밖에 없어. 머지않아 중국의 오블로모프가 될 거야. 어쩌면 안주할 장소를 잃어보지 않았기 때문인지도 모르지. 예나 지금이나 글은 역경 속에서 나온다는 말이 맞아. 그런 의미에서 나도 좀 더 고생하는 편이 좋겠지만 역경에 처한다는 건 역시 두려워." 나는 그에게 술을 내면서 실컷 놀려 주었다. 기쁠 때면 나는 농담도 좋아하고 경우에 따라서는 장난도 좋아한다.

그랬는데 설마 이렇게 될 줄이야 누가 상상할 수 있었겠는가. 출판사가 일단 내겠다고 결정한 책을 일개 대학 당위원회 서기가 제지하다니 법률이란 도대체 무엇인가, 원칙이란 무엇인가?

"이것은 제지하지 않을 수가 없습니다! 또, 그렇게 하는 것이 허징푸를 위한 것이기도 합니다. 수정주의적 주장을 들고 나오는 것은 지금의 상황을 망각하고 있는 것입니다."

시류는 당위원회에서 그렇게 말했다. 자세한 것은 모르지만 그가 발안자임에 틀림없다. 그러나 위원회에서 문제를 제기한 것은 유뤄수이였다. 당위원회 확대 회의가 끝나려는 순간 그가 갑자기 시류에게 말했다.

"시류 동지! 위원회에 검토를 부탁할 문제가 있습니다. 학부 총지부 서기가 전원 참가할 수는 없겠지만 중문학부의 쑨웨 동지는 같이 검토에 참여해 주십시오."

그때 시류는 그것이 어떤 문제인지, 당위원회에서 검토할 필요가 있는 것인지 어떤지도 묻지 않고 즉시 고개를 끄덕이며 허가했다. 사전에 서로 협의가 이루어져 있었음이 분명하다.

나는 물론 아무런 사전 준비도 없이 토론에 참가했다. 유뤄수이는 복사한 자료를 꺼내《마르크스주의와 휴머니즘》에서 발견한 수정주의 적 관점에 대해서 보고했다.

"가장 커다란, 가장 위험한 수정주의적 관점은 마르크스주의가 휴 머니즘과 모순되는 것이 아니라 서로 통하는 것이라고 보는 생각입니 다. 이것은 계급과 계급 투쟁 이론이라는 마르크스주의적 영혼을 빼어 버리는 것입니다."

그는 그렇게 말했다. 그러나 저자가 왜 마르크스주의는 휴머니즘과 통하는 것이라고 말하는지, 저자가 말하는 휴머니즘이란 어떤 내용인 것인지, 상세한 설명은 회피하고 있었다. 나는 알고 있다. 징푸가 말하 는 휴머니즘은 전 인류의 철저한 해방을 목표로 하는 것이다. 계급적 인 착취와 압박으로부터의 해방뿐만이 아니라 갖가지 정신의 멍에, 미 신이나 맹종으로부터 해방시키고 아울러 서서히 동물성으로부터 탈피 하자고 하는 것이다. 그는 계급 투쟁을 목적으로 하는 것에 반대하고 사회주의 사회에 있어서의 계급 투쟁을 확대함으로써 인민 대중이 상 처받고 분열되는 사태를 반대하고 있는 것이다. 그는 사회주의 사회에 는 보다 폭넓은 민주, 자유, 평등이 있어야 한다고 생각하고 있다. 그리 고, 물질적으로 뿐만이 아니라 정신적으로도 인민 한 사람 한 사람을 인간으로 간주하고 그들의 권리와 개성을 존중하라고 요구하고 있는 것이다. 그것이 잘못일 수는 없다. 하지만 유뤄수이의 생각으로는 그것 이 모두 수정주의적 관점이 되어 버리고 마는 것이다.

"문제는 대단히 분명합니다. 이 모든 관점은 우리들 마르크스주의자가 재삼 비판해 왔었던 것입니다. 게다가 문화대혁명 중에 비판했던 것이 아니라, 문화대혁명 이전의 17년간 비판했던 것으로서 이는 올바른 노선에 따라 진행되었던 비판이었던 것입니다."

논리학은 과학이 될 수 있는가? 이렇게 단순하다니. 삼단 논법에 의해 '17년-문화대혁명-현재'가 '긍정-부정-긍정'이라는 틀에 들어가고 만다. 헤겔이 살아 있었다면 얼마나 많은 중국의 제자들을 거느렸을 것인가!

유뤄수이는 시뻘건 얼굴에 대머리를 번쩍이며 발언하고 있었다. 그의 눈은 시종 시류를 향하고 있었지만 시류는 그를 쳐다보지도 않았다. 출석자들을 하나하나 순서대로 관찰한 다음 마지막으로 시선을 줄곧 내게 꽂아 놓고 있었다.

유뤄수이는 발언을 끝내자 자료를 접어서 주머니에 넣었다. 시류는 내 얼굴부터 시작해서 하나하나 살펴본 다음 부드럽게 말했다.

"우리들은 이 책이 나온다는 것을 전혀 몰랐어요. 만일 유뤄수이 동지가 이 이야기를 듣고 자진해서 교정쇄를 입수, 읽어 보지 않았더라면 이 책은 세상에 나오고 말았을 겁니다."

유뤄수이가 했다? 의심스럽군. 저 사람이 자진해서 무얼 하다니.

"쑨웨 동지, 중문학부 총지부에서는 이 책에 대해 알고 있었습니까?"

시류의 질문에 나는 곧장 대답했다. "알고 있었습니다."

"그럼 왜 문제 삼지 않았지요?" 시류의 질문이 이어졌다.

"이것은 출판사의 일로서 우리들이 관여할 권리는 없습니다. 게다가 허징푸 동지에게도 출판의 자유가 있습니다."

시류의 광대뼈가 점점 부풀어 올랐다. 이번에는 당위원회 위원들을 향해서 말했다. "과연 그럴까요. 그렇다면 백화제방, 백가쟁명이 부르주아적 자유화를 의미하는 것인지, 우리 당의 지도는 불필요한 것인지에 대해서 토론하기로 하지요."

대학의 강물이 오늘은 어쩌면 이렇게도 맑을까. 물이 맑으면 고기가 없다고 한다. 이 강에 고기는 없다. 고기에겐 탁한 물이 필요하다. 사람에게도 탁한 물이 필요한 것일까. 맑은 물에 일부러 흙이나 잡초를 던져 넣고 휘젓지 않으면 안 되는 것일까?

최고참 위원이 제일 먼저 발언했다. 그의 머리는 모시처럼 하얗다. 선량한 마음의 소유자다. 그의 눈은 얼마나 진실한가! 그 동란의 시절, 나는 그를 '지켜' 준 일이 있었는가 하면 그 앞에서 친딸처럼 괴로움을 토로한 일도 있었다. 그는 늘 "자네는 아직 젊어. 경험을 쌓는다는 것은 좋은 일이지." 하며 위로해 주었다. 얼마나 존경하고 있었던가!

"이전의 관례로는 출판사는 책을 내기 전에 꼭 저자의 직장과 연락을 취해 왔었으므로 우리들이 수동적인 입장에 놓이는 일은 없었습니다. 그러나 이번에 이렇게 된 이상은 되도록 온당한 해결을 하도록 해야겠지요. 저자는 아직 젊은이입니다. 그에게 원고를 되찾아 가도록 설득해서 수정하게 하면 어떨까요. 나는 그러한 관점이 잘못된 것이라고 생각합니다. 우리들은 몇 번이나 비판을 해 왔습니다. 42년 옌안의 정풍 때는……."

또 그 얘기이다. '천지 창조 이래 삼황오제로부터 오늘에 이르기까지'로 시작해서 인간성론과 휴머니즘에 대한 비판의 고사를 말하려고 하는 것이다. 문화대혁명 중 그를 규탄하는 대회가 있을 때마다 그는 42년 옌안의 정풍을 말했고 왕스웨이와의 싸움에 대해서 말했다. 그 부드럽고 솔직한 눈으로 자신을 비판하러 모인 사람들을 바라보면서 "수정주의를 한 일은 없다. 나는 당의 장기간에 걸친 교육을 받았다. 옌안의 정풍 이래……."로부터 시작했다. 사람들은 그를 '아니꼬운 얼굴'

이라며 비웃고 모욕하고 조소했다. 그러나 끝까지 그는 자기를 수정주의라고 인정하지 않았다. 그것을 보고 나는 그를 더욱 존경했던 것이다. 그러나 최근 2년 동안 나는 그에게서 아득한 거리감을 느낄 뿐이다. 모든 생활은 달라졌음에도 불구하고 그는 십수 년 전, 아니 수십 년 전과 조금도 다름이 없는 것이다. 바로 이 회의실의 석고상이 영원히 저곳에 영원히 저 자세로서 있는 것과 다름이 없다. 그를 감상할 수는 있어도 그와 대화할 수는 없다. "쑨, 방향타를 확실히 쥐고 있지 않으면 안 돼. 이런 혼란은 오래 계속되는 것이 아니야. 우리 당이 틀림없이 수습할 거야. 42년, 저 옌안에서······." 그 말을 들을 때마다 내 마음은 굳어지고 만다. 사정없이 들이받아 주고 싶지만 내게는 그럴 만한 힘이 없다.

"오늘의 상황은 과거와는 다릅니다. 출판사는 저자의 심사를 일반적인 것으로는 해서는 안 됩니다. 허징푸라는 구체적인 인물이 이러한 구체적인 책을 썼다는 것에 대해서는 신중히 해야 마땅합니다."

발언한 사람은 철학부 총지부 서기를 겸하고 있는 위원으로서 나와 마찬가지로 '정규 교육을 받은 사람'이다. 나는 진작부터 그의 사상이 의외로 개방적이라고 생각하고 있었다. 오늘은 이 '구체적인 인물'과 '구체적인 책'에 대단히 놀란 것일까?

"허징푸의 학부에서의 언동은 어떤 것입니까? 평판이 대단하다고들 하던데요." 한 여성위원이 앞의 발언을 받아서 질문했다.

"아주 좋습니다." 나는 간단히 대답했다. 머릿속에서는 '구체적인 인물'과 '구체적인 책'을 어떻게 이해해야 하는지에 대해서 생각하고 있었다.

'구체'가 어느 정도이면 우리들에게 간섭할 권한이 생기는 것일까. 출판법은 없다. 누구에게나 '구체'적인 면이 있다면 누구에게나 간섭할 이유가 발견되는 셈이 된다. 완전한 인간 따위는 없다. 100퍼센트

짜리 순금이 없는 것처럼. 구체? 구체! 구체……. 도대체 어떻게 이해해야 한단 말인가!

어쩌면 나는 이 자리에서 징푸에 대해서 '구체적'으로 말해야 하는 것인지도 모른다. 하지만 이런 상황에서는 말할 수 없다. 그에 대해서 냉정하게 생각하는 일조차 불가능하다.

자오전환이 다녀간 다음부터 그는 집에 찾아오는 일이 없어졌다. 어쩌다 만나더라도 미소만 지을 뿐 아무 말도 하지 않는다. 나는 그것이 괴롭다. 그와의 거리가 점점 멀어지는 것 같은 생각이 들기 때문이다. 나는 친구들에게 점점 그의 이야기를 하는 일이 많아졌다. 특히 리이닝에게. "나는 네가 두 번 다시 세파를 겪지 않길 바라. 허징푸는 네게 안정을 갖다줄 수 있는 사람이 아니야. 결혼해서는 안 돼." 그녀는 언제나 내게 그렇게 충고한다.

확실히, 허징푸는 안정을 갖다주지는 못할 것이다. 그러나 바로 그렇기 때문에 나는 그에게 끌리는 것이다. 나는 일찍이 그를 홀로 비바람 맞게 했었다. 만일 다시 한번 똑같은 일이 그에게 닥친다면 그를 홀로 싸우게 할 것인가. 그러고서야 어떻게 내 마음이 안정을 얻을 수 있겠는가!

"저는 허징푸의 평판을 듣고 있습니다. 발언해도 좋을까요?" 의사록을 쥐고 있던 천위리가 말했다. 시류가 고개를 끄덕이자 그녀는 이런 발언을 했다.

"허징푸는 명예를 회복한 이래 날로 오만해지고 있습니다. 언제나 학생들 사이에 자기의 경력을 과시함으로써 자기를 영웅으로 내세워서 한 무리의 유치한 청년들을 주위에 둘러 세우고 있습니다. 그는 항상 '우리 당은 과거의 교훈을 분명히 해야 한다.'고 말하고 있지만 그것은 자기는 일관해서 옳고 우리 당이 과오를 범했으며 자기는 당보다 우수함에도 불구하고 당으로부터 냉대받았다는 뜻이지요. 이 책에서 떠들고 있는 개인 존중이라든가 개성 존중 등의 개인주의적 관점은 모두 다 그가 학생들 사이에 퍼뜨려 온 것들입니다. 중문학부의 아나키즘 풍조는 그와 깊은 관계가 있습니다. 얼마 전 학생들이 칠판 신문에 연애시를 실은 것을 시류 동지가 비평했을 때에 학생들 일부가 소란을 피운 일이 있었습니다만, 이것도 허징푸와 관계가 있습니다. 지금에 와서는 승려 협회 고문으로 시류 동지를 추대하자느니 하면서 비웃는 학생이 나올 지경이니……."

누군가가 쿡 웃음을 터뜨렸다. 저쪽의 고령의 여성위원과 그 옆의 교수 동지이다. 그도 당위원회 상무위원으로 역사학 교수의 지위에 있다. 당위원회에서 단 한 사람의 교수이므로 모두들 그를 '교수'라고 부르고 있다. 그는 파이프를 물고는 그 여성 동지에게 뭔가 재미있다는 듯이 말을 걸었고 둘은 웃었다. 시류의 얼굴이 빨갛게 되었다. 그는 연필로 책상을 두들기며 천위리에게 명령했다.

"문제의 요점만 말하세요!"

천위리도 자신의 실언을 깨닫고 얼굴이 확 붉어졌다. 그녀는 마음을 가다듬고는 목소리를 높여서 말했다. "요는, 허징푸는 당의 우호와 배려를 짓밟고 변함없이 57년의 길을 달려서 점점 더 당으로부터 멀어지고 있다는 것입니다. 만일 때를 놓치고 도움의 손길을 뻗지 않는다면 어디까지 가 버릴지 알 수 없습니다. 생활 태도 문제에 대해서는 여기에서 언급하지 않도록 하겠습니다."

천위리는 마지막 한 구절을 말할 때 의미 있다는 듯이 나를 처다봤다. 나는 온몸이 뜨거워지고 얼굴까지 빨갛게 되었다. 사람들은 흔히 켕기는 것이 없으면 한밤중에 누가 문을 두드려도 놀라지 않는다고들 말한다. 나는 전혀 다르다. 켕기는 것이 없어도 얼굴이 빨갛게 되고 가슴이 두근거린다. 언젠가 버스 속에서 지갑을 잃어버린 사람이 있었다. 차를 세우고 검사하게 되었을 때 나는 몹시 긴장했었다. 지갑이 갑자기 내 몸에서 발견되는 것이나 아닐까 하는 생각에 제 정신이 아니었다. '계급 투쟁' 속에서, 무에서부터 유를 만들어 내던 방법이 이상심리를 낳는 것일까? 감정적인 일이 되면 이런 현상은 훨씬 더 심해진다. 허징푸의 생활 태도가 문제라는 말을 듣자마자 나와 그가 더러운 물을 뒤집어쓴 것 같은 느낌이 들어서 나도 모르게 격앙되었다.

천위리, 말 번지르르한 것 좀 봐! 그녀는 모든 사람에게 하나의 '구체적'인 허징푸의 이미지를 심어 주었다. 만일 중문학부에 있지 않고 허징푸를 알지 못했다면 나 역시 그에 대해서 좋지 않은 인상을 가졌을 것이다. 이질적인 분자를 배척할 때에 많은 사람들이 쓰는 방법은 이미 알고 있다. 모두가 다 아무개를 알지 못하는 것을 기회로 아무개에 대한 비방과 중상모략을 일삼는 것이다. 그 아무개가 변명할 기회라고 하는 것은 어차피 없다. 그러나 나는 허징푸를 알고 있으며 게다가 그를 사랑하고 있다. 천위리의 잔꾀와 말재주는 도리어 내 눈앞에 또 하나의 허징푸, 존경하고 사랑스러운 유랑자, 나의 가장 가깝고도 가장 먼 친구의 모습을 떠올리게 했다.

징푸, 타인이 이런 식으로 당신을 모욕하는 것을 듣고 난 가만히 있을 수 없어. 당신을 모르는 동지들의 마음에 왜곡된 이미지를 심게 할 수는 없어. 자기 감정을 드러내는 것을 마냥 두려워해서는 안 돼. 이제 더 이상 두렵지 않아! 나는 쭉 이런 기회를, 당신에 대한 애정을 공공연하게 표명할 수 있는 기회를 기다려 왔던 것인지도 몰라. 지금이야말로 발언하지 않으면 안 돼!

나는 일어났다. 그러나 내가 입을 열기 전에 어떤 위원이 발언했다. "그것이 사실이라면 책을 내게 해서는 안 되지!" 이어서 또 한 사람의 위원이 좀 더 격한 어조로 말했다.

"만일 내게 그럴 권한이 있다면 다시 한번 그를 우파 분자로 처단하겠습니다. 이번과 같은 대규모의 명예 회복에 대해서 저는 줄곧 태도를 보류해 왔었지요!"

나는 다시 착석했다. 그렇다. 나는 당위원회에 출석해 있는 것이다. 내 신분은 중문학부의 총지부 서기이다. 의제는 어느 인물이 쓴 한 권의 책의 문제에 어떻게 대처해야 할 것인가이지 나와 허징푸의 관계가 아닌 것이다.

"그것은 역시 교육을 통해서 설득하는 방법으로 해야만 할 것입니다. 과오를 범한 동지에 대한 우리 당의 일관된 방침은 장래를 위해서 과거를 징계하는 것이며 병을 고침으로써 사람을 구한다고 하는 것입니다. 42년의 옌안 정풍에서는……."

나는 그 백발의 노위원의 선량함에는 감격하지 않을 수 없다. 하지만 언제나 초점이 맞지 않는다.

나는 '교수'를 보았다. 강직하면서도 유머가 있는 노인이다. 극히 평범한 외모지만 그 유머가 이 사람의 매력이 되고 있다. 당위원회에서 그다지 발언하지 않는 것은 아마도 자기가 당위원회에서 유일한 교수이기 때문에 자제해야 한다고 생각하기 때문일 것이다. 하지만 오늘은 발언해 주었으면 좋겠다. 이 분은 언제나 느긋하게 파이프를 물고 있는 파이프 수집가이기도 하다. 문화대혁명 중에 그 파이프를 몰수당했을 때도 두꺼운 종이나 담뱃갑으로 파이프를 만들었다. 모양도 근사했고 성능도 좋았다. 그 후 그것을 많이 만들어서 애연가들에게 나누어 주면서 이런 말을 하면서 웃곤 했다. "교수 노릇 못하게 되면 이런 공예품이나 만들어 팔겠어."

그 입술이 겨우 파이프에서 떠나 가볍게 기침을 했다. 드디어 발언하려는 것이다. 입을 열기 전부터 웃는 얼굴을 하고 있다.

"천위리 동지의 발언을 듣고 있노라니 제 머릿속에는 하나의 지극히 모순된 이미지가 떠올랐습니다. 한편으로는 거만하기 그지없는데, 또 한편으로는 청년들에게 크게 호감을 사고 있다니요. 여러분, 청년들에게 호감을 산다는 것은 그리 쉬운 일이 아닙니다. 물론 청년들의 유치함과 무지를 이용하고 있다고 말한다면 그렇게 말할 수도 있겠지요. 그러나, 그렇다면 시험 삼아 이용해 보십시오. 저는 교수로서 학생들과 직접 접하고 있기 때문에 그들이 그리 간단히 이용되지 않는다는 것을 알고 있습니다. 그들의 두뇌는 뛰어납니다. 그런 그들이 접근하고 감탄하고 있다면 이 인물이 우리들에게 없는 장점을 갖추고 있기 때문입니다. 그러므로 허징푸에 대해서는 아마도 쉽게 부정해서는 안 될 것이라고 생각합니다. 또, 설령 천위리 동지가 말한 그대로라고 하더라도 출판의 권리를 박탈할 것까지는 없겠지요."

"그는 우리 당이 잘못을 범했다고 말하고 있는데도요?" 어느 위원이 격앙되어 말했다.

'교수'는 다시 파이프를 입에 물었다.

"우리 당은 잘못을 범하지 않았다는 건가요?"

'교수'의 발언이 시류에게는 불만이었다. 그러나 그는 말없이 시선을 한 사람 한 사람 순서대로 옮겨 가고 있었다. 분명히 누군가가 '교수'에게 반론해 주기를 기대하는 것이다. '교수'가 옆자리의 여성 동지의 소매를 끌었다. 여성 동지는 웃으며 고개를 끄덕였다. 그녀 역시 당위원회의 최고참 위원 중의 하나이다. 흰 살결에 품위 있고 작은 체격으로 몸놀림이 민첩한 것을 보면 도저히 육십 대라고는 생각되지 않는다. 그 옛날 북경 사범대학 중문학부의 우등생이었으나 학생운동을 일으켜 제적 처분을 받았다고 한다. 혁명에 참가한 다음부터는 계속 당 관계의 공작을 해 왔다. 그녀는 당위원회 선전부장을 겸하고 있다. 그녀가 말했다.

"저는 줄곧 하나의 문제에 대해서 생각하고 있었습니다. 즉 우리 당위원회도 진리를 검증하는 기준에 대해서 토론해야 하지 않을까 하는 것입니다. 이 토론이 시작된 지는 상당히 오래되었지만……."

그때 시류가 질문했다. "왜 또 그런 문제를?"

"실천이 진리를 검증하는 유일한 기준이라는 그런 새삼스런 문제는 토론의 대상이 되지 않습니다! 취옹의 뜻은 술에 있는 것이 아닙니다. 창끝이 향하는 곳만은 분명하다고 생각됩니다." 아까 허징푸를 다시 한 번 우파 분자로 처분하겠다고 공언했던 위원이 말했다.

"무엇에나 다 창끝이 있는 것은 아니지요." '교수'가 웃으며 끼어들었다.

"그럼요. 그렇다면 강철은 모두 창끝으로 사용되고 말았겠죠! 그리고 아까 두 동지 사이에 의견 차이가 있었습니다만 그것이야말로 이 문제의 토론이 필요함을 나타내고 있다고 생각합니다." 선전부장이 계속했다. "당위원회가 이러한 중요한 문제에 대해서 검토하지 않고 태도를 확실히 하지 않는다면 저는 선전부장을 사임하겠습니다."

"그 문제는 나중에 말하기로 하고 우선 허징푸 문제에 대한 의견을 말씀해 주시죠." 시류가 그녀의 말을 잘랐다.

"알았습니다. 우리들이 봉건제의 잔재에 반대한다는 중대 임무에 직면해 있다는 것은 실천적으로 증명되고 있다고 생각합니다. 저는 허징푸의 견해에 찬성입니다. 당위원회가 허징푸의 출판에 간섭하는 것은 불법이라고 생각합니다. 이상입니다." 선전부장은 간결하게 자기 의견을 말하고는 다시 '교수'에게 뭔가 귓속말을 했다.

"그 밖의 의견은 없습니까?" 시류가 물었다. 아마 토론을 종결시킬 생각인 모양이다. 그는 모두를 둘러보고 나서 말했다.

"그 밖의 의견이 없다면 이제 의결하겠습니다. 두 사람이 허정푸의 출판에 찬성하고 있는데 더 찬성하는 분은 없습니까?"

"저도 찬성입니다. 전문적인 것은 모르지만 출판사에도 당위원회가 있으니까 그쪽을 신뢰해야 한다고 생각합니다. 조직의 원칙에 합치되는 방법이 아니면 안 되니까요." 조직부장이다. 시류는 쳐다보지도 않는다.

그 밖의 위원들은 발언하지 않고 있다. 나는 한 사람 한 사람의 면면을 살펴봤다. 그들은 발언할 사람들이 아니다. 어떠한 문제의 토론에서도 그들은 말을 하지 않는다. 의결할 때에만 역할을 발휘할 뿐인 것이다. 오늘도 그들은 자기는 아무런 관심도 없다는 얼굴로, 마치 어린애를 끌고 공원 입구에서 해바라기라도 하고 있는 것 같은 느긋한 모습을 하고 있다. 한마디라도 좋다. 누군가 냉정하고도 공정한 의견을 말해 주지 않으려는가. 나는 애원하는 듯한 기분으로 그들을 보았다. 이것은 하나의 인간, 한 권의 책의 문제만은 아니다. 우리 당의 방침과 정책에 관계되는 것이다. 그러나 그들은 한결같이 내 시선을 피하고 입을 다물고 있다. 나는 마음이 싸늘해지는 것을 느꼈다. 우리들은 '백화제방, 백가쟁명'의 방침을 함께 배우고 토론해 온 사이이다. 한 톨의 씨앗이 바야흐로 흙을 뚫고 올라와 싹을 틔우려고 하는 순간에 그들은 어쩌면 이다지도 냉담할 수 있단 말인가? 어쩌면 이렇게 무감각할 수 있단 말인가?

"또 찬성하는 분은 없습니까? 그렇다면……."

나는 시류의 말이 끝나기 전에 벌떡 일어났다. 시류는 물론 말을 멈추고 깜짝 놀라서 나를 보았다. 잠시 있다가 그는 내게 물었다. "뭔가 의견이라도?"

"의견이 있습니다. 저는 한 인간, 한 권의 책에 대해서 이렇게 적당히 결정을 해서는 안 된다고 생각합니다. 이것은 당위원회입니다. 당위원회는 당의 방침과 정책을 진지하게 관철시켜야 합니다." 나는 흥분해 있었다. 스스로도 목소리가 약간 떨리고 있다는 것이 느껴졌다.

"그럼 어떻게 해야 한다는 것이지요?" 시류는 귀찮다는 듯이 내 말을 잘랐다.

"허징푸와 그의 책에 대한 지금까지의 의견 중에서 몇 가지 점은 잘 못되어 있다고 생각합니다."

나는 내 의견을 정리할 틈도 없이 생각나는 대로 이야기했기 때문에 발언이 길어졌다. 도대체 어떤 식으로 이야기를 했던가, 지금은 분명히 기억이 나지 않는다. 평소에는 내가 한 말이나 쓴 것은 하나에서부터 열까지 다 기억하는데 오늘은 그렇지 못하다. 아마도 허징푸에 대한 자신의 이해와 인식을 상세하게 이야기하고 진정을 토로했던 것이 아닐까. 천위리가 쿡쿡 웃고 있었다. 이 세상에는 색다른 감각과 사상의 소유자가 있는 법이다. 그들은 인간 사이의 증오는 정상적인 것으로 인정하면서도 인간 사이의 사랑을 비정상적인 것으로 취급한다. 남녀의 간통은 용인할 수 있으면서 진정한 애정은 용인하지 못하는 것이다. 천위리, 웃으려면 웃으라! 진정을 토로했다면 결코 후회는 하지 않는다. 나는 허징푸의 관점에 찬성한다고 말했다. 그렇다. 그리고 유뤄수이에게 "수정주의란 무엇인가를 확실히 설명할 수 있습니까?" 하고 질문했다. 유뤄수이는 어깨를 들썩하고 웃으며 "대답할 만한 가치가 없다."고 말했던 것 같다. 그래서 나는 시류에게 "시류 동지, 수정주의라는 것은 무엇입니까?" 하고 물었다. 시류는 광대뼈를 씰룩거릴 뿐 역시 대답하지 않았다. 그들이 대답하지 못하리라는 것은 알고 있었다. 마르크스·레닌주의조차 확실히 모르는데 어떻게 수정주의를 알 수 있단 말인가?

나의 발언은 '교수'와 여성 선전부장의 찬성을 얻었다. 그러나 다른 사람들은 아무런 반응도 보이지 않았다. 그들은 모두 시류를 바라보고 있었다. 시류의 광대뼈를 바라보며 그의 반응을 기다리고 있었다. 공기가 가득 찬 고무공이 솜덩이 위에 떨어진들 무엇이 이루어질 수 있겠는가. 나는 착석했다.

습관, 습관. 습관보다도 무섭고 권위가 있는 것이 있을까. 사람들은 모두 위를 보고 있다. 사람의 가치는 물론, 그 사람의 말의 가치도 지위에 따라서 다른 법이다. 지위가 높으면 말도 무겁고 지위가 낮으면 말도 가볍다. 이것은 진리는 아니다. 그러나 사실이다. 사실은 흔히 진리보다도 설득력을 가진다. 그러나 이런 상태를 개선하지 않고 우리들에게 희망이 있는 것일까?

나는 더 이상 아무 말도 할 기분이 들지 않았다. 오로지 빨리 끝나기만을 바라고 있었다.

하지만 의외로 천위리는 다시 한번 더욱 재미있는 단막극을 연출할 마음이 들었던 모양이었다.

"쑨웨 동지의 발언에는 놀랐습니다." 하고 그녀는 말을 꺼냈다. "사정을 모르는 사람은 제가 허징푸에게 뭔가 개인적인 감정이 있어서 나쁘게 말한 것이라고 생각하겠지요. 그러나 사실은 저는 허징푸에게 옛날이나 지금이나 아무런 감정이 없습니다. 쑨웨 동지에게 한마디 충고하겠어요. 남녀 간의 사사로운 정 때문에 눈이 멀어서는 안 됩니다."

한바탕 웅성거림이 있었다. 모두들 이상한 눈으로 나를 보고 있다.

모두가 나와 허징푸의 과거를 상기하고 있음에 분명하다. 그리고 우리들의 현재의 관계를 알고 싶고, 나의 발언 동기가 무엇이었는지 확실히 하고 싶어서 근질근질한 것이다. 나는 많은 서치라이트의 초점에 앉아 있었다. 처음에는 당황스러웠고 부끄러움과 불안으로 가득했었다. 나는 확실히 허징푸에 대해서 남녀 간의 사사로운 정을 품고 있었으며 그 사사로운 정은 분명히 나의 허징푸에 대한 태도에 영향을 미치고 있었다. 그러나 나는 서서히 침착성을 되찾아 이렇게 자문했다. '나는 남녀 간의 사사로운 정 때문에 당의 원칙을 버리고 시비의 관점을 애매하게 한 일이 있는가?' 나는 자답했다. '아니다. 그런 일은 없다.' 나는 벌떡 일어나서 시류를 직시하면서 말했다.

"시류 동지에게 물어보겠습니다. 당위원회에서는 저의 사사로운 정에 대해서 토론하실 생각이신가요?"

나는 침착했다. 그런데 생각지도 않게 시류의 얼굴이 새빨갛게 되었다. 드문 일이다. 내 태도에 화가 난 것일까, 아니면 위리의 발언이 수치스러운 것일까.

"앉아요." 여성 선전부장이 격앙되어 말했다.

"나는 당 회의에서 다른 사람의 프라이버시를 논의하는 데는 절대 반대예요, 시류 동지. 우리들에게 다른 사람의 사생활을 간섭해도 좋다는 권리가 있습니까? 쑨웨 동지의 발언 자체에 대해서 논의하면 되는 겁니다. 뭐가 남녀 간의 사사로운 정입니까?" 이것은 그녀가 시류에게 한 말이다.

만일 꾹 참고 있지 않았다면 눈물이 흘렀을 것이다. 몇 년 동안 계급 투쟁을 모든 영역으로 확대하고 있었기 때문에 우리들에게 사생활 따위는 없어져 버렸다. '사생활'이라는 말만으로도 '뒤가 켕겨서 다른 사람의 눈을 피한다.'는 인상을 주는 것이다. 누구나가 자기는 다른 사람의 사생활에 간섭할 권리가 있다고 생각하고 있다. 조직의 경우는 더욱 그렇다. 그때 시류가 말했다.

"쑨웨에게는 자기의 사생활을 결정할 권리가 있습니다. 하지만 감정을 당의 원칙으로 잘못 해석하는 일은 절대로 허용될 수 없습니다!"

내가 감정을 당의 원칙으로 잘못 해석했다? 이것은 반론해야 한다. 나는 시류에 대해서, 그리고 당위원회 위원들에 대해서 하나의 당원으로서 자기의 관점을 감추려는 생각은 없으며 자기의 감정을 감추려는 생각도 없다. 이 사람들 중 어떤 사람은 옛날부터 상사이며 어떤 사람은 동급생이자 동료이다. 그러나 그들은 나를 완전히 이해하고 있지는 않다. 내가 그들을 완전히 이해하고 있지 않은 것처럼. 그렇다면 그들에게 알게 해 주자.

"저는 당의 회의에서 허징푸와의 관계를 이야기하고 싶습니다. 허징푸는 학생 시절부터 저를 사랑했고 지금도 사랑하고 있습니다. 그의 사랑은 순수하며 깨끗한 것입니다. 저는 그것을 행복으로 생각합니다. 저도 그를 사랑하고 있으니까요. 그러나 여러 가지 이유가 있어서 우리들은 결합되지 못하고 있습니다. 제게는 그것이 괴로움입니다. 이상이 제 남녀 간의 사사로운 정입니다."

몇 명인가가 수군거리고 있다. 무엇을 말하고 있는 것일까. "그런 말을 해서 무슨 소용이 있어!" 어떤 동지가 말했다.

"이것은 제가 말하고 싶어서 말한 것은 아닙니다. 이 문제는 천위리 동지가 꺼낸 것이지요." 내가 그렇게 말하자 그 동지는 나를 향해서 우호적으로 고개를 끄덕였다. 나는 알고 있다. 그에게 무슨 의견이 있었던 것이 아니고 그저 말이 입으로 나온 것뿐이었던 것이다. 나는 역시 시류를 직시하며 말했다.

"저는 남녀 간의 사사로운 정에서 허징푸를 변호하고 있는 것은 아닙니다. 당의 정책, 국가의 법률을 관철하기 위해서입니다. 설령 허징푸의 관점이 전부 잘못된 것이라 하더라도 출판을 인정하지 않을 수는 없습니다. 옳고 그른 것에 대한 판단은 그다음에 토론을 통해서 이루어지는 수밖에는 없는 것입니다. 저는 허징푸의 관점에 공감하고 있다는 것을 부정하지 않습니다. 만일 허징푸가 분명히 틀렸다는 사실이 증명된다면 저는 그와 더불어 그 책임을 지고 싶습니다. 설령 그 잘못이 아무리 크다 하더라도."

천위리가 다시 쿡쿡 웃고 있다. 질투하고 있는 것이다. 그녀는 일찍이 이런 애정을 획득해 본 일이 없으니까. 시류의 것은 애정이라고는 말할 수 없다. 나는 그녀를 불쌍하게 느낄 때가 있긴 하다. 그녀는 자주 자기의 대수롭지 않은 지위를 이용해서 다른 사람에게 해를 끼친다. 그것이 위로가 되고 기분 전환이 되는 것일까? 여우는 선반 위의 포도에 손이 닿지 않자, 저건 신 포도야, 하고 말했었다. 그것은 그래도 용서할 수 있다. 그러나 포도가 올려져 있는 선반에 불을 질러서 태워 버림으로써 아무도 먹지 못하게 한다는 것은 용서할 수 없다.

시류가 참다 못해서 드디어 손을 흔들어 내게 착석을 재촉했다.

"우리들은 여기에서 쑨웨의 개인적인 문제를 토론하려고는 생각지 않습니다." 그리고 그는 말했다. "그럼, 여러분의 의견을 정리해 주십시오. 아까의 토론에 의하면 허징푸의 책 출판에는 다수의 동지가 반대였습니다. 소수는 다수의 의견을 따르지 않으면 안 됩니다만 계속 의견을 갖는다는 것은 허용됩니다. 유뤄수이 동지는 당위원회의 의견을 출판사에 전달해 주십시오. 그쪽에서 듣지 않는다면 일체의 책임은 그쪽에 있습니다. 허징푸에 대해서는 저는 교육을 주로 해야 한다는 의견에 찬성입니다. 그가 자발적으로 원고를 회수해서 근본적인 손질을 한다면 그것은 환영합니다. 중문학부 총지부는 그에 대해서 날카롭고 면밀한 사상 공작을 행해 주도록 하십시오.”

지금 나는 허징푸에 대해서 '날카롭고 면밀한' 사상 공작을 하러 가고 있는 중이다. '날카롭고 면밀한!'

“어? 쑨웨 아냐? 어디 가는 길이지? 잠깐 들렀다 가. 집에 맛있는 게 있어.”

어쩌다가 유뤄수이 따위를? 그렇다. 그의 집 앞을 통과하려던 참이었지. 이런 사람, 난 정말 질색이다.

“어머, 마침 잘 만났네. 당신도 함께 가지 않겠어요? 허징푸에게 날카롭고 면밀한 사상 공작을 하러 가는 길인데 좀 도와주시죠.” 나는 빈정거리며 말했다.

“그건 무리인걸! 오후에는 중요한 용건이 있어서.” 그는 당황해서 고개를 옆으로 저었다.

“그럼 그 자료를 좀 빌려 주시죠? 당신 의견을 허징푸에게 전해 주고 싶어서요. 전 따로 적어 두질 않아서.”

그는 또 당황하여 고개를 저었다. “기억을 되살려서 요점만을 정리해서 말해 주면 될 거야. 그는 알 거야. 내 의견 따위는 성숙되어 있지 않아서 전달할 필요까지도 없어.”

“하지만 당신은 그 성숙되지 않은 의견을 당위원회에서 말하지 않았던가요? 그리고 당위원회는 그 성숙되지 않은 의견에 근거해서 결정을 내렸고, 혹시 당위원회에서 이야기하는 것이라면 성숙되어 있지 않은 것이라도 상관없다는 생각을 하고 있는 게 아닌가요?”

유뤄수이의 하얀 얼굴이 새빨갛게 되더니 빛나는 머리를 계속 긁었다. 드디어 그는 그야말로 속마음을 다 아는 친구라도 되는 것처럼 친근하게 말했다. "사실을 말하자면, 이번 일 역시 내가 꺼낸 게 아니야. 상부의 지시를 거스를 순 없잖아?"

"그렇다면 시류가 시킨 일이로군요?" 나는 추궁했다.

"그렇다고도 말할 수 없지만. 당원으로서는 역시 상급자를 따르지 않을 수 없으니까."

이 사람의 뺀들뺀들함에는 정말로 기가 막힌다. 나는 대답 대신에 흥, 하고 콧방귀를 뀌고는 걸어가기 시작했다. 그러나 그는 나를 붙잡고 말했다.

"뭐가 그렇게 급해. 점심시간이잖아. 자, 먹고 가." 나는 힘껏 그의 손을 뿌리치고는 차갑게 말해 주었다.

"내가 지금 원하는 건 맛있는 것 따위가 아네요. 어떤 식으로 허징 푸에게 이야기해야 하는지 곰곰이 생각할 시간이지요."

그는 다시 얼굴을 긁더니 그야말로 성실 그 자체인 것처럼 보이는 몸짓으로 말했다.

"쑨웨, 이건 잘 설득해야 해. 일시적으로 원고를 걷어들였다가 때가 무르익은 다음에 출판해도 늦지는 않으니까. 사람 사는 길이란 언제나 평탄한 게 아니야. 역사상의 큰 인물은 모두 갖가지 재난을 겪었어. 좌절은 인간을 키워 준다고 하잖아? 맹자도 말했어. '하늘이 장차 큰일을 사람에게 맡기고자 할 때에는……'"

"그렇다면 당신이 큰 인물이 되지 못했던 것은 좌절이 없었기 때문이 군요. 앞으로 실컷 좌절을 겪도록 기도하겠어요. 하지만 유감스럽게도 당신의 길은 언제나 평탄하겠죠. 당신 앞에는 영원히 활로가 열려 있으니까요." 나는 정색해서 말해 주었다. 감정을 사더라도 상관없어. 아니, 이런 사람한테는 감정을 사는 편이 오히려 나아!

"하하하, 쑨웨. 언제부터 그렇게 신랄해졌지? 조심하는 편이 좋아. 자, 안으로 들어가서 밥이나 먹자고!"

바늘로 찔러도 피 한 방울도 나오지 않고 칼로 베어도 살 한 점도 베어지지 않는다. 사람이 이렇게까지 '수양'할 수 있는 것도 쉬운 일은 아니다.

나는 오늘 유뤄수이에게서 장자의 〈소요유〉에 나오는 '지인'으로 통하는 길을 본 것 같은 생각이 든다. 실제로는 혈액이 절반쯤밖에 냉각되지 못한 냉혈한이라 생각하지만. 그렇지 않다면 그는 어째서 '무하유지향'(형태 있는 것이라고는 아무것도 없는 광야를 의미하며 장자가 말하는 속세 밖의 이상향)으로 가지 않고 당위원회 사무국의 주임 따위가 되어 있단 말인가? 게다가 언제나 '끼니'는 잊지 않는다. 속세를 벗어나 있는가 아닌가는 완전히 수수께끼이다.

하지만 유뤄수이의 수수께끼 따위는 풀고 싶은 마음이 들지 않는다. 나는 유뤄수이와 헤어져서 곧바로 허징푸의 숙소로 향했다. 이제 바로 저기다. 그런데도 그에게 무어라고 말해야 좋을지 아직도 모르겠다.

이곳은 빈터다. 원래는 양탄자 같은 잔디가 있었지만 지금은 억새뿐이다. 담당 노동자가 불만을 품고 일을 하지 않기 때문이라고 한다. '생산 관계'의 문제다. 정신의 생산 영역에는 생산 관계의 문제가 없는 것일까? 정신의 영역에서도 역시 푸른 잔디가 온통 억새밭으로 변하고 말 수도 있는 것이다. 시류는 밧줄을 꺼내 허징푸를 묶으려고 한다. 그리고 나는 그 밧줄을 죄기 위해서 파견된 것이다.

나는 문을 똑똑 노크했다. 허징푸가 앞에 서 있다. 시왕도 있었다. 두 사람 다 내가 온 것이 의외인 모양이다.

허징푸

바람이 불면 비가 내린다. 나는 알고 있다.

정말로 의외다. 그녀가 갑자기 찾아오다니. 내가 부르지도 않았거니와 그녀가 사전에 연락을 했던 것도 아니다.

얼굴색이 좋지 못하다. 그녀를 내 책상 앞의 의자에 앉게 하고 나는 침대에 걸터앉아서 다른 침대에 앉아 있는 시왕과 서로 마주 보았다. 시왕은 그녀가 와도 전혀 돌아갈 기색을 보이지 않는다. 그녀가 오늘 처음으로 이곳에 왔다는 것을 알고 있는데도 꼼짝 않고 앉아 있다. 그녀에게 그 이야기를 할 생각으로 있음이 분명하다. 그 밖에 또 무엇을 말할 생각인가. 그는 거리낌 없는 사내이다. 그와는 반대로 그녀는 학생과 솔직하게 대화를 나누는 것에 익숙하지 못하다. 그녀는 교사의 입장에 익숙하고 간부의 입장에 익숙하다. 이 젊은 친구야, 빨리 돌아가 주지 않겠나! 나는 거기까지 생각하다가 부끄러워 귀까지 빨갛게 되었다. 그녀 앞에서 당황한 모습을 보이고 싶지 않아서 애써 아무렇지도 않은 표정을 지으면서 차를 끓여 내놓았다. 그리고 농담을 섞어 말했다.

"총지부 서기님의 왕림을 알아차리지 못해서 참으로 실례올시다. 그런데 무슨 용무로 납시었는지요?"

시왕은 장난스런 눈짓을 하더니 옆으로 얼굴을 돌리며 웃었다.

쑨웨의 얼굴이 빨갛게 물들었다. 나는 그 이상 다른 농담도 못하고 그저 바보처럼 침대에 앉은 채로 그녀의 말을 기다렸다.

쑨웨는 방을 둘러보기만 할 뿐 아무 말도 하지 않는다. 시왕이 일어났다. 나는 틀림없이 식사를 하러 가는 것이라고 생각하고 말했다. "시왕, 먼저 식사하러 가지. 나는 좀 있다가 갈 테니까."

"아뇨, 저도 좀 있다가 가겠습니다. 오늘은 전혀 배가 고프지 않아요. 쑨 선생님께 드리고 싶은 말씀도 있고." 시왕은 자기가 마실 차를 끓이려고 일어났던 것일 뿐이다. 그는 대답하면서 내게 윙크했다. 나는 점점 더 귀가 뜨거워졌다. 쑨웨가 나를 힐끗 보았다. 그때 시왕이 그녀에게 물었다.

"쑨 선생님, 잠깐 여쭈어 보겠는데 허 선생님 일은 알고 계신지요?"

"무슨 일?" 쑨웨는 대답하고 다시 나를 힐끗 보았다.

"정말로 모르시나요? 제 아버지가 C대학 당위원회 이름으로 《마르크스주의와 휴머니즘》의 출판을 제지하려고 하고 있습니다. 자기는 아무것도 하고 싶지도 않고 할 수도 없으면서, 다른 사람에게도 하게 하고 싶지 않은 겁니다. 아버지는 사상 해방의 장애물입니다. 게다가 그것을 자랑스러워하고 있는 것이죠. 틀림없이 아버지 생각에는 다른 사람을 방해한다는 것도 하나의 재주라고 믿겠죠."

이 젊은이가 하는 말은 언제나 신랄하다. 자기 아버지에 대해서도 그렇다. 그는 이야기하면서 확인이라도 하는 것처럼 쭉 쑨웨를 바라보고 있었다. 쑨웨가 정말로 모르고 있는지.

쑨웨는 희미하게 몸을 떨었지만 곧 평정을 되찾고 아무렇지도 않게 물었다. "정말? 어떻게 알고 있지?" 그녀의 불안한 눈길을 보면 거짓말을 하고 있는 것이 틀림없다. 그러나 나는 그것을 더구나 시왕의 앞에서는 폭로하고 싶지 않다. 아니, 어쩌면 시왕은 이미 알고 있는 것이 아닐까. 그의 입가에 희미하게 빈정거리는 웃음이 떠올라 있다. 나는 긴장해서 그를 보았다. 쑨웨를 곤경에 몰아넣지 말도록 눈짓을 했지만 그는 그 시선을 피해서 고개를 젖히고는 차를 마셨다. 그리고 그가 찻잔을 놓았을 때 입가의 웃음은 사라지고 없었다. 나는 휴 하고 한숨을 쉬며 그에게 말했다.

"시왕, 자네가 들은 말을 쑨 선생에게 해 주지 않겠나? 새삼스럽게 내가 말하지 않아도 되도록." 시왕은 웃으며 고개를 끄덕였다.

"쑨웨 선생님, 저는 저도 모르게 KGB 흉내를 내서 내막을 알고 말았습니다." 쑨웨는 놀라서 그를 쳐다보았다.

"저는 지금 정말로 후회하고 있습니다. 그날 그들과 싸움을 하지 않았더라면 좀 더 여러 가지 내막을 알게 되었을 텐데 하고요." 시왕은 그렇게 말하고 이야기를 매듭지었다.

나는 웃으며 말했다. "우리는 내막만으로 살고 있는 것은 아니야."

출판사 편집자 이야기로는 천위리가 교정쇄를 요구해 왔을 때 이미 대학 당위원회 이름을 입에 올렸었다고 했다. 그러고 보면 천위리도 시류도 유뤄수이도 모두들 조직의 이름을 빌려서 개인적인 목적을 달성하려고 하고 있는 것이다. 이것도 '내막'이라고 하면 할 수 있으리라. 그러나 그것을 시왕에게는 말하지 않았다. 젊은이는 무모한 법이니까. 그러나 이런 것들을 생각하면 정말로 마음이 언짢아진다.

'내막'이 있을 수 없는 일에 '내막'이 생기는 것은 자기의 행위가 공명정대하지 않다는 것을 알면서도 하지 않고는 못 배기는 자들이 있기 때문이다. 사물에 '내막'이 생기면 곧 이유도 없이 갖가지 마찰이 일어나게 되는 것이다! 그리하여 우리들 중국인의 정력은 모두 내막의 제조와 내막의 탐색에 낭비되게 된다.

"저는 두 분 같은 진지파는 아닙니다. 내막을 만드는 자가 있는 이상 내막을 찾는 자가 있는 것이 당연하지 않을까요. 내막을 만드는 자는 수단을 가리지 않는데 우리들은 왜 군자의 예를 다해야만 하는 겁니까?" 시왕의 말이 다시 격해졌다.

"정치꾼같이 수군거리는 것은 좋아하지 않아!" 쑨웨가 말했다. 그녀도 흥분한 기색이다.

"누군 좋아하나요? 하지만 수군거리는 것을 좋아하지 않는다고 해서 그런 게 없어지는 것은 아닙니다. 예를 들어서 천위리 같은 사람에게 공명정대함을 요구할 수 있을까요? 그녀는 전형적인 시누이예요! 며느리와 시어머니, 그리고 며느리와 며느리 사이에 언쟁의 씨를 뿌리는 것을 즐기지요. 유감스럽게도 우리 대열 속에는 그런 여자들이 적지 않습니다. 그런 여자를 좋아하는 남자들이 적지 않으니까요." 시왕의 이야기가 진행됨에 따라 쑨웨는 눈썹을 찌푸렸다.

"어린 사람이 당돌하게 왜 남녀를 구별하지? 옳은지, 그른지를 문제삼아야잖아?"

시왕은 웃었다. 안경을 밀어 올리고 아주 재미있다는 듯이 쑨웨를 보며 말했다. "쑨 선생님, 이렇게 대단한 반응을 보이실 줄은 몰랐습니다. 여자로서의 자존심을 지키고 싶다는 선생님의 기분은 이해합니다. 하지만 어떻게 하면 좋을까요? 천위리처럼 자존심 따위는 전혀 개의치 않는 여자가 분명히 존재하니까요."

시왕이 하는 말은 옳다. 지금 사회에서는 여자는 아직 인형의 지위를 완전히 벗어나지 못했다. 변함없이, 여자는 재능이 없는 것이 덕이고, 남자는 덕이 없는 것이 재능이라고 하기도 한다. 쑨웨는 그것을 의식하고 있는 것이라고 생각한다. 의식하고 있기 때문에 여자의 자존심을 지키며 다른 사람들로부터 그런 말을 듣고 싶지 않은 것이다. 천위리 역시 당연히 그것을 의식하고 있다. 그러나 그녀는 이미 자존심을 잃고 인형으로 격하되어 있다. 그녀는 인형의 몸에 온통 꽃을 박아 넣고 사람을 인형의 지위로 끌어내리고 싶어하고 있다. 이것은 일종의 변태심리라고 생각된다.

나는 지금까지 주의 깊게 쑨웨를 관찰하고 있었다. 그녀는 오늘 처음으로 내 '보금자리'에 온 것이다! 내 상상의 그림 속에서는 그녀의 첫번 방문은 이런 것일 수 없었다. 20여 년 전의 그 쑨웨처럼 발랄하고 허심탄회하게 내 앞에 서서 도도하게 이야기를 하고, 나는 놀라고 기뻐서 활짝 열린 영혼의 문을 향하여 뛰어 들어간다……. 그러나 오늘은 그녀가 온다는 것도 몰랐고 왜 왔는지도 모른다.

"쑨 선생님." 시왕이 다시 말을 걸었다. 쑨웨가 그쪽을 보았다. "허 선생님 일은 어떻게 하면 좋으리라 생각하십니까? 타협인가요?" 시왕이 질문했다.

"꼭 해결되겠지. 당의 정책대로 하면 돼." 쑨웨는 신중하게 대답했다. 시왕의 얼굴에는 언뜻 실망의 그림자가 지나갔다. 그는 한숨을 쉬고 일어나서 상단 침대 난간에 뛰어올라 마치 근력 트레이닝이라도 하는 것처럼 세 번 턱걸이를 했다. 이것은 자기의 기분을 감추거나 조절할 때의 버릇이다.

쑨웨도 시왕의 자기에 대한 불만을 읽은 듯 웃는 얼굴로 부드럽게 시왕에게 말했다. "자네는 어떻게 하면 좋겠다고 생각하지?"

"이야기해도 두 분은 찬성해 주시지 않겠죠." 시왕은 한숨을 섞어 가며 말했다. "저는 사실을 공표하고 전 교사 학생들에게 토론시켜야 한다고 생각합니다. 그리고 신문사에 편지를 내도 좋지요. C대학의 이 한없는 침체 상황에는 심하게 채찍질을 가하지 않으면 안 됩니다! 저는 아버지와 싸워도 상관없습니다. 제가 알고 있는 사실을 써서 공표하고 싶어요. 아버지는 기껏해야 생활비를 보내 주지 않을 뿐이겠지요. 그건 일을 하면 해결될 것입니다."

쑨웨는 분명히 머리를 옆으로 흔들고는 나를 보았다. 나는 그녀에게 말했다. "나도 거기에는 반대야. 이미 무수한 경험이 증명하고 있어. 이런 식의 소란으로는 진정한 해결은 되지 않아. 사태를 복잡하게 만들 뿐이지. 역시 출판사의 의견을 기다리지. 출판사가 원칙을 견지할 수 있을지는 알 수 없지만."

시왕이 계속 머리를 흔들면서 말했다. "선생님 세대와 저희 세대는 참 다르구나, 하는 생각을 자꾸 하게 되는군요. 할 수 없습니다. 서로가 서로에게 강요는 할 수 없으니까요. 하지만 저는 역시 두 분의 선량함은 아름답다고 생각하지만 그런 것이 유효하다고는 믿지 않음을 말씀드려 두겠습니다."

"너희 세대의 생각으로 본다면 우리들은 완전히 낙오자로군." 쑨웨가 웃으며 다소 감상적인 어조로 말했다.

"쑨 선생님, 그런 의미가 아닙니다. 제 말투가 나빠서 오해를 불러일으켰다면 사과드리겠습니다." 시왕은 약간 흥분한 것 같다. 안경알이 빛나고 있다. "저희들 두 세대는 다 고통을 짊어지고 적극적으로 사색하고 있습니다. 저희들의 사상 감정은 서로 통하고 있어요. 그러나 두 분들 세대처럼 저희는 우유부단하지는 않습니다. 중국에는 문제가 산적해 있습니다. 언제까지나 우물쭈물하고 있을 수는 없습니다! 두 분 세대가 짊어진 어깨의 짐이 너무 무겁다는 생각은 안 드시나요? 저희들은 그 무거운 짐을 내려놓아 주셨으면 하는 겁니다……."

쑨웨의 눈이 젖어 있다. 감수성이 예민한 사람이다. 그녀가 입을 열어 무엇인가를 말하려다 말았다. 자기의 기분을 억제하고 있는 것 같다.

시왕 쪽이 허둥대고 있다. 그는 불안한 듯이 일어서서 말했다.

"쑨 선생님, 허 선생님. 전 슬슬 밥을 먹으러 가야겠군요. 이제 두 분이 대화를 하시는 게. 제가 대단히 실례를 한 것 같습니다."

쑨웨도 따라 일어나서 시왕의 팔을 잡고 말했다. "화난 것 아니야. 난 좀 더 이야기를 하고 싶어. 때때로 우리 집에 와 주면 좋겠는데. 한이도 늘 시왕 이야기를 하곤 하지."

시왕이 여느 때의 표정으로 되돌아갔다. 그는 다시 장난스럽게 내게 윙크하며 말했다. "허 선생님, 기다리기만 해서는 안 됩니다! 우리 아버지에게나 다른 사람에게나. 그런데 어떨까요, 두 분께 뭔가 먹을 것을 좀 사 갖고 올까요?" 나는 고개를 흔들었고 그는 나갔다.

"기다린다느니 기다리지 않는다느니 무슨 말이야?" 쑨웨가 물었다.

"뭐, 어린애가 하는 말이지. 무슨 말인지 모르겠어." 나는 대답했다. 실제로는 시왕의 말의 의미를 훤히 알고 있었다. 그러나 역시 기다리는 수밖에는 없는 것이다.

"저런 젊은이, 난 정말 좋아해. 나는 저 사람들과 동일한 사상과 기대를 갖고 있다는 생각을 자주 해. 저 사람들에게서 나의 과거도 보는가 하면 나의 미래도 봐. 단지 나의 현재만을 볼 수가 없어. 내게는 저런 확고한 자신감이 없으니까. 하지만 저 사람들도 다소 과격하기 때문에 초조해하고 있는 게 아닐까?" 그녀가 내게 말했다.

"그래, 그러나 정체와 무감각에 비한다면 그들의 과격함과 초조함도 사랑할 만하지." 나는 대답했다. 우리들은 왜 이런 이야기만 하고 있는 것인가. 그녀는 그 때문에 온 것인가?

"학생과의 교제는 많은 편이야?" 그녀가 물었다. 내가 고개를 끄덕이자 그녀는 말을 이었다.

"나는 늘 그들에게 가까이 가고 싶다고 생각하면서도 한편으로는 그것이 두려워. 그들 앞에서 너무 자신을 드러내고 싶지 않아. 부정적인 영향을 주게 되지나 않을까 마음에 걸려. 사람들의 모범이 된다는 것은 말처럼 쉬운 일이 아니야." 눈물이 한 방울 그녀의 눈꼬리에서 떨어졌다.

나는 마주 앉아 있었다. 얼마나 그 눈물을 닦아 주고 싶었던가. 스스로를 억제하기 위해서 나는 일어나서 창가로 가서 바깥을 내다보았다. 그리고 그녀의 이야기를 받아서 말했다.

"그것이야말로 존재가 인식을 결정한다는 것일 거야. 나도 지금은 선생이라고 불리는 입장이지만 다른 사람의 모범이란 개념은 아직 내게는 없어. 십수 년 동안의 유랑 생활 덕택에 사람들로부터 여러 가지 이름으로 불리는 것에 익숙해졌어. '허 선생님' 하고 불리는 것도 '허 씨'라든가 '어이!' 하고 불리는 것과 아무런 차이도 없는 것처럼 들려. 어느 것이나 나의 부호에 불과하지. 나는 한 사람의 인간으로서 또 인간과 사귄다는 것이 습관이 되어 '인간'이라는 것 외에 어떤 조건도 붙이지 않아. 그리고 누구든지 나와 서로 이해하고 서로 신뢰할 수 있다면 그 사람이 학생이건 선생님이건 간에 나는 그 사람과 친구가 되는 거지. 당신과는 반대로 나는 다른 사람 앞에서 자신의 영혼을 드러내고 싶다고 생각하고 있어. 유랑 생활에서는 사람들이 내 영혼 따위는 필요로 하지 않았지. 닫힌 영혼은 죽은 영혼과 크게 다르지 않아. 그 무렵에 내 마음을 보고 싶어하는 사람만 있었더라면 나는 내 가슴을 잘라서라도 열어 보였을 거야. 온몸의 뜨거운 피가 남김없이 흘러 버려도 아까워하지 않았을 거야……."

나는 그 이상 이야기를 계속할 수가 없었다. 유랑 생활의 순간순간 이 눈앞에 선명하게 떠올라 왔다. 그 중에서도 가슴이 찢어지기만 하는 그 광경이…….

"너같이 호적도 없는 촌놈이 입을 열겠다는 거야? 빨리 이곳에서 꺼지지 않으면 두들겨 패 줄 거다!"

1970년 화이허강 기슭에 있는 준상령에 흘러가 닿았을 때 마침 도시부 주민의 하방 운동에 맞부닥치게 되었다. 인구 1만 명 정도의 오래된 시에서 5천 명을 농촌으로 '하방'시키려고 한 것이었다. '무위도식'하는 자는 '하방', 재직 간부도 '하방'. 그곳에 공작을 하러 와 있던 현위원회 서기는 "이것은 도시와 농촌의 격차를 소멸하기 위해서이다!" 하고 공언했다. 나는 마치 전란 한가운데에 놓여 있는 것 같은 생각이 들었다. 날마다 누군가가 강제로 농촌으로 이주당하고 있었다. 어른도 아이도 울부짖으며 떠나갔다. 주인이 나가고 없는 빈집은 미련을 두지 않게 하기 위해서 사정없이 부서졌다. 가족이 여섯 명인 집이 있었다. 남편은 잡화점 점원, 아내는 제면소 직공, 아이 넷. 제일 큰 아이가 아직 열 살이었다. 날마다 공작조가 이사를 재촉했다. 부부는 아이들을 먹여 살릴 수 없기 때문에 가고 싶지 않다고 열심히 애원했다. 그러자 현위원회 서기는 말했다. "그들에게는 손을 들었다. 혁명 운동을 하는 수밖에는 없다." 나는 그 '혁명 운동'을 목격했다.

한 떼의 건장한 남자들이 손에 삽과 괭이를 들고 집 앞에 모였다. 남편은 사전에 소문을 듣고 몸을 피하고 없었다. 아내는 꿇어 엎드려 울면서 애원했다. 그러나 아무런 효과도 없었다. 철거가 시작되려는 순간 갑자기 늑대가 울부짖는 것 같은 외침이 들렸다. 옷을 벗어 던지고 완전 알몸이 된 여자가 지붕으로 기어 올라가려고 하는 것이 보였다…….

그녀는 수치심과 목숨으로써 그 집을 지키려고 했던 것이다.

폭소가 일어났다. 그녀는 질질 끌려 아래로 내려졌고 다른 무리가 올라갔다. 순식간에 집은 벽돌 더미로 변해 버렸다.

아내는 수치와 절망 때문에 끊임없이 늑대처럼 고함을 지르고 있었다. 몇 명의 건강한 여자들이 와서 그녀를 안아 옷을 입혔다.

나는 흘러내리는 눈물을 어떻게도 할 수 없었다. 마치 내 어머니가 모욕을 당하고 있는 것 같은 느낌이었다. 전신의 분노와 원한을 털어내고 싶었지만 내게는 그럴 권리가 없었다. 바보처럼 잠자코 있는 수밖에는 없었다.

나는 그 일가를 돕고 싶어서 은밀하게 그들의 '하방' 후의 생활을 지켜보았다. 그러나 며칠 가지도 않아서 아내는 미쳐 버렸다. 사람을 보기만 하면 옷을 벗으려고 했다. 그녀는 또 알몸이 되어서 바깥으로 뛰쳐나갔다. 가족들이 강에서 찾아냈을 때 그녀는 이미 익사한 다음이었다. 그날 밤 나는 그녀를 익사시킨 강의 기슭에서 큰소리로 밤하늘을 향해서 나의 영혼을, 조국에 대한 나의 우려와 애정을 피력했다. 그리고 그 때문에 쫓겨나게 되었다……. 사람들은 나의 영혼 따위는 필요로 하지 않았던 것이다.

"허." 하고 쑨웨가 불렀다. 그러나 눈물을 흘리고 있던 나는 되돌아보지도 못하고 그저 "응." 하고 대답했다.

"무슨 생각을 하고 있어?"

"영혼을 피력한다는 것은 아무리 생각해도 고독한 것보다는 낫지 않나 하는 생각이야."

"허징푸!" 그녀는 다시 내 이름을 불렀다. 나는 나도 모르게 뒤돌아 보고 그녀에게 한 걸음 가까이 다가갔다.

"당신의 유랑 생활을 생각하면 나는 어떻게 해야 좋을지 알 수 없어. 만일 내가 똑같은 경우였다면······. 나로서는 상상도 할 수 없어." 그녀는 내 시선을 피했다.

"당신 역시 나와 마찬가지로 잘 견뎌 냈을 거야. 그다지 특별한 비결이 있는 것은 아니야. 그저 살아 남아서 진리를 탐구하기 위해서는 모든 것을 참고 견뎌 내지 않으면 안 되지. 괴로움도 모욕도······." 나는 방금 회상하던 것을 그녀에게 말하고 싶은 생각은 없다. 그녀는 견뎌 내지 못할 일이다. 나는 알고 있다.

"항상 미안하게 생각하고 있어. 내가 당신을 그렇게 만들어 버린 것 같아서······." 그녀가 머리를 떨구었다.

"쑨웨!" 나는 감정이 고조되어 다시 한 걸음 다가섰다.

그녀는 얼굴을 들었고 나는 그녀의 눈을 보았다. 두 눈에 가득 눈물이 넘쳐흐르고 있다. 〈네 채찍을 버려라!〉의 딸의 모습 그대로이다! 그때 나는 이 눈 때문에 내가 무대 위에 있다는 사실을 잊어버렸던 것이다. 지금 또다시 똑같은 충동에 휘말려 낮게 "쑨웨!" 하고 부르고는 동시에 양팔을 벌렸다······.

나는 두 개의 눈이 주저와 고통으로 일그러지는 것을 보았다. 그것은 옛날의 그 분노에 타는 눈보다도 더욱 견디기 어렵다. 나는 팔을 내리고 겸연쩍음을 감추기 위해서 흔들흔들했다.

"큰 재난에도 죽지 않으면 꼭 다음에 복이 있다는 말이 있지. 쑨웨, 우린 슬퍼할 게 없어." 나는 일부러 목소리를 높여 말했다. 그녀를 위로하고 나의 어색함을 털어 내고 싶었다.

"당신이 말하는 복이란 뭐지? 내게는 보이지 않는 것 같아." 그녀는 희미하게 미소 지으며 말했다.

"자유지, 정신의 자유. 우린 두 번 다시 맹목적으로 숭배하거나 복종하지 않으며 두 번 다시 유치하고 경솔한 짓은 하지 않아. 이것이 행복이 아니고 뭐겠어? 그리고 말이지, 우린 얼굴 가죽도 옛날보다는 훨씬 두꺼워져 있어."

그녀는 풋! 하고 웃음을 터뜨린 다음에 말했다.

"얼굴 가죽이 두꺼운 것도 행복이야?"

나도 웃으면서 말했다.

"커다란 행복이지. '행복 중의 행복'이란 거야. 인간의 자존심과 인격은 언제 상처받게 될는지 모르는 것이지만 그럴 때에 얼굴 가죽이 두꺼우면 자존심과 인격을 지킬 수 있잖아. 지식인의 얼굴 가죽 같은 것은 얇은 법이야. '체면' 때문에 '긍지'를 버리는 일도 있어. 그러나 인간으로서는 '긍지' 쪽이 '체면' 쪽보다 중요한 거야. '긍지'가 인격과 존엄이라면 '체면'은 허영에 불과해. 갖가지 재난, 특히 이번 10년의 동란 덕택에 거의 모든 지식인이 냉혹한 시련을 견뎌 냈어. 그 시련의 성과 중의 하나가 얼굴 가죽이 두꺼워졌다는 거지. 덕택에, 비난을 당해서 체면을 엉망으로 만드는 일 같은 건 이제 하나도 무섭지 않게 됐지. 그리고 그럼으로써 진리를 지킬 용기와 의지를 강인하게 할 수 있게 됐고. 비판할 건가? 좋아! 목에 표찰을 걸 거야? 뭐? 안 건다고? 급료도 공제하지 않고? 그거 참 한참 봐주는군! 얼마나 행복해! 하하하!"

쑨웨는 밝게 웃었다. 소녀처럼. 그리고 웃으면서 말했다.

"당신과 같이 있으면 정말 재미있어. 사람의 눈물을 빼게 할 수도 있고 웃게 할 수도 있어. 그리고 고통을 즐거움으로 바꾸는 일도 가능하다니까."

나는 다시 한 걸음 그녀에게 다가갔다. 그녀의 어깨를 붙잡고 그렇다면 쭉 같이 있자고 말하고 싶었다. 그러나 두 개의 눈이 주저와 고통으로 일그러지는 것을 보는 것이 두려웠다. 나는 곧 세 걸음 뒤로 물러나서 원래의 자리로 되돌아갔다. 그리고 마음을 가라앉힌 다음에 물었다.

"쑨웨, 그런데 오늘은 뭔가 용건이 있어서 온 게 아니야? 내 책 출판 문제지?"

그녀는 머리를 정리하더니 자기의 정열과 충동을 쫓아내 버리고 말았다는 듯이 평정하게 되물었다. "어떻게 알았지?"

"우리 시골에는 '바람이 불면 비가 내린다.'는 말이 있지. 나는 이미 소문을 듣고 있었어."

어떤 소문? 그녀에게는 말하고 싶지 않다. 내가 듣는 것으로도 머리에 피가 몰린다. "아리따운 내 눈썹, 숱한 여자들이 질투함이여. 나를 음란한 여자라고 소문 퍼뜨리네."(굴원의 〈이소〉의 한 구절) 소문을 퍼뜨려 다른 사람을 함정에 빠뜨리는 수법은 중국에서는 아주 옛날부터 있었던 것이다. 하루아침에 없앨 수 있는 것이 아니다.

"어차피 유언비어지!" 하고 나는 그녀에게 말했다.

"도대체 어떤 유언비어인데?" 그녀는 재촉하듯이 물었다.

그녀에게 말할까? 그녀가 가장 두려워하고 있는 것을! 나는 어떤 종류의 사람들의 상상력에는 정말 감탄한다. 그들은 나를 위해서 갖가지 '스캔들'을 만들어 내서는 갖가지 루트를 통해서 출판사에 전달되게 했다. 그 '스캔들' 중에서 가장 악랄하고 또 가장 자극적인 내용은 내가 수단 방법을 가리지 않고 쑨웨의 가정을 파괴했다는 것이었다. 게다가 그것은 3부작으로 되어 있었다. 1부, 자오전환과 연인을 두고 서로 다투다. 2부, 쑨웨를 유혹해서 자오전환과 이혼시키다. 3부, 자오전환이 아이를 만나고 싶어서 먼 길을 왔는데도 내가 아이를 감추고 자오를 내쫓았다. 그리고 쑨웨에게는 정조가 없고 자기밖에 생각할 줄 모르는 여자의 역할이 주어졌다.

"자 빨리 말해 줘." 그녀는 다시 재촉했다. 어느 정도 긴장해 있는 것을 알 수 있다.

나는 말하지 않기로 했다. "그런 이야기 들어서 뭘 하겠어. 쓸데없는 일이야. 그보다 본론으로 들어가지. 비가 뿌리기 시작했다는 거야?"

"눈일지도 몰라. 나는 당위원회의 지시에 따라서 당신에게 어떤 결정을 전하러 왔어."

그녀의 태도가 다시 딱딱하고 점잖은 것이 되었다. 나는 갑자기 밀어닥치는 거리감을 가까스로 억누르면서 기다렸다.

"당위원회는 대중으로부터의 보고와 의견을 검토한 결과, 당신의 책을 대폭적인 수정 없이 출판하는 것은 부적당함을 인정했습니다. 당위원회는 출판사와 연락을 취해서 이쪽의 의견을 분명히 밝히는 한편으로 중문학부 총지부에 대하여는 당신을 방문해서 대화를 나눌 것을 요구했으며, 또 당신에게는 이것이 당신을 위한 것임을 이해해서 자발적으로 원고를 회수할 것을 희망하는 바입니다."

레코드를 듣고 있는 것 같았다. 말투는 정확하고 빈틈이 없었으며 어조도 분명했다. 단지 감정의 색깔만은 애매했다. 이것도 그녀가 오랫동안 간부를 지내면서 몸에 익힌 습관인가. 아니면 일종의 재능인가. 아무튼 좋은 느낌일 수는 없었다.

"전달은 그것뿐인가?" 나는 서슴지 않고 물었다.

"그뿐이야." 작은 소리다.

"그럼 이번에는 당신 개인의 의견을 들려주겠어?"

나는 '개인'에 악센트를 두며 말했다.

"그런 식으로 말하지 마, 허징푸. 내가 당신의 관점을 지지하고 있다는 것쯤 알고 있을 거야. 그보다 이제부터 당신은 어떻게 할 생각이지?"

그녀의 말투는 온화하다. 내 태도에는 조금도 신경 쓰지 않고 있다. 나의 분노의 불길은 가라앉았다.

"당신이 자기 생각만 하고 이 책을 쓴 것은 아니라는 걸 알고 있어. 분명히 괴로울 거야. 뭔가 하고 싶은 말이 있으면 해! 나를 친구라고 생각하고……."

어머니가 아들의 투정을 달래는 말투였다. 모성애와 여성의 부드러움이 나를 따뜻하게 해 준다. 나는 정말로 슬퍼졌다. 조금 전까지만 해도 이런 감정은 아니었었다. 무엇이 슬픈가? 원고가 완성되어도 출판이 불가능한 일은 중국에서는 물론, 외국에서도 얼마든지 있는 일이다. 내가 이런 일에 처음 부딪힌 사람도 아니며 또 마지막 사람도 아니다. 아니, 설령 최종 결정이어서 이제 출판이 불가능하다고 하더라도 그다지 의외일 것도 없다. 불합리한 일이지만 충분히 예상했던 일이다. 그런 일은 거의 날마다 일어나고 있는 것이다. 소문을 들었을 때부터 나는 바람맞을 각오를 했다. 구사일생의 몸으로 일시적인 비를 무서워할 리 없다.

그러나 그래도 나는 슬프다. 정말로 슬프다. 왜냐하면 그것이 일개 대학 당위원회의 결정이라고 분명히 들었기 때문이다. 그것은 당의 규칙이나 국법에 비추어 도저히 있을 수 없는 일인 것이다. 나는 당 조직이 그런 결정을 내리는 것을 보고 싶지 않다. 누가 보더라도 한 당원의 민주적 권리를 박탈하고 있는데도 나를 위해서라니. 시류는 당의 기풍을 어디까지 망칠 생각인가. 그들은 당의 명예와 위신을 지키고 우리들

일반 당원에 대한 신뢰와 기대를 존중해야 하는데도 왜 터무니없는 말을 하는가. 왜 속이는가. 그것도 당위원회의 이름까지 앞세워서. 우리들은 공명정대하게, 성의를 다 해서 상대하지 않으면 안 된다. 설령 얻어맞는다거나 모욕을 당한다 하더라도 마음에도 없는 호의보다는 낫다!

"울고 있어?" 그녀는 내 어깨를 치며 말했다. "당신은 의지가 강한 사람이잖아?"

나는 분명히 의지가 강한 편이다. 그러나 의지가 강한 인간일수록 눈물을 흘리면 멈추지 못하게 되는 법이다. 용감한 장군이 갑옷으로 지키고 있는 것은 살아 있는 심장이다. 그 심장이 상처를 입으면 흐르는 것은 눈물만이 아니다.

"어떻게 할 생각이야?" 그녀는 다시 똑같은 것을 물었다.

"내가 자진해서 원고를 회수하는 일은 있을 수 없어. 당위원회에는 이렇게 전해 주었으면 좋겠어. 당위원회의 의견은 잘못이라고 생각한다. 나는 출판사의 결정을 기다리기로 하겠다. 출판사가 이 때문에 책을 내지 못하는 사태에 이르면 그때는 상급 당 조직에 호소하기로 하겠다고." 이것은 내가 이미 마음속으로 작정해 두었던 일이다.

그녀는 휴, 한숨을 쉬면서 말했다. "당신이 그렇게 하리라고 알고 있었어. 아까는 서운했었지? 나, 간부 티를 냈었지?"

그녀가 오늘은 도대체 어떻게 된 것일까? 얼마나 부드러운 말투이며 얼마나 자연스럽고 티 없이 웃는 얼굴인가! 나는 당황하고 말았다. 그녀는 뭔가 결심을 한 것일까?

"그 후 자오전환에게서 편지는 와?" 나는 머뭇머뭇 물었다.

갑자기 그녀의 얼굴에서 웃음이 사라지고 목소리도 딱딱하게 가라앉았다. "와, 한이에게. 몇 통씩이나."

"그거 잘됐군. 한이가 그를 듬뿍 위로하게 해야지."이 말이 어떤 의미로 받아 들여질지에 대해서는 전혀 생각할 여유도 없었다. 그녀의 얼굴과 목소리가 점점 더 딱딱해졌다.

"그래, 나도 그렇게 할 생각이야." 그렇게 말하고 그녀는 일어났다.

"이제 돌아가야지. 당신의 의사는 당위원회에 전해 둘게. 몸조심하고 너무 흥분하지 말도록 해."

시계를 보니 오후 두 시였다. 둘 다 아직 점심 식사 전이었다. 나는 그녀를 불러 세우고 말했다. "빵과 우유가 있는데 먹고 가."

"괜찮아." 하고 말하면서 그녀는 문을 열었다. 그리고 나갈 때 뒤돌아보며 말했다. "대학 건너편 식당이라면 지금 이 시간에도 따뜻한 것을 먹을 수 있어." 나는 고개를 끄덕이고 "그럼 또." 하고 말했다.

식권을 갖고 가려고 하다가 문득 깨달았다. 같이 가자고 권했어야 했다. 그러나 그녀는 이미 저 멀리 가고 있었다.

유뤄수이

내 머리는 사상을 낳지 못한다.
그러므로 언제든지 반대파에 붙는 일격을 가할 준비를 하고 있다.

《마르크스주의와 휴머니즘》의 출판에 반대하는 이유
 - 본서의 수정주의적 관점에 대해서
 - 저자 허징푸의 몇 가지 상황에 대해서

꼬박 세 시간이 걸렸다. 재떨이에는 담배꽁초가 수북이 쌓여 있는데도 내 앞에는 겨우 이 몇 줄밖에 안 되는 글자가 늘어서 있을 뿐이다.

우선 제목부터 마음에 들지 않는다. 내가 허징푸의 책 출판에 반대한다고? 바보 같은! 한 달 조금 전에 출판사의 편집국장 장으로부터 이 책 이야기를 들었을 때 나는 은밀히 갈채를 보냈었다. 장은 말했다.

"유뤄수이, 이런 사상은 내 머리에도 예전부터 있었어. 입으로 표현은 할 수 없었고, 하물며 글로 쓸 용기는 더욱 없었지만. 그러나 생각해 봐. 우리 인간 상호 간의 관계가 왜 이렇게 긴장되어 버리고 말았나? 온통 계급 투쟁으로 물든 결과야! 나 같은 경우는 몇 년 전만 해도 아내에게마저 진심을 말할 수가 없었어. 대의를 위해서는 자기 혈육도 버린다는 것이 무서워서. 지독한 거라고!"

나도 말했다. "인정이나 인간성을 중요시한다는 것에는 찬성이야. 날이면 날마다 경계선을 고쳐 긋고 대열을 정비하고 있어서야 인간이 짐승만도 못하지. 개미니 기러기니 꿀벌이니……. 동물조차 동족 동류를 귀하게 여기는 것들이 많이 있어!" 장은 이 책을 올해의 중점 서적에 집어넣었고 나도 손을 들어 지지했다.

그러나 지금에 와서 나는 이 책의 출판에 반대한다고 쓰지 않으면 안 된다! 출판사의 편집국장도 성위원회의 선전부장도 아닌데 도대체 무슨 권한이 있다는 것인가. 왜 내가 '반대'하지 않으면 안 되는 것인가.

장도 쾌씸하다. 나는 친구의 입장에서 시류와 허징푸의 관계에서부터 당위원회의 토론 경과까지 자초지종을 말해 주었는데도 그쪽은 완전히 관료적인 대구이다.

"우리들은 물론 자네들 당위원회의 의견을 존중해. 단지 이런 일은 자네와 나 사이에서만, '그래 알았어.' 하고 끝낼 수 있는 것이 아니야. 우리 당위원회에서도 검토하지 않으면 안 되니까 자네들 당위원회에서 서면으로 의견을 내주어야지. 내용은, 하나는 저자의 상황, 또 하나는 자네들 당위원회의 본서에 대한 의견, 이 두 가지 점이야."

현재의 '관리'라면 누구나 터득하고 있는 일이다. 무슨 일을 하는데 있어서나 추궁당했을 때 자기에게 얼마만큼의 책임이 돌아오는지를 계산하지 않으면 안 된다. 내가 장의 입장이었다 할지라도 역시 똑같이 했을 것이다. 그렇지 않으면 상급, 하급 기관에 뭐라고 말할 것인가. 저자에게 어떻게 전할 것인가?

출판사에서 돌아와 나는 곧 시류를 방문해서 보고했다. 시류는 문제 없이 승낙할 것이고, 기껏해야 내게 초고를 부탁하는 정도일 것이라고 생각하고 있었다. 그러나 어찌 생각이나 했으랴. 그는 이렇게 말했던 것이다.

 "지금은 당위원회의 상황도 복잡해서 말이지. 요 며칠 동안에 교수, 선전부장, 조직부장, 그 밖에 당위원회 위원 몇 명 그리고 학부 학과의 기층 지도 간부까지도 나에게 당의 정책에 맞지 않는다느니, 교사와 학생들의 비판이 대단하다느니 하면서, 당위원회의 결정에는 찬성하지 않는다고 했네. 허징푸가 대중을 선동해서 당위원회에 압력을 넣고 있는 거야. 쑨웨와 바보 같은 내 아들 녀석도 그 일당이라는군. 쑨웨는 점점 잘못된 길로 나아가고 있어."

 나는 정말이지. '그럼 되었군요.' 하고 말해 버리고 싶었다. 그러나 시류는 이렇게 계속했다.

 "당위원회의 일부 무리들은 문화대혁명에 겁을 집어먹고 대중의 압력을 두려워하고 있어. 나는 무서울 게 없다고! 제2차 문화대혁명을 하겠다면 하라지! 그때쯤이면 나는 이미 마르크스를 만나고 있을는지도 모르지만 말이지."

 나는 어떻게 되는가? 아직 쉰다섯 살인데, 역시 마르크스를 만나고 있을까.

 "그럼 서기 개인의 이름으로 내는 것이죠?" 하고 나는 물었다.

 "그건 안 돼. 내가 직접 겉으로 드러나는 것은 곤란해. 내가 생각해 보았는데 자네 이름으로 자료를 내는 것이 좋아. 같은 것을 세 부 만들어서 대학의 당위원회와 출판사와 성위원회의 선전부에 내는 거야. 나는 당위원회에 낼 자료에 개인적인 의견을 덧붙여 쓰도록 하지. 그리고 성위원회 선전부의 푸 부장을 방문해서 이야기를 나누어 보겠어. 내가 아는 한 그는 당면한 사상 전선의 상황에 비판적이야."

 "그 사람은 계속 입원 중이고 그쪽의 전문가는 아닌데……" 나는 나도 모르게 끼어들었다.

"자네는 몰라. 그의 입원은 일종의 무언의 항의야. 당면한 모든 것에 책임을 지지 않겠다는 거지. 우리는 오랜 전우 사이니까 그에 대해서는 잘 알아. 전문가가 아니라고? 자네도 아마추어는 전문가를 지도할 수 없다고 믿게 되었는가?"

분명히 '연줄'과 '뒷구멍'을 이용하는 방법이다. 이 연줄이 이런 것보다 강력하다는 것은 알고 있다. 어쨌든 푸 부장은 출판사의 직속 상사이다. 장으로서는 C대학의 당위원회는 두려워하지 않는다 하더라도 푸 부장은 그럴 수 없다. 게다가 장과 푸 부장이 과거에 정치운동의 와중에서 응어리를 남겼었고 그다음에도 내내 평범한 사이가 아니라는 것은 출판계 사람이라면 모르는 사람이 없다. 그렇다 하더라도 내가 끼어들어서 좋을 일이 무언가!

"전 곤란합니다. 시류 동지. 생각해 보세요. 저는 당위원회 사무국의 주임에 불과합니다." 나는 온화하게 거절 의사를 밝혔다.

"당위원회 사무국 주임이라면 말단 간부라고 할 수 없지." 시류는 입을 움찔거리며 웃으면서 말했다. "게다가 자네는 아직 젊어. 쉰다섯은 산을 내려가는 호랑이라고들 하지 않나. 장년의 전성기지. 지도부의 세대교체를 부르짖고 있는 이때 자네는 크게 유망해."

미끼를 내려서 낚으려는 것이다. 그런 방법에 넘어갈 줄 알고? 나는 올해 쉰다섯 살. 혁명에 참가한 지 벌써 40년이다. 열다섯 살에 종군, 입당해서 해방 초기에는 동북에서 몇 명 안 되는 소장 지도간부 중의 하나였다. 그러던 것이 가오강과 라오스가 문제를 일으켰을 때 그 여파로 그다음부터는 내리막길로 굴러떨어졌다. 그렇지 않았더라면 왜 시류 따위의 밑에 있을 것인가! 이 자의 수법은 알고 있다. 나를 C대학으로 전근시키고 또 시종 나를 '이용'하는 것은 녀석이 할 수 없는 일을 내가 할 수 있으며 게다가 녀석을 추월할 마음이 내게 없기 때문이다. 어쨌든 내게는 약점이 있으니까!

지금 녀석은 내게 지위나마 약속했다. 그러나 지금의 정세에서는 시류가 자신의 지위나마 지킬 수 있을지도 의심스럽다. 만일 사상 해방 운동이 이대로 진행된다면 시류는 면직까지는 안 간다 하더라도 지금의 지위를 지킬 수 없을 것이다. 시골뜨기 류 할머니가 대관원(《홍루몽》에 나오는 정원)에 들어가 봐야 동쪽인지 서쪽인지 알 리 없다. 그래서야 지도자 노릇을 할 수 있는가! 그렇다면 시류에게 발탁된다는 것은 내 지위에 아무런 도움이 되지 않는다는 것이다. 그러나, 그렇다 하더라도 녀석이 재직하고 있는 한은 따르지 않을 수 없다. 그렇지 않으면 발탁되기는커녕 밀려나기 십상이다.

"유뤄수이, 걱정할 것 없어. 문제가 일어나면 내가 대기할 테니까." 내가 아무 말도 하지 않으니까 시류가 발파 장치를 해 왔다. 그러나 어림없는 일이다. 도화선은 내 손안에 있으니까. 지도자는 누구나 하급자에게 책임은 내가 진다고 말하는 법이지. 그러나 막상 문제가 일어났을 때 찾아가 보라. 이쪽보다 먼저 삼십육계를 썼거나, 아니면 녀석들 자신도 쫓겨나서 책임을 질 처지가 못 된다. 그런 지도자에 대한 나의 대책은 '반대파에 붙는 일격'을 가하는 것으로 정해 놓고 있다. 도망치는 녀석은 도망치지 못하게 해 주고 자기가 실수한 보답은 스스로 받도록 해 준다는 방법이다. 실패한 녀석은 나의 폭로 하나둘쯤 신경 쓰지도 않으며 내가 녀석을 해치운 것으로 생각하지도 않는다.

'사심과 싸우고 수정주의를 비판하는' 운동이 일어났을 때 이 생각이 순간적으로 떠올라서 상사를 심하게 비판했더니 대학의 노동자 선전대가 입을 모아 칭찬했었다. 나는 지금도 마찬가지다. 언제든지 반대파에 붙는 일격을 가할 준비가 되어 있다. 그 이외에 자기를 지키는 방법이 있을 리 없다.

"걱정 같은 건 하지 않습니다. 시류 동지. 다 쓰고 나면 갖고 와서 보여 드리죠." 나는 기분 좋게 대답했다. 하지 않을 것이라면 몰라도 할 것이라면 그편이 녀석도 기분이 좋아지는 것이다. 어쨌건 녀석과의 대화는 빠짐없이 기록해 두고 있다. 언제든지 책임을 추궁할 수 있다.

그런 이유로 나는 '반대'라는 말을 사용한 것이다.

그러나 여하튼 장차 책임을 추궁당하게 되면 이 자료의 책임은 내가 짊어지게 된다. 시류가 쓰라고 하지 않았던가. 그건 그렇다. 그가 책임을 지지 않으면 안 된다. 그러나 이 자료의 관점이 모두 시류의 것인가 하면 그건 통하지 않는다. 따라서 세심한 주의를 기울이지 않으면 안 되는 것이다.

제목은 바꾸는 편이 좋겠다. 이 제목은 경향이 지나치게 분명하다. 찢어 버리고 다시 썼다. "허징푸와 그의 저서 《마르크스주의와 휴머니즘》에 대해서." 이 정도라면 온건한 것이다.

"아이, 여보, 뭘 하는 거예요. 밥이 아직 안 됐어요?"

아내가 돌아왔다. 이 신경질쟁이, 나보다 열 몇 살 젊다는 것을 코끝에 걸고 항상 거만하게 나온다. 대학 도서관 일 따윈 바쁘지도 않다. 그런데도 점심 식사는 늘 나에게 미룬다. 오늘은 상대할 수 없다. 어서 써야지.

"본서의 수정주의적 관점에 대해서."

틀렸다. 논리가 통하지 않는다. 제목에는 허징푸의 이름이 먼저 나온다. 허징푸에 대해서 먼저 쓰는 것이 당연하다. 지우자. "허징푸에 대해서."

허징푸에 대해서 내가 무슨 말을 할 수 있는가? 옛날 일은 알지 못하며 지금도 역시 이름밖에 모른다. 그런데 천위리의 말은 믿을 수 있는가? 참고로 할 테니까 메모를 달라고 해도 주려고 하지 않는다. 그러면서도 말을 꺼내기만 하면 허징푸 욕이다. 게다가 꼭 쑨웨 이야기가 붙어 나온다. 허징푸에게 감정이 있는 것인지 쑨웨에게 감정이 있는 것인지 도무지 모르겠다. 그녀 따위야 어떻든 좋다.

'보고에 의하면' 하고 써 두자. 장래 누구의 보고냐는 질문을 받는다면 천위리라고 대답하면 된다. 그녀가 그날 당위원회에서 말한 것도 기록해 두었다.

"안 들려요? 밥 하라니까요! 난 반찬 준비 때문에 바빠요." 그 목소리에 이어서 두 개의 손가락이 귓불을 꼬집었다. 이 여자는 다른 사람이 있건 없건 언제나 이 모양이다. 어리광을 부릴 때도 화를 낼 때도 내 귀를 꼬집는다. 참으로 대책 없는 여자다!

나는 웃으며 말했다. "어이, 난 지금 바빠! 오늘은 능력 있는 사람이 더 일하도록 하지, 오늘만이야."

아내는 내가 쓴 것을 들여다보더니 귀를 쥔 손에 더욱 힘을 주었다. 그리고 다시 신경질을 터뜨렸다. "당신, 이런 걸 쓰고 있어요? 도대체 누가 시켰죠? 다른 사람들한테 욕을 먹어도 좋아요? 난 싫어!"

"지도자가 부여한 임무야. 안 쓰면 어떻게 해?" 나는 부드럽게 말했다.

"지도자라니, 누구예요? 그 지도자더러 쓰라고 해요! 도서관 열람실에 가서 들어 봐요. 교사건 학생들이건 그 이야기로 떠들썩하다고요. 모두들 허징푸를 위해서 불평을 터뜨리고 있어요. 허징푸가 당신과 무슨 관계가 있어요. 다른 사람을 처벌하는 자료 따위나 쓰게."

"나 참, 아무리 말해도 알아듣지 못하는 사람이로군. 이건 일을 위해

449

서야, 나를 위한 것이 아니라구."

그녀는 입을 일그러뜨리면서 말했다. "흥! 말이야 그럴 듯하지! '사인
방' 때도 쓸데없는 신경은 쓰지 않는 편이 좋다고 했는데도 일 때문이
라고 했었어. 결과는 어땠죠? 시류에게 가서 울면서 명예와 욕심 때문
에 그랬다고 인정했잖아요. 그렇게 수치스러울 수가 없었어요! 그걸 벌
써 잊어버렸어요?"

귓불이 얼얼하다. 얼굴까지 벌겋게 되었다. 아내가 한 말은 사실이
다. '사인방'이 한참 날뛸 때도 이 여자는 날마다 내 귀를 꼬집었었다.

"쓰려면 자기 자식을 위해서 쓰는 게 어때요! 재능을 억누르는 관료
주의 풍자라도 해 주면 좋겠어!"

내게는 아들이 셋 있다. 아내가 말한 것은 전처의 아들이다. 이미 노
동자로서 일하고 있다. 그 아이가 연구생 시험을 보려고 하는데 공장의
지도자가 일 때문에 도무지 허가를 해 주지 않는 것이다. 이런 지도자
는 혹독하게 비판해 주어야 한다! 나는 이미 〈일의 필요에 관하여〉라
는 잡문의 제목을 생각해 두고 있다. 필자의 이름은 가명으로 할 작정
이다. 본명을 쓰면 아들에게 영향이 미칠 테니까 쓸 수 없다.

"이 자료를 만들고 나서 쓰면 되잖아? 당신도 알고 있는 바와 같이
시류가……."

내 말이 끝나기도 전에 아내는 다시금 열을 올렸다.

"시류가 어쨌다고요! 사상의 경직화, 부정한 활동 방법, 내게 면직권
이 있다면 벌써 면직시켰을 거야! 일단 오사모를 쓰면 반혁명이 아닌
한 두 번 다시 벗길 수 없다니. 이것이 정책이라고 할 수 있어요? 나는
납득이 안 가."

"알았어, 알았다고. 당신은 사상도 해방되어 있고 의견도 옳아. 하지

만 나는 당위원회의 서기도 아닌 당신이 말하는 대로 할 수는 없어. 자, 가서 밥을 좀 하면 어떨까?" 나는 적당히 얼러서 쫓으려고 생각했다.

"흥! 그런 짓을 하는데 내가 밥을 먹여 줄 것이라고 생각해요? 어디 한번 물어보겠는데 당신이 어깨 위에 올려놓고 있는 것은 머리예요, 아니면 혹이에요? 당신에겐 자기의 사상이라는 것이 있어요?"

내가 어깨 위에 올려놓고 있는 것은 무엇인가. 스스로도 잘 모른다. 아무튼 사상을 만들어 내는 것이 그 임무는 아니다. 사상이 없어도 이렇게 괴로운걸. 사상 따위를 갖는다면 얼마나 괴로울 것인가. 허징푸는 사상을 가져서. 그래서 어떻게 되었나? 교사도 학생들도 그를 위해서 불평을 늘어놓는다. 하지만 그것이 무슨 도움이 되나? 호평인지 불평인지는 말에 의하는 것이 아니고 권력에 의하는 것이다. 권력이 있으면 불평 따위는 하지 않고도 지낼 수 있고 권력이 없으면 불평을 하는 수밖에는 없는 것이다. 불평을 하고 싶다면 영원히 불평하면 되지.

아내를 상대하는 것은 그만두자. 이 여자와는 이야기가 잘 되지 않는다. 상관하지 않고 쓰고 있노라면 신경질도 어느샌가 가라앉는다. 역시 제목이 나쁘다. 왜 맨 처음에 허징푸에 대해서 쓰지 않으면 안 되는가. 《마르크스주의와 휴머니즘》의 약간의 상황에 대해서" 정도가 좋지 않을까. 또다시 찢어 버리고 고쳐 썼다.

"《마르크스주의와 휴머니즘》의 논점 소개."

"여보, 정말 들리지 않아요?" 오늘은 마누라 신경질이 점점 더 심해진다. 도대체 어떻게 된 거냐! 무엇을 들었다는 것인가? 나는 할 수 없이 펜을 놓고 아내를 쳐다보았다.

"모두들 당신을 머리가 없고 영혼이 없고 뼈대가 없다고 말하고 있다고요! 자, 보세요!"

아내는 내 손에 한 장의 종이를 들이밀었다. 만화다. 학생들이 그린 게 분명하다. 참, 요즘 학생들이라니! 제목은 "물처럼 헤엄칠'(游如水, '유 뤄수이'로 발음됨) 수 있는 능력은 어디서 나오는가?"이다. 머리가 없는 인간이 어깨를 A자 모양으로 해서 바위틈을 헤엄치고 있는 만화였다.

나는 얼굴이 빨개지고 목이 바싹바싹 탔다.

"나도 보여 주고 싶지 않았어요. 이런 관리만은 되지 말아요, 여보." 아내의 목소리에서 쇳소리가 사라졌다. 눈물을 머금고 있다.

획! 나는 쓰고 있던 원고지를 뽑아 구깃구깃해서 쓰레기통에 집어던 졌다. 내가 머리를 절단당하고 어깨를 깎인 사람이라고? 정말로 나서면 내 머리가 얼마나 크고 내 어깨 폭이 얼마나 넓은지 너희들도 알 것이다!

"밥 하지!" 나는 아내에게 말했다. 아내는 싱긋 웃었다. 꼭 어린애 같 은 신경질이다. 정교금(당나라의 장군으로 연극에서는 익살스럽게 표현됨)처 럼 도끼를 세 번 흔들면 힘이 빠지고 만다.

밥을 먹고 나서 나는 기분 좋게 침대에 누웠다. 시류 스스로에게 쓰 게 하리라! 나야 기껏 면직으로 끝나면 된다······.

머리를 절단당하고서야 살아갈 수 있는가. 만화에 그려진 사람이 정 말 생각났다. 어떤 책엔가 이런 우스개 이야기가 실렸었지. 어떤 남자가 머리를 절단당하고서도 자기 스스로는 그것을 깨닫지 못한다. 형장에 서 도망쳐 성문을 나와서는 곧바로 집으로 향했다. 도중에 배가 고파 서 빙쯔(일종의 구운 빵)를 사러 갔다. 빙쯔 장수는 머리도 없으면서 어떻 게 먹을 수 있겠느냐며 팔지 않았다. 그러나 남자가 계속 졸라서 빙쯔 장수는 할 수 없이 하나를 주었다. 남자는 그것을 입으로 가져가다가 비로소 입이 없어졌다는 것을 깨닫는다. '나쁜 놈, 입이 없는데 머리가 없다고 속이다니. 머리 따위야 없으면 어때. 입이 없으면 큰일이지. 죽을 수밖에 없잖아!' 하고 생각했다. 그리고 그야말로 슬픈 듯이 밋밋한 자기의 목을 두드리더니 펄썩 쓰러지고 말았다.

이 우스개 이야기의 의미는 무엇일까. 어떤 종류의 인간에게는 머리보다도 입이 소중하다는 것이다. 무엇을 잃어버리든 상관없지만 입만은 잃어버릴 수 없다. 학생들은 이 이야기에서 힌트를 얻어 만화를 그린 것이리라.

"갔다 올게요. 몰래 쓰거나 해서는 안 돼요, 여보!" 멍하니 아내의 목소리를 들으며 나는 응, 하고 대답했다. 아아, 졸립다.

시왕이 문을 밀고 들어왔다. 그는 똑바로 내 책상 앞으로 가서 리포트 용지가 백지인 채로 있는 것을 보았다. 그리고 쓰레기통을 뒤져서 구겨진 종이를 끄집어냈다.

"이럴 거라고 생각하고 있었어요. 당신은 당원다운 점을 갖추고 있지 않습니다. 적어도 한 가닥 인간다움을 발휘하는 것이 어떨까요? 허 선생님은 훌륭한 재능의 소유자입니다. 지켜 주지는 못할망정 짓밟아서는 안 됩니다. 왜 재능에 찬물을 끼얹고 얼어붙은 흙을 뒤덮는 짓을 하는 겁니까?" 시왕은 내가 쓴 것을 보면서 말했다. 이쪽을 등지고 있으므로 얼굴은 보이지 않는다.

"시왕, 오해하지 말게. 자네 아버지가 하라고 한 거야. 나 역시 재능을 억누르는 데는 불만을 갖고 있어. 우리 집 아들 녀석이 억눌려서……." 나는 항변했다.

"흥! 아들 일만이 불만인 거지요. 자기 일밖에는 머릿속에 없어." 그는 나를 비난했다.

"나는 자네 아버지를 위해서 하고 있는 거야!" 나는 화를 내며 말했다.

"서로가 서로를 이용하고 있는 것일 뿐이지요!" 시왕은 점점 냉혹한 목소리로 말했다.

나는 침대에서 일어났다. 녀석을 쫓아내야겠다. 일개 학생이 무슨 자격으로 집에까지 쫓아와서 나를 나무라는가? 시류의 아들이기 때문인가? 시류는 너 따위는 상대하지도 않고 있는데.

"하하하하!" 그때 녀석의 지극히 방자한 웃음소리가 울려 퍼졌다.

"뭐가 이상해?"

"과연! 머리 없고 어깨도 없는 인간이로군!" 녀석은 그렇게 말하고 다시 킬킬 웃었다.

"뭐라고?" 나는 고함을 질렀다. 그러나 이상하게도 목소리가 다른 사람의 목소리 같다. 목이 이상하다. 나는 손으로 목을 만졌다. 어? 울대뼈가 이상하게 큰걸! 후두암인가?

"하하하!"

시왕이 다시 웃었다.

"나가!" 나는 침대에서 내려와서 녀석을 밀어냈다.

"목을 참으로 빨리도 바꿔 다는군!"

녀석은 내 머리를 가리키며 말했다. 녀석의 눈빛이 번뜩이고 있다. 가차 없고 용서 없는 조소의 눈빛이다. 목을 바꿔 단다고? 나는 당황해서 거울 앞으로 갔다. 녀석의 말 그대로이다! 시류의 머리가 내 목에 달려 있다! 아까 만진 울대뼈는 시류의 것이었다.

"나는 자료를 만들지 않으면 안 된다. 너는 저쪽에 가서 앉아 있어!" 나는 말했다. 녀석은 그 말대로 옆으로 물러나 앉아서 두 눈을 빛내며 나를 보았다.

나는 리포트 용지를 펼쳐 놓고 다시 제목을 썼다. "《마르크스주의와 휴머니즘》의 출판을 반대하는 이유." 왜 또다시 이런 제목이 되었는가?

그러나 할 수 없다. 내 손은 이미 내 말을 듣지 않는다.

"하하하! 유뤄수이. 이래서는 곤란해. 우리들에게 필요한 것은 대학 당위원회의 의견이지, 자네 개인의 의견이 아니네." 출판사의 장이다. 어디서 말하고 있는 건가? 뒤돌아보다가 높은 코에 부딪혔다. 아아, 장의 머리가 내 오른쪽 어깨에 달려 있다. 이것은 그의 덥수룩한 턱수염이 아닌가! 조금 전까지만 하더라도 내게는 어깨가 없었다. 그랬는데 그것이 다시 생긴 것은 장의 머리를 올려놓기 위해서였던가.

"대학 일에 출판사가 이래라 저래라 간섭할 권한은 없어! 그들에게는 개인 명의로 우리 선전부에 보고할 권리가 있어." 푸 부장의 목소리이다. 그는 또 어디에 있는가? 목을 오른쪽으로 돌리자 얼음처럼 차가운 안경테에 부딪혔다. 웬걸, 푸 부장의 머리는 왼쪽 어깨에 올려져 있다.

"재미있군. 이것이 진짜 얼굴 맞추기라는 거야!" 하고 시왕이 말하는 소리가 들렸다.

이건 정말 기를 죽이는 짓이다. 너희들, 다른 사람이 보지 않을 때에 와야 하는 것 아닌가. 이래서야 내 얼굴은 체면이 말이 아니지 않은가! 내 머리는 도대체 어디로 숨어 버렸는가?

"걱정하지 말아요! 당신의 머리는 내 옷상자 속에 넣고 자물쇠를 채워 두었으니까." 나는 말을 입 밖에 낸 적도 없는데 천위리의 머리가 공중에서 내려와서 말했다.

나는 조금 두렵기도 하고 싫기도 했다. "그건 고맙군요! 하지만 돌아가 주시죠. 난 바쁘니까. 자료를 만들지 않으면 안 돼."

"어떻게 쓰는지 보겠어요! 상담역으로서." 그녀는 웃으며 가까이 다가왔다.

"당신마저 내 어깨에 달라붙겠다는 건가! 자, 이미 달라붙을 자리가 없어!" 나는 큰소리로 외쳤다. 그러나 그 목소리와 동시에 두 개의 커다란 손이 내 목을 꼭 쥐고 들어 올리는가 싶더니 이번에는 힘껏 아래로 눌렀다. 경추부가 구부러지고 거기에 '인공 평원'이 생겼다. 재빨리 천위리의 머리가 뛰어올라 그 코가 시류의 후두부를 지탱했다.

"자, 써 봐!" 시류가 외쳤다.

"써!" 푸 부장이 외쳤다.

"써요!" 천위리가 외쳤다.

"네 쓰겠습니다." 하고 손을 움직이려고 했다. 그러나 손을 들 수가 없었다. "손을 잡아당기지 마!" 하고 나는 외쳤다.

"하하하! 꿈을 꾸고 계시는군요, 주임님!"

다시 시왕의 목소리이다. 어? 모습이 보이지 않네. 나는 눈을 비볐다. 그러나 시왕이 눈앞에 있었고 나는 아직 침대에 누운 채였다. 지독한 꿈을 꾼 것이다. 그 만화 탓이다!

"어, 왔어? 기다렸나?" 나는 당황해서 일어나 시왕에게 물었다.

"약 3분 정도 됐습니다. 들어오니까 '손을 잡아당기지 마!' 하던 걸요. 주임님, 뭔가 손을 움직이는 꿈이라도 꾸셨나요?"

시왕은 웃으며 나를 말똥말똥 쳐다보았다. 아까 꿈속에서 본 얼굴 표정 그대로이다. 겨우 3분? 3분 동안에 그렇게 긴 꿈을 꾼 것인가? 틀림없다. 그가 들어오고 나서 꿈을 꾼 것이다. 잠에 빠져 들려는 순간 그가 왔다는 생각을 한 것은 확실하다.

"자, 앉지. 신경쇠약이 심해서 자주 꿈을 꿔. 학생들과 농구를 하면서 슛하려는 순간 누군가에게 손을 잡혔었어. 하하하, 이상한 꿈이로군!"

나는 나오는 대로 말하면서 책상 앞으로 가서 아무렇지도 않은 척 쓰레기통을 흔들었다. 아까 집어던진 종이는 그대로 있다. 누구도 손을 댄 흔적은 없다! 시왕이 내 쓰레기통을 뒤질 리가 없지 않은가. 그러나 그렇다면 그는 왜 왔는가.

"뭔가 용건이 있나, 시왕?" 나는 뜨거운 물을 따라 주며 물었다.

"용건이라면 용건이지만." 하고 그는 대답했다.

"집으로 돌아가 아버지를 만났나?" 나는 탐색을 했다.

"아뇨." 대답한 다음 그는 앉은 자세를 고쳤다. "유 주임님, 이야기하고 싶은 것이 있습니다."

"좋아, 뭔가?"

"허 선생님의 책 출판에 대해서입니다. 아버지는 주임님이 없다면 이런 일을 할 수 없다고 생각합니다. 그래서 주임님의 의견을 듣고 싶습니다."

나는 다시 만화를 생각해 냈다. 시왕이 그린 것일까? 만화 솜씨가 있다는 말을 듣지 못했지만 요즘 젊은이들은 약으니까 무슨 짓을 하는지 알 수 없다. 시왕이 그렸는지도 몰라, 냉정한 자식! 녀석은 만화 소재를 찾으러 온 게 아닐까. 이런 '시누이들'은 도무지 마음을 놓을 수 없으니까 말이다.

"나야 기껏 당위원회 사무국의 주임에 불과하네. 결정권이 있을 수 없지. 단지 실행할 뿐이야." 나는 주의 깊게 말을 골랐다.

"결정자인지 실행자인지는 차치하고 주임님은 어떻게 생각합니까?" 녀석은 침착하게 물었다. 마치 나의 상사이기라도 한 것처럼.

"나 말인가? 난 사상은 물론 없고 자네들처럼 해방되어 있지도 않네. 그러나 재능을 억누르는 데는 반대지. 내 아들도 억제당하고 있는 젊은이 중의 하나이니까." 어째서 꿈속에서와 똑같은 말을 하는가? 이상하다. 오늘은 정말로 어떻게 된 게 아닌가!

"이건 어떤가요. 자기가 억압당할 때는 화를 내고 소란을 피우지만 자기는 태연하게 다른 사람을 억압하는 사람이 있다면 말입니다."

어? 시왕의 대사조차 꿈과 똑같다. 나는 깜짝 놀라서 그를 쳐다보았다. 오늘은 도대체 왜 이런가?

"유 주임님, 내가 하는 말 따윈 유 주임님에게 아무런 의미도 없다는 것을 알고 있지만 그래도 말하겠습니다. 주임님은 현재의 정세를 정확하게 보아야 합니다. 과학과 민주의 조류를 거스를 수는 없습니다. 그러나 아버지는 그것을 전혀 이해하지 못해요. 아버지의 사상은 이미 극도로 경직되어 있습니다. 내게도 주임님에게도 아버지를 변화시킬 힘은 없지만 아버지의 영향력과 역할을 약화시킬 수는 있습니다. 주임님은 아버지의 심복, 나는 아들이면서 대립자의 입장에 있습니다. 우리가 서로 다른 각도에서 아버지의 영향력을 약화시키는 것은 충분히 가능합니다."

시류의 아들이 대단한 놈이라는 말은 많이 들었지만 이제까지 단둘이서만 대화를 나눈 일은 없었다. 과연, 소문대로이다. 전혀 풋내기라는 생각이 들지 않는다! 정치의 프로 같다. 조심하지 않으면 안 된다. 나는 잠시 생각해 보고 나서 그에게 말했다.

"자네 말의 의미를 모르겠군. 시류 동지의 사상이 다소 보수적일는지는 몰라. 그러나 우리들과는 입장이 달라. 어떤 문제도 당연히 전면적이고도 주도면밀하게 생각하지 않으면 안 되지. 그 지위에 있지 않은 우리들이 나설 만큼 대단한 일은 아니지만 지도자로서 그렇게 하지 않을 수도 없다는 건 이해해야 하지 않겠나?"

그는 비웃듯이 웃으며 말했다.

"아버지에 대한 평가 따위는 일치하지 않아도 상관없습니다. 주임님 쪽이 나보다는 정확히 보고 있을 것이라고 믿어요. 주임님은 입장 때문에 사실을 인정할 수 없겠지만요. 탁 털어놓고 말한다면 유 주임님이 아버지를 위해서 자료를 쓰지 않을 경우 아버지의 허 선생님에 대한 압력은 훨씬 힘들어집니다. 아버지는 스스로 표면에 나서려 하지 않으니까요."

나는 깜짝 놀랐다. 내가 자료를 쓴다는 것을 알고 있었단 말인가? 나는 나도 모르게 쓰레기통을 내 의자 밑으로 감추었다.

"자료라니 무슨?" 나는 모르는 척했다.

"속이지 않아도 됩니다. 저는 다 알고 있습니다. 바람에 날리지 않는 먼지란 없는 법이니까요."

그는 그렇게 말하면서 날카로운 눈길로 나를 직시했다. 아내가 말한 것일까? 그 신경질쟁이 같으니라고!

"시왕, 나는 정말 몰라. 자네는 공부하기에 좋은 조건을 다 갖추고 있어. 공부만 착실히 하면 장래 외국 유학도 틀림없는 일이잖아. 왜 이런 쓸데없는 일에 간섭하지?" 나는 화제를 바꾸어서 은근히 달랬다.

"대학에서의 공부도 외국 유학도 목적은 단 하나, 중국의 개조 이외에는 있을 수 없습니다. 내가 지금 하고 있는 일은 모두 그 목적에 따른 것입니다. 나는 공상가가 아니니까요."

정말로 놀랍다! 시류에게서 어떻게 이런 아들이 나왔단 말인가. 가씨 집안에 가보옥이 태어났으니 귀여워할 수도 없고 버릴 수도 없는 셈이다. 이것 역시 '운명'이리라.

"어떻습니까, 저의 의견을 고려하겠습니까?" 그는 거듭 물었다.

"물론이지. 누구의 의견이건 간에 나는 고려해." 내가 대답했다.

그의 시선이 얼핏 내 얼굴을 훑었다. 입가에는 은근한 미소가 떠올라 있다. 그는 일어나서 정중하게 인사를 했다. "실례했습니다. 제 의견에 잘못된 부분이 있을지도 모르지만 참고해 주시죠."

시왕을 배웅하고 나서 나는 정신 나간 것처럼 책상 앞에 앉았다. 쓸 것인가, 쓰지 말 것인가? 좀 더 생각해 보자. 그렇다. 아들 일이 있었다. 역시 잡문을 먼저 써서 아들을 위해 불평을 해 보자.

나는 다시 펜을 잡고서 리포트 용지에 잡문의 제목을 썼다.

그리고 계속해 쓰려고 하는데 문 밖에서 여자 목소리가 들렸다.

"시류의 심부름으로 왔어요!"

천위리다. 나는 당황해서 이제 막 쓴 잡문의 제목을 지우고 구겨서 쓰레기통에 처박았다. 역시 시류의 말을 듣지 않으면 안 되겠다. 나는 언제나 반대파에 붙는 일격을 가할 용의가 있는 것이다. 시왕이 찬성하지 않는다 한들 그게 어떻단 말인가! 녀석은 자기 아버지와 결판을 짓게 하면 되는 것이다.

"위리 동지, 어서 들어오시죠. 이제 막 쓰고 있는 참입니다⋯⋯."

천위리의 얼굴이 내 앞으로 다가왔다. 다만 그녀의 얼굴은 그녀의 어깨 위에 붙어 있었다.

소설가

단순한 일이 왜 이렇게 복잡해지는 것일까?
인간이라는 요소 때문이다.

아무리 바빠도 허징푸와 쑨웨를 만나러 가지 않으면 안 된다.

설마《마르크스주의와 휴머니즘》의 출판 문제가 출판사에서 그럴 듯한 화젯거리가 되어 있으리라고는 생각지도 못했다.

내 머리는 원래 단순하다. 저작에 일정한 학술적 가치가 있고 저자가 시민권을 가진 시민이며 출판사가 그 저작을 책으로 만들고 싶다면 그것으로 좋은 것이 아닌가 생각한다. 그러나 그것이 안 되는 것이다. 도중에 대학 당위원회 서기가 튀어나와서 출판에 이의를 제기하더니 인쇄 기계가 멈추고 말았다. 날마다 무정부주의를 비판하고들 있지만 이것은 도대체 무슨 주의인가? 정부나 법률은 아무 소용이 없고 옆에서 끼어든 손이 위력을 갖는다니!

나는 출판사 편집국장 장에게는 기대하고 있었다. 출판사 사람들의 이야기로는 그는 허징푸의 책이 마음에 들어서 시류의 간섭에는 불만을 갖고 있다고 한다. 시류 측에게 자료 제출을 요구해서 법적 투쟁으로 나아갈 것이라고 했었다. 그러나 푸 부장이 시류의 뒤를 밀어서 유뤄수이의 자료를 장에게 내밀고 "출판사는 저자와 저작에 대해서 조사할 것. 이런 류의 문제는 신중하게 다루도록." 하고 주문을 하자마자 곧장 인쇄기를 멈추게 하고 말았다. 그는 뒷전에서 친구에게 불평을 했다.

"유뤄수이의 자료 따위는 문제가 아니야. 짧게 인용해서 의도적으로 왜곡하고, 게다가 저자에 대한 인신공격을 하고 있어. 그러나 푸 부장이 나섰다면, 그 말을 듣지 않을 수 없어. 그 사람은 내 약점을 잡고 싶어서 근질근질하다니까. 만일, 허징푸에게 뭔가 사소한 약점이라도 있어서 시류에게 걸리기라도 한다면 두말없이 못살게 굴 거야. 그것도 대단히 혹독한 방법으로!"

장은 물론 바보가 아니다. 자기 혼자서 책임을 질 수는 없다.

날아온 공은 위로 걷어차 올려 주면 되는 것이다. 그는 성위원회 선전부 앞으로 보고서를 써서, 푸 부장 명의가 아니라 선전부의 명의로 된 지시를 요구했다. 주심의 손이 위로 올라갔다. 타임. 이리하여 문제는 공중에 매달려 있는 상태가 된 것이다.

참으로 좋은 공부가 된다. 만일 누군가에게 단순한 일이 왜 이렇게 복잡해졌느냐는 질문을 받는다면 나는 일언지하에 대답할 것이다. 인간이라는 요소 때문이라고. 여러 가지 목적으로 소란을 피우는 인간이 있고, 거기에 여러 가지 이유로 두려워하는 인간이 가세하고, 거기에 또 머리가 굳은 인간이 등장한다. 이렇게 되면 가장 단순한 일이라 할지라도 복잡해지고 말 것이다. 우연이라 할 수 없을 만큼 세상사나 운명은 묘하게 되어 있는 법이다. 허징푸를 낳은 다음, 시류를 배치해서 상생상극 하게 했고 더욱이 유뤄수이를 만들어서 시류와 서로 보충하게 했다. 그것으로도 부족해서 장과 푸 부장이라는 철천지원수를 사이에 끼워 넣고 있다. 게다가 쑨웨로 인해 전체 구도가 고운 빛깔을 띠게 함으로써 한층 더 많은 관중을 끌고 있다. 이 중의 하나라도 빠진

다면 일은 훨씬 간단해질 것이다. 그렇다고 해서 누구를 빼면 좋단 말인가. 하나도 뺄 수가 없다.

특히 쑨웨는 뺄 수 없다. 듣는 바에 의하면 쑨웨와 허징푸의 관계는 이번의 일로 해서 훨씬 더 긴밀해졌다고 한다. 그것은 허징푸에게 있어서 커다란 기쁨일 것임이 분명하다. 참으로 "동녘은 해, 서녘은 비, 길이 흐린 듯, 맑기도 하구나."*인 격이다. 이런 운명은 정상이라고 말해야 한다. 나는 허징푸를 위해서 기쁘게 생각한다. 그리고 이 한 쌍이 드디어 결합될 수 있기를 기도한다.

쑨웨의 집에는 쉬헝중, 허징푸, 리이닝이 얼굴을 내밀고 있었다. 게다가 한이도 있었다. 나는 모두에게 인사했다.

"오늘은 마침 잘 왔군. 한꺼번에 많이 만나게 되다니." 그러나 쑨웨가 말했다. "마침 잘 왔어. 오늘은 쉬의 중매인인 리이닝에게 감사하는 날이야. 쉬 집에서 같이 있다가 우리 집으로 지금 막 온 참이야."

이건 또 뉴스다. 얼마 전에 리이닝이 쉬헝중에게 돈 많은 상대를 소개했다는 말을 듣긴 했었다. 하지만 설마 이렇게 빨리 이루어질 줄이야. 나는 두 손을 가슴에 모아 쥐고 쉬헝중에게 말했다.

"축하해. 피로연은 어떻게 할 건가? 우리도 도와주지." 쉬헝중도 간결하게 대답했다. "안 할 수는 없나 봐. 나는 빈털터리이고 그런 걸 좋아하지도 않지만 저쪽 집안에서는 해야 한다며 말을 듣지 않는군. 뭐, 그것도 좋겠지. 로마에 가면 로마법을 따라야 하니까. 아무리 고상한 척해도 안개를 먹고 살 수는 없는 일이잖아. 세상이란 그런 거지. 또, 그

---

* **동녘은 해, 서녘은 비, 길이 흐린 듯, 맑기도 하구나** '길이 흐린 듯, 맑기도 하구나.'(道是無晴 却有晴)란 구절을 중국어로 읊으면, '무정한 듯, 정이 있구나.'(道是無情 却有情)의 뜻으로 이해될 수도 있기에 연애시의 하나로 통한다.

런 게 좋은 거야." 입가에는 흥분이 그대로 드러나 있다.

나는 그의 결혼에 그다지 흥미가 있는 것은 아니다. 쉬헝중과 오래 말하고 싶은 기분도 아니어서 허징푸를 보며 말했다.

"출판은 뭔가 실마리가 잡혔나?"

쉬헝중은 오늘 굉장히 흥분해 있는 것 같다. 그가 맨 먼저 대답했다. "그게 점점 더 복잡해지고 있어. 오늘 시류의 아들인 시왕이 중문학부의 칠판 신문에 '법치인가, 인치인가? 허 선생님의 출판 중지를 보고 출판의 자유에 대해 생각한다.'는 문장을 냈어. 사건의 자초지종을 폭로한 다음에 이름을 들어서 시류와 대학 당위원회를 비판했지."

"그게 뭐가 나빠? 대중에게 입을 열게 하면 시류라 할지라도 조금은 눈이 뜨일는지도 모르잖아." 하고 내가 말했다.

"자네는 참으로 단순하군!" 쉬헝중이 불만이란 듯이 고개를 저으며 말했다. "시류는 허징푸가 도발하고 있다고 말할 것이 분명하잖나. 뿐만 아니지. 쑨웨까지 끌어들여서 쑨웨가 허징푸와 시왕의 후원자라고……."

거기까지 말하다 입을 다물고 쑨웨를 쳐다보았다. 쑨웨의 얼굴은 이미 빨갛게 되어 있다. 그녀는 허징푸를 보고 나를 본 다음 아무도 보지 않은 채로 말했다.

"난 끌려 들어가게 되어도 상관없어. 한마디도 끼어들지 않았는데도 끌려 들어가게 되는 걸 뭐. 난 정말로 허징푸의 후원자가 될 수 있었으면 하고 생각해. 하지만 유감스럽게도 그런 힘은 없어."

"쑨웨, 그런 식으로 말하면 안 돼. 내가 불안해지잖아." 허징푸가 말했다. 그도 쑨웨를 보지 않은 채.

도대체 어떻게 된 것인가. 그들은 왜 이렇게 어색하고 쑥스러워하고 있는가. 설마 중상과 모략을 겁내고 있는 것도 아닐 텐데. 이것은 분명히 쑨웨의 문제이다. 여자의 자존심이 특별히 강하다는 것은 안다. 하지만 허징푸는 지금 얼마나 애정의 뒷받침을 필요로 하고 있는가. 나는 그들에게 힘을 주고 싶어서 말했다.

"허, 쑨. 다른 사람들이 뭐라고 하건 간에 두 사람의 결심 여하에 달려 있어. 시류라 할지라도 연애해서는 안 된다고 나설 수는 없지. 두 사람은 그토록 많은 우여곡절 끝에 겨우 이제야……."

말이 끝나기도 전에 허징푸가 당황해하며 나를 손으로 제지했다.

"무슨 말을 하는 거야? 나와 쑨웨는 영원한 동지며 친구 사이야." 쑨웨는 나와 허징푸의 대화가 들리지 않는 것 같은 태도이다.

그런가. 자네들은 영원한 동지이며 친구인가. 나로서는 두 사람이 전혀 이해되지 않는다! 쉬헝중을 보라. 애정이 없어도 결합할 수 있지 않은가. 그런데도 너희들은 연인끼리 언제까지 그렇게 할 것인가!

"알았어. 그런데 출판에 대해서는 어떻게 할 생각이지?" 나는 기분이 언짢아 이야기를 본래 문제로 되돌렸다.

"지금 그 이야기를 하고 있는 중이었어. 자네는 어떻게 하는 것이 좋다고 생각하나?" 허징푸는 아까 내 말을 중간에서 가로챘던 것이 마음에 걸리는 듯, 한껏 부드러운 어조로 말했다.

"규율 검사 위원회에 제소해!" 하고 나는 말했다.

"규율 검사 위원회에도 역시 시류 같은 인간이 있다고!" 쉬헝중이 즉석에서 반박했다.

"그럼 어떻게 하면 좋다는 거야? 방법이 없다는 건가? 지금은 과거에 비한다면 훨씬 좋아졌잖아. 자네는 그것도 인정하지 않아?" 나는 약간 짜증이 나서 그에게 대들었다.

쉬헝중에게는 감탄도 하지만 혐오감도 느낀다. 감탄하는 것은 문제가 있을 경우 언제나 남보다 주도면밀하게 생각을 해서 마치 형님 같은 풍격을 보인다는 점이다. 혐오감을 느끼는 것은 사물에 대해서 대개는 부정적으로 생각하고 사람을 오싹하게 만드는 정경을 그려 보인다는 점이다.

그렇다. 그런 일은 얼마든지 있을 수 있다. 문제는 그가 언제나 그런 사태는 불가피한 것이며 거기에는 손도 발도 내밀 수 없다는 생각을 한다는 점이다. 그는 왜 이런 식으로 된 것일까? 그가 받은 부당한 처우는 허징푸나 쑨웨에 비한다면 미미한 것이 아닌가.

쉬헝중은 나의 지지를 얻고 싶은 모양인지 계속 나를 보면서 이야기했다.

"물론 방법이 없는 것은 아니지. 허가 시류에게 가서 대화를 나누는 방법이 있어. 그리고, 시왕의 문장은 자기들과는 관계가 없다는 점을 분명히 하는 거야. 그리고 저작에 대한 시류의 의견을 이쪽에서 물어서 고쳐 쓸 의향을 나타내는 거지. 그렇게 하면 긴장은 풀릴 거야. 원한은 풀어야지 묵혀서는 안 되는 거야. 권력 있는 자와 원한 관계를 맺으면 바보 꼴을 당하게 될 뿐이지. 물론 허는 그런 것을 싫다고 할지도 모르지만."

과연 내가 입을 열기 전에 허징푸가 말했다. "그건 안 돼. 이것은 개인과 개인의 문제가 아니야. 조직의 계통을 통해서 해결해야 할 문제야."

"하지만 요즘은 공식적인 조직 계통에 의존해서는 아무것도 해결되지 않아. 확실히 우리는 날마다 지금은 법제의 시대라는 말을 듣고 있지. 하지만 자네들 역시 C대학에서는 법은 시류의 입에 있다는 것쯤 알고 있겠지. 조금쯤 타협한다 해서 뭐가 나빠. 출판이라는 목적만 달성하면 될 것 아닌가. 자네가 시류에게 고쳐 쓰겠다고 말해 놓고 실제로는 고쳐 쓰지 않더라도 그가 스스로 대조해 가며 조사할 것도 아니야. 어느 정도 체면을 세워 주고 그에게 자기의 권력이 유효하다는 것을 느끼게 해 주어도 자네에게는 조금도 장해가 안 돼." 쉬헝중이 겨루듯이 말했다.

"그럼 자네는 시류가 허를 곤란하게 만들기 위해서만 했다고 생각하나?" 나는 나도 모르게 쉬헝중에게 물었다.

"물론 그렇게 단순하지는 않지. 시류가 그렇게 나오도록 결정한 요소는 복잡해. 갖가지 요소가 서로 뒤얽혀 있어. 그러나 그 중의 하나가 약화되거나 제거된다면 다른 요소들 역시 변화하게 되는 거지." 쉬헝중은 즉석에서 대답했다.

"그러나 내게 있어서 중요한 것은 교조적 속박을 깨뜨리는 거지. 시류의 환심을 사는 것이 아니야. 나는 시류에 대해서는 개인적인 원한은 거의 갖고 있지 않아. 그가 어떻게 생각하건 그것은 그 개인의 문제야. 나는 개인적인 원한으로 그와의 대립을 설명하려는 생각은 없어." 허징푸가 반박했다.

나는 허징푸에게 찬성했다. 그러나 그렇다면 어떻게 해야 하는가에 이르면 아무런 생각도 떠오르지 않는다. 나는 쑨웨에게 물었다. "문제를 회의 석상에 올려놓고 학부 총지부와 대학 당위원회에 토의를 요구할 수는 없나?"

쑨웨는 한숨을 쉬면서 말했다.

"그런 생각도 했어. 하지만 시류가 회의에 내놓으려고 하지 않아. 그는 이렇게 말해. '당위원회는 사실상 그 건에 관여하고 있지 않다. 분명히 일 차 토의를 하긴 했었지만 결정은 아무것도 하지 않았다. 유뤄수이 동지의 의견은 개인적인 것이며 그에게는 완전히 그럴 권리가 있다. 인쇄기를 멈춘 것은 출판사의 문제이며 우리들로서는 시끄럽게 말할 권리가 없다. 종이가 부족하기 때문인지도 모르고 계획이 변경된 것인지도 모른다. 출판사가 우리 당위원회에 의견을 물어 온 것도 아닌데 어떻게 입을 벌릴 수 있는가.' 하고."

"그러나 시류도 푸 부장도 분명히 개입하고 있는 거잖아?" 하고 나는 말했다.

"확실한 증거가 있어? 자칫 잘못하다가는 무고로 몰리게 돼. 약자가 강자에게 사실과 어긋나는 불평을 하는 것이 무고야. 그러나 강자가 약자를 부당하게 처리한다 하더라도 그런 것은 당연한 것이 되지. 약자란 원래 지위가 낮기 때문에 함정에 빠지고 말고 할 처지가 아니야." 역시 쉬형중의 이도 저도 아닌 주장이다.

"음." 나는 맥이 빠져 한숨을 쉬었다.

"그게 가장 무서워. 공식적인 조직의 수속으로는 해결되지 않고 음모와 간계를 쓰고 연줄을 이용해서 뒷손을 쓸 수밖에 없다니." 쑨웨가 분개하며 말했다.

조금도 틀린 말이 아니다. 하지만 도대체 어떻게 하면 좋은가. 이러저러한 일들이 이런저런 이유로 서로 뒤섞여 풀처럼 엉겨붙어 버리는 경우가 한둘이 아니다. 그것이 우리들의 업무 구조의 벨트나 수레바퀴에 엉겨붙어서 기계를 감속시키고 심지어는 회전을 중지시키고 마는 것이다. 이 나라에서 나는 자주 이런 일에 부딪힌다.

연극 공연을 하려 해도 지도부의 허가가 필요하다. 그러나 아무리 기다려도 아무런 답변이 없을 때가 있다. 물론 여러 가지 이유로 우연히 그렇게 될 수도 있다. 그러나 실제로는 지도부의 누군가가 공연에 찬성하지 않고 또 그것을 확실히 말하고 싶어하지 않는다면 하급자도 분명하게 말할 수 없기 때문인 경우가 대부분이다.

또, 억울한 누명을 쓰고 있었던 사람을 어느 부서에건 배치를 해야 하는 일이 있었다. 그러나 계속 지연되기만 할 뿐 아무도 떠맡을 사람이 없었다. 이것도 여러 가지 이유로 우연히 그렇게 될 수도 있다. 그러나 실제로는 지도부의 한 사람이 그 사람을 좋게 생각하지 않았기 때문에 모두들 받아들일 수가 없었던 것이다.

지도부가 나에게 '진상 설명'을 하라고 보내면 나는 이것저것 '우연의 요소'를 꾸며 낸다. 실제로는 진상의 은폐인 것이다. 진실이 '조작'이 되어 거부당하는 것은 늘상 있는 일이다.

이것이야말로 '내상'이라는 것이 아닐까? 표면에 상처는 없지만 내부에서는 조직의 괴사가 진행되고 있다. 법치가 행해짐이 없이 어떻게 이런 현상이 극복될 수 있으며 또 이런 현상의 극복 없이 어떻게 법치가 행해질 수 있을 것인가. 닭이 먼저인가, 알이 먼저인가? 닭이 먼저이기도 하고 알이 먼저이기도 하다. 원인이 결과가 되고 결과가 원인이 된다. 그러므로 결과를 고쳐서 원인을 고치고 원인을 고쳐서 결과를 고치는 것, 어느 쪽도 소홀히 해서는 안 되는 것이다.

이에 대해 어떻게 대처하는가는 참으로 성가신 문제이다. 나로서는 아무런 방법도 떠오르지 않는다. 나는 허징푸에게 물었다.

"자네는 어떻게 할 생각인가. 성위원회 선전부가 어떻게 나오는가를 기다리는 수밖에는 없는 것 같은데."

그러나 쑨웨가 허징푸 대신에 말했다. "우린 연명으로 상급 당위원회에 편지를 쓸 거야. 이 책의 출판 문제뿐만이 아니라 사상 해방과 간부 문제에 대한 견해도 쓸 생각이야."

"적당히 해!" 여태 가만히 있던 리이닝이 갑자기 격렬한 말투로 입을 열었다. "연명 따윈 말도 안 되는 소리야. 그렇지 않아도 이상한 소문이 자자하잖아! 아니면 당신들은 아직도 부족하다는 건가?"

"소문 따위 자기들 마음대로 하라고 내버려 둬. 난 소문을 퍼뜨리는 사람들에게는 큰소리로 고함을 질러 주고 싶을 때가 있어. 나는……."

쑨웨는 거기까지 말하다가 갑자기 말을 끊고 말았다. 그녀의 눈이 허징푸를 향해서 반짝 빛났고 허징푸도 그녀를 똑바로 보았다. 그런 다음 두 사람의 시선은 신속히 갈라지더니 나란히, 한쪽에서 잠자코 공부하고 있는 한이에게로 향했다. 한이도 바로 그때 얼굴을 들어 엄마를 보았다.

나는 가슴이 쿵 하면서 무엇인가 알 것 같은 느낌이 들었다. 그러나 이것저것 생각할 틈도 없이 리이닝이 말했다.

"도대체 그렇게 할 만한 가치가 있어? 출판 문제만 쓰면 그것으로 좋잖아. 다른 문제를 써서 어떻게 할 거야? 중국에는 십억 인구가 있지만 아무도 문제 삼고 있지 않아. 분명히 드러나 있는 것은 당신들뿐이야. 그렇지 않아?"

"그건 말이 안 돼요. 누군가가 하지 않으면 안 되지요." 나는 나도 모르게 리이닝에게 말했다. 그녀와는 그다지 친근한 사이가 아니기 때문에 약간 자제하는 어조로 대꾸했다. 그러나 그녀 쪽은 자제고 뭐고 없다. "찬성한다면 당신이 하면 돼요. 하지만 당신은 이러한 문제를 날카롭게 제기하는 단 한 편의 소설도 쓴 적이 없잖아요!"

평소에는 얌전한 것 같은 그녀가 화를 내면서 이렇게 신랄한 말을 토해 낼 줄은 생각지도 못했다. 실제로 나는 머릿속으로 날마다 생각하고 있지만 날카로운 문제를 제기한 소설을 쓴 일이 없다. 나는 날마다 쓰고 싶다는 생각으로 새로운 구상을 한다. 그러나 펜을 들면 이내 주저하게 되고 만다. 두려운 것은 아니다. 두려워할 이유 따위는 없다. 단지 자기가 비판의 대상이 될지도 모른다는 생각을 하면 마음이 불안해지는 것이다. 마치 연극에 출연해 본 일이 없는 자가 분장을 하고 무대에 올라가서 스포트라이트를 받는 것 같다. 이것도 용기가 없기 때문임을 알고 있다. 그리고 용기에는 단련이 필요하다는 것도.

그러나 단련에는 또 용기가 필요하다. 역시 닭이 먼저냐, 알이 먼저냐의 문제인 것이다. 나는 이미 '뛰어난 재목'이 될 '최적기'를 지났다. 닭으로 치면 늙은 닭이어서 제대로 달걀을 낳지도 못한다. 달걀로 친다면 반쯤 품다 만 달걀이어서 새삼스럽게 부화될 수도 없다. 아직, 이대로 끝나 버려도 좋다고 생각하고 있는 것은 아니지만 앞길에 커다란 희망을 가질 수 없는 것도 분명하다. 그러나 다른 사람이 새로운 세상을 창조하고 개척하는 것은 전력을 다해서 지지한다. 나는 누가 올린 성과이건 간에 진심으로 기쁨을 느끼며 누가 불행에 빠지건 간에 진심으로 동정을 보낸다. 그래서는 안 되는 것인가? 꼭 내 자신이 영웅호걸이 되어야만 하는 것인가? 나는 불만을 느끼고 리이닝에게 말했다.

"내게는 용기도 재능도 없어요. 그렇다고 해서 타인을 지지할 권리도 빼앗는 거요?"

리이닝도 말이 지나쳤다고 생각했는지 표정과 말투를 부드럽게 해서 말했다.

"당신의 지지는 그들에게 해를 끼칠 뿐이에요. 중국이란 그런 나라예요. 영원히 나아지지 않아요. 중국인은 노예근성과 나태의 덩어리라 생각해요. 대부분의 사람들이 머리로 생각만 할 뿐 실천을 하지 못하거나 하고 싶어하지 않아요. 누군가가 해 주기를 바라기만 할 뿐 자기는 방관자로 일관하고 비판의 권리를 '보류'하지요. 그들은 언제나 희망을 청렴한 관리에게 걸고 있어요. 청렴한 관리가 실권을 쥐고 있는 동안은 머리를 밖으로 드러내죠. 하지만 탐관오리나 만나 봐요. 그저 죽은 듯 엎드려 있을 뿐이고 심지어는 그 앞잡이가 되는 사람까지 나오지요. 허 선생도, 쑨웨도 반생을 혹독한 환경에서 살아왔는데도 왜 인민을 대표해서 탄원하는 역을 맡지 않으면 안 되는 거죠? 둘 다 앞으로는 평온하게 살아야 해요."

"나는 그 의견에 쌍수를 들어서 찬성이야. 무의미한 희생을 할 필요는 없어." 쉬헝중이 좋아하며 찬성했다.

"나는 찬성할 수 없어!" 쑨웨의 격한 목소리다. 그리고 리이닝에게 말했다.

"우리들의 중국을, 우리들의 인민을 왜 그런 식으로 보지? 나는 심정적으로 받아들일 수 없어. 자식은 어머니가 추해도 싫어하지 않는 법이야. 우리들이 문제의 산에 부딪혀 있다는 것은 인정하지만 나는 역시 내 나라, 내 민족을 좋아하고 미래에 희망을 걸고 있어. 모두들, 중국에는 이미 희망이 없고 조국과 인민을 위해서 무슨 일을 한다는 것은 불가능하다는 생각을 한다면, 그럼 도대체 무슨 목적으로 살고 있는 거지?"

쉬헝중이 웃으며 말했다. "살아가는 데 목적이 없으면 안 되는 건가? 나는 구십구 퍼센트의 인간은 목적 없이 살고 있다고 믿어. 또는 살고 있는 것 자체가 목적이라고 해도 좋겠지."

쑨웨는 점점 격앙되었다. 양 눈썹을 곤추세우고 분노의 눈길을 쉬헝중에게로 향했다.

"그렇다면 어딘가 다른 곳에 가서 살지 않겠어? 우리의 조국과 인민을 조소하지 말고, 우리들의 하는 일에 찬물을 끼얹지 말고, 우리들의 희생을 방해하지 말고! 무의미한 희생은 결코 존재하지 않는다고 믿어!"

허징푸는 그 말에 감동하고 있었다. 눈을 빛내면서 쑨웨를 보고 있다가 그 말을 듣자 벌떡 일어나서 쑨웨에게 다가갔다. 그러나 이내 물러났다. 쑨웨는 허징푸의 움직임이 눈에 들어오지 않았던 모양이다. 그저 그녀는 점점 더 흥분해서 드디어 울음을 터뜨리고 말았다.

눈물이 쑨웨의 볼을 타고 방울방울 떨어진다. 허징푸는 다시 자리에서 일어났다. 그는 자기가 마시던 물을 쑨웨 앞에 갖다 놓았다. 쑨웨는 그것을 집으려고 하다가 깜짝 놀라 그것을 돌려주고는 테이블 위의 자기 물컵을 집었다.

허징푸는 새빨갛게 되어 물러났다. 나는 리이닝과 얼굴을 마주 보았다. 분명히 그녀도 그것에 주의하고 있지만 우리 두 사람은 다 눈치채지 못한 척했다. 사실 그것이 무엇을 의미하는 것인지 전혀 알지 못하는 것이다!

쑨웨의 격렬한 비판에 대해서 리이닝은 항변하지 않았다. 쑨웨의 두 손을 잡고 쓰다듬어 주고 있다. 자기가 한 말에 대해 아픔을 느끼고 있는 것 같다.

쉬헝중도 더 이상 웃지 않았다. 그는 머리를 옆으로 흔들고 한숨을 쉬며 말했다. "쑨웨의 기분은 잘 알아. 자기의 조국과 인민을 싫어하는 자가 있을 리 있어? 그러나 나는 이 몇 년 동안 완전히 정나미가 떨어져 버렸지."

"무엇에 정나미가 떨어져 버렸지, 쉬?" 허징푸가 의자를 쉬헝중 옆으로 옮기고 부드럽게 물었다.

"뭐든지 다지." 쉬헝중이 우물거리며 말했다.

"그럴 리 없어, 쉬." 허징푸는 쉬헝중의 손을 탁 치고 웃으며 말했다. "모든 것에 정나미가 떨어진 사람이 그렇게 적극적으로 혼담을 진행시켰단 말야?"

쉬헝중의 얼굴이 금세 주홍색으로 물들었다. 우리들도 웃었다. 허징푸는 나쁘게 생각하지 말라는 듯이 다시 한번 쉬헝중의 손을 치고는 진지하게 말했다. "쉬, 자네가 정나미 떨어진 것은 우리들의 앞길이 평탄하지 않고 거대한 대가와 희생을 필요로 하고 있다는 사실이야. 자네는 그 대가와 희생의 크기에 위축되어 버린 거지, 안 그런가?"

쉬헝중은 어깨를 으쓱했을 뿐 부정도 긍정도 하지 않는다.

"그렇다면 나는? 역시 대가와 희생을 두려워하고 있는 건가요?" 리이닝이 허징푸에게 물었다.

"리이닝 씨, 나는 의사가 아니에요. 리이닝에 대해서 가장 잘 알고 있는 것은 리이닝 자신이 아닐까요?"

"나는 타성에 흐르고 있는 거야! 쑨웨, 네가 내 말을 용납할 리가 없지. 나 자신도 스스로를 비웃고 있으니까! 하지만 만일 내가 조국을 좋아하지 않는다면 왜 외국으로 나가서 유산 상속을 받지 않았겠어? 오랫동안 심하게 당했었지만 조국으로부터 도망칠 생각은 하지 않았어. 나는 쭉 조국을 위해서 최선을 다할 기회를 기다리고 있었어. 하지만 너무 오랫동안 기다리다 보니 내 의지는 움츠러들고 말았지. 나는 나태에 빠져서 현상에 안주하고 파란과 고통을 두려워하게 되었어. 지금은 과거와는 달라서 정말로 희망을 가질 수 있다는 것을 나 역시 알고 있어. 하지만 나는 이미 뛰어오를 수가 없어. 지금 필요한 것은 끈기 있고, 방심하지 않으며, 평범하면서도 괴로운 투쟁과 공작이지. 드높은 정신과 지칠 줄 모르는 정열, 그리고 강인한 의지를 갖지 않으면 안 돼. 하지만 나는 그 모든 것을 잃어버리고 말았어. 혼자서 망상하는 일은 있지. 조국을 위해서 목숨을 바칠 수 있는 기회가 주어진다면 얼마나 좋을까? 지금이라도 분발할 수 있다면 하고 생각해. 시대의 발소리가 들려올 때도 있지. 그러나 안온하고 단조로운 생활에 완전히 젖어 버렸어. 팔다리만 발달하고 머리는 점점 텅 비어 가. 난 그런 자신을 '네가 아무리 애써도 소용없어. 중국은 어차피 나아질 수 없다고!' 하고 위로 하지 않을 수 없어. 정말로 그런 식으로 생각한 일은 없는데도 그래."

리이닝의 말은 성실했다. 쑨웨는 감동해서 다시 눈물을 흘리고 나도 설레는 마음으로 리이닝에게 말했다. "우리는 같은 유형에 속하는군요."

"우린 같은 세대니까 그럴 수밖에 없지. 각자의 경력에 따라 차이는 있겠지만 대동소이할 수밖에 없어. 그렇지 않나요, 여러분?"

허징푸는 논쟁을 끝내고 싶었던지 그렇게 말하면서 한 사람 한 사람에게 웃어 보였다. 그는 아직 흥분이 가시지 않은 쑨웨를 보고 슬쩍 "쑨웨!" 하고 말을 걸었다. 쑨웨는 그에게 시선을 돌렸다가 얼른 얼굴을 피하고는 모두에게 웃음 지었다.

분위기가 부드러워졌다.

"하하하, 재미있어!" 줄곧 옆에서 숙제를 하고 있던 한이가 갑자기 웃음을 터뜨렸다.

허징푸가 한이에게 다가가서 문제집을 집어 들고 외쳤다. "하하, 일러 줘야지. 두 문제밖에 풀지 않았어. 계속 우리 이야기를 훔쳐 듣고 있었 구나." 그는 한이를 위협하면서 문제집을 쑨웨에게 넘겨 주었다.

한이는 엄마의 얼굴에 떠올라 있는 미소를 보자 문제집을 낚아채고 는 지지 않겠다는 듯이 말했다.

"훔쳐 듣다뇨? 말소리의 음파가 내 귓속으로 들어와서 고막을 진동 시켰어요. 그것이 대뇌로 전해져서 대뇌가 신호를 보내 나더러 반응하 라는 명령을 내렸을 뿐이라고요. 단순한 자연 현상인걸요!"

한이가 만담 같은 어조로 말했기 때문에 우리들은 크게 웃었다. 허 징푸도 웃으면서 한이에게 물었다. "그래, 자연 현상은 맞아. 그런데 웃 는 까닭이 뭐야?"

한이가 엄마를 향해서 활짝 웃었다. 허징푸가 자기를 좋아하는 것이 기쁘고 자랑스러운 모양이다. 소녀는 다시 웃으면서 말했다.

"여러분들 같은 인텔리는 모두 이상한 사람들이네요. 신경질적이기도 하고요. 마치 어린애 같아요. 싸웠다가는 금방 사이가 좋아지고. 이상하잖아요?"

나는 놀려 주듯이 말했다. "우리들은 너희들 같은 어린애와는 다르지. 우리들이 싸우는 것은 먹을 것이나 놀이 때문이 아니고 나라의 앞날과 운명이라는 큰 문제 때문이란다."

그러자 한이는 곧 이렇게 응수했다.

"먹을 것이나 놀이라고요? 우습게 보지 마세요. 우리가 생각하는 것도 여러분들에게 지지 않아요. 우리들은 80년대의 대학생이 될 거예요. 여러분들은 50년대의 대학생이니 30년이나 격차가 있죠. 그러니까 우리들을 이해하지 못하고 늘 어린애 취급하는 거라고요."

한이의 표정이 재미있다. 위엄 있는 표정과 자부심을 나타내려고 애를 쓰지만 얼굴은 아무래도 어린애 얼굴일 뿐이다. 우리들은 마치 커다란 인형을 마주 보고 있는 것 같았다. 그러나 아무도 웃지 않고 모두들 고개를 끄덕여 소녀를 칭찬했다. 다만 쑨웨만은 화가 난 듯한 몸짓으로 말했다. "얘 좀 봐. 어리광을 받아 주었더니!"

한이는 허징푸에게 메롱, 했다. 허징푸는 소녀에게 나지막이 말했다. "자, 이제 그만하고 숙제해라." 한이는 얌전하게 돌아앉아 더 이상 어른들 쪽을 돌아보지 않았다.

"그래서 편지는 썼어?" 나는 본론으로 들어가서 허징푸와 쑨웨에게 물었다.

"쓰려고 하는 참에 당신이 온 거야. 마치 우리가 쉬형중의 혼담을 핑계 삼아 참모 회의를 소집한 것처럼." 쑨웨가 웃으며 대답했다.

쉬헝중이 설마 하는 얼굴로 말했다. "아무리 유능한 참모라도 두 사람에게는 소용없는 거야. 두 사람에게는 두 사람의 기정 방침이 있으니까. 그럼 여러분, 안녕히. 난 이제 슬슬 가 봐야지." 입구까지 가다가 그는 나를 돌아보면서 말했다. "열흘 후에 피로연이야. 꼭 와. 그리고 빨리 와서 좀 도와줘. 안 그러면 잘 대접하지 않을 테니까."

그에게도 그의 기정 방침이 있다. 나는 고개를 끄덕이며 말했다.

"걱정 마! 그날 맨 처음 축하하러 달려갈 사람이 나야. 행복한 생활을 빌겠네."

그는 어깨를 으쓱하고 근사하게 웃었다. "요즘 세상에서는 애정이란 극히 드문 보석이지. 나 같은 범부에게는 애정이란 사치야. 하긴 그렇기 때문에 행복하게 살아갈 수 있을지도 모르지만." 그렇게 말하고 그는 표연히 떠나갔다.

탈속한 범속. 민감한 마비. 모든 것을 통찰하는 우매함. 전진하는 후퇴. 추구하지 않는 애정. 애정 없는 행복. 쉬헝중은 모든 사람들과 마찬가지로 무수한 대립물의 통일을 이루고 있다. 그리고 최종 통일점은 '실리'라는 두 글자이다.

"우리 나이대의 지식인들이 걷는 길은 어쩌면 이렇게도 가지각색일까?" 나는 나도 모르게 감회를 말했다.

"하지만 모두 다 우리 시대가 낳은 자식이지. 피를 나눈 형제 역시 같은 사람은 없어. 우리들은 공동으로 우리 시대를 비추고 있는 거야. 장점도 단점도, 빛도 어둠도, 과거도 미래도." 허징푸가 말했다.

"몇 년 전까지만 해도 날마다 대혼란, 대분화라는 말을 하고 지냈지. 그러나 내 느낌으로는 최근 몇 년 동안의 혼란과 분화가 훨씬 더 심각해." 하고 나는 말했다.

"나도 그렇게 생각해. 날마다 영혼에 와닿는 문화대혁명이라고 외쳤었는데 닿은 것은 육체뿐이었어. 그러던 것이 지금에 와서야 정말 한 사람 한 사람의 영혼에 닿는 것 같아." 쑨웨가 말했다.

"육체에 닿는 것보다 훨씬 괴로워." 리이닝이 말했다.

"괴로움 없이 창조는 불가능해." 허징푸가 말했다.

"숙제도 그래요. 안 풀리면 몹시 괴로워요. 그렇지만 괴로워하며 생각한 끝에 해답을 얻은 문제가 더 재미있고 기쁘게 해요." 한이가 가만히 있지 못하고 끼어들었다.

그러자 허징푸가 소녀에게 엄지손가락을 세우며 말했다.

"좋은 말을 했다, 한아. 깊은 내용을 쉬운 말로 표현했구나. 너희들 세대가 우리들보다 틀림없이 희망이 있어. 언젠가는 현대화된 젊은이가 될 거야. 그때 우리들을 쓰레기 취급하진 말아 주렴!"

그러자 한이는 우리들을 하나하나 둘러보며 말했다. "그건 여러분들의 태도 여하에 달려 있어요! 자기를 새로운 인간으로 변하게 하고 싶어하지 않는 사람은 미안하지만 도태시킬 거예요!"

나는 기분 좋게 그들과 헤어졌다. 리이닝, 허징푸는 같이 나왔다. 나는 허징푸에게 물었다. "허징푸, 쑨웨와는 도대체 어떻게 되는 거야?" 그는 의외로 고개를 옆으로 흔들었다. "그에 대해서는 전혀 이야기하지 않았어." 리이닝도 말했다. "뭔가 소문이라도 들었어요?"

나는 다소 실망했다. "원 참, 상감은 태평인데 측근들만 안절부절이라더니. 도대체 두 사람은 어떻게 할 생각이야?"

"생활은 반드시 생활 자체를 위해서 길을 연다. 이것은 레닌의 말이지." 하고 허징푸는 대답했다.

그렇다. 생활은 반드시 생활 자체를 위해서 길을 연다. 내가 쓸데없는 걱정을 할 필요는 없는 것이다.

자오전환

나는 잃어야 할 것을 잃었고, 되찾아야 할 것을 되찾았다.

　　뚱뚱보 왕이 한 통의 편지를 슬쩍 내 책상 위에 놓고는 아주 의미 있다는 듯이 보낸 사람의 주소를 손가락으로 슬쩍 가리켰다. 마치 기밀 문서를 넘겨 주며 비밀 유지를 명령하기라도 하는 투다.

　　봉투에는 C대학의 로고가 인쇄되어 있다. 그 인쇄가 아니라도 나는 쑨웨의 편지임을 한눈에 알 수 있다. 그녀의 글씨는 그야말로 그녀답게 아름답고 힘에 넘친다.

　　뚱뚱보 왕은 다른 동료 자리로 가서 가볍게 농담을 하고 있다. 편지를 개봉하기를 기다리고 있는 것이다. 그러나 내가 개봉하지 않자 실망하고 돌아가 버렸다. 그는 돌아가면서 동료에게 부석부석한 눈으로 윙크했다. 나는 그 윙크의 의미를 잘 알고 있다. '개봉 박두'라는 뜻이다.

　　개봉 박두임에 틀림없다. 어제 평란상이 정식으로 이혼하고 싶다는 말을 해 왔다. 이유는, 내가 쑨웨와 부부 관계로 사실상 다시 결합되었으며 내가 C대학에 가서 그녀의 집에서 묵었다는 것이었다.

　　나는 변명은 한마디도 하지 않고 단지 이렇게 대답했다. "이혼에는 응하지만 환이는 내가 맡을 거야." 란상은 그 말을 듣고 울부짖었다. 급기야는 신문사로 뛰어 들어와 소란을 피웠다. "드디어 꼬리를 잡혔어! 쑨웨와 이야기가 다 되어 있다는 것쯤 알아! 말해 두겠지만 당신과 쑨웨가 C대학에서 무엇을 하고 있었는지 모두들 알고 있어."

나보고 무엇을 했느냐고? 자기는 어땠는가! 출장에서 돌아오자 여러 친구들이 충고해 주었다. "밤에는 집으로 돌아가는 것이 어때? 요즘 뚱뚱보 왕과 펑란샹이 빈번하게 서로 오가고 있어. 오해가 생기면 곤란하잖아."

나는 알고 있다. 그 두 사람이 빈번하게 오가고 있다면 '오해' 정도가 아니다. 그들이 과거에 관계를 갖고 있었다는 것은 신문사에서는 공공연한 비밀이다. 오랫동안 나는 귀를 닫고 자신을 속이고 다른 사람들을 속여 왔다. 뚱뚱보 왕에게 시골에 아내와 많은 자식들이 없었더라면 펑란샹이 나를 선택하는 일은 없었을는지도 모른다. 그 추한 속물 뚱뚱보가 어떻게 해서 펑란샹의 마음에 들었는지 참으로 이해하기 어렵지만 그녀는 그를 숭배하고 있을 정도이다.

그 두 사람이 미리 의논했는지는 모르겠지만 이번에 나를 D지방으로 출장 보낸 것은 틀림없이 함정이며 목적은 헛소문을 만들어 내기 위한 것이다. 나는 뚱뚱보 왕에게 C대학에 다녀온 여비를 출장비로 해 달라는 말은 하지 않았다. 공사를 혼동하는 것은 싫기 때문이었다.

그러나 왕은 고집을 부렸다. "오랜 친구 사이가 아닌가. 그 정도는 할 수 있게 해 주게. 그런데 어땠나. C대학에서 옛날 동창생들을 만났어? 쑨웨는 건강하던가?"

나는 상대하지 않고 영수증 대신에 표를 내밀지도 않았다. 그러나 신문사 안팎에는 이미 소문이 자자했다.

"자오전환은 쑨웨와 다시 재결합했어. 이번에 D지방으로 출장 가는 것을 승낙한 것은 사실은 C대학에 가서 쑨웨와의 재결합을 의논하기 위해서였다니까."

"두고 봐, 자오전환은 곧 평란샹과 이혼할 거야."

"자오전환의 장가드는 꼴 좀 보라지. 완전히 시대와 보조를 맞추고 있잖아. 시대가 변하면 부르는 노래도 달라진다는 식이라니까, 하하하하."

루쉰은 변명하지 않을 수 없는 입장에 놓인 자는 불쌍하다고 했었다. 나는 변명할 생각은 없다. C대학에 갔던 것만큼은 사실이다. 내가 쑨웨와 한이에게 끼친 불행이 보다 분명해졌고 내 영혼을 되찾기 위해서는 더욱 커다란 희생과 대가를 지불하지 않으면 안 된다는 것을 잘 알게 되었다. 나는 C대학에서 있었던 일을 공개함으로써 사람들에게 품평을 하게 한다거나 감상하게 하고 싶은 마음은 없다.

이혼하자고 한다면 이혼하자. 이런 연극은 나 역시 더 이상 계속 할 수 없다. 내가 꺼낸 '세 가지 조항'은 어차피 무리였던 것이다. 나는 정신의 고독을 견딜 수 없고 란샹은 생활의 쓸쓸함을 견딜 수 없다. 내게나 그녀에게나 미안한 부분이 확실히 있었다고 생각한다. 그녀에게 진정한 애정을 주지 않으면서, 그녀에게만 나에게 충실하라고 요구할 권리는 없다. 다만, 나는 그녀를 위해서 애석해한다. 내가 보는 한 그녀는 뚱뚱보 왕보다는 낫다. 왕보다 나은 남자를 찾아야만 한다.

손이 떨려서 봉투를 열 수가 없다. 이 편지는 내게 무엇을 전해 줄 것인가?

C대학을 떠날 때 나는 허징푸의 손을 꼭 잡고 여러 번 말했다.

"자네들의 행복을 비네. 결정되면 곧 편지해 줘. 축하하고 싶으니까." 하고. 이 편지는 그것을 알리는 것인지도 모른다. 그런가, 쑨웨?

한이는 왜 미리 알려 주지 않았을까. 그 아이는 편지를 몇 통씩이나 보내 주었지만 쑨웨와 허징푸에 대해서는 전혀 쓰지 않는다. 처음 몇 통에는 꼭 엄마 이야기를 쓰면서 엄마가 이제까지 얼마나 고통을 맛보았던가를 호소했었지만 최근에는 완전히 입을 다물고 있다. 설마 그것이 암시였던 것은 아니었을까?

손이 점점 더 떨리고 얼굴에서 땀이 배어 나온다. 편지를 열 수가 없다! 뚱뚱보 왕이 윙크를 하고 간 후 동료가 와서 친절하게 말해 주었다. "자오, 안색이 나쁘군. 숙소로 들어가서 쉬지. 어차피 별일도 없을 테니까." 나는 감격해서 그의 손을 잡은 다음 사무실을 나왔다.

아버지, 저는 그 찢어진 사진을 계속 갖고 있어요. 가르쳐 주세요. 찢어진 사진은 원래대로 될 수 없는 것인가요?

아아, 한아! 너는 엄마에게도 그렇게 말한 일이 있느냐? 분명히 있을 것이다. 그렇다면 이 편지는 어쩌면 이별을 고하는 것일지도 모른다. 나는 미소 지었다. 가슴이 두근거렸다.

숙소에 도착하자마자 문을 꼭 잠그고 가위를 꺼내서 천천히 편지 봉투를 잘랐다. 그리고 조심스럽게 편지지를 꺼내서 앞에 펼쳐 놓았다.

전환, 나의 어릴 적 친구에게. 이런 호칭은 친근하기도 하고 소원하기도 하다. 무슨 뜻인가? 나는 재빨리 읽어 내려갔다. 순식간에 다 읽어 버렸다. 그러나 이상하게도 전혀 의미를 알 수가 없었다. 편지에는 아무런 소식도 쓰여 있지 않은 것 같다. 내가 바라는 것도, 두려워하는 것도.

나는 가까스로 마음을 진정시키고 침대에 누워서 다시 한 번 정성껏 읽어 보았다. 그리고 이해했다.

전환, 나의 어릴 적 친구에게

좀 더 빨리 편지를 쓰려 했지만 징푸의《마르크스주의와 휴머니즘》의 출판으로 말미암아 문제가 있었기 때문에 겨를이 없어 이제껏 미루어 왔습니다. 이 때문에 징푸에게는 몇 번이나 싫은 소리를 들었지요.

당신이 이해와 용서를 구하기 위하여 여기까지 왔는데 나는 당신을 실망시켜 주었습니다. 마음이 지나치게 좁았던 탓이지요. 그런 점에서 나는 당신에게도 징푸에게도 미치지 못합니다.

당신과의 관계는 내게 있어서 중요한 역사가 되어 있습니다. 이 역사를 나는 몇 번이나 풀어 보고 몇 번이나 생각해 보았는지 모릅니다. 그러나 끝없는 원망과 무의미한 희생 외에 아무것도 발견되지 않았습니다. 그러므로 당신을 용서할 날이 있으리라고는 생각조차 하지 않았지요. 하물며 내가 당신에게 용서를 빌지 않으면 안 된다는 생각은 상상조차 할 수 없었습니다. 나는 완전히 개인적인 원한에 사로잡혀서 나 자신을 버림받은 불쌍한 존재로밖에 생각하지 않고 있었습니다.

사실 우리들 사이에서 일어났던 모든 것은, 버리고 버림받았다는 것만으로는 도저히 설명될 수 없습니다. 그리고 그것이 우리들에게 남긴 것도 결코 개인적인 원한이 아님은 물론입니다.

우리들의 비극의 책임을 맨 먼저 져야 할 사람은 바로 나 자신이며 결코 당신이 아니라고 생각합니다. 왜냐하면 당신과의 결혼을 승낙했을 때 내게는 우정과 감사의 마음이 있었을 뿐 애정은 갖고 있지 않았기 때문입니다.

당신은 징푸처럼 나를 끌어당기고 뒤흔드는 일이 없었습니다. 그저, 편안하고 친근하게 느껴질 뿐이었습니다. 나는 징푸와 결합되기를 갈망했고 또 그렇게 해야 한다는 것을 분명히 알면서도 당신과 결혼했던 것입니다. 그것은 은혜를 저버리고 지조가 없다는 오명을 쓰고 싶지 않았기 때문이었으며, 징푸가 '우파'로 몰린 다음부터는 특히 내 경력에 '정치적 오점'을 남기고 싶지 않았기 때문이었습니다.

결혼하고 난 다음에도 결혼하기 전과 아무것도 달라지지 않았다고 당신은 말했었지요. 당신의 입장에서 나는 변함없이 친구이며 연인이었지만 명실상부한 아내는 아니었습니다. 당시 나는, 그것은 별거 생활 때문이라고 말했습니다. 하지만 나는 은밀하게 자문하고 있었지요. '만일 별거가 아니라면 그의 명실상부한 아내가 될 수 있을까?'

분명히 될 수 있다는 대답을 할 수가 없었습니다. 나에게는 결코 채워질 수 없는 공허와 불만이 남을 것 같은 생각이었지요.

그럼, 왜 나의 불만을 당신에게 나타내지 않았던 것일까요? 그것은 별거 생활이 상상에 의해 그러한 공허와 불만을 충족시키고 메우는 기회를 만들어 주었기 때문입니다. 나는 정기적으로 부지런히 편지를 썼습니다. 그 속에서 나는 열렬하고 진지하게 감정을 토로했지요. 당신은 항상 말했습니다. 그 편지는 당신을 예술적 경지로 끌어넣으며 그곳에서 보는 것은 아내가 아니라 선녀라고 했습니다. 그 말이 맞았습니다. 전환! 나는 의식적이든 무의식적이든 나를 위해 별도의 '당신'과 별도의 세계를 만들어 놓고 자신을 위로하고 있었을 뿐입니다. 나는 스스로가 만들어 놓은 세계에 도취되어 당신의 현실적이고도 합리적인 요구에 관심을 기울이지 않았습니다. 당신은 몇 번이나 내게 말했지요. 공허한 천상 세계에서 현실의 인간으로 내려오라고, 당신 옆으로 내려오라고 했습니다. 나는 조직의 지시를 기다리자는 현실적인 말을 하고 있었지만 실은 하늘 저 먼 곳을 사랑하고 있었던 것입니다.

행위에 있어서 나는 시종일관 당신의 충실한 아내였습니다. 그러나 정신에 있어서는 나 자신에게 충실했을 뿐입니다. 처음부터 이별의 씨를 키우고 있었던 것이나 마찬가지였습니다. 어떻게 당신만을 탓할 수 있을까요?

역사의 페이지는 이미 넘어가 버리고 말았습니다. 그 페이지를 다시 한번 되찾을 수 없을까에 대하여 생각하지 않은 것은 아닙니다. 왜냐하면 우리들에게는 한이 있으니까요. 그러나 그때마다, 흘러가 버린 것은 영원히 되돌아오지 않는다는 결론에 이르고 맙니다. 당신이 재혼해서 아이까지 있기 때문이 아닙니다. 설령 독신이라 할지라도 내 결론은 아마 마찬가지라고 생각됩니다.

그것은 징푸가 있기 때문이라고 당신은 말하겠지요. 그렇습니다. 징푸와 결합될 수 있다면 서로가 타협할 필요 없이 하나로 용해될 수 있으리라고 느낍니다. 한편 당신과 결합된다면 어느 쪽이든 타협과 희생 없이는 불가능합니다. 애정은 그 속에 희생을 포함하는 것이지만 희생이 애정의 기초가 되어야 하는 것은 아닙니다. 그러므로 당신과 징푸 중에서는 징푸를 택할 수밖에 없는 것입니다.

단지 나는 한이 때문에 나의 애정을 묻어 버리려고 생각했습니다. 한이의 기분은 모순되어 있습니다. 그 아이는 허징푸를 매우 좋아하면서도 한편으로는 친아버지를 잊지 못합니다. 그 심정을 충분히 이해할 수 있지 않습니까? 나는 후자에 의해서 아이를 만족시킬 수도 없고 그렇다고 해서 징푸와 결합함으로써 그 아이의 기분을 상하게 하고 싶지도 않습니다. 징푸도 아마 그렇게 생각해서 그 사람 쪽에서 가까이 다가오는 일도 없어졌으니까요.

《마르크스주의와 휴머니즘》의 출판 문제로 인해서 나와 징푸는 극히 자연스럽게 일상적인 접촉을 하게 되었습니다. 그 사람을 홀로 폭풍우와 싸우게 할 수는 없기 때문입니다. 우리들의 마음의 둑은 점차 무너져 갔습니다. 나는 항상 빚진 듯한 심정으로 한이를 바라보며 그 아이의 양해를 얻을 수 있기를 원했습니다.

바로 어제의 일이지요, 전환. 한이가 내게 이런 메모를 보내왔습니다. "엄마, 말해서는 안 되는 줄 알지만 한마디만 할게. 허 아저씨와 결혼해. 내가 엄마 때문에 내 감정을 희생시키는 것을 엄마가 원하지 않는 것처럼 나도 엄마가 나 때문에 엄마의 감정을 희생시키는 것을 원하지 않아."

나는 눈물을 흘리며 한이의 메모를 징푸에게 보여 주었지요…….

전환, 당신의 지금의 생활에 대해서는 나도 징푸도 진심으로 배려하고 동정을 갖고 있습니다. 당신의 고통은 잘 이해합니다. 그러나 레닌은 생활 그 자체가 생활을 위해서 길을 열어 준다고 말했지요. 모순이 이미 인식된 이상 해결은 가능합니다. 나도 징푸도 당신의 모순이 하루라도 빨리 해결되기를 기대하고 있습니다.

나는 우리들의 관계에 대한 모든 것을 한이에게 이야기했습니다. 그 아이는 이렇게 말했죠. "처음부터 선택을 잘못했어, 엄마. 그러나 그 잘못이 없었더라면 나도 없었을 거야. 그러니까 엄마의 잘못을 내가 책망할 수는 없지."

나는 반농담으로 그 아이에게 말했죠. "너는 엄마의 실패를 교훈으로 삼아 인생에 대해서, 자기 자신에 대해서 분명하고 절실한 인식을 가지기 바란다. 절대로 연애를 해서는 안 돼. 우정이라든가 이성에 의한 감정의 고조는 애정과 관계가 있지만 애정 그 자체는 아니다. 진정한 애정은 인간의 영혼과 더불어 성숙되는 것이다."

그 아이는 아는 것도 같고 또 모르는 것도 같은 얼굴로 끄덕였습니다. 그 아이가 장차 어떤 길을 걸을 것인지 그것은 아무도 모릅니다. 그러나 부모된 자는 모름지기 그 아이의 안내인이 되고 상담자가 되지 않으면 안 되겠지요. 두 번 다시 우리들과 같은 길을 걷게 해서는 안 됩니다.

당신과 한이를 만나지 못하게 했던 것 때문에 나는 빚을 진 것 같은 느낌을 갖고 있습니다. 당신도 한이도 나를 비난하지는 않았지만 나는 스스로를 비난하지 않을 수 없습니다. 확실히 내가 한이를 기르기는 했지만 그것은 나의 책임이지 결코 은혜를 베푼 것은 아닙니다. 설령 은혜였다 하더라도 희생에 의해서 그 은혜에 보답하라고 요구할 수는 없기 때문입니다. 용서해 주기 바랍니다. 올 겨울 방학에는 꼭 한이가 당신을 방문하도록 하겠습니다.

한이는 당신을 몹시 생각하고 있습니다. 나도 징푸도 다시 편지를 쓰라고 말했습니다. 한이는 편지를 쓰긴 하겠지만 이번에는 여느 때와는 달라서 잘 생각하지 않으면 안 된다고 했습니다.

"이번 편지는 아버지에게도 엄마에게도 내게도 인생의 하나의 마침표가 되는 거야. 낡은 것의 끝, 새로운 것의 시작을 의미하는 것이니까."

그다지 이상하게 생각할 것은 없어요. 우리들의 한이는 징푸나 시왕을 사귀기 시작하면서부터 마치 철학자가 된 것 같으니까요. 당신은 곧 그 아이를 만날 수 있을 겁니다. 당신의 귀여운 장녀, 친애하는 작은 친구를.

징푸가 안부 전해 달라는군요. 곧 편지를 쓰겠답니다. 그는 지금 아직도 《마르크스주의와 휴머니즘》 출판 문제 해결을 위해서 바쁜 나날을 보내고 있습니다. 이미 실마리는 잡혀 있지요. 상급 당위원회가 사람을 파견해서 정황을 양해해 주고 있습니다. 우리들은 낙관하고 있어요.

징푸는 항상 이렇게 말하고 있지요. "인생이란 얻는 것과 잃는 것 외의 아무것도 아니다. 사람은 누구나 얻는 것을 좋아하고 잃는 것을 싫어한다. 그러나 잃는다는 것이 나쁜 것은 아니다. 때로는 잃지 않으면 얻을 수도 없는 법이다." 나는 이 견해에 쌍수를 들어 찬성합니다. 얻어도 거만해지지 않고 잃어도 우울해지지 않는 경지에 달한다는 것은 결코 쉬운 일이 아님은 물론입니다. 우리들은 다만 득실을 따지는 기분에 스스로가 좌우되지 않도록 할 따름입니다.

전환, 옛날의 우리 관계는 완전히 끝났습니다. 이제 다시 친구로 돌아왔지요. 우리들은 원래 그랬어야 했던 것입니다. 우여곡절 끝에 우리들은 겨우 자기와 상대를 비교적 올바르게 인식하고 올바른 관계를 확립했습니다. 이것도 또한 기뻐해야 할 일이 아닐는지요.

놀러 와 준다면 언제든지 환영입니다. 란샹과 환이에게 안부를 전하며 당신의 사업과 건강을 빕니다.

쑨웨

금비녀가 은하수를 그리며 과거와 현재를 격리시키고 그녀와 나를 격리시켰다. 은하수에 오작교가 걸려 있지만 거기에는 '우정의 다리, 애정은 불가함'이라고 쓰여 있다.

쑨웨가 전해 온 것은 그런 것이다. 이제 비로소 깨달았다.

슬픈 일인지, 기쁜 일인지 알 수가 없다.

나는 소중하게 간직해 두었던 그 사진을 꺼냈다. 쑨웨도 한이도 따스한 눈으로 나를 보고 있다. 쑨웨는 부드럽게 당신은 이제 영원히 나를 잃었습니다, 말하고 한이는 어리광을 부리며 두 손을 뻗어서 아버지 난 영원히 아버지 거야, 하고 말하고 있다.

눈앞에 언젠가 꾼 꿈이 떠올랐다. 나는 파도 속에서 한 소녀를 뒤쫓고 있었다. 이제야 알았다. 그 소녀는 한이었던 것이다. 쑨웨가 아니라 한이었던 것이다. 쑨웨는 원래 내 것이 되지 말았어야 했다. 나는 잃어야 할 것을 잃은 것에 불과한 것이다.

그러나 울고 싶다. 홀로 소리 높여 마음껏 울고 싶다.

웃으면서 어제와 헤어진다는 것은 무대에서만 할 수 있는 일이다. 나는 울면서 어제와 헤어지고 싶다.

울어라, 자오전환! 네가 잃어버린 것을 위해서, 울어라. 자오전환! 네가 얻은 것을 위해서, 울어라. 소리를 지르며 울어라!

"자오!"

뚱뚱보 왕이 문밖에서 불렀다. 그는 나를 한시도 가만히 놓아두지 않는다. 울음소리를 듣게 한다거나 눈물을 보게 하고 싶진 않다. 나는 얼굴을 닦고 사진과 편지를 치운 다음 거울을 보고 머리를 가다듬으며 문을 열었다.

"하하하하, 혼자서 이런 곳에 숨어 있었나? 괜찮은 팔자로군!" 그는 평상시처럼 얼굴을 마주 대하자마자 어깨를 껴안으며 농을 했다.

나는 그 팔에서 벗어나며 용건을 물었다. 그는 곧장 뭔가 있는 듯하다는 얼굴을 하면서 물었다. "어때! 뭔가 좋은 일이 있었던 것 같은데."

나는 웃으며 말했다. "그래 나는 잃어야 할 것을 잃고 되찾아야 할 것을 되찾았어."

"그건 무슨 말인가? 선문답 같잖아." 그는 그렇게 말하면서 내 마음속을 읽으려는 듯 부어오른 눈으로 멀뚱멀뚱 내 얼굴을 살폈다.

"별로 어려운 말을 한 것도 아닌데요, 주임님." 나는 침착하게 말했다.

"용건이 있으시면 말씀하시죠. 그렇지 않다면 돌아가 주시고."

"어이, 어이, 너무하는군!" 그는 변함없이 웃고 있다. "별다른 용건이 있는 것은 아니야. 아까 법원에서 소환장이 왔더군. 자네들의 이혼 건을 심리한다고." 그렇게 말하면서 그는 법원 민사 법정의 '출석' 통지문을 주었다.

나는 한마디로 "고맙군." 했다.

"그러나 잘 생각하지 않으면 안 돼. 뭐 그렇게까지 할 필욘 없잖아. 자오. 환이 생각도 해야지!"

지독한 위선자! 나도 모르게 또다시 장소를 가리지 않고 침을 뱉고 싶어졌다. 그러나 나는 역시 참았다. 문을 열고 그에게 말했다. "돌아가 줘. 나는 쑨웨에게 답장을 써야 하니까."

그는 얌전하게 나갔다. 나는 문을 꼭 닫았다.

그렇다. 쑨웨에게 답장을 쓰지 않으면 안 된다. 그녀와 허징푸에게 말해야만 한다. 축하한다고. 자네들을 진심으로 축복한다고.

그리고 한이에게도 편지를 써야지. 그 아이에게는 이렇게 말해야지.

한아, 사랑하는 내 딸. 나는 나의 영혼인 너를 되찾았단다!

눈물이 뺨을 타고 흘러내린다. 나는 그것을 닦을 생각은 없다. 어떻게 닦을 수가 있단 말인가. 잃어야 할 것을 잃고 되찾아야 할 것을 되찾은 것이다.

눈물을 흘리는 것이 당연하지 않은가. 낡은 것이 끝나고 새로운 것이 시작된 것이다. 눈물을 흘리는 것이 당연하지 않은가.

눈물이 펼쳐 놓은 편지지 위에 떨어졌다. 그 편지지에 나는 썼다.

"쑨웨, 나의 친구에게."

영혼이여, 돌아오라!

20년 전 나는 상하이의 화둥 사범대학을 앞당겨 졸업하고 풍파 심하고 고난으로 가득 찬 문예계에 발길을 내딛었다. 돌이켜 보면 맹종과 무지가 힘이 되고 자신감을 부여해 주었던 시절이었다. 스스로는 이미 마르크스·레닌주의의 기본 원리를 통달하고 사회에 대해서나 인간에 대해서 정확하게 이해하고 있다는 생각을 하고 있었다. 나는 연단에 서서 지도자의 의도에 따라 작성된 원고를 소리 높여 읽었고 나의 선생님이 주창했던 휴머니즘을 비판했다. 그리고 이렇게 말했다.

"저는 선생님을 좋아합니다. 그러나 더 좋아하는 것은 진리입니다!"

나는 박수갈채에 도취해서 자기가 그런 '전사'가 된 것을 자랑스럽게 생각했다.

20년 후인 오늘, 나는 소설을 쓰게 되었다. 그리고 소설 속에서 호소하고 싶다고 생각하는 것은 내가 예전에 비판했던 바로 그것이며 소설 속에서 토해 내고 싶다고 생각하는 것은 내가 일찍이 억누르고 개조하려고 노력했던 '인간다움'인 것이다. 내게 있어서는 그야말로 역설적인 변화이다. 철학자라면 이와 같은 나의 변화를 부정의 부정으로 간단히 설명할 수 있을 것이다. 그러나 나는 철학자가 아니라 정상적인 감각 기관을 지닌 보통의 인간에 불과하다. 그러므로 내가 마지막까지 지켜본 것은 운명이다. 조국의 운명, 인민의 운명, 육친과 나 자신의 운명, 피와 땀으로 가득 찬, 가슴이 찢어질 듯한 운명이다. 뿐만 아니라 내가 끝까지 지켜본 것은 한 세대의 지식인이 걸어온 파란만장한 고난의 길이다.

나도 과거에는 정열적이고 또 단순한 젊은이였다. 당과 새로운 중국을 열렬히 사랑하며 학습에 힘쓰고 인민에게 봉사하는 것 외에는 아무것도 염두에 두지 않았다. 나의 마음속에는 당과 사회주의에 대한 단 한 점의 위선도 없었다. 왜냐하면 조국의 해방은 나에게, 우리 집안 선조 대대로 어느 누구도 나아가 본 일이 없는 길을 마련해 주었기 때문이었다. 나는 우리 집에서 최초로 학교에 들어간 딸, 그리고 최초로 대학 교육을 받은 사람이 되었다. 또 사회주의와 공산주의의 희망찬 미래가 나의 젊은 영혼을 이끌었고 고무했다. 우리들의 사업은 정의 그 자체이고, 미래는 광명으로 가득 차 있으며, 길은 평탄하리라고 굳게 믿고 있었다. 아무런 걱정도 두려움도 없었고, 마음은 따뜻함과 우애로 넘치고 있었다.

1957년, 나의 뇌리에 계급 투쟁이라는 개념이 하나 들어앉았고 1966년에는 노선 투쟁이라는 개념이 또 하나 들어앉았다.

나는 그것을 이해하려고 노력하였으며 머릿속에 두 개념을 가득 채웠다. 그 결과 '대비판'의 '박격포'가 되었고 '붉은 사령부'의 '조반병사'가 되었다. 인간 세계의 모든 것은 계급 투쟁이다. 언제 어디서나 계급 투쟁을 잊어서는 안 된다고 경건한 마음으로 믿고 있었다.

그러나 나도 결국은 인간이다. 감각이 마비되지 않았기 때문에 길이 평탄하지 않다는 것을 느낄 수 있었고, 사람들의 육신에서 피의 흔적을 보았으며, 사람들의 얼굴에서 눈물의 흔적을 볼 수가 있었다. 이 '사람들' 속에는 나 자신과 육친도 포함되어 있었다. 나는 저 극좌 노선을 의심할 만큼의 용기를 갖지 못하였으며 또 의심하려고 하지도 않았지만 양심의 통증과 영혼의 신음 소리를 느낄 수는 있었다. 나는 자주 마음속으로 자문했다. 우리들의 싸움은 지나친 것이 아닐까? 착한 사람에게 누더기를 입히고 있는 것은 아닐까? 중국의 전 국토에서 한시도 쉴 새 없이 '계급 투쟁'과 '노선 투쟁'을 계속할 필요가 있는 것일까?

'사인방'을 폭로하는 투쟁이 진행됨에 따라 지금까지 모르고 있었던, 또 상상하지도 못했던 많은 것들을 알게 되었다. 갑자기 마음속의 성스러움이 흔들리고 정신의 지주가 쓰러지는 것을 느꼈다. 뭐가 뭔지 알 수 없게 되었다. 나는 혼자서 멍하니 있거나 격렬하게 울거나 큰소리로 고함을 질렀다. 지금까지 신봉하고 있던 신들과, 내 마음속에 신상을 만들어 주려고 애썼던 사람들을 붙들고 나는 얼마나 물어보고 싶었던가. 이제까지 일어났던 일은 모두가 정말이었나요? 왜 그때에는 다르게 말했었죠? 고의로 속이고 있었습니까, 아니면 '인식의 과정'이었단 말입니까?

나의 영혼은 한때 암흑 속을 헤매고 있었다.

실천은 진리를 검증하는 유일한 기준이다. 이 명제에 대한 토론이 나를 암흑으로부터 광명으로 향하게 해 주었다. 나는 알았다.

인간이건 귀신이건 또는 신이건, 역사의 거대한 손길에서 벗어나는 것은 불가능하며 실천의 검증을 받지 않고 끝낼 수는 없다는 것을. 누구나 다 자기의 장부를 제출하고 자기의 영혼을 제시하지 않으면 안 된다. 두 손을 햇빛 아래 펴 놓고 손에 묻은 것이 혈흔인지 먼지인지를 검사하지 않으면 안 된다. 나 같은 것은 먼지처럼 미미한 존재에 불과하지만 역사 앞에서는 모든 인간이 평등한 것이다. 장부는 스스로 결산하지 않으면 안 되며, 영혼은 스스로 심판하지 않으면 안 되며, 두 손은 스스로 깨끗이 씻지 않으면 안 된다. 신의 것은 신에게 돌려주고 악마의 것은 악마에게 돌려주어야 하는 것이다. 그리고 자기 것은 용감하게 어깨에 짊어지되 경우에 따라서는 얼굴에 새겨 놓아야 한다!

이리하여 나는 사색을 시작했다. 피가 흐르는 상처에 붕대를 감고 자신의 영혼을 해부하기 시작했으며 한 페이지 한 페이지 자신이 쓴 역사를 다시 읽었고, 한 발자국 한 발자국 자신이 걸어온 발자취를 점검해 갔다.

그리고 드디어, 나는 지금까지 희극으로 비극의 역할을 연출해 왔다는 것을 깨달았다. 사상의 자유를 탈취당하고 있으면서도 스스로는 가장 자유롭다고 생각하고 있는 인간, 정신의 족쇄를 아름다운 목걸이로 착각하고 자랑스레 내보이는 인간, 그리고 인생의 절반을 살아오면서도 자기를 모르고 자기를 탐구하려고 하지 않는 그러한 인간의 역을 맡아 왔던 것이다.

나는 '역할'에서 벗어나 자기를 발견했다. 원래 나는 피와 살이 있고 사랑과 증오도 있으며 희로애락을 느끼는 인간이다. 인간으로서의 자신의 가치를 지녀야 하는 것이며, 그것이 억압당하거나

'길들여진 도구'로 전락해서는 안 되는 것이다.

커다란 문자가 갑자기 눈앞에 떠올랐다. '인간!' 오랫동안 버려지고 잊혀져 왔던 노래가 내 목을 뚫고 나왔다. 인간성, 인간의 감정, 휴머니즘!

꿈에서 깬 것 같았다. 아직도 식은땀에 젖어 있고 두근거리는 가슴도 진정되지 않았지만 꿈에서는 깨어난 것이다. 나는 나와 동류들을 향해서 내가 분명히 눈떴다는 것을 선언하기 위해서 소설을 쓰기로 했다. 재작년에는 최초의 장편 소설《시인의 죽음》을, 올해는《사람아 아, 사람아!》를 썼다. 두 편의 소설에서 공통되는 테마는 '인간'이다. 나는 인간의 피와 눈물의 흔적을 썼고 비틀려진 영혼의 고통스런 신음을 썼고, 암흑 속에서 솟아오른 정신의 불꽃을 썼다. "영혼이여, 돌아오라!"고 외치며 무한한 환희와 더불어 인간성의 회복을 기록했다.

나는 마르크스, 엥겔스의 저작을 모두 독파하지도 않았으며 하물며 마르크스·레닌주의를 전문적으로 연구한 일이 있는 것도 아니다. 그러나 내가 읽은 한정된 마르크스, 엥겔스의 저작에 대해서 말한다면 마르크스주의와 휴머니즘은 서로 통하거나 또는 일치하는 것이라고 생각한다. 설령 그 저작들 속에서 이론적 근거가 발견되지 않는다 하더라도 내 마음의 외침을 억제하려는 생각은 없다. 비판해야 한다면 비판하라. 이것은 어차피 나 자신의 사상, 감정이며 또한 스스로 추구한 자기표현일 따름이다. 허물은 나의 것이며 어떠한 벌을 받더라도 유감은 없다.

사물의 변화가 궁극에 달하면 반드시 반전된다고들 한다. 지금의 나는 '자기표현'이라는 딱지를 조금도 두려워하지 않는다. 사람들이 내 작품 속에서 '나'를 끄집어내는 것이 조금도 두렵지 않으며 하물며 그 '나'에게 책임을 지우는 것 역시 두렵지 않다. 내 생각으로는, 한 인간이 창작의 붓을 잡는 것은 틀림없이 뭔가 특수한 감정이 마음에 있어서 표현을 요구하기 때문이다. 문예 창작에서, '자기표현'을 삼가고 분명한 한계를 그으라고 요구하는 것은 환상에 불과하거나 문학에 대한 무지일 것이다.

문제는 작가가 표현하는 '자기'가 작가 자신의 시대 및 인민과 어떤 관계에 있는가 하는 점에 있다. 생활과의 싸움 속에서는 작가는 있는 힘을 다해 자기를 잊고 자기를 인민 대중의 공동 사업에 부단히 용해시켜야 한다고 생각한다. 작가는 인민과 같이 호흡하고 인민과 운명을 함께해야 한다. 희로애락, 찬양이나 비판도 인민의 그것과 서로 통하지 않으면 안 된다. 그렇게 함으로써만이 작가가 표현하는 '자기'가 인민 대중의 '자기'의 구체적이고도 개성화된 표현이 될 수 있는 것이다.

그러나 창작 과정에 있는 작가가 자기를 잊어버린다는 일은 도저히 불가능하다. 작가는 가능한 한 자기를 발견하고 자기의 독특한 감각과 견해를 표현하지 않으면 안 된다. 자기의 목소리로 노래하고 자기의 언어로 말하지 않으면 안 된다. 인민의 품에 선 작가는, 엄마 앞에 있는 갓난아기 같은 것이다. 발가벗은 알몸이 피와 양수를 뒤집어쓰고 있더라도 조금도 신경 쓰지 않는다. 있는 대로 입을 벌려 울고, 쪼글쪼글하고 작은 얼굴이 고통으로 일그러져도 상관이 없다. 부끄러울 것은 아무것도 없다. 기쁨과 고통, 아름다움과 추함은 원래 서로 의존하며 삶과 더불어 있는 것이다.

나는 문예 이론에 관한 일을 오랫동안 한 다음에 창작을 시작했고 지금도 여전히 문예 이론의 교육에 종사하고 있다. 마치 '중년의 출가'나 '삭발하지 않은 수행' 같은 것이어서 도무지 '속세의 연이 끊어지지 않는 것'은 어쩔 도리가 없다. 창작 도중에도 문득 문예 이론의 문제를 생각하고 있는 경우가 자주 있다. 이 소설을 쓸 때에는 특히 의식적으로 실천 속의 이론 문제를 탐구했다.

동서고금의 위대한 작가는 거의 대부분이 위대한 사상가이자 위대한 철학자이기도 하다고 생각된다. 깊은 사상이 없고 인생에 대한 투철한 이해가 부족하기 때문에 공식화, 개념화의 문제가 발생하는 것이 아닐까.

나는 문예 이론의 교사이기 때문에 문학, 철학, 정치경제학에 이르는 많은 이론적 저작을 보아 왔다. 창작 중에 그런 개념이나 논리를 유보하고 막연한 이미지로만 글을 쓴다는 것은 무리한 일이다.

그래서 나는 이런 태도로 임하기로 했다. 모든 사상과 논리를 자유롭게 가동시켜 내가 인생을 인식하고 분석하는 것을 돕도록 하고 경우에 따라서는 작품의 내용까지도 형성시키는 것이다. 일상생활 속에서 느끼는 감정이 사색을 거쳐서 그것이 쓸 만한 가치가 있다는 생각이 들었다 할지라도 나는 곧장 창작 과정으로 들어갈 수가 없다. 수많은 현상에 대해 비교적 명확하게 인식이 되었을 때, 즉 테마가 잡히고 나서야 비로소 붓을 들 수가 있다. 사상은 나의 상상과 감정의 움직임을 방해하지 않을 뿐만 아니라 오히려 촉진시킨다.

나는 대단히 흥분하기 쉬운 성격이며 창작 중에는 더욱 그러하다. 그러나 어떠한 경우에도 맑은 이성을 잃는 일은 없으며 자기가 쓴 것을 끊임없이 분석하고 사색한다. 때로는 창작을 잠시 중단하고 이론적 저작을 읽는 일도 있다. 나는 자기가 쓴 것에 대해 인식이 분명해지면 분명해질수록 감정의 움직임도 고양되는 것이라고 생각한다.

나는 문예 창작의 과정에서는 몹시 복잡한 정신 현상이 일어난다는 것을 부정하지 않는다. 그러나 그 현상에 대한 우리들의 검토와 연구는 아직 불충분하다. 예를 들어서, 예술적 형상의 형성 과정에 있어서의 예술적 상상의 역할, 예술 창작 활동에 있어서 작가의 주관적 의도와 객관적 현실은 서로 어떻게 작용하는가. 또, 작가의 이지와 감정은 서로 어떻게 결합해서 창작의 개성이 되는가, 등등이다. 이것들에 대해서는 '문예 정신 현상학' 또는 '문예 심리학'이라는 학과를 세워서 전문적으로 연구해야 한다.

'사인방' 분쇄 이후, 예술의 생명을 되찾고 예술의 진실을 추구하기 위해서 리얼리즘이 숭고한 지위로까지 격상된 것은 이해할 수 있다. 그러나 나는 계속 생각해 왔다. 예술의 진실에 도달할 수 있는 것은 리얼리즘이라는 방법뿐인 것인가. 또는 가장 진실한 예술이란 리얼리즘 예술뿐인 것인가 하고. 나의 대답은 긍정적인 것은 아니다.

만일 예술의 진실을 생활의 진실에 대한 모방으로 이해한다면 리얼리즘이 추구하는 '생활을 있는 그대로 묘사하는' 방법이 의심할 바 없이 가장 뛰어난 방법이며, 리얼리즘 예술이 의심할 바 없이 가장 진실한 예술이라는 것이 된다. 그러나 예술의 진실은 생활의 진실에 대한 모방에 국한되는 것이 아니라 생활의 진실에 대한 작가의 능동적이고도 정확한 반영인 것이다. 엄밀하게 말한다면 예술 창작의 최고 임무는 현실을 있는 그대로 재현하는 것이 아니라 작가와 예술가의 현실에 대한 인식, 태도, 감정을 있는 그대로 형상적으로 표현하는 것이다. 그리고 예술이 추구하는 최고의 진실은 생활의 정확한 묘사에 불과한 것이 아니라 그보다도 생활에 대한 정확한 인식과 태도 및 그에 대한 생생한 표현이어야만 하는 것이다.

일부러 개념을 우회하고 있는 것처럼 보일지도 모르지만 사실은 그렇지 않다. 나는 예술 창작에 있어서 작가의 주관이 중요한 의의를 갖는다는 점을 강조하고 모든 예술적 수단을 동원해서 작가의 주관적 세계를 표현하는 것이 중요하다는 점을 강조하고 싶은 것이다.

생활을 있는 그대로 반영하는 리얼리즘의 방법은 물론 작가의 생활에 대한 인식과 태도를 표현하는 하나의 방법이다. 그러나 유일한 방법은 결코 아니며 하물며 가장 우수한 방법도 아니다. 작가가 표현하고 싶은 사상과 감정은, 있는 그대로의 구체적인 생활의 묘사를 통해서 표현할 수 있는 것도 있고 표현할 수 없는 것도 있다.

오승은은 왜 손오공 같은 일련의 기발하고도 황당무계한 형상을 창조했던 것일까? 조설근은 왜 현실 세계 밖의 우주라는 환상을 묘사했던 것일까? 어느 쪽이나 자기의 주관을 보다 충분히 표현하기 위해서였을 것이다.

서방 세계에서는 리얼리즘 사조에 이어 모더니즘 예술이 일어났다. 이른바 모더니즘은 유파가 복잡하게 나뉘어 그 견해가 크게 다르지만 비교적 추상적이고 황당무계한 방법에 의해서 리얼리즘 방법에 대항하는 것이 그 주요한 경향, 또는 근본적인 경향이다.

과거에 우리들은, 모더니즘 예술은 전부 반대했지만 지금은 과학적 분석을 가하기 시작했다. 물론 이것을 참고로 하자고 말하면 아직도 "왜 부르주아 계급의 예술을 배우지 않으면 안 되느냐."고 머리를 옆으로 흔드는 사람이 있을지도 모른다. 그러한 견해의 소유자에 대해서, 우리들은 지금까지 부르주아 계급의 예술 방법을 배워 왔으며, 그것도 다만 그 조상들과 골동품을 배워 왔을 뿐이라는 사실을 당신들은 잊고 있을 따름이라고 반박할 생각은 없다. 또, 여기에서 모더니즘 예술의 탄생과 부흥의 '시대적 계급적 원인'을 분석하려고 생각하지도 않는다.

내가 말하고 싶은 것은 다만, 모더니즘 예술가들도 진지한 사람들은 예술의 진실을 추구하고 있다는 것, 그들은 리얼리즘이라는 방법이 자기들의 진실에 대한 추구를 속박하고 있다고 느끼기 때문에 예술의 혁신을 추진하고 있는 것이라는 사실이다. 그들은 세계의 진실에 대한 자기의 주관적 감각과 인식을 충분히 표현하려고 하는데 비하여 리얼리즘의 방법은 '객관성'을 강조하고 작가가 자기를 은폐하도록 강조한다. 그 강조가 극단으로 달리면 객관주의, 자연주의가 된다. 지엽적 객관이 작가의 주관을 삼키거나 억압하게 되면 작가가 반항하는 것은 당연하다. 그러므로 예술의 차원에서 말한다면 모더니즘 예술의 부흥도 그 필연성이 있는 것이며 모더니즘 예술은 모더니즘 작가의 리얼리즘에 대한 부정임과 동시에 리얼리즘 예술 자체의 그 자신에 대한 부정인 것이다.

우리들도 지금 똑같은 정황에 직면해 있다. 10년의 동란을 거쳐서 작가의 대열에도 정신 상태에도 커다란 변화가 일어나고 있다. 우리들은 사색의 시대, 변혁의 시대에 들어서 있다. 누구나 사색하고 누구나 독자적 감각과 감정, 자기의 요구와 환상을 가지고 그리고 누구나 다 타인에게 호소하고 있다.

최근 몇 년 동안 작품의 서정적, 철학적 색채가 보편적으로 강해지고 있는 것은 우연이 아니다. 분명, 어떤 사람들은 이미 느끼고 있는 것이다. 리얼리즘의 전통적인 방법으로는 자기의 사상, 감정을 충분히 표현할 수 없으며, 따라서 우리들의 시대를 충분히 표현할 수 없음을. 그들은 예술상의 탐구와 혁신을 개시했고 실적도 분명하게 나타내 보였다. 그리고 아직 작품을 발표하지 못하고 있는 많은 청년들이 있다. 그들의 예술적 탐구는 큰 성과를 거두고 있는지도 모른다.

이런 움직임은 중국 현대 문학의 새로운 조류를 형성하게 될 것인가. 예상 외의 폭풍우를 만나지만 않는다면 그 가능성은 크다고 생각된다. 나는 그 새로운 조류가 하루 빨리 형성되길 간절히 바란다. 나는 한 방울의 물방울이 되어 아직은 작은 그 계류로 흘러 들어가고 싶다.

《시인의 죽음》을 썼을 때 나는 리얼리즘의 방법을 상당히 엄격하게 따랐다. 어떤 친구는 예의상 "네 방법은 고전적이다." 하고 말했지만, 그것은 내 방법이 낡았다는 의미임을 나는 알고 있었다.

이 소설을 쓰면서 나는 의식적으로 그것을 타파했다. 더 이상 스토리의 연결과 치밀함, 묘사의 구체성과 세세함 등은 추구하지 않았다. 또, 고심해 가며 등장인물 한 사람 한 사람의 경력을 만들고 그들의 성격이 어디에서 기인하는 것인가를 분명히 밝히는 일도 하지 않았다. 나는 모든 수법을 사용해서 나 자신의 목적, 즉 나의 '인간'에 대한 인식과 이상을 표현하는 목적을 향하여 매진했다. 그렇기 때문에 인물의 영혼을 묘사하는 데에 모든 정력을 집중했다. 인물 하나하나가 스스로 마음의 빗장을 열고, 자그마한 마음에 담겨 있는 더할 나위 없이 복잡한 세계를 폭로하도록 했다. 나는 '의식의 흐름'의 표현 방법도 일부 도입해서 인물의 감각, 환상,

연상, 꿈 등을 묘사했다. 그렇게 함으로써 인간의 참된 심리 상태에 한층 가까이 갈 수 있었다고 생각한다. 그러나, 나는 비이성에 대한 신봉자는 아니다. 일견 비약되고 불안한 심리적 움직임 속에도 내재적 논리가 일관되도록 노력했다.

나는 또한 약간의 추상적 표현 방법을 도입했다. 왜냐하면 추상적인 방법은 보다 정확하고 보다 경제적으로, 어떤 종류의 사상과 감정을 표현할 수 있기 때문이다. 나는 몇 개의 꿈, 즉 쑨웨의 꿈, 자오전환의 꿈, 유뤄수이의 꿈을 묘사했다. 그 꿈은 각각 상징적 의미를 갖고 있다. 꿈에서 표현한 내용은 깊지는 않을지도 모르지만 같은 내용을 다른 방법으로 표현했더라면 역시 상당히 정력을 소비하고 또 문자를 소비하지 않으면 안 되었을 것이다.

나는 나의 탐구가 어느 정도의 성과를 거두었는지 모른다. 단지 젊은 친구들이 이 작품을 좋아해 주기를 희망할 뿐이다. 사실을 말한다면 나는 그들을 위해서 쓴 것이다. 나는 그들을 사랑하고 그들의 사상, 감정과 예술 취향을 이해하려고 노력했다. 어쩌면 잘못 이해하고 있는지도 모르지만 그래도 후회하는 일은 없을 것이다.

나는 앞으로도 청년들을 친구로 하고 청년들을 스승으로 할 것이다. 물론 내가 그들을 위해서 조금이라도 도움이 되었으면 하고 생각한다. 언젠가는 그들을 주인공으로 한 작품을 쓸 수 있게 되기를 바라는 바이다.

1980년 8월
광저우에서

안개 속의 꽃, 다이허우잉

역자 해설

안개 속의 꽃, 다이허우잉

'안개 속의 꽃', 이것은 작가 다이허우잉에게 붙여진 애정 어린 별명이다. '안개'라는 수식어를 붙이는 까닭은 아마 그녀가 일체의 인터뷰나 매스컴에 응하지 않았기 때문이라고 생각된다. 그리고 '꽃'이라는 단어의 의미는 물론 작가가 여자라는 까닭도 있겠지만 그보다는 독자들의 작가에 대한 애정의 헌사로 보인다.

작가 자신이 이처럼 안개 속을 고집하는 이유는 아마 이 작품에 대한 중국 당국의 비판 때문이라고 할 수 있다. 이 작품에 대한 당국의 비판은 주로 자유주의 사상의 정신 오염과 휴머니즘에 의한 마르크스주의 해석, 그리고 중요하게는 당 간부들의 권위주의와 무사안일에 대한 비판적 내용 때문인 것으로 알려져 있다. 한때는 당국의 가혹한 비판을 견디지 못하여 작가가 자살했다는 소문이 있었을 정도였다.

작가 다이허우잉은 1938년 3월 18일 안후이성 잉상현 화이허 강의 북안에 있는 작은 시골에서 출생하였다. 7남매의 넷째로 아

505

버지는 시골 상점의 점원이었고 어머니는 혁명 후 봉제 공장에서 일했다. 그녀는 집안에서 최초로 학교에 들어간 학생이었다. 고등학교까지는 고향에서 다녔으며 중화인민공화국의 수립을 고향에서 맞았다. 1956년 상하이의 화둥 사범대학 중문학부에 입학하였는데, 사범대학을 택한 이유는 집안이 가난하였기 때문이다. 그녀는 대학 4년 동안 상하이의 제일백화점이 어디에 있는지도 몰랐으며 상하이 제일의 번화가인 난징루에 가 본 일도 없었다고 한다.

1957년 집단경영 상점의 책임자였던 부친이 통일구매 통일판매의 당 정책에 반대하여 의견을 제시한 것과 관련하여 우파로 지목되어 강직 감봉 처분을 받은 일이 있었고 숙부가 횡령 혐의를 받고 자살하는 사건이 겹쳐 숙부의 가족들이 합치게 됨으로써 집안은 더욱 어려워져 그야말로 절대 빈곤의 수준을 벗어나지 못하였다.

그녀는 재학 당시 중문학부 주임교수 쉬제가 우파로 지목되어 비판받을 때 대자보를 붙여서 쉬 교수와 당위원회의 공개 토론을 요구하였고 또 교육 사업과 교사의 처우 개선을 주장하는 대자보에 연서하는 사건으로 그녀 자신도 우경으로 지목된다. 이러한 일련의 사건에도 관계없이 그녀의 당에 대한 신뢰는 흔들림이 없었다고 회고하고 있다. 해방이 없었더라면 자기처럼 가난한 시골의 어린이가 대학 교육을 받는다는 것은 감히 상상도 할 수 없다는 생각을 가지고 있기 때문에 신중국에 대해서는 항상 감사하는 마음을 가지고 있었다고 술회하고 있다.

1960년 그녀는 당 지도부의 지시에 따라 휴머니즘을 비판하고 어느 교수를 비판하게 된다. 논지는 지도부에서 결정하였고 원고는 심사를 거친 것이었다. 작가 후기에 밝힌 바와 같이 '나는 선생을 좋아하지만 더욱 좋아하는 것은 진리'라고 규탄하며 스스로 전사가 된 기분에 도취했던 것도 이 시기의 일이다.

그녀는 1960년 3월 졸업과 동시에 상하이 작가협회 문학 연구소에 배속되어 수십 편의 문예평론을 발표하였으나 당시 자신의 글은 독자적인 견해도 없고 가치도 없는 것이었다고 술회하고 있다.

1961년 소꿉친구와 결혼하였다. 남편의 직장이 안후이성에 있었기 때문에 신혼은 별거 생활로서 시작되었다. 이 해에 입당 신청을 제출하였으나 부친이 우파인데다가 그녀도 사상의 동요가 있었다는 이유로 허가되지 않았으며 장기간에 걸친 시련을 겪지 않으면 안 된다는 회신을 받게 된다. 그녀는 진정으로 장기에 걸친 시련을 달게 받고 사상 개조를 할 각오였다고 회고하고 있다. 그 후 그녀는 적극적으로 정치운동에 참가하고 1966년 문화대혁명이 발발하자 '대비판'의 박격포가 되어 '붉은 사령부'의 '조반병사'가 된다. 이 시기까지 그녀의 사상과 실천은 집안의 가난이나 자신의 정치적 약점에도 상관없이 청춘의 정열을 바쳐 사회주의 중국의 우등생으로서의 자세를 일관되게 견지하고 있었다고 할 수 있다.

1968년 유명한 시인이었던 원제가 비판당했을 때 그녀는 북경에서의 그의 행동을 조사하기 위하여 파견된 심사그룹의 일원으로 참가하였다. 그러나 얼마 후 원제의 처가 자살하고 그의 두 딸이 헤이룽장성으로 이주당하는 것을 목격하였으며 이듬해인 1969년 그녀 자신이 당시의 정책에 따라 많은 지식인과 함께 상하이 교외에 있는 5·7 간부학교(1966년 5월 7일 마오쩌둥의 지시에 의하여 1968년 이후 전국 각지에 세워진 농장으로 하방 간부들의 노동개조를 실시함)에 보내졌는데 이곳에서 다시 원제를 만나게 된다.

5·7 간부학교에서 그녀는 이중의 타격을 받게 되는데 그 하나가 그녀에 대한 반혁명 대자보 비판이었으며 또 하나는 남편으로부터의 이혼 신청이었다. 이때 원제는 신랄한 비판에도 굴하지 않는 그녀의 자세에 대하여 호감을 갖게 되고 두 사람은 이러한 고난의 공유 위에 열렬한 감정을 발전시켜 드디어 당에 결혼을 신청하게 된다. 그러나 '검은 시인'과 '수정주의 싹'의 결합은 허가되지 않았다. 원제는 이러한 처사에 대하여 거듭 항의했으나 아무 소용이 없자 이듬해인 1971년 1월에 자살하고 만다. 이 시기의 경험과 시인 원제에 대한 애정을 소설화한 것이 《시인의 죽음》이다.

다이허우잉은 그 후 2년간 더 5·7 간부학교 생활을 계속한 다음 1972년 12월 당시 상하이 당위원회의 창작 그룹에 배치된다. 이후 약 4년 동안 이곳에서 대학의 문과 교재 편집, 외국 문학 소개, 영화 시나리오 창작에 관한 연락 임무 등 창작과는 별로 상관이 없는 일에 종사하였다.

1979년 1월 상하이의 푸단 대학 중문학부에 전임되어 다음 해인 1980년 동 대학의 분교인 현재의 상하이 대학으로 전근되었으며 그 이후 이 대학에서 문예이론을 담당했다.

그의 술회에 의하면 이 시기에 그는 중요한 사상적 전환을 보이게 되는데 그것은 한마디로 '소외' 개념의 발견이라고 한다. 이 발견은 인간과 사회 그리고 자기 자신의 인생에 대하여 새로이 인식하고 재조명하는 계기가 된다. 당시의 그의 심경은 다음의 술회에서 집약적으로 나타나고 있다.

"마르크스의 인간소외에 대한 이론은 '인간'에 대한 나의 인식을 일보 전진시켜 주었다. 《사람아 아, 사람아!》를 집필하고 있을 때 나는 마침 '마르크스, 엥겔스, 레닌, 스탈린 문예이론 선독'이란 과목의 강의 노트를 만들고 있었다. 이 강의 노트를 작성하기 위하여 마르크스, 레닌 저작을 다시 읽었으며 그 과정에서 처음으로 《1844년 경제학·철학 초고》를 읽었다. 그것은 나를 완전히 사로잡았다. 반복하여 읽으면서 상세한 노트를 만들었다. 그때 '인간 소외'라는 개념이 처음으로 나의 머리에 들어왔으며 결코 떨쳐버릴 수 없었다. 내가 이 책에서 얻은 계시와 정열은 《사람아 아, 사람아!》와 그 후기에서 충분히 밝혔다. 그 이후 인간을 연구하고 인간을 분석하고 인간을 표현하는 것이 나의 창작에 있어서의 자각적 추구로 되었던 것이다. …… 이러한 나의 관점은 맹렬한 공격을 받았지만 그러한 공격이 나를 설득시키지는 못하였다. 나는 여기서 나의 비판자들에 대하여 '자기자신을 정시하기 바란다.'고 조심스럽게 제안하고 싶다."

다이허우잉의 작품은 본서 외에 1982년 3월에 출간된 《시인의 죽음》과 1985년 12월에 발표한 《하늘의 발자국 소리》, 그리고 중단편 소설집 《부드러운 사슬》이 있다. 위의 세 장편은 '인간의 피와 눈물에 대한 기록이며 비틀린 영혼의 고통과 신음에 대한 기도이며 어둠 속에 타오르는 불꽃'으로서 당대의 중국 대륙 지식인의 운명을 표현한 삼부작으로 평가되고 있다.

《사람아 아, 사람아!》는 중국의 문화대혁명을 배경으로 하고 있다. 그러나 이 작품은 문화대혁명에 대한 비판을 주제로 한다기보다는 그러한 역사적 격동이 인간과 인간 관계에 어떠한 충격을 주었으며 또 인간과 인간 관계는 이러한 격동에 어떻게 대응하는가에 초점을 맞추고 있다. 문화대혁명은 인간과 인간 관계에 실현된

분량만큼만 소설의 배경으로 자리잡고 있다. 그렇기 때문에 역사적 격동의 심장부를 오히려 더욱 감동적으로 조명하고 있다고 할 것이다. 다이허우잉은 집요할 정도로 철저하게 인간의 문제를 모든 것의 중심에 놓고 펼쳐 나가고 있다. 한마디로 이 책은 인간과 인간 관계에 대한 그의 고뇌이며 애정의 사색이다. 역사의 격동 속에서 사랑과 우정, 이상과 신념이 어떠한 운명을 겪어 가는가. 어떠한 것이 무너지고 어떠한 것이 껍질을 깨고 자라나는가를 보여 주려고 하는 것이다. 이러한 점에서 '혁명의 격정만을 이야기하고 혁명의 서정을 말하지 않는 것은 편향'이라는 저우언라이의 지성이 느껴지기도 한다.

문화대혁명에 대한 평가는 그것이 야기한 격동만큼이나 다양한 시각 차이를 보이고 있는 것도 사실이다. 완전한 계급으로서의 착취계급의 소멸과 계급 투쟁의 소멸은 별개의 문제이며 문화대혁명은 역사상의 계급 투쟁이 사회주의 조건 아래에서 특수한 형태로 남아 있는 계급 투쟁의 잔여 형태라는 주장이 있는 반면, 무원칙한 난투를 승인하는 것은 아나키즘의 미학일 뿐이라는 시각에 이르기까지 극히 복잡한 측면을 갖고 있다.

'몇억 개의 두뇌를 말살한 파괴'로 보는 견해나 '사고하는 신세대의 창조 과정'으로 보는 입장 등의 극단적 견해를 시종 신중하게 자제함으로써 다이허우잉의 문화대혁명 비판은 상당한 시각의 유연성을 유보해 두고 있기도 하다. 이러한 것을 가능하게 해 주는 것은 인간과 인간 관계를 중심에 두는 그의 시각이다.

소설을 전개해 나가는 기법에 있어서도 이 점이 분명하게 나타나고 있다. 11명의 중요한 등장인물이 각각 자신의 입장에서 일인칭

서술을 하고 있기 때문에 하나의 사물, 하나의 인간이 여러 개의 시각에서 조명된다. 마치 큐비즘 그림 같기도 하고 영상을 뒤로 돌려서 다시, 그것도 앵글을 달리해서 보여 주는 듯하다. 이러한 기법은 인간과 사물의 여러 측면을 드러냄으로써 그것의 총체적이고도 본질적인 모습을 부각시키는 데에 매우 효과적인 것으로 보인다.

작가의 약력에서 짐작할 수 있듯이 이 소설에 등장하는 주인공들은 거의 모두가 작가 자신의 통절했던 체험 속에서 건져 낸 인간상이다. 그렇기 때문에 그만큼 절실하고 감동적인 모습으로 다가온다.

뜻있는 삶을 고뇌하고 참다운 애정을 갈구하면서도 그들이 만들어 내야 할 사회와 역사에 대한 관점을 조금도 소홀히 하지 않는다. 작가의 인간 이해와 역사 인식의 깊이에 놀라지 않을 수 없다.

그는 시종일관 인간을 변화 발전하는 동태적 과정에서 이해해 주기를 요구하고 있으며 그리고 이러한 인간 이해를 통하여 우리들에게 인간에 대한 애정과 신뢰를 호소하고 있는 것이라고 생각된다.

현재 본서는 영어, 불어, 독일어, 네덜란드어, 일어 등으로 번역되어 있다. 본서의 번역은 홍콩 상장 출판사의 1985년판을 원본으로 하고, 일어판을 참조하였다.

남이 써 놓은 책을 말만 바꾸는 일인데도 여러 사람의 도움을 받았다. 이 구석에 감사의 말씀을 적는다.

1991년 1월
옮긴이 씀

사람아 아, 사람아!

처음 펴낸 날 | 1991년 3월 15일

개정판 1쇄 찍은 날 | 2021년 4월 9일
개정판 1쇄 펴낸 날 | 2021년 4월 30일

지은이 | 다이허우잉
옮긴이 | 신영복

펴낸이 | 김태진
펴낸곳 | 다섯수레

책임 편집 | 장예슬
편집 | 김경회, 김시완, 정엄지
마케팅 | 박희준
제작관리 | 송정선
디자인 | 이영아

등록번호 | 제 3-213호
등록일자 | 1988년 10월 13일
주소 | 경기도 파주시 광인사길193(문발동) (우 10881)
전화 | 02)3142-6611(서울 사무소)
홈페이지 | www.daseossure.co.kr